KB236773

한국 농민시와 현실인식

성 기 각

국학자료원

난생 처음 연구서를 묶어서 세상에 내놓습니다. 고등학교를 졸업하고 농사를 지은 경험 때문에 줄곧 농민들의 삶에 마음을 두고 있었습니다. 농민은 하층계급으로서 지금까지 가진 자들의 머슴노릇을 하였다고 생각했습니다. 그래서 시인의 참된 농민의식이야말로 값어치가 있다는 것이 이 책의 정신이라고 생각합니다. 뒤돌아보면 제게는 그러한 투쟁정신이 없었기에 오장환이나 김남주와 같은 그들의 정신을 존경했습니다. 저는 지금까지 그들이 농촌현실과 농민들의 삶을 어떠한 모습으로 그려내고 있었는지 알고 싶어 오랫동안 공부를 하였습니다. 물론 이 공부는 앞으로도 계속될 것입니다. 그러나 제가 아둔한 탓인지 아직도 명쾌한 답을 찾지 못했습니다. 그래도 제가 이만큼 끙끙거린 흔적이 한국 농민시 연구에 조금은 보탬이 되리라고 감히 믿습니다.

이 책의 제1부에 수록한 글은 저의 박사논문 「한국 현대 농민시 연구」를 매만진 것입니다. 제2부에 얹은 글 3편은 그 동안 짬짬이 썼던 것을 손질하였습니다. 이 글들은 제가 농민의 아들로 태어나 '위대한 영농후계자'가 되겠노라고 흰소리 텅텅쳤던 그 죄스러움에 대한 반성문 같은 것들입니다. 저는 지금까지 이 땅에서 죄 없이 태어나 한 생애를 논밭에서 살다간 농민들의 아픔을 줄곧 말하고 싶었습니다. 잠이 오지 않는 밤에는 시를 쓰면서, 어떤 때에는 이렇듯 연구논문으로, 혹은 잡문의 형식이라도 빌려서 농촌현실과 농민의 삶을 말하고 싶었습니다. 그것들은 쌀이 남아도는 이 시대에 일반벼 한 가마니 값은 될 것입니다.

오늘은 문득 저승에 계신 아버님의 젊은 시절 구릿빛 팔뚝을 떠올립니다. 씩씩하게 무논을 갈아재끼던 경운기를 버리고 제가 대학에 입학한지도 벌써

20년의 세월이 흘렀습니다. 그 많던 전답을 팽개치고 도망가겠다던 이 막내 아들을 위해 목덜미 굵은 황소를 팔아 선뜻 등록금을 만들어 주시던 아버님의 자식사랑을 뒤늦게 깨닫습니다. 공부시키느라 고생했다 하시며 너털웃음으로 막내며느리 손을 잡아주시고는 맥산제 경로당으로 나가시던 그 팔순의 맑은 아버지 모습이 눈에 선합니다. 그런 아버지께서 이제는 그 넓던 전답을 버리시고 비좁은 밭뙈기 한켠에 살결 고운 조선잔디를 덮고 오두마니 누워 계십니다.

한평생 농민의 아내로 살아오시면서 지금도 뒷골 청석비탈 고구마밭으로 나가고 싶어 몰음을 쓰시는 어머님. 이제는 관절이 굽은 호미는 버리고 동회관에 나가 할매들과 둘러앉아 민화투를 치고 있습니다. 다가오는 창녕 장날에는 쇠고기 서너 근 끊어 올리겠습니다.

불편한 노구를 이끌고, 저의 박사논문 심사를 위해 먼 걸음을 해주셨던 김윤식 교수님께 절을 올립니다. 문장 하나하나 읽어주셨던 강희근 교수님, 원칙주의자로 한평생을 살아오시면서도 유독 제게만은 잘못을 덮어 주시는 신상철 지도교수님의 건강을 기원합니다. 환갑 줄에 접어드는 우리 큰형님 만큼이나 낭만적인 조진기 교수님께는 '매취 순' 한잔을 올릴까 합니다. 그리고 박태일 교수님을 비롯한 교수님들과 동지·후배들, 국어과 교수님들, 지금까지 저를 가르쳐주셨던 선생님들께 이 기회를 빌려 고마움을 전합니다. 구질구질한 내 글을 언제나 꼼꼼하게 읽어준 이성모 선배님과 문학판의 선후배님들과 어울려 이번 주말에는 맑고 정직한 무학소주 몇 잔 기울일까 합니다.

그야말로 물심양면으로 도와준 우리 형님들, 멋쟁이 매형들과 세상에서 제일 예쁜 우리 누님들과 형수님들, 그리고 밤톨 같은 조카들도 보고 싶습니다. 또한 저승에서 못난 사위를 지켜보고 계실 장인과 관절염 앓고 계신 장모님께도 모처럼 안부를 올립니다.

논문 쓴답시고 골방에 틀어박혀 숨어살던 젊은 아버지를 참으로 잘 이해해준 내 딸 완이에게 오늘은 양념통닭 한 마리 사줄까 합니다. 그보다 글쟁이들 모임에서 만나, 이렇게 예쁜 딸까지 낳아준 아내를 위해 내일 아침에는 설거지라도 한번 해줄 작정입니다.

다음 달에는 이 막내손자에게 겨울밤 사랑방에서 몽실한 젖가슴을 내주시던, 그 이름도 예쁜 양봉선 할머님의 제삿상을 찾아가 볼 작정입니다. 홍동백서 좌포우혜, 큰형수님이 정성껏 차린 젯상 위에 정종 됫병을 내놓을 참입니다. 막내 손자가 감읍합니다 할머니.

봄비가 내립니다. 이 비가 그치고 나면 우리가 살아가는 이 세상에는 꽃향기가 진동할 것입니다. 화훼기능사답게 고마운 분들의 가슴 속에 꽃을 심어드리고 싶습니다. 우리 집 베란다에서 씩씩하게 꽃대를 밀어 올리는 군자란 몇 포기씩 심어드리고 싶습니다. 어려운 출판사정을 무릅쓰고 흔쾌히 책을 내주신 국학자료원 식구들께도 고마움을 표합니다.

이천 이년 봄날
낙동강변 공부방에서 성기각 씀.

차 례

책머리에　3

제1부　한국 현대 농민시와 현실주의적 성격　11

제1장　들머리 ………………………………………………… 13
　1. 문제 제기 · 13
　2. 선행 연구 검토 · 16
　3. 연구 대상과 방법 · 23

제2장　현대 농민시의 개념과 성립 배경 ………………… 33
　1. 농민문학과 농민시의 개념 · 33
　2. 현대 농민시의 성립과 프로문학 · 50

제3장　해방공간의 농촌현실과 진보적 농민시 ………… 63
　1. 토지개혁과 농민운동의 실상 · 64
　2. 해방공간의 농민문학과 '조선문학가동맹' · 67
　3. 진보적 세계관과 농민의식의 시적 형상화 · 79
　　1) 오장환의 자기비판과 혁명적 감성 · 82
　　2) 박아지의 당파성과 계급적 인식 · 104
　　3) 김상훈의 시대비판과 전위적 실천 · 118
　　4) 권환, 여상현, 유진오 등의 현실인식 · 147

제4장　산업시대의 농촌현실과 비판적 농민시 ………… 162
　1. 산업화와 농민 희생의 실상 · 163

2. 산업시대의 민중문학 대두와 농민문학 · 169

3. 농민적 삶의 인식과 시적 형상화 · 180

　　1) 신동엽의 농본주의와 계급적 인식 · 183

　　2) 신경림의 농민의식과 서정적 세계관 · 208

　　3) 김남주의 농민계급과 혁명적 실천 · 234

　　4) 문병란, 이시영, 김준태 등의 현실인식 · 258

제 5 장　현대 농민시의 전통과 시사적 위치 ·················· 276

1. 농민시의 전통과 한계 · 276

2. 농민시의 특징과 전망 · 282

제 6 장　마무리 ··· 288

제 2 부　농촌현실 반영과 현실인식　295

박세영 시의 현실 형상화 방법 연구
－시집 『산제비』를 중심으로－ ································· 297

1. 들머리 · 297

2. 배역시와 계급의 자각 · 298

3. 대화체 시와 대중화 인식 · 313

4. 시간축에 의한 시와 민족의 이상 확인 · 322

5. 마무리 · 329

오장환의 근대시에 나타난 '고향'과 현실주의적 성격 ····· 331

  1. 들머리 · 331

  2. 고향에 대한 서정과 현실인식의 변모 · 333

    1) 고향 부정과 비판적 현실인식 · 333

    2) 도시공간에서의 鄕愁 · 337

    3) 농촌현실 재발견과 歸鄕 · 338

  3. 出鄕과 歸鄕의 의미 · 345

  4. 마무리 · 347

1930년대 농민시론과 현실주의 농민시
－임현극과 허문일을 중심으로－ ·· 349

  1. 들머리 · 349

  2.『조선 농민』과『농민』의 농민문학론 · 350

    1) 비판적 리얼리즘의 '내용' · 352

    2) 비판적 리얼리즘의 '형식' · 357

  3. 1930년대 농촌현실과 시적 형상화 · 363

    1) 소작농민의 생활 · 364

    2) 농민의 이농 · 372

  4.『조선농민』과『농민』의 성과와 한계 · 380

  5. 마무리 · 384

제1부

한국 현대 농민시와
현실주의적 성격

제 1 장 들머리

1. 문제 제기

한국문학이 근·현대사의 질곡 속에서 한 세기에 가까운 역사를 겪어오는 동안 '문학의 현실반영'은 많은 문학인들이 쟁점이 되었다. 특히 1920~30년대에 전개된 프로문학 측의 문학론과 해방 직후의 문학론, 산업시대에 있어서 참여문학론으로 촉발한 민족·민중문학론에서의 '현실반영'과 그 문학적 지향성 문제는 리얼리즘 논의가 지니는 핵심적 사안이기도 하였다.

본 연구는 현실주의 논점을 기반으로 해방 직후부터 1980년대에 이르는 현대 농민시의 흐름과 그 성격을 밝히기 위한 것이다. 근·현대사에 있어서 농촌은 민족의 삶을 구성하는 터전이었다는 사실이 소중하다. 일제강점기는 말할 것도 없고, 1970년대에 본격적으로 산업화가 이루어지기까지 한국은 농업을 중심으로 한 집약적인 사회구조를 이루고 있었다. 해방공간(1945.8.15~1948.8.15)에 있어서는 국민의 77%(1946년)가 농업에 종사하고 있었으며, 산업화가 진행되던 1969년에는 농가인구가 총인구의 과반수를 밑돌기 시작해 1979년에는 28.9%로 크게 줄어들기는 했으나, 그 때까지 한국의 산업기반은 농업에 있었다는 사실에서 볼 때, 농촌과 농민문제는 중요한 사회 문제 중의 하나였음에 틀림없다.

특히 해방공간에 있어서 토지개혁에 따른 농촌과 농민문제는 농민의 생존권 문제와 직결되어 더욱 예사롭지 않다. 따라서 현실반영을 초점으로 삼는 농민문학이 활발하게 논의된 것은 자연스러운 일이었으며, 그것은 당대 정치·사회적 상황과 맞물려 전개되었다. 토지개혁 문제에 있어 북한은 1946년 2월 8일 북조선 임시인민위원회가 출범한 지 한 달 만인 3월 5일 토지개혁령법을 통과시켜 무상몰수 무상분배를 신속하고도 혼란 없이 시행하였다.1) 이에 비해 남한은 유상매입 유상분배 정책을 신한공사에 의해 추진하였다. 당시 정치세력의 권력 유지와 직결되는 이 문제는 '정치적으로 가장 중요한 관심의 대상'2)으로 등장했으며, 좌익 계열을 중심으로 한 당대 문학의 주도적인 한 경향인 농민문학에서 첨예하게 대두되었다. 그것은 당시 진보적인 시인이었던 오장환과 박아지 그리고 김상훈 뿐만 아니라 여러 시인들의 시에 나타나고 있는 농민의식이 토지개혁을 둘러싼 농민계급의 갈등과 투쟁을 반영하고 있다는 사실을 보아도 알 수 있다.

한편, 6.25전쟁부터 1960년대 초에 이르는 시기는 농민문학의 침체기라 할 수 있다. 6.25는 당대 농촌을 파괴하고 농민의 삶을 훼손하였을 뿐만 아니라 지식인으로 하여금 이데올로기적 현실비판보다는 개인이 지닌 실존문제에 집착하게 하였다. 이렇듯 전쟁은 레드 컴플렉스에 구속되게 하였으며, 따라서 척박한 농촌현실과 농민의 삶에 대한 문학적 조명도 거의 이루어질 수 없게 하였다. 이 시기에 농촌현실과 농민현실을 다루고 있는 농민시를 찾아보기 어려운 것은 바로 이 같은 당대 사회적 상황이 빚어낸 결과라고 할 수 있다.

1960년대에 접어들어 4·19혁명을 체험했던 신동엽이 등장하면서 민족 구성원의 중심을 이루어 온 농민계급이 처한 현실을 시적으로 형상화하고자 하는 농민시가 새로운 모습으로 등장하였다. 이는 한동안 단절되었던 농민시의 명맥을 잇게 한 것이라는 점에서 의의가 있다. 1960년대에 추진된 산업화는 한국 사회 전반에 많은 변화를 가져왔다. 특히 이로 인한 농촌의 몰락과 농

---

1) 안나 루이스 스트롱, 「기행:북한, 1947년 여름」, 『해방전후사의 인식』(한길사, 1989), 521쪽. 이 시기에 있어서 북한에서의 이러한 토지개혁 실현은 사실상 우리 민족이 분단된 시점이라는 점에서도 중요한 의미를 지닌다.
2) 이우재, 「8.15직후 농민운동 연구」, 한국농어촌사회연구회 편, 『한국 농업·농민문제 연구 Ⅱ』(연구사,1989), 196쪽 참조.

민이 안게 된 소외감은 커다란 사회문제로 대두되면서 농민문학은 민족·민중문학의 중요한 관심사로 부각하기에 이르렀다. 이 시기에 이것은 곧 현실주의 문학에 대한 논의로 발전하게 되었다. 참여문학이 논쟁적으로 대두되면서 시인들은 서민 혹은 의식화된 대중적 삶이 지니는 현실에 대해 크게 관심을 가지게 되었다고 할 수 있다. 이 논문에서 다루고자 하는 해방공간의 농민시와 산업시대 농민시는 이러한 당대 사회적·정치적 맥락 위에 놓여 있다.

문학이 당대 사회현실을 배제하고는 존재할 수 없다는 점에서 이러한 농민문제는 소극적이든 적극적이든, 의식적이든 무의식적이든 문학의 대상 내지 내용으로 수용되었다. 그것은 시에 있어서도 예외가 될 수는 없었다. 이 때 농민은 단순한 생활자로 형상화된 경우도 있었고, 사회 구조적 모순의 현장에서 투쟁해야 하는 현실주의적 변혁 대상으로 형상화가 이루어진 경우도 있었다. 문학이 현실을 반영한다는 입장에서 볼 때, 단순히 농촌을 배경으로 하거나 농민의 삶을 낭만적인 것으로만 그리는 것과 그것을 현실적 삶의 문제로 다루는 것은 엄연히 구별된다. 그러한 의미에서 전자와 같은 시를 농민시라고 할 수 없음은 명백하다. 본고가 한국 시문학에 있어서 농민시가 발생한 시점을 프로문학의 등장과 궤를 같이 하는 것으로 보는 이유도 농민문학의 등장과 함께 당대 시인들이 현실인식에 근거한 농민의 삶을 다루었다고 보기 때문이다.

본고가 연구 대상으로 하는 해방공간 농민시와 산업시대 농민시가 농민문제를 어떠한 양상으로 형상화하고 있느냐를 살피는 일은 한국 시문학의 올바른 정립을 위해서도 요구되는 작업이다. 민족문학이라든가 민중문학이라는 논쟁적인 문제는 제쳐두더라도 농민의식을 문제삼는 시에 대한 조명을 통해 진보적 문학운동에 대한 정당한 자리 매김과 농민시에 대한 또 다른 가치평가의 장도 마련해야 한다는 점에서도 그러하다.

현대 농민시가 지니는 시사적(詩史的) 위치가 구명되지 않았음에도 이에 대한 체계적인 연구가 없었다는 데에서 이 논문을 쓰게 된 동기를 찾을 수 있다. 그만큼 현대 농민시에 대한 본고의 논의는 완결된 것이라기보다는 문제제기 성격을 강하게 지닐 수밖에 없다.

　본고는 한국 현대 농민시를 현대사의 질곡 한가운데에서 특정 계급의 이데
올로기적 산물로 간주하고, 이를 당대 사회적 맥락 속에서 검토하고자 한다.
이 때 문제가 되는 것은 현대 농민시가 일제강점기 프로문학에서부터 이어져
온 전통을 해방공간에서 어떻게 계승하고 있으며, 산업시대 농민시에 어떠한
양상으로 수용되는가 하는 점이다. 1980~90년대에 이르러 쏟아져 나오는
농촌에 대한 회고취미나 자연환경을 문제삼는 생태시, 나아가 생명사상을 고
취하고자 하는 시들의 모태도 결과적으로 농민시에 있다고 할 수 있다. 현대
농민시 연구는 이러한 후속적인 과제와도 연결될 것이다.

2. 선행 연구 검토

　농민문학에 대한 논의는 황석우의 「신년문단에 바람」(『동아일보』, 1923.1.1)
이후 이성환이 제기한 「신년문단을 향하여 농민문학을 일으키라」(『조선문
단』,1925.1) 등과 같은 『농민』파의 농민문학론에 뒤이어 1930년대는 물론이
고 해방공간에서도 진보적 문학인들에 의해 활발하게 전개되었으며, 산업시
대에 접어들면서 참여문학과 민중문학의 논의에 힘입어 그에 대한 관심이 증
폭되면서 지금까지의 학술적인 업적도 상당한 수준에 도달3)해 있다. 하지만
그것은 한결같이 소설 장르에 치우쳐 있다. 농민의식을 바탕으로 이데올로기
적 성격을 드러내는 현실주의적 성격을 지닌 농민시가 1920~30년대에는 물
론이고, 해방 직후부터 1980년대에 이르기까지 수없이 창작되었지만 그 연구
가 제대로 이루어지지 않고 있다.

　농민시 연구에 있어서 방법론적인 문제와는 별도로 농민시 자체에 대한 학

---

3) 지금까지 농민문학과 관련하여 연구한 것 중 박사학위 논문만 간추려 보아도 김시태의
　「한국프로문학비평연구 - 1920・30년대를 중심으로」(동국대, 1978)를 시작으로 김영
　견의 「카프계 농민소설 연구」(경남대,1996)와 이명우의 「한국 농민소설의 사적 연구」
　(동국대,1996) 등 20여 편이 넘는다.

계의 인식은 최근에 이르기까지 심한 편견에 사로잡혀 있다. 예컨대 구인환이 "농민문학의 본령은 농민소설이다. 그것은 농민시나 농촌시 또는 농민희곡이나 농민수필이란 용어가 없는 것을 봐도 알 수 있다"[4]고 한 것은 농민시 장르에 대한 존재 자체를 부정하는 것일 뿐만 아니라 농민소설이 곧 농민문학의 전부라는 편견을 드러낸 대표적인 경우라고 할 수 있다. 뿐만 아니라 박혜경이 "농촌을 관조적이고 탈현실화한 자연공간으로서가 아니라 치열한 생활의 현장으로서 그린 본격적(밑줄:연구자) 농민시로는 1975년에 나온 신경림의 「농무」가 그 출발"[5]이라고 한 것은 일제강점기나 해방공간에 있어서 '치열한 생활의 현장을 그린 농민시'가 존재했던 사실을 간과한 단적인 예라 할 수 있다. 이 경우 '본격적'이라는 용어의 의미를 폭넓게 적용한다 하더라도 이러한 주장은 농민시에 대한 통시적 검토과정을 거치지 않고 성급하게 부정해버린 것이라 할 수 있다.

그 동안 한국 시문학 연구에서 농민시에 대한 본격적인 연구는 찾아보기 어려웠다. 그나마 일제강점기 농민시에 관한 몇 편의 논문이 있었지만 그 또한 농민시의 개념조차 정립하지 않은 미미한 수준의 연구였다. 산업시대 농민시에 대한 연구도 활발한 비평적 논의에 비해 그 성격을 제대로 읽어내지 못한 미미한 것이었다. 이러한 연구사적 문제는 1990년대에 접어들면서 어느 정도 해결의 실마리가 나타났다. 학술논문에서 농민시를 연구 대상으로 다룬 최초의 논문은 서범석의 「한국 농민시 연구—일제시대를 중심으로」(건국대 대학원 박사학위 논문,1990)이다. 그는 이 논문에서 농민시 개념을 규정하고, 주제의식에 따라 갈래를 나누어서 농민시를 분류하고 있다. 이 논문이 지닌 가장 뚜렷한 특징은 연구 대상을 일제강점기 농민시에 한정하여 농촌현실과 사회현상에 초점을 맞추고 당대 농민들의 삶을 형상화한 시들을 주제 중심으로 다루고 있는 점이다. 이 연구는 농민시 내용과 당대 농촌현실을 대응시키는 주제비평적 연구방법에 의한 연구와 이 시들이 지니고 있는 미학적 특징을 규명하기 위해 내재 비평적인 연구방법을 함께 적용하고 있다.

---

4) 구인환,『한국문학 그 양상과 지표』(삼영사,1978), 190쪽.
5) 박혜경,「체험의 형상화로서의 농민시」,『실천문학』(실천문학사,1989), 겨울, 229쪽.

그러나 이 연구는 근본적으로 몇 가지 한계를 지니고 있어 농민시 연구에 오히려 걸림돌이 될 수도 있다는 점을 지적하지 않을 수 없다. 우선 이 논문은 한국문학사에서 농민문학의 성립 시기를 명확하게 정리하지 않음으로 해서 농민시의 성립 시기를 민요와 한시에까지 거슬러 올라가는 우를 범하고 있다. 이것은 농민문학의 이론적 배경을 객관적으로 적용하지 못한 것이라 할 수 있다. 또한 농민시의 성격에 있어 '농민'과 '농촌'을 구분하지 않아서 농민시의 개념 규정은 물론, 농민시가 지니고 있는 이데올로기적 성격을 짚어내지 못하고 있다. 말하자면 그는, 농촌을 배경으로 한 모든 시를 '농민시'로 단정하여 '농촌시'도 '농민시'에 포함시키는 오류를 범하고 있다.

서범석을 뒤이은 연구자로는 오세영과 박경수 그리고 류양선 등이 있는데, 이들의 일제강점기 농민시에 대한 연구는 서범석의 주제 중심적 연구 방법에서 크게 벗어난 것이 아니다. 오세영은 일제강점기 전반의 농민시를 다루고 있으며,6) 박경수는 당대 농민문학의 핵심으로 볼 수 있는 '조선농민사' 농민시와 또 다른 갈래로 볼 수 있는 '카프' 농민시, 그리고 '해방공간' 농민시를 별도로 다루고 있다.7) 이에 비해 류양선은 논의 대상을 '조선농민사' 농민시에 한정하였다.8)

서범석과 마찬가지로 오세영의 연구 역시 한국문학사에서 농민문학론이 등장한 시기를 전혀 고려하지 않음으로써 자료 검토 자체에서부터 문제를 드러내고 있다. 그 역시 서범석의 경우와 비슷하게 '전원시'를 농민시에 포함시키는 개념 규정에 대한 문제뿐만 아니라, 농민시가 문단에 최초로 발표된 시기를 '대체로 1925년 전후'로 보고, 김소월의 「바라건대는 우리에게 우리의 보섭 대일 땅이 있었더면」(시집 『진달래꽃』, 1925년 수록)을 그 최초의 작품이라고 주장한 것 역시 설득력이 없다. 이러한 문제는 뒤이은 박경수나 류양

---

6) 오세영, 「식민지시대의 농민시」, 『한국 근대문학론과 근대시』(민음사, 1996), 259∼295쪽.
7) 박경수, 「한국 근대 농민시의 전개과정과 현실표상 연구」, 『한국문학논총』 제14집(한국문학회,1993.11). 「카프 농민시 연구」, 『우암어문논집』 제5집(부산외국어대학교, 국어국문학과,1995.2). 「해방기 농민시의 전개양상과 현실표상 연구」, 『한국문학논총』 제22집(1998.6).
8) 류양선, 『한국 농민문학 연구』(서광학술자료사,1994), 286∼326쪽.

선의 연구에서도 공통적으로 드러나는 것이기도 하다.

이들은 한결같이 주제의식에 따라 농민시의 하위 장르 분류를 시도하고 있다. 그 분류 내용을 살펴보면, 우선 서범석은 일제강점기 농민시 전반을 ① 비판적 리얼리즘의 농민시 ② 계몽문학적 농민시 ③ 프로문학으로서의 농민시 ④ 풍속사적 농민시 ⑤ 생산문학으로서의 농민시 등 다섯 갈래로 나누었고, 류양선은 '조선농민사'의 농민시를 ① 중농주의적 농민시 ② 개량주의적 계몽적 농민시 ③ 현실비판적 저항적 농민시 등 세 갈래로 나누었다. 그리고 박경수는 카프의 농민시를 ① 목가적 농민시 ② 풍속사적 농민시 ③ 계몽적 농민시 ④ 비판적 농민시 ⑤ 계급적 농민시 ⑥ 민족적 농민시 등으로 나누었으며9), 오세영은 일제강점기 농민시 전체를 1차적으로 '운동으로서의 농민시'와 '목가적 농민시'로 나누고 2차적으로 '운동으로서의 농민시'를 다시 '계급적 농민시'와 '민족적 농민시'로 나누었다.

선행 연구자들이 시도한 이러한 분류작업은 농민시의 장르상 특성을 왜곡시킬 가능성을 내포하고 있기 때문에 농민시가 지니는 성격을 규명하는 데 오히려 혼란을 초래할 수도 있다. 즉 서범석의 경우, ① 비판적 리얼리즘의 농민시와 ③ 프로문학으로서의 농민시로 구분하고 있는 것은 그 성격이 상호 중첩되는 것이며, 또한 ② 계몽문학적 농민시와 ④ 풍속사적 농민시 그리고 ⑤ 생산문학으로서의 농민시는 그 성격상 분리가 가능하다고 하더라도, 농민시는 '농민을 문제 삼는' 시에 한정해야 함에도 '농촌을 문제삼는' 시라고 할 수 있는 '농촌시'조차도 농민시에 포함시키고 있다는 점에서 문제가 있다.

오세영의 경우 '운동으로서의 농민시'를 '민족적 농민시'와 '계급적 농민시'로 나눈 것은, '민족적'이라는 개념과 '계급적'이라는 개념은 명확하게 규명되더라도 농민시의 성격을 단순히 2분법적으로 규정할 수 있느냐는 데에서 문제가 발생된다. 주지하다시피 일제강점기 농민시는 당대 사회적 조건이 만들어낸 인위적 산물의 하나이다. 그것은 일제강점기에 있어서 대부분을 차지하던 민중들인 농민에 대한 이데올로기적 인식으로서의 집단적 정서에 대한 표

---

9) 박경수의 이러한 분류는 '조선농민사'의 경우나 해방 직후의 농민시에도 거의 비슷하게 적용하고 있다.

출이다. 따라서 일제강점기 농민시는 그 시대의 요청에 의해 발생한 것이라는 점에서 볼 때, 시의 성격상 단순히 주제에 따라 분류될 수 있느냐는 본질적인 문제에 봉착하게 된다. 더구나 그는 '농촌을 예찬하는 시'를 농민시의 범주에 포함시키고 있는데, 이러한 낭만적 혹은 목가적인 시는 농민의식과는 무관한 것이어서 농민시라 할 수 없다. 뿐만 아니라 현실 부정적 또는 비판적 시각으로 본 농민시를 '묘사'의 입장에서 비판적 농민시로, '참여'의 입장에서는 '계급적 농민시'와 '민족적 농민시'로 구분하고 있는 것도 그 성격상 뚜렷하게 구별할 수 있는 것이 아니라고 할 수 있다. 이것은 그가 '카프' 농민시를 고찰한 논문에서도 똑같은 분류기준을 적용함으로써 카프 농민시가 지니고 있는 근본적인 성격, 즉 대중화운동으로서의 농민의식 고취라는 본래 성격을 제대로 규명할 수 없었다.

박경수의 경우에도 이와 비슷한 문제를 내포하고 있다. 그는 '조선농민사' 농민시를 분류하는 기준을 '현실을 기본적으로 어떠한 관점으로 파악하고 형상화하였는가'에 두고 있다. 즉 현실을 긍정적 시각에서 보느냐와 비판적 시각에서 보느냐에 따라 크게 구분하고 있다. 전자의 관점은 현실을 관조하거나 찬미하는 낭만적 경향을 이루기도 하면서, 현실을 긍정적으로 개선하기 위한 것에 역점을 둔 계몽주의 이념이 작용되기도 한다고 보았다. 그리고 이것은 현실비판적 인식이 둔화된 채 체제순응적인 방향으로 나갈 수도 있다는 점을 그 특징으로 들었다. 후자의 관점은 현실 모순과 불합리성을 비판적으로 묘사하는 현실주의적 인식을 바탕으로 하여, 현실비판과 참여이념을 적극적으로 고취하는 쪽으로 나간 것으로 구분하고 있다. 이 경우 농민시를 쓰는 시인이 농민의 현실을 단순히 이분법적으로 인식하는가에 대한 의문이 제기될 수 있다. 이러한 문제는 '시인의 농민의식'과 '농민이 지니는 의식'을 동일하게 취급함으로써 빚어진 것이라 하겠다.

류양선도 농민시의 분류 작업은 근본적으로 한계를 지닐 수 있음을 인정하고 있다.10) 농민시를 농민의식과는 무관한 농촌시까지도 포함하는 한계를

---

10) 류양선, 『한국 농민문학 연구』, 앞의 책, 288~289쪽.

무릅쓰고 주제의식에 따라 분류하는 작업을 감행하는 것은 잘못이라는 것이다. 류양선의 지적처럼 농민시 연구는 그 분류의 틀이 어느 정도 객관성을 유지한다 하더라도 근본적으로 '농촌'과 '농민'을 명확하게 구분하는 것에서부터 출발해야 한다.

농촌현실을 강조하는 이러한 주제 중심적 연구들은 그 초점이 당대 현실을 얼마나 사실적으로 형상화하고 있는가에 둠으로써 농민시가 지니는 실상을 살피는 데에는 근본적인 한계를 드러낼 수밖에 없었다. 농민시는 어디까지나 농촌현실에 관한 보고문이 아니며, 사실을 그대로 재현해 보이는 데에 목적을 두고 있는 것이 아님은 명백하다.

해방공간의 농민시에 대한 연구는 이제 그 출발점에 서 있다. 본고에서 다루고자 하는 해방공간의 시인들에 대한 개별적인 연구는 1988년 월북문인들에 대한 해금조치에 따라 그 동안 연구자들의 걸림돌이 되어왔던 이데올로기적 구속에서 벗어날 수 있게 된 이후 활발하게 연구가 진행되고 있다. 오장환은 1990년대에 접어들면서 숱한 논문이 쏟아져 나와 학계의 주목을 받은 대표적인 월북시인으로 평가되었다.[11] 그러나 박아지의 경우에는 당대 시인들에 대한 연구자들의 관심도에 비해 그 연구가 활발하게 진행되지 못했다.[12] 그에 비해 김상훈과 그의 시세계가 지니는 윤곽은 대체로 규명되었다고 할 수 있다.[13] 뿐만 아니라 최근에 이르러 해방공간의 진보적인 시에 대한 관심이 부쩍 증대되면서 많은 논문들이 쏟아져 나왔지만 이들에 대한 연구는 주로 이념적 진보주의의 입장에서 논의되었을 뿐, 농민시에 대한 연구는 이루어지지 않았다.

산업시대에 있어서 농민시를 쓴 대표적인 시인인 신동엽과 신경림 그리고

---

11) 오장환에 대한 연구는 장영수(「오장환과 이용악의 비교 연구」,고려대 대학원 박사학위 논문,1987)에 의해 학술적 논의가 시작된 이래 지금까지 30여편의 연구 논문이 나왔다.

12) 박아지에 대한 개별적인 논의로는 김재홍의 「농민시의 선구 박아지」(『한국문학』,1989.12~1990.1.)가 있다.

13) 김상훈에 대한 논의는 어느 정도 진척되었다고 여겨진다. 정영진의 「김상훈, 변신의 일생과 갈등의 시」(『통한의 실종 문인』,문이당,1989)와 최두석의 「김상훈론」(『한국학보』제61집,일지사,1990 겨울) 등은 그 대표적인 논의라 할 수 있다.

김남주에 대한 논의는 활발한 편이다. 특히 신동엽에 대한 연구는 많이 축적되어 있다. 그러나 그의 시에 대한 논의는 대부분 역사의식에 바탕을 둔 참여문학적 입장에서만 다루어져 왔다.14) 본고가 견지하는 입장은 신동엽의 시가 민중의 주체적 삶에 뿌리를 두고 있을 뿐만 아니라 농본주의적 세계관을 바탕으로 농민을 계급적으로 인식하여 그 변혁을 형상화한 시를 썼다는 것이다. 신경림에 대한 논의 역시 활발한 편이다. 그러나 그것은 산업시대에 있어서 농촌 문제에 민감하게 반응한 민중문학적 입장에서 논의되어 왔기 때문에 그가 지닌 농민적 인식을 파악하는 데 미흡함이 있었다.15) 김남주의 농민시에 대한 연구는 별도로 이루어진 것은 없다. 그의 시에 대한 지금까지 논의는 대부분 혁명 전사적인 삶과 관련하여 진행되어 왔지만16), 그러한 뿌리는 그의 농민시에 있다고 할 것이다.

1980년대 이후 민족해방 문제를 제기하는 일군의 소장 연구자들은 특히 농민문학 연구에 있어서 그 운동사적 맥락에 무게 중심을 두고 있는 듯하다.17) 지금까지 나온 해방공간 시문학 연구도 좌익문예단체들의 진보적 성향과 그 운동방향에 대한 이해에 집중하는 양상을 지니고 있으며, 산업시대의 참여문학이나 민족·민중문학적 성격을 지닌 시를 이해하는 데 있어서도 작품 내용이 그러한 운동의 성격과 과제들을 어떻게 형상화하고 있는가에 초점이 맞추어져 있다.

농민 현실을 반영한 농민시가 프로문학과 함께 한국 시문학에 등장한 이래

---

14) 그의 30주기에 맞춰 출간된 『민족시인 신동엽』(구중서·강형철 편, 소명출판,1999)은 신동엽에 대한 학술적 논문의 집대성이라 할만하다.
15) 그에 대한 대표적인 논의를 한 권의 단행본으로 묶은『신경림 문학의 세계』(구중서·백낙청·염무웅 엮음, 창작과 비평사, 1995)는 눈여겨 볼만한 책이다.
16) 그를 추모하는 성격으로 발간된『피여 꽃이여 이름이여 - 김남주의 삶과 문학』(시와 사회사,1994)은 그의 삶과 문학적 행적을 집대성한 것으로 그 의미를 부여할 수 있다.
17) 여기에 대한 대표적인 논의로는 최원식의 「농민문학론을 위하여」(『한국문학의 현단계 Ⅲ』,창작과 비평사,1985)와 김명인의 「민족문학과 농민문학」(『한국문학의 현단계 Ⅳ』, 백낙청·염무웅 편, 창작과 비평사,1985), 그리고 한형구의 「해방공간의 농민문학」(김윤식 편,『해방공간의 민족문학 연구』,열음사,1989)과 신범순의 「해방공간의 진보적 시운동에 대하여」(김윤식 외, 『해방공간의 문학운동과 문학의 현실인식』,한울,1989) 등이 있다.

지금까지 꾸준히 발전해 온 것은 부정할 수 없는 사실이다. 현대에 있어서 해방공간에서는 물론이고 산업시대에 있어서도 변혁전통에 의한 현실주의 제창은 이러한 측면에서 볼 때, 운동을 작품 속으로 끌어들이려는 노력의 하나임에 틀림없다.

3. 연구 대상과 방법

농촌현실과 농민이 지닌 삶에 대한 강렬한 관심을 보여준 시가는 민요에서 부터 출발[18]하여 고려시대의 경우 김극기[19]나 조선시대에 있어서 이규보와 정약용의 한시[20] 등에서도 찾아볼 수 있다. 이러한 시가들은 봉건사회가 지니고 있었던 모순과 외세 침탈로 인한 농민들의 고통을 그리는 한편, 그에 대한 저항과 비판정신을 드러내고 있다. 그러나 이러한 현실주의적 경향은 아직 본래적인 의미에서 현실주의적 성격을 지닌 시라고 볼 수 없다. 왜냐하면 봉건시대 시가들은 농촌과 농민현실이 지니고 있는 한 단면을 충실하게 재현하고 있을 뿐, 대중적 연계성이나 이데올로기적 성격을 드러내는 것은 아니기 때문이다.

본고에서 연구대상이 되는 작품은 해방 직후부터 산업시대로 일컬어지는 1980년대까지의 농민시이다. 대상 작품에 대한 시기 분류는 크게 '해방공간' 과 '산업시대'로 나누어서 고찰한다.[21] 본고에서는 두 시기를 대표하는 농민

---

18) 서범석,『한국농민시연구』(고려원,1991), 33~36쪽 참조.
19) 조동일(『한국문학통사·2』,지식산업사,1983,14~17쪽)은 김극기가 농민시의 개척자라는 사실을 처음으로 주장하였으며, 그의 시가 '관념도 아니고 경치도 아닌 생활이 나타나 있으며, 농민의 느낌과 표정을 자기 것으로 했으니 더욱 소중하다'고 평가하고 있다.
20) 조동일, 『한국시가의 역사의식』(문예출판사,1983), 165쪽 참조.
21) 해방 직후부터 시작되는 현대 농민시에 대한 시대 구분의 의미로 본고에서 사용하는 '산업시대'는 1960년대부터 1980년대에 이르는 시기를 지칭하는 용어이다. 해방 이후 문학을 어느 시점에서 끊어서 논의하고자 할 때, 10년 단위라는 연대 구분은 편리한 잣대가 되어 온 것은 사실이다. 그것은 해방 이후 한국 문학이 10년 단위의 외적인 변화와 거의 비슷하게 맞물려 온 사실과 직결된다. 그러나 농민시에 있어서는 1950년대

시가 지니는 질과 양을 감안하여 집중적으로 고찰할 대상을 일부 시인으로 한정하고자 한다.

해방공간 농민시는 사회구조적 문제를 초점으로 하여, 계급적 인식을 바탕으로 전위적 실천을 노래한 오장환과 박아지 그리고 김상훈을 중심으로 이들 시에 당대 상황과 농민의식이 어떻게 반영되는지를 살펴볼 것이다. 1950년대 말부터 시작된 산업시대 농민시는 농민적 인식을 시로 형상화한 신동엽과 신경림 그리고 김남주의 시를 중심적인 연구대상으로 삼는다. 이 외에도 두 시기에 있어서 농민시가 지니는 또 다른 특징으로 볼 수 있는 다른 시인들의 시를 별도로 묶어서 살펴볼 것이다.

연구 대상이 되는 이들 시에 대한 문제는 몇몇 연구자들이 지적하고 있듯이 당대 농촌현실이나 농민 생활상을 객관적으로 반영하기보다는 시인 자신의 농민의식과 투쟁정신을 앞세운 경우가 대부분이다. 그러나 당파성과 운동성을 중시한 이러한 계급 투쟁적 농민시가 시적 가치가 없다고 단정할 수 없는 일이다. 그것이 비록 시적 형상화에 있어 미흡하다고 하더라도 농민시가 궁극적으로 지향하는 것이 농민의 계급적 해방에 둔 것이라면 그 나름의 의미를 부여해야 할 것이다. 이들에게 있어서 문학적 실천은 미학적 장치에 앞서 있는 것이기 때문에 농촌이 당면한 현실과 농민이라는 계급적인 위치에 대한 과학적 인식이 보다 중요하다고 할 수 있다. 따라서 농민시가 지향하는 예술적 탐구 대상은 질곡과 착취로 얼룩진 농민을 형상화하는 것이며, 시를 통해 농민의식을 고취하고자 하는 목적을 부정적으로만 볼 수 없다는 것이 본고의 입장이다.

현대 농민시가 농민현실을 반영하는 양상을 살펴보기 위해서는 그 시사적(詩史的) 연속성을 살펴보아야 할 것이다. 특히 농민시 발생을 어느 시점으로 볼 수 있는가의 문제와 그 배경을 살피는 일은 필수적으로 요구된다. 현

의 기점이 되는 6.25전쟁부터 1960년대 초반까지는 농민현실을 반영한 시를 찾아보기 어렵다는 점과, 1950년대 말부터 창작활동을 시작한 신동엽이나 1960년대 후반부터 농민시를 발표한 신경림에서 알 수 있는 것처럼 시대 구분의 단위를 10년이라는 도식적인 잣대를 사용할 수 없다는 점에서 이들 농민시를 '산업시대' 농민시로 묶어서 논의하고자 한다.

대 농민시가 지니고 있는 성격은 일제강점기 프로문학에 있어서 논의된 '농민문학론'과 그 이론적 실천의 결과로 나타난 시들과 밀접한 관련을 맺고 있다. 현대 농민시는 단순히 외래적인 사상과 이념을 모방함으로써 갑자기 나타난 모더니즘의 산물이 아니며, 1920년대에 이미 형성된 현실변혁에 대한 요구들이 실천화된 것을 의미한다. 말하자면 해방공간의 농민시 이전에도 이미 치열한 삶의 문제를 다루는 작품들이 존재해 있었고, 그것이 산업시대 농민시에도 일정하게 수용되었다고 보아야 한다. 따라서 본고에서는 농민의식을 본격적으로 반영하는 농민시 발생을 프로문학과 동시대로 보고 그 배경을 살피고자 한다.

본고는 연구 방법으로 '현실주의' 이론을 적용한다. 이는 '비판적 리얼리즘'과 '사회주의 리얼리즘'을 포함한 개념이다. '비판적 리얼리즘'은 인식적·예술적 가치를 중시하는 문학행위를 이상화(理想化)된 인물에 그 초점을 두고 있다. 이 점은 세부의 진실성·전형성·총체성이라는 범주들과 연관을 이룬다. 또한 개방형식을 거부하는 것은 아니지만 형식의 자기 완결성을 미덕으로 삼는다. 거기에 총체성이 중시되는 까닭은 자기 완결성의 요구이기도 하며, 그 총체성을 이루는 연관들의 인식을 통해 인간의 세계 수용능력이 확장·심화될 수 있음을 중시한다.

이와는 달리 '사회주의 리얼리즘'은 혁명적 발전과정에 있는 현실을 진실하게, 역사적이고 구체적으로 표현해 줄 것을 요구한다. 이 이론 속에는 문학의 정치적 담론 속에서 논의되었던 다양한 이데올로기적, 미학적 명제들이 용해되어 있다. 창작방법론의 입장에서 볼 때, 이는 상당부분 레닌의 반영 존재론에서 유래했는데, '개방적' 그리고 '객관적' 리얼리즘 개념은 배제된 것이다. 사회주의 리얼리즘에 있어서 방법의 정치적 도구화는 레닌에게서 시작된 당성의 요구와 더불어 수행된 것이다. 이 때 경향성·민중성·이념 내용 그리고 대중 연계성은 핵심적으로 부과된 요구들이었다.[22] 이 사회주의 리얼리즘은 문학적 형상의 성격과 밀접한 관련을 맺고 있다. 직접적으로 선전·

---

22) 빅토르 츠메가치, 디터 보르흐마이어 편저, 류종영 외 번역, 『현대문학의 근본 개념 사전』(솔,1996), 194~195쪽 참조.

선동에 쓰일 수 있는 작품을 생산하려는 노력은 긍정적 · 투쟁적 · 영웅적 인물을 형상화하려는 경향으로 나타난다. 이 인물들은 현실적 관계 속에서 존재하는 긍정적 · 부정적 인물로서 위계체계를 형성하게 된다. 그리고 이는 당파성을 핵심 범주로 함으로써 문학작품이 개방된 형식이 될 수 있는 가능성을 열어 놓고 있다. 거기에는 유기체적인 형식 완성이 최상의 미덕이 되는 것이 아니라 현실사회의 변혁을 위해서 직 · 간접적으로 기여할 수 있는 최선의 방책을 찾아낸 것은 모두 미덕을 갖춘 것이라는 전제가 깔려 있다. 이와 같이 '사회주의 리얼리즘'과 '비판적 리얼리즘'이 갖는 차이에 대해 루카치는 '사회주의 리얼리즘이 스스로에게 입힌 상처를 치료해주는 방법을 찾는 데 도움을 줄 수 있는' 방법적 원리를 가지고 있다고 보았으며, 그에 비해 비판적 리얼리즘은 현실에 존재하는 '모순들을 찾아내고 미로와 같은 역사의 방향을 드러내주는'23) 방법으로 보았다.

본고에서 사용하는 용어인 '현실주의'는 해방공간에 있어서는 주로 '인민성'을 견지하며, 산업사회의 경우에는 '운동성'에 바탕을 둔 개념으로 사용한다. 이는 당대의 지배적 세력에 대한 영합이나 순응을 의미하는 '현실추수주의'와는 분명히 다른 개념이다. 또한 근자의 학술용어로 사용되고 있는 '시에 있어서의 리얼리즘'과도 다른 의미로 사용하고자 한다.

학술적 용어로 '리얼리즘시'를 적용하는 경우, 논자들에 따라 제각기 다른 뜻으로 사용하고 있어 혼란을 빚고 있다. 신범순은 '리얼리즘'이라는 용어를 '현실문제에 대한 적극적인 관심'24)이라는 측면에서 사용하고 있으며, 윤여탁은 '경향시 또는 프로시라는 용어를 대신하는 것'25)으로 사용하고 있는 반면에 오성호는 '시에 있어서의 현실 형상화 방법론'26)이란 개념으로 그 용어를 사용하고 있다. 한편 최두석은 '사회현실에 대한 탐구와 현실인식에 민감

---

23) 게오르그 루카치, 황석천 역, 『현대 리얼리즘론』(열음사,1986), 129쪽.
24) 신범순, 「해방기 시의 리얼리즘 연구」, 서울대 박사논문, 1990.
25) 윤여탁, 「1920~30년대 리얼리즘시의 현실인식과 형상화 방법에 대한 연구」, 서울대 박사논문, 1990.
26) 오성호, 「1920~30년대 한국시의 리얼리즘적 성격연구 -신경향파와 카프의 시를 중심으로-」, 연세대 박사논문, 1992.

한 경향의 시'로 일반화시켜 범주를 설정하고 '리얼리즘의 성취'[27]와 결부시켜 객관적 리얼리즘의 창작 방법론에 기대어 '리얼리즘시'라는 용어를 사용하고 있는 듯하다. 요컨대 이들이 사용하는 '리얼리즘'은 창작방법의 차원에 무게를 둔 것이라면, 본고에서 사용하는 '현실주의'는 정신 또는 세계관의 차원에 비중을 둔 용어이다.

1950년대 말 소비에트에서의 미학논쟁 성과들을 부분적으로 수렴하면서 벌어지게 되는 사회주의권의 현실주의 논의는 1957년 막심 고리끼의 문학연구소에서 비롯된 쟁론들이 중심을 이루었다. 내용과 형식 문제 등 예술방법을 둘러싼 제반 논의들이 보편미학적 관점 속에서 폭넓게 전개되었는데, 특히 이러한 과정에서 미학논쟁과 관련하여 예술방법에서 가치평가적 계기를 마련한 것이 주목된다. 그리고 이러한 논쟁을 통해 예술의 가치평가적 계기가 이론적으로 확증된 현실주의적 세계관은 예술방법, 예컨대 비판적 현실주의에 대하여 지니는 질적 고유성으로 해명되었다. 즉 사회주의에 있어서 현실주의는 노동자계급의 마르크스-레닌주의적 세계관에 입각하여 세계를 인식하는 것일 뿐만 아니라 가치평가도 한다는 것이다. 이러한 점에서 프롤레타리아트의 예술은 이데올로기적 운동일 뿐만 아니라 '예술적' 운동이기도 하다. 프롤레타리아트의 당파적(Parteilichkeit) 현실주의는 그 이전의 모든 예술에 대해 현실인식의 측면에서만 우월성을 지니는 것이 아니라 가치평가적 측면에서도 본질적으로 독자적이며 또한 우월하다는 것이다.[28] 본고에서 다루고자 하는 농민시는 이와 같은 예술로서의 현실주의적 성격이 지니는 미학적 특징을 드러내고 있는 것이라 할 수 있다.

현대 농민시 연구는 당대 사회적 배경을 구체적으로 살피는 일에서부터 출발하는 것이 적절하다. 왜냐하면 농민시가 당대 현실에 바탕을 두고 농민의식을 문제 삼는 것이라고 볼 때, 당대 사회의 현실을 바탕으로 작품을 고찰해야 하기 때문이다. 이러한 고찰의 선후관계를 명확하게 할 때 각 시인이 그려내고자 한 농민시의 성격과 미학적 특질이 규명될 것이며, 나아가 현대

---

27) 최두석, 「한국 현대 리얼리즘시 연구」, 서울대 박사논문, 1995.
28) 문학예술연구소 엮음, 「편자 서문」, 『현실주의 연구 I 』(제3문학사,1990), 6~7쪽 참조.

농민시가 한국 현대시사에 차지하는 의미를 조명해 볼 수 있을 것이다.

현실을 얼마나 정확하게 형상화하느냐의 문제에만 농민시 연구의 초점을 둔다면 그 미학적 성취 여부를 판단하기는 어렵다. 농민시가 당대 지식인의 농민의식을 반영한 산물이라는 점에서 본고는 문제적 인물로서 시인의 세계관을 고찰하는 일이 더욱 중요하다고 보았다. 일제강점기의 경우와 마찬가지로 해방 이후에 있어서도 소작농민들이 기본적인 삶의 조건마저도 위태로운 상황에 처해 있는 상황에 대해 시인이 어떠한 인식태도를 보여주고 있는가 하는 점이 농민시 작품을 이해하는 데 중요한 기준으로 삼았다. 본고는 그 세부사항으로 '이상화(理想化)'에 바탕을 둔 '전형화(典型化)'와 '반영' 그리고 운동으로서의 '실천'을 작품 고찰에 있어 또 다른 방법의 하나로 보았다.

현실주의를 지향하는 농민시에 있어서 그 형상화방법의 중요한 사항으로 '전형성'을 꼽을 수 있다. 이것은 시인이 현실에 대해서 갖는 인식을 작품 속에서 실질적으로 창조 구현하는 양상과 관련된 문제이다. 엥겔스의 표현대로 현실주의적 형상화란 '세부의 진실성 외에도 전형적인 상황하에서의 전형적 인물의 재현'[29]이라는 점에서, '전형성'은 현실주의 시창작의 기본적인 방법 중 하나라 할 수 있다. 따라서 농민시에 있어서도 농촌과 농민현실에 대한 올바른 반영과 문학예술적 형상화방법의 원리와 체계로서, '전형화'에 대한 고찰은 중요한 의미를 지닌다.

또한 '이상화(理想化)'가 현실주의를 지향하는 시에 있어서 중요한 형상화 방법의 하나로 볼 수 있는 것은 시인 스스로 의도한 '일원론적 언어의식'[30]에 기대고 있다는 점에서이다. 객관적 세계에 대한 묘사 없이 작가의 이데올로기나 감정만 드러내는 유형의 서정시들은 시인의 체험과 정서 그리고 사상을 직접적으로 표현하는 데 관심을 집중시킨다는 점이다. 옵스야니코프는 이상화(理想化)를 '형상의 이념적 정서 지향성'[31]으로 설명하고, '예술적 형상의

---

29) 마르크스·엥겔스, 김대웅 옮김, 『마르크스·엥겔스 문학예술론』(한울,1988), 12쪽.
30) 미하일 바흐찐, 전승희 외 역, 『장편소설과 민중언어』(창작과 비평사,1988), 95쪽.
31) 옵스야니스코프, 이승숙·진중권 옮김, 『마르크스 레닌주의 미학원론』(이론과 실천,1990), 128~129쪽.

계기들을 특징 지우기 위해서는 예술적 표현(Ausdruck)과 묘사(Darstellung)의 가능성을 탐구하는 것이 중요하다'고 하였다. 그런가 하면 까깐은 '이상화(理想化)'를 일컬어 사회주의 리얼리즘에서 흔히 사용되는 예술적 일반화의 원리로서 주로 스탈린주의가 예술의 형상화방법에 영향을 미친 결과로 보고, 작가나 시인의 주관적인 이상을 작품 속에 투사시킴으로써 현실주의와는 거리가 먼 것으로 보았다.[32] 그러나 형상화방법의 주도적인 계기로 사용한 서정시에서 현실주의를 논할 때 '이상화(理想化)'가 중요한 이유는 당대 현실과 시인과의 관계가 서정적 주인공 혹은 시적 화자를 통해 어떻게 드러내고 있는가의 문제와 직결되어 있기 때문이다.

'전형화'된 시에 있어서 인물의 형상은 서사문학의 그것과는 달리 자립적, 개별적 인간으로 묘사되지만 그 내부에 당대 현실 속에 존재하는 집단의 사람들과 그들의 일상적인 삶의 흔적을 담고 있는 것으로 형상화된다. 이러한 의미에서 '전형화'를 사용한 서정시의 현실주의 성취를 논할 때 문제의 중심에 떠오르는 것은 인물의 형상이나 상황, 구체적인 사건 등이 당대의 보편적인 정서를 드러내는가 라는 이른바 형상화 대상의 '전형성'이 문제가 된다. 이것은 루카치가 말하는 일종의 '독특한 유형의 종합'이라 할 수 있다. 루카치는 이를 인물과 상황을 연결하고, 개별자와 보편자를 유기적으로 통일한다고 보았다. 묘사 대상을 '전형화'하는 것은 그것의 평균적인 성질이 아니며, 개별적인 성질도 아니다. '전형화'되는 것은 오직 한 역사적 시기에 있어서 인간적·사회적으로 본질적인 '계기'들이 그 속에 함께 어우러질 때만 가능하다. 따라서 이 계기들은 '전형'의 창조를 통해서 최고도의 발전단계를 드러내게 된다고 그는 주장한다.[33] 다시 말해서 시인이 포착한 한 단면을 다양하고 풍부한 현상들과의 관계 속에서 일반화시키고 농축시켜 본질적이고 전형적인 측면을 드러내는 것이 필수적인 것으로 보았다. 이렇게 볼 때, 시에 있어서 현실주의 성취 여부는 그 형상화에 있어서 '전형화'의 실현양상에서 드러나는 시적 표현의 응집성과 형식적 장치에 크게 좌우된다고 할 수 있다.

---

32) Kagan. M.S, 편집부 역, 『미학강의·2』(벼리,1992), 377~387쪽.
33) G.H.R.파킨스 편, 김대웅 역, 『루카치의 미학사상』(문예출판사,1986), 191~192쪽 참조.

농민시에 있어서 현실주의적 성격은 시인이 객관현실을 진실하게 인식해야 한다는 근본적인 시각에서 더 나아가 '반영'의 문제와 '서정적 주체'에 대한 규명이 따라야 한다. 이것은 아직 그 개념이 명확하게 규정되지 않고 있는, 반영의 의미로서 '미메시스 이론'34)과 맥락을 같이 한다고 볼 수 있다. 미메시스 이론이 '서구문학에 나타난 현실묘사'의 이론으로 규정지을 수 있다고 본다면, 에리히 아우얼바하가 말하는 '현대 리얼리즘의 초석'35)으로서의 이 이론이 현실주의를 지향하는 농민시 전반에도 유효하게 적용될 수 있다. 이와 더불어 시의 현실주의는 서정적 형상 안에서 이루어질 수밖에 없으므로 이러한 형상화방법의 문제들은 현대 농민시의 경우에도 두루 적용될 수 있을 것이다.

현대 농민시의 성격을 규명하기 위해서는 브레히트가 말하는 창작방법론으로서의 '리얼리즘의 사회적 기능'36) 또한 염두에 두지 않을 수 없다. 브레히트는 '리얼리즘의 다양한 사회적 기능과 연관시켜 이해하는 것, 즉 리얼리즘의 발전 속에서 이해하는 것'이라고 전제하면서 사회의 전영역을 다각도로 창조해 낼 수 있는 현실주의 예술은 상승하고 있는 계급과의 공동작업 속에서만 발전할 수 있다는 점을 강조한다. 이 상승하고 있는 계급은 스스로 발전해 나가기 위해서 모든 사회제도나 모든 사회현실에 활력적으로 뛰어들어

---

34) '미메시스'는 그 부제('서구문학에 나타난 현실묘사')가 말하고 있듯이 서양문학에 있어서 현실 묘사의 발전을 추적하고 있다. 인간의 주체적인 삶은 이미 주어져 있는 형식 또한 그에 못지 않게 자연과 사회의 여러 세력들에 의해 형성된다. 이렇게 볼 때, 스타일의 역사는 인간 삶의 -개인적이면서, 집단적이고, 자연적인 인간의 삶의 통로의 역사이다. 그러므로 '미메시스'는 외면적으로 파악된 현실 모사(模寫)의 문제가 아니라, 인간 또는 서양적 인간의 주체적 삶, 인간적 삶의 문제를 이야기 하고 있는 것이다. 에리히 아우얼바하 Erich Auerbach, 김우창·유종호 역, 「역자 서문」, 『미메시스 MIMESIS』고대·중세편, (민음사,1987), 6~7쪽 참조.

35) 일상적 현실을 심각하게 다룬 것, 사회적으로 낮은 지위의 넓은 인간집단이 문제성과 실존적 진실 속에서 보여지는 현실 재현의 대상이 된 것, 또 다른 한편으로 아무렇게나 골라잡은 인물과 사건을 당대 역사의 일반적 흐름, 유동적인 역사적 배경 속에 자리하게 하는 것, 이 두 가지가 현대 리얼리즘의 초석이 된다. 에리히 아우얼바하Erich Auerbach, 김우창·유종호 역, 『미메시스MIMESIS』근대편(민음사,1979), 202쪽.

36) 베르톨트 브레히트, 『브레히트의 리얼리즘론』(남녘,1989), 152~157쪽 참조.

야 한다는 것이다. 그는 진정한 현실주의가 가능해지기 위해서는 모든 사회적 문제들을 해결하거나 극복할 수 있는 가능성이 제시되어야 한다는 점과, 생산력의 계속적인 발전을 넘겨받을 수 있는 새로운 계급이 존재해야 하는 사실을 중요한 요소로 꼽았다.

현실주의가 지니는 미학적 측면이 '당파성' 혹은 '운동성'으로서 작품과의 관계 속에서 탐구될 때, '실천'이라는 개념 또한 피해 갈 수 없을 것이다. 마르크스주의의 중심 개념으로 제기된 '실천'[37]은 현실주의 이론이 문예학적으로 발전되어 오는 과정에서 미학의 핵심적인 요소인 '반영'의 문제를 보다 역동적으로 만드는 데 중요한 역할을 하였다. 마르크스 입장에서 '실천'은 인간이 스스로 역사적이고 인간적인 세계와 자기 자신을 창조(제작·생산)하고 또 변화(형성)시키도록 하는 자유롭고, 보편적이며 또한 자기 창조적이기도 한 행위이다. 이것은 인간이 기본적으로 다른 모든 존재와 스스로를 구별하게 하는 인간 특유의 행위를 의미한다. 이러한 견지에서 인간은 실천적 존재로, '실천'은 마르크스주의의 중심개념으로, 그리고 마르크스주의는 '실천'의 사상으로 간주할 수 있다. 사회 정치적 운동과 작품을 연관시키고자 할 때 '실천'이라는 개념은 그 중심 고리 중 하나라고 할 수 있다.

지금까지 살펴본 현실주의를 지향하는 시에 있어서 형상화방법을 정리해 보면, 시인이 현실을 진실되게 '반영'하고자 하는 의식을 바탕으로 '전형성'의 문제가 해명되어야 한다는 것이다. 이 점은 '이상화(理想化)'와 관련된 '실천' 개념과도 관련을 맺고 있다. 따라서 농민시에 있어서의 현실반영은 그것이 구체적이고 개별적인 농민정서로 형상화되었으면서도 동시에 그 시대와 사회의 객관적 삶에서 우러나는 시인의 정서가 어떠한 양상으로 드러나는가 하는 것이 작품 이해의 중요한 기준이 된다. 아울러 '전형성' 획득 여부를 판가름하는 중요한 척도가 된다. 농민시에 있어서 현실주의적 '반영'은 농촌과 농민의 현실과 직접적인 관련을 맺고 있는 사항이기 때문에 농민에 대한 시인의 인식이 그 핵심에 놓일 수밖에 없다.

---

37) Tom Bottomore 외, 『마르크스 思想事典』(청아출판사, 1988), 355쪽 참조.

본고는 현대 농민시의 실상을 밝히기 위해 제2장에서는 농민시의 개념을 농민주체에 대한 시인의 현실인식에 바탕을 두고 규정할 것이며, 그에 따른 농민시의 성립배경을 프로문학이 등장하는 사실과 관련하여 살펴볼 것이다.

이를 바탕으로 제3장에서는 해방공간에 있어서 농촌현실과 농민문제를 토지개혁과 관련한 농민운동을 통해 그 실상을 살펴볼 것이다. 그러한 사회적·정치적 상황을 수용한 당대 문단현실을 좌익문단 중심으로 살펴볼 것이다. 이에 따라 당대의 시에서 농민의식이 어떠한 양상으로 드러나는가를 오장환과 박아지 그리고 김상훈의 시를 중심으로 살펴볼 것이다. 이에 따라 해방공간 농민시는 일제강점기에 나타난 진보적 성격을 계승한 현실주의적 성격을 주류로 하여 전개되었다는 사실이 밝혀질 것이다.

제4장에서는 산업시대 농민시가 지니는 성격을 살펴보기 위해 산업화 추진과 그에 따른 농민 희생의 실상을 먼저 살펴보고, 당대의 민중문학이 수용한 농민시의 위치를 검토할 것이다. 이를 바탕으로 산업시대 농민시를 대표하는 신동엽과 신경림 그리고 김남주의 농민시가 지니는 현실반영 양상을 살펴볼 것이다. 이에 따라 산업시대 농민시는 해방공간 농민시를 그대로 계승한 것은 아니지만 잠복해 있던 현실주의적 세계관을 새로운 양식으로 계승하였다는 사실이 밝혀질 것이다.

제5장에서는 지금까지 살펴본 현대 농민시가 지니는 시사적 위치를 고찰할 것이다. 현대 농민시는 일제강점기의 프로문학이 일관한 투쟁적 성격을 대부분 수용한 전통 계승의 성격이 짙다. 따라서 이러한 운동으로서의 문학이 지니는 큰 흐름 속에 놓여 있다는 점에서 그것이 지닌 의의를 규명할 것이다. 더불어 현대 농민시가 지니고 있는 한계도 짚어볼 것이다. 이를 통해 드러나는 농민시의 특징을 제시할 것이다. 이러한 특징에 대한 고찰을 통해 1990년대에 접어들어 본격적으로 등장하는 환경시나 생명사상을 노래하는 시 등의 모태가 농민시에 있었다는 사실도 밝혀질 것이다.

제 2 장   현대 농민시의 개념과 성립 배경

1. 농민문학과 농민시의 개념

농민시가 지니고 있는 성격을 해명하기 위해서는 먼저 농민시의 개념을 명확하게 규정해야 한다. 그리고 농민시 개념 규정을 위한 구체적인 작업은 쟁점화되어 있는 몇 가지 선행 문제점들에 대한 해결이 필요하다. 그것은 '농민'이라는 용어가 지니는 계급 혹은 계층적 특수성의 문제를 짚어보는 일이 선행되어야 할 것이다. '농민시'는 소작농 혹은 빈농의 농민적 삶의 문제를 다루고 있는 시이기 때문에 '농촌시'와는 다른 범주의 장르로 보아야 한다. 이 개념에 관한 문제는 오래 전부터 농민문학 연구에 있어서 학계의 쟁점이 되어 온 것들인 바, 현단계에 있어서 그 용어와 창작 주체에 대해서는 어느 정도 합의에 이르고 있다. 그러나 농민시와 관련하여 '농민' 계급 혹은 계층의 문제를 어떻게 규정할 것인가와 관련하여 과연 어떤 것까지 농민문학으로 볼 것인지에 대한 문제는 아직도 논란의 여지가 남아 있다.

농민시에 있어서 시인이 농민의 계급적 혹은 계층적 실상을 파악하고 그 의식을 시로 형상화하는 문제는 '농민'을 어떠한 존재로 인식하고 이해하는가의 문제와 직접 연결되어 있다. 이는 자본주의 사회에 있어서 '농민'이 사회적으로 어떠한 존재인가 하는 문제 인식의 차원과도 관련된다. 농민의 위상은 자본주의 발전법칙 속에서 파악해야 한다. 농민에 대한 사회과학적·역사존재론적 인식 차이에 따라서 농민문학, 나아가 농민시 개념도 달라질 수 있다. 이를 달리 말하면 시인·작가가 '농민'의 사회적 위상과 그들이 지닌 삶의 의미를 어떻게 이해하는가에 따라서 농민문학, 나아가 농민시가 지니는 성격도 달라질 수 있기 때문이다.

현실주의를 지향하는 농민시에 있어서 '농민'은 소작농 혹은 빈농계층에 해당한다. 시인이 농민을 계급으로 인식하든 계층으로 인식하든 그것은 지주에 예속된 피지배적 위치에 놓인 범주이다. 농민은 구체적인 역사적 상황에 따라서 그 존재의미를 달리해 왔다. 그리고 그 성격도 복합적이다. 농민층을 하나의 독자적인 계급범주로 설정할 경우, 가장 기본적인 특징은 물적(物的) 토대가 생산수단으로서의 토지 소유와 농업 노동이 미분화된 형태로 공존한다는 점에서 찾아야 한다. 곧 농민계급이란 광의의 의미에서 프티 브르조와(petit bourgeois)의 중요한 범주가 되는 것이다. 따라서 '농민'은 자본주의 발달 과정에서 부단히 분해되어 그 양적·질적인 성격을 달리해 가는 '과도기적 계급범주'[38]이다.

① 농민peasantry이라는 용어는 자본주의적 생산양식 내에서 하나의 계급인가, 농민이 독립적인 특유한 생산양식을 구성하는가.[39]
② 직업의 범주 내에서 농부(또는 가족구성원 farmer)의 지위는 그의 계급적 지위에 의해 규정된다. … 소유자로서의 계급적 지위는 생산자로서의 계급적 지위에 의해 규정된다.[40]
③ 농민의 노동이 임노동 이외의 여타의 형태들을 포함하는 조건 속에서 농민은 농촌 프롤레타리아트와 농촌 부르조아지(대·중·소·영세부르조아지)로 분해된다.[41]

---

38) 임영일, 「사회변동과 계급구조의 변화」, 송건호 외, 『해방 40년의 재인식 I』(돌베개,1985), 76쪽.
39) Tom Bottomore 外, 『마르크스 思想事典』, 앞의 책, 113~114쪽.
40) 보구슬라바 갈레스키, 「직업으로서 농민의 사회학적 문제」, 스타벤 하겐 외, 김대웅·장영배 편역, 『농업사회의 구조와 변동』(백산서당, 1983), 287쪽.
41) L.Moskvin, The Working Class and IT's Allies, Progress Publishers:1980, 175쪽. 박영현, 「보론:농업문제에 관한 연구 노트」, 『한국자본주의와 농업문제』(아침,1987), 245쪽에서 재인용.

  '농민'에 대한 이러한 관점은 공통적으로 프롤레타리아로서의 '농민계급'을 문제삼고 있다. 말하자면 ①은 마르크스주의적 입장에서 '농민'을 독립적인 특유한 생산양식을 구성하는가의 문제와 자본주의적 생산양식 내에서 하나의 계급인가의 문제로 나누어서 보고 있다. 전자의 관점에서 볼 때 농민은 오직 하나의 계급만을 내포하는 소상품 생산에 근거한 것이다. 이것은 농민적 생산 조직은 가족단위에 근거하고 있으며, 농민들 사이에 있어서 내부적 분화나 생산양식 해체를 가져오는 어떠한 모순도 내포하고 있지 않은 안정된 양식만 내포하는 것은 아니라고 할 수 있다. 후자의 경우에서 보면, 이러한 관점을 고수하는 사람들은 농민 생활을 낭만화시키는 경향이 있으며, 자본주의가 농민 공동체를 붕괴시키거나 농민 공동체 내에서 자본주의가 발전하는 경향은 전혀 없다고 주장한다. 이것은 농민 생활양식과 관련된 마르크스주의자와 비마르크스주의 자들 간에 있어서 지속적인 논쟁의 한 부분으로 농민을 규정한 것이다. 자본주의 논리로 본다면 이러한 계급적 인식은 오늘날 부르조아 사회에 의해 제거될수록 그만큼 농민은 단일 계급으로 남아 있을 수 없게 된다.[42]

  거기에 비해 ②는 농부를 자본주의 논리에 따른 경제행위자로서 계급적 지위를 문제 삼고 있다. 이 경우 농민의 지위상승은 소유정도와 밀접한 관련을 맺는다. 따라서 '경제행위자인 동시에 가족구성원으로서의 한 가정의 가장이기도 한'[43] 농민의 계급적 지위는 생산자로서 부의 축적에 따라 소농에서 중농으로 상승될 수 있다.

  ③의 경우에 있어서 '농민'이란 그것이 속하는 경제적 사회 구성체에 따라 각기 다른 의미를 지닌다. 특수하게 보이는 이 말은 농업에 종사하는 모든 사람들을 지칭하는 집합명사이다. 봉건사회에서 그것은 다소간 동질적인 계급이지만, 레닌이 말했듯이 봉건사회로부터 자본제적 관계가 발생하고 자본주의가 발전함에 따라서 그것은 해체되어 비농민화(depeasantizing) 된다. 즉

---

42) The Agrarian Programme of Russian Social Democracy」(1902), Colleced Works, Vol. 6. 113쪽. 나델(S.N.Nadel), 『계급론』(녹두, 1986), 98쪽.
43) 에릭R.울프, 박현수 역, 『農民』(청년사,1978), 30쪽.

레닌이 지적한 것처럼 자본주의 사회는 세 개의 계급, 즉 프티 브르조와는 '소(小)소유자, 무엇보다도 농민'으로 구성되어 있다는 점에 유의해야 한다.

농민의 계급적 다양성은 일찍이 스타벤 하겐이 지적한 바 있다. 그는 농촌 주민들의 일반적 형태를 ① 다차원적인 사회조직의 기본단위로서 농민가족 농가 ② 소비 욕구의 대부분을 직접적으로 충족시켜주는 주요 생계수단으로서의 토지경작 ③ 소공동체의 생활양식과 관련된 특수한 전통문화 ④ 패배적 위치 — 외부인에 의한 농업지배 등으로 구분하고, 이러한 일반적 성격 안에서 여러 계급이 식별될 수 있다고 한다. 또한 그는 정확한 의미의 '농민'은 농촌사람들이 스스로를 호칭할 때 사용하는 일반적 개념, 즉 라틴 아메리카에서 사용되는 '캄페시노(campesino)'[44]로 보았다. 이러한 구분은 이 범주들 간에 상당한 중첩이 있지만 농민사회 구성단위를 반(半)자율적 문화를 지닌 공동체로 보는 것이 타당하다. 농민 계급을 ②의 경우에만 한정한다면 자율적 공동체로 볼 수 있지만 ④와 같은 경우에는 피압박의 계급이 되기도 하는 것이다.

그런가 하면, 이시첸코의 다음과 같은 '농민'에 관한 정의는 그 계급적 성격을 설득력 있게 제시한 것이라 할 수 있다. 특히 '농민'에 대한 그의 개념 규정은 '농민시'를 현실주의 논점을 기반으로 바라보고자 하는 본고의 입장에 부합된다는 점에서 주목할 만하다.

> 농민(Peasant Bauernschaft)은 소생산자(자작농 또는 소작인)의 계급이며, 농민은 봉건제도의 발생과 함께 사회의 특별한 계급으로서, 동시에 또 기본적인 계급으로서 발생하였다. 봉건제도하에서는 주요(主要)한 생산수단을 빼앗긴 계급이며, 경제적으로나 정치적으로나 영주에 복속되어 있었고 그 결과로, 용사(容赦)없는 착취를 받고 있었다. 심한 억압과 착취는 농민으로 하여금 봉건사회의 적대적 계급으로 성장하게 하였다. 그러나 농민은 재산에 결부되어 있었고, 분산적이며, 기술 또는 경제 면에서 낙후

---

44) 이 개념은 자급자족을 위한 공동체적 '농민집단'으로서 규정된 용어이다.
　　스타벤 하겐, 김대웅 / 장영배 편역, 「농업사회와 농촌의 계급구조」, 『농업사회의 구조와 변동』, 앞의 책, 83쪽 참조.

된 생산양식의 대표자이기 때문에, 그들 자신의 힘으로써 봉건제도를 뒤집
어엎을 그러한 계급은 될 수 없었다. 각국에서 그러한 계급이 된 것은 부르
조아지였으며, 그들은 농민을 부르조아 혁명의 기동력으로 이용하였다.45)

  이시첸코의 '농민'에 대한 개념과 관련한 계급적 다양성은 이데올로기적
성격과 밀접한 관련이 있다. 특히, 레닌은 19세기 말엽에 러시아 농민에 대한
구체적인 분석을 하였다. 그에 의하면, 경쟁은 대다수 농민들의 궁핍을 초래
하였으며 그와 동시에 극소수 농민들은 토지를 확대시켰다. 이러한 과정에서
생존을 위해 자신이 가진 노동력을 팔아야 하는 빈농이 출현하였으며, 그들
은 농촌 자본가가 된 신흥 부농의 토지에서 노동하는 농촌 프롤레타리아트가
되었다. 이러한 분석을 일반화시켜 보면, 전자본주의적인 사회적 생산관계에
내재된 잔재가 제거되는 속도와 자본주의가 발전하는 정도는 일차적으로 기
존의 생산양식 내에서 계급투쟁에 의해 결정된다고 할 수 있다. 또한 레닌
(1907)은 농업에 있어서 자본주의 발전의 두 가지 길, 즉 '융커(Junker)적
길'과 '농민의 가는 길'을 제시하였다. '융커적인 길'은 이행과정을 선도했던
대토지 소유자들에 의해 특징된다. 이 경우에 전자본주의적인 대토지는 자본
주의적인 기업으로 점차 변형되면서 대토지 소유 뿐만 아니라 노동자에 대한
통제체제도 그대로 잔류한다. 레닌은 발전과정이 이러한 모델을 취할 때 자
본주의는 매우 완만하게 성숙하며 전자본주의적 생산관계의 여러 측면이 상
당 기간 동안 지속적으로 존재한다고 보았다. 그는 이것을 대토지 소유를 분
쇄하고 노예적 관계를 폐지시킨 농업혁명에 의해 나타나는 '농민의 가는 길'
과 대조하였다. 여기서 소규모 토지를 소유한 농민과 대규모 토지를 소유한
농민이 출현한다. 농민 분화과정은 급속히 전개되고, 자본주의적 발전은 전
자본주의적 생산양식에 의해 제약되지 않으며, 생산력은 급속히 진전된다.
  그렇다고 이 융커 및 농민의 길이 보편적으로 적용될 수 있는 것은 아니다.
문제는 농민 계급의 이데올로기가 지니는 지속성은 근본적으로 전자본주의
적 생산관계의 힘과 생산관계 내에서 발생하는 계급투쟁에 의해 결정된다는

---

45) 이시첸코 편, 백효원 역, 『철학사전』(개척사,1948), 49쪽.

사실이다. 농민을 프롤레타리아화하여 소멸시키려는 일정한 역사적 순간에서의 상쇄적 경향 사이에 나타나는 모순, 또는 농민의 계급투쟁이 지니는 강력함으로 인하여 농민이 사멸할 직접적인 가능성은 전혀 없다.[46]

이러한 '농민'이 지니는 이데올로기적 성격은 계급적 존재로서 사회적 모든 관계 속에서 농민문학을 규정할 것을 요구한다. 이 점은 한국문학에 있어서 본격적인 농민문학론으로서 최초의 글이라 할 수 있는 「농민문학에 대한 일고찰」에서 안함광이 '농민문학은 프롤레타리아 이데올로기를 적극 주입함으로써 토지혁명을 성취할 수 있는 능력을 배양하는 것이어야 할 것'을 주장하는 사실을 통해서도 알 수 있다. 이러한 주장은 조선공산당 재건운동과 관련된 볼세비키적 대중화의 관점에서 이루어진 것[47]이라 할 수 있다. 안함광은 '농민문학 문제는 당대 조선 현실을 고려할 때 매우 긴요한 문제'라고 지적하고, 그 근거로 1928년 '코민테른 12월 테제'를 인용하면서 농민문학 문제가 제기되지 못한 사실은 사회적 요구를 간과한 것이라고 지적하고 있다. 그러면서 그는 자신이 말하는 농민문학에서 '농민'이란 농민전반을 말하는 것이 아니라 '어디까지든지 노동자계급의 입장에서 고구해야 할 것'[48]임을 분명히 하고 있다. 이처럼 처음부터 농민문학을 문제 삼으면서 농민의 계급적 입장을 분명히 하고 있는 것은 일본에 있어서 농민파와 나프(NAPF)파 사이에서 이 문제를 둘러싼 논쟁이 심각했음을 염두에 둔 결과[49]라 할 수 있다. 그의 다음과 같은 주장은 빈농층이 지니고 있는 계급 이데올로기적 성격을 단적으로 보여주는 것으로 농민문학을 프로문학의 하나로 파악하고 있음을 알 수 있다.

> 우리는 우리의 농민문학에 있어서 노동자 농민의 유기적 제휴, 따라서
> 빈농계급에 대한 프롤레타리아 이데올로기의 적극적인 주입을 염두에 두

---

46) Tom Bottomore 외, 『마르크스 思想事典』, 앞의 책, 114~115쪽 참조.
47) 류양선, 『한국농민문학연구-식민지시대』(서광출판사,1994), 64쪽.
48) 안함광, 「농민문학에 대한 일고찰」, 임규찬·한기형 편, 『카프비평자료총서 Ⅳ』(태학사,1990), 301쪽.
49) 조진기, 「한일농민문학론의 비교연구」, 『영남어문학』제31집, 1997, 84~85쪽.

지 않으면 안 되는 것이다. …중략… 농민문학을 논함에 노동자와 농민의
제휴를 전제로 하지 않는 주장(예하면 농민자치주의파의 주장)과 같은 것
은 반동이 아닐 수 없는 것이다.[50]

　여기서 그는 농민문학이란 농민 스스로에 의해서 존재하는 것이 아니라 프
롤레타리아 이데올로기의 적극적 주입에 의한 프로문학의 하나이거나 아니
면 또 다른 방계문학으로 파악하고 있는 것이다. 이러한 주장은 초기 나프
(NAPF)의 농민문학론, 특히 나카노(中野重治)의 이론에 크게 의존하고 있
다. 그리고 백철로부터 공격을 받게 되는 '프롤레타리아 이데올로기의 적극
적 주입'을 강조하는 것은 목적의식론과 예술대중화론 이후 프롤레타리아 이
데올로기를 노동자 농민에게 주입시키는 것을 당면과제로 설정했던 문학의
볼세비키화 연장선에서 농민문학을 이해한 것에서 비롯[51]되었다. 프로문학
과 농민문학을 동일한 서상에서 파악한 안함광의 이러한 주장은 나프(NAPF)
내에서의 농민문학 논의와는 일정한 거리를 두고 있는 것이다. 구라하라 고
레히토(藏原惟人)는 농민문학을 일정한 계급적 내용을 지니고 있는 것으로,
그것을 가지고 오직 제재만을 생각하여 '농민을 취급한 프롤레타리아 문학'
으로 규정한 것은 잘못된 것으로 보았다. 그는 "하리코프회의의 결의도 '농민
문학에 대한 프롤레타리아트의 영향을 심화한다.'(「일본에 있어서 프롤레타
리아문학운동에 대한 동지 마츠야마(松山)의 보고에 대한 결의」, 1931.2,
NAPF)고 말하고 있지만, '농민문학을 프롤레타리아 문학의 일부로 한다.'고
는 말하지 않고 있다"[52]고 단정하면서, 농민문학을 '빈농적 부분의 혁명적
욕구 위에 선 문학'[53]으로 규정하였다.
　이와 같이 농민문학은 그것이 어떠한 방식으로 존재하든 소작농민 혹은 빈

---

50) 안함광, 앞의 글. 임규찬·한기형 편, 『카프비평자료총서 Ⅳ』, 앞의 책, 302쪽.
51) 조진기, 앞의 글, 『영남어문학』, 앞의 책, 85쪽.
52) 구라하라 고레히토(藏原惟人), 「농민문학의 올바른 이해를 위하여」, 『NAPF』, 1931.7.
　　조진기 편역, 『일본 프롤레타리아 문학론』(태학사,1994), 534쪽.
53) 구라하라 고레히토(藏原惟人), 위의 글. 조진기 편역, 『일본 프롤레타리아 문학론』,
　　위의 책, 526쪽.

농계급의 이데올로기적 성격과 밀접한 관계를 맺고 있다. 그렇기 때문에 농민문학, 나아가 농민시라는 장르상의 문제에서 '농민'은 다분히 계급 이데올로기의 차원에서 규정될 수밖에 없다.

황석우가 「신년문단에 바람」(『동아일보』,1923.1.1)이라는 글에서 처음으로 '농민문학'이라는 용어를 사용한 이후 농민문학은 '농촌문학'이라는 용어와 상당한 혼란을 겪으면서 사용되었다. 지금까지의 논의를 종합해보면 '농민문학'이라는 용어는 농민의 계급적 문제 인식을 바탕에 두고 있는 것이며, 그에 비해 '농촌문학'은 농민의 계급적 인식과는 관계없이 농촌을 문제 삼는 문학의 총칭으로 귀결되었다고 할 수 있다. 일제강점기와 해방공간의 경우에는 농민문학이라는 용어를 사용한 경우가 지배적이지만 '농민문예' 혹은 '흙의 문학', '향토문학', '전원문학' 등의 용어를 사용하는 경우를 흔히 볼 수 있다. 이러한 용어들은 모두 일본의 프롤레타리아 문학론의 영향54)에서 비롯된 것으로 보아야 한다.

농민문학에 대한 용어의 혼란은 1970년대에 접어들면서 염무웅이 「농촌현실과 오늘의 문학」(『창작과 비평』,1970.가을)에서 '농촌문학'을 논쟁적으로 제기한 이래 1980년대 중반에 이르기까지 계속되었다. 염무웅은 이 글에서 '지성과 예술을 빙자한 비생산적인 말놀음에 세월을 허송하는 오늘의 문단'을 향해서 농민의 막중한 희생 위에서 급격한 산업화를 추진함으로써 가공할 물신의 폭력 아래 미증유의 자기 분해의 위기를 맞고 있는 농촌 현실에 대한 정당한 관심을 환기시키면서 '탁월한 농촌문학'의 출현을 강력하게 요청하였다. 이후 '농촌문학'이라는 용어는 김치수, 윤병로, 김병걸, 홍기삼, 김사인 등에 의해 사용되었다.

1980년대에 있어서 '농촌문학'과 '농민문학'에 대한 용어의 혼란을 보여주는 대표적인 글로는 홍기삼의 「농촌문학론」(『농민문학론』,신경림 편,온누

---

54) 이누타 시게루(犬田 卯), 「農民文藝의 意義에 대하여」, 『農民文藝十六講 』(春陽堂,1926.10) 조진기 편역, 『일본 프롤레타리아 문학론』, 위의 책, 459~477쪽 참조. 이누타 시게루(犬田 卯), 「第14講 農民詩」, 『農民文藝十六講』(春陽堂,1926.10), 488~491쪽 참조.

리,1983,75~80쪽 재수록)과 박태순의 「농민문학 논의와 민중문학의 시각」(『외국문학』,1985,여름,제5호,232~252쪽)을 들 수 있다. 홍기삼은 이 글에서 '단순히 농촌, 또는 농민의 이야기를 단순한 소재 또는 배경으로 그려준 작품'을 '농민문학'으로, '농촌 혹은 농민을 그리되 한 시대의 전모를 진지하게 파악하고자 노력하는(도시와 농촌의 긴밀한 관계파악으로써) 문학'을 '농촌문학'으로 나누어 부를 것을 제안했다. 그의 이러한 제안은 용어 적용에 있어서 소재주의적 문제와 주제주의적 문제를 혼동한 것으로 보인다. 그리고 박태순은 '농촌문학'과 '농민문학'을 구분하면서, '농촌문학'을 '자연예찬'과 '향토문학' 그리고 '촌락문학'으로 나누었고, '농민문학'은 '시민문학'의 대립 개념으로, 민중문학의 입장에서 바라보면서 '노동문학'의 하나라는 혼란스러운 주장을 하고 있다.

　그러나 이와 같은 용어의 혼란은 최원식의 다음과 같은 제의를 통해 '농민문학'이라는 용어가 '농촌문학'과는 엄밀히 구분되어 사용할 수 있는 계기가 마련된 것으로 보인다.

　　　70년대 들어서서 과거의 '농민문학' 대신 '농촌문학'이라는 용어가 사용되었다. 명확한 개념규정 없이 사용되었기 때문에 자세히는 못하지만 필자의 짐작으로는 농촌현실에 관한 문학적 관심을 환기시키는 초보적인 단계였기 때문에 붙여진 이름이 아닌가 싶다. 그러나 농촌문학론이 제기된 이후 신경림의 『농무(農舞)』(1975)를 비롯한 우수한 작품이 이 분야에서 속출함으로써 농촌문학에 대한 우려는 씻어졌으니 그 당위성은 확보된 셈이다. 확실히 농촌문학이란 용어는 소재주의 냄새가 짙고 농촌에 대한 관심의 구극(究極)은 그 주체인 농민이 어떻게 인간답게 살 권리를 확보하는가에 있기 때문에 이제는 농촌문학이라는 용어는 폐기되어야 할 것이다.55)

　최원식의 이러한 주장은 '농민문학'을 농민계급의 삶의 문제나 의식과 관련된 문제로 보았다는 점에서 타당하다. 그렇지만 농촌과 농민을 다룬 문학

---

55) 최원식, 「농민문학론을 위하여」, 앞의 책, 79쪽.

을 모두 '농민문학'으로 규정하고 '농촌문학이라는 용어는 폐기되어야 한다'
는 것은 모순된 논리로 볼 수 있다. 왜냐하면 농촌을 배경으로 한 농촌문학
은 결코 '폐기'될 수 없으며, '폐기'될 성질이 아니기 때문이다.

농민문학의 개념 규정과 관련한 최근의 논의들은 그 개념을 광의의 차원으
로 규정할 것인가 아니면 협의의 차원으로 규명할 것인가로 대별될 수 있다.
우선 협의의 차원으로 규정한 연구자로는 정한숙, 구인환, 이재선, 김명인, 류
양선 등이 있다. 정한숙은 "농민문학은 농민의 가식 없는 실체가 형상화되고,
농촌에서 농사를 지으며 흙과 친화하는 인간을 다룬 문학을 지향하는 것이어
야 한다"56)는 주장을 하였으며, 구인환은 "농민소설은 변모해 가는 전통적
생활의식과 감정을 내일로 바라보며 흙과 더불어 오늘을 사는 농민생활을 형
상화한 소설"57)이라는 주장을 내놓았다. 그리고 이재선은 "농민소설이라는
용이의 엄정성이 지켜지자면, 농민의 농민다운 노동의 생활상이나 곤경 또는
집념과 같은 감정영역이 구체적으로 반영되지 않으면 안 된다."58)고 보았다.
이러한 정한숙과 구인환의 견해는 농민적 삶을 바탕으로 한 리얼리즘적 입장
을 강조한 것이며, 이재선은 농민문학의 현실주의적 태도에 무게 중심을 두
고 있다. 다음과 같은 김명인과 류양선의 주장은 이재선의 이러한 태도를 보
다 구체적으로 드러낸 경우라 할 수 있다.

① 농민문학은, 하나의 범주적 규정을 내려본다면 구체적인 역사현실 속에
  서 토지라는 생산수단에 근거하여 노동하고 생산하며 그러한 노동과 생산
  의 과정을 포괄하는 생산관계, 나아가 전체 사회의 여러 관계의 틀 속에서
  자기를 실현해나가는 움직이는 인간으로서의 농민 혹은 농민계급이 작품
  구조의 중심에 주체로서 등장하는 문학이라고 할 수 있다.59)
② 농민문학은 농민을 대상으로 한 문학, 그리하여 농민생활을 반영한 문학
  이라고 할 수 있을 것이다. 그러나 이 같은 소재적 차원의 개념규정에 있
  어서도, 과연 '농민' 또는 '농민생활'을 어떤 관점에서 볼 것인가 하는 문제

---

56) 정한숙, 「한국농민소설의 변용과정」, 『아세아연구』48호(고려대 아세아연구소), 1972. 12.
57) 구인환, 『한국문학 그 위상과 지표』(삼영사,1978), 190쪽.
58) 이재선, 『한국현대소설사』(홍성사,1979), 353쪽 참조.
59) 김명인, 「민족문학과 농민문학」, 앞의 책, 208쪽.

가 대두된다. 만일 그것을 단순한 자연인인 농민의 향토적 지방적 생활로 본다면, 이것은 농촌을 전체 사회구조에서 유리된 특수한 지역으로 이해하는 결과가 되기 쉽다. 이처럼 농촌을 고립시켜 파악하는 태도는 문학에 있어서 자연예찬의 경향과 함께, 갈등과 기복이 없는 평탄한 농민들의 생활을 취급하려는 경향을 낳게 된다. 이러한 종류의 문학은 '농민문학'이라기보다 '전원문학'으로 이해되어야 할 성질이다.[60]

①의 김명인과 ②의 류양선의 견해는 농민문학 개념을 엄격하게 구분하고자 하는 입장에 서서 협의의 규정을 시도한 것이다. 즉 이들은 소재주의를 배격하고 농민의 계급적 성격과 그들 삶에서 나타나는 구체적인 현실을 조건으로 삼고 있다. ①과 같은 김명인의 경우에는 역사운동의 흐름에 관계하는 구체화된 틀을 강조함으로써 농민문학을 농민이라는 특정계층을 위한 이념적 차원으로 한정하고 있다. 이것은 농민문학을 민중문학의 입장에서 이념적으로 규정한 것이라 할 수 있다. ②의 같은 류양선의 경우에는 농민문학을 민족사적 혹은 민중사적인 차원으로 '농민의 구체적 생활'에 초점을 맞추어 농민의 생활영역을 구체적으로 반영한 것으로 보고 있다. 그리고 농민문학에서 다루는 농민은 일정한 역사적(민족사적,민중사적) 단계에 있어서 사회적 지위를 지닌 존재로, 농민문학에 반영되는 '농민생활' 역시 일정한 역사적 사회적 조건에 구속된 구체적인 생활로 보고 있다. 그가 '농촌문학'이라 하지 않고 '농민문학'이라는 용어를 사용하는 것은 농민이 농민다운 노동의 생활상이나 곤경 또는 집념과 같은 감정영역을 구체적으로 반영한 문학이라는 점을 강조한 것으로 보인다. 이것은 앞서 살펴본 이재선의 입장에 기대고 있는 것이라 할 수 있다.

한편 농민문학의 개념을 광의의 입장에서 규정하고자 할 때, 하세가와 데츠오(芹川哲世)의 글을 살펴볼 필요가 있다.

농민문학의 개념은 무엇인가? 그에 대해서는 넓은 의미와 좁은 의미로 본 대략 두 가지 견해로 압축할 수 있다. 그러나 어느 농민문학의 개념을

---

60) 류양선, 「조선농민사의 농민시」, 『한국농민문학연구』, 앞의 책, 10쪽 참조.

택하든 간에 그 개념에 입각해서 작품을 추출할 때는 과연 그것이 농민문
학인가 아닌가를 엄밀히 단정할 수는 없는 경우가 많다. 그래서 기존의 문
학사나 문학연표 등에서는 일단 광의의 농민문학개념으로 작품을 택하고
있는 것이다.[61]

인용한 芹川哲世의 농민문학 개념 규정은 독자적인 것이라기보다도 일본
의 농민문학론을 소개하는 내용으로 볼 수 있다. 그에 의하면, 협의의 그 규
정은 이재선(앞의 글)의 입장과 市川爲雄(『近代文學硏究必攜』, 學燈社, 1963,
343쪽)이 '농민의 생활을 주체로 하고 그 실태를 파악하고 농민상의 묘사와
생활의 어려움을 통해서 농민의 정치적 경제적 해방을 의도한 것'이나 高橋
春雄(『現代日本文學大事典』, 明治書院, 1968, 876쪽)이 '농민의 생활현실이나
사회적 구조를 농업주의자인 농민의 감각에 의해서 발전적으로 파악한 문학'
이라는 관점이라 할 수 있다. 또한 광의의 그 규정은 山田淸三郎(『近代日本
農民文學史』, 理論社, 1976, 1쪽)이 '지방 농·산·어촌의 자연과 풍물, 거기
에 사는 사람들의 모습을 어떠한 형태라도 반영시키거나, 작자 스스로가 창
조하고자 의도한 작품으로, 문학사·사회사·문화사적으로 고찰이 될 수 있
는 작품까지도 포함'시킨 것과 小田切秀雄과 南雲道雄이 편찬한 「日本近代
農民文學史年表」(犬田卯, 『日本農民文學史』, 1977, 所收)에 수록된 견해, 즉
'향토문학·전원문학·자연문학 등으로 불리는 것과 어떠한 형태이든지 농
민과 농촌의 생활에 언급하고 있는 것(다만 작품 가운데 소부분이나 소도구
로서 농민·농촌생활이 묘사된 것은 제외)'을 들고 있다.
　다음과 같은 오세영과 서범석 그리고 신경림은 하세가와의 '광의의 입장'
과 같은 틀에서 자신들의 견해를 내놓은 것으로 볼 수 있다.

　　전원시인들은 그 완전한 세계를 '자연'을 통해 도달하고자 했으며, 이러
　한 의미에서 전원문학이란 단순히 유한계급의 향락문학에 그치는 것이 아
　니라 인간에게 정신의 영원성 혹은 영혼의 초월성을 획득케 한다는 점에
　서 그 존재 의의를 지니는 것이다. …중략… 필자는 당대(식민지시대)의

---

61) 芹川哲世, 「한일농민문학론의 비교고찰」, 신경림 편, 『농민문학론』(온누리, 1983), 129쪽.

농민문학에서 논의된 것보다 포괄적인 개념으로 농민시를 규정하려 한다. 그것은 농민의 삶을 단지 사회적인 것에 국한하지 않고 개인적인 것과 농촌예찬적인 것까지 포함시킨다는 뜻이다.[62]

　오세영의 이러한 규정은 '농민문학'을 '전원문학'과 구별하지 않는다는 면에서 근본적인 한계를 드러낸 것이다. 전원문학이 바탕에 두고 있는 농촌에 대한 관념인 자연스러움, 평화로움, 순박함 등은 농촌의 현실이나 농민의 생활로부터 나온 것이 아니라는 점에서 문제가 발생한다. 그것은 오히려 도시문명에 대한 혐오감의 반작용으로, 자연으로서의 농촌에 대해 막연히 동경하는 도시인의 망향심에서 파생된 것[63]이기 때문이다. 뿐만 아니라 농촌에 대한 전원문학적 접근은 산업사회에서 도시와 농촌을 이분법적으로 대립시켜서 보았기 때문에 비롯된 문제이다.

　농촌 예찬적인 시를 '목가적인 농민시'로 규정할 경우에는 '농촌시'도 농민시에 포함시켜야 하는 문제가 발생한다. 이것은 오세영이 '농민'과 '농촌'의 개념을 혼동한 것에서 빚어진 결과로 보인다. 농민은 삶의 주체와 관련한 문제이고, 그가 말하는 전원으로서의 농촌은 단지 시적 배경의 의미로 국한할 수 있다. 이 점은 그가 농촌예찬적인 순수농촌시도 농민시에 포함시키는 이유로 농민시의 시적 형상화가 지니는 한계와 농민의 현실인식이라는 두 가지를 꼽고 있는 데에서도 드러나는 문제이다. 우선 전자의 경우에 대해서는 "인물이 등장하지 않고 이 세계와 직접 대면하여 그 직관적 의미를 추출하는 시에서는 농민의 사회적 행위를 비판적으로 서술하기는 매우 어렵다"고 하였다. 이것은 일제강점기에 나타나는 현실비판적 농민시나 해방공간, 나아가 산업시대 농민시 전반에 대한 형상화방법에 대한 이해가 부족한 데에서 비롯된 것이다. 농민시가 현실주의적 성격을 지니기 위해서는 '인물의 전형'이 필수적으로 요구되는 바, 그것은 이미 선행 연구자에 의하여 충분히 입증된 부분이도 하다.[64] 더구나 후자의 경우, (농촌)"예찬적인 내용이라 하더라도 거

---

62) 오세영, 「식민지시대의 농민문학론」, 『한국근대문학론과 근대시』(민음사,1996), 260쪽.
63) 류양선, 『한국농민문학 연구』, 앞의 책, 10쪽 참조.

기에는 농민만이 지니고 있는 삶의 진실이 깃들어 있다"는 것은 도시 소시민으로서 시인이 지닌 전원취향을, 농민이 현실을 예찬한 것으로 착각한 것이다. 일제강점기의 농촌예찬은 '농민만의 삶의 진실이 깃들어' 있다고 할 수 없는 것은 지극히 당연한 일이다. 즉 당대 농촌예찬적 전원시는 그야말로 지식인 시인의 낭만적 현실도피 공간으로서, 일제의 착취에 시달리던 농민의 삶과는 너무도 거리가 멀다. 그렇기 때문에 농민시에 대한 이러한 규정은 설득력이 없다.

더욱이 이 같은 규정을 현대 농민시에 그대로 적용했을 경우에는 시인이 인식하는 중농주의적 세계관조차 농촌예찬적인 성격으로 파악하여 자칫 빈농층이 안고 있었던 고통스러운 당대 현실을 왜곡할 위험을 내포하고 있다. 농민시에 대한 오세영의 이러한 전원주의적 접근은 근본적으로 연구자들이 농민문학을 왜 문제삼아 왔고, 농민문학을 왜 연구해야 하는가에 대한 절실한 이유를 망각한, 농민문학 자체에 대한 몰이해의 하나라고 할 수 있다.

> 농민시 개념 정립을 위한 본고의 노력은 민요에서의 그 원형 찾기에서 시작하여 고전 시가문학에서의 농민시 양상을 고찰해 보았다. 이제 현대의 농민문학 연구, 특히 다수한 농민소설 연구의 결과에 따른 농민소설의 개념을 토대로 하여, 그 대우 개념으로서의 농민시 개념을 모색해 보기로 한다.
> 첫째, 농민시의 원형질적 소재는 '일'이고 그 일하는 사람 즉 농민을 위한 시이다. 따라서 농민의 생활·의식, 농촌의 상황을 제시하여 그들의 삶을 개선하기 위해 노력하여야 한다. 그러므로 농민시는 저항시적 요소를 가진다. 둘째, 민족문학운동의 부분으로서 농민운동과의 연대의식의 시적 표현이다. 이 때 농민은 전체 사회의 여러 관계 속에서 자기를 실현해 나가는 의식적이고 역사적인 인간이다. 그러므로 농민시는 민중시적 특징을 가진다. 셋째, 우리 고유의 문학적 풍토 속에서 형성되고 발전·계승되어 온 시장르로서 현실 참여적 요소 뿐만 아니라 민족 고유의 전통계승이라는 요소를 함께 지니고 있다. 따라서 전통시로서의 특성도 가지고 있다.
> 그리고 이러한 제 특성들을 드러내면서 그것이 이념적 가치에 종속되는

---

64) 여기에 대해서는 서론에서 열거한 '리얼리즘시'에 대한 논의들을 참고 바람.

것이 아니라 예술적 가치로 형상화되어야 한다.[65]

인용한 서범석의 주장은 농민시를 포괄적인 의미로 보고 있음을 알 수 있다. 그의 이러한 주장에는 몇 가지 문제점을 내포하고 있다. 우선, 농민시가 '민요'나 '고전 시가문학'에서 발생한 것으로 본 것은 '농민시'와 '농민시적' 성격을 구분하지 않은 데에서 비롯된 것으로 보인다. 또한 농민시의 개념을 단순히 농민소설의 개념을 그대로 환치시켜 규정한 것에 문제가 있다. 왜냐하면 소설이라는 장르는 '내어놓은 수많은 현상들과 형식들에다 그것을 조감하고 서술할 수 있도록 일종의 질서와 원리를 부여하는 작업'[66]임에 비해서 시는 시인의 세계에 대한 일체감과 동일성의 회복이 근본적으로 요구되는 양식이다. 즉 '시인의 의식은 자아와 세계를 결속시킬 뿐만 아니라 삶의 세계를 활성화하기 때문에 시인의 의식은 정신적 행위이고 시의 세계는 동적이고 실존 그 자체로 간주된다'[67]는 점을 간과해서는 안 된다. 이것은 농민시의 개념규정에 대한 학술적 선행연구가 없었기 때문에 시도한 것이라 할지라도 시가 지니는 장르상의 특질을 도외시할 수 없다는 점에서 문제가 된다. 또한 그 주장 자체에서도 상호 모순된 부분이 있다. 즉 '저항시적 요소'를 지닌 농민시의 성격과 '농민운동과의 연대의식의 시적 표현'이라는 점은 '이념적 가치에 종속되는 것이 아니라 예술적 가치로 형상화되어야 한다'는 견해와 공유할 수 없는 논리적 한계가 있다. 즉 저항적이고 운동으로서의 성격은 이념적 가치에 종속될 수밖에 없다. 그것은 일제강점기의 농민시 뿐만 아니라 해방공간의 농민시, 그리고 산업시대 농민시 또한 운동으로서의 실천적 성격을 부정할 수 없다는 점에서 그러하다. 따라서 한국 농민시가 지니는 근본적인 속성이 이념에 종속되어 있다는 점은 피할 수 없는 현실이다. 그가 이러한 바탕 자체를 인정하면서도 "민족 고유의 전통계승이라는 요소를 함께 지니고 있다"는 주장은 운동으로서의 농민시가 발생하게 된 배경을 간과한 데에

---

65) 서범석, 『한국 농민시 연구』, 앞의 책, 74~78쪽.
66) F.K. Stanzel, 안삼환 역, 『소설 형식의 기본 유형』(탐구당,1982), 21쪽.
67) 김준오, 『詩論』(문장,1986), 69~69쪽.

서 빚어진 문제라 할 수 있다.

    좁은 뜻으로만 본다면 농민시란 농민이 직접 쓴 시라는 규정은 매우 마땅하다. 그러나 시란 쓰는 이의 표현이라는 주관적 행위로 끝나는 것이 아니다. …중략… 농민시 특히 직업적인 시인에 의한 농민시는 농민생활을 소재로 한 데서 그치지 않고 농민의식을 바탕에 깔고 있음으로써 비로소 농민시가 될 수 있을 것이다. …중략… 농민시가 농민시로 될 수 있는 것은 농민의식을 바탕으로 하고 있기 때문임은 앞에서도 말했지만, 농민의식을 바탕으로 한다함은 필연적으로 운동성을 지님을 뜻한다. …중략… 농민운동 또는 농촌운동과 완전히 동떨어진 농민시는 살아 있는 농민시가 될 수 없다는 얘기도 있을 수 있는 것이다. …중략… 이 경우의 농민시가 갖는 현장에 있어서의 운동성은 아무리 높이 평가한다 해도 지나치지 않을 것이다.[68]

    이러한 신경림의 논의는 우선 논자 자신이 농민시인이라는 점을 감안하지 않더라도 농민시에 대한 성격을 현실주의적 관점에서 보고 있다. 그는 시의 창작 주체를 '농민'으로 한정하는 것이 가장 이상적이지만, 시의 객관적 타당성·완결성은 어느 수준의 솜씨를 필요로 하는 일이며, 또 이 솜씨는 삶의 치열성·절실성 또는 천재성에 의해서가 아니라 일정한 과정의 훈련을 통해서 얻어지는 것이기 때문에 농민 자신에 의한 농민생활의 시적 형상화는 1970~80년대 현대 농민시에서는 기대하기 어렵다고 보았다. 창작 주체를 농민으로 한정지을 때, 극단적으로 말해서 농민시는 성립하기 어렵다. 그래서 그는 농민이 밖에서 만들어져서 주어지는 시를 읽기만 하는 향수자로서만 있을 것이 아니라 직접 만들어서 밖으로 보내는, 시의 창작에 주체적으로 참여하는 농민시의 양상을 중요하게 보았다. 그래서 농민 자신에 의한 농민시와 직업 시인에 의한 농민시는 서로 충돌하고 대립할 것이 아니라, 서로 보완하고 협력하는 관계로 보고 있다. 그는 이러한 점을 바탕으로 하여, 현대 농민시는 '현장에서의 운동성'을 중요한 요소로 설정한 것이다.

---

68) 신경림, 「농민시의 참길」, 실천문학 편집위원회 편, 『농민시선집』(실천문학사,1985), 153~156쪽.

　따라서 본고에서는 농민시의 개념을 창작주체가 농민이든 지식인이든 농민의 의식을 문제삼는 시로 보고자 한다. 이 때 시인이 인식하는 농민에 대한 계급의식 혹은 이데올로기적 성격이란 구체적으로 일반 농민을 말하는 것이 아니라 빈농(소작농)을 문제로 할 때에만 가능하다.

　요컨대, 본고에서는 시인이 시적 주체가 되는 농민의 문제를 시인이 어떻게 인식하고 있는가를 현대 농민시의 성격을 밝히는 잣대로 삼고자 한다. 창작 주체를 농민에만 한정할 경우에는 농민시가 성립될 수 있느냐는 근본적인 문제에 봉착한다. 해방 직후부터 지금에 이르기까지 '농민이 직접 시를 창작하여 농민의식을 반영한 경우'69)는 찾아보기 어려울 뿐만 아니라 시인이라는 존재 자체가 이미 지식인 계층에 속하기 때문에 그러하다. 농민이라는 신분은 고정된 것이 아니다. 더욱이 현대에 있어서의 농민은 산업화로 인해 언제든지 이농을 감행할 수 있는 가능성을 내포하고 있는 계층이며, 따라서 농민은 발전 또는 퇴보의 유동적인 속성을 지닌 계층으로 이해해야 한다. 한국 문학사에 있어서 농민문학의 발생을 프로문학파의 1930년대로 잡는다면 당대에 있어서 절대 다수를 차지한 농민 계층의 삶은 소작농민(빈농)이었기 때문에 그것이 프로문학운동을 하던 시인에 있어서 시적 대상으로 포착된 것은 자연스러운 현상이었을 것이다.

　이러한 농민의 진정한 모습을 바탕으로 해서 역사전개의 흐름에서 필연적으로 나타나는 해방공간의 농민시나 산업시대 농민시도 '농민'이라는 대상 주체에 대한 인식을 바탕으로 고찰되어야 할 것이다. 물론 이것은 '농민을 제삼자인 지배자 집단과의 예속관계로서 정의'70)하거나 '시인은 민중의 편에 서서 합리적이고 불퇴전(不退轉)의 무장을 갖추는 것 외에 대체할 것이 아무 것도 없다는 것을 깨달아야만'71) 했던 운동으로서의 성격이 한국 현대사의 질곡에도 그대로 적용될 수 있다고 본다면, 농민시가 현실 변혁에 복무하는 투쟁의 성격을 지니게 되는 것은 자연스러운 현상이라 할 수 있다. 그렇

---

69) 여기에 해당하는 시인으로는 고재종과 박운식을 대표적인 경우로 꼽을 수 있다.
70) 에릭R.울프, 박현수 역, 『농민』(청년사,1978), 30쪽.
71) 프란츠 파농, 구자익 역, 『대지의 저주받은 자들』(언어문화사,1986), 175쪽.

다고 해서 농민이 지닌 현실을 계급적 인식으로 드러내지 않고, 농민이 현실에 만족해하거나 노동하는 농민의 즐거움을 그대로 반영했다고 해서 농민시가 될 수 없다는 것은 아니다. 문제는 현대 농민시가 농민의식을 반영하는 양상에 있어 대부분 계급적 인식을 바탕으로 하고 있다는 점이다. 이것은 농민시의 창작 주체인 시인들이 농민을 문제 삼을 경우, 소작농 혹은 빈농에 그 초점을 둔 것은 당연한 것이기 때문이다.

2. 현대 농민시의 성립과 프로문학

한국 문학사에서 농민문학론이 등장한 것은 1920년대이다. 그 발생 시기에 대하여 언급하고 있는 논의들은 대체로 그 시기를 1920년대로 보고 있는 듯하다. 농민문학은 빈농 중심으로 이루어진 농민층의 특성과 농촌현실이 지니고 있었던 문제성이 1920년대에 접어들면서 점차 사회적 관심사로 확대되고 있었던 점[72]에서 그 출발점을 찾을 수 있다. 1920년대에 있어서 일제의 토지수탈이라는 현실적 조건과 함께 카프의 노동자 농민에 대한 관심의 증대로 이론에 앞서 작품으로 나타나기 시작했다. 최초의 농민문학에 대한 논의는 당대의 현실과 밀접한 관련을 가지며 역사적 필연성을 지니고 나타났다[73]고 할 수 있다. 한국의 농민문학은 1920년대에 이르러 농민들의 삶과 농촌의 현실 문제가 문학의 대상으로 의식되고 문제시되기 시작하였으며, '농민문학'이라는 말이 문학적 용어로 고정되고 문단 내부에서 활발한 비평이 이루어졌다. 물론 그 이전에도 농촌생활이나 농민의 삶이 문학의 소재로 다루어진 경우는 적지 않다. 그러나 1920년대 중반에 와서 이루어진 농촌과 농민에 대한 문학적 관심은 단순한 소재적 차원을 넘어서 독자적인 문학적 주제로 대두될 수 있었다. 그것은 당대의 농촌현실이 지닌 모순을 계급적으로 인식한 데에

---

72) 권영민, 「식민지시대의 농민운동과 농민문학론」, 『한국민족문학론 연구』(민음사,1988), 251쪽.
73) 조진기, 「한일농민문학론의 비교연구」, 앞의 책, 78쪽.

서 비롯되었다고 하겠다.

한국 문학사에서 농민시가 성립되는 배경을 고찰하기 위해서는 당대의 농촌현실과 그에 따른 농민운동을 간과할 수 없다. 농민문학의 전개는 당시 농촌이 안고 있는 문제점들의 표출과 직결되어 있었다. 말하자면 농민문학이 대두한 배경에는 현실변혁을 위한 실천적 운동의 측면이 강하게 작용하고 있었다. 농민운동을 포함한, 이른바 넓은 의미에서의 사회운동으로 지칭되는 광범위한 운동양식이 1920년대에 대두하였다는 점 또한 이 시기의 문학현상을 이해하는 데 중요하게 고려되어야 할 것이다. 그 중에서도 1920년대 중반부터 널리 확산된 농민조합운동, 특히 적색농민조합 계열의 소작쟁의운동이 이 시기에 나타난 사회운동의 대표적인 형태로 존재하고 있었다는 점은 중요한 의미를 지닌다.

1920년대 직후 일제에 의해 강행된 '토지조사사업'은 농민의 토지이탈(이농)을 촉진하는 하나의 계기가 되었다. '토지조사사업'은 일제가 조선에서의 토지약탈을 위한 기초조건을 마련한 것이었다. 그에 따라 농촌의 중소지주·자작농·자소작농 등에게서 토지를 빼앗아 그들을 소작농으로 만들었다. 결국 1920년대에 들어서면서 종래의 중세적 지주경영을 식민지적 지주경영으로 전락시킴으로써 소작조건을 크게 악화시키는 결과를 가져왔으며, 조세제도와 전매제도 등의 압력이 생겨났고, 이로 말미암아 소작농으로 전락한 농민들은 이농(離農)을 할 수밖에 없는 처지가 되고 말았다. 이와 같은 농민분해의 결과로 생성된 농촌빈민, 화전민, 토막민, 공사장 막일꾼, 농촌의 광범위한 실업자 등은 농민적 범주에서 벗어나 노동자적 존재로 옮아가고 있었으며, 농민으로 남는 인구라 해도 그들의 활로는 식민지적 지주 경영을 타파하는 데에서 구해질 수밖에 없었다. 그리고 이와 같이 일제강점기에 광범위하게 존재한 빈민은 당연히 이 시기 민족해방운동의 방향과 연결되지 않을 수 없었다.

1920년대에는 소농적 단계에서 빈민화되어가는 농민층을 중심으로 대체로 소작료 인하와 소작권을 확보하는 문제를 중심으로 한 농민운동으로 전개되었다. 그러다가 1930년대에 와서 소작농민 대부분이 생산수단을 철저히 잃은 빈농 혹은 도시지역의 빈민이 되었고, 그것이 민족구성원의 대부분을 이룬 후에는 농민운동의 목표는 소작료와 소작권 문제를 넘어서서 토지의 사유화를 요구하는 방향으로 나아갔던 것이다.[74] 그리하여 1920년 4월에 결성된 '조선노동공제회'는 농민들의 단결을 통해 조직적인 농민운동을 주도하게 되었고, 1924년에 '조선노농총동맹'이 결성되면서 농민과 노동자 계층의 연합적인 저항운동이 지속되었지만 일제의 탄압이 가중되어 그 운동이 표면화되기는 어려웠다.[75]

이러한 긴박한 농촌현실은 문학 내부에서 농민문학운동에 관심을 가지게 하였다. 카프(KAPF) 측이 농민문학에 대해 관심을 가지게 된 것은 이 같은 당대 농촌현실과 밀접한 관련을 맺고 있다. 1920년대 후반 계급문학운동의 방편으로 등장한 카프의 예술대중화운동과 관련한 농민문학운동은 현실인식이라는 측면에서 볼 때, 한국 농민문학의 실질적인 모태이며 나아가 농민시의 모태가 된 것으로 보아야 한다.

카프에서 본격적으로 농민문학운동을 전개하기 전에도 『조선농민』지 중심의 '농민파'에 의해 농민문학운동이 전개된 바 있다. 그러나 1920년대에 등장하는 이들 농민파의 농민문학론은 창작이 뒷받침된 이론으로 보기 어렵다. 황석우의 「신년문단에 바람」(『동아일보』,1923.1.1)이나, 이성환이 「신년문단을 향하야 농민문학을 일으키라」(『조선문단』,1925.1)는 글이나, 그가 『조선농민』지에서 역설한 「농민문학의 제창」(1927.6) 또는 「농민문예운동의 제창」(1929.3) 등에서 제기된 농민문학이란 도시문학에 대한 대타적 개념인 전원문학의 수준으로 주장되었을 따름이다. 이렇게 본다면 『조선농민』지 중심의 농민문학론은 작가가 관여하지 않은 것이어서 이론으로서의 힘을 지니지 못했다고 할 수 있다.

---

74) 강만길, 『일제시대 빈민생활사 연구』(창작사,1987), 9~10쪽 참조.
75) 여기에 대해서는 신용하의 「조선노동공제회의 창립과 노동운동」(한국사회사연구회 편,『한국의 사회신분과 사회계층』,문학과 지성사,1986) 가운데 '소작운동'에 관한 논의를 참고 바람.

농민문학론이 창작과 더불어 어느 정도의 레벨에서 논의되기 시작한 것
은 프롤레타리아 문학파에서 비로소 가능하였다. 권환의 「목화와 콩」, 이기
영의 「홍수」 등을 담은 『농민소설집』(1932) 같은 성과를 낳은 1930년대
초반의 KAPF진영에서는 그들의 이데올로기를 농민문학론으로 집약시키
기에 이른 것이다. …중략… 「고향」이나 「목화와 콩」을 뒷받침하는 프롤
레타리아문학론의 일환으로서의 농민문학론이야말로, 하나의 문학론의 성
격을 띠는 것이라고 파악된다. 그것이 한국적 농민의 성격 파악에 실패한
공리공론에 지나지 못했다 하더라도 위의 파악은 정당하다. 농민문학론이
란 이론의 일종인 것이며 그 이론이 실천과 어긋난다 하더라도 이론 자체
의 체계와 논리는 존중되어 마땅하기에 그러하다.[76]

이와 같은 김윤식의 견해는 진정한 의미에서의 농민문학 성립을 이론적 토
대를 바탕으로 파악하고 있다는 점에서 타당성을 갖는다. 1920년대에 접어들
면서 농민문학은 '무정부주의' 계열[77]이나 '농민파'와 같은 특정 단체의 농민
운동과 관련하여 일정한 집단적 경향을 지니며 성립하였다. 그러나 '무정부
주의' 계열이나 '농민파' 계열은 농민문학운동의 전문단체에 의해 전개된 것
도 아니며 이론적 뒷받침이 약한 중농주의적 성격을 띠고 있다. '카프'에 의
한 농민문학운동은 농민시의 등장에 직접적인 계기가 된다는 점에서 중요한
의미를 지닌다.

1925년에 결성한 카프(KAPF)는 1927년에 조직을 재정비하고 문예운동
의 방향전환을 선언하면서 예술대중화방법론이 대두되자 그 실천방법의 하
나로 농민문학 문제를 제기하였다. 이러한 사실은 시기적으로 '농민파'의 경
우보다 늦은 것이지만, 1930년대에 들어서면서 카프 측에서 농민문학에 대한
적극적인 관심을 보이게 된 것이라 할 수 있다. 좀더 구체적으로 말해 그것
은 1930년 11월 6일부터 15일까지 구소련의 우크라이나 수도 하리코프에서
'혁명문학 국제국' 주최로 열린 제2회 국제혁명작가동맹대회(하리코프대회)[78]

---

76) 김윤식, 「농민문학론 - 프롤레타리아 문학과의 관련」, 『한국 근대문학 사상사』(한길
    사,1984), 182쪽.
77) 여기에 대해서는 최원식의 「농민문학론을 위하여」(『생산적 대화를 위하여』,창작과
    비평사,1997,135~141쪽)을 참고 바람.

의 결과가 국내로 알려지면서였다.

요컨대 카프 내에서 농민문학론이 등장하게 된 직접적인 배경은 하리코프 대회에서 농민문학의 필요성을 강조하게 되자 나프(NAPF) 내에 농민문학 연구회가 설치된 것과, 다른 하나는 1920년대 후반에서 1930년대 전반에 걸쳐 일어난 농민운동과 관련되어 있다. 이 시기의 농민운동은 사회주의 측의 비합법적인 농민조합운동에 의한 것으로 코민테른의 '12월 테제'와 밀접하게 관련되어 있다.[79] 이러한 사실들을 계기로 농민문학이 카프 내부에서 본격적으로 부상하기 이전에도 윤기정·송근우·박아지·김기진·양우정 등에 의해서 제기[80]되기도 했다. 그러나 이들의 농민문학에 대한 논의는 카프의 공식적인 입장이기보다는 개인적인 입장에 따라 산발적으로 표명된 것이라는 점에서 이를 토대로 카프의 농민문학론에 대한 성격을 규명하기는 어렵다. 그렇지만 이러한 농민문학 논의를 통해서 카프 내부에서 농민문학에 대한 본격적인 인식이 싹틀 수 있었음은 부인할 수 없을 것이다.

프로문학 논의로서 농민문학에 관한 최초의 본격적인 글은 1924년 말에 발표된 曉峯山人(윤기정)의 「신흥문단과 농촌문예」이다. 이 글은 앞서 밝힌 바와 같이 황석우가 1923년에 발표한 「신년문단에 바람」(『동아일보』,1923.1.1)보다는 시기적으로는 늦지만 그 성격이나 내용으로 볼 때, 최초로 본격적인 농민문학을 제창한 것이라 할 수 있다.

> 조선의 프로문사들은 '민중아! 농촌으로 돌아가라'고 웅장하게 부르짖어야 하겠다. 그리고 농촌문예를 하루바삐 건설해야 하겠다. 일천오백만의

---

78) 이 대회의 성격에 대한 자세한 내용은 김윤식의 「농민문학론 - 프롤레타리아 문학과의 관련」(앞의 책,182~186쪽)을 참고 바람.
79) 조진기, 「한일농민문학론의 비교연구」, 앞의 책, 25~26쪽 참조.
80) 이들에 의해 제기된 농민문학 논의는 다음과 같다.
   曉峯山人(윤기정), 「신흥문단과 농촌문예」, 『조선일보』, 1924.12.1~8.
   송근우, 「계급문학의 성립과 신흥예술의 표현방식」, 『조선일보』], 1926. 3.12~15.
   박아지, 「농민시가소론」, 『습작시대』제1호, 1927.2.
   김기진, 「농민문예에 대한 초고」, 『조선농민』, 1929.3.
   양우정, 「농민문예소론」, 『조선일보』, 1929.6.30.

조선농민은 이중으로 飢餓를 못참는다. 육체에도 주림을 견디지 못하지만
은 예술에도 무한히 주리고 있다. …중략…그들은 이만치 문예에 주리고
있다. 이때를 당하여 그들에게 그들의 처참한 생활을 그려낸 문예를 보여
줄 것 같으면 얼마나 그들 혼에 찔림을 주며 생의 충동을 일으킬는지 모
른다. 조선의 신흥문단은 일천오백만의 조선농민을 위하여 하루바삐 농민
문학을 건설하자! 조선에 프로문예가 선다고 하면 무산자의 대부분이 집
중한 농촌이 아니고는 하등의 효과와 가치가 없을 것이다.[81]

효봉산인의 이 글은 프로문학의 중요한 한 분야로서 농민문학을 제기하고
있다. 그는 일제에 의해 강행된 토지수탈 결과로 나타난 농촌현실에 대해 심
각한 우려를 표하면서, 당시 농촌문제가 민족의 삶과 직결된 문제로 보았다.
그래서 그는 육체적으로 굶주린 농민문제를 형상화하는 농민문학의 절대적
인 필요성을 역설하였다. 그러나 이 글은 당시 농촌이 안고 있는 문제를 구
조적 모순의 현장으로 보지 않고, 그 문제 해결을 귀농에 의한 농민에의 관
심으로 돌리고 있다는 점에서 이 농민문학 제창은 지극히 피상적인 수준에
머물러 있다고 보아야 한다. 뿐만 아니라 그는 농민문학을 프로문학의 입장
에서 보고 있지만 당대 프로문학과 농민문학과의 관련이나, 그 구체적인 역
할과 내용에 대한 언급을 찾아볼 수 없다는 것도 이 글의 한계라 할 수 있다.
이러한 피상적인 논의에도 불구하고 이 글이 소중한 의미를 지닐 수 있다고
보는 이유는, 그 발표시기에 있다. 즉 1924년 말에 발표되었다는 점을 고려해
본다면, 아직 카프가 정식으로 결성된 단계가 아닐 뿐만 아니라 프로진영 내
부에서도 문예운동의 방향을 제대로 설정한 시기가 아니라는 점이다. 이러한
사실들을 고려해 본다면, 효봉산인의 농민문학 제창은 당대 민족현실을 정확
하게 인식한 결과라 하겠다. 말하자면 그의 프로문학 제창은 당대 민족현실
을 가장 적나라하게 드러내는 농민계급, 즉 농촌현실에 대한 인식에서 비롯
된 '운동으로서의 문학'이라는 입장에서 볼 때, 중요한 제안이라 할 수 있다.

---

81) 曉峯山人(尹基鼎), 「신흥문단과 농촌문예」, 『조선일보』, 1924.12.1~8. 김영민, 「식
   민지 농촌의 계급분화와 농민문학 이론 논쟁」, 『한국문학비평논쟁사』, 앞의 책, 228
   쪽에서 재인용.

프로문학 측의 농민문학론이 그 출발에서부터 줄곧 자체 내의 이론 투쟁을 통해 발전하여 왔음은 주지의 사실이다. 그 이론 투쟁은 프로문학의 창작방법과 실천의 문제로 요약된다.[82] 프로문학 내부에서 일어난 일련의 논쟁들, 이를테면 방향전환론, 목적의식론, 예술대중화론, 문학의 가치논쟁, 내용과 형식 논쟁과 같은 중요한 논쟁들은 오로지 창작방법론으로 귀착[83]되고 있다.

김기진은 1927년에 카프 내부에서 형식 논쟁을 제기했고, 1928년부터는 대중화론을 펼쳐 소장 강경파의 볼세비키화로 말미암아 급격하게 대중으로부터 유리되고 있던 카프의 극좌적 선회를 저지하려고 하였다. 그런 의미에서 그가 『조선농민』(1929.3)에 제기한 「농민문예에 대한 초고」는 대중화론의 일환으로 나온 것으로 보아야 한다. 그러나 이것은 본격적인 농민문학론으로 보기는 어렵다. 이 글이 발표된 시기를 미루어 보더라도, 다분히 당대 프로문학의 문학대중화 논쟁과 매락이 닿아 있음을 알 수 있다.[84] 이렇게 볼 때, 그의 「농민문예의 초고」는 농민들의 고통이 어디에서 비롯된 것인가를 알리기 위해 '농민들은 노동자보다도 더 심하게 지식이 없는 까닭에' 쉬운 문장과 표현으로 대중화해야 할 것을 제안한 것이다.[85]

---

82) 조진기, 「한일사회주의 리얼리즘론 비교연구(Ⅱ) - 1930년대 창작방법론을 중심으로」, 『어문학』 제58집, 1997.1, 373쪽.

83) 김윤식, 『한국근대문예비평사연구』(한얼문고, 1973), 94쪽.

84) 그의 이 글은 그가 역설한 「변증적 사실주의」(『동아일보』, 1929.2.25~3.7.)에서 내용과 형식의 문제를 제기한 기초적 문제제기의 입장으로 썩어진 것으로 보인다. 또한 그것은 「대중소설의 창작방법론」(『동아일보』, 1929.2.25~3.7.)의 하나로 제기한 내용, 즉 '평이한 문장을 쓸 것, 전체의 사상과 표현수법은 객관적·현실적·구체적인 변증적 사실주의의 태도를 보일 것' 등을 들고 있는 것과 관련된다. 또한 「프로 시가의 대중화」(『문예공론』, 1929.6.)에서 '시문학 작품에 대한 대중화'를 문제 삼았던 사실도 전반적인 무산계급운동의 대중화론과 연관되어 있다. 그는 이 글에서 오늘날 조선의 무산계급운동은 대중 속에서 깊이 뿌리 내리지 못함을 지적하면서, 프로레타리아 시가의 목적은 대중을 소부르조아적 내지 봉건적 취미로부터 구출하여 그들에게 참된 의식을 갖도록 하는 데에 있다고 보았다.

85) 김기진이 이와 같이 '대중을 붙드는 문예운동'의 일환으로 농민문학건설을 강력하게 주장하였으며, 중간파인 양주동도 「병인문단개관」(『동광』, 1927.1.)에서 '카프측이 농민문학에 주력하는 것이 보다 현실적'이지 않느냐는 주장을 했다. 한편, 염상섭은 「조선문학의 현재와 장래」(『신민』, 1927.1.)에서 '좌우합작의 구체적 기반'으로 농민문학을 제기하여 카프 내부에서는 강경파에 의해 우익기회주의로 매도되기도 했다.

카프 진영 안에서 농민문학에 대한 문제제기가 본격적으로 일어난 것은 볼세비키화 대중화론과 마찬가지로 전체 사회운동의 볼세비키화와 관련된 것이었다. 또한 보다 근본적으로는 그에 영향을 미친 '12월 테제'의 내용을 문학운동 속에서 구체화시키려는 것[86]이었다. 이것은 민족부르조아의 개량주의화에 대한 경계와 이의 과감한 폭로, 지식인 써클조직의 탈피와 함께 노농동맹의 강화와 토지혁명의 슬로건을 강조한 '12월 테제'의 영향 속에서 문학운동도 볼세비키화의 기치를 내걸게 되었던 사실[87]과 관련을 맺고 있다. 이러한 문제들은 카프가 소시민적 지식인 작가 중심으로 문학운동을 해왔다는 것에 대한 자체 내부 반성에서 출발하여, '당의 문학', '프롤레타리아'를 주체로 하는 문학운동을 해야 한다는 원칙적인 인식의 실천을 의미하는 것[88]이기도 하다.

이러한 배경 속에서 카프에 의해 전개된 1930년대 농민문학론은 김기진이 「농민문예의 초고」를 통해 문제제기의 단초를 보인 것보다 훨씬 진전된 인식에서 출발하게 되었다. 무엇보다도 이 시기에 있어서 카프의 농민문학론 대두는 농민운동과 전체 사회운동으로 나아가 문학대중화의 맥락에서 구체적인 대안 모색으로 전개되었다. 이와 같은 카프 내부의 분위기 속에서 농민을 무산계급적 미분화 상태의 일반으로 취급되던 것이 1930년 하리코프회의의 내용이 농민계급에 대한 확고한 인식의 분화를 가져오면서 농민문학에 대한 차별적 인식을 깨뜨리는 결정적인 계기가 된 것으로 보인다. 이 하리코프회의의 내용이 박태원에 의해 알려지자 권환은 다음과 같은 농민문학 문제를 제기한다.

대회의 일본을 위한 결의 가운데 다음과 같은 제안이 있었다. "국내에

---

86) 역사문제연구소 문학사연구모임 지음, 「농민문학론의 전개양상」, 『카프문학운동연구』(역사비평사,1989), 63쪽 참조.
87) 이철악, 「조선혁명의 특질과 노동계급 전위의 당면임무」, 배성찬 편역, 『식민지시대 사회운동론 연구』(돌베개,1987), 148쪽 참조.
88) 역사문제연구소 문학사연구모임 지음, 「농민문학론의 전개양상」, 『카프문학운동연구』, 앞의 책, 64쪽 참조.

큰 농민층을 가진 일본에서는 농민문학에 대한 프롤레타리아트의 영향을 심화하는 운동에 일층 주의할 필요가 있다. '일본 프롤레타리아트작가동맹'의 내부에 '농민문학연구회'를 설(設)하지 않으면 안 된다. 그러나 말할 것도 없이 그것이 어디까지든지 프롤레타리아트의 헤게모니 밑에 놓여야 할 것은 물론이다." 이것은 조선에 대해서도 훌륭하게 적용할 수 있다. 왜 그러냐 하면 조선 국내에는 비율로는 일본보다도 더 큰 농민층을 가졌으며 또 현재의 조선에는 토지××(혁명)이 가장 큰 정치적 슬로건의 하나이니까 우리는 농민문학운동에 대해서 더 많은 관심을 가지고 더 많은 노력을 지불할 필요가 있다.[89]

이 글은 권환이 일본 프로문학에 대한 7개항의 결의 가운데 농민문학에 관한 부분을 소개하면서, 프로문학과 농민문학의 관계를 비롯하여 농민문학이 갖는 이데올로기적 성격을 언급함으로써 카프 내부에서 본격적으로 농민문학을 논의할 수 있는 계기를 마련했다. 이와 같이 하리코프회의에서 일본문학에 대한 결의의 영향으로 민족해방운동이라는 사회운동과 결합하여 이론과 함께 많은 작품이 발표되기에 이르렀다.

하리코프회의의 성과를 인정하면서 안함광은 본격적으로 농민문학의 필요성을 들고 나왔다. 그의 「농민문학에 대한 일고찰」은 백철과의 논쟁을 하게 되는 계기가 되는데, 이 논쟁을 통하여 카프의 농민문학론은 하나의 이론으로 자리잡게 되었다. 이 논쟁은 카프의 농민문학에 대한 규정을 프로문학과 농민문학이 '일치되는 것으로 보느냐'와 '구별해서 보느냐'로 대립된 것이었다. 안함광은 농민문학이란 농민 스스로에 의해 존재하거나 농민의 삶을 구체적으로 보여주는 것이 아니라 프롤레타리아 이데올로기의 적극적 주입에 의한 프로문학의 하나이거나 아니면 또 다른 방계문학으로 파악하고 있다.

이에 비해 나프(NAPF)의 맹원이었던 백철은 '농민문학은 종국에 가서는 프롤레타리아문학에 일치되는 것이기 때문에 농민문학에 대한 프롤레타리아적 영향을 확보하며 점차로 그의 전위 부분을 프롤레타리문학에서 획득하여

---

89) 권환, 「하리코프대회 성과에서 조선 프로예술가가 얻은 교훈」, 『동아일보』, 1931.5.17. 임규찬·한기형 편, 『카프비평자료총서 Ⅳ』, 앞의 책, 271~272쪽.

오도록 노력해야 할 것'[90]이라고 주장한다. 백철의 이 글은 일본의 주장, 즉 구라하라의 논문을 소개하고 있다는 점에서 독창적인 글이라고는 할 수 없다.[91] 이러한 안함광과 백철의 농민문학에 대한 규정은 다소간의 견해 차이는 있으나 프로문학의 범위에 한정시키고 있음을 알 수 있다. 즉 농민문학을 농민 자체의 문제로 볼 때, 일본이나 한국에서는 생산 방식의 봉건적 잔재를 지녔던 것이나, 그들 대부분은 소소유자(小所有者)라는 점을 알 수 있고, 그로 인해 소부르조아적 요소와 보수적 성격을 완전히 탈피하기가 어려운 점이 그 한계로 드러난다. 따라서 농민문학은 광휘 있는 역군이 되지 못하고 프로의 지도하에 있는 우정(友情) 또는 동맹군으로 포섭하는 길밖에 없다는 결론이 나온다.[92]

이러한 프로문학 측의 농민문학 성립과 전개 과정을 종합해 보면, '카프'의 농민문학 성립과 전개과정이 농민시의 그것과 일치한다고 보기는 어렵다. 우선 작품 편수가 많지 않을 뿐만 아니라, 그 성격이 뚜렷하게 구분되지 않는다. 따라서 농민시의 흐름이나 성격을 밝히는 데에는 '농민소설의 창작 흐름'[93]을 짚어봄으로써 어느 정도 그 가닥을 잡는 데 도움이 될 것으로 보인다. 카프계 농민소설은 리얼리즘론으로 이어지는 구체적인 창작방법론의 일환으로 제기된 것에서 성립되었다. 또한 여기서 비롯된 논쟁은 프롤레타리아 입장에서 농민을 형상화하는 데에 따른 대립을 드러낸다. 따라서 프로문학 측의 농민문학론은 농민대중을 생산과 향유의 주체로 하는 문제에 초점을 두었다고 할 수 있다. 카프는 농민을 계몽적 시혜대상이기보다는 사회변혁의

---

90) 백철, 「농민문학 문제」, 『조선일보』, 1931.10.1~20.
91) 조진기, 「한일농민문학론의 비교연구」, 앞의 책, 35쪽 참조.
92) 김윤식, 『한국 근대 문예 비평사 연구』(일지사,1997,15쇄), 82쪽.
93) 여기에 대하여 김영견은 농민소설의 전개과정을 크게 3기로 나누고 있다. 카프의 창립과 관련된 초기에는 18편이나 되는 카프계 작가의 작품이 프롤레타리아 문학의 영향 및 수용에 의해 창작되었고, 2기에는 안함광과 백철의 농민과 농민문학에 대한 논쟁이 활발하게 진행되면서 창작방법론으로서 노농동맹문학으로 작품화되었다. 그리고 1933년을 분기점으로 카프계 농민소설은 계급성이 약화되고 사회주의 리얼리즘의 한국적 수용양상으로 이어진다.
　김영견, 「카프계 농민소설 연구」, 앞의 논문, 156쪽.

중요한 정치적 동반자로 규정하고 있다. 농촌문제도 지주와 소작인과의 계급적 관계에 기초하여 궁극적으로 농민해방을 위한 계급적 각성을 통해 토지문제와 소작문제 등의 해결을 도모하고자 했다.

카프가 존속했던 기간 동안 카프에 가담했던 시인들에 의해 발표된 시작품들 중에서 농민시는 많지 않다. 사회주의 리얼리즘을 핵심으로 한 카프의 문예운동이 상당한 기간동안 노동자 중심으로 문예이론을 전개하면서 상대적으로 농민문학에 대한 관심을 제대로 확보하지 못한 것이 그 이유의 하나로 보인다. 카프의 농민시는 농민문학 문제에 관한 개인적 논의와 병행되면서 여러 시인들에 의해서 산발적으로 발표되었다. 카프 시인으로서 그 기간에 농민시를 2편 이상 발표한 시인은 12명 정도에 지나지 않으며, 이들의 작품을 모두 합해도 50편이 채 되지 않는다.94) 이는 카프 시인 중 대부분이 농민시에 특별한 관심을 갖지 않았음을 의미한다. 문학 전문단체로서, 그것도 노동자·농민의 무산계급문화의 수립을 목표로 했던 카프가 당시 무산계급의 절대다수를 차지했던 농민들에 대한 관심을 가지고 문학운동에 복무했어야 함에도 노동자계급의 변혁적 투쟁을 노래한 시보다 창작이 활발하지 못했던 것은 소설장르와 뚜렷이 구별되는 특징이기도 하다.

카프의 농민시는 1930년을 분기점으로 크게 전·후기로 나눌 수 있다. 전기(1925~29년)는 카프의 결성시기로부터 제2차 방향전환을 거치는 시기인데, 이 시기는 카프 내부에서 공식적으로 농민문학 문제에 관한 논의가 이루어지지 않았던 단계이다. 그리고 후기(1930~35년)는 '하리코프대회'의 결과가 국내에 알려지고, 이를 계기로 농민문학논쟁이 본격화된 시기이다. 따라서 전기보다 후기에 농민시가 많이 창작되었을 것으로 예상할 수 있지만 실상은 그렇지 못하다. 박아지, 김해강, 양우정 등과 같이 카프의 주도세력 밖에 있었던 프로문학파의 시인들에 의해 농민시가 창작되었다는 것은 카프 내부의 공식적인 입장과는 무관하게 개인의 문학적 입장에 따라 이루어졌음을 의미한다. 이점은 농민시가 노동자시에 비해 의식화 혹은 집단화하는 데 어

---

94) 박경수, 「카프 농민시 연구」,(『우암어문논집』제 5호, 부산외대 국문과, 1995.5), 154~155
    쪽 참조.

려움이 많다는 사실을 반증한다. 혈연과 지연 중심으로 뭉쳐진 전통적 성격이 강한 농민에 대한 집단화와 의식화는 서구화의 산물인 노동자 계급에 대한 의식화보다 불리할 것임은 말할 나위가 없다. 농민문학이 프로문학 내에서 본격적인 관심의 대상으로 떠올랐음에도 창작적 성과에 한계가 있었던 것은 이러한 농민계급의 특수성에 기인한 것으로 보아야 한다.

프로문학파에서 농민계급의 의식을 문제 삼으면서 현실변혁을 문제삼는 대표적인 시로는 박세영의 「타작」과 권환의 「언덕우의 꿈」, 그리고 유완희의 「마을과 백성들」을 들 수 있다. 이러한 시들은 착취자 또는 수탈자로서의 지주계급에 대한 적대의식을 바탕으로 농민적 계급인식을 노래하고 있다. 또한 박아지의 「농군행진곡」과 김창술의 「앗을 대로 앗아라」 그리고 엄흥섭의 「이 마을의 여인들은」 등은 농민계급의 상황을 구체화함으로써 현실인식을 바탕으로 투쟁과 변혁을 그리고 있다. 이들 외에도 프로문학파에서 농민시는 박팔양, 이상화, 조명희 등에서도 찾아볼 수 있다. 이늘 중 박아지와 권환, 박세영 등은 해방공간에서 지속적으로 농민시를 창작함으로써 프로문학이 지향했던 현실주의를 계승하였다.

지금까지 농민문학의 성립배경을 고찰한 결과 1920~30년대에 프로문학에 의해 성립된 한국 농민문학은 외래적 요소를 배제한 채 그 성립 배경을 온전히 설명할 수 없는 성질을 지니고 있다. 문학에 있어서 새로운 양식의 성립은 역사 계승이라는 내적 욕구와 외국수용이라는 외적 충격을 동시에 수반한다. 그것은 문학 양식의 성격에 따라 내적 욕구가 강하게 작용하기도 하고, 반대로 외적 충격이 강하게 작용하기도 한다. 그러나 농민문학의 성립에 대한 기존의 관점은 한국문학의 전통 계승이라는 입장을 지나치게 강조함으로써 그 본질을 왜곡한 점이 없지 않았다. 농민문학이 한국문학의 현실비판적 전통을 계승한 일면을 완전히 배제할 수는 없지만, '일본을 통하여 우리에게도 농민문학의 이론이라는 게 전해 알려지자, 비로소 농민문학론이 나오게 되었다'[95]는 박승극의 지적처럼 1930년대 농민문학은 프롤레타리아 문학운

---

95) 박승극, 「농민문학의 신과업」, 『협동』3호, 1947.1. 송기한 · 김외곤 편, 자료집 『해방 공간의 비평문학 · 2』(태학사,1991), 206쪽.

동이라는 실천적 당위성 아래에서 형성된 것은 사실이다. 이러한 당대의 한국 문단이 지니고 있었던 문학 내적인 사실은 제쳐두고 농민문학의 등장을 전대 문학의 전통계승이라는 관점에 얽매여서 본다면, 농민문학의 성격을 올바르게 파악할 수 없음은 분명하다. 뿐만 아니라 해방공간의 농민시나 산업시대 농민시가 지니는 현실주의적 성격을 문학사적 연속성으로 파악하는 것은 불가능해지고 말 것이다. 왜냐하면 해방공간의 농민시나 산업시대 농민시는 일제강점기에 나타난 프로문학의 성격을 이어받은 사실을 부정할 수 없을 뿐만 아니라, 근본적으로 농민시는 농민문학 이론이 대두되면서 성립했다고 보아야 하기 때문에 더욱 그러하다.

제 3 장 해방공간의 농촌현실과 진보적 농민시

일제의 가혹한 민족자본 억압으로 해방 당시 한국 경제는 전(前)근대적 반(半)봉건적 기생지주제에 입각한 농업과, 일본에 종속된 절름발이 구조를 가진 공업을 그 내용으로 하는 식민지 반봉건 체제를 그대로 유지하고 있었다. 농업은 당시 전국민의 77%(1946년)가 종사하고 있었던 주된 산업이었지만, 농업은 반봉건적 토지소유 형태라 할 수 있는 지주－소작관계를 기초로 하고 있었다. 지주는 소작농으로부터 모든 경제잉여를 고율 현물소작료로 농민의 삶을 압박했으며, 여기에 고리대금에 버금가는 이율과 국가의 조세횡포로 인해 영세소작농들은 기본적인 식생활도 유지하기 어려운 실정이었다.96) 따라서 해방공간의 농촌현실은 농민에게 있어서는 일제강점기의 현실보다 더욱 어려웠던 것이다.

이러한 농촌현실은 미군정 점령정책의 정치 지향적 성격과 더불어 토지개혁에 따른 농민의 문제가 심각한 사회문제로 부각되었다. 좌익 문단을 중심으로 활발하게 제기된 농민문학도 당대의 정치적 상황 아래 놓여 있었다고 해도 과언이 아니다. 토지개혁문제와 관련한 당시의 정치적인 문제는 농민시의 현실주의적 성격과 직결된다.

본 장에서는 당대의 이러한 농촌현실에 대한 고찰을 한 다음 개별적인 시인들의 농민시가 현실을 어떻게 반영하고 있는가를 살필 것이다. 이 시기의

---

96) 장상환, 「해방 후 대미의존적 경제구조의 성립과정」, 송건호 외, 『해방 40년의 재인식 Ⅰ』 앞의 책, 87쪽.

농민시에 대한 고찰은 당시 좌익 시단을 주도적으로 이끌어 갔던 오장환과 박아지 그리고 김상훈에 초점을 맞추려고 한다. 오장환의 농민시는 해방 직후부터 제기된 '자기비판'의 세계에서 그 특징을 살필 수 있는데, 이러한 '자기비판'의 세계관은 그의 농민시가 지닌 성격을 살피는 데에 중요한 것으로 보았다. 박아지는 일제강점기 때부터 진보적인 농민시를 발표한 대표적인 '농민시인' 중 한 인물이다. 그의 시는 문학가동맹측의 강령에 충실하여 현실을 반영한 시들을 중심으로 살필 것이다. 그리고 김상훈은 해방공간에서 전위적 실천을 보여준 신진시인이다. 그의 시 또한 오장환의 경우와 마찬가지로 '자기비판'을 통해 전위적 실천으로 나아가는 경향이 주를 이룬다. 이 외에도 해방공간의 농민시가 지니는 한 특징으로 볼 수 있는 권환과 여상현, 유진오 등의 작품들을 별도로 묶어서 살펴볼 것이다.

1. 토지개혁과 농민운동의 실상

　본고가 해방공간의 농민시를 고찰함에 있어서 농민의 삶과 관련된 시인의 농민의식에 무게 중심을 두고자 하기 때문에 개별적 시인들의 작품 고찰에 앞서 당대의 농촌 현실과 농민의 문제와 관련된 실상을 짚어보는 것은 정해진 수순이 아닐 수 없다.

　해방 직후의 토지개혁문제는 정치·경제·사회 모든 분야를 규정하는 중요한 문제였다. 미군진주 이전 좌익세력의 3·7소작제 주장과 미군정의 3·1소작제 실시, 지역 농민들에 의한 부분적인 토지접수투쟁, 전농의 토지개혁에 대한 투쟁, 각 정당·정파들의 토지개혁에 대한 입장, 미군정의 농지개혁에 대한 정책 등등은 해방 직후 한국사회의 복잡한 좌우투쟁에서 가장 첨예화된 내용을 이루고 있었던 것이다. 대별하면 좌익의 입장과 우익의 입장, 그리고 미군정의 입장이 정권장악을 위하여 토지개혁문제를 놓고 대립했던 것이다. 일단 전술적으로 좌익에서는 3·7제 소작제의 과정을 통하여 민족자주독립국가 수립의 주체를 확보한 연후에 전면적인 농민적 토지개혁을 실시하려 했던 것이고, 반동적 우익지주계급은 가능한 한 토지개혁을 하지 않거나 자기계급에 손실이 없도록 하려는 것이었다. 이 과정에서 미군정은 적절한 대책과 기회를 포착하여 민족적·진보적 변혁세력을 약화시키고 친미반공국가 수립에 도움이 되는 방법을 찾았던 것이다. 신탁통치를 둘러싼 싸움과 미소공동위원회를 둘러싼 싸움, 좌우 합작의 시도, 단독정부수립 문제 등을 둘러싼 싸움 등 일련의 과정에서 좌익세력들은 농민을 위한 토지개혁이나 민족자주국가의 수립이 사실상 점점 불가능해진다는 것을 알게 되면서 투쟁의 형태가 발전하게 되었다. 이 과정에서 토지개혁문제는 농민운동의 가장 기본적인 조건이었으며, 경제적 해방과 정치적 권력장악의 핵심과제였던 것이다.[97)

농민들의 입장에서 볼 때, 당시의 토지개혁 요구는 1930년대 이후 일본제국주의의 자본축적이 고도화됨에 따라 식민지 조선의 자본주의가 발달하면서 기생지주제의 재생산 근거가 박탈되어 지주-소작관계가 정체·감소하면서도 여전히 총경지의 63.4%가 소작지로 남아 있어 광범한 지주-소작관계의 타파를 통한 경자유전(耕者有田)의 실현이라는 의미를 지니고 있었다. 즉 '땅은 농사짓는 농민에게! ― 이는 농민의 소소유자적인 성격을 보장해 주는 것으로 종래 기생지주제의 폐지'를 그 과제로 하였다. 이러한 농민의 토지개혁 요구, 즉 계급투쟁의 고양과 북한의 사회주의 형성 및 무상몰수·무상분배의 농지개혁 실시, 빈농과 소작농의 이해를 대변하는 좌익세력의 변혁운동 등에 대한 미국과 우익세력에 대한 위기 대응의 필요와, 새로운 부르조아 질서의 재편성 및 과잉농산물 처리라는 미국 자본주의의 논리가 맞물려 있었던 것이 농지개혁의 실시 배경을 이룬다. 토지개혁은 농민의 토지요구를 수용함으로써 그들을 변혁운동에서 떼어내고 남한을 자본주의 체제로 안정적으로 재편·고수하고자 한 것이었는데, 이는 미국내 과잉 농산물 처리를 위해 지주세력을 배제시킬 필요와도 일치하였다. 토지개혁 후 창출된 자작농은, 종전의 반봉건적 지주-소작관계의 타파로서 그 의미를 지니나 이후 종속적인

---

97) 이우재, 「8.15직후 농민운동 연구」, 『한국농업·농민문제 연구Ⅱ』, 앞의 책, 196쪽.

자본주의의 전개 속에서 민족 경제의 토대적 위치에 서지 못하고, 내외 독점 자본의 침탈 속에서 몰락하여 부채농화, 탈농화, 소작농화하게 되었다.

토지개혁으로 종래의 농촌에 있어서 지주와 소작인이라는 대립관계는 일 단 해소되었으나, 미국의 자본주의 농업생산이 갖는 본질적 모순의 파생물인 잉여농산물이 원조 형식으로 도입됨으로써 곡가 하락은 더욱 심해지고 농촌 파괴는 결정적인 것이 되었다. 잉여농산물의 수입은 식량부족 해소나 그 판매 대금으로 충당되었던 방대한 국방비 자원을 위해 부득이한 것이었으나, 국내 농업생산구조에 미친 영향은 심대한 것이었다. 그 대표적인 것이 면화였다.

미국의 잉여농산물 원조는 농민에게 타격을 주어 상환금의 부담, 기타 고 리채의 압력으로 영세농이 방매한 농지는 농민이 아닌 비농민, 즉 양조업자, 전매업자, 상인, 공무원 등의 손에 들어갔다. 이렇게 해서 다시 영세농으로 몰락한 농민들은 이들의 도움 없이는 농사를 지을 수도 없었다. 말하자면 토 지개혁 이후의 소작료는 일제강점기의 그것보다 오히려 더 착취적이었다. 해 방 후 미군정의 시책이었던 3·1제는 지주의 교활성과 농민의 반진취성으로 인하여 끝내 좌절되고 일제강점기의 잔재인 5·5제는 여전히 계속되고 있었 으며, 일부 지주들은 소작의 여탈권을 기화로 소작인의 잉여노동을 무상제공 받기를 공공연히 요구하고 있었던 것이 당대의 현실이었다.98)

해방 당시 미군정 점령정책의 정치지향적 성격은 농업정책에도 그대로 적 용되어 봉건적 지주제가 유지되고 있었던 바, 이것은 농민을 압박하는 요인 이었다. 따라서 토지개혁에 관한 열망은 농민층에 의해서 팽배해 있었다. 당 시 농가호수의 대부분을 차지했던 소작인에게는 가혹한 소작료와 높은 이자 율이 농지개혁을 강력하게 요구한 원인이 되었다.99) 토지개혁에 의한 자작 농 창설은 해방 직후의 봉건적인 소작관계를 일단 해소시킬 수 있었다는 점 에 큰 의미를 부여할 수 있다. 그러나 농민들의 생활은 이전의 시기와 다름

---

98) 신경림, 「농촌현실과 농민문학」, 『농민문학론』, 앞의 책, 59쪽 참조.

99) 여기에 대해서는 이경숙의 「한국 농지개혁 결정과정에 관한 재검토」(『한국 자본주의 와 농업 문제』, 아침, 1987, 73~74쪽)과 강만길의 『한국현대사』(창작과 비평사, 1984, 223쪽) 그리고 김병태의 「농지개혁의 평가와 반성」(『한국경제의 발전과정』, 돌베개, 1981, 40~41쪽)을 참조 바람.

없이 가난에 직면해 있었고, 여전히 한국 사회는 토지 문제를 둘러싼 농민운동의 격렬한 소용돌이에 휘말려 있었다.

'10월 항쟁'으로 대표되는 농민운동은 일제하 반봉건문제의 해결과정, 그 연장선상에 있었다. 농민운동은 '인공'과 '임정'을 부인하고 남한에서 유일한 통치권을 주장한 미국이 한민당계와 손을 잡아 민족자주독립국가 수립의 주도세력을 거세하면서 지주세력을 옹호하는 속에 반민족적 반농민적 정세에 농민들은 '전국농민조합총연맹'(이하 '전농')으로 결집되어 민족자주국가수립에 총매진하면서 시작되었다. '전농'의 결집은 일제 말기 지하에서 활동하던 농민운동세력들이 해방 직후 전국 각지에서 농민조합, 농민위원회를 결성하여 마침내 그 주체역량으로 진출한 것이었다. 농민들은 이들 '전농'을 투쟁주체로 하여 3·7제 소작료 투쟁, 양곡수집반대투쟁, 10월 인민항쟁, 토지개혁투쟁, 야산대투쟁, 매시기에 일어난 조공·민전·인민위와 관련된 제반 정치투쟁, 특히 미군정과의 싸움, 가종 테러 및 탄압에 대한 저항 등의 양상으로 전개되었다.100) 이러한 농민운동은 단순히 '폭동'이나 '소요', '추수봉기' 등으로 그 전체 성격을 충분히 설명할 수 없다. 그러나 그것은 '변혁을 지향하는 인민의 항쟁'101)이라 할 수 있다. 당대의 농민시는 이러한 변혁을 요구하던 농민의식을 반영하는 것에 그 초점을 두고 있다.

2. 해방공간의 농민문학과 '조선문학가동맹'

농민시가 지니는 성격을 제대로 살피기 위해서는 해방공간에서 이루어진 문학행위 중 현실반영 문학으로서 농민문학의 양상은 어떠한 것이었는가를 살펴보는 일이 필수적으로 요구된다. 농촌과 농민의 문제가 해방공간에 있어서 첨예한 정치·사회적 문제로 등장함에 따라 문단의 내부에서 농민문학에

---

100) 이우재, 「8.15직후 농민운동 연구」, 『한국농업·농민문제 연구Ⅱ』, 앞의 책, 285~286쪽.
101) 정해구, 『10월 인민항쟁 연구』(열음사,1988), 204쪽.

대한 관심이 촉발된다. 해방공간에서 가장 중요한 문제가 토지문제를 둘러싼 농민문제였기 때문에 당대 문학의 중심 과제로서 농민문학이 활발하게 나타난 것으로 볼 수 있다.

해방공간의 문단조직은 좌파 중심으로 전개된다. 이것은 일제강점기에 있어서 카프의 문학운동이 일본제국주의와 부르조아들의 틈바구니에 끼어서 전개된 양상과 크게 다를 바가 없다. 1935년 카프의 해산을 둘러싸고 대립했던 해소파와 비해소파를 중심으로 각각 '조선문학건설본부'와 '조선프롤레타리아문학동맹'을 결성하여 대립한다. 이러한 민족좌파의 문학운동은 조선공산당의 방침에 따라 '조선문학가동맹'으로 통합되어 문화통일전선을 수립하려는 노력을 보여준다. 그러나 이 '조선문학가동맹'의 활동도 끊임없는 미군정의 간섭과 민족우파의 견제를 받아 위축되면서 전개된다. 이렇듯 해방공간의 농민문학론은 정치적 성향의 선택을 전제로 한 '문단의 조직'102)과 문학운동의 일환으로 나타난다. 이러한 문단상황에 미루어 볼 때 해방된 지 1년여만에 간행된 『횃불』(우리문학사,1946.4)은 중요한 의미를 갖는다. 여기에 수록된 박세영과 박아지 그리고 권환의 시들은 지난날의 지도자를 중심으로 새로운 투쟁에 나아가는 길을 모색하고 있다는 점에서 완전 일치되고 있다. 그것은 해방공간에서의 모든 문학행위가 '민족문학' 건설이라는 것에 수렴되기 때문103)이다.

이처럼 정치적 변화의 상황에 수반된 문학운동의 방향 변화는 농민문학에 그대로 수용되고, 그에 따라 실천적 창작물로 나타난 것이 당대의 농민시라 할 수 있다. 그만큼 해방공간의 농민시는 당대의 정치 이데올로기적 성격을 반영한 것이라 할 수 있다. 해방공간의 농민문학론은 해방 직후 가장 먼저 정치활동을 편 좌익 측에 의해 전개되었으며, 그것은 당시 남한 좌익 최고의 지도부로서 위치를 장악하고 있던 조선공산당의 '8월 테제'104)에 즈음한 정

---

102) 이와 관련하여 참고할 수 있는 글로는 김윤식의 『해방공간 문단의 내면풍경』제2~3장(민음사,1996,46~119쪽)과 김용직의 「해방기의 한국시와 시단상황」,(『해방기 한국 시문학사』,민음사,1989,15~74쪽), 권영민의 『한국 민족문학론 연구』제4부(민음사, 1988,361~422쪽) 등이 있다.
103) 김윤식, 『현대문학사』(서울대출판부,1992), 470쪽.

치노선과 접맥된 문학운동의 실천을 의미하는 것이기도 했다.

　　금일 조선은 부르조아 민주주의혁명의 단계를 걸어가고 있나니, 민족적
완전 독립과 토지문제의 혁명적 해결이 가장 중요하고 중심되는 과업으로
서 있다. 즉, 다시 말하면 일본의 세력을 완전히 조선으로부터 구축하는
동시에 모든 외래자본에 의한 세력권 결정과 식민지화 정책을 절대 반대
하고 근로인민의 이익을 옹호하는 혁명적 민주주의 정권을 내세우는 문제
와 동시에 토지문제의 해결이다. 우리 조선사회제도로부터 자본주의적, 봉
건적 잔재를 쓸어버리고 자유발전의 길을 열어주기 위하여 우리는 토지문
제를 혁명적으로 해결하지 않으면 안 된다. 무엇보다도 먼저 일본제국주
의자와 민족적 반역자와 대지주의 토지를 보상을 주지 않고 몰수하여 이
것을 토지 없는 또는 적게 가진 농민에게 분배할 것이요, 토지혁명 진행과
정에 있어서 조선인 중 소지주의 토지에 대하여서는 자기 토지 경작 이외
의 것을 몰수하여 이것을 農作者의 노력과 가족의 인구수 비례에 의하여
분배할 것이요, 조선의 전토지는 국유화한다는 것이요, 국유화가 실천되기
전에는 농민위원회, 인민위원회가 이것(몰수한 토지)을 관리한다.105)

　윗 글에서 알 수 있듯이 '조선공산당'은 당의 재건준비위원회의 잠정적 정
치노선으로 결정한 8월 테제(1945년 8월 20일)의 정치노선을 다소 보충하여
국가재건의 가장 큰 목표를 민족적 완전독립과 함께 '토지문제의 혁명적 해
결'을 가장 중요한 과업으로 내놓고 있다. 이것은 당시 인구의 8할 가까이 차
지하고 있던 농민의 첨예한 관심이었던 토지문제를 어떻게 해결할 것인가 하
는 여러 가지 방안으로 대두된 것이다. 즉 유상매상 유상분배, 무상몰수 무상
분배, 경자유전의 원칙에 의한 선점유 후분배 등의 방안106)이 있었다. 이와
같은 방안의 차이는 각 정파간의 입장을 구분짓는 요인이 되었으며, 나아가

---

104) 여기에 대한 자세한 내용과 그 성격은 김남식의 「박헌영과 8월 테제」(강만길 외,
　　『해방전후사의 인식 · 2』, 한길사, 1985, 104~142쪽) 참조 바람.
105) 「조선공산당 1945년 8월 테제」, 1945.9.25. 김윤식 편, 『한국 현대 현실주의 비평선
　　집』(나남, 1989), 372쪽.
106) 황한식, 「미군정하 농업과 토지개혁정책」, 강만길 외, 『해방전후사의 인식 · 2』(앞
　　의 책, 251~291쪽) 참조.

좌익과 우익을 구분짓게 하는 결정적인 요인으로 작용했다. 따라서 이 문제는 정파간의 입장 차이와 더불어 문단의 조직, 즉 남로당 계열의 문학가동맹, 북로당 계열의 프로예맹, 그리고 소위 순수문학 계열의 문필가협회 등의 결성과도 민감한 영향관계가 있다. 좌익계열에서 토지문제에 관해 민감하게 그 반응을 드러낸 데에 비해, 순수문학 계열에서는 아무런 언급도 없었던 점은 이들이 좌익문단의 목적성에 반기를 들고 있었기 때문에 정치적 현실을 의도적으로 외면한 것이라 할 수 있다.

'조선문학건설본부'(이하 '문건')는 해방 이튿날인 1945년 8월 16일 임화, 김남천, 이원조, 이태준 등에 의하여 재빨리 조직된다. '문건'의 노선은 임화의 「현하의 정세와 문화운동의 당면임무」라는 지도적 평문에서 구체적인 방향성이 제시되게 된다. 여기서 임화는 문화운동은 ① 현단계 인식론(정치적으로는 부르조아 민주주의 혁명단계)을 기반으로 하여 ② 이를 위한 문화운동의 통일과 이를 통해 부르조아 민주주의 혁명에 도움을 수어야 하며 ③ 그 기초는 인민적 기초여야 하며 ④ 이를 위한 실천기관으로 재조직이 필요하다고 피력하고 있다. 임화의 이러한 주장은 8월테제의 당면 임무 중에서 대중운동을 전개하기 위한 방향으로서 문화의 주체적 인식이 결여된 것으로 볼 수 있다. 즉 '문건'의 이 같은 강령은 소위 인민이라고 규정할 수 있는 소수의 진보적 부르조아와 중간층, 농민, 노동자계급을 포용하려 한 8월테제의 노선과 부합되는 것이다.

> 그리하여 우리 자신이 현재 가지고 있는 문화를 이 투쟁을 통하여 인민 전체의 문화로 성장시켜 가는 한편, 인민 자신의 손으로 생산되는 문화 또는 노동자계급, 농민, 일반근로자 자신의 문화적 창조자를 만들어내고 그것의 육성을 조력하여 조선문화가 명실공히 인민 자신의 문화가 되도록 노력하지 않으면 안 된다. 요컨대 문화활동의 기초와 목적을 한 가지로 인민에 둘 것, 이것이 현재 우리의 문화통일 전선 운동의 기준이요 노선이 되어야 한다. 문화에 있어서 모든 반인민적인 것과의 투쟁, 이것이 또한 문화통일전선 운동의 투쟁목표가 되지 아니하면 안 된다.[107]

---

107) 임화, 「현하의 정세와 문화운동의 당면임무」, 『문화전선』, 창간호, 1945.11. 송기

임화의 이 글은 제목에서도 8월 테제의 「현정세와 우리의 임무」를 따른 것이다. 그는 윗 글에서 정치에 있어서와 같이 문화운동의 기본방향은 통일전선에 두고 있으며, 이 문화혁명의 담당자도 문화혁명에 있어서 가장 혁명적인 계급인 노동자계급을 위시한 농민과 중간층의 진보적 시민으로 형성된 통일전선의 담당계급을 주장하고 있다. '문건'의 이러한 문화전선은 일본 제국주의의 문화지배 영향으로부터, 문화의 봉건적 잔재들로부터 해방되기 위한 투쟁과 더불어 부패기의 시민문화의 침탈에서 자유롭기 위하여 문화의 기초를 인민 속에 확립해야 할 건설적 임무로 설정하고 있다.

이와 같은 임화의 현단계 규정은 '문건'의 창단멤버인 이원조와 김남천의 글에서 농민문학의 문제로까지 이어진다. 이원조는 「조선문학의 당면과제」에서 봉건적 잔재에 대한 투쟁을 선언하면서 절대 다수의 농민이 '무지와 인종과 기아의 노예상태에서 헤매일 뿐만 아니라 지주들이 일본제국주의의 현대적 교묘한 착취방법을 배워서 가렴착취를 날마다 더해가니 자연히 유리걸식하는 사실'도 늘어간다고 전제하고, 이러한 농민의 고통을 벗어나기 위한 몸부림인 소작쟁의가 경찰의 무력으로 탄압되는 것과 민족개량주의적인 문맹퇴치운동까지도 금지한 것은 농민의 고혈을 착취하여 토착지주와 신흥 부르조아지를 비호하는 것으로 보았다.

> 이러한 반동적 세력에 대해서는 적극적인 과감한 투쟁을 전개하지 아니하면 안 될 것이다. 본래 봉건적 잔재에 대한 우리 문학적 공세는 신문학 초기에 있어 개성의 발견이나 자유연애나 신구사상 충돌의 테마를 쓴 정도의 극히 유치한 시험이 없지도 않았으나, 이것은 마치 정치적으로 봉건세력 타도의 운동이 극히 미약한 시험의 정도에서 그치고 만 것이나 마찬가지일 것이다. 그러나 벌써 수행되었어야 할 이 사업이 정치적으로나 문학적으로나 오늘에 이르렀으니 이 사업을 우리 손으로 수행함에는 정치적으로 토지혁명을 중심으로 해서, 문화적으로 전면적인 계몽운동을 전개하면서, 특히 농민문학은 대중화로 인한 새롭고 높은 생활감정을 조직화하고 나아가 농민의 계급의식을 급속도로 앙양시키지 아니하면 안 될 것이

한 · 김외곤 편, 『해방공간의 비평문학 · 1』, 앞의 책, 30~31쪽.

다.108)

이 글은 농촌의 현실과 농민의 문제를 해결하기 위한 하나의 투쟁방법으로
서 농민문학을 제안하고 있다. 이원조는 이 글에서 일제잔재의 청산과 봉건
잔재 청산을 위한 투쟁은 정치와 맞물린 문학운동으로 전개되어야 한다는 사
실을 강조한다. 또한 농민문학은 농민의 계급의식을 고취시키기 위한 대중화
를 지향해야 한다는 점을 역설한다. 이것은 문학이 개인에 있어서 의식적 자
기변호와 마찬가지로 계급사회에 있어 그 사회의 현행정치 담당자의 지배계
급보다 그 정치의 비판자요 변혁자인 피지배계급의 문학이 더 일차적인 것을
강조하고 있는 셈이다.

해방공간에서 농민문학을 본격적으로 논의하고 있는 조선문학가동맹 측의
대표적인 비평가로는 홍효민과 권환, 그리고 박승극을 꼽을 수 있다. 해방 직
후 최초의 농민문학론인 홍효민의 「농민문학의 당면 진로」와 전국문학사대
회에서 보고(報告) 연설한 권환의 「조선농민문학의 기본방향」, 그리고 박승
극의 「농민문학의 신과업」은 일제강점기의 농민문학론의 수준에서 한단계
나아간 대표적인 농민문학론으로 꼽을 수 있다. 이들의 농민문학론은 '문건'
의 진보적 문학이라는 문학이념을 전제로 제기된 것이다.

> 오늘의 농민문학은 조선의 건국정신 - 진보적 민주주의 - 을 다분히 내
> 포한 농민문학이 아니면 안 될 것은 물론, 이것을 추진시키어 농민 대중으
> 로 하여금 프롤레타리아계급의 한 개의 훌륭한 일익적 임무를 다하게 하
> 도록 하지 않으면 안 되는 것이다. …중략… 생경한 프롤레타리아 문학이
> 란 대중에게 계급의식을 불러 일으키는 그런 것이 못되고 도리어 계급의
> 식과 거리가 떨어져 있는 그런 것을 많이 본 것이다. 재래에는 너무나 많
> 이 익지 않은 과일을 선사한 것을 잊어서는 아니 된다. 이것도 부르조아
> 문학의 보헤미안적 파편의 해독만큼이나 유해한 것이다. 진정한 프롤레타
> 리아문학은 문학이 가질 수 있는 높은 이념이 함께 조화되지 않으면 안

---

108) 이원조, 「조선문학의 당면과제」, 『중앙신문』, 1945.11.6~12. 송기한 · 김외곤 편,
　　　『해방공간의 비평문학 · 1』, 앞의 책, 48쪽.

된다.109)

　홍효민은 윗 글에서 일제강점기의 농민문학 전반과 카프의 농민문학이 지닌 오류를 청산하지 않으면 진정한 의미의 해방과 농민문학이 수립되지 않는다는 사실을 강조한다. 그는 과거의 카프 농민문학이 지니고 있던 생경성을 '익지 않은 과일'에 비유하면서, 그것이 도리어 농민 대중들로부터 유리되게 하였던 치명적 결함으로 지적하고 있다. 일제강점기 농민문학은 '농민 대중을 기만하는' 문학이라고 비판한다. 이는 물론 당대의 일제식민지 잔재 청산과 봉건잔재 청산이라는 '문건'의 이념과 일맥상통하는 것이라 할 수 있다. 따라서 그는 참된 농민문학은 진정한 계급문학이 가질 수 있는 '높은 향기와 높은 이념'으로 통일할 것을 요구하고 있다. 그의 이 글은 일제강점기에 발표한 「조선농민문학의 근본문제」(『신동아』, 1935.7)에서 '프롤레타리아 헤게모니를 위한 정책적 농민문학은 완전한 농민문학이 아니었던 것'이라는 문제제기를 하면서 '농민자신의 이데올로기를 기조로 한 농민문학'의 주체문제를 강조한 내용과 크게 달라진 것은 아니다.

> 　과거에도 농민문학이 있었다. …중략… 그러나 그 중의 프롤레타리아 문학에서 출발한 농민문학은 다른 여러 가지의 생활조건을 너무도 경시하고 정치적·사회적 관계에만 편중한 단점이 없지 않았고, 다른 한편의 향토문학-전원문학에서 출발한 문학은 정치적·사회적 관계를 너무 경시하고 농민의 자연적 조건과 전통적 생활에만 편중한 결점이 없지 않았다. 나는 농민문학의 혁명적 로맨티시즘-진보적 리얼리즘의 기초에서 선 구성 방법에 대하여 약론하려 한다.
> 　농민문학은 다음의 다섯 가지 요소를 구비하여야 한다. 그 중 한 가지에 너무 몰두하고 한 가지는 너무 망각하면 진정한 농민문학이 될 수 없다. 그렇다고 5개 요소가 균형적으로 정비되어야 한다는 것은 아니다. 테마에 따라서, 작품의 구성 필요에 따라서 필연적으로 취급의 경중이 있을 것은 당연한 것이다.110)

---

109) 홍효민, 「농민문학의 당면진로」, 『개벽』복간호, 1946.1.
110) 권환, 「조선 농민문학의 기본방향」, 『건설기의 조선문학』, 1946.6. 송기한·김외곤

　권환은 윗 글에서 봉건제도의 잔재를 해부하면서 '농민문학은 인민의 한 주체의 문학으로서도 중요한 지위를 지닌다'고 전제하고 있다. 이는 그가 이미 '이데올로기의 확고한 헤게모니를 가일층 강요'111)한 사실과 관련지어 생각해 볼 수 있다. 위에서 인용한 글에서 제시하는 구체적인 '5개 요소'로 그는 ㉮ 자연적 배경 ㉯ 향토적 배경 ㉰ 생산생활 ㉱ 정치적·사회적 관계 ㉲ 기타 일반조건을 들고 있다. 그는 여기서 ㉮에만 치우치면 농민문학이라기보다는 전원문학이 되기 쉬울 것이고, ㉯에만 편중하면 향토문학, 지방주의 문학이 되기 쉽다고 지적한다. 그래서 한 농민이라도 너무 순결하게 일반성만 관찰하지 말고 어디까지든지 그것을 구체적으로 관찰하며 그 특수성을 망각해서는 안 된다는 점을 강조한다. 뿐만 아니라 그는 이 글에서 '조선 농민은 일반문화 수준이 모든 계층 가운데 가장 저하'하다고 말하고, 농민문학의 계몽적 역할을 제안하고 있다. 그 방법으로 그는 최대 한도로 형식과 용어를 간명, 평이화하여 많은 농민이 이해할 수 있도록 해야 할 것을 주장하고 있다.

　좌익 문단에서 해방 직후 창작방법론으로서 혁명적 로맨티시즘과 진보적 리얼리즘을 기본방향으로 설정한 것은 '조선공산당중앙위원회'에서 내놓은 「조선민족문화 건설의 노선(잠정안)」(『해방일보』,1946.2.10)이다. 이 글은 해방 직후 제기된 '민족문학수립'이라는 안건에 입각하여 현단계를 부르조아 민주주의 혁명단계로 규정하면서 당시 '조선공산당중앙위원회'에서 문화인들에게 당의 이름으로 행동지침을 발표한 것이다. 전체 11개 항목 중 창작방법에 관한 항목은 1934년 소련 작가대회 석상에서 제정·공포된 사회주의 리얼리즘의 내용을 답습한 것112)이다. 따라서 권환의 이 글은 해방공간의 좌익 문단이 사회주의 리얼리즘의 범위 안에 놓여 있었음을 보여준다.

　농민문학론의 창작방법론으로서의 권환의 이러한 인식은 한효의 「진보적

　　　편, 『해방공간의 비평문학·1』, 앞의 책, 338쪽.
111)　권환, 「현정세와 예술운동」, 『예술운동』1945.12. 김윤식 편, 『한국 현대 현실주의 비평선집』, 앞의 책, 149쪽.
112)　이 부분에 대한 자세한 내용은 송기한·김외곤 편, 자료집, 『해방공간의 비평문학·1』(앞의 책), 157～160쪽을 참고 바람.

리얼리즘의 길」(『신문학』,1946.1)과 김남천의 「새로운 창작방법에 관하여」(『건설기의 조선문학』,1946.6) 등에서도 확인된다. 이렇듯 창작방법론으로서의 혁명적 로맨티시즘과 진보적 리얼리즘은 조선문학가동맹 내의 특수위원회의 하나인 농민문학위원회의 공식적인 결정서에 영향을 끼치게 된다. 농민문학위원회의 이 「농민문학운동에 대한 결정서」는 현단계의 조선혁명의 성격이 '부르조아 민주주의혁명-민주개혁의 토지개혁'에 있다는 대전제를 깔고 있다.

농민문학위원회의 '토지개혁'은 근본적으로 조선공산당의 입장에 기대고 있다는 것은 충분히 짐작되는 일이다. 물론 조선공산당의 테제는 레닌과 볼셰비키의 '토지의 국유화 및 집단화'에 중점을 두고 있지만 근본적인 인식에 있어서 크게 다른 점이 없다. 러시아에서 사회혁명당은 모든 경작지를 지주로부터 몰수하여 전국민의 공동소유라는 명목으로 바꾼 후 개개의 농민에게 '노동소유제'의 원칙에 따라 분배할 것을 주장한다. 레닌은 농민의 소부르조아적 보수성 때문에 일단 토지를 분배받은 농민을 사회주의자로 교육시키는 것은 무척 어려운 일이라고 생각하여 토지분배정책을 강력히 반대한다. 그러나 1927년 혁명 직전부터 농민이 자연발생적으로 지주의 토지를 수탈하기 시작한 기정 사실을 보고서야 레닌은 이 농민의 에네르기를 적으로 돌려서는 도저히 혁명을 성취하기 어렵다고 생각하여 토지분배정책을 어쩔 수 없이 용인한다.[113] 이러한 문제의 해결과 문학적 강력한 활동을 전개하기 위하여 '농민문학위원회'에서는 8개항의 결정 내용을 제시한다.

> 1. 조선문학동맹의 사업은 이상의 과업을 강력히 실시할 임무를 포함하고 있음을 인정하고, 북조선의 토지개혁실시 및 남조선의 토지개혁 촉진을 위한 투쟁과 함께 있어야 할 농민문학의 중대성을 재인식하기로 함.
> 2. 강력하고 독자적인 활동을 꾀하기 위하여 조선문학가동맹 직속의 일 특수위원회로서의 농민문학위원회의 성격을 강화하고 그 기구를 확대

---

113) 게오르크 루카치, 박정호·조만영 옮김 『역사와 계급의식』(거름,1995), 개정판, 401~405쪽 참조.

시키어 독자적 과업수행에 적당한 기구를 형성하기로 함.

3. 농민문제와 그 운명을 함께 하기 위하여 농민문제의 민주적 해결을 위한 옳은 정치노선에 따라 갈 것은 물론, 농민문학운동의 현정세에 비추어 1946년 11월 8일부로 발표된 조선문학가동맹 중앙집행위원회의 「문학운동의 대중화와 창조적 활동의 전개에 관한 결정서」를 지지하기로 함.

4. 남조선에 있어서도 북조선과 같은 토지개혁의 실시를 촉진시키기 위한 투쟁과 농민 대중의 민주주의적 계급 및 교육의 시급한 필요에 비추어 당면한 노력을 농민을 위한 문학의 생산 및 그 보급에 경주하기로 함.

5. 농민을 노동자계급과의 공고한 동맹의 정신 밑에서 계몽교육을 하기 위하여 특별한 관심을 경주하기로 함.

6. 위대한 민주주의 민족문학으로서의 위대한 농민문학을 산출하기 위하여 이에 부절(不絕)한 노력을 경주하기로 함.

7. 농민출신삭가의 육성은 또한 농촌문학 〈써-클〉 및 본위원회와 동맹의 각종 간행물의 통신위원제도를 두어 행하기로 함.

8. 독자적 활동의 편의를 위하여 따로 농민문학위원회의 내규를 정하기로 함.114)

이러한 문학가동맹 측의 농민문학위원회가 내놓은 결정은 토지개혁의 중대성을 농민문학문제에 수용하여 투쟁적인 성격을 촉진할 것을 전제로 하고 있다. 그 과업 수행을 위해 농민문학위원회의 성격 강화와 농민문학의 '대중화'를 성취할 수 있는 조직의 정비를 주된 내용으로 하고 있다. 따라서 이 결정서는 '농민문학문제의 중대성을 재인식'한 것에서 출발하여, 문학가동맹 직속의 일특수위원회로서 농민문학위원회가 갖는 성격을 강화하고 그 기구를 확대시켜 독자적 과업수행에 적당한 기구를 형성하는 것을 일차적인 목표로 두고 있다. 이에 따라 문학가동맹의 '문학운동의 대중화'를 통해 '농민대중의 민주주의적 계급 및 교육'을 위해 '농민문학의 생산과 보급'에 주력한다는 입장을 견지함으로써 혁명적 로맨티시즘과 진보적 리얼리즘을 근간으로 한 농

---

114) 조선문학가동맹 농민문학위원회 제1회 총회, 1946.12. 「농민문학에 대한 결정서」, 『문학』3호, 1947.4. 송기한 · 김외곤 편, 『해방공간의 비평문학 · Ⅱ』, 앞의 책, 266쪽.

민문학운동을 지향할 것을 천명한 것이다.

농민문학에 있어서 창작방법 논의로 혁명적 로맨티시즘을 거론한 또 한 사람의 대표적인 비평가로는 박승극을 들 수 있다. 그는 「농민문학의 신과업」이라는 글에서 농민문학을 '인민문학'으로 규정하면서 권환의 「농민문학의 기본방향」과 홍효민의 「농민문학의 당면진로」에 대해 신랄한 비판을 가한다. 그는 권환이 '프롤레타리아문학'의 입장에서 농민문학을 노동자와 농민으로 양분하고자 한 것은 자산계급성 민주주의혁명, 즉 토지혁명의 의의를 완전히 이해하지 못한 데에서 나온 말이라고 보았다. 새로운 시대의 농민문학은 인민의 문학이어야 하는데, 그 전인민의 주체는 현단계에서 절대다수인 근로인민 즉 농민에 있다고 보았다. 그렇기 때문에 새로운 노동계급은 이를 토대로 성장하고 있는 것이다. 또한 농민문학의 구성방법의 문제와 관련한 권환의 '5개 요소'의 주장에 대해서는 5개 요소를 대등한 입장에서 본 것부터가 잘못이며, 일반성과 전체성은 언제나 특수성의 우위에 있어야 한다는 반론을 제기한다. 그는 또한 홍효민이 농민문학의 창작방법론 문제와 관련하여 "당면진로에 있어서 '사회주의 리얼리즘'에 입각해야 한다"는 주장에 대해 '천부당 만부당한 정론'으로 '극좌적 과오의 위험성'을 지닌 것이라고 논박하고 있다. 그는 이어서 농민문학의 창작방법의 문제에 대해 '진보적 리얼리즘'이 '사회주의 리얼리즘'과 동질의 것이라고 비판하면서 '인민적 리얼리즘'을 제기한다. 그가 말하는 인민적 리얼리즘은 농민에게 싸움과 건설과 희망을 고취하는 '혁명적 로맨티시즘'을 창작방법의 근간으로 하여 현단계의 혁명성격에 적합한 변증법적 통일'로서의 의미를 담고 있다.

> 농업이 그 나라의 산업을 대표하고, 농민이 그 민족을 대표할 수 있는 오늘날 조선의 민족문학은, 당연히 농민적 성격을 띠게 될 것이며, 또 띠어야 마땅하다. 만일 우리가 전민족적 당면과업을 수행해야 될 이 마당에서 이것과는 거리가 떨어진 다른 성격의 문학이 된다면, 그것을 어찌 민족문학이라 할 것인가. 우리의 문학은 당연히 전인민이 걸어나가는 길, 해결하려고 애쓰는 일을 자기의 임무로 하는 데서만 현재의 산문학이 될 수 있고 앞으로도 영원히 살 수 있는 문학이 될 수 있지 않은가. 농민은 무엇

을 요구하고, 무엇을 지향하고, 어떻게 살고, 어떻게 죽고, 얼마나 억울하
고, 얼마나 괴로워하고 있는지, 문학은 그것과 함께 있어야 하며, 그것의
해결을 가르쳐야 할 것이다.115)

이 글에서 박승극은 농민문제를 봉건잔재의 일부분 문제가 아닌 '전민족의
문제'로 규정하고 있다. 그것은 조선의 문제 해결은 토지문제 해결에 있다고
보고, 토지문제의 정당한 해결이 없이는 자주독립과 민주주의 건설은 불가능
하다고 간주한다. 그것은 농민문학을 곧 민족문학과 동격으로 봄으로써 그
위상을 격상시키고 있다는 점에 큰 의미를 부여할 수 있다. 나아가 그는 '조
선이 농업국이라고 자찬'하는 것은 식민지적 착취의 결과로 나타난 낙후성에
다름아니라는 점을 꼬집으면서, 활동이 미약한 문학가동맹 내의 '농민문학위
원회'를 특수위원회로서 확대·강화하라고 요구함으로써 민족문학운동에 있
어서 농민문학이 갖는 중요성을 제고시키고 있다. 이러한 그의 현실적 판단
을 이루는 밑바탕은 농민계급의 해방이라는 '인민민주주의 혁명'이라는 점에
서 김남천의 '인민적 리얼리즘'과 맥락을 같이 하는 것으로 볼 수 있다. 즉 그
의 '인민적 리얼리즘'은 작품구성에 있어서 중심은 '현재'에 두며, 과거를 비
판·계승하고 미래를 전망하는 '혁명성'의 묘사를 강조하고 있다는 점에서
그러하다. 이러한 그의 논리는 문학가동맹의 창작방법 지침인 '진보적 리얼
리즘'과는 실상 뚜렷한 차이는 찾아볼 수 없다.
  지금까지 해방공간의 농민시가 지니는 성격을 살피기 위한 예비적 고찰의
단계로써 문학가동맹의 주요 구성원이었던 홍효민과 권환 그리고 박승극의
농민문학론을 중심으로 그 내용과 특징을 살펴보았다. 이들의 농민문학론에
대한 논의를 종합해보면, 이들의 문제제기가 문학가동맹 측의 논조에 한 목
소리로 완전히 일치하는 것은 아니지만 그 큰 틀은 동일한 것임을 알 수 있
다. 이들의 농민문학론이 문학가동맹 측의 입장을 견지하면서도 농민문학의
현실인식이나 창작방법론에 있어서 다른 목소리를 내고 있는 것은 앞서 지적

---

115) 박승극, 「농민문학의 신과업」, 『협동』3호, 1947.1. 송기한·김외곤 편, 『해방공간의
    비평문학·Ⅱ』, 앞의 책, 204쪽.

한 것처럼 해방공간의 문학이론이 당시 문단의 복잡한 조직 상황과 문학운동이라는 특수한 측면과 맞물려 있었기 때문이다. 또한 그것은 토지개혁에 대한 입장이 한결같이 혁명과 투쟁의 목소리를 내고 있으면서도 그 구체적인 방법은 일치되기 어려웠다는 점에서 쉽게 짐작할 수 있다.

해방공간의 농민문학론은 일제강점기의 그것에 비해 양적으로는 풍부하지 못하다 하더라도 그 내용에 있어서는 많은 진전을 보인 것이 사실이다. 물론 거기에는 식민지 치하라는 문단의 억압된 상황도 없었고, 6.25 직후와 같은 이데올로기적 구속도 존재하지 않아 다양한 목소리가 존재할 수 있었던 사회적 상황이 바탕에 깔려 있다. 일제강점기의 계몽주의적 성향이 강했던 농민파의 농민문학론이 지니고 있었던 한계나, 카프의 이념적 목적문학론에 얽매여 있었던 생경한 공식주의의 한계를 어느 정도 벗어날 수 있었던 것이다. 따라서 그것은 일제강점기의 한계를 벗어나기 위한 구체적인 창작방법론의 논의가 활발하게 전개되었다는 점과 농민문학이 민속현실을 대변하는 대표적인 문학의 위치로 격상되었다는 점에서 한 단계 발전한 성과로 평가할 수 있을 것이다. 특히 전대의 민족개량주의적인 입장에서 벗어나 농민의 주체적 각성에 바탕을 둔 대중화의 실천으로 나아간 것은 1970~80년대의 농민문학론이 민중·민족문학으로서의 그 운동성을 공고히 할 수 있었던 하나의 발판이 되었다는 점에서 소중하다.

해방공간의 농민시는 이와 같은 당대 농민문학론이 지닌 이론적 바탕 아래에서 창작되었다. 따라서 각각의 시인들이 작품을 통해서 드러내고 있는 농민에 대한 인식은 계급주의 이데올로기에 입각한 농민의식을 적극적으로 반영한 것이라는 사실을 쉽게 짐작할 수 있다.

3. 진보적 세계관과 농민의식의 시적 형상화

해방공간의 좌익문단 상황은 농민을 계급적으로 인식하여 사회적인 존재로서의 농민적 삶을 시로 형상화할 것을 요구한다. 이는 현실주의 시의 핵심이라 할 수 있는 '민중성·계급성·당파성'과 직접 관련된다. 따라서 핍박당하고 굶주린, 그러나 새 나라의 주인이 될 농민의 생활을 포용하고 이해하는 것을 바탕으로 변혁 주체로서 시인이 지닌 의식과 정서의 형상화를 요구한다. 해방 직후의 시인들에 있어서 해방과 더불어 민주주의 국가건설로 표출되었던 역사적 과제와 이를 현실화하려는 적극적인 노력은 그와 배치되는 현실에 대한 인식과 형상화를 통해 드러난다. 당대의 진보적 시인들은 부정적인 현실을 개인의 의지대로 바꿀 수 없다는 비관적인 인식이 팽배해지면서 점점 더 강한 대응방법을 찾게 만든다. 그것이 바로 정치적 신념으로 기울어지게 하였으며, 이러한 문학적 상황으로 당대 농민시는 개인적인 의지보다 집단적이고 정치적인 이데올로기적 성향으로 나아가게 된다.

이 시기의 농민시는 시인의 이념선택과 조직적 실천이라는 변혁의 주체인 시인의 의식과 변혁 대상인 농민의식이 결합되어 있다. 변혁을 위한 실천적인 노력이 현실주의를 성취할 수 있는 방법이라 할 때, 이러한 이념 지향성은 이념을 추상적으로 표출하는 것이 아니라 농민의 현실에 대한 반영과 시인의 변혁 열망이 상호 결합하여 동적으로 형상화되었을 때 가능하다. 세계와의 관계에서 드러나는 시인의 현실인식과 정서적 측면은 개별적이고 고유한 것인 동시에 그가 속한 사회에 내재된 집단에 의해 규제를 받기 때문에 농민시에 있어서 농민에 대한 존재 탐구는 절실히 요구되는 사항이다.

해방공간의 첫 번째 과제는, 민족해방을 '빛의 회복'이라고 보는 것으로 그것에의 시적 대응은 '환희'로 표출되었다. 그렇지만 지난날에 관한 자기비판이 불가피하게 뒤따르지 않을 수 없었다.[116) 해방공간의 농민시도 처음에는 해방에 대한 환희와 감격으로 낙관적인 미래전망의 목소리를 쏟아내다가, 토지개혁과 관련된 모순된 농촌현실에 대한 비관적인 인식이 드러나면서 마침내 직설적인 투쟁의지의 표출로 나타나게 된다. 그것은 당대의 정치·경제적 사회현실의 소산인 셈이다.

농촌현실과 농민에 대한 시인의 변혁적 인식은 해방공간의 역사적 규정 속

---

116) 김윤식, 『한국현대문학사』, 앞의 책, 471쪽.

에서 민중(농민)의 구체적 현실을 형상화하는 미학적 범주인 '인민성'117)에 놓여 있었다. 이는 반제국주의와 반봉건주의에 대항하는 민주주의 변혁의 주체인 노동자, 농민, 소시민, 진보적 지식인 등에 부과된 과제였다.118) 그리고 이것은 당대 좌익 문단의 입장에서 문학적 과제로 제기된 '민주주의의 민족문학' 건설을 위한 필수적인 전제였다. 이러한 입장에서 볼 때, 오장환과 박아지 그리고 김상훈의 농민시는 '인민성'에 바탕을 두고 농촌현실이 당면한 문제를 해결하기 위한 방법으로 친일세력 척결과 식민지체제와의 단절이라는 민주주의 국가건설에 대한 열망과 무관하지 않은 것이다.

　대중조직의 형태를 갖추고 출발한 문학가동맹은 여러 가지 대중사업들을 펼쳐나갔다. 문학가동맹은 초기 문예강연회나 각부 위원회 행사의 연장선상에서 벗어나 점차 '전위적'인 신진시인들의 비중이 커졌으며, 일반대중으로부터 기층민중에 이르기까지 확충하여 사업대상으로 설정하는 방향으로 나아간다. 이러한 방향 전환은 문학운동의 성장과 인민성에 기초하고 있다. 기층민중은 일반대중들에 비해 인민성을 고취하기 용이한 계층임은 말할 나위가 없다. 문학가동맹 측의 이 같은 운동사업의 발전 속에서 시인들의 주제도 변화되어 갔다. 즉 초기에 일반적인 전망이나 원칙적인 슬로건들을 내세우던 경향으로부터 이후는 구체적인 대상들을 통해 그러한 전망과 원칙을 표출하고 확인하는 작업이 이루어진다. 이러한 양상은 1946년 하반기에 급속하게 격화된 파시즘적 억압과 그에 대한 대중 투쟁의 고양이라는 상황에 문학운동이 어떠한 방법으로든 실천성을 확보하려는 의지의 결과이다.

---

117) '인민성'이란 '문학이 사회적 모순이나 경향성을 올바르게 반영할 수 있는 능력이며 역사적으로 보아 진보적 여러 계급과 계층의 이해를 대변하는' 미학적 범주이다. 임홍배, 「사회주의 성립기의 쟁점들」, 『창작과 비평』, 1988 여름.

118) 이러한 '인민성'의 미학적 범주와 관련하여 임화는 「문학의 인민적 기초」(『중앙신문』,1945.12.8~14)에서 '문학과 인민과 맺어진 인연은 숙명적'이라고 전제하고, '우리 민족의 대다수의 행복을 목적으로 하는 정치, 또한 우리 민족 대다수의 복지와 타민족, 타국가와의 진정한 우의, 세계의 공통하고 동일한 해방을 목표로 하는 세계관만이 문학이 관계 맺을 수 있는 정치요, 문학이 요구하는 대상이 될 사상이기 때문'이라고 주장하고 있다. 송기한·박외곤 편, 『해방공간의 문학비평·1』, 앞의 책, 104~105쪽.

인민성에 바탕을 둔 시적 세계의 진실성이란 바로 시인과 독자가 공존하는 시대적 정황을 얼마나 투쟁적으로 형상화하고 있는가의 문제라 할 수 있다. 오장환과 박아지 그리고 김상훈의 농민시가 보여주는 형상화는 당대 상황이 일제강점기의 현실 토대와 다름없이 미군정에 의해 이루어진 토지개혁문제와 맞닿아 있다. 농민시가 정치적인 성격으로 이해해야 할 이러한 외적인 사회문제의 현상뿐만 아니라 농촌 문제가 안고 있는 본질적인 측면까지 형상화하고자 할 때, 시인이 현실을 어떻게 바라보는가의 문제가 제기될 수 있다. 즉 그것은 시인의 진지한 현실인식과 올바른 세계관을 통하여 비관적 현실에 내재한 변혁적 열정과 주체적인 힘을 파악하는 문제와 직결된다. 농민시에 있어서 부정적 현실의 형상화는 변혁의 주체로 성장하는 농민의 삶을 규정하는 본질적 모순 속에서 미래적 전망과 연결되어 인식될 때 역동적 의미로 전환될 수 있다. 이들의 농민시는 낙관적인 미래전망에서 벗어나 해방공간의 농촌과 농민현실이 안고 있는 문제의 실상을 투쟁적인 목소리로 드러낸다.

1) 오장환의 자기비판과 혁명적 감성

해방공간에 있어서 오장환[119]은 진보적인 시세계를 보여준 대표적인 시인이다. 그는 이미 여러 논자들에 의해 '진보적'인 시인으로 규정된 바 있다.[120] 그것은 그가 '조선문학건설본부'의 시부위원이었다는 점과 이후 '조선문학가

---

[119] 1918년 충북 보은군에서 출생한 그는, 16세 때인 1933년 산문시 「목욕간」을 『조선문학』지에 발표하면서 문단에 등장하였다. 그는 1947년 월북하여 시집 『붉은 깃발』을 간행하기까지 왕성한 시작활동을 전개하였다. 첫 시집 『城壁』(풍림사,1937)과 두 번째 시집 『獻詞』(남만서방,1939)에 이어 해방 직후에는 『병든 서울』(정음사, 1946)과 『나 사는 곳』(헌문사,1947) 등 두 권의 시집을 간행하였다. 1948년 2월 월북한 후 북쪽에서의 행적은 자세히 알려져 있지 않다.
그의 생애에 대한 자세한 내용은 최두석 편 『오장환 전집2』(창작과 비평사,1989, 208~209쪽)을 참고 바람.

[120] 이와 관련한 논문으로는 이숭원의 「오장환 시의 전개와 현실인식」(『운당 구인환교수 회갑기념 논총』,동간행위원회,1989)와 이은봉의 『한국 현대시의 현실인식』(국학자료원,1993), 박윤우의 「저항의 몸짓과 비판적 리얼리즘-오장환론」(『한국현대리얼리즘 시인론』(태학사,1990)와 성기각의 「오장환의 시세계와 변모양상」(경남대 대학원 석사논문,1990) 등이 있다.

동맹'에서도 중요직책인 시부위원을 맡고 있었다는 사실을 통해서도 알 수 있다. 그가 해방 이전에는 뚜렷한 좌익이념을 보이지 않고 다만 '묵시적 동조'[121]만 보내다가 해방이 되면서 좌익의 입장을 지지하는 다수의 시를 발표함으로써 현실주의 시인으로서 위치를 확고히 했다. 이 점은 그가 '이 시단에 흐르는 도도한 꾸정물'을 통렬하게 비판하면서 '생활투쟁 속에서 노력'하는 문학을 역설한 다음과 같은 글에서도 확인된다.

> 우리의 당면한 긴급문제는 우리 동맹의 외적인 선언 강령보다도 성명서보다도 우리 동맹 안에 있는 멋모르고 덤비는 형식주의자(결과에 있어서) 또는 가장 엄숙한 생활투쟁 속에서 노력을 게을리하여 저절로 되는 형식주의자(결과에 있어서)들의 청산이다. 새 사람이여 나오라. 모든 선배들이 일제의 폭압 밑에서도 굳세게 싸웠다는 것은 새빨간 거짓말이다. 그리고 진정 가슴에서 우러나오고 진정 노래하지 않으면 못 견딜 그런 때에 써진 것이 아니라면 기왕에 붓을 들었던 사람들은 이 중대한 현실에서 아까운 지면을 새 사람들에게 양보하라.[122]

그가 시집 『병든 서울』(정음사, 1946.7)을 간행한 것은 바로 이러한 당대 좌익 문단에서의 적극적인 문학활동의 소산이라 할 때, 해방공간에 있어서 그의 농민시가 현실주의에 복무할 수 있었던 바탕은 개인적 편력을 통한 농민의 계급적 현실과 자신을 발견한 데에 있는 듯하다. 이러한 자기발견은 좌익 문단의 이념과 어우러져 현실주의적 세계관을 통해 시적 성취를 이룰 수 있었던 것으로 보인다.

해방공간에 있어서 오장환의 농민시는 '전형화'와 '이상화' 그리고 '상징화'로 그 형상화의 특징을 나누어서 살펴볼 수 있다. '전형화'의 문제는 귀향을 통한 농촌현실의 발견과 관련된다. 그가 지닌 농촌에 대한 현실인식은 귀향, 즉 고향의 재발견에서 비롯된다. 이 경우 고향은 '전형화'된 현실로 나타나며

---

121) 여기에 대해서는 성기각의 「오장환의 시세계와 변모양상」(앞의 글, 76~77쪽)을 참고 바람.
122) 오장환, 「시단의 회고와 전망」(『중앙신문』, 1945.12.28.) 송기한·박외곤 편, 『해방공간의 문학비평·1』, 앞의 책, 107쪽.

인물의 전형과 연결된다. 그리고 두 번째 특징으로 꼽을 수 있는 '이상화'는 자기비판을 통한 현실주의적 세계관의 확보이다. 이러한 자기비판은 해방공간의 진보적 시인들에게 한결같이 주어진 과제인데, 그에 있어서 자기비판은 농민계급에 대한 현실인식으로 연결되어 혁명적 낭만주의의 세계관과 연결된다. 마지막으로 '상징화'는 그가 시에서 시도하고자 했던 중요한 형상화방법의 하나로 생각된다. 이러한 세 가지 특징은 오장환의 농민시가 지니는 성격을 단적으로 보여주는 것이라 할 수 있다.

오장환이 해방공간에서 유별나게 농민시에 관심을 보여 많은 작품을 발표하였을 뿐만 아니라 당대로서는 보기 드물게 농민시론을 내놓고 있다는 사실은 중시하지 않을 수 없다. 그는 「농민과 시」라는 농민시론을 통해 농민시의 성립과 내용을 다음과 같이 역설하고 있다.

농민시의 성립! 이것은 물론 우리 인류가 원시사회에서 농경생활로 정착하였을 때부터 가능한 것이다. …중략… 전원과 농민을 그린 작품은 적잖이 볼 수가 있다. 그러나 이들이 아무리 진취적인 것을 썼다 하나 이것은 어디까지나 방관자의 감정이요 붓끝이지 실지로 호미를 쥐고 괭이를 매는 농민의 감정은 아니다. 근로하는 사람들은 그 근로함에서 오는 땀의 기꺼움과 즐거움을 노래하기는커녕 부당하게 억눌리는 사역(使役)으로 말미암아 그들의 괴로움과 억울함조차 감정으로 표시할 시간의 여유와 마음의 준비조차 없으므로 여기에 농민시의 성립이란 가능할 듯하면서도 기실 불가능하였던 것이다. …중략… 농민시는 원칙적으로 농민이 쓴 시라야 될 것이요, 또 농민 출신의 시인의 작품이라야 될 것이다. …중략… 거듭 말할 것도 없이 조선에 있어서의 진정한 의미의 농민시의 성립은 우선 그들로 하여금, 정당한 인간적인 대우를 줌에 있고 또 이 인간적인 대우라는 것은 남이 주는 것이 아니고 각자가 싸워서 찾아야 하는 것이므로 아직도 전도가 있다고 볼 수 있다. …중략… 조선의 농민시, 이것은 앞으로 가능한 것이며 당연히 있을 것이며 또한 우리 역사와 사회적 환경으로 보더라도 찬연히 빛나게 될 것이다. …중략… 농민시의 성립! 그것은 농민의 완전한 해방에서 비로소 자리가 잡히는 것이다.[123]

---

123) 오장환, 「농민과 시」, 『협동』, 1947.3. 최두석 편, 『오장환 전집·2』(창작과 비평사, 1989), 87~95쪽에서 재인용.

이 글에서 그는 일제강점기에는 진정한 농민시가 성립되지 않았다는 주장을 펼친다. 그 바탕에는 '조선문학가동맹'의 창작방법론으로서 인민적 리얼리즘을 전제로 한 계급해방으로서의 농민시를 전제로 하고 있다. 그 근거로 그는 남구만의 시조가 농촌을 노래하고 있으나 '봉건사회에서 안락한 인신(人臣)으로 할 것 다하고 늙어 고향에 돌아가 읊조린 안락한 감정'이라고 비판하고 있는 점이나, 소월의 시 「밭고랑 위에서」를 현실로부터 '도피의 정신'을 드러낸 시라고 논박한 사실에서 미루어 짐작된다. 뿐만 아니라 '1930년대에 있어서 박아지(朴芽枝)가 처음으로 계급적인 처지에서 농민시를 썼으나 별로이 특기할 것이 없는 것은 섭섭한 일'이라고 지적하고 있으며, '8월 15일 이후에 다시 언론에 소강(小康)을 얻어 권환(權煥)씨 같은 분도 농민시에 관심을 두고 이서방두, 김첨지두 잘사는 주의(主義)라는 시를 써서 농민의 의사를 대변하였으나 확연한 농민시로 보기에는 거리가 있는 것'이라는 주장 또한 계급적 혁명의식 고취를 염두에 둔 것으로 보인다. 그러한 의미에서 그는 '러시아 혁명 이후에 자라난 러시아 농민의 청년들, 그들의 생활 노래가 눈부시고 찬란한 농민시'라고 하면서, 「농민의 진군」이라는 곰야코프스키의 시를 인용하여, 읽는 이로 하여금 그 당시의 사회성이며 시대성을 느낄 수 있는 것을 극찬하고 있다. 그는 '이 시에서는 농민의 안락한 생활감정이라든가 여기에서 오는 아름다운 세계는 그려져 있지 않다'는 주장을 통하여 당대 농민시가 지향해야 할 방향을 제시하고 있다.

농민시에 대한 그의 이러한 주장이 전적으로 타당한 것은 아니다. 우선 농민시의 성립과 관련해 일제강점기에는 불가능했다는 주장이 그러하며, 창작주체를 '원칙적으로 농민출신'으로 한정하고 있는 것은 정당한 견해가 될 수 없다. 그러나 현실주의에 입각하여 '인간적인 대우'를 위해 '각자가 싸워서 찾아야 하는 것'을 역설한 점은 농민계급의 '완전한 해방'을 담보할 수 있다는 정당한 현실인식에 자리하고 있다. 이 점은 그가 곰야코프스키의 「농민의 진군」을 예로 든 것으로 미루어 볼 때 그의 농민시란 혁명을 전제로 한 인민적 리얼리즘의 창작방법을 수용하고 있음을 알 수 있다.

오장환에 있어서 농촌현실에 대한 인식은 이른바 '고향모티브'로 나타난다.

'고향'은 태어나서 자란 곳이라는 유년체험 공간으로서 인간의식의 발달에 있어서 원초적인 동일성 감각을 주는 곳이다. 해방공간의 농민시에서 고향이 문제가 되는 것은 이농민과 유랑농민의 귀향이라는 당대 시대현실과 밀접하게 관련을 맺고 있다는 점이다. 따라서 귀향은 삶의 터전 회복이라는 현실적인 문제와 원초적 동일성의 회복으로 본래적 자아로 복귀하는 것을 의미한다. 그의 농민시가 지니는 성격은 고향에 대한 이중적 인식을 지니고 있다. 하나는 조선의 농촌공동체가 지니고 있는 투쟁에의 결속력 약화와 농민계급의 무기력함에 관한 인식이라 할 수 있으며, 또 하나는 일제의 경제착취에 따른, 농촌 피폐화에 대한 인식이라 할 수 있다. 전자의 경우 「성씨보」나 「정문」, 「성벽」 등의 시에서 비판한 것과 같이 농민계급이 지니고 있는 봉건성과 무기력함에 대한 비판이다. 이러한 시인의 계급적 의식은 단순히 전통적 관습을 부정하는 것을 뛰어 넘어 과거의 보수성을 극복함으로써 미래 발전이라는 전망으로 이어진다. 이것은 단순히 고향을 부정하는 인식에서 나아가 현실에 대한 적극적인 비판 양상으로 나타나게 된다. 따라서 오장환의 농민시에 나타나는 현실비판적 모습은 이미 일제강점기의 시에서부터 싹튼 것으로 보아야 한다. 이것은 진보에 대한 낙관적 전망이 불가능하던 시대에 농촌과 농민현실에 집요한 탐색을 하기는 힘들었을 것이라는 점을 염두에 둔다면 현실주의적 농민시의 가능성을 지니고 있었다는 사실 하나로도 의미를 부여할 수 있다.124)

해방과 더불어 빚어진 현실의 왜곡과 허울에 대해 좌익 문단의 문사들은 비판적 목소리를 쏟아내게 된다. 그들에게 있어 해방은 현재적 상황에서 향유될 것이 아니라 미래에 새롭게 성취되어야 할 과제였던 것이다. 한편으로 귀향농민에 대한 시적 수용도 추상적인 관념과 직설적인 감정의 노출에 대한 반성으로 드러나게 된다. 귀향민의 눈에 비친 고향의 모습은 일제에 의해 황폐

---

124) 그 대표적인 예라 할 수 있는 「모촌(暮村)」과 「北方의 길」은 '삶의 터전으로서의 고향'이라는 공간적인 의미와 '인물의 전형'을 통해 1930년대 조선농민이 일제의 수탈로 인해 지주에서 자작농으로, 자작농에서 소작농으로, 다시 소작농에서 유랑민으로 서서히 몰락해간 농민의 현실을 매우 사실적으로 묘사하고 있다.

화된 비극적 삶의 공간으로 비춰지는 것은 어쩌면 당연한 귀결인지도 모른다.

오장환에 있어서 귀향은 척박한 생활환경 속에서 신음하는 농민계급의 발견으로 나타난다. 그는 훼손된 농촌현실에 대한 비판과 고발을 바탕으로 농민계급의 삶이 지니는 실체를 밝히고자 했다. 그러므로 이 시기에 있어서 그의 귀향은 '무의식적인 상태에 있던 고향이 의식적인 상태로 변모된 농촌으로의 귀속'[125]이라고 할 수 있다.

해방을 맞은 황폐한 고향에 관한 그의 현실인식은 토지개혁 문제와 관련된 농촌현실과의 관계 속에서 파악할 수 있다. 이는 소작민 또는 빈농층의 해방을 의미한다. 해방과 함께 실시된 미군정 하에서 전민족적 과제였던 토지문제는 농지소유 문제와 관련하여 지주와 소작농민 사이에서 빚어진 갈등이 첨예화되었으며, 게다가 미군정의 토지정책은 농민의 삶을 오히려 피폐하게 한 직접적인 원인이 되었다. 해방 직후에는 전경지면적의 63.4%가 소작지였다. 대부분이 농토는 소수의 지주 수중에 있었으며 다수의 직접 생산자인 농민의 소유지, 즉 자작지는 36.6%에 지나지 않았다. 더욱이 지주가 생산성 높은 논의 70%를 소유하고 있었다. 또 한국인 지주 중 5정보 이상을 소유한 대지주 및 버금대지주의 소유지 비중(전경지의 24.6%, 논의 33.6%)이 높았다. 이는 대지주 및 버금대지주의 지배력이 강력함을 의미하는 것이다. 뿐만 아니라 당시에는 전일본인 소유지 비율이 총경지의 10% 가량으로, 특히 논의 경우 14.5%나 되어 매우 높았다. 바로 이 점이 전일본인 소유지 부분에 대해 경작농민이 무상분배를 요구한 이유가 되었다. 게다가 중소지주(5정보 이하의 소유지주) 및 농민소유지인 자작지의 대부분이 생산성이 낮은 밭이라는 사실이 농민층의 격렬한 토지개혁 요구하게 된 근거가 되었고, 다른 한편으로는 농촌에 있어서 중간계층으로서 중소지주의 정치적으로 불안정한 태도가 문제였다. 게다가 이러한 농지소유 문제를 해결하기 위해 실시된 미군정의 토지정책이 정치적 혼란과 맞물려 농민문제를 극한 상황으로 몰고 간 원인의 하나였다.[126]

---

125) 성기각, 「오장환의 시세계와 그 변모양상」, 앞의 논문, 50~57쪽.
126) 농지 소유의 문제를 해결하기 위해 실시된 미군정의 토지정책은 3할의 소작료와 수

　　어서 농민에게 토지를 주어라. 그것은 적국 일본뿐 아니라 구라파의 후
진 제 약소국에 있어서도 이미 이번 대전으로 인하여 토지개혁이 실시된
것이요 또 북조선에서도 금년부터 시작된 것이니 어서 이쪽에서도 토지의
무상분배가 실시되어 역사가 있는 이래로 빨리고 눌리기만 하던 이 땅의
농민들로 하여금 처음 허리를 펴게 하고 다시 그들로 하여금 살아가는 즐
거움을 느끼게 하여 근로하는 농민들로 하여금 그들의 감정과 정서를 서
슴없이 노래 부르도록 하라.127)

　　농민시론의 하나로 쓴 이 글은 당시 농촌 문제에 대한 인식에서 나온 현실
타개 방안의 하나라고 할 수 있다. 그것은 당대의 농지소유 문제가 해방이
가져온 갈등의 하나라는 점에서 피할 수 없는 문제라 할 수 있다. 그런 의미
에서 해방 후 일제가 물러가면서 발생한 민족적 요구의 진전과정에서 농지와
관련한 토지 문제는 일제가 남긴 식민지를 청산하고 자립적인 국민경제를 형
성하여 발전시킬 수 있는 계기가 되었다. 그렇기 때문에「농민과 시」는 이러
한 사실을 바탕으로 농민적 계급인식을 바탕으로 한 참된 농민시가 출현하기
를 기대하였다는 점에서 의미를 부여할 수 있다.
　　이렇게 인식하고 있는 농촌현실과 농민계급 해방은 그의 시에도 일정하게
반영된다. 그가 개인적 편력을 통해 재발견한 농촌과 농민의 모습은 전형적
상황과 전형적 인물이다. 그것은 현실주의 시에서 형상화의 핵심이 되는 방
법이다. 현실에 대한 시인의 당파적 인식 형상이 작품 속에서 실질적으로 창
조 구현되는 것이 형상화로서 전형성의 문제이다. 엥겔스의 표현대로 '리얼
리즘이란 세부의 진실성 외에도 전형적인 상황하에서의 전형적 인물의 재
현'128)임을 상기할 때, 전형성은 바로 현실주의 시의 형상화에 있어서 핵심

확량의 4내지 8할에 이르는 강제 공출, 기타 각종 세금 및 납부금이 부과되어 농민
의 어려움을 가중시켰다. 또한 군정이 새로 창출한 하곡공출은 농업생산의 급감을
초래하여 농가경제의 몰락과 이농을 부추기는 결과를 초래하였다.
　황한식,「미군정하의 농업과 토지개혁정책」, 강만길 외『해방전후사의 인식・2』,
앞의 책, 265~288쪽.
127) 오장환,「농민과 시」,『협동』, 1947.3. 최두석 편『오장환 전집・2』, 앞의 책, 95쪽
에서 재인용.
128) 마르크스・엥겔스, 김대웅 옮김,『마르크스・엥겔스 문학예술론』(한울,1988), 12쪽.

적 본질에 해당하는 문제이다. 따라서 이 문제는 오장환의 농민시에만 국한
된 문제가 아니라, 농민계급에 대한 올바른 인식과 현실반영이라는 원리와
체계로서 고찰되어야 할 방법이기도 하다.

나는 노래한다. 어머니의 품에서…
황토산이 사방으로 가리운
죄그만 동리.
한동안 시달려 강줄기마저 메마른 고장

머리 숙이나이다. 땀 흘리는 사람들이여!
그래도
무연하게 넓은 들에는
온갖 곡식이 맺히어 스사로 무겁고
산고랑에까지
목화다래는 따스하게 꽃피지 아니했는가!

칠십 가차운 어머니
이곳에 혼자 사시며
돌아오기 힘드는 아들들을 기다려
구부렁구부렁 농사를 지으신다.

아 그간
우리네 살림은 흩어져
내 발 디딜 옛마을조차 없건만
나는 돌아왔다.
어머니의 품으로… 고향에 오듯이

그러면 나는 무엇을 노래할 거냐
어머니의 품에서…
그러면 나는 무엇을 노래할 거냐
동리사람의 틈에서…

논에는 허수아비

들에는 새 보는 사람
그러면 이네들은
온 일 년의 피와 땀을 무엇으로 지키려는가,

풍년이여!
다락같이 올러가는 쌀값이여!
이것이 무엇이냐
다만 한 사발의 막걸리… 한자리의 풍장과 춤으로
모든 것은 보채는 여울물처럼 잦아들 것인가.

나는 노래한다. 어머니의 품에서…
황토산이 사방으로 둘러싼
팍팍한 동리.
눈 가린 마차만이 그저 앞으로 달리듯
이곳에는
농사에 바쁜 사람들,
아 그간
우리네 살림은 쫓기어
내 발 디딜 옛마을조차 없건만
나는 돌아왔다.
어머니의 품으로… 고향에 오듯이.

「어머니의 품에서 - 歸鄕日記」129) 전문

이 시에서의 농촌은 당대의 전형적 상황이며 '동리 사람들'은 농민으로서
전형적인 인물이다. '어머니' 또한 주관화된 농민의 전형적 인물로 볼 수 있
다. 오장환이 이 시기에 현실주의로 나아간 바탕은 개인적 편력을 통한 농민
의 현실과 자신의 발견에 있다. 그는 농민현실과 자신의 현실을 동일시하고
자 한다. 이는 개인적 체험에서 비롯된 것이면서도 농민적 삶의 한 전형을
형상화한 것으로 보인다. 즉 농민들은 현실의 역경 속에서 고통받고 있으나

---

129) 본고에 인용하는 오장환의 작품은 최두석 편, 『오장환 전집 1』(앞의 책)에 수록된
    것이다. 작품의 표기와 띄어쓰기는 시인의 특별한 의도가 개입된 방언이나 의미상
    혼란을 가져 올 경우를 제외하고는 현재의 표준어에 따라 표기한다.

'어머니는 농사를 짓는다'는 구절에서 확인되듯이 자기비판의 모습을 보여준다. 화자는 어머니의 품에서 당면한 농촌현실 문제를 노래하면서도 자기비판의 과정을 통해 농민이 안고 있는 고통을 재인식하게 되는 것이다. 당대 농촌에 있어서 소작농이 안고 있는 토지소유의 불균등문제는 '일년의 피와 땀'을 지주에게 빼앗기는 전형적인 착취 상황이라 할 수 있다. 그래서 그에 있어서 고향은 '한동안 시달려 강줄기마저 메마른 고장'으로서 따뜻하고 풍요로운 옛날은 이미 사라지고 없다. 이러한 고향의 황폐화 또는 사라지고 없음이 일제 통치와 수탈에 의한 것임은 두말할 나위도 없다. 그리하여 '그러면 나는 무엇을 노래할 거냐'는 시적 화자의 독백은 주체와 세계 사이의 갈등과 부조화를 해소해 가는 것과 무관한 것이 아니다. 해방으로 인한 그의 귀향은 따뜻한 '어머니의 품'에서 출발하지만, 모순된 당대 시대현실을 인식하면서부터 고향은 '황토산이 사방으로 둘러싼 / 팍팍한 동리'에서 '농사에 바쁜 사람들'을 만나게 되고 '그러면 나는 무엇을 노래할 거냐'는 자기비판의 목소리를 통해 구체적인 농촌현실에 빚어지는 상황에 대한 제시가 이루어진다. 그래서 4연에서 '우리네 살림은 흩어져/ 내 발 디딜 옛마을조차 없'는 부정적 현실로 보게 된다. 시적 화자가 인식하는 농촌은 일제강점하 현실의 연장선에 있다는 의미로 해석된다. 그리하여 시인이 꿈꾸는 미래는 5연에서 고향에 돌아와 '어머니의 품에서' 부르는 노래는 '황토산이 사방으로 둘러싼 / 팍팍한 동리'가 갖는 현실 속에 '농사에 바쁜 사람들'의 진정한 해방을 노래하는 것이라 할 수 있다.

위의 시에서 시적 화자인 '나'는 실제화자로 볼 수 있다. 그러므로 이 시는 귀향을 통한 농민의 실상과 자기비판을 노래한 것으로 보아야 한다. 이 시에서처럼 그가 '자기비판'의 목소리를 내고 있는 것은 해방 직후 좌익문단 내에서 나타난 문인들의 자기비판과도 관련을 맺고 있다. 그가 일기 쓰듯 날짜를 기재하며 작품을 써왔음을 고백130) 한 것은 '자기변혁'에서 비롯된 것으로 보인다.

---

130) 오장환, 「머리에」, 시집 『병든 서울』(정음사, 1946).

오장환의 시에 있어서 귀향은 따뜻한 어머니의 품에 안기는 것으로 끝나는 것이 아니다. 전형적 상황과 인물에 대한 인식은 변혁주체로서 농민계급에 대한 발견이며, 이러한 발견을 통해서 시인은 현실변혁에의 능동성을 획득한다. 마르크스-레닌주의 입장에 의하면 자신의 외부에 존재하는 사회적 관계의 가공(비록 이것이 왜곡되었을지라도)이 아닌 예술작품은 하나도 없다. 현실주의(리얼리즘)는 가치판단을 내포하는 하나의 인식론이며 동시에 가치론의 범주이기도 하다. 그 개념은 특정한 사회경제적 문화적 구성체의 객관적 인식한계라는 틀 속에서, 사회적 상태의 '경향적으로 올바른' 표현을 가리킨다.131) 그는 농촌이라는 '사회적 상태'에 대한 현실을 선취(先取)하기 위해 이데올로기를 바탕으로 예술적 농축을 가한다. 위의 시는 그러한 한 예가 될 수 있다.

해방공간에 있어서의 자기비판은 이른바 봉황각 좌담회를 빼고는 거의 찾아 볼 수 없을 정도인데, 그것은 자기비판의 겨를이 없을 만큼 새나라 건설 문제가 중요하였음132)을 의미한다. 해방 직후 문인들의 자기비판은 1945년 12월 봉황각에서 「문학자의 자기비판」(『우리문학』,1946.2)이라는 제목으로 김남천, 이태준, 한설야, 이기영, 김사량, 이원조, 한효 등이 참석한 가운데 행해진 좌담회에서 비롯되었다. 문학인의 자기비판 문제는 단순한 양심선언의 차원을 넘어서는 새로운 민족문학의 건설을 위한 정신적 출발을 의미하는 것이었다. 그리고 이것은 문학가동맹의 운동적 차원으로서의 의미를 지니며, 새로운 혁명주체로서 재탄생하기 위해 기본적으로 갖추어야 할 것이었다. 그러나 이 문제는 1945년 말에서 1946년 초에 시작된 문화와 정치의 전영역에 걸친 일반적인 지침이기도 했기 때문에 그 문학적 성과는 늦은 것으로 보인다. 그렇기 때문에 이것은 해방공간에서 제기된 현실주의의 '실천'적 과제를 일반 민주주의적 과제 속에서 어떠한 형태로 제기하느냐 하는 문제와, 문학 운동의 대중화와 관련된 것이라 할 수 있다. 오장환이 해방공간에서 현실주

---

131) 토마스 메춰, 「반영이론으로서의 미학」, 루카치 외, 이춘길 편역, 『리얼리즘 미학의 기초이론』(한길사,1985), 104쪽.
132) 김윤식, 『한국현대문학사』, 앞의 책, 471쪽.

의에 바탕을 둔 시를 창작한 것도 당파성에 바탕을 둔 문학의 운동성과 밀접한 관련을 맺고 있는 것이다. 이러한 의미에서 볼 때, 그의 농민시는 조선문학가동맹 측의 문예운동을 실천적 창작으로 이끌었다고 할 수 있다.

어설픈 토지개혁과 경제적 파탄으로 인한 궁핍함 속에서 토대변혁을 요구하는 농민들의 열망은 1946년 '10월 항쟁'으로 분출되었다. 이 항쟁은 제도권의 지배체제를 장악한 미군정과 이에 대항하는 민중의 진정한 해방에 대한 열망의 표출이자 새로운 가능성을 보여준 사건이었다. '10월 항쟁'을 통하여 좌익계열의 시인들은 그들이 지향하는 새로운 조국건설이 실현될 가능성과 이데올로기적 현실 전환의 가능성을 확인하게 되었다. 이 항쟁이 지닌 역사적 의미를 규정하려는 문학가동맹의 노력은 '10월 인민항쟁이 조선문학의 새로운 기원'이며 '조선문학은 인민항쟁을 떠나서는 영구히 존재할 수 없을 것'[133]이라는 임화의 적극적인 발언에서 알 수 있듯이, 항쟁을 통해 보여준 인민의 영웅적 정신을 형상화할 것을 요구하였다. 또한 미학적 원리로 현실의 원동력과 역사적, 계급적 충돌과를 해명할 수 있는 광범한 민중에 대한, 역사적 투쟁을 표현할 수 있는 '강력한 리얼리즘'[134]의 창작방법이 요구되는 것이기도 했다. 이러한 역사적 가능성에도 불구하고 현실적 압력에 의한 항쟁의 좌절은 진보적 변혁을 지향하기를 열망하는 민중들의 요구와 미군정의 물리적 대립 사이에서 미군정이 좌익을 더욱 탄압하게 되었다.

조선문학가동맹 측의 주요한 구성원의 한사람으로 활동하고 있었던 당시의 오장환이 이 같은 조선문학가동맹 측의 강령에 충실하였으리라는 것은 의심할 여지가 없다. 다음과 같은 글은 그의 시가 모더니즘적인 세계관에서 탈피하여 전위적 성격으로 나아간 사실을 잘 말해 주고 있다.

> 오장환의 시집 『병든 서울』 가운데는 작자의 예술의 이전부터의 주제
> 인 퇴폐적 기분과 영탄적인 경향이 새로운 현실에 대한 작자의 강한 유혹

---

133) 임화, 「인민항쟁과 문학운동」, 『문학』, 인민항쟁 특집호, 1947.2. 송기한 · 김외곤 편 『해방공간의 비평문학 · 2』, 앞의 책, 232쪽.
134) 김남천, 「대중투쟁과 창조적 실천의 문제」, 『문학』3호, 1947.4. 김윤식 편, 『한국 현대 현실주의 비평선집』, 앞의 책, 300쪽.

> 과 깊이 혼합되어 새로운 발전을 위한 내부적 투쟁의 진실한 표현을 발견
> 할 수 있었다. …중략… 오장환의 시가 왕왕 자기 자신을 이겨 넘기고 새
> 로운 시의 형식의 통일된 가능성을 표시한 대신 「오월의 노래」가 작자의
> 내부 가운데 성장하고 있는 시적 진실의 통일된 형상화를 저해하고 있는
> 유리된 형식의 존재를 느끼게 함은 이 때문이다.135)

이러한 사실을 통해 보듯이 해방공간에 있어서 오장환의 시는 일제강점
하에서 황폐화된 농촌현실을 발견함으로써 일제잔재의 축출과 현실에 대한
비판으로 나아갔음을 쉽게 짐작할 수 있다. 이것은 '인민의 공통된 행복이
전제된 새 나라 건설'이라는 미래전망 아래에서 농촌현실을 발견한 셈이다.
그는 여타의 시인들과는 달리 해방에 대한 감격만을 노래하거나 세계관의
공식주의적 적용에서 벗어나 새로운 현실에 대한 시인 자신의 진실을 쟁취
해내고 있다. 이러한 진실은 시인 자신에 대한 비판과 자기 극복의 차원에
서 이루어진다. 그의 자기비판적 진실성은 새로운 현실에서 새로운 진실로
태어나려는 진지한 노력을 보여주었으며, 농민의 계급적 변혁으로 형상화되
었다.

오장환에 있어서 현실의 '반영과 변형'이라는 두 요소를 하나로 통합해 가
는 변혁주체를 시로 형상화하는 것이 큰 과제였을 것이다. 따라서 그가 이
시기에 농민시를 통해 발견한 것은 농촌현실이 지닌 부정적 측면의 본질을
첨예한 상황으로 드러내는 현실의 형상화이다. 그 시적 형상들의 특징은, 여
타의 진보적 투쟁을 노래하는 시인들의 시들이 첨예한 충돌장면을 제시하거
나 감정을 직설적으로 노출시키는 데 비해 농민변혁을 '이상화'를 통해 보여
주고 있다. 오장환의 농민시에 나타나는 '이상화'는 시적 대상으로 드러나는
인물과 상황에서 찾을 수 있다. 물론 '이상화'의 창출 방법 면에서 보면 시적
대상으로서의 전형과 시적 주체로서의 전형이 상호보족적으로 나타나는 경
우도 있다. 이를 좀 더 구체적으로 살펴보면, 그의 시에 나타나는 전형은 시

---

135) '조선문학가동맹' 1946년도 문학상 심사위원회, 「1946년도 문학상 심사 경과 및 결
　　정 이유」, 『문학』3호, 1947.4.

적 대상으로 형상화되는 경우와 시적 주체로 형상화되는 경우, 그리고 이들이 상호침투하는 관계로 형상화되는 경우로 나누어서 살펴볼 수 있다. 이런 점에서 그의 시는 「붉은 산」의 경우와 같이 객관적 대상을 위주로 형상화되기도 하고, 「봄에서」의 경우처럼 주관적 감정을 위주로 형상화되기도 한다. 이것은 오장환의 시가 관찰 대상과 체험 대상을 별다른 차이 없이 받아들인다는 것을 의미하는데, 그의 시가 지니는 전형이 거의 동등하게 시적 대상과 시적 주체로 드러난다는 것을 뜻하는 것이다.

> 흙이여!
> 내가 발 딛고 섰는 우리의 땅
> 유구한 조상들의 땀과
> 메마른 시체를
> 그리고
> 기름진 압제지의, 반역지의
> 더러운 몸채를 받고도
> 말없이 티끌로 돌이키는
> 오, 흙이여!
>
> 어느덧 고향은 궁박해
> 큰 냇물 강줄기는
> 그 험악한 모래바닥을 내놓고
> 나는 발바닥에 몹시는 백히는 자갈길을 밟으며
> 갑작스러이 더해가는
> 옛길을 걷는다.
>
> 산이여!
> 아니 이제는 떼잔디도 없는
> 시뻘건 흙뭉텡이여!
> 고향사람은
> 언제부터였는가
> 기름진 잔디와 작은 풀벌레
> 그 작은 그늘에 조을게 하던

다박솔까지도 베어 때어서
해방이 준 두 해 겨울에
그렇다! 너까지
아 너까지
옥에서 억울한 나날을 보내는 나의 형제와 같이
시뻘겋게 머리를 깎이웠구나

그러면 고향의 하늘이여!
유구한 세월을 두고
휘양창 맑고 푸른 너의 날세는 무엇을 길러왔느냐
보아라 나와 나의 동생과
또 우리의 모든 동무들은
다만 펑퍼짐한 가슴, 작은 총알이 맞기 좋은 넓은 가슴을 헤치고
옳은 일을 위하야 일어섰다
수돌이는 감격한 어조로 말한다

이놈아 이놈아
썩어빠진 싯줄이나 쓴다고
내 고향 순량한 동무는
너를 덮어놓고 동무로 여기지 않느냐
그리하야 이 나는 우는 것이다
오 이 시꺼먼 손
땀에 배인 때에 절은 입성의 냄새
나는 미리부터 뒹굴고 싶은 감정이다

흙이여!
고향의 봄이여!
그래도 너는 이 속에 물이 오르고
동네집 기울어가는 울타리 밑에도
억울한 무덤이 나날이 늘어가는
공동산에도
가파른 떼잔디 속에서
흙이여!
너는 생명의 새싹을 보내주었고

벗이여! 너는 나에게 다시 한번 용기와 희망을 돋구어 주었다.

「봄에서」 전문

　문학가동맹 측의 이념노선에 따르면 해방공간의 현실을 이루고 있는 토대 모순을 극복하기 위한 투쟁 방법은 민중 연대성을 이루는 것이다. 이 때 시인은 연대성을 통하여 표출되는 역사적 흐름 속에서 변혁 주체로 등장하는 인물들을 형상화하게 된다. 시인은 민중의 생활 속에서 형성되는 상황과 정서를 형상화하려는 의식적인 노력 속에서 '새로운 현실의 구체성 가운데 인민의 생활을 바라보고 그 속에서 새로이 건설되는 전형적인 인간'136)을 포착하게 된다. 한 개인의 개별적 삶과 연결된 집단적 현실을 드러내는 '전형화'137)된 인물의 형상화를 위해서는 시적 주인공으로 등장하는 인물이 개별성을 넘어 보편적인 시대적 의미로까지 고양되어야 하며, 이때 인물을 통해 자아의 내면에 환기된 정서적 측면도 함께 고려되어야 한다. 이상화(理想化)를 형상화방법의 주도적인 계기로 사용한 서정시에서 현실주의를 논할 때 중요한 것은 당대 현실과 시인과의 관계가 서정적 주인공 혹은 시적 화자를 통해 어떻게 드러나고 있는가의 문제이다.

　위의 시 「봄에서」는 문학가동맹 측의 창작방법론에 충실했던 것으로 보인다. 그가 월북하여 1948년 북쪽에서 「二月의 노래」를 발표하기 한 해 전 남한에서 발표한 마지막 시이다. 이러한 사실을 감안하지 않더라도 이 시에서는 사회주의 혁명의 감성을 읽을 수 있다. 그의 시집 『병든 서울』에 수록된 시들이 대부분 전위적 경향의 혁명적 로맨티시즘을 형상화하고 있는 것도 이 시와 무관하지 않을 것이다. 이러한 그의 진보적 측면은 역사성에 기초한 실천적 현실인식을 가지고 있음을 알 수 있다. 3연에서의 농민들, '고향사람'은 '옥에서 보내는 나날을 보내는 나의 형제와 같이' 억압의 현실에 놓여 있는

---

136) 한효, 「진보적 리얼리즘의 길」, 『신문학』, 1946.4. 김윤식 편, 『한국 현대 현실주의 비평선집』, 앞의 책, 267쪽.
137) 루카치에 의하면 '전형'이란 한 개별주체 속에 보편적 삶의 일반원리가 통합되어 특수한 개인으로 존재하는 것을 말한다.
　　B.키랄리활비, 김태경 역, 『루카치 미학비평』(한밭,1984), 93~98쪽 참조.

것으로 인식하고 있다. 이러한 현실 비판적 태도는 4연에서 농민계급 속으로 뛰어든 전위적 혁명에의 전사로 이상화된다. 그것은 '작은 총알이 맞기 좋은 넓은 가슴을 헤치고 / 옳은 일을 위하야 일어섰다'는 것은 혁명적 전사의 실천적 행동이다. 또한 감격한 어조로 말하는 '수돌이'는 전형적 투쟁의 인물로 형상화된 것이다. 이 전형적 인물은 이상화된 미래 전망의 전체상을 부각시키는 효과를 수반한다. 이 시의 경우에서처럼 현실주의 시에 있어서 인물의 형상은 서사문학의 그것과는 달리 자립적이면서 개별적인 인간으로 묘사되지만 그 내부에 당대 현실 속에 존재하는 집단의 사람들과 그들의 삶을 담는 것으로 형상화된다. 이러한 인물형상의 '이상화'는 오장환 시의 '자기비판'이 현실비판으로 전이되는 과정에서 획득된 비판적 태도의 변모라 할 수 있다. 마지막 연에서 '벗'은 혁명적 실천으로 나아갈 수 있도록 '용기와 희망'을 주는, 미래의 이상을 추구하는 혁명적 로맨티시즘의 전형적 인물이다.

이「봄에서」에서 보여주는 그의 혁명적 감성은「병든 서울」이 지향하는 정치주의적 결정과 연결된다고 할 수 있다. 억압받는 농민들의 삶에 있어서 발견되는 적극적인 현실인식은 바로 이러한 농민의 모습이 정치적으로 고양되려는 순간을 포착한 것이다. 그는 농민의 삶 속에서 진행된 혁명적 요소에 의해 그들의 상처와 분노로부터 일어나는 미래의 이상을 형상화함으로써 현실변혁을 위한 투쟁계기를 발견하게 된다.

이와 같이 농촌현실을 발견함으로써 미래 전망으로 나아가고자 하는 그의 농민시로 눈여겨 볼만한 것으로는 이 외에도「故鄕 앞에서」,「다시 美堂里」,「省墓하러 가는 길」,「손주의 밤」등이 있다.

오장환의 혁명적 감성은 해방공간에 있어서 창작방법론에 대한 관심으로 나타나기도 한다. 그가 창작방법론의 하나로 제기한 글인「朝鮮詩에 있어서의 象徵」은 시가 지향해야 할 바에 대한 자기 나름의 문예운동 일환으로 여기고 있는 듯하다. 이러한 시적 태도는 당대 문단의 정치적 상황과 밀접한 관련을 맺고 있는 것이라 할 수 있다.

조선시에 있어서의 상징은 현정세 아래서는 어떠한 양상과 역할을 가질

것인가. 이것은 물론 우리 조선이 세계제국주의의 간섭 아래 있는 한, 그
리고 우리 인민이 식민지적(이것은 정치뿐만 아니라 경제적인 면에서라
도)인 면모를 벗어나지 않는 한 건실한 면에서도 일제시대에 뜻있는 선배
들이 한 방편으로 쓰듯 또한 방편상으로 쓰지 않을 수는 없다.138)

이 글은 창작방법론의 하나로 '상징'을 문제삼고 있는데, 그것은 다분히 좌
익 계열의 정치적 입장과 맞닿아 있다. 그는 여기서 일제강점기의 시적 방법
에 대한 성찰을 통해 해방공간 당시의 시창작 방향을 제시한다. 이 글에서
그는 일제강점기의 상황을, '시인들의 입에는 無形의 자갈이 물리고 그들의
붓끝에는 소리없는 수갑이 채워져 있을 때, 적어도 그들을 통하여 무엇을 다
시금 느끼고 찾으려 하는 이 땅의 독자들에게 있어서는 저절로 어떠한 상징
의 세계를 구하지 않을 수 없다'라고 하여 시적 형상화의 방법 중 하나로 '상
징'의 수용 필요성을 강조한다. 그는 대표적인 예로 소월의 「초혼」, 「무덤」을
들고 있으며, 이상화(李相和)에 대해서노 '정신적인 발전은 관념 상징의 영
역에 이르러 의식적으로 민족적인 운명감과 바른 현실을 반영하려는 노력으
로 나타났다. 그러므로 상화(相和)씨의 작품세계가 곧장 경향적 세계를 띄우
게 된 것은 당연한 일'이라고 평가하고 있다. 이러한 논조를 통해 현실 형상
화방법의 하나로 '상징' 기법이 매우 효과적일 수 있음을 강조하고 있다.
　그러나 그의 이러한 주장은 실상 그의 시에 그대로 적용되지는 못했다. 그
가 만약 이 주장과 같은 방법으로 시를 창작했다면 그의 시는 당대 좌익문단
에서 선전・선동의 문학으로 떨어지지 않았을 것이다. 말하자면 시가 문예운
동의 한 수단으로만 상징을 사용하지 않았을 것이라는 추측은 가능해진다.
　오장환은 현실주의 문예창작에서의 '상징화'를 예술적 일반화원리로서 제
한적 의미만을 부여하고 있다. 이 점과 관련하여 형상화원리로서의 상징화와
표현수법으로서의 상징은 엄밀하게 구별될 필요가 있다고 생각된다. 즉 전자
는 보편자로부터 직접적으로 개별자를 연역함으로써 결과적으로 개별자의

---

138) 오장환, 「朝鮮詩에 있어서의 象徵」, 『新天地』, 1947.1. 최두석 편, 『오장환 전집・
　　2』, 앞의 책, 75~76쪽.

고유한 성질을 사상(死傷)시킨다는 점에서 알레고리에 가까운 것임에 비해 후자는 개별자의 개별성을 그대로 유지하는 가운데 개별자들 사이의 상호연관을 통해 보편자를 환기한다는 점에서 현실주의적이다. 에르하르트 욘은 이렇듯 상징화가 단지 보편자의 추상적 대체물로 제시한다는 점에서 전형화에 미치지 못하는 것으로 보고 있다.139)

다음에 인용하는 「붉은 산」과 「소」는 농촌과 농민현실을 상징적으로 형상화한 것으로, '붉은 산'은 당대 우리 민족의 보편적 상징이며, '소'는 바로 농민의 모습을 상징하는 것이라 할 수 있다.

가도, 가도 붉은 산이다.
가도 가도 고향뿐이다.
이따금 솔나무 숲이 있으나
그것은
내 나이같이 어리고나.
가도 가도 붉은 산이다.
가도 가도 고향뿐이다.

「붉은 山」 전문

해방공간에서 오장환이 보여준 현실인식의 출발은 황폐한 고향의 발견에서 비롯된 것으로 보인다. 위의 시에서도 알 수 있는 것처럼 해방을 맞은 농촌은 아름다움과 꿈이 있는 이상향으로서의 터전이 아니라 일제의 산림수탈에 의해 황폐화된 비극적 현실로 존재한다. 따라서 그에 있어서 '붉은 산'은 일제강점기 현실을 편력한 이후에 발견한 농촌의 현실이다. 즉 그것은 고향과 마찬가지로 황폐한, 일제 말의 현실을 개인적으로 편력한 과정 끝에 발견한 해방된 농촌실상이라 할 수 있다. 그런 점에서 그의 일제강점기 편력은 고향의 발견으로 귀결된다. 현실주의의 측면에서 볼 때, '붉은 산'을 일제의 산림수탈에 의해 황폐화된 산의 모습을 가리키는 개별자이면서, 동시에 시 전체와의 유기적인 관련 속에 놓인 보편자140)자라 할 수 있다. 즉 '붉은 산'

____

139) 에르하르트 욘, 편집부 역, 『미학의 문제』(다민,1991), 203~216쪽.

과 '소나무'는 피폐해질대로 피폐해진 해방공간의 현실이며, 그럼에도 새로운 국가건설을 위해 투쟁하는 민중들의 활력, 그리고 그 양자 사이의 긴장된 관계를 전형적으로 보여준다. 여기서 '소나무'는 시인 자신의 모습으로 인식되면서 동시에 해방 직후 한국 민족의 보편적인 현실을 상징하는 것이다.

이 시에서 시인은 고향의 '붉은 산'이라는 현실을 복사하는 것이 아니라 '내 나이'의 능동적 인식과정으로, 현실의 '반영과 변형'이라는 방법을 통해 변증법적 통일을 꾀하고 있다. 예술적 농축의 본질은, 예술가가 특정한 수법과 방법으로 예술작품을 개성적인 형상으로 창조함과 동시에, 그 속에서 인간의 성격, 행동, 사상, 감정의 본질적인 측면이 반영대상으로서의 현실현상보다 훨씬 이해하기 쉽게 해주는 특징을 지닌다. 또한 '감동'을 유발시키는 '재현적인(repräsentativ)'[141] 미적 실재를 창조해낸다. 그에 있어서의 고향 발견은 바로 이같은 '재현적인' 현실로서의 의미를 담고 있다.

> 저기 소가 간다.
> 큰 허리를 온통 밧줄로 떠가지고
> 장거리로 끌리어간다.
> 저 순하디 순한 소는 주인을 받은 것이다.
>
> 장거리의 장사꾼들은
> 저녁 상머리에서 이를 쑤시며
> 저 눈 큰 짐승의 맛을 이야기할 것이다.
>
> 잔뼈가 굵도록 다만
> 혀가 빠지게 부리운 저 소
> 순하디 순하게 생긴 에미령한 눈
> 저것은 지금 눈을 끔벅거리며 어딘지도 모르고 끌리어간다.
>
> 한번 메 하고

---

140) 에르하르트 욘, 편집부 역, 『미학의 문제』, 위의 책, 203~216쪽.
141) 에르하르트 욘, 임홍배 옮김, 『마르크스-레닌주의 미학입문』(사계절,1989), 74쪽.

웨쳐보도 못한
저 소는 주인을 받은 것이다.
그냥 쟁기를 끌고
숨가쁘게 매질만 받았으면
이 어려운 겨울을
그래도 콩꺼풀과 여물로 편안히 쉴 수 있었을 것을······

저기 소가 간다.
큰 허리를 온통 동빠로 떠가지고
그 뒤에는 저 소보다도 순량한 농군들이 채찍질을 하며 뒤따러간다.

아 유하디 유한 무리들
저기 소와 같이 에미령한 눈을 가진 농사꾼은
주인을 받은 큰 소를 별르며 장거리로 끌고 간다.
아 저짓이 끌려기는 소고, 가는 농사꾼이다.

「소」 전문

　우리 민족에게 있어서 가장 친밀한 감정을 갖게 하는 가축은 '소'라고 해도
지나친 표현은 아닐 것이다. 소는 농경민족의 농업 노동력에 대한 애착과 더
불어 농민의 삶과 밀접한 관련을 맺고 있는, 농민 상징이기도 한 것이다. 일
제강점기의 수많은 시에 등장[142]하던 '소'는, 해방공간에서도 심심찮게 나타
나고 있는데[143] 이것은 농촌과 농민의 생활과 모습을 다루는 시의 입장에서

---

142) '소'를 시적 소재로 삼고 있는 일제강점기의 작품으로는 다음과 같은 것들이 있다.
　　당엄의 「농우」(『청춘』,1917.6), 장백산인의 「서울로 간다는 소」(『동광』,1926.10),
　　목원옥의 「팔려가는 송아지」(『조선일보』,1930.10.29), 김소강의 「황소」(『조선일
　　보』,1930.10.29), 허문일의 「소의 통곡」(『농민』,1932.8), 김조규의 「소」(『신동아』,
　　1932.2), 정윤희의 「송아지」(『매일신보』,1932.11.26), 김경수의 「성난 황소」(『농
　　민』,1933.3), 김수길의 「소」(『신동아』,1933.9), 조마사의 「소」(『맥』,1938.9), 김상용
　　의 「어미소」(『문장』,1939.2) 등이 그것이다.
　　서범석, 『한국 농민시 연구』, 앞의 책, 272~283쪽 참조.
143) 해방공간의 농민시 중에 '소'를 제재로 하여 그 제목으로 삼고 있는 작품만 간추려
　　보면, 다음과 같은 것들이 있다.
　　이병철의 「소」(『신문예』,1945.12), 「소야 뿔을 쓰라 소야」(『새한민보』,1949.1), 박
　　운산의 「소」(『신문학』3호,1946.8), 「소는 얼핏 미련하기 짝이 없으나」(『신문

보면 당연한 현상이라 할 수 있다. 그것은 바로 농민들의 빼앗긴 삶에 대한 형상화이면서 동시에 전형적인 농민을 상징화한 것이라 하겠다. 이러한 의미에서 볼 때, 오장환의 이 시는 소를 통하여 당대의 '소보다 순한' 농민의 비극적인 삶의 모습을 상징적으로 형상화한 것이라 할 수 있다. 평생 착취에 시달리다가 마침내 팔려 가는 소의 일생은, 평생 농사일과 한숨으로 살아오다가 삶을 송두리째 뿌리 뽑혀 비극적인 운명에 놓이게 된 농민들의 현실이다. 그러나 이렇듯 팔려 가는 '유하디 유한' 소는 '주인을 받은 큰 소'라는 사실에서 저항하는 농민으로 상징화된다. 오장환의 농민시가 현실주의적 성격을 띠게 되는 데에는 이러한 농민의 생활 현장에서 '전사(戰士)'를 발견함에 있다. '소'의 투쟁은 농민의 상처와 분노로부터 드러나는 필연성을 형상으로, 헐벗고 굶주린 자의 상처와 분노는 현실적 상황을 통한 시적 압축으로 드러난 것이다. 이 시는 그런 의미에서 농민시로서의 객관성을 확보하는 창작방법의 하나로 상징화한 것이다.

지금까지 살펴본 오장환의 농민시는 당대 농민 문제와 관련하여 볼 때, 해방에 대한 희망과 현실의 모순이 교차하는 지점에 놓여 있다. 그에 있어서 해방공간에서의 문학활동은 미래적 전망을 현실요소들과 결합시킴으로써 현실주의의 가능성을 찾아가는 것이라 할 수 있다. 그것은 예술적 현실의 단순한 반영이기보다는 문학의 사회적 생산과 관련된 일종의 '문학생산이론'[144]에 기대고 있는 듯하다. 문학이 현실을 반영한다고 하여도 그것이 추악한 모습으로 나타난다면, 현실의 재생산을 문학의 과제로 삼을 수 있다. 그러나 그 생산이론이 언어 내적인 기교에 치중하게 되면, 현실로부터 유리되어 당초 의도한 과제를 수행하기 어렵게 될 뿐만 아니라 결국 그 생산이론 자체가 무의미해질 수도 있다. 이러한 전제에서 볼 때, 해방공간에 있어서 오장환의 시는 초기의 모더니즘적인 기교주의에서 벗어나 현실과 밀착된 시세계를 보여

예』,1946.10), 김상훈의 「소」(시집『대열』,1947.5), 유진오의 「소」(시집『창』,1948.1) 등이 있다.

144) 여기에 대해서는 Terry Eagleton의 『Criticism and Ideology, Verso Editions,1978. New York Univ-press,1984. ch · 2』를 참고할 것.

줌으로써 농촌문제와 관련된 사회적인 문제를 해결하기 위한 하나의 현실주의적 창작방법을 수용한 것으로 볼 수 있다.

이를 통해 그의 농민시는 형상화방법의 측면과 더불어 크게 세 가지 특징을 지니고 있었음이 확인되었다. 우선, 일제강점기의 비참한 농촌현실에 대한 인식에서부터 출발하고 있음이 확인된다. 해방과 더불어 환희의 노래도 미처 부르지 못하고 발견한 황폐화된 농촌현실에 대한 발견인 셈이다. 이는 '전형화'된 현실이며, 농민 또한 전형적인 빈농의 형상화이다. 그가 '자기비판'을 통해 실천적 이데올로기 속에서 소망하는 바의 인간과 사회에 대한 변혁을 선취(先取)하고자 했을 때 '이상화'의 형상으로 나타났다. 그것은 시적 대상이 되는 농촌현실을 주관화하여 자신의 세계관에 대한 문제의식을 제기하는 데에서 나아가, 인물과 상황의 전형을 설정함으로써 가능했던 것이다. 이러한 농촌현실에 대한 전위적 인식을 '이상화'에 바탕에 두고 형상화한 시들이 그를 투쟁적인 어조의 실천적 성격으로 변모하는 현실주의의 세계관을 보여준 대표적인 시인으로 귀결되게 한 것이다.

2) 박아지의 당파성과 계급적 인식

박아지(朴芽枝)145)는 카프 맹원의 한 사람으로서 1946년 월북하기까지

---

145) 본명이 朴一인 박아지의 전기적 사실이나 문단 활동 사실은 널리 알려져 있지 않다. 그는 1905년 함경북도 명천에서 출생하여 일본의 동양대학을 중퇴하고, 1927년 초에 귀국하여 카프에 가담하였다. 그후 박세영, 이찬 등과 주로 교유하면서 소년잡지 『별나라』 등의 편집에도 가담하였다. 『조선문단』(1927.3)에 「농부의 선물」을 발표하면서 본격적인 작품활동을 전개한 그는 이 후 「農夫의 시름」, 「農歌九曲」, 「農軍行進曲」 등과 같은 연작시를 발표하였다. 해방 후 그는 프로예맹과 문학가동맹의 중앙위원을 역임하는 등 좌파계열의 문학노선을 분명히 하였다. 한편 시작(詩作)생활 20년만에 첫시집 『心火』(우리문학사,1946)을 간행하기도 했다. 이 무렵 그는 조선문학가동맹에서 주도권을 상실한 박세영, 송영, 이찬 등과 함께 제2차 월북파로 북으로 넘어 갔다. 북에서 그의 활동은 그다지 활발한 것으로 보이지 않는다. 다만 『조선문학사』 등에서 1920년대의 프롤레타리아 시인으로서 그 문학사적 의의를 인정받을 정도이며, 생사 여부에 대해서는 알려진 바 없다.
그의 생애와 관련된 보다 자세한 사항은 김재홍의 「농민시의 개척자 朴芽枝」(『한국현대문학의 비극론』,시와 시학사,1993,83~114쪽)를 참조하기 바람.

일제강점기에서나 해방공간에 있어서나 농촌의 피해상과 농민들의 척박한 삶을 줄곧 노래하였다는 점에서 비록 '농민시의 개척자'146)는 아닐지라도 대표적인 농민시인 중의 한 사람이라 하기에 충분하다. 그럼에도 지금까지 그에 대한 논의는 활발하게 진행되지 않고 있다.147)

해방공간에서 보여준 박아지의 적극적인 현실인식은 오장환의 경우와 마찬가지로 이미 일제강점기 농민시에서도 발견된다. 앞서 언급한대로 박아지의 시는 대부분 농촌과 농민의 삶에 그 뿌리를 두고 있다. 그의 시는 「나가지 않으려나」(『조선지광』(1927.10)에서 '푸른 생명들이 훠얼 훨 피어오르는 저 넓은 벌'과 같이 농촌의 터전을 희망과 생명이 넘치는 터전으로 인식하거나, 「농부의 선물」(『조선문단』,1927.3)에서 들판을 '평화와 기쁨과 경건한 마음이 떠돌고 있는' 공간으로 형상화한 것은 노동하는 삶의 기쁨과 농토에 대한 애착에서 비롯된 것이라 하겠다. 또한 그것은 「농군행진곡」이나 「나는 떠날 수 없소」와 같은 시에서 볼 수 있듯이 농민들이 겪게 되는 어려움과 연결하고 있다는 점에서 단순히 목가적인 풍경으로서의 농촌이나 낭만적으로 인식되는 농민의 삶이 아니다.148)

해방공간에서 창작된 박아지의 농민시는 형상화방법과 관련하여 크게 두 가지 특징이 나타난다. 그 중 하나는 해방의 환희를 노래하는 인식주체인 시인의 주관성이라 할 수 있다. 이는 현실에 대한 주관성의 결과로 드러나는

---

146) 김재홍, 「농민시의 개척자 박아지」, 위의 책, 83~84쪽.
147) 김재홍은 「농민시의 개척자 박아지」(위의 책)에서 그를 '농민시의 개척자'로 높이 평가했지만 그가 쓴 일제강점기의 많은 농민시들은 엄격한 의미에서 '농촌시'의 성격을 띠는 것이 대부분이다. 이 문제에 대해서 일찍이 안함광은 「농민문학문제재론」(『조선일보,1931.10.21)에서 "이 얼마나 향토적이냐? 이 얼마나 시대적 환경과 동떨어진 맹인의 노래이랴?"라고 통렬하게 공박하였고, 오장환은 「농민과 시」(『협동』, 1947.3)에서 "계급적인 처지에서 농민시를 썼으나 별로이 특기할 작품이 없"다는 주장을 하기도 했다. 근자에는 서범석이 『한국 농민시 연구』(앞의 책,125~127쪽)에서 그의 시 「마을의 봄」에 나타나는 구절 중에서 "보릿고개를 맞는 농촌의 봄이 '포근한'으로만 파악되고 있다"는 사실을 예로 들면서 그의 1920년대 농민시에 나타나는 "현실인식은 그가 프로시를 쓸 때에도 전혀 예술성이 없는 선전·선동의 구호만을 외치게 된다"는 비판적인 주장을 하기도 했다.
148) 그의 일제강점기 농민시에 대한 자세한 내용은 김재홍의 「농민시의 개척자 박아지」(위의 책, 83~103쪽)을 참고하기 바람.

낙관적 세계관이다. 또 하나는 '전형성'에 바탕을 둔 혁명적 낭만주의이다. 그에 있어서의 전형은 빈농계급에 놓여 있는 연대성을 지닌 '당파성'의 성격으로 드러난 것이다. 이는 '주관성'에 근거한 전자의 낙관적 현실인식이 토지개혁을 둘러싼 농민운동과 맞물리면서 혁명적 낭만주의로 나아간 결과로 보인다.

해방은 박아지의 농민시에 나타나는 것처럼 갑자기 뒤바뀐 정치적 환경과 급박하게 전개되는 현실의 제상황을 낙관적으로 인식한 결과, 희망으로 가득 찬 미래에 대한 전망을 꿈꾸며 새로운 삶의 의지를 미처 감격이 채 가라앉지 않은 격앙된 목소리로 나타난다. 그러나 해방은 '광복'이라 불러도 결코 낙관적인 자리만은 아니었다. 그것을 '광복이라 했을 때는 필시 두 개의 낯선 신 앞에 눈멀고 귀멀지 않으면 안 되었고, 해방이라 했을 때는 문득 방향성을 잃은 헤매임의 마당이 펼쳐진'[149] 혼란의 공간이었다. 이러한 혼란을 인식하지 못한 당대 농민들은 그 누구보다도 감격적으로 해방을 맞았을 것이다. 당시 인구의 절대다수를 차지하고 있던 농민계급에 있어서 해방은 막연한 감격의 대상이 아니라 희망과 의욕이 넘치는 가능성의 공간이었을 것이다. 일제 강점하에서 최대의 피압박 계급이 그들이었던 만큼 그 설움에 비례하여 감격도 클 수밖에 없었던 것은 자명한 일이다.

다음 시는 인식주체인 시인의 주관성에만 기대어 나타난 낙관적 현실의 한 양상을 보여준다. 이것은 이상화된 세계의 한 형상이다. 그러나 그것은 투쟁의 결과로 획득된 혁명적 낭만주의와는 일정한 거리를 두고 있다.

> 수수깡 울타리에
> 낮닭의 울음도 기인데
> 푸르러 가는 들에서
> 송아지는 '엄매—'
> 어디선지 풀잎피리 요란하다

---

149) 김윤식, 「해방후 남북한의 문화운동」, 『한국 현대 현실주의 비평선집』, 앞의 책, 424쪽.

시내 언덕에 추욱 축 늘어진
수양버들 하늘거리고
금잔디 벌판
뽀루퉁한 민들레꽃
봉오리, 봉오리
마을 소녀들의 나물바구니 한가하다.

밭 가는 젊은이,
씨 뿌리는 아낙네,
올봄따라
어이 그리 명랑한지
해방과 자유 근로와 창조
아! 뻐근한 희망의 봄이여

「봄」150) 전문

이 시는 인식주체인 시인의 '주관성'이 그대로 표출된 해방의 풍경이다. 여기에는 현실의 위기감도 없으며, 시인의 이념은 자유와 평화 그리고 희망으로만 드러나 있다. 억압과 속박으로부터 해방된 농촌 풍경은 한 폭의 그림처럼 묘사되고 있다. 해방은 찾아왔지만 농촌이 결코 낭만적 향수의 현장이 아니라는 것은 주지의 사실이다. 이 시에서처럼 '한가하'고, '명랑'하며 '뻐근한 희망'이 넘치는 곳은 더욱 아니다. 이렇듯 해방을 맞는 농촌을 막연한 희망과 추상적 관념의 대상으로 형상화하고 있는 시는 박아지의 경우에만 해당되지 않는다. 이 점은 해방 직후의 농민시가 지니고 있는 공통된 실상이기도 하다. 물론 아무런 준비도 없이 갑자기 들이닥친 해방이었기에 구체적이고 체계적인 가능성을 토대로 한 희망과 의욕의 형상화는 불가능했을 것이다. 더구나 해방의 환희와 희망에 부풀어 있던 시인들의 입장에서 해방의 의미를 일반 농민계급의 실제적인 정서로 드러내는 일 또한 쉽지 않았을 것이다.151)

---

150) 본고에서 인용하는 박아지의 농민시는 서범석이 엮은 자료집 『한국농민시』(고려원,1993)에 수록된 것이다.
151) 정지용은 「조선시의 반성」(『문장』,1948.10.)에서 해방 직후의 시단상황을 '민족 해방의 확고한 이념을 준비하지 못한 채 축제일적 흥분, 긴장, 무정견의 방가'라고 지적

농민시에 있어서 해방의 진정한 의미를 형상화하는 일은 당대 사회의 전체적인 시각과 농촌현실이라는 개별적인 사실들을 결합하는 변증법적 창작을 요구하게 된다는 점에서 볼 때, 이 시는 현실주의와는 거리가 멀다. 시적 배경이 되는 농촌풍경은 너무나 주관적으로 '이상화'되어 있으며, '봄'은 보릿고개로 표상되는 궁핍한 계절임에도 시적 화자는 '명랑'한 계절로 인식함으로써 '뼈근한 희망'이라는 주관적 감상을 노출하게 된다. 농민시가 농촌현실과 농민의 객관적 상황을 전형화를 바탕으로 형상화했을 때 현실주의가 성취된다는 점에서 이러한 문제는 농촌현실이라는 개별적인 사실들의 깊이 속으로 전체적인 시각을 투영하지 못함으로 해서 생겨난 것이다. 그러한 의미에서 이 시는 '즉물적 감상의 토로나 감탄사의 남발로 인한 감정의 과다 노출'[152)로 인해 '막연한 기쁨의 외침'[153) 정도라 할 수 있다.

다음과 같은 시에서 문학가동맹 측의 조직적 실천과제였던 대중화의 문제를 실천적으로 보여주려는 박아지의 흔적을 찾아 볼 수 있다. 문학가동맹 측의 연대성을 지향하는 노력은 민중이 새로운 변혁 주체로 등장한다는 의식 속에서 민중과의 연대를 통하여 역사적 전망을 찾아내려는 의식의 표출이다. 이는 전형성을 바탕에 둔 혁명적 낭만주의를 지향할 때 그 성격이 강화된다.

붓을 꺾이고 호미를 잡어
오늘이 있기를 기다리며 기다리며
어둠속에서 빛을 차즈려
묵묵히 다만 묵묵히
忍苦와 땀으로 아로삭인 十年
아아! 기다리던 오늘의 감격!
산과 내와 풀과 나무와 새와 벌레가
모오두 새로운 듯 반기고 다정하여
벼이삭과 나물싹이 이다지도 신비로운 순간.

한 바 있다.

152) 오현주, 「8.15 직후 문학운동과 시문학의 전개양상」, 『해방기 시문학』(열사람,1988), 343쪽.
153) 박세영, 「현단계와 시인의 창작적 태도」, 『예술』4호, 1946.2.

이 하늘이 한고작 높고
이 땅이 가지록 넓고
그리고 太陽이 이렇게도 아름답고
이 겨레가 이다지도 위대한 줄이야
아아! 동무들아
이 순간같이 벅차게 느껴본 적이 있는가.

흥분한 얼골에 눈물이 어리우고
쥐여진 주먹이 가늘게 떨리여
심장이 터지도록 외치고 싶은 충동
아아! 동무들아
우리에게는 또 한번 끊어야 할 쇠사슬이 남았구나

太陽을 못보던 어둠속 우리들이
빛을 반기며 땅위에 쏟는다

동무들아
희망에 뛰는 가슴을 가만가만 달래이며
힘차고 묵직한 첫발을 大地가 울리도록 옮기어보자.

「칩복(蟄伏)」 전문

　위의 시에 있어서도 해방을 맞는 환희가 이어지고 있지만 시인의 감상주의적 인식은 다소 해소되고 있다. 주지하는 바와 같이 해방 직후의 낙관적 기대와 새 조국 건설에 대한 욕구는 미군정의 통치와 더불어 자주성을 박탈당하게 된다. 일제가 물러가고 해방이 되었다고는 해도 그 질곡의 흔적이 완전히 없어진 것은 아니었다. 그래서 농민들의 현실은 일제의 억압으로부터 완전히 벗어났지만 본질적으로는 변화되지 못한 채 여전히 궁핍한 생활을 면할 수는 없었다. 이러한 현실 속에서 당대의 농민시는 점차 농민들 스스로 반제 반봉건의 변혁을 수행하기 위한 주체로 등장하게 된 것이다. 그것은 지난 날에 대한 회상 속에서만 존재하는 것이 아니라 현재에도 상처로 남아 농민의 삶을 비극적으로 몰고 갈 수 있는 불합리한 제조건들에 대한 인식이다. 따라서 그는 '우리에게는 또 한번 끊어야 할 쇠사슬이 남았구나'라는 현실인식을 통해 해방된 미래를 설계하고자 한 것이다. 그러한 입장에서 볼 때, 이 시는 새 조국 건설이라는 혁명적 낭만주의의 당위적 명제 아래에 놓여 있는 셈이다. 이 시에서처럼 그의 시가 혁명적 낭만주의로 치달을 수 있었던 것은 이처럼 현실의 부정적 상황에 대한 인식을 바탕으로 했을 때 가능한 것이다. 해방공간에 있어서의 현실이 당시 문인들에게는 '감격과 혼란'이라는 감성적 인식으로 나타난다. 박아지도 위의 시를 통해 감격의 현실 이면에는 친일잔재와 봉건적 제도와 같은 '끊어야 할 쇠사슬'이 있음을 보여준다. 그러나 이 시는 일제하의 참담한 고통을 상기시키면서 새로운 싸움을 전개해 나갈 것을 형상화하고 있다 하더라도 전위적 존재로서의 시적 화자가 현실과 결합하면서 농촌문제의 본질적인 측면을 구체적으로 형상화한 것은 아니다.

어설픈 토지개혁과 경제적 파탄으로 인한 궁핍함 속에서 토대변혁을 요구하는 농민들의 열망은 1946년 '10월 항쟁'으로 분출된다. 좌익계열의 시인들은 그들이 지향하는 인민민주주의 세계의 실현 가능성과 이데올로기적 현실 전화의 가능성을 확인하게 된다. 이것은 '대열'의 연대정신을 통해 새 조국 건설을 수행하는 인민계급의 물질화된 힘만이 역사 추진력이라는 사실을 확인하는 계기가 된다. '10월 항쟁'이 지니는 역사적 의미를 규정하려는 문학가동맹의 노력은 '10월 인민항쟁이 조선문학의 새로운 기원'이며, '조선문학은 인민항쟁을 떠나서는 영구히 존재할 수 없을 것'[154]이라는 임화의 적극적인 평가에서도 드러난다. 이렇듯 문학가동맹 측에서는 항쟁을 통해 보여준 인민의 영웅적 정신을 형상화할 것을 요구한다. 더불어 김남천은 그 미학적 원리로 '항쟁에 대한 창조적인 묘사는 추상적이고 주관적인 일체의 기만적 교설을 박탈하는 강력한 리얼리즘'[155]의 창작방법을 요구하기에 이른다. 박아지의 다음과 같은 시는 이러한 요구를 적극적으로 수용한 결과로 나타난 것이

---

154) 임화, 「인민항쟁과 문학운동」, 『문학』인민항쟁 특집호, 1047.2. 송기한 · 김외곤 편, 『해방공간의 문학비평2』, 앞의 책, 233쪽.
155) 김남천, 「대중투쟁과 창조적 실천의 문제」, 『문학』3호, 1947.4. 김윤식 편, 『한국 현대 현실주의 비평선집』, 앞의 책, 330쪽.

라 할 수 있다.

> 조을 졸 흐르는 샘물
> 푸르른 구슬인양 맑기도 하여
> 어리고 가냘픈 힘
> 풀잎에도 겨웁다 하네.
>
> 허나 한줄기 두줄기
> 모이고 또 모여
> 시내가 되고 폭포를 이뤄
> 한가람 흘러 흘러 바다로 바다로
>
> 호미를 들고 괭이를 메고
> 이 마을 저 마을에서
> 밀물처럼 떼지어 올 때
> 비겁한 놈들은 숨을 죽이네
>
> 펄럭이는 씩씩한 깃발 아래
> 거짓도 없이 힘은 뭉쳐
> 천둥같이 외치는 아우성 소리
> 달린다 오직 새나라 새나라로

「그 날의 데모」 전문

이 시에서 투쟁의지는 '조을 졸 흐르는 샘물'과 '밀물처럼 떼지어' 오는 민중의 대열과 대비되어 더욱 극명하게 드러난다. 그러나 이 시에서 시인은 국토 형상을 아름답게 묘사하고 있는데, 이는 농토에 대한 농민들의 현실적 욕망을 제대로 파악하지 못하고 있음을 입증한다. 그는 농촌현실 속에 스며있는 농민의 계급적 욕망과 꿈을 비참한 현실정황과의 대립을 통한 극복 대항으로만 그려놓고 있다. 시적 화자는 이른바 새 나라 건설을 위한 헌신적 투쟁을 보여주는 전형적인 인물로 볼 수 있다. 그러나 그러한 적극적인 성격이 시 속에서 역동적인 현실의 구체적 세부사항으로 나아가지 못한 한계 때문에 도식적인 목소리로 드러나고 있다. 이러한 현상은 시인의 농민계급에 대한 현실인식의 한계를 보여주는 것이다. 말하자면 이 시는 농지개혁과 관련한 농민의 분노와 모순된 현실에 대한 대항과 대립을 좀더 진지한 탐색으로 끌고 가지 못하고 쉽게 투쟁 대열의 전선으로 이끌어가고 있다.

그러한 의미에서 이 시는 당의 개혁정책을 대중에게 선전하려는 당의 요구에 대한 응답의 하나로, 농민의 계급적 해방문제를 당파성으로 부각하여 형상화한 것이다. 그러나 그 응답은 농민을 계급적 인식에서만 바라볼 뿐 역사적인 발전상황에서 주목한 것으로 여겨지지 않는다. 그 점은 인식 주체가 되는 시인이 지금까지 비참하게 살아왔던 농민들의 착취적 상황들에 대한 고정관념으로 현실을 파악한 데에서 비롯된 것이다. 즉 시적 화자의 시선은 농촌현실을 낭만적으로 인식하고 있으면서 농민의 함성을 '천둥같이 외치는 아우성 소리'로 규정하고 있는데, 이것은 토대모순이라는 변혁주체의 전형적 상황을 정당한 현실인식으로 이끌어내지 못한 결과라 할 수 있다.

이러한 시적 상황 설정은 당대의 현실주의 시인들이 안고 있었던 공통된 현상이라 할 수 있다. 여운형 등 인민공화국의 지도부가 미군정에 의해 와해되면서 1946년 10월 이후 상황은 좌익 계열의 현실주의 시인들이 지향하는 공동체적 삶을 불가능한 방향으로 몰아가고 '대열'을 통하여 구축하고자 했던 연대성조차도 고립적이고 폐쇄된 현실이었다.156) 이 점은 현실주의 시인들로 하여금 시적 자아가 위치한 현실을 어둠과 절망적 현실로 인식하도록 한 것이다. 그렇다 하더라도 이러한 절망적 현실을 극복하고자 하는 내적 의지 표출은 미래 전망을 통하여 현실상황을 역사적 과정 속에서 인식하고자 하는 혁명적 낭만주의의 정신을 보여주는 것이다. 현실의 압력에 대응하는 주관적 정신의 강조란 객관적 정신과의 상호 관련 속에서 이해되어야 하며 미래에 대한 전망이란 현실과 유리된 것이 아니라 현실에 근거한 '이상(理想)'이 될 때 회고적 낭만주의와 구분되는 진정한 낭만정신으로 자리잡게 된다. 이 때 '과학적 전망'이라는 시적 자아의 낭만정신이 현실에 기반하지 않

---

156) 진덕규, 「미군정 초기 미국의 대한 점령 정책」, 『해방 40년의 재인식 I』(돌베개,1985), 133~135쪽 참조.

은 관념으로 변질되는 것을 막아 현실에 대한 주관적 왜곡의 오류를 피하게
되는 방법이 된다.157) 박아지의 농민시는 이와 같은 '혁명적 낭만주의'를 당
파성에 입각하여 드러내고 있다. 해방을 맞으면서 그의 시적 주체가 지나치
게 주관성에 매몰되어 현실상황을 정당하게 포착하지 못한 것은 '과학적 전
망'의 부재에서 비롯된 것이다.

　박아지의 당파성에 바탕을 둔 계급투쟁적 농민시에 나타나는 변혁적 인식
은 앞서 살펴본 오장환의 경우와 마찬가지로 해방공간이라는 역사적 상황 속
에 놓여 있는 구체적인 농촌현실을 형상화하는 미학적 범주인 '인민성'에 놓
여 있다.

　　　민족을 팔아 배 불리던 자
　　　동포를 짓밟고 지위를 자랑하던 무리
　　　이제는 임의 성스런 이름까지 팔아

　　　형제를 속이려 하고
　　　저들의 영화를 보존하려
　　　또 다시 남의 힘만을 등에 대고

　　　하도 하도 눌리고 짓밟히며
　　　뼈에 사무치도록 갈망하던
　　　눈물이 앞을 가리나이다

　　　뭉치려고 몸부림치는 하도한 겨레
　　　형제를 팔아먹던 자여 물러가라
　　　그리고 삼천만이여 뭉치라

　　　목메여 외치는 소리
　　　피나게 부르짖는 소리
　　　임이여 들으시나이까 들으시나이까?

---

157) 게하르트 펜, 이득행·조성 역, 『문학의 이론과 실천』(사계절,1986), 245쪽.

뭉쳐라 외치시는
임의 참 뜻
모르는 겨레가 아니외다.

조국을 사랑하시기에
민족을 아끼시기에
해외 풍상 설흔이요 또 몇해

검던 머리 흰 줄
아! 어찌 모르오리까
아아! 인민의 자유 인민의 권리.

어떤 무리만의 자유오리까
어떤 계급만의 자유오리까
임이여! 바르게 보소서 보소서

민족을 팔은 황금의 아지랑이
동포를 짓밟은 지위의 무지개
임의 이름을 팔은 기만의 구름

어지러운 이것들이
인민의 소리로부터 임의 귀에 가리며
임의 총명을 가리려 합니다

노동자 농민 근로하는 하도한 겨레
진정으로 갈망하고 외치는 소리
임이여 들으시나이까 들으시나이까?

「들으시나이까」 전문

　이 시는 농민시로 보기 어려운 면이 없지 않지만, 해방공간의 대립과 갈등 속에서 박아지 나름의 당파성에 바탕을 둔 이념노선을 확연하게 제시한 작품이라는 점에서 중요하게 보인다. 여기에는 좌익계열에서 자기비판의 하나로 제기된 친일파의 척결과 외세에 대한 항거, 그리고 계급의식의 고취라는 과제를 담고 있다. 따라서 이 시는 해방공간에서 민족의 과제로 주어진 '새 나라 건설'을 위한 새로운 싸움의 내용이 구체적으로 제시되고 있는 것이다. 그것은 첫째 '뭉치려고 몸부림치는 하도한 겨레 / 형제를 팔아먹던 자여 물러가라'는 구절을 통해 알 수 있듯이 친일매국노들에 대한 비판으로 나타난다. 이것은 해방으로 인해 일시적으로 숨어 있던 친일파들이 혼란한 상황을 틈타 새롭게 등장하는 것에 대한 응징과 타도의 목소리로 분출된다. 둘째로는 '형제를 속이려고 하고 / 저들의 영화를 보존하여 / 또 다시 남의 힘만을 등에 대고'라는 구절에서처럼 외세추종세력에 대하여 항거와 비판을 가한다. 이것은 외세로서 이 땅에 새롭게 진주해 온 미군에 대한 항거와 비판이라 할 수 있다. 셋째로는 '노동자 농민 근로하는 하도한 겨레'나 '인민', '계급' 등의 시어나, '뭉쳐라! 외치는 님의 참뜻'과 같은 구절을 통해 계급주의 사상으로 뭉쳐야한다는 인민적 민주주의 노선을 확연하게 드러내고 있다.

시에 있어서 현실주의는 시적 대상으로 포착한 현실의 본질적 측면을 형상화하는 과정에서 드러나는 '시인의 현실인식의 폭과 깊이가 문제되는 것'[158]이다. 앞에서 살펴본 그의 시는 농민계급의 현실이 지니고 있는 의미를 내적으로 파악하여 현실에 내재한 역동성과 농민계급의 변혁적 가능성을 시적 형상화하는 데에는 일정한 한계를 드러내고 있다.

그러나 다음과 같은 시는 창작방법론으로서 현실주의를 성취한 시에 속한다.

펄펄나는 조합기를 앞에 세우고
동무들아 용감하게 싸워나가라
어제까지 피를 빨던 우리 원수는
오늘부터 물러가기 시작하였다.

우리들이 바래오던 새로운 제도
가는 땅을 농민에게 나눠주어라
씨 뿌리고 매다르고 거둘 것이니

---

158) G.프리들렌체르, 아항재 역, 『리얼리즘의 시학』(열린책들,1988), 235쪽.

자유로운 생산이 이것 아니냐.

괭이 메고 호미들고 어서 나가라.
아름다운 이 강산이 우리 것이다.
해방과 자유를 노래하면서
새 사회 건설에 힘을 써 보자.

「농민가」 전문

이 시는 시인의 농민계급에 대한 당파적 인식과 시적 반영을 뚜렷하게 보여준다. 농민계급의 이데올로기와 실천의 요소가 변증적으로 '총체성'을 확보함으로써 현실주의적 세계관을 성취한 것이라 할 수 있다. '총체성'의 변증법적 개념은 역동적인 것으로서 포괄적인 것을 반영하면서, 동시에 역사적으로 변화하는, 객관적 실재의 매개와 변형을 의미한다.159) 농민의 이데올로기적 인식을 바탕으로 적극적인 투쟁을 노래하는 현실주의 시에 있어서 이 문제는 단순히 농민의 대중적 행동과 인민적 투쟁 현장의 단순한 반영에만 관련되지 않는다. 보다 근본적으로는, 그러한 투쟁은 이데올로기와 실천이 어떻게 시 속에서 변증법적으로 교섭하고 있느냐가 문제가 된다.

당파성을 띤 이 시는 문학가동맹의 노선인 '새 사회 건설'에 동참할 것을 독려하고 있다. 그 밑바탕에는 토지개혁이 이루어지지 못한 농촌현실을 깔고 있다. 지주-소작관계라는 일제강점하의 경제적 모순이 청산되지 못한 현실 속에서 농민현실에 대한 이러한 형상화는 '가는 땅을 농민에게 나눠주어라'는 현실 모순에 대항하는 농민의 계급적 인식을 형상화한다. 미군정의 경제정책은 토지개혁을 비롯한 농민들의 요구와 많은 차이를 드러내게 되어 빈농들로 하여금 그들의 생존 욕구 속에서 자발적인 변혁적 의지를 분출하게 된 요인이 된 것이다.

그리고 이 시는 농민에게 이른바 조직적인 조합운동에 참여할 것을 독려하는 뚜렷한 목적을 지니고 있다. 일제가 물러갔지만 농민의 궁핍한 삶은 본질적으로 변한 것이 없다는 인식 환기가 이 시의 중요한 맥락이다. 일제가 물

---

159) 임석진 편집, 『마르크스 사상사전』, 앞의 책, 546쪽.

러감이 그대로 '해방'의 진정한 의미를 확보해 주지 못한다는 이러한 시인의 인식은 농민들의 현재적 삶을 규정하는 궁핍함 속에서 비롯된 것이다. 그래서 '우리들이 바래오던 새로운 제도'가 이루어지지 못한 상황에서 이들의 삶이 충족되지 못하는 현재 상황에서 변혁 주체가 되는 농민들은 새 사회 건설을 위한 목소리를 높일 수밖에 없다. 시적 화자의 신념에 찬 어조가 갖는 건강성은 농민의 변혁적 어조와 결합하여 시에 속도감을 더해 준다.

농촌현실과 관련하여 부정적 인식의 관점에 놓여 있는 이 시는 시적 화자가 전위적 의식을 지닌 인물로 설정되어 자신의 신념을 표출하고 있다. 시인은 지주-소작관계라는 일제강점하에 처해 있던 농촌의 모순이 청산되지 못한 현실 속에서 '가는 땅을 농민에게 나눠줘라'는 직설적인 발언을 통해 현실적 모순에 대항하는 농민 요구를 반영하고 있다. 또한 미군정 정책은 토지개혁을 비롯한 농민들의 요구와는 많은 차이를 드러내게 되어 빈농들로 하여금 그들의 본능적 생존 위기 속에서 자발적인 변혁이지를 분출할 것을 요구하고 있다. 이 시의 핵심은 조선문학가동맹의 노선에 충실하게, 농민에게 이른바 조직적인 조합운동에 참여할 것을 독려하는 뚜렷한 목적의식을 드러내고 있다. 이러한 적극적인 참여의식 고취는 '괭이'와 '호미'의 상징을 통해 강조함으로써 농민의 분노에 대한 설득력을 강화하고 있다.

해방공간에서 창작의 기본원리로 제기된 '인민적 리얼리즘'은 변혁적 과제와 수행 주체에 대한 시인의 객관적이고 구체적인 인식이 조직운동의 측면과 만나게 될 때 그 실천적 의미를 지니게 된다. 이것은 당대 농촌현실을 파악하는 시인의 세계관과 그 인식의 역사적 발전과정을 총체적으로 형상화할 수 있느냐의 문제로 나타난다. 따라서 위의 시는 좌익 계열의 당파성에 바탕을 둔 농민계급의식을 농민들이 안고 있는 구체적인 삶의 문제로 형상화한 것이다.

해방공간에 있어서 박아지의 농민시는 일제강점기나 다름없는 토대모순의 현실을 인식하지 못한 채 해방의 환희로 낙관적 미래를 형상화하는 시와 농민의 현실을 당파성에 입각하여 투쟁의 변혁실천을 적극적으로 형상화한 것으로 크게 나눌 수 있다. 전자의 경우는 창작주체의 주관성에만 기대어 객관현실과 미래의 전망을 획득하지 못한 결과를 빚기도 한다. 그러나 후자의 경우는 농민의 변혁 열망을 현실상황에서 정당하게 인식함으로써 현실주의를 성취한 것으로 드러난다. 이 경우 비록 선전·선동의 목소리로 일관하고 있다고 하더라도 그것은 농민적 계급 열망을 온전히 드러낸 것이며, 현실주의적 세계관에 입각하여 미래 전망을 제시할 수 있는 가능성을 보여준다. 이점은 오장환의 농민시에서는 보기 어려운 인민적 실천의 양상이라 할 수 있다. 박아지의 당파성에 입각한 혁명적 낭만주의의 세계관은 김상훈의 전위적 실천의 양상과 그 성격이 비슷하다 하겠다.

3) 김상훈의 시대비판과 전위적 실천

해방공간에서 전위적 실천으로 자신의 시적 작업을 이끌어간 김상훈[160]은 변혁 주체로 등장하는 노동자·농민의 모습을 현실주의 시로 형상화한 시인이다.

그의 시가 지니는 형상화 방법으로서의 특징은 크게 세 가지로 요약될 수 있다. 그 첫째는 이야기를 통한 '서술성'을 들 수 있다. 시에 있어서 이야기성은 논란 여지가 없지 않겠으나, 현실주의적 세계관을 형상화하는 데 유효한 방법으로 보인다. 두 번째로 꼽을 수 있는 것은 변혁의지를 '전유'(die ästhetische Aneignung der Wirlikeit)[161]로써 드러낸다는 점이다. 이러한 전유의 방법은 그의 시에서 주로 자연물에 대한 비유로써 드러난다. 그리고

---

160) 그는 1919년 경남 거창에서 태어나 1944년 연희전문을 졸업하고, 해방 직후에는 조선공산당의 외곽 단체인 조선학병동맹과 조선문학가동맹, 共靑의 맹원으로 각각 가입하여 좌익계열에서 활발한 문학활동을 하였다. 그는 1945년 11월 30일 잡지 『민중조선』을 창간하고 주간을 맡아 여기에 시 「맹세」와 「시위 행렬」을 게재하며 문단활동을 시작하였다. 1946년 10월에는 『전위시인집』(노농사,1946)을 공동발간하였으며, 첫 개인시집 『隊列』(백우서림,1948), 그리고 서사시집 『家族』(백우사,1948)을 발간하였다. 1950년 10월에는 의용군에 입대한 뒤 유엔군에 쫓겨 세 번째 아내를 남겨두고 단신 월북하였다.
김상훈의 생애에 대한 자세한 내용은 정영진의 「김상훈, 변신의 일생과 갈등의 시」(『통한의 실종 문인』,문이당,1989,231~428쪽)을 참고하기 바람.
161) 마르크스-레닌주의 미학에서는 '자연의 모방'이라는 개념을 사용하지 않고 예술을 현실의 특수한 정신적 '전유'라고 정의한다.
에르하르트 욘, 임홍배 역, 『마르크스-레닌주의 미학입문』, 앞의 책, 24쪽.

세 번째의 특징으로는 서사시의 창작이다. 이는 현실인식의 객관성을 담보하기 위한 하나의 방법으로 나타난 것으로 볼 수 있다.

　김상훈이 해방공간에서 전위적 실천으로 일관한 것은 그의 타고난 집안 사정과 행적이 당시 좌익문단의 상황과 맞물렸기 때문으로 보인다. 일제강점기 때부터 줄곧 좌익계열로 치달았던 박아지의 경우와는 달리 김상훈이 해방공간의 시단에 등장하면서 갑작스레 좌익의 대변자를 자청하고 나선 데에는 불의로 가득찬 현실과 타협할 수 없는 '칼날 같고 명쾌한 성격'을 소유한 것도 그 이유이기도 하지만, 출생 직후 당대의 부호인 집안에 양자로 입적되면서 아버지에 대한 강한 거부감을 길렀던 영향을 배제할 수 없을 것이다. 비록 양자 신분이라 하더라도 전형적인 부르조아 계급인 김상훈이 해방과 더불어 갑자기 좌익으로 변신한 구체적인 이유는 ① 김상민을 따라 입산한 발군산에서의 감동 ② 징용살이에서 보고 느낀 노동자들의 참상 ③ 감옥에서 느낀 개혁타파의 필연성 ④ 해방 직후의 부질서와 친일·봉건세력의 복고에 대한 반감 등을 꼽을 수 있다. 또한 청년다운 혈기와 순수성에 반하는 온갖 정치·사회의 모순, 부조리가 그를 현실주의적 세계관으로 치닫게 한 듯하다. 그리고 무엇보다 그 친구들이 말한 그의 '칼날 같고 명쾌한 성격'이 불의 투성이인 현실과 타협할 수 없어, 그것을 규탄하는 고발 층(비록 과장과 선동의 저의도 있으나)과 공감하지 않을 수 없었던 것으로 보인다. 따라서 그는 '나쁜 놈들을 보면 젊은 핏기에 욕 한마디 안 할 수 없는 노릇'(『조선민중』편집후기)이라고 자신의 처신을 실토하고 있는 것에서 전위적 시인을 자청한 정황을 짐작해 볼 수 있다.[162]

　해방과 더불어 새로운 국가건설의 과정에서 가장 큰 과제로 제기된 것이 일제강점기의 친일에 대한 자기비판이었다. 오장환과 마찬가지로 김상훈에게도 이 문제는 중요한 것이었다. 임화는 봉황각 좌담회에서 '조선문학의 새로운 정신적 출발점의 하나로 자기비판의 문제는 제기되어야 한다'고 전제하면서 '양심의 실천적인 용기'를 제기하였다.[163] 이것은 일제강점기를 거치면서

---

162) 여기에 대한 자세한 내용은 정영진의 「김상훈, 변신의 일생과 갈등의 시」, 앞의 책, 231~249쪽을 참고 바람.

상실했던 일체의 '적극성'과 '부정성'을 도로 찾아내기 위한 고민이며, 결투인 동시에 자기극복을 의미하는 것이었다. 즉 당면한 문제로 제기되었던 자기비판의 문제가 일제 말의 암울했던 삶에 대한 반성에 그친다면, 그것은 새로운 국가건설의 과정에서 아무런 현실적 의미를 획득하지 못하는 것이었다. 따라서 이것은 단순한 과거 반성의 차원이 아니라 계급해방의 투쟁으로 전개될 수밖에 없었다. 이는 한효가 역설하였듯이 '농민층을 정신적으로 압박하는 도구로 화했던 사실은 우리의 기억을 새롭게 하는 바'이며 '봉건주의 잔재청산을 위한 모든 투쟁도 실질적으로 파시즘에 대한 항쟁의 일부분'164)이 아닐 수 없었던 것이다.

　김상훈의 농민시는 이러한 좌익계열 문인들의 자기비판과 같은 맥락에서 출발하고 있다고 보아야 한다. 신진시인들은 기성시인들에 비해 전향이나 현실도피의 문제에 있어서 보다 자유로운 입장이었기 때문에 해방된 새 조국건설을 힘차게 형상화할 수 있었던 것이다. 그 점은 문학가동맹의 지도적 위치에 있으면서 기성문인을 대표하는 임화의 시 「9월 12일」이나 오장환의 시 「共靑으로 가는 길」은 새로운 시대를 맞는 자신의 느낌에 '부끄러움'과 '쑥스러움'의 감정들이 지배하고 있는 데 비하여, 김상훈의 시는 과거의 삶에 대한 거부와 단절, 새로운 시대로 달려가는 자아의 모습이 당당하리만큼 건강하게 형상화되는 것에서 확인할 수 있다. 그런 의미에서 볼 때, 시대현실에 대한 그의 인식은 민중적 삶의 변혁에 기초하지 않은 해방과 새 조국 건설은 무의미한 것으로 여기고 있는 듯하다. 그것이 바로 그의 농민시가 계급 현실에 바탕을 둔 변혁적 요구의 필연성을 전위적 실천으로 성취할 수 있었던 원천이었다.

　김상훈이 1946년 전위시인들의 합동사화집인 『前衛詩人集』을 상재한 이후 처음으로 단편 서정시들을 모아 출간한 시집이 『隊列』이다. 그 제목이 시

---

163) 임화, 「문학자의 자기비판 / 좌담」, 『인민예술』2호, 1946.10. 송기한 · 김외곤 편, 『해방공간의 비평문학2』, 앞의 책, 168~169쪽.
164) 한효, 「문학운동의 새로운 방향」, 『신세대』, 1946.3. 김윤식 편, 『한국 현대 현실주의 비평선집』, 앞의 책, 155쪽.

사해 주듯이 그의 시에 등장하는 시적 자아는 대부분 전위적 존재로서 변혁을 위한 '대열'에 동참하는 주체적인 인물들을 형상화하고 있다. 그것은 새로운 현실의 구체성 가운데서 인민의 생활을 바라보고 그 속에서 새로이 건설되는 전형적 상황과 전형적 인간을 포착한 것이다. 이 경우 변혁의 주체로 등장하는 인물은 지식인 계급에 있는 시인이다. 시적 자아로서 시인은 계급적 한계를 극복하고 민중의 구체적인 삶 속에서 그들의 보편적 정서를 형상화하기 위한 노력의 일단을 보여준다.

김상훈의 시가 지니는 중요한 특징의 하나는 이렇듯 '전형적 상황과 전형적 인간'의 포착을 이야기를 통해 시로 형상화하는 것이다. 시에 있어서 현실을 반영하는 방법으로 유효한 것 중 하나가 시 속에 이야기를 담는 것이다. 다음에 인용하는 시에 있어서의 경우와 같이 이야기성은 나름대로 문학운동적 측면을 갖고 있다는 점에서 현실주의 창작원리가 적용된 것으로 볼 수 있다. 이 점은 기존의 보편화되어 있는 시 형성 방식, 즉 하나의 주제를 가지고 현실생활을 이야기하는 것이라기보다는 주제를 드러내는 전술적 가치를 문예창작 운동성과 결부시켜 말하고자 하는 의도에서 비롯된 것이다. 전술적 차원에서 볼 때, 이야기가 드러나는 시의 경우에 문제가 될 수 있는 '서사적 거리'는 '대상의 객관적인 법칙성이 단지 그들 스스로에 의해, 즉 그들과 그들을 둘러싸고 있는 세계 사이의 상호관계'[165]를 통해 이루어지고 있다는 것을 의미한다.

　　　이젠 모두 피투성이다

　　　머리털이 실같이 희어서
　　　부녀회관으로 가는 어매야

　　　쌀을 빼앗기고
　　　자식을 잡혀 보내고

---

165) 이평, 「김상훈의 서사적 목소리와 변혁주체의 형상화 문제」, 윤여탁·오성호 편,
『한국 현대 리얼리즘 시인론』(태학사,1990), 300쪽.

가난했던 허물로 상전의 개에 물려
이젠 모두 피투성이가 되어서
궐연히 싸움터에 선 어머니의 모습

동무야 힘을 얻자
어머니 뱃속에서 열 달 피를 모아 자라온 우리
발을 맞추어 뭉쳐 걸어가는 곳은 어머니의 가슴
깃발을 들고 노래 부르고 뛰면
주름진 어머니의 얼굴이 웃는다

낡은 행주치마에
눈물도 아롱진 채
자식과 며느리와 딸의 목숨을 지키려고
총알받이나마 싸우러 가는 어머니
편지읽듯 혁명가를 외며
바람 속에 내닫는 어머니의 모습

어머니 당신의 아들들도
이렇게 함께 갑니다

「어머니에게 드리는 노래」[166] 부분

　　김상훈에 있어서 진보적 이데올로기로에로의 전환은 전위적 양상으로 나타나는 바, '어머니'에 대한 인식 전환이 바로 그러한 경향의 하나로 드러난다. 즉 그의 시 「어머니」에서의 '어머니'는 '委員會 패라고 / 싸움통에 잘 뛰어든다고 / 두려운 눈초리로 바라보시는 어머니의 얼굴에 / 불시에 주름살이 늘어'가지만 위의 「어머니에게 드리는 노래」에서의 '어머니'는 '쌀을 빼앗기고 / 자식을 잡혀보내고 / 가난했던 허물로 상전의 개에 물려 / 이제 모두 피투성이가 되어서 / 결연히 싸움터에 선 어머니의 모습'으로 형상화된다. 전자의 '어머니'가 자기 반역에 대한 걱정으로 따뜻한 정을 드러내는 모성애의

---

166) 본고에 인용하는 김상훈의 시는 김상훈 시전집 『항쟁의 노래』(신승엽 엮음, 친구, 1989)에서 인용하되, 본래의 시적 의미가 손상되지 않는 범위 내에서 띄어쓰기와 철자법은 발표 당시의 것으로 표기한다.

전형적 인물이라면 후자의 '어머니'는 이데올로기적 전환 과정을 넘어서서 현실 속에서 투쟁하는 인물이다. 이것은 고리키의 '어머니'로서 '당에 헌신하는, 정치적으로 의식화된 프롤레타리아적 인물인 파벨 블라소프'[167]의 모습이다. 다시 말해서 이 시는 빈농층의 인물을 그리는 고리키의 사회주의 리얼리즘의 영향 아래에 놓인 작품으로 볼 수 있다. 이렇듯 투쟁의 전형적인 인물로 그려진 '어머니'의 존재는 변혁의 주체로 등장하는 농민의 역동적 가능성에 대한 확고한 신념을 바탕으로 이루어진 것이다. 따라서 이 시는 전형적 인물의 주체적 또는 혁명적 면모를 드러내는 데 집중하고 있으며, 당대 현실로부터 환기된 시인의 사상과 감정을 이야기를 통해 형상화한 것으로 볼 수 있다.

> 등짐지기 삼십리 길 기어넘어
> 가쁜 숨결로 두드린 아버지의 문 앞에
> 무서운 글자 있어 共産主義者는 들이지 마라
> 아아 千날을 두고 불러왔거니
> 떨리는 손이 문고리를 잡은 채
> 물끄러미 내 또 무엇을 생각해야 하느냐
>
> 태어날 적부터 도적의 영토에서 毒스런 雨露에 자라
> 가난해도 祖先이 남긴 살림
> 하고 싶던 말 가지고 싶던 사랑을
> 먹으면 禍를 입는 저주받은 果實인 듯이
> 진흙 불길한 땅에 울며 파묻어 버리고
> 나는 마음 약한 식민지의 아들
> 천 근 무거운 압력에 죽음이 부러우며 살아왔거니
> 이제 새로운 하늘 아래 일어서고파 용솟음치는 마음
> 무슨 야속한 손이 불길에 다시 물을 붓는가
>
> 징용살이 봇짐에 울며 늘어지던 어머니

---

167) 빅토르 츠메가치, 디터 보르흐마이어 편저, 유종영 외 번역, 『현대문학의 근본 개념 사전』(솔,1996), 195쪽.

형무소 창구멍에서 억지로 웃어 보이던 아버지
머리 쓰다듬어 착한 사람되라고
옛글에 日月같이 뚜렷한 성현의 무리되라고
삼신판에 물 떠놓고 빌고
말 배울 적부터 井田法을 祖述하더니
이젠 미더운 깃발 아래 발을 맞추려거니
어이 역사가 역류하고 습속이 부패하는 지점에서
지주의 맏아들로 죄스럽게 늙어야 옳다 하시는고
아아 해방된 다음날 사람마다 잊은 것을 찾아 가슴에 품거니
무엇이 가로막아 내겐 나라를 찾는 날 어버이를 잃게 하는고

刑틀과 종문서 지니고
양반을 팔아 송아지를 사던 버릇
소작료 다툼에 마을마다 곡성이 늘어가던
낡고 불순한 생활 헌신짝처럼 벗어버리고
저기 붉은 旗폭 나부끼는 곳 아들 아버지 손길 맞잡고
새로이 떠나지 못하겠는가 이 아침에…
아아 빛도 어둠이련 듯 혼자 넘어가는 고개
스물일곱 해 자란 터에 내 눈물도 남기지 않으리
벗아 물끓듯 이는 민중의 함성을 전하라
내 잠깐 악몽을 물리치고 한숨에 달려가리라

「아버지의 문 앞에서」 전문

　이 시는 진보적 이념을 선택한 시인의 내적 갈등과 그것을 극복하려는 의지를 형상화하고 있다. 시적 화자인 '나'는 비록 양자이긴 하였으나 천석꾼 집안 대지주의 맏아들로 종들을 부리고 비단옷에 호사스럽게 자란 시인 자신이다. 그는 부모가 요구하는 봉건적 특권계급으로서의 삶을 포기하고 새로운 역사의 흐름에 투신함으로써 빚어진 아버지와의 갈등은 필연적이라 할 수밖에 없다. 이러한 관점에서 볼 때, 이 시는 아버지의 봉건적 인식과 지주의 맏아들이라는 현실에 부딪혀 자식으로서 부모의 기대를 저버려야 하는 인간적 고뇌가 시적 상황의 전반에 흐르고 있다. 말하자면 진보적 이념의 길을 선택한 아들과 구세대 사상을 유지하려는 아버지와의 갈등이 그 중심을 이루고

있는 것이다. 그는 자신에게 주어진 역사적 과제에 대한 인식과 그것을 실천하려는 과정 속에서 나타나는 갈등을 개인적 체험을 통해 형상화함으로써 현실주의를 획득하고 있다. 이러한 갈등양상은 아버지와 아들 세대간의 갈등에서 비롯된 것으로서, 시적 인물을 아버지와 어머니 그리고 맏아들이라는 '가족'으로 하고 있다. 따라서 그는 새 조국 건설에 대한 필연성을 깨닫고 이념의 선택에 대한 확고한 믿음이 있었기 때문에 아버지의 완고함을 거부하였을 것이다.

그는 1연에서와 같이 '아버지의 문 앞에서 / 무서운 글자'를 보며 지난 날을 회상하게 된다. 그것은 2연에서 '마음 약한 식민지 아들 / 천근 무거운 압력에 죽음이 부러우며 살아'온 지난날의 일제 압력에 대한 회상을 통해 '이제 새로운 하늘 아래 일어서고파 용솟음치는 마음 / 무슨 야속한 손이 불길에 다시 물을 붓는가'라며 아버지의 압력에 대한 거부를 강하게 드러낸다. 그것은 물론 3연에서처럼 '형무소 窓구멍에서 억지로 웃어 보이던 아버지'의 자식 사랑에 대한 연민과 '무엇이 가로막아 내겐 나라를 찾는 날 어버이를 잃게 하는가'라며 탄식과 갈등이 교차한다. 그러나 마지막 연에서 '소작료 다툼에 마을마다 곡성이 늘어가던' 농촌현실을 발견함으로써 아버지와의 대립은 필연적인 현실로 인식하게 된다. 그리하여 '내 잠깐의 악몽을 물리치고 한숨에 달려가리라'며 투쟁의지를 다짐하게 된다.

이러한 그의 투쟁의지는 급박하게 돌아가는 해방공간의 변혁주체로서 당시 농민이 지닌 현실과 미래에 대한 전망으로 드러난다. 이는 강력한 변혁의지를 통해 자기 자신을 변혁운동을 지향하는 시적 주체로 형상화한 것이다. 따라서 이 시는 해방과 더불어 새로운 현실을 지향하고자 하는 그의 의지가 형상화된 것이다. 시적 화자인 그는 가족의 일원과 사회적 변혁주체의 담당자로서 존재하게 되는데, '아버지'와 '이념'이라는 양자간의 갈등 속에서 하나를 선택할 수밖에 없는 상황에 놓여 있다. 이러한 갈등 끝에 새 조국 건설을 위한 진보적 이데올로기를 선택할 수 있었던 것은 봉건적 모순 속에 놓여 있는 농촌현실을 발견함으로써 가능했다고 할 수 있다. 그에 있어서 진보적 이데올로기에 대한 선택의 노력은 이 시에서처럼 단순한 자기비판의 수준을 넘

어서 자신의 출신계급에 대한 부정에까지 이르고 있다. 이것은 그에 있어서
는 세계관의 전환이며 동시에 혁명적 실천에 그대로 연결될 수 있는 것이기
도 하다.

「나의 길」 부분

　이 시에서 그는 지주의 맏아들에서 가난뱅이의 편으로 전환은 '두살배기'
즉 이제 2년이 경과한 시점에서 살붙이인 가족과 완전한 결별을 선언한 것이
라 할 수 있다. 이러한 전환 행위는 '자라온 집'으로 상징되는 지주의 농민에
대한 착취와 모순된 현실에 대한 '불끄럼이를 던지는' 적극적인 투쟁으로의
전환이다. 그에게 '자라온 집'과 '아버지'는 봉건적 질곡의 투쟁 대상이며 동
시에 부정의 대상이다. 이러한 의미에서 이 시는 토대모순에 대항하는 혁명
적 전사로서의 김상훈의 일면을 잘 보여주는 것이라 하겠다.
　김상훈에 있어서 진보적 이념의 선택은 구세대에 대한 거부에서 출발한다.
그에 있어서 구세대 거부는 아버지라는 전형적인 인물에 대한 거부이다. 그
의 시에 등장하는 아버지는 시적 자아가 개체적 혹은 혈연적인 존재에서 사
회적, 역사적 존재로 전환하는 매개체적 의미를 지닌다. 김상훈에 있어서 투
쟁 전사로의 전환은 부르조아 출신계급이라는 것에 대한 철저한 자기비판과
봉건세대에 대한 극복이 필수적으로 요구된 데에 따른 것이다. 이 점은 해방
과 함께 새롭게 등장한 조선공산당과 조선문학가동맹의 노선인 '반제·반봉

건 민주주의 변혁'운동으로서의 문학운동에 복무하는 전제 조건이기도 하다.

본질적으로 좌익계열에서의 문학활동은 현실 문제에 진지한 탐색을 요구하는 것이다. 게다가 미군정에 의한 외세의 등장은 새로운 민주주의 건설에 대한 열망을 무너지게 함으로써 투쟁 양상을 띨 수밖에 없다. 그것은 해방공간에서 현실을 보다 구체적이고 본질적인 측면에서 올바르게 형상화해야 한다는 요구로 이어졌고, 진보적 이념의 선택으로 민주적 변혁운동의 전위적 주체로 무장해 있었던 김상훈이 적극적인 현실비판의 목소리를 쏟아낸 것은 당연한 결과라 할 수 있다.

김상훈의 농민시가 현실주의의 전위적 양상으로 나아갈 수 있었던 것은 농촌현실을 진실되게 발견한 것에 있다. 이것은 당대 농민시의 보편적인 경향이기도 했거니와, 현실의 전형을 반영하는 세부묘사, 즉 디테일의 문제와 직결되는 것이다. 현실주의 시에 있어서 그 성취는 '모든 착취와 억압의 타파를 위해 분연히 나선 노동하는 인간의 혁명적 투쟁의 아름다움'168)을 어떻게 드러내는가에 크게 좌우한다. 그러므로 세부사실에 깃들어 있는 본질적인 연관관계의 합법칙성을 파악하지 않고서는 현실의 진실한 묘사는 불가능하며, 세부사실의 상호관련성이 올바로 설정되지 않고서는 예술 형성의 존재조건이 작품 속에 제시될 수 없는 것이다.169) 디테일의 진실은 농민시에 있어서 농민의 구체적인 일상현실로 가정해 볼 수도 있다. 농민 개개인의 생활은 궁극적으로 사회 전체의 역사를 형성하는 것이기 때문에 디테일은 전체와 불가분의 관계를 지닌다. 현실주의는 이러한 전체와 부분의 관계로 설명되는 개인과 사회현실의 변증법, 즉 개인에게 작용하는 사회 전체의 영향과 사회 전체의 형성에서 개인이 하는 역할에 대한 올바른 탐구를 요구한다. 뿐만 아니라 현실주의의 핵심이라 할 수 있는 '전형적 상황에서의 전형적 인물의 진실한 재현'170)도 시인이 하나의 인물과 사건 그리고 환경의 묘사에서 개별적인 특성을 드러냄과 동시에 일반적인 특성을 함축시키는 방법에 따라 객관현실의

---

168) 에르하르트 욘, 임홍배 옮김, 『마르크스-레닌주의 미학입문』, 앞의 책, 95쪽.
169) 최유찬, 「현단계의 성격: 비판적 리얼리즘」(『실천문학』,1990 가을), 240쪽.
170) 최유찬, 『리얼리즘 이론과 실제 비평』(두리,1992), 17쪽.

인물 형상화가 결정되는 것이다. 이렇게 볼 때 작품 속의 인물은 특정한 사회에서 살아가는 사람들이고, 사회적 관계가 이들의 삶을 규정하는 객관적 요인으로 작용하는 것이다.

　해방이 되자 농지개혁을 통해 농민에 의한 토지소유를 실현하려는 농민들의 움직임이 본격화되었다. 이른바 '10월 항쟁'으로 대표되는 농민운동은 김상훈에 있어서 계급투쟁의 마당을 마련한 셈이 된다. 그의 농민시는 토대 모순에 놓인 농촌현실과 농민현실을 객관적으로 바라보고 변혁의 대상을 주관화하여 형상화하고 있다. 특히 그의 농민시 중에서도 다음에 인용하는 「전원애화」는 당대 농민운동이 지닌 실상을 통해 그의 전위적 인식을 잘 보여주고 있다. 전체가 69행에 달하는 이 시는 그 제목에서도 알 수 있듯이 이야기성이 강한 일종의 서술시이다.

> 小作爭議가 끝나지 않어
> 산발한 볏단이 밭고랑에 누워 있는 들길을
> 지쳐 쓰러진 이야기를 담고, 우차바퀴가 게을리 굴러가고,
> 황량하다. 천한 촌 백성이 사는 이 마을엔
> 어미가 자식을 헐벗겨 떨리고
> 삽살개 사람을 물어흔들고
> 금전과 바꾸워진 딸자식을 잊으랴 애썼다
> 日章旗가 太極旗로 변했어도
> 그것은 지친 그들에게 '만세'소리를 높이 낼 부담밖에
> 설익은 빵덩이 하나 던져 주지 못했다.
> 北滿에서 떨다 온 삼돌아
> 어미 죽고 기어들 집 한 칸 없고
> 잊지 못한 계집 가버리고
> 말해라 포근히 안아준 어느 것이 너의 祖國이냐?
> 싸늘하고 모진 돌맹이, 주저앉을 땅마저 地熱이 식었구나
> 칼든 화적이 송아지를 몰아가고,
> 여우고개 밑에서 살인났던 이야기가
> 골안에 邊邊 피문은 말발굽처럼 돌아다닌다.
> 독립! 골수에 그리워, 꿈되어 아른거리더니만

마침내 닥쳐온 네가, 싫다, 이름 좋은 그림자였더냐!
악착같구나 氷雪은 차곡이 쌓이는데
누더기 옷에 한결같이 굶주려 떨어
안죽음을 한하는 할아버지와
못살아 발버둥치는 작은 것들을
그대로 보고 있어야 하느냐? 독립의 귀한 선물로…

신작로 나자 젊은것들 끌어가고
拓植會社에 마지막 世田畓을 팔던 날
일만 하면 먹여 주는 마름집 소 팔자가 부럽다고
石伊는 밤새워 울더니 이날도 역시 소가 부러운 게다
왜놈이 쫓겨만 가면 제 것이야 찾을줄 알았더니
한 마지기 석 섬이 더 나는 이 넓은 들을 또 누가 차지하노!

……중략……

퉁겨진 힘줄과 억센 손마디와 삽자루와 번쩍거리는 호미
방아타령하는 목통과 거사춤 추는 엉덩이와
씨름 잘하는 정갱이 삽질하는 두 주먹이었다.
토지를 다오 아아 토지를 다오
목매어 울면 들은 체나 하겠느냐. 아아 政客은
농군이 없는 서울에서만 회의를 하는구나
그들은 농군을 위해 세금과 형벌을 정하고
농민은 일을 하다가 죽고 자식새끼 무식해야 하는 슬픈 代價를 지불한다.
씨뿌리고 싹 트면 김매고, 익으면 걷어들이고 마르면 쌓고
피땀을 아껴서는 안되는, 바람을 피해서는 안되는
부지런하고 억세야만 되는 이 일은 우리 농군만이 한다.
아아 토지를 농군에게 다오. 배고파서 일 못하는 농군이 없게 해다오…
이렇게 부르짖고 싶다. 딱한 백성들이 이렇게 부르짖어야 한다.
그러나 그들은 羊보다 순하기에 양복쟁이 두려워 고개를 숙이고,
모두다 빼앗기고도 말할 주변이 없다.

마을 앞 목매달아 죽은 소나무가 있고
그 앞엔 젖가슴처럼 탐스러운 들이 가로놓여

오롱조롱 매달린 어린것들이 바라보고 있건만
小作爭議가 끝나지 않어
산발한 볏단은 눈에 덮이고
지쳐 쓰러진 이야기를 싣고 우차바퀴가 굴러갔다.
이땅 사람들의 장거리를 싣고 罹災民을 싣고
읍에서 나오는 수선스런 소문들과, 질식하는 농군의 생활을 싣고
머슴이 이끌고 여윈 소가 이끌고 마루턱을 넘어
우차바퀴는 게을리 게을리 사라진다.

달도 없이 밤은 유난히 검고
눈 위에 자꾸 서리가 내린다.

「田園哀話」 부분

이 시는 해방공간에서 농민운동의 비극적 실상을 현실주의의 입장에서 형상화한 대표적인 시이다. 시의 내용은 해방공간에 있어서 가장 첨예한 사회문제 중의 하나였던 토지개혁이 실패함에 따라 해방이 되었어도 변함없이 궁핍한 생활을 해야 하는 농민의 현실과 당대 사회의 구조적 모순이 표출된 소작쟁의를 대상으로 하고 있다. 김상훈은 이 시에서 토지문제를 핵심적인 제재로 하여, 이 문제를 해결하지 않으면 진정한 의미에서 해방을 이룰 수 없다는 적극적인 비판의식을 드러낸다. 이 시에서 형상화된 소작쟁의는 1946년 곳곳에서 산발적으로 일어나다가 10월 대구폭동으로 이어졌다. 당시의 소작쟁의는 두 가지 형태로 전개되었는데, 그 중 하나는 3·1제 소작료 규정을 지키지 않은 것에 대한 싸움이고, 또 하나는 소작권 박탈이나 소작권 이동이라는 압력을 통해 소작료를 사실상 높게 받으려는 것에 대한 투쟁이었다.171)

해방 직후의 우리 농촌현실은 '일장기가 태극기로 변했어도' '어미가 자식을 헐벗겨 떨리'게 하는 농민들에게 '설익은 빵덩이 하나 던져주지 못'한 조국의 현실과 맞닿아 있다. 이 시에서 '삼돌이'와 '석이'는 농민의 전형적 인물로 설정되어 있다. 삼돌이는 '만주에서 떨다온' 이농민의 전형이며, 석이는

---

171) 이우재, 「8·15 직후의 농민운동연구」, 한국농어촌사회연구소, 『한국농업·농민문제연구』, 앞의 책, 224쪽.

'척식회사에 세전답을 팔' 수밖에 없었던 굶주리던 조선의 8할이나 되는 농민 계급의 전형이다. 이들에게 있어서 해방은 잃었던 토지를 되찾아 농사일을 하며 '안죽음을 한하는 할아버지'의 소원을 풀 수 있는 유일한 꿈이라 할 수 있다. 그러나 그들의 꿈은 물거품이 되고 만다. 미군정이 농촌경제정책의 일환으로 실시했던 일본인 소유 귀속농지가 자신의 소유로 돌아와 자작농이 되자마자 소작인으로 다시 전락하여 지주인 '양복쟁이 두려워 고개 숙이고 / 모두 다 빼앗기고도 말할 주변이 없는' 암담한 현실에 직면하게 된 것이다. 이에 따라 '배고파서 일 못하는 농군'의 현실은 '일하다가 죽고 자식새끼 무식해야 하는 슬픈 대가를 지불'해야 할 뿐만 아니라 심지어는 '마을 앞 목매 달아 죽은 소나무'처럼 자살이라는 극단적인 비극의 현실로 형상화된다. 그 모습들은 해방의 환희와 더불어 사회 구조적 모순이 빚어낸 비극이다. 이러한 비극적 농민의 모습을 '산발한 볏단'이 누워 있는 들길과 '지쳐 쓰러진' 모습으로 형상화한 것이다. 당대 현실상황은 소작농으로 진락하여, 유이빈이 되어야 했던 일제강점기의 연장선상에 놓여 있는 것이다. 즉 '젖가슴처럼 탐스러운 들'의 주인이 되지 못하는 농민의 궁핍함은 시인에 있어서 '오롱조롱 매달린 어린것들을 바라보는' 비참한 현실 그 자체로 인식될 수밖에 없다. 이렇듯 '질식하는 농군의 생활'은 '눈'과 '서리'로 상징되는 고통이 가중되어 현실의 절망감은 더욱 무거워져 가는 상황이 된다. 그러므로 이 시는 당대 농촌과 농민현실을 압축한 서술성을 지닌 풍경화라 해도 과언이 아닐 것이다. 이 풍경화 속에는 산발한 볏단이 밭고랑에 누워 있고 그 곁을 우마차 바퀴가 굴러가는 가운데, 등장인물인 삼돌이와 석이의 가난한 일상들이 절망적으로 묘사되는 것이다. 이러한 서사적 풍경의 전개는 울분과 분노로 직설적으로 처리되지 않고, 달도 없이 유난히 어두운 밤에 내린 서리 위로 자꾸만 내려 쌓이는, 눈 내리는 배경묘사를 통해서 그 애환의 깊이를 더한다.

현실주의 시에서 대상의 주체적 성격이 중요한 의미를 지닐 수 있다고 한다면 이 시의 대상은 당연히 농민적 삶과 관련된 소작쟁의라 할 수 있다. 그러한 의미에서 이 시의 '서사적 거리'와 관련해 '소작쟁의는 상황으로 처리되고 있으며, 가난한 농군들은 단지 비참한 현실에 처해 있는 수동적인 존재로 서술되고 있을 뿐'172)이라는 이평의 견해는 '변혁주체'와 '변혁대상'의 문제를 혼돈한 데에서 빚어진 잘못인 듯하다. 이러한 문제는 '변혁주체'의 진보성을 지나치게 강조함으로써 농민현실을 문학운동의 차원에서 형상화하는 것으로 좁은 폭으로만 바라본 것에서 비롯된 것이다. 그것은 현실주의 시에서 시인이 현실을 문제삼는 데 있어서 가장 중요한 측면을 인민대중의 주체적이고도 적극적인 행위에만 그 초점을 둔 편협한 입장이라 하겠다. 또한 이 시의 변혁주체는 농민이 아니라 시적 화자인 시인으로 보아야 할 것이다. 농민은 어디까지나 비극적 현실에 처해 있는 변혁의 대상이며, 이러한 농민의 현실을 직시하고 '토지를 다오 아아 토지를 다오 / 목매여 울면 들은 체나 하겠느냐'는 시적 화자가 변혁주체임은 쉽게 짐작할 수 있는 것이다. 따라서 이평이 이 시를 '농민의 가장 중요한 주체적 행위인 소작쟁의가 그 구체적인 사건들의 전개과정으로 나타나지 못하고, 단지 농민들의 가난한 생활이야기의 소재적 차원에만 머물러 있는 것'으로 평가한 것은 변혁대상인 농민현실에 대한 본질적인 시적 형상화의 문제가 농민시에 있어서 중요하다는 사실을 간과하고, '민중의 총체적 세계관'을 지나치게 강조한 나머지 이 시가 농민의 유토피아에 대한 전망을 확실히 간취한 사실을 놓치게 된 것으로 보인다.

　현실주의에 있어서 현실을 반영하는 인격체, 즉 시인은 언제나 정신적으로 능동적인 주체이다. 이 인격체는 현실의 객관적 속성만을 자신의 의식 속에다 수용하는 게 아니라 일정한 주관적인 요소도 모사 과정에 투입시킨다. 인간은 생활 현상과 자신의 관계도 자각하고 있으며 '실천적 이념' 속에서 소망하는 바의 인간과 사회에 대한 변혁을 선취(先取)해 낼 수 있다. 또한 거울의 영상은 반영된 대상이 거울 앞에 있을 때에만 존재하지만 현실의 특정한 측면과 특정한 사건에 대한 의식 내 반영은 이러한 사건과 더불어 소멸하지 않는다173)는 사실은 이를 뒷받침한다.

　김상훈의 농민시는 이 같이 이야기 방식을 통해 지식인 화자의 목소리를

---

172) 이평, 「김상훈 시의 서사적 목소리와 변혁주체의 형상화 문제」, 김윤식 외, 『해방공간의 문학운동과 문학의 현실인식』(한울, 1989), 301쪽.
173) 에르하르트 욘, 임홍배 역, 『마르크스-레닌주의 미학입문』, 앞의 책, 25쪽.

통해서 변혁주체인 농민계급의 상황과 투쟁을 유토피아에 대한 전망으로 형상화한다. 그의 시는 농민의 목소리가 아닌 지식인의 한 사람인 시인의 목소리로 농민이 안고 있는 전형적 상황과 그 변혁을 보여준다. 이야기 방식으로 현실인식을 형상화하는 그의 농민시는 시집 『대열』의 2부에 실려 있는 연가들에서 그 서정성이 한결 강조된다. 이와 같은 양상은 「며느리」나 「호롱불」, 「어머니」, 「버드나무」 등의 시들을 통해서 확인 할 수 있다.

닭이 홰대에서 내리면
시어머니가 잔소리를 시작한다

술과 구두신기를 배운 남편들은
사흘만에 한번씩 때리는 버릇이 있다

烈女碑가 늘어선 산마을에
양반질이 분바르기를 금했다

시집살다가 죽은 넋이라는
접동새 울음에 울며 親한다

청춘이니 왜 쌓아둔 사랑이 없으랴만
禮法 아래 파뿌리같이 늙어가야 하는 사람들

이 마을엔 열여덟 명의 며느리들이
'解放'이라는 말도 모르고 시들어간다.

「며느리」 전문

　이 시는 당대 민중의 전형인 농민의 아내, 즉 '며느리'를 통해서 봉건적 삶의 질곡과 고단한 생활을 서술하고 있다. 당대 여성의 삶은 새벽부터 시작되는 '시어머니의 잔소리'와 '술과 구두신기를 배운' 비도덕적인 남편에게 구박만 받고 살아가는, 오로지 시부모와 남편에게 순종하고 살아가는 여인들의 한을 형상화하고 있다. 그러한 삶은 '열여덟 명의 며느리'로 구체화된다. 그

며느리들은 '해방이라는 말도 모르고' 늙어가는 농촌 여인들의 전형적인 삶의 모습인 것이다. 여기서 눈여겨볼 만한 것은 이러한 당대 여성들의 삶은 '烈女碑가 늘어선 마을'에 있다. 그것은 오장환의 「旌門」이나 백석의 「旌門村」을 연상하게 한다. 오장환의 「정문」은 '유교적 가부장제도에 얽매여 자신의 진실과는 다른 삶을 살아가야 했던 봉건적 관습에 대한 거부와 비판'[174]의 상징물인 데 반해, 백석의 「정문촌」은 '전래적 풍속을 살뜰하게 재현해 놓은 것'[175]이라는 점에서 오장환의 인식과 맞닿아 있는 셈이다.

　김상훈의 농민시가 현실주의를 성취한 것은 「전원애화」나 「며누리」의 경우에서와 같이 그것이 시적 주체가 되었든 시적 대상이 되었든 한 편의 시에서 부각된 농민계급의 전형성을 탐색하여 이야기를 통해 형상화하는 데에 있다. 위에서 살펴본 두 편의 시에서는 모두 시적 대상으로서 전형적 인물과 상황은 지식인의 입장에 있는 시인의 인식이 농민적 삶에 결부되어 있다. 「전원애화」가 시적 대상에 대한 주체의 절실한 마음을 통해 소작쟁의라는 핵심적인 문제와 만나고 있다면, 「며누리」에서는 시적 주체의 삶과 정신 자체를 문제 삼고 있다. 전자의 경우는 시인의 정신과 삶이 당대 농촌문제와 정당한 관계를 맺는 요건이 될 것이며 후자의 경우는 시인의 정신과 삶 자체가 문제의 핵심에 놓이는 것이다.

　　복사꽃이 필 무렵이면
　　오랑캐 진달래 개나리가 필 때면
　　부황난 할머니의 얼굴이
　　황토 벼랑에 파묻히고 만다.
　　솜털같은 보리가 알들어 익을 때까지
　　몇 사람의 운명이 할머니를 따를지 모른다

　　……중략……

---

174) 성기각, 「오장환의 시세계와 그 변모양상」, 앞의 논문, 10쪽 참조.
175) 최두석, 「현대 리얼리즘 시 연구」, 앞의 논문, 51쪽 참조.

이렇게 시들어가는 목숨들이
이렇게 허물어지는 마음이
복사꽃만 날리며 몸부림치는 봄철
어디서 야수는 이를 갈고
오늘도 채찍이 내려치는 소리
울음마저 가로막는 무서운 소리
울음마저 가로막는 무서운 손들
성(聖)한 국토에 다시 피가 흐르는데

복사꽃만 날려 흐드러지는
이 마을 사람들은 언제나 이길 것인가
미더운 깃발 아래 싸움을 배워
이 마을 사람들은 언제나 이길 것인가

「복사꽃 피는 마을」 부분

이 시에서 '마을'은 오로지 농민의 궁핍한 삶만이 존재하는 제도적 모순의 현장이며, 시적 변혁의 대상이 되는 농민들은 모두 굶주린 민중이다. 그렇기 때문에 '할머니'는 가난으로 죽어 가는 농민의 전형적 인물이라 할 수 있다. 이 시적 상황은 당대의 현실로 볼 때, 객관적 상황이다. 즉 '복사꽃 피는 마을'은 결코 낭만적이거나 아름다운 곳이 아니라 '부황난 할머니의 얼굴이 / 황토 벼랑에 파묻히고' 마는 비극으로 존재하는 현실적 공간으로서의 농촌이다. 더욱이 그것은 '굶주린 어린 것'에까지 예외가 될 수 없는, 모든 희망이 거세된 상황으로 존재할 뿐이다. '바람에 흩날리는 고운 꽃잎'이 변혁을 꿈꾸는 시인의 눈에는 결코 곱게만 보이지 않고 오히려 '부황난'과 같은 색깔로 나타난 현실의 절망감이 더욱 깊어지게 되는 것은 당연한 귀결일 것이다. 그래서 변혁주체인 시인은 '미더운 깃발 아래 싸움을 배워 / 이 마을 사람들은 언제나 이길 것인가'라는 변혁의지를 강조하게 된다.

위의 시에서 보듯이 시에 있어서 형상화 대상과 방법은 그 속에 비록 이야기를 담고 있다고 하더라도 소설의 그것과 분명히 구별된다. 소설에서는 인물과 환경의 객관적인 대립과 갈등에 형상화의 초점이 맞추어지는 데 비해,

시에서는 시인의 사상과 감정이 형상화의 대상이 된다. 헤겔은 서정시의 내용을 형성하는 것으로 '인간존재와 그 여러 상황에서의 보편적인 모습을 총괄하는 성찰이고, 다른 한편으로는 특수한 모습의 다양한 전개'176)를 들었다. 이 경우 시인은 시적 대상에 대하여 주관적일 수밖에 없으며, 대상에 대한 형상은 비유나 이미지, 상징 등을 사용하여 시인의 내면을 주관화하게 된다. 이는 현실주적 성격을 지닌 시에서도 예외가 될 수 없다.

다음과 같은 시들은 김상훈의 시가 지니는 또 다른 특징 중의 하나라 할 수 있는 '전유'로써 계급 투쟁의지를 형상화하는 경우와 비슷한 성격을 지닌다. '전유'라는 개념은 마르크스적 의미에서 반영과 변형의 변증법적 통일로서 파악되어야 한다. 과학, 예술, 도덕에서 나타나는 소위 '정신적 전유방식' 속에서는 '전유'의 구성 요소인 변형이라는 계기가 본질적으로는 자연과 사회, 그리고 인간 자신에 대하여 변혁되기를 바라는 바의 이념적 계획 혹은 이념적 선취(先取) 도구로서 출현한다.177) 그러한 의미에서 형상화방법으로서의 '전유'는 현실주의 시에 있어서도 유효하게 적용할 수 있다. 하나의 연대를 통해 그 집단적 연대를 와해하려는 세력에 항거하는 모습을 자연물 혹은 사물에 '전유'함으로써 시인의 변혁의지가 민중계급의 집단과 서로 유기적으로 호흡하게 함으로써 상당한 울림을 주기도 한다.

범의 아가리에서 빼서온 것처럼
털도 발톱도 왜 그리 이지러진 소
등과 목덜미에 瘇點이 나고
갈빗대를 낱낱이 세일 수 있는 소
너는 이땅 농부들과 함께 살아오면서
이땅 농부들의 꼴처럼 저리 남루하구나

천이랑 황금이 물결치는
들에 들에 가득 찬 보리를

---

176) 헤겔, 최동호 역, 『헤겔시학』(열음사,1980), 179쪽.
177) 에르하르트 욘, 임홍배 역, 『마르크스 - 레닌주의 미학입문』, 앞의 책, 23쪽.

야속한 손이 역역히 앗아간 農家에
소야 너는 가장 굶주린 가족
찬 풀을 넣으며 한 겨울을 지내야 하는구나

낡은 것을 받아 넘길만한
날카로운 두 뿔을 가졌으면서도
주인을 닮아 하도 순한 눈알이기에
껌벅거리며 어디든지 따라가느냐

소야 아아 뼈가 부러지도록 일만 하는
소야 우리는 비만해 볼 길이 없느냐
근로하는 인민이 벌을 받는 이땅에
너도 벌을 받느냐 소야 벌을 받느냐

번연히 알면서 백번이라도 속는
농부들 또 收集에 피를 흘리며 살아가고
너는 농부의 편이었다는 허물로
'어매—' 하고 슬피우는 자유만 가졌느냐

「소」 전문

　이 시는 '소'를 통해 당대 농민의 비참한 현실을 형상화하고 있다. 여기서 시인이 포착하는 농촌현실의 모순은 '소'라는 농민과 가장 친숙한 가축을 통해 피폐한 농민의 객관적 현실을 전유하고 있다. '갈빗대 낱낱이 세일 수 있는' 것은 굶주린 농민과 같은 운명의 현실적 존재이다. 그것은 곧 '천이랑 황금이 물결치는 / 들에 들에 가득찬 보리를' 빼앗기고 '찬풀을 넣어며 한겨울을 지나야 하는' 소와 농민의 현실로서, '야속한 손'으로 드러나는 현실 속의 폭력적 존재에 의하여 비롯된 것이다. 이러한 비극적 모순은 당시 미군정이 1945년 11월 9일 양곡통제령을 공표하여 도시에 식량을 배급하기 위해 농촌에서 식량공출을 했기 때문에 농가에서는 가족의 식량을 확보하지 못했더라도 할당량은 공출해야 했던 상황178)에서 연유한 것으로 볼 수 있다. 이러한

---

178) 이우재, 「8.15 직후 농민운동연구」, 한국농어촌사회연구회 편, 『한국 농업·농민문

현실에서 순종하고 살아가야 하는 농민들의 존재는 '날카로운 두 뿔'을 가진
공격성과 '순한 눈알'이라는 외양의 대조적 속성으로 형상화된다. 따라서 날
카로운 두 뿔은 농민을 착취하는 것으로 표상되는 지배세력에 대한 반항적
성격을 드러낸 것으로 볼 수 있으며, 순한 눈알은 곧 순종하는 삶에 길들여
진 농민의 모습이라 할 수 있다. 개체적 존재인 농민의 무기력한 모습 속에
서 '뿔'이 상징하는 공격성은 이들의 삶이 절망적 상황을 극복할 수 있는 가
능성을 보여주는 것이라 하겠다. '소'는 양식을 빼앗기고 삶을 송두리째 흔들
어 놓은 시대적 모순의 희생물인 동시에 일상적 삶의 완전한 파탄 속에서 이
를 극복할 새로운 현실인식으로서 계기가 되는 것이다. 이러한 이중적인 모
습으로 전유되는 '소'는 변혁주체인 시인의 유토피아적 전망을 드러내는 현
실반영의 사물이다.

> 우리 마을에선 가장 싱싱한 나무
> 벋어나거라 낭떠러지 벼랑 개천가에서도
> 살구접이 끝없이 벋어난다고 버드나무
> 아이들 호드기를 만들어 불고
> 새새끼 마음대로 집을 짓고
> 머슴들 낮잠 자라고 뙤약볕을 가리워 주는
> 인심좋은 버드나무 시골사람이면 누구나 정이 든다
>
> 마구 건드려도 함부로 처박질러도
> 고대 모른척 살아나고 씩씩해지는
> 키 크고 허울 좋은 병사들
> 네야말로 젊은이 젊은이가 사랑함직한 나무
>
> 넓은 들가에 철모르는 아이처럼
> 혼자 서 있기를 영 싫어해서
> 열이고 스물이고 손잡고 늘어서는
> 믿음직한 군대처럼 믿음직한 버드나무

제 연구 Ⅱ』, 앞의 책, 285쪽.

형 곁에 동생들 오롱조롱 솟아나
뿌리채 뽑아도 엉키고 머리를 든다

그대 하늘에 깃떠올라 별을 따고 싶구나
구름 쯤이야 모진 바람 쯤이야
허리굽은 할머니를 위해 넉넉히 가려주는 壯士

찬바람 나면 떨고 있는 오막살이 아궁이에
맨 먼저 가랑잎 던져 보내는 것도 너
버드나무잎에 편지도 쓰고
배 만들어 강물에도 띄웠느니라

버드나무에 기대면 두 다리에 힘이 올라
나도 어느듯 대열에 선 병사인 듯
농민의 미더운 아우인 듯 뜻이 푸르르다.

「버드나무」 전문

　이 시는 전유된 버드나무의 생명력과 포용력을 통해 농민의 건강함에 대한 그의 이데올로기를 형상화하고 있다. 시적 화자는 버드나무의 생명력이 농민으로 설정된 민중의 싱싱한 생명력이며, 동시에 자기희생의 존재로 인식하고 있다. 그것은 비록 '낭떠러지'로 구체화된 척박한 삶의 조건에 놓여 있지만 농민이 갖는 건강한 삶에 뿌리를 둔 친근한 존재이면서 그들과 희로애락을 함께 하는 존재의 비유적 대상물로서의 '전유'된 형상이다. 이 버드나무는 '인심 좋은 버드나무'이기 때문에 '머슴'들이 낮잠 자는 쉼터를 제공하기도 하고 '허리 굽은 할머니'를 위해 구름과 바람을 가려주는 존재이다. 그리고 농민들의 추위를 막아주기 위해 '오막살이 아궁이'에 맨 먼저 가랑잎을 던져 보내는 자기 희생적 존재이기도 하다. 뿐만 아니라 버드나무는 '키 크고 허울 좋은 병사, 믿음직한 군대'에 비유되기도 한다. 이러한 강건한 생명력과 포용력을 지닌 버드나무에 대한 시적 화자의 동화된 인식은 '하늘의 별'이라는 상승지향과 '열이고 스물이고 손을 잡고 늘어선' 집단의식으로 나아가고 있다. 그리하여 '나도 어느 듯 대열에 선 병사인 듯 / 농민의 미더운 아우인 듯 뜻이 푸르'런 변혁 주체로서 실천적인 미래 전망으로 나아가게 된다.

이와 같이 전유를 통해 당대 모순을 비판적으로 형상화한 시로는 이 외에
도 「京釜線」, 「나무」, 「바가지」, 「박꽃」 등이 있다. 「경부선」은 '농민들의
허리가 고목처럼 말라가도 / 밤을 세워 침략자의 무기를 실어 나른' 민족 수
난과 착취의 상징이라 할 수 있다. 그리고 「나무」에서는 '웨침인 듯 / 그대
끊임없이 울어 / 질식하는 마을 農軍을 불러 / 항쟁하며 살아가는 敎理를 /
밤세워 타이르는' 현실에 대한 올바른 인식을 하게 하는 존재로 형상화되어
있다. 또한 「바가지」는 '移民列車 안에서 바가지가 부서져 … 만주벌판으로
내몰아 보내는 … 싸늘한 찬밥덩이와 함께 부서진 바가지에 담겨 있'는 유이
민들의 애환을 상징하고 있다. 뿐만 아니라 「박꽃」 역시 '바가지'의 상징적
매개물로서 '김도령에게 시집 갈 때도 … 만주로 이사 갈 때도' 가지고 다니
는, 농민과 함께 하는 가난의 객관적 상관물로 형상화된 것이다.

드높은 洋館을 걷어차고
가난뱅이의 살림에 한숨을 담아가는
바람아 나는 네가 부럽다
…중략…
단비를 몰아와 메마른 밭고랑에 물을 뿌리다가도
성나면 번득이는 칼날이 古木가지를 뿌러뜨려
우레 번개 아래 친일파 가슴을 조리고
동족의 피를 빨던 도적의 떼 呪文을 외우게 하는
만년을 두고도 한결같은 젊은 바람아
…중략…
大洋에 거만한 제국주의의 汽船을 삼켜치우고
어느새 돌아와 홀어머니의 낮잠을 권하기에 부지런한
山脈을 한 숨에 내달아
火田民의 등골에 땀을 씻어주고
…중략…
바람아 너는 프롤레타리아의 友軍이냐
대열을 지어 진흙길에 북을 치며 가자!

「바람」 부분

이 시는 절망적 현실 속에서 새로운 세계를 향해 분출되는 프롤레타리아 계급의 열망을 연대의식으로 형상화하고 있다. 변혁에 대한 시인의 이러한 노력은 필연적으로 '동족의 피를 빨던' 친일 세력과의 갈등과 농민의 삶을 억압하는 주체로 새롭게 등장한 '거만한 제국주의'인 미군정과의 갈등에서 비롯된다. 따라서 이 시에 등장하는 변혁주체인 시인은 빈농층의 삶을 억압하는 미군정에 대립하는 인물이다. 이 인물의 의식은 '대열'의 선봉에서 항쟁하고자 하는 열망을 지니고 있다. 이것은 농민적 삶의 토대를 변혁시킬 수 있는 새로운 사회구조 창출을 지향하는 시인의 의식과 농민적 삶에 내재한 가능성에 대한 신뢰에서 비롯되었다. 그런 의미에서 이 시는 시적 화자가 지향하는 이념의 집단적 의미를 확연하게 드러낸 것으로 보인다. '바람'은 '더 높은 양관'으로 상징되는 지배계급에 대한 공격성을 드러낸 것이며, 동시에 '가난뱅이 살림에 한숨을 담아가는' 자기비판의 표상물이다. 이러한 자연물로 비유되는 '우레'와 '번개'는 '친일파'와 '도적의 떼' 등으로 내립되는 착취세력에 대한 공격성으로 설정된 것이다. 그런가 하면 '바람'은 '홀어머니'나 '화전민'과 같이 현실에서 소외된 농민의 삶을 위로하고 그들과 삶을 공유하는 인식체라 하겠다. 그리하여 '바람'은 '프롤레타리아의 우군'으로서 시적 화자와 연대를 이루면서 적대세력을 공격하는 집단적인 항쟁으로 나아가는 힘이 된다.

따라서 위의 시는 현실에 대한 비판적 인식을 통한 빈농층의 해방이라는 변혁의 열망을 형상화한 것으로 볼 수 있다. 따라서 이 시는 한효가 새로운 창작방법으로 제기한 '국가의 완전한 독립, 토지문제의 평면적 해결을 위한 인민 대중의 투쟁'179)을 형상화한 전형적인 현실주의 농민시라 할 수 있다.

이렇듯 김상훈은 구시대 봉건주의의 상징이라 할 수 있는 아버지를 거부하고 민주주의 국가 건설을 위한 변혁운동의 전위적 존재로서 겪게 되는 갈등을 민중계급과의 집단적 연대를 통해 극복해 나간다. 지식인으로서 그의 갈등은 지주의 맏아들이라는 신분적 조건과 아버지에 대한 거부를 통해 선택한 이데올로기와의 거리에서 비롯된 것이라 할 수 있다. 이러한 이데올로기적

---

179) 한효, 「진보적 리얼리즘에의 길」, 『신문학』창간호, 1946.4. 송기한·김외곤 편, 『해방공간의 비평문학·1』, 앞의 책, 245~255쪽 참조.

전환은 자신의 변모된 삶이 지닌 기반을 빈농계급과 일치시키려는 노력을 통해서 해결하려 한 것이다. '버드나무'로 '전유'되는 자신의 모습을 통해 농민의 아우가 되고자 하는 것도 바로 그러한 일면을 엿볼 수 있는 것이다. 그에 있어서 민중적 삶과의 집단적 연대는 '자기 자신을 극복한' 시인이 '민족의 해방, 국가의 완전한 독립, 토지문제의 평면적 해결을 위한 인민대중의 투쟁에 참가하려는 의식적 노력'[180]에 의해서 가능하다고 할 수 있다. 따라서 그의 시는 민중적 삶에 기초한 현실변혁에의 열망을 역사적 전망으로 올바르게 형상화하여 현실주의를 구현해내고자 하는 작업의 결과라 할 수 있다.

김상훈의 농민시가 지니는 남다른 특징의 하나로 꼽을 수 있는 것은 '서사시'의 창작을 들 수 있다. 그의 서사시집 『家族』(白羽社, 1948)에는 서사시 「가족」 외에도 「小乙이」, 「北風」, 「草原」, 「獵犬記」 등 네 편의 담시(譚詩)가 수록되어 있다.[181] 그가 서사시에 관심을 보인 이유는 시 속에 등장하는 인물들의 강한 주체적 성격을 그를 둘러싼 상황 속에서 일정한 행위 전개를 통해 드러내기에는 단편 서정시가 그 길이나 형식에 있어서 한계가 있다고 본 데에 있는 듯하다. 이 점은 그가 이 시집의 서언(緒言)에서 밝히고 있듯이 '서사시 「가족」은 희랍적 의미의 서사시(epic)가 아니라' '하고 싶은 이야기를 마음껏 해보려'는 의도에서 창작되었다는 점에서 서사성을 시에 도입함으로써 현실성을 성취하고자 한 것이다. 앞서 살펴본 것처럼 역사변혁을 위한 운동과정에서 주체적 인물로 변모되어 가는 자신의 모습과 농민계급의 전형적 인물 설정을 통해 소작쟁의와 관련한 '10월 인민항쟁'의 역사적 의미를 형상화함으로써 미래 전망을 어느 정도 성취할 수 있었다. 그러나 시 속에 등장하는 농민 전형의 주체적 성격을 드러내기에는 그 길이나 형식에 있어서 필연적인 한계에 부딪힐 수밖에 없었을 것이다. 따라서 그의 서사시와 담시

---

180) 한효, 「진보적 리얼리즘의 길」, 앞의 글. 김윤식 편, 『한국 현대 현실주의 비평선집』, 앞의 책, 271쪽.

181) 이 시집에 수록된 시들에 대해 김상훈 자신이 '서사시' 혹은 '담시'라고 명명한 것은 엄밀히 따진다면 그 타당성에 있어서 문제를 제기할 수도 있다. 그러나 본고에서는 그의 명명을 그대로 수용하고자 한다. 그가 말하는 '담시'는 이야기를 담고 있는 단편 서정시와 서사시의 중간 형식의 명칭으로 사용하고 있는 듯하다.

는 이러한 한계를 극복하기 위한 창작방법으로서 농민적 삶의 광대한 지평을 성취해내려는 창작방법의 차원에서 나타난 노력의 하나라고 하겠다.

그의 서사시는 민중계급 인물을 형상화하고, 민중의식과 현실에 대한 인식 표현을 통하여 역사적 전망을 보여 주고 있다. 서사시 「가족」은 허식 없는 인물전형을 통하여 당대 빈농계급의 변혁을 쟁취하고자 하는 의도에서 창작된 것이라 할 수 있다. 그래서 당시 사회의 전형적, 계층적, 계급적 갈등 문제를 가장 현실적인 농민의 문제와 관련시켜 지주 일가와 소작농 일가의 갈등으로 드러낸 것이다. 뿐만 아니라 「가족」은 이들 계급간의 갈등 속에 흐르는 애정 문제와 사상 선택 문제를 다룸으로써, 혁명과업에 투신한 지주의 맏아들인 시적 자아, 즉 시인 자신의 변혁적 의식을 형상화함으로써 현실주의를 성취한 것이다. 이렇게 볼 때, 농민시에 있어서 현실주의는 농민 전형에 대한 선택과 시인의 주관적 인식이 결코 분리되지 않는 가운데 현실변혁의 주체인 농민을 객관화하는 데에 그 성취 여부가 결정되는 것이라 할 수 있다.

일제강점기와 해방공간을 시대적 배경으로 하고 있는 「가족」의 이야기 내용과 인물간의 갈등 양상을 요약하면 다음과 같다.

* 해방 전의 이야기(전반부)
① 일제강점 말기의 지주 황참봉이 소작인 박서방의 논을 떼겠다는 등의 횡포를 부림. 박서방의 어머니가 황참봉의 집 앞에서 목을 매 죽음으로써 계속 소작권을 허락함.
② 황참봉의 맏아들 위우와 박서방의 딸 복례가 사랑의 불장난을 하다가 위우가 진학을 하게 되어 서로 이별함.
③ 복례가 황참봉의 소실이 되고, 오빠인 돌쇠가 위우의 부도덕함을 비판하고 고향을 떠남.
④ 위우와 위득의 어머니인 황참봉의 정실이 죽게 되자 소실 간의 쟁투가 벌어짐. 소실 설희는 위득을 짝사랑하고, 위득은 사촌누이 갑순을 사랑하게 됨. 황참봉은 친일을 하게 되고, 징집영장을 받은 위득은 갑순과 함께 만주로 도망감. 그리고 설희는 죽게 됨.

* 해방 후의 이야기 (후반부)
⑤ 해방 직후 친일 지주 황참봉의 변신과 지식인 위우의 방황, 여성 지

　　도자로 변신한 복례(복례는 소실에서 탈출하여 실공장과 약공장의 직
　　공을 거쳐 노동전사로 변신함)는 위우와 해후함. 이 때 복례는 위우에
　　게 적극적인 자세와 사상의 변모를 권유함.
　⑥ 돌쇠의 귀향과 소작쟁의에 가담했다가 쟁의가 실패하자 서울로 올라옴.
　⑦ 돌쇠가 테러를 당하자 테러에 항거하던 어머니가 죽게 됨. 이 사건을
　　계기로 위우가 새롭게 변신함. 돌쇠 어머니의 무덤에서 위우는 방황을
　　끝내고 돌쇠, 복례와 협력을 다짐함.

　이 서사시가 농민시로서 요소를 갖춘 것은 지주와 소작인 사이에 드러나는
갈등을 주된 이야기의 축으로 삼고, 이들과 관련된 애정문제와 사상 선택 문
제를 통해 인물들이 지닌 다양한 삶의 모습을 보여주고 있다는 점이다. 시에
등장하는 인물들이 보여주는 삶의 궤적과 갈등은 봉건적 가부장제 인습이 존
속하는 지주 집안의 비인간적인 불륜과 농토를 기반으로 하는 성실한 농민의
삶이 선명하게 대비되어 전개된다. 또한 농민적 이데올로기 선택과 이를 실
천하려는 굳건한 의지와 지주의 반민족적 행위가 아울러 대비되어 있다.
　작품의 전반부는 봉건적 신분제의 억압에 의해 희생된 삶들을 통해서 봉건
제의 모순을 드러내는 데 집중하고 있다. 소작지를 지키기 위한 할머니의 죽
음, 설희의 죽음, 위득의 가출, 위우와 복례의 사랑과 파탄, 돌쇠의 가출 등
일련의 사건들은 모두 봉건적 사회구조와 가부장제 이데올로기에 의한 개체
적 삶의 파탄을 보여준다. 좀더 자세히 말하면 이 시의 전반부는 일제강점
말기를 시대적 배경으로 지주와 소작인이라는 두 가족의 삶이 극명하게 대비
되어 봉건적 인습이 지닌 모순을 형상화하고 있다. 즉 소작권을 잃을 위기에
처한 복례 집안으로 대표되는 일제하 농민들의 절망적 현실을 형상화한 것이
다. 소작논을 떼이지 않기 위해 마지막 수단으로 죽음을 선택할 수밖에 없었
던 복례 할머니의 비극은 거기에서 끝나지 않는다. 봉건제도 속에 존재하는
계급적 갈등은 지주의 아들인 위우와 복례의 사랑에 위우의 아버지인 황참봉
이 개입함으로써 그들 관계는 깨어지게 된다. 거기에서 나타나는 아버지와
아들간의 갈등은 봉건적 제도가 갖는 모순과 중첩되어 폭압적으로 나타난다.
　작품의 후반부인 해방공간에서는 복례와 돌쇠 등 봉건제에 의한 착취 대상

이 되었던 이농민들의 자각 속에서 새로운 세계를 향한 실천적 움직임이 집중적으로 형상화되고 있다. 이러한 사실은 공장 노동자로 투신한 이들의 활동을 통해서 총체적 변혁기로서 해방공간을 이끌어 가는 주체적 세력의 활동을 보여주는 것이며, 구시대의 몰락과 더불어 새롭게 등장하는 변혁세력의 움직임을 통하여 새시대의 승리를 예견하는 낙관성을 보여준다. 이 점은 봉건제의 모순된 구조 속에서 수탈 당하는 농민현실을 주체적으로 극복하기 위한 복례와 돌쇠 가족의 역사변혁 투쟁에서 이미 필연적으로 내재된 것이다.

이러한 「가족」의 이야기에 등장하는 인물인 농민들은 봉건적 모순구조를 청산하기 위해 역사변혁의 투쟁에 앞장서는 전형적인 민중계급이다. 이것은 해방 후에도 지속되는 식민지적 모순에 대한 자각으로서, 해방의 새로운 의미를 지향하는 농민적 실천의 형상이다. 이러한 형상화를 통해 시인은 해방 직후 민주주의 국가건설의 과제 속에서 가장 중요한 문제로 대두된 토지문제의 평민저 해결을 위한 인민 내중의 투쟁을 반봉건에 대한 비판을 통해 농민에 의한 집단적 투쟁으로 다룸으로써 미래 전망을 획득하고자 했던 것이다. 그러한 의미에서 이 작품은 당대 현실을 서사적 총체성 속에서 파악하고자 했던 시인의 창작적 실천에 대한 고민과 노력의 결과라 할 것이다.

시집 『가족』에 수록된 4편의 담시를 살펴보면 하나의 사건을 시 속의 이야기에 담아내고 있다는 점에서 일제강점기 카프시인들의 '단편 서사시' 양식을 계승한 것으로 볼 수도 있다. 그 중에서 「북풍」은 '10월 인민항쟁' 이후의 비극적 현실을 드러내기 위한 의도로 쓰인 것으로 보인다. 「북풍」에 담겨 있는 이야기의 내용을 대략적으로 살펴보면 '① 작년 겨울에 아버지가 달아났다가 죽었다. ② 그 후 어머니와 나는 천대받고 살았다. ③ 어느 날 아버지의 친구들이 회의를 하다가 들켜 어머니가 키 큰 아저씨를 숨겨주었다. ④ 이 사건이 알려져 어머니와 나는 쫓겨났다. ⑤ 먹뱅이골로 가다 아버지의 무덤을 찾아 한바탕 울었다. ⑥ 어머니는 공장에 다니고 나는 어문(語文)을 배워 이 글을 쓴다'라는 내용으로 되어 있다.

담시 「북풍」은 위와 같은 이야기의 내용에서 짐작할 수 있듯이 '10월 인민항쟁’ 이후 계속적으로 지하투쟁을 벌이던 세력이 끝내 패퇴 당하고 그에 따라 그 가족이 겪게 되는 비극을 이야기함으로써 ‘10월 인민항쟁’의 의미를 대중화하려는 의도에서 창작된 것으로 보인다. 이 시는 시적 화자를 죽은 아버지의 어린 아들로 설정하여 사건의 본질적인 의미보다 가족 수난사를 전달하는 데 그 초점이 주어져 있어 사건의 총체적 의미를 구현하지 못하고 있다. 말하자면 그것은 항쟁의 전형인 아버지의 형상이 어린 아들의 눈에 비친 모습으로 설정된 데에 따른 한계로 여겨진다.

이와 마찬가지로 담시 「소을이」 역시 시적 화자가 주변적인 인물로 설정되어 있어 사건의 본질을 구현하지 못하고 있다. 이 시는 일종의 ‘서간체 시’로서, 이야기가 편지 형식으로 이루어져 있다. 그 이야기는 미망인 성씨가 화자에게 그의 질녀 소을이 이야기를 꺼내면서 시작된다. 이러한 편지 형식은 시적 주인공인 소을이가 직접 자신의 이야기를 전달하는 길을 터놓고 있다. 그러나 그 내용을 살펴보면 소을이의 고통스런 시집살이는 장황하게 서술되는 반면에, 정작 그런 봉건적 삶에 반항하여 민주주의 투사가 되기까지의 과정은 생략하고 있다. 뿐만 아니라 화자와 주인공인 소을이 사이에 그들을 매개하는 인물인 성씨의 발언까지 끼어 들어 소을이에게 집중되어야 할 이야기의 초점도 흐려져 있다.

김상훈의 투쟁적 대중화 작업은 담시 「초원」에서도 명료하게 드러난다. 이 시는 공사터에서 남편이 죽은 어느 미망인이 청년이 된 아들 ‘健이’의 무덤 앞에서 절규하는 속에 시적 화자가 사건에 주관적으로 개입하고 있다. 아들은 공장에서 돈을 모아 ‘토지를 얻거든 소 매고 농사 지어보자 했’지만 노동운동 탄압의 희생양이 되었다는 이야기이다. 그러나 이 이야기 속에는 그 사건의 구체적인 상황은 제시되지 않고 행복하게 잘 살아 보리라던 과거 회상으로 일관하고 있다. 즉 ‘10월 인민항쟁’의 비극을 형상화하고자 한 이 시는 시적 주인공의 객관적 행위는 숨어 있고, 시적 화자의 주관적 서술이 작품 전편에 개입하고 있는 특징을 지니고 있다.

또 하나의 담시인 「엽견기」는 농민시의 성격과는 일정한 거리를 두고 있다. 반민족적 친일 관리인 경찰을 풍자한, 이 시는 제목이 말해 주듯이 사냥

개에 비유된 '주구'들을 우화적으로 풍자함에 있어서 화자의 주관적 개입이 배제되는 특징을 지니고 있다.

　지금까지 살펴본 김상훈의 농민시는 객관적 현실에 대한 시인의 인식을 시적 형상화 과제로 제기했던 해방공간의 시적 특성을 보여준 것들이다. 이러한 시들은 농민계급에 대한 시인의 주관적 내면을 넘어서서, 시인을 둘러싼 다양한 현실 형상화를 통해 시적 영역을 넓히고자 한 시도라는 점에서 그 의미를 높이 평가해야 할 것이다.

　4) 권환, 여상현, 유진오 등의 현실인식

　해방공간에 있어서 농촌과 농민문제는 가장 심각한 한국 사회의 문제로 부각되어 있었다. 토지개혁으로 대표되는 지주와 소작인과의 문제는 당대에 있어서 가장 중요한 관심거리가 되었으며, 진보적 시인들은 이러한 정치적으로 민감한 문제를 시로 형상화하였던 것이다. 이 시기의 농민시는 바로 이러한 정치적 문제와 맞닿아 있다는 사실은 앞서 살펴본 바와 같다. 이 시기의 농민시는 오장환과 박아지 그리고 김상훈 외에도 권환, 여상현, 유진오, 김상민, 이병철 등 당대 진보적 시인들에 의해 창작된 시편들에서 많이 찾아볼 수 있다. 본 절에서는 이들의 농민시 중에서 주목할 만한 작품들을 중심으로 그 특징을 고찰해보고자 한다.

　권환의 「고향」은 해방의 감격을 노래하고 있다. 해방은 말 그대로 감격적인 것이었다. 당대의 절대 다수를 차지하고 있던 농민들에 있어서 해방은 막연한 감격이 아니라 자기 농토를 소유할 수 있을 것이라는 희망과 의욕이 넘치는 가능성 그 자체였고, 박아지의 시에서도 나타나듯이 환희의 감격으로 목메이게 하는 피압박 계층의 낙관적인 미래 전망을 가능하게 하였다. 이에 따라 해방 직후의 농민시들은 잃어버린 고향과 땅을 회복하기 위해 귀향길에 오르는 농민들의 모습을 형상화하였다. 권환의 「고향」은 그 대표적인 경우라 할 수 있다.

십년전 양주가

등에는 괴나리 봇짐

두 손엔 바가지를 들고

북으로 북으로 멀리 간 박첨지도

어제 만주서 돌아왔다

동리어구에 들자마자 연신

용감한 아라사 병정 이야길 하면서

도수장에 목을 옭아 간 소처럼

구주(九州) 탄광으로 끌려갔던 김춘보(金春甫)도

이년만인 그저께야 돌아왔다

위아랫니(齒)를 부득부득 갈면서

쫓겨가고 고향을 파먹던 모진 야수(野獸)들은

찾아왔다 고향을 잃어버린 백성들은

「고향」 부분

만주 유이민들에 있어서 귀향은 자신들의 삶의 터전에 대한 회복의지가 남달랐을 것이다. '괴나리 봇짐'을 메고 '두 손엔 바가지'를 들고 유랑해야 했던 농민들의 심정은 그야말로 참담했을 것임은 짐작하고도 남는다. 따라서 '이를 부득부득 갈면서' 돌아오는 귀향길은 환희와 감격에 뒤섞인 분노의 길이 된 것이다. 이것은 당시 농민들에 대한 경제적 수탈 외에도 전시체제에 강제 징용된 젊은 농부들의 분노이기도 하다. 당대 농민들이 일제의 전쟁을 위해 금속 광산 인부를 제외하더라도 석탄광부로 끌려간 인원만 해도 50만 명에 가까운 것으로 밝혀졌는 바,182) 위의 시에 등장하는 '구주(九州) 탄광으로 끌려갔던 김춘보(金春甫)'는 그 대표적인 전형으로 형상화된 인물이다. 그러한 귀향의 환희와 분노의 감정을 형상화한 반면, 이 시는 귀향민의 깊은 한과 분노를 깨끗이 치유해 주리라고 믿고 있는 '용감한 아라사 병정'을 예찬하는 이데올로기를 지향한 일면도 함께 드러나고 있다.183)

---

182) 조동걸, 『일제하 한국농민운동사』(한길사,1979), 297~298쪽.

183) 해방의 환희를 노래하고 있는 시들은 권환 「고향」 외에도 꿈뜰의 「새봄 노래」, 김양환의 「추석」, 조운의 「金萬頃들」, 이병철의 「묵밭」, 김광현의 「새나라 새마음」, 이

　　여상현의 농민시들은 여타의 진보적 시인들이 지니고 있는 감격의 어조나 비관적 감상과 같은 극단적 정서를 내적으로 가라앉히고 당대의 살아 있는 농민 정서를 담담하게 형상화하고 있다. 당대 전위 시인들의 시에서 찾아보기 힘든 이 같은 어조를 지닌 농민시는 농촌현실과 농민적 정서를 더욱 설득력 있게 전달할 수 있는 하나의 형상화방법이 된다. 이러한 관점에서 볼 때, 해방공간에서 내놓은 그의 「영산강」과 「보리씨를 뿌리며」는 해방 직후의 농촌현실이 갖는 모순들을 형상화하는 데에 성공한 농민시라 할 수 있다.

> 진달래 뿌리를 스쳐
> 가난한 마을의 土墻을 돌아
> 모두 열두 골 샅샅이 모여든
> 영산강 오백리 서러운 가람아
>
> 머언 天心처럼 푸르고
> 어질디 어진 청춘의 마음인 듯
> 푸른 바다로 푸른 바다로 가는 길이기에
> 밤낮없이 흘러가며
> 하냥 여울져 가느다란 경련을 일으킴이여
>
> 봉건의 티끌 처마 밑마다 쌓여 있고
> 제국주의 외적의 탯줄을 붙들어
> 지극히 영특한 '뿌르'의 雄據地
> 여기 전라도 부호가 사시고
> 여기 또 전라도 소작인, 선비의 자식, 상놈
> 사철 검정 무명치마의 가시내도 무수히 산다
>
> 소리 잘 한다는 전라도 사람
> 북간도며 대판이며 지향없이 떠나갔던 이민들
> 소리도 없이 흐느꼈던 눈물에 섞여
> 구비구비 영산강은 흘러가는 것이다

―――――――――――――――――

용악의 「하늘만 곱구나」, 조벽암의 「家史」 등이 있다.

旱魃과 홍수를 뉘 원망하랴
'東拓'의 손아귀를 뉘 막아내랴
왜병의 얕은 예측 상륙작전은 더구나 무서운 전율의 백일몽이었던가
돈이요 논이요 中樞院參議라
쇠잔한 목숨들은
사뭇 궁하면 병사계 면서기 형님이라도 있어야 했다

기름진 국토, 늘어가는 헐벗은 계급이 있어
산에 올라 사슴도 될 수 없고
때론 풀 뜯는 송아지 뛰는 물고기도 부러운
인생의 크나큰 서름에
바다로 푸른 바다로 모두가 해방을 찾았다

오 얼마나 목메어 찾던 해방이던가
바둑돌과 절벽 밑을
크고 작은 들판과 어름짱 밑을 감돌아
영산강 줄기찬 물결을 모르랴마는
바다는 아직도 저 먼 곳에 있음인가
진정 눈 앞엔 해방이 없다

가을 햇빛에 항쟁의 피도 엉키었고
왜적과 더불어 호화롭던 놈이
또한 호화로운 외출이 잦아도
담양 죽세공, 화순 탄광부, 나주 소반공
도적이 버리고 간 옛땅만 바라볼 뿐인 무수한 농민들

봄이 오면 제비 날으고
풀뿌리 캐서 연명할 서름
열두 골 줄기 모여든
예나 다름없는 영산강 오백리 서러운 가람이여
「영산강(榮山江)」 전문184)

---

184) 이 시는 1947. 10. 『新天地』에 발표된 것도 있으나, 이보다 앞서 1947년 9월 20일에
    간행된 시집 『칠면조』에도 수록되어 있다.

이 시는 율격적으로 3음보와 4음보의 적절한 교체를 통해 빠른 율동과 느린 율동을 조화시킴으로써 실제 영산강을 연상하게 하는 이야기시의 성격을 지니고 있다. 내용상 3부분으로 나누어지는 이 시의 첫 부분인 1연과 2연은 시적 화자가 느끼는 서러움을 강의 흐름에 비유하여 서술하고 있다. 이 시에서 시적 화자의 목소리는 6연에서 '헐벗은'이라는 표현을 통해 짐작할 수 있는 바와 같이 개인이라기보다 농민 계급의 집단적 목소리로 보는 것이 타당할 것이다. 3연에서 5연까지에 해당되는 둘째 부분은 해방 직후의 사회적 현실과 계급적 구성을 구체적으로 서술하고 있다는 점에서 현실주의적 성격을 드러낸다. 새로운 제국주의와 농민계급으로 표상되는 '쇠잔한 목숨들'의 대립적 국면을 구체적으로 서술하고 있다. 이는 가진 자와 못 가진 자의 첨예한 계급적 갈등과 더불어 '궁하면 병사계 면서기 형님이라도 있어야' 했던 사회 구조적 부조리에 대한 비판으로 전개된다. 셋째 부분인 6연에서 8연까지는 해방이 되었으나 진정한 의미의 해방이 되지 않았다는 현실에 대한 부정적 인식이 드러나 있다. 이 점은 농민 항쟁을 직접적으로 진술하고 있는 데에서 짐작할 수 있는 것이다. 그것은 '가을 햇빛에 항쟁의 피가 엉키었'지만 그래도 토지를 갖지 못한 '무수한 농민들'은 '도적이 버리고 간 옛땅만 바라볼 뿐'인 소작인의 서러움으로 구체화된다. 해방이 되어 세상이 바뀌었지만 여전히 당당한 모습으로 살아가는 친일 세력과 일제가 버리고 간 논밭을 그저 바라보고만 있어야 하는 농민들의 심정이 대조적으로 그려진다. 여기서 시인은 영산강 일대의 농민적 삶이 건강하게 회복되기를 바라고 있다. 강 주변에 뿌리내리고 살면서 피폐해진 농민들은 '북간도며 대판'으로 흩어져 간 유이민들이 다시 돌아와 살지 못하는 현실을 한탄하고 있다. 그렇기 때문에 시인은 농민이 자기소유의 토지를 돌려 받지 못하고 있는 당대의 현실은 진정한 해방이 된 것이 아니라는 인식을 바탕에 깔고 있는 것이다. 그래서 마지막 연에서 '영산강'은 바로 당대 농민들로 표상되는 민중적 삶의 징표이며, 그들이 지닌 서러움을 안고 흐르는 '서러운 가람'으로 서술될 수밖에 없다.

앞서 살펴본 오장환이나 박아지 그리고 김상훈의 시들은 농촌과 농민현실을 대하는 적극적 인물로 설정된 화자가, 농민이 아닌 전위적인 시인으로 설

정되어 있었다. 말하자면 적극적 위치에 있는 화자가 설령 농민이 아니더라
도 농민의 구체적이고 진실된 정서를 지닌 인물의 목소리를 지녔을 때, 역사
적 과제를 수행하는 농민적 행동의 실천이 생동감 있게 형상화되는 것이다.
그렇기 때문에 시적 상황은 당대의 사회현상과 인간 본질의 문제를 집중적으
로 체험할 수 있는 '본질적인 현상의 영역'185)이 되어야 하며, 시인은 현실을
'묘사체계'186)에 의해 형상화하는 것이 유효하다고 볼 수 있다.

　　현실주의 시에 있어서 화자의 기능은 중요하다. 더욱이 농민시에 있어서는
농민적 상황이 시의 상황에 적절한 구체적인 농민 입장에서 변혁의지를 드러
낸다면 현실을 반영하는 데에 더욱 유효할 것이다. 시인의 목소리가 간접화
되는 방법인 농민 화자의 설정은 농촌현실에 대한 시인의 인식을 극명하게
표명하는 일종의 장치가 된다. 여상현의 「보리씨를 뿌리며」는 그 구체적인
예가 될 수 있다. 이 점은 '영천에서 어떤 늙은 농부의 탄식'이라는 부제에서
도 쉽게 알 수 있다. 이 시는 일제로부터 벗어난 해방이 실제로는 이 땅의 농
민들에게 아무런 의미도 주지 못하고, 오히려 고난과 시련을 안겨준 현실을
어느 늙은 농부의 탄식으로 형상화하고 있다.

　　　서러움보다는
　　　분에 못이기면서
　　　또 보리밭을 갈았나이다

　　　무명치마 허리춤에 걷어매고
　　　아내도 며누리도 딸년도

　　　우리 앞서거니 뒷서거니
　　　이랑 이랑에 보리씨를 뿌리나이다

　　　대판으로 징용갔던 큰 자식도 돌아왔고
　　　해병단에 끌려갔던 둘째놈도 허둥지둥 찾아왔기에

---

185) 욘, 임홍배 역, 『마르크스 레닌주의 미학입문』(사계절,1989), 33쪽.
186) 미카엘 리파떼르, 유재천 역, 『시의 기호학』(민음사,1989), 68쪽 참조.

지난 가을엔 오신도신 보리씨 심어놓고
오랜만에 보리단술도 닦으려 했나이다

왜인들도 모조리 쫓겨갔기에
해방이네 자유네 들떠들기에
서울서는 독립정부를 세운다는 소문이 끊일 새 없기에
이제사 살길이 터지나 했나이다

삼천포네 울산이네
또 다른 이름모를 항구마다
백옥같은 쌀이
密船으로 나간다는 수소문
장거리에서도 우물가에서도 품앗이 방에서도
소근닥대는 이야기였소
와이 좀 못막능기요

3·4월 기나긴 해
높지도 낮지도 않은 보리고개를
하냥 색거리로 목숨을 이어
한여름 곰삶은 보리밥 아니면
부황 나 죽는 놈도 부지기수죠

이것도 해방 덕이랍니까
알알이 샅샅이 털어가려는 바람에
동네 방네 고을 고을마다
항쟁의 불길이 터지고 말았소
쌀은 못 먹으나 보리로나 주림을 여의려는 것이었소

「보리씨를 뿌리며」[187] 일부

　　이 시는 여러 가솔을 거느리고 살아가는 가장인 늙은 농부를 화자로 하여
당대 모순된 농촌현실과 농업정책을 비판하고 있다. 시인은 늙은 농부의 목

---

187) 여상현, 시집 『칠면조』(정음사,1947.9)

소리를 통해 농민의식을 형상화함으로써 현실주의를 성취하고 있다. 즉 화자의 목소리에 시인은 벗어나 있어 형상화방법에서 볼 때, 현실을 객관적으로 제시하는 데에 효과적임을 알 수 있다.

이 시에서의 상황은 전형적이다. 일제강점기에 징용 갔다가 돌아온 아들과 며느리 그리고 딸까지 합세하여 보리씨를 뿌리는 농민은 전형적 인물로 설정된 것이다. 이들은 해마다 계속되는 궁핍함을 감지하고 있으면서도 해방이라는 희망으로 농사를 짓는다. 당시 농민들의 소박한 꿈은 '보리단술'이라도 해먹으며 자신들이 농사 지은 곡식으로 굶주림이나 면하면서 자기소유의 논을 지주에게 빼앗기지 않는 것 정도라 할 수 있다. 그러나 해방이 되었지만 농민들은 일제강점기나 마찬가지로 피착취 계급에서 벗어날 수 없는 상황이다. 가난에 허덕이는 농민은 '한여름 곰삶은 보리밥이 아니면 / 부황 나 죽는 놈도 부지기수'인 현실에 분해하면서도 '또 다시 보리를 뿌리'는 농사일을 계속하고 있다. 이렇듯 계속되는 악순환 속에서도 쌀 수탈은 일제강점기와 다를 바 없이 여전히 이어지면서 참지 못한 농민들의 분노가 항쟁으로 치닫는 결과를 가져오게 된다.

해방 직후의 농업정책 혼란을 단적으로 형상화하고 있는 이 시에서 알 수 있듯이, 토지 문제는 일제강점기 상황을 그대로 유지하고 있던 것이나 다름없다. 당대 진보적 시인들의 농민시에서 한결같이 노래되고 있는 '새 조국 건설'의 주제는 토지개혁에 의한 지주와 소작관계의 토지소유문제를 청산하는 것이다. 이렇듯 농민들의 절실한 현실 아래서도 남한에서의 미곡 공출량은 일제강점기에 비하여 오히려 늘어났으며, '이름모를 항구마다 / 백옥같은 쌀이 密船으로 나간다는 수소문'이 퍼지게 된 것이다. 그것은 미군정의 가혹한 식량공출로 많은 농민들이 굶주리면서 항쟁으로까지 치닫는 심각한 사회 문제로 발전하게 된다.188) 이와 같은 상황 아래서도 농민은 분에 못이기면서도

---

188) 당시 남한의 남도지역은 곡창지대였고, 해방 직후 당시 인구 분포도로 볼 때 남한의 식량은 충분히 자급자족할 수 있는 량이었다. 그러나 미군정은 1946년 1월 25일 군정법령 제45호로서 곡물수집령을 발동하여 미곡 강제 공출을 실시하게 된다. 이렇게 강제 공출된 식량은 도시빈민에게 공급해야 하는 원래의 취지에서 벗어나 '미곡밀매'란 행위로 변질되어 버린다. 그만큼 미군정의 가혹한 식량공출로 많은 농민들이 기

새로운 희망으로 '보리씨를 뿌려'야 했던 것이다.

　김상민의 다음과 같은 시는 시적 화자를 변혁주체로 설정하여 계급투쟁의
목소리가 직접적으로 고양되는 경우에 해당한다.

　　　　××에서 다친 발목을 끌고
　　　　지붕 없는 화물찻칸에 흔들려
　　　　경부선 칠백리
　　　　바람을 무릅쓰고 달려왔다

　　　　홍역앓다 죽은 셋째놈 송장을
　　　　웃목에 덮어놓은 채
　　　　오줌장군의 오줌을 내버려두고
　　　　나는 오늘 여기까지 달려왔다
　　　　때리면 맞고
　　　　양복쟁이 보기만 해도 떨리던 농군이
　　　　×××(집회장:연구자)에서 이렇게 싸웠느니라고
　　　　자네들과 서로 이야기 하고파서
　　　　나는 오늘 여기 달려왔다

　　　　마누라는 양식 꿔오라고 안달인데
　　　　일천만석의 ×를 ××가구
　　　　빠-타 칠면조가 소용있냐구
　　　　그런 것은 싫다구 떠들어 대자구
　　　　나는 오늘 여기 달려 왔다

　　　　삼대째 부쳐오는 문 앞 보리밭은
　　　　愈마름네 해가 아니라구
　　　　농사문의 해라구 떠들어대자구
　　　　나는 오늘 여기 달려왔다

　　　아선상에 허덕이게 되었으며, 미군정 전기간에 걸친 상당수의 농민운동이 촉발되었
　　다. 즉 이러한 식량정책은 1946년 10월 인민항쟁의 근본 원인이 되었다.
　　　이우재, 『한국농민운동사』(한울,1988), 64~65쪽 참조.

살아야겠다는 조밖엔 없는데
살아야겠다는 걸 ××× 야 하는
그것은 어느 나라의 민주주의냐구
부화덩어리가 모가지까지 치밀려
이러다간 못사느니라
농군은 농군끼리 한 덩어리 되어
이눔의 종자들
모조리 박살시키자구
땅과 자유와 빼앗긴 권리
싸워서 찾자구 싸워서 찾자구
나는 오늘 여기 달려왔다

「나는 달려왔다」 전문

김상민의 이 시는 당대 농민들의 토지개혁에 대한 열망을 직접적이고 선동적으로 형상화하고 있다. 시적 화자가 농민으로 설정되어, 농민적 삶을 전형화시켜 놓고 있다. 시인은 제모순들을 계급적 갈등으로 인식하고, 이를 계급투쟁으로 극복하고자 하는 강렬한 이념성을 표출하고 있다. 그것은 '싸워서 찾자'와 같이 직설적인 어조로 형상화된다. 즉 이 시는 비유나 상징과 같은 시적 장치에 의한 형상화보다도 직접적인 메시지를 전달하는 데에 치중함으로써 이데올로기를 고양시키고 있다. 당대 현실주의 시들 대부분이 그러하듯, 이 시에서도 계급적 대립이 선명하게 드러난다. 즉 '양복쟁이'와 '소작농'의 대립적 관계가 긴장축을 형성하여 대립을 구조화시키고 있다. 이 때 '마름'이라는 인물은 착취계급의 전형으로 설정되어 지주-소작제도에 의한 대립적 갈등을 형성한다. 이 시는 '나는 달려왔다'는 한껏 고양된 투쟁적 목소리의 웅변적 어조로 계급투쟁사상을 선동하면서도 집회장(전농 2차 전국대회)에 달려오기까지의 상황에 대한 형상화가 구체적으로 제시되어 처참하리만큼 분노를 불러일으키는 효과를 얻고 있다.

다음에 인용하는 강승한의 시는 해방공간의 현실주의 농민시가 지니고 있는 전형적인 내용과 형식을 보여주는 대표적인 시라 할 수 있다.

망망한 바다처럼 산맥을 기어넘은 사래 긴 밭 기름진 논 살져 뵈는
태고로부터 땅을 사랑할 줄 아는 이 나라 백성들의 손에 일구고 매만지
고 기름 부어논
터전이었고 어버이가 너와 나에게 준 알뜰한 집이 아니었더냐
그러나 강산은 섦은 밤중이었고
너도 나도 돌각담 울타리에 살았다
놀고 먹는 무리는 내 살을 떼어가고
착취하는 찰거머리는 내 피를 빨아먹고 권세가진 자들이 우리를 짓밟고
억누르고 분하고 원통하고 지루한 세월이 무심히 창공에 흐를 제
헐벗고 굶주린 족속들은 모든 도탄에서 울부짖고
하늘을 우러러 가슴을 쥐어뜯고 무어라 말하라고 땅을 쳤었다

드디어 왔어라 새벽은 왔어라 여기 한 언덕 밑에 닭이 울고
그립던 산천 태극기 꽃물결 속에 우렁찬 여울물이 해방의 바다로 폭포처
럼 쏟아 질 때
우리들은 부르짖었나
— 또 하나 사슬을 끊어라 —
— 밭 가는 농군에게 땅을 달라 —
— 인민들아 말 하여라 —
오호 눈부신 역사의 날 삼월 초닷새여
— 인민들은 너의 영광을 노래하라 —
— 밭 가는 농군에게 땅을 준다 —
— 또 하나 쇠사슬을 끊었다 —
그렇다 여기만이
완전해방 참된 자유의 열쇠는 있어라

봄은 오다 마을에 오다 들에 오다
얼씨구 좋다 흥겨운 격양가야 농부가야 씨 뿌리자 철따라 가꾸자 어서
일하자 온갖 것 부족이 없는 새 살림을 꾸미자
조국창건의 정열을 분수처럼 한없이 뿜어보자 때와 다름이 없는 옥야천리
천년 세월을 오히려 넘어 해와 달 뜨거라 별들아 빛나거라
토지개혁 만세
조선농민 만세

「봄은 마을에 오다 들에 오다」 전문

이 시는 문학가동맹 측의 창작방법론의 하나인 '혁명적 로맨티시즘'에 의하여 창작된 대표적인 작품이라 할 수 있다. 그것은 '착취로 인한 빈궁 — 계급투쟁 — 새 조국 건설'이라는 전개방식이 지니는 특징이다. 이 시는 연 구분부터 3단계의 전개에 맞추어져 있다. 1연에서는 착취세력에 의해 도탄에 빠진 농촌과 농민의 삶이 지닌 현실을 구체적으로 제시한다. 이 경우 '권세를 가진' 부르조아와 '도탄에서 울부짖는' 농민은 대립적인 계급으로 설정되어 한층 비참한 현실을 고조시킨다. '찰거머리'로 풍자된 귀족자본가나 권세가들에 의해 '살을 뜯기고 피를 빨리고 짓밟혀' 농민들이 '헐벗음과 굶주림의 도탄에서 울부짖고' 있는 비참한 현실을 형상화한다. 이러한 비참한 농민현실은 극적인 상황이 구체화될수록 효과적이어서 대중들로 하여금 공분을 자아내게 한다. 그리고 그 다음 단계인 2연에서는 그러한 현실의 모순에 항거하는 긍정적이고 적극적인 인물의 활약상을 선동적인 어조로 형상화하는 것이다. 위의 시에 등장하는 시적 주인공은 곧 시석 화사로서 영웅적이고도 투쟁적인 전사로 설정된다. 그러한 '쇠사슬'같은 현실의 모순을 끊기 위해 '폭포'처럼 힘차게 투쟁대열에 나선 농민들의 적극적인 모습을 선동적으로 형상화함으로써 혁명적 대열의 분위기를 한껏 고조시키고 있다. 더욱이 반봉건적인 지주-소작관계의 계급적 문제를 의미189)하는 '또 하나의 쇠사슬이 끊어진 날'로 제시된 것은 이른바, '눈부신 역사의 날 삼월 초닷새'는 '남조선에 있어서도 북조선과 같은 토지개혁의 실시를 촉진하기 위한 투쟁과 … 필요에 비추어 당면한 노력을 농민을 위한 문학의 생산 및 그 보급에 경주하기로'하겠다는 조선문학가동맹 농민문학위원회 제1총회(1946.12)의 결정190)과 깊은 관련을 맺고 있는 듯하다. 일반적으로 이러한 투쟁적 인물의 형상화는 김상

---

189) 이것은 권환이 「현정세와 예술운동」(『예술운동』창간호,1945.12)에서 '한편에선 민족적 쇠사슬은 끊어졌으나 또 한 가닥의 계급적 쇠사슬은 아직 그냥 남아 있고 치열한 계급 투쟁이 다시 남아 있어 내일에 들 축배를 한 잔 남겨 두었다'고 한 것과 관련이 깊은 듯하다.
김윤식 편, 『한국 현대 현실주의 비평선집』, 앞의 책, 146쪽.
190) 조선문학가동맹 농민문학위원회, 「농민문학운동에 대한 결정서」, 『문학』3호, 1947.4.
김윤식 편, 『한국 현대 현실주의 비평선집』, 앞의 책, 397쪽.

민의 「나는 달려왔다」와 같이 각성한 농민들의 자발적인 투쟁과정이나 조직적, 혹은 선두에 서는 프롤레타리아 계급의 영웅적 활약상을 형상화한다. 그리고 마지막 셋째 단계인 3연에서는 투쟁의 결과로 이룩될 '온갖 부족함이 없는' 새 조국에 대한 전망을 '봄은 오다 마을에 오다 들에 오다'와 같이 희망차게 전개하면서 그러한 '조국창건'에 모든 정열을 바쳐 투쟁하자고 독려한다. 이러한 단계적인 형상화는 좌익 계열에서 제시하는 창작방법론의 하나인 '혁명적 로맨티시즘'에 따르고 있는 것이다. 궁극적으로 이것은 사회주의 건설에 동참할 것을 독려하는 정치적인 성격을 지니고 있다. 따라서 이러한 내용과 형식은 박헌영이 '8월 테제'에 제시한 '대중운동의 기본방침'[191]에 따른 통일전선의 실천으로 보아야 한다.

이같은 맥락에서 볼 때, 유진오의 「10월」은 해방공간에서 현실주의적 성격을 보여준 대표적인 농민시라 할만하다.

> 가난한 백성들의 등골 피땀 위에 깃들인
> 너털웃음이 간드러지는 저주로운 무리
> 팔월이 휩쓸어 몰아붙인 더미 속엔
> 구데기가 끓었다
>
> 살아야 한다
> 살기 위해선 싸워야 한다
> 싸우기 위해선 우선 죽어야 한다
>
> 산에 들에 넘친 풍성한 곡식을 노략질하는 무리와
> 무리를 지키는 또 무수한 무리와
>
> 앙칼스런 눈깔처럼 반짝이는
> 총부리에 앙가슴을 디밀어라
> 기름 발러 곱게 빗은 하이칼라 뒷통수에

---

191) 여기에 대해서는 김남식의 「박헌영과 8월테제」, 강만길 외, 『해방전후사의 인식2』, 앞의 책, 104～142쪽을 참고하기 바람.

돌팔매로 보석을 박아주마

피 피 선지피가 엉기어졌다
피를 밟고 미끄러지며
시체를 둘러메고 앞을 달린다

「시월」 부분

　이 시가 앞서 살펴본 박아지의 「그 날의 데모」와 확연히 구별되는 점은 투쟁의 세부묘사와 반영의 구체성에 있다. 이 시는 '10월 인민항쟁'을 적극적인 어조로 선동하고 있다. 유진오는 이 시에서 '10월 항쟁'에 대한 역사적 의미의 극대화를 지향한다. 전체적으로 고양된 어조가 항쟁의 정당함과 투쟁의 격렬함에 대한 대립으로 나타난다. 이 시에서 팔월은 '해방'의 다른 이름이고, 시월은 '10월 인민항쟁'의 또 다른 이름임에 틀림없다. 여기서 투쟁 주체는 농민으로 설정되어 있다. 모순된 현실에 대항하는 농민의 격한 분노와 '살아야 한다 / 살기 위해선 싸워야 한다 / 싸우기 위해선 죽어야 한다'는 단순한 진술의 연속은 투쟁을 더욱 강화시키는 역동적인 목소리로 드러난다. 이 시를 두고 오장환이 높이 평가한 것192)은 전적으로 타당하다고는 할 수 없으나, 전위적 '실천'을 강조하던 당대 좌익문단의 입장에서 볼 때, 그 의미를 충분히 부여할 수 있다. 이 시는 인물의 전형과 상황의 전형 설정이 세분화되고 있다. 이 점에서 같은 상황의 묘사로 보이는 박아지의 「농민가」에서의 그것과는 분명 구별된다 하겠다.193)

　해방공간의 농민시는 주로 현실의 계급적 모순을 폭로하고 그것을 개선하기 위한 투쟁의 과정을 형상화함으로써 농민의 계급적 각성을 촉구하고 있

---

192) 오장환은 「5월의 시」(『문화일보』, 1947.6.5)에서 "진오, 산운, 남령 등 약관 시인들의 작품을 읽고서 되일어나는 넘쳐나는 감격을 걷잡을 수 없다. 이 중에도 진오의 「10월」은 모든 시인들이 깊은 감격과 분노와 희열을 가지고 노래하나 10월 이후, '10월'의 시 30편 가운데 제1급의 것이라고 推賞하고 싶다"라며 극찬한 바 있다.
193) 이 밖에도 계급투쟁을 통해 혁명적 로맨티시즘을 형상화하고 있는 농민시로는 김용호의 「또 한번 다시 만세」, 김광현의 「새 나라 새 마음」, 안함광의 「농군의 아들」, 설정식의 「태양없는 땅」 등이 있다.

다. 나아가 그러한 적극적인 의지를 계급투쟁의 연대로 규합하려는 사회주의 건설이라는 정치적 명제와 맞닿아 있다. 이와 같이 당대 농민시에 흔히 나타나는 '새나라'에 대한 노래는 말 그대로 사회주의 유토피아 건설이라 할 수 있다. 이들은 농민시를 통해 농촌현실의 제모순들을 계급적 갈등으로 인식하고 계급투쟁을 통해 극복하고자 하는 강렬한 이념을 형상화하고 있다. 그것은 현실주의 시의 형상화방법인 농민계급의 전형을 설정하고 있는 데서도 알 수 있다. 또한 그것은 '새 조국 건설'이라는 이상을 추구하는 혁명적 로맨티시즘의 형상화라 할 수 있을 것이다.

제 4 장   산업시대의 농촌현실과 비판적 농민시

문학이 당대 사회현실의 변화에 민감하게 반응하는 양상을 띠는 것은 자명한 일이다. 일반적으로 시대 상황의 변화는 현실주의 시에 있어서 현실반영 주체나 현실변혁의 변화를 수반하게 마련이다. 그러므로 농민시가 시대현실의 변화에 따라 그 특성을 달리하며 전개되어왔음은 자연스러운 일이다. 즉 한국의 농촌은 6.25전쟁을 거쳐 산업시대로 접어들면서 급격하게 변화되었던 만큼 농민시 또한 주제와 심미적 측면에서 큰 변화를 보이기 시작했다.

이러한 현대 농민시의 변모는 해방공간 이후부터 6.25까지, 그리고 1950년대와 1960년대, 그리고 1970년대의 시기로 나누어서 고찰할 수 있다. 그러나 이러한 시대 구분 방법은 10년 단위의 도식적인 구분이 될 뿐만 아니라 농민시의 성격과 거리가 멀다는 점에서 적절하지 않다. 농민시는 6.25 이후부터 1960년대에 이르는 시기에는 찾아보기 힘들다. 산업시대로 불리게 되는 1960년 이후에 농촌과 농민 문제를 다루는 농민시가 창작되는데, 이는 한국 사회의 산업구조적 측면 또는 정치적 상황과 밀접하게 연관되어 있다. 그렇기 때문에 본고에서는 신동엽의 농민시가 해방공간 농민시의 계보를 이은 것으로 보고, 그가 문단에 본격적으로 등장하는 1950년대 말부터의 농민시를 '산업시대의 농민시'로 규정하고자 한다.

6.25전쟁을 거치면서 1950년대 후반에 이르기까지 농민시가 거의 창작되지 않았던 것은 분단 이데올로기와 관련이 있을 것으로 여겨진다. 그러한 의미에서 이 시기는 현대 농민시에 있어서 침체기라 할 수 있다. 이 시기의 농

촌과 농민문제가 지니는 사회적 의미가 중요한 만큼 농민의 문제는 결코 소홀하게 취급되어서는 안 될 것이다. 시대 흐름에 따라 농촌이 변화하였다고 해서 그것이 곧 농민시의 흐름과 직결될 성질은 아니다. 말하자면 당대 농촌변화가 농민시의 전개에 큰 영향을 미친 것은 사실이겠으나 그것이 농민시에 그대로 반영된 것은 아니다. 해방 직후에서부터 현재에 이르기까지 한국 현대 농민시는 농촌현실의 모순된 구조 속에 존재하는 농민계급적 삶을 문제삼으면서도 시대적 변화에 따라 다른 양상으로 형상화되고 있다.

앞서 살펴본 것처럼 해방공간만 하더라도 농촌현실과 농민적 삶을 형상화한 시들이 당대 문학의 큰 흐름 속에 놓여 있었다. 그러나 농촌의 인구가 급속히 감소되고 농업이 차지하는 비중 또한 급격하게 줄어들면서 1960년대의 한국 시문학은 농민의 삶보다는 도시인의 삶을 문제삼게 되었고, 공동체적 삶보다는 개인의 삶을 다루는 것이 현대시의 주된 관심사가 되고 말았다. 그 결과 농민시의 창작은 급속히 줄어들고 문학적 관심의 대상에서 벗어난 것처럼 취급되어 왔다. 그렇지만 농민 인구가 현저히 줄었다고 해서 농촌의 문제가 지니는 중요성이 감소되는 것이 아닌 것처럼 농민시의 창작이 침체기에 있었다고 해서 농민시 존재 자체가 소멸된 것은 아니었다.

1960년대 이후에 해당하는 산업시대 농민시도 해방공간의 농민시처럼 투쟁과 실천의 양상으로 전개되는 경우가 없지 않다. 어디까지나 농민은 민중의 한 부분에 놓여 있으며, 민중문학에서 빼놓을 수 없는 것이 농민문학이라는 점을 감안한다면 농민시 존재 역시 소홀히 할 수 있는 성질이 아니다.

1. 산업화와 농민 희생의 실상

절대 빈곤의 상태에 놓여있던 국민들의 가난을 해결하기 위하여 1960년대에 접어들면서 추진된 공업위주의 경제개발은 농촌인구의 급속한 도시 유입으로 농촌붕괴를 가져왔다. 산업구조 전반의 균형 있는 발전이 아니라 공업을 중심으로 한 산업화는 사회 전반의 변화와 더불어 농촌과 도시의 분화가 심화되었고, 농업부분의 비중이 현저하게 줄어들게 하였다. 1960년에 총인구의 58.3%를 차지했던 농가인구는 1969년에 과반수를 밑돌기 시작해 1979년에는 28.9%로 크게 줄어들어 불과 12년 사이에 농가인구의 절대수가 2/3로 줄어들었다. 또 국민생산 중 농림수산업의 비중도 1960년대 전반기의 43% 내외에서 1979년에는 18.8%로 격감되었다.194) 이와 같은 양적 지표에 따르는 한, 한국 산업구조는 20년에 지나지 않는 짧은 기간 동안에 농업중심 사회로부터 엄청난 구조변화를 거쳐 산업사회로 변모했다고 하지 않을 수 없다.

경제개발 5개년 계획으로 구체화되는 이러한 정책이 기아와 궁핍이라는 절대빈곤 상태로부터 농민들을 벗어날 수 있게 한 것은 사실이다. 그러나 이러한 성장 위주, 수출 위주의 공업정책은 농업부문의 희생을 바탕으로 이루어진 것이었다. 농업부문에 대한 저투자와 농민에 대한 은행대출이 부진했던 것이 그 대표적인 예이다. 정부의 산업정책에서 농업은 공업부문에 비해 상대적으로 배제되었고, 농민들은 은행 대출이나 정부 지원보다는 사채(私債)에 의존함으로써 농가 경제는 더욱 악화되었다. 또한 정부는 농민들에게 생산비보다 낮은 수준의 저곡가 정책을 실시하여 농촌경제를 더욱 악화시켰다.195) 즉 농민들은 비싼 공업 물품을 사용하여 힘들여 지은 농산물을 헐값에 팔아야 하는 이중적인 희생을 강요당했던 것이다. 이 때문에 농민들은 농산물을 싼 가격에 팔고 그 대신 비료나 농약, 경운기 등의 농기계는 오히려 국제 가격보다 비싼 값으로 구입해야 했을 뿐만 아니라 낮게 책정된 추·하곡수매가로 비싼 비료값을 물어야 했다. 한국가톨릭농민회가 1975년 이후 조사한 벼 생산비와 정부 수매가격을 대비한 자료에 의하면, 1978년의 경우 벼 1가마니 당 생산비가 4만5천1백7십8원인 데 비해 수매가는 3만원으로 그 차이가 1만5천1백7십원이나 되었고, 1979년에는 생산비가 5만4천9백원인 데 비해 수매가는 3만6천6백원으로 벼 1가마니 당 농민은 무려 1만8천3백원이라는 적자를 감수할 수밖에 없는 실정이었다. 이는 하곡수매인 보리에 대해

---

194) 정영일, 「외향적 경제발전과 농업정책」, 『한국경제의 발전과정』(돌베개,1981), 229쪽.
195) 김종덕, 「한국의 경제 성장과 농업」, 한국사회사연구회 편, 『현대 한국자본주의와 계급문제』(문학과 지성사,1988), 54~57쪽.

서도 마찬가지라 할 수 있다. 외국합작회사인 비료회사의 이익을 위해서 농민은 수출가격의 2배 이상의 가격으로 비료를 구입해야 했다. 예컨대 1977년에 요소비료 1포당 수출가격은 1천4백5십5원인 데 비해 농민이 구입한 가격은 3천5십6원이었으며, 농협의 인수가격은 1천5백5십6원에 지나지 않았다.[196] 그래서 농민들은 비싼 공업 물품을 사용하여 지은 농산물을 헐값에 팔아야 하는 이중의 희생을 강요받았던 것이다.

이러한 현실은 농민들의 고통 그 자체에만 머물러 있었던 것이 아니라 상대적인 박탈감에 시달리게 되는 문제를 가져왔다. 농업과 공업에 걸친 산업 전반의 생산량이 늘어나고 국민소득이 증가하는 것에 반비례하여 농가부채는 오히려 늘어남으로써 도시인에 대한 상대적 박탈감만 부추기는 결과를 초래하였다. 이 점은 노동자 가구소득에 대한 농가소득의 상대비 추이를 보면 한층 분명해진다. 즉 1960년대 후반 이래 농가소득이 노동자 가구의 그것과 대등한 실질수준에 있었던 것은 1974년과 1975년뿐이었으며, 소득격차가 10% 미만에 머물렀던 것은 이른바 '고미가정책'이 채용되고 '통일벼'로 대표되는 쌀 신품종 보급이 활발했던 1972~76년간이었음을 알 수 있다. 그 밖의 시기에 있어서 농가소득은 대체로 도시노동자 가구의 70%를 전후한 낮은 수준에 머물러왔으며, 가구원 1인당 실질소득으로 보면 그 격차는 한층 확대되어 60%의 수준에 머무는 경우가 많았다.[197] 1960년대 이래의 고도자본 축적과정에서 만성적으로 지속되어 왔던 현저한 소득격차가 인구의 급속한 도시집중과 농촌노동력의 심각한 부족현상을 가져온 것임은 부인할 수 없는 일이다. 더구나 1970년대 후반 이후 정부의 농업정책 전환이 농가소득 면에 미친 가장 중요한 파급효과는 1970년대 중반에 이루어졌던 농·비농간의 소득수준의 균형을 다시 파괴시켜 1960년대 후반의 상태에까지 이르게 함으로써 계층, 지역간의 균형발전이 불가능한 상태로 만들었다는 점이다.

이처럼 한국의 농업발전이 정상적으로 이루어졌다는 견해는 찾아보기 힘

---

196) 정인 엮음, 『소외된 삶의 뿌리를 찾아서』(거름,1985), 61~62쪽.
197) 김홍상, 「농촌공업화정책의 본질과 문제점」, 한국 농어촌사회 연구회 편, 『한국 농업·농민문제 연구Ⅰ』, 앞의 책, 410쪽.

들다. 1970년대 새마을운동을 통한 곡물증산정책만 하더라도 그것은 이미 공업화가 상당부분 진행되고 나서 미봉책으로 마련된 농업생산력 제고 노력이었다[198]고 하겠다. 도시자본의 농업부문으로의 유치와 기계화를 통한 대규모 농업경영을 통해 농업의 자본주의화를 기도한 1970년대 농업정책은 농업생산력을 향상시키는 데 목적을 두었지만 다른 한편으로는 농자유전(農者有田)을 기본으로 하는 농업의 민주화를 포기하고 직접 생산자로서의 농민을 본질적으로 임금노동자화하는 방향이었다. 또한 이것은 자영소농제가 오히려 토지 이용도 및 토지 생산성을 높이고 과잉인구 압력 아래서 고용증대와 경제적 형평을 가져오며 한편으로 전문적 용역제 및 공동이용제에 의한 영농기계화도 가능하다는 긍정적 측면을 도외시한 농업정책이기도 했다.[199] 또한 미국의 잉여농산물을 과다하게 도입함으로서 농산물 가격이 저하[200]되어 농민들의 생산의욕은 떨어지고, 생산력도 더불어 감퇴되는 악순환이 되풀이 되었다.

정부의 경제개발계획으로 달성한 경제성장의 혜택은 농민들에게 돌아오지 못했다. 또한 '새마을운동'과 '통일벼'로 대변되는 정부의 농촌정책은 외면적으로만 농촌 모습을 바꾸었으며, 수확량은 증대하였지만 그보다 생산비가 더 많이 증대하여 농가부채가 늘어감에 따라 농민 생활은 오히려 더욱 어렵게 되었다. 게다가 1970년대 중반 이후에 밀어닥친 도시의 투기열풍과 소비문화가 농촌에 파급되면서 농민들의 소외감을 부추기는 결과를 낳았다.[201] 더구나 이 시기의 농민들은 국가의 '끄나풀'조직에 의해 정치적 통제 아래 놓여 있었고,[202] 새마을 운동 역시 국가권력의 농민통제와 동원정책 일환으로 시행되었다.[203] 이러한 국가의 농민통제 메카니즘은 농민의식의 현주소와 농

---

198) 박홍진, 「농업생산력 구조에 관한 연구」, 한국 농어촌사회 연구회 편, 『한국농업·농민문제연구 Ⅰ』, 위의 책, 127쪽.
199) 강만길, 「外資經濟 체제의 전개」, 『한국현대사』, 앞의 책, 1984, 259쪽.
200) 김종덕, 『현대 한국의 농업문제와 노동운동』(문학과 지성사,1990), 235쪽.
201) 박진도, 「근대화 물결에 떠내려간 농촌」, 한국역사연구회 지음, 『우리는 지난 100년 동안 어떻게 살았을까·2』(역사비평사,1988), 137~154쪽 참조.
202) 김태일, 「한국 농촌부락의 지배구조 : 국가 '끄나풀'조직의 지배」, 한국 농어촌사회 연구회 편, 『한국농업·농민문제연구 Ⅱ』, 앞의 책, 69~112쪽 참조.

민에 대한 정치적 지배구조를 낳게 하였다.

산업화가 본격적으로 시작되면서 도시의 비대한 외형적 모습과 농촌의 내면적 빈곤이라는 양극화 현상을 빚게 된다. 이러한 현상은 한국보다 앞서 산업화를 추진한 영국이나 일본 등의 경우에서도 마찬가지였다고 할 수 있다. 이러한 산업화의 과정은 '하나의 도가니로서 그 속에서는 현존하는 계급구조가 다시 규정되고 새로운 계급들이 나타나고 새로운 계층체계가 발전'[204]하게 된다. 더욱이 1980년대 후반 미국의 주도하에 등장한 우루과이라운드는 그 때까지 계속되던 농민층 분해와 빈민층 형성이라는 새로운 계급갈등을 낳았다. 농업변동이란 자본주의의 보편화 과정과 이에 대한 농민 내재적 요소의 저항 내지 거부간의 대립에 의한 모순적 재생산 과정이기 때문에, 농민을 둘러싼 계급갈등 영역은 자본의 시각에서 자신을 재생산하는 메카니즘과 농민의 시각에서 스스로 재생산하는 메카니즘과의 대립을 주요 내용으로 하고 있다. 이것은 농민을 프롤레다리아화로 유도하는 한 축과 농민적 시각에서 이를 지연시키거나 농업적 요소를 재생산하고자 하는 또 다른 축과의 대립을 의미한다.[205] 1990년대에 접어들면서 농민층 분해를 결과물로 하는 농업부문의 모순은 빈민층 창출 및 재생산으로 이어졌다. 우루과이라운드에 의한 빈민층의 창출은 수출지향적인 초기 산업화에 기인한 1960~70년대 빈민층의 구조적 형성에 이은 제2의 구조적 형성이라 할 수 있다. 우루과이라운드에 의한 농민계급의 빈민층화는 한국사회가 지닌 내적 모순구조가 외적인 힘에 의해 어떻게 표출되는가를 알 수 있다.[206]

이러한 농촌과 농민 문제는 1970년대 이후 농민운동이 본격적으로 전개되는 사실과 밀접히 관련을 맺고 있다. 1970년대 농민운동은 농민대중과 함께

---

203) 한도현, 「국가권력의 농민통제와 동원정책 - 새마을 운동을 중심으로」, 한국 농어촌 사회 연구회 편, 『한국농업·농민문제연구 Ⅱ』, 앞의 책, 113~149쪽 참조.
204) 스타벤 하겐, 김대웅·장영배 편역, 「농업사회와 사회 계급」, 『농업사회의 구조와 변동』(백산서당,1983), 75쪽.
205) 박길성, 「농민층에 대한 계급론적 이해」, 『경제와 사회』제8호, 1990, 168쪽.
206) 박길성, 「우루과이라운드와 농민·농업, 그 총체적 이해」, 『사회비평』제5호, 1991.4. 319쪽.

하기보다 용기 있는 사람이 앞장 서서 전개하는 양상을 띤다. 하지만 1980년
대에 들어 상황이 변하고 강한 탄압이 주어짐에 따라 탄압에서 살아남기 위
한 한 방법으로 대중 속에서 농민운동이 전개되었다. 1980년대에 들어 특히
경제적으로 농민들이 어려워지면서 쌓여 있던 것이, 1987년 대선 과정을 통
해 농민의 불만과 정치지향적인 농민문제를 그대로 표출했다고 볼 수 있
다.207)

　　제국주의와 그에 종속된 국내 독점자본 그리고 그들의 이해를 대변하는 국
가의 농업에 대한 압박은 1960년대 이후 소작제의 광범위한 재생으로 나타
난다. 더욱이 우루과이라운드 협상이 타결되면서 농민에 대한 수탈을 확대하
고 강화한 것은 역으로 그것의 극복을 요구하는 해결주체인 농민층의 광범위
한 저항을 가져왔다. 이러한 농민·농업문제는 전사회적·총체적 관점을 유
지할 때만 그것이 지니는 내외 독점자본과의 관련 속에서 파악할 수 있게 되
며, 1990년대에 와서 파편적으로 이해되는 소위 농산물 가격문제·토지문제
등이 독점자본의 농업지배라는 본질적인 발현형태인 것이다. 따라서 1980
~90년대에 이루어지고 있는 변혁운동으로서의 농민운동은 전체 사회운동과
의 유기적인 관련 속에서 또한 노농동맹의 관점 속에서 그 위상과 변혁동력
및 변혁대상이 설정되었다고 보아야 한다. 내외 독점자본에 의한 농민수탈로
농민은 상향으로 계급이 분화되지 못하고 하향분해의 경향을 띠면서 기본적
으로 미국 혹은 세계의 독점자본 및 그에 예속된 국내 독점자본과 대립하고
있으므로 1980~90년대 농민운동은 노동자계급의 지도하에 노동자계급의 당
파성을 견지하면서 반프롤레타리아로서 빈농을 주체로 하고 중농과 연대하
여 수행되는 성격을 띤다. 이러한 농민운동의 '빈농 우위의 관철'208)은 계급
분화와 계층간의 첨예한 갈등양상을 반영한 것이다.

---

207) 이우재, 「좌담: 농민운동의 현황과 과제」, 한국 농어촌사회 연구회 편, 『한국농업·
　　　농민문제연구 Ⅱ』, 앞의 책, 372쪽.
208) 이 '빈농 우위의 관철'은 근본적으로 농민운동이 빈농해방에 있었음을 시사하는 것
　　　이다. 이 시기에 전개된 농민운동은 '빈농의 계급적 상향'을 그 목적에 둔 것이라 할
　　　수 있다.
　　　서울대 사회학과 사회발전연구회, 『농민층의 분해와 농민운동』(미래사,1988), 197쪽.

이 시기의 농업·농민 문제는 현실주의를 지향하던 농민시에 사실적으로 반영되고 있다. 본고에서 중점적으로 고찰하고자 하는 신동엽의 경우에는 현실변혁이 첨예한 '투쟁양상'으로 드러나며, 신경림의 시 역시 '운동성'을 바탕으로 농민의 계급적 의식이 형상화된다. 특히 김남주의 경우에는 그것이 농민운동과 직결되어 계급해방의 혁명적 투쟁으로 나타난다. 또한 문병란, 이시영, 김준태 등의 농민시는 농민운동과 직·간접으로 연관되어 있다는 점에서 해방공간에서 전개된 '인민적' 실천의 양상이 크게 걸러지지 않고 계승되었다고 할 수 있다.

2. 산업시대의 민중문학 대두와 농민문학

앞서 살펴본 해방공간에서의 농민시가 '조선문학가동맹' 등의 문학단체의 이념에 충실한 시적 형상화로 나아가고 있었던 것처럼, 산업시대 농민시 역시 당대 문학적 상황과 밀접한 관련 아래에서 전개될 수밖에 없었다. 전후 이데올로기에 묶여 한동안 잠잠하던 문학의 현실인식에 대한 논의가 급부상하면서 민중계급의 현실에 대한 관심도 자연스럽게 증가하게 된 것이다. 1950년대의 한국 현대시는 전쟁과 결부되지 않고는 사실상 그 특징을 논하기는 어렵다. 1950년대 시가 전장(戰場)의 직접적인 체험을 바탕으로 등장한 전장시로부터 시작된 것은 당연한 일이다. 이러한 전장체험의 형상화와 더불어 당대 시적 양상을 드러내는 것은, 전통을 바탕으로 한 순수와 서정의 세계와 [후반기] 동인들의 모더니즘 시운동으로 구분할 수 있다. 1950년대 한국 시단은 이렇듯 전통지향적 보수주의와 이른바 모더니즘의 흐름으로 크게 나뉘어 대립하는 듯한 양상으로 전개되었다.

전통적 서정과 모더니즘의 대립이라는 전후 시단의 이러한 성격은 1960년대에 접어들면서 사회현실의 모순과 부조리를 고발하고 비판하는 현실참여의 문제가 제기되면서 크게 변모되는 방향으로 나아갔다. 1960년대 초반부터 문단의 쟁점이 되어왔던 현실참여 문제는 1970년대 이후에도 여전히 문단의 중요한 관심사로 남게 된다. 1960년대 벽두를 장식한 '참여문학론'은 그동안 잠잠했던 문학의 현실지향에 대한 뜨거운 논쟁으로 이어졌다. 이 논쟁은 1960년대 중반을 전후하여 본격화되었으나, 이미 1950년대 후반부터 문학의 과제로 제기되었던 것이다. 전후의 혼란한 현실 속에서 인간적 삶과 그 존재 방식에 대한 회의와 저항이 교차되면서, 현실 상황에 대응할 수 있는 문학의 힘이 요구되기 시작했다. 문학이 사회현실과 역사에 대해 적극적인 관심을 갖고 능동적으로 참여해야 한다는 것은 당대적 상황에 대한 비판적 인식에서 비롯된 것이지만, 그러한 지적(知的) 분위기는 2차대전 이후 사르트르를 중심으로 하는 프랑스 실존주의자들의 앙가주망 운동에 간접적으로 영향을 받은 바 크다.

　김양수가 1960년대 문단에서 처음으로 '참여문학'이라는 용어를 사용[209]한 이후 그 용어는 빠른 속도로 문단에 퍼져, 결과적으로는 그 이전부터 문단의 주류로 행세하던 순수문학과 함께, 한 시대의 특징을 가장 첨예하게 드러내는 문학사상의 핵심적 위치를 차지하게 되었다. 그것은 무엇보다도 '참여'라는 용어 자체에 내재해 있는 현실에 대한 적극적인 관심과 수용이라는 의미가 갖는 대담성에 기인한다고 볼 수 있다. 이어령이 문학의 기능을 '저항의 문학'으로 규정하면서 현실 부조리를 비판하고 고발하는 문학정신을 강조하는 주장들이 4·19혁명 이후 문단의 관심을 모으게 되었다. 김우종과 임중빈 등이 내세운 참여문학론은 순수문학이 지니고 있는 허구성을 지적하고 비판하면서 새로운 파문을 불러일으키기도 했다. 이들은 문학의 비판정신을 리얼리즘 정신과 연결시키기도 하고, 역사의식에 바탕을 둔 작가의 사회적 태도와 그 책임을 모럴의식으로 내세우기도 하였다.

　다음과 같은 김윤식의 지적은 이러한 사정의 성격을 요약적으로 보여준다.

　　한국근대비평에서는 두 개의 이데올로기가 두 개의 수레바퀴처럼 의식
　　을 지배해 왔으며 단지 때에 따라 그것이 내재화 상태로 들어가는가 또는
　　돌출 상태로 나타나는가에서만 차이를 보이는 것이었다. 60년대 비평은

---

209) 김양수, 「문학의 자율적 참여」, 『현대문학』, 1960.1.

50년대 전후 비평이 빠져들어갔던 영도의 좌표를 뛰어 넘어, 정상적인 상
태를 회복하게 된 것으로 그 특징을 삼을 수 있다. 순수·참여 논의가 그
것이다.210)

어떻게 보면 순수와 참여의 논쟁은 보다 체계적인 비평관과 비평의 방법을
모색하기 위한 예정된 정황이라 할 수도 있다. 그러나 그것은 한동안 이데올
로기의 표출에 강요되어 왔던 지식인의 저항일 수도 있을 것이며, 4·19혁명
이라는 민중의식과 맞물린 사회현실 고발에 목말랐던 문단의 욕구분출이었
던 것이다. 따라서 참여문학의 대두는 당대 사회적 현실의 소산이라는 점은
의심할 여지가 없다. 4·19가 '촉각과 생명, 자유와 리얼리즘, 이 한 쌍의 축
을 드러냄이 문학의 고유한 의미라는 사실을 확인'211)하게 하였으며, 그것이
1960년대 이후 한국 현대문학에 끼친 영향은 실로 지대하다 할 것이다.

이와 같은 사회적 격동과 문단의 급박한 변화 속에서 1950년대 후반 문단
에 등장한 신동엽은 농민시의 문제뿐만 아니라 한국 현대시에 일대 전환을
가져오는 계기를 만들었다. 그는 당대 요구에 부합하는 참여문학을 견지하여
빈농계급의 해방을 시로 형상화함으로써 일제강점기에서 출발하여 해방공간
이후에 일시적으로 단절되었던 농민시의 계보와 전통을 이어 갔다는 점에서
중요한 시인이다.

민중의 역사적 역할이 중요시될 수 있는 가능성으로 나타난 4·19와 그에
대한 반대의 폭력적 부정으로서 5·16이 발생하게 되는 1960년대는 개발 독
재의 일방적 추진과 민중의 각성이라는 이중적인 성격을 지닌 시대를 살아가
면서 시인들은 민중의 진실한 삶을 생동감 있게 노래하기 시작한 시대이다.
이것은 곧 시문학이 현실주의를 모색하는 계기가 되었다. 뿐만 아니라 이 시
기에 민중시가 본격적으로 창작되는 데는 발표 매체의 증가도 크게 작용했
다. 『사상계』, 『신동아』, 『창작과 비평』, 『문학과 지성』, 『현대시학』, 『시인』
등의 창간은 시인들에게 발표 지면의 확대와 더불어 민중시를 활발하게 창작

---

210) 김윤식, 『한국현대문학사』(일지사,1976), 274~275쪽.
211) 김윤식, 「4·19와 문학」, 한완상 외, 『4·19혁명론 I 』(일월서각, 1983), 347쪽.

할 수 있는 토양을 마련해 주었다. 따라서 1960년대는 1970~80년대 민중시가 개화할 수 있는 모색기였으며, 자본주의의 발전과 독재 권력의 심화에 대항하였던 1970년대 저항시들의 전사(前史)를 이루는 시기로 볼 수 있다. 이러한 측면에서 이 시기에 창작된 농민시는 당대 정치적 현실과 문학적 상황을 함께 고려하여 살펴보는 것이 유효하다.

1970년대 중반 이후부터 1980년대 후반까지는 민중문학에 대한 논란이 수없이 제기된 시기이다. 이 시기에 등장한 첨예한 문학 논의들에 공통적으로 등장하는 것이 '민중문학'이었음에도 '민중'이란 용어에 대한 심한 저항감을 표출하는 사람들이나, 반대로 적극적으로 채용함으로써 그 유용성을 인정하는 사람들이 혼재해 있었던 만큼이나 민중문학의 개념은 저마다 자의적 결론을 산출함으로써 혼란을 가중시켰다. '민중'을 운동사적 진로에 놓여있는 '변혁의 주체'212)로 규정하는 것이 타당하다면, 민중문학을 논하는 당대의 논자들의 견해에 공통적으로 드러나는 것이 '운동'의 성격이라는 점에서 그것은 '운동으로서의 문학'에 그 핵심이 놓여 있다.

1970년대에 민중문학이 등장한 것은 일제강점기의 농민문학과 해방공간의 농민문학과는 다른 제3단계의 농민문학 대두를 의미한다. 즉 일제강점기에 있어서 프로문학이 전개한 문학예술의 대중화운동이 '지식인의 폐쇄적 운동'213)이었으며, 해방 직후에 '문학가동맹' 측의 이론가들에 의해 전개된 민족문학론도 크게 보면 그 공과에 있어서 1920~30년대의 프로문학과 크게 다를 바가 없다.214) 그러나 1970년대의 민중문학론은 프로문학론이 빠질 수밖에 없었던 오류로부터 벗어나 '객관적 조건과 주체적 조건 위에서 현실과 밀착하여 현실에 대한 문학적 대응으로서 태동하였다'215)는 점에서 농민시

---

212) 임헌영, 「민중문학의 사상적 의미」, 『민족의 상황과 문학사상』(한길사, 1986), 130쪽.
213) 여기에 대해서는 김윤식의 『한국근대문학사상사』(한길사,1984,156~158쪽)와 역사문제연구소 문학사연구회 모임이 지은 『카프문학운동연구』(역사비평사,1994,15~110쪽)를 참고하기 바람.
214) 여기에 대해서는 김용락의 『한국 민족문학론 연구』(계명대 대학원 박사논문,1994, 21~42쪽)를 참고 바람.
215) 성민엽, 「민중문학론의 논리」, 성민엽 편, 『민중문학론』(문학과 지성사, 1984), 147쪽.

가 계급적인 문제를 적극적으로 형상화할 수 있는 분위기가 조성되었던 셈이다.

진정한 농민문학이란 시인·작가의 감수성 또는 삶의 뿌리를 농촌에 둠으로써 농민적 삶을 한국 역사의 중심적인 힘으로 파악하려는 노력이 전제될 때 성립하는 문학이다. 1970년대의 농민문학론은 민족문학론, 분단극복의 문학, 제3세계문학론과 표리의 관계를 이룬 것으로 민족문학론, 제3세계문학론 등이 비교적 원론적 차원의 명제였다면, 그 실천적 차원의 창작방법론으로 구체화되어 제기된 것이라 할 수 있다.216) 그렇기 때문에 1970년대 농촌문제는 민족문학의 중심적인 주제로 다루어 진 것이라 해도 좋을 듯하다.

산업시대의 농민문학론은 염무웅의 「농촌현실과 오늘의 문학」에서 논쟁적으로 제기되었다. 당시 문단을 향해 농촌현실에 대한 관심을 강력하게 환기하고 있는 이 글은 이른바 조국근대화라는 이름으로 농민의 희생을 강요하는 사회구조적 모순에 대한 정당한 관심을 촉구하고 있다.

> 오늘날 한국의 농촌현실은 어떤 것일까. …중략… 농촌을 모르고서 한국의 사회현실을 안다고 할 수 없고 현실을 모르고서 그 현실에서 태어난 문학을 제대로 안다고 하기 힘든 만큼, 오늘의 우리 농촌에 대해서 최소한 일정한 안목이라도 가지는 것은 모든 지식인의 빼놓을 수 없는 자격요건이라 하겠다. …중략…이 도시에서 그 자체의 허망한 생활을 나날이 거듭하면서 도리어 그런 생활에 토대를 둔 속물성으로부터 자기만족의 표어들을 찾고 지성과 예술을 빙자한 비생산적 말놀음에 세월을 허송하는 오늘의 문단과 사회를 바라볼 때 우리는 실패했으면 실패한 대로의 작품 「凍土」(朴敬洙作：연구자)를 한 개 디딤돌로 삼아 건강하고 폭넓은 참된 삶의 창조적 추구에 결연히 함께 나서야 할 것이다.217)

---

216) 이러한 필자의 견해는 김사인(「농촌현실과 문학」,『농민문학론』,앞의 책, 113~116쪽)의 그것과 궤를 같이 한다.
217) 염무웅, 「농촌현실과 오늘의 문학」,『창작과 비평』(창작과 비평사,1970,가을), 제17호. 영인본 제5권, 473~491쪽.

위의 글은 '지성과 예술을 빙자한 비생산적 말놀음에 세월을 허송하는 오늘의 문단'을 향해 산업화 추진으로 인한 물신의 폭력으로 위기를 맞고 있는 농촌현실에 대한 문제를 제기하고 있다. 따라서 그는 농촌만을 분리해서 보는 것이 아니라 '도시와 얽혀 있는 여러 상관조직 속에서 비로소 … 농촌의 역사적·사회적 상황을 제대로 바라보게' 된다는 전제 아래 '도시문제를 포함한 탁월한 농촌문학'의 출현을 요청하고 있다. 즉 농촌문학의 건설은 농촌 파탄과 그로 말미암은 도시의 피폐를 아우른 '한국사회 전체의 기형성에 육박하는 작업'218)이 된다는 것이다. 하지만 염무웅의 이 글은 지금까지 사용되었던 '농민문학' 대신에 '농촌문학'이라는 용어219)를 사용하고 있는 데에서도 잘 드러나듯이 1970년대 농민문학론으로서는 초보적인 단계에 있는 것이다. 그럼에도 그의 이 글은 냉전시대의 본격적인 전개 속에서 잠적했던 농민문학론을 거론함으로서 문단의 관심을 이끌어냈다는 점에서 그 의의를 찾을 수 있겠다.

농민문학론을 논쟁적으로 제기한 염무웅에 이어 김치수는 「농촌소설은 가능한가」220)에서 문제제기를 하였다. 이 글은 농민소설의 창작방법론이라는 입장에서 현실주의를 문제 삼고 있다는 점에서 앞선 염무웅의 문제제기에서 한 단계 진전된 논의라 할 수 있다. 글의 제목이 암시하는 바와는 달리 그 가능성에 '적극적인 태도'221)를 표명하고 있다. 그는 농민문학의 창작방법을 현실에 입각하여 다루어야 한다고 함으로써 농민소설이 자칫 '복합적인 역사의 의미를 농촌을 택함으로써 단순화시키는 태도, 농촌을 감상적인 동기에서나 향수적인 동기에서 계몽의 대상으로 삼거나 도피의 대상으로 삼는 태도, 농

---

218) 최원식, 「농민문학론을 위하여」, 『한국문학의 현단계 3』(창작과 비평사, 1984), 76쪽.
219) '농민문학'과 인접한 용어는 '농촌문학' 혹은 '향토문학' 그리고 '촌락문학' 등 다양하게 사용되어 왔다. 이 용어들의 의미는 각각 변별적으로 사용되기도 했지만 혼재되어 사용되는 혼란이 있었다. '농민문학'과 유사한 의미로 사용된 용어들에 대한 규정은 박태순의 「농민문학의 논의와 민중문학의 시각」(『외국문학』, 1985, 여름, 제5호, 232~252쪽)을 참고할 만하다.
220) 김치수, 「농촌소설은 가능한가」, 『지성』 1971.11. 「농촌소설론」이라는 제목으로 『농민문학론』(신경림 편, 앞의 책, 34~47쪽)에 재수록.
221) 최원식, 「농민문학론을 위하여」, 『한국문학의 현단계 3』, 앞의 책, 77쪽.

촌소설에서 생명력과 건강함과 서사적인 요소를 완전히 배제함으로써 그것을 폭로소설의 범주로 떨어뜨리는 태도 등'을 경계해야 할 점으로 꼽고 있다. 이 점은 한국 사회의 구조가 지닌 모순 속에서 농촌을 바라봄으로써 현실반영으로서의 농민소설이 성립된다는 사실을 강조한 것이다. 이 논의는 어디까지나 '현실을 꿰뚫어 보는 데 있어서 농촌을 소재로 택한 경우'라는 전제에서 출발하는 것이기 때문에 농민소설이 자칫 범할 수 있는 소재주의적 한계를 극복할 수 있는 대안이 될 수 있다.

김치수의 이러한 논리는 비단 농민소설의 경우에만 해당하는 성질은 아니다. 농민시 역시 창작방법론적 측면에서 볼 때, 농촌이 단순히 전원생활의 배경이 될 수 없는 것이며 현실로부터의 도피나 계몽의 대상은 아니라는 것이다. 이 점은 본고가 다루고자 하는 농민시의 근본적인 성격과 맥락을 같이하는 것이다. 여전히 피착취계급으로 남아 있는 농민을 작품 속에 올바르게 수용하기 위해서는 농촌의 현실을 당대의 역사 혹은 사회 모순의 구조 속에서 파악할 때 비로소 올바른 농민문학으로 규정할 수 있을 것이다. 따라서 농민문학이 지향하는 것은 단순한 소재주의 측면이 아니라 오랜 압박 속에 고통을 겪어 온 농민들의 삶을 다룸으로써 '민족현실의 심장부로 육박해가는 본질적 작업의 하나'222)라는 점에서 중요한 의미를 부여할 수 있을 것이다.

김치수의 농민소설에 대한 논의에 이어서 본격적으로 제기된 1970년대 농민문학론으로 신경림의 「농촌현실과 농민문학」과 홍기삼의 「농촌문학론」을 들 수 있다.

> 농촌은 비록 정책시행 과정 또는 문화의 수혜과정에서 소외되어 있으나 따로 동떨어져 있는 사회는 아니다. 농촌의 파괴는 곧 도시의 파괴로 이어질 수 있으며, 모든 것의 파괴로 확대될 수 있는 것이다. 공업화가 농업의 희생 위에 이루어진다는 것이 당연하다는 이론은 이제 공업화 과정에 있어 금과옥조가 되어 있는 것이지만, 공업과 농업, 도시와 농촌의 상호보완

---

222) 최원식, 「농민문학론을 위하여」, 『민족문학의 현단계 3』, 위의 책, 77쪽.

작용— 공업이 농업에 생산재를 제공하고 농업이 공업에 원료를 제공한
다는— 의 충실화가 고려되지 않은 공업화는 사상누각에 지나지 않는다
는 상식이 이를 뒷받침하는 것이다. 이렇게 생각할 때 농촌문학, 농민문학
은 파괴로부터 모든 것을 지키는 일과 결코 관계없는 작업이 아니라는 사
실을 다시 한번 깨닫게 된다.223)

　신경림의 이 글은 농민문학론이 본격적으로 전개되는 신호탄으로 보인다.
그는 이 글에서 농민문학이 결코 소재주의나 지방주의가 아니라는 것을 강조
하면서 농촌현실을 토지문제 중심으로 살펴고 있다. 특히 해방공간에 있어서
농촌이 안고 있는 문제를 비교적 구체적인 자료를 통해 개관하면서, 농민이
당면한 고통 원인을 제도적 모순으로 보고 있다. 그리고 산업시대의 농촌현
실 문제를 정부의 산업화 시행정책이 빚은 근본 문제로 보고, 이러한 제반문
제들에 관한 이해를 바탕으로 한 농민문학의 강력한 출현을 요구하고 있다.
　그러나 이 글은 앞에서 제기된 염무웅과 김치수의 논의에서 별로 진전된
내용은 발견하기 어렵다. 뿐만 아니라 그가 농민을 다룬 문학을 최고의 것으
로 평가한 것은 농민문학의 당위성을 지나치게 강조한 데에서 비롯된 오류라
하겠다. 즉 그가 이기영의 「고향」, 한설야의 「탑」, 김유정의 「동백꽃」, 김동
리의 「산화」, 「바위」, 현덕의 「남생이」, 「경칩」, 김남천의 「생일전날」 등을
농민문학의 뛰어난 작품으로 꼽은 것은, 작품 성격은 간과하고 배경만을 지
나치게 강조한 나머지 소재주의적 관점을 벗어나지 못했다는 비판을 받을 수
도 있을 것이다. 이러한 한계에도 신경림의 농민문학 논의는 1970년대에 있
어서 농민문학론이 활발하게 전개224)될 수 있게 한 디딤돌이 되었다는 점에
서 그 의의를 찾을 수 있다.
　신경림의 논의에 이어서 나온 홍기삼의 「농촌문학론」은 '농촌문학'이라는

---

223) 신경림, 「농촌현실과 농민문학」, 신경림 편, 『농민문학론』, 앞의 책, 61쪽.
224) 1970년대에 있어서 농민문학론과 관련된 논의들은 백철(「밭 갈며 쓴 흙의 문학 -
　　이무영씨 10주기를 맞아」, 『동아일보』, 1970.4.21)의 글에서부터 오양호(「자활적 위치
　　와 폐쇄적 현실」, 『효성여대논문집·21』, 1979)의 글에 이르기까지 약 90여편이 있다.
　　그 구체적인 목록은 신경림 편, 『농민문학론』(앞의 책, 378~381쪽)에 게재된 「농민
　　문학에 대하여 언급한 글들」을 참고하기 바람.

용어의 사용에서도 짐작할 수 있는 바와 같이 농민문학에 대한 접근 자체에서부터 한계를 드러내고 있다. 그의 이 글은 문학사회학을 바탕으로 앞선 논자들의 주장을 검토하면서 '농민문학'과 '농촌문학'에 대한 용어에 대해 구분하여 사용할 것을 제안[225]하고 있는 바, 그것은 신경림의 주장에서 한 걸음 나아간 것은 틀림없지만 통념상 받아들이기 어려운 내용으로 보인다.

이들의 논의에 이어 백낙청[226]과 전광용[227] 그리고 이재선[228] 등에 의해 비교적 활발하게 전개된 1970년대 농민문학론은 그 논의들 대부분이 소설론에 치우쳐져 있다는 점을 특징으로 꼽을 수 있다. 그것은 농촌과 농민문제를 현실주의적 문학의 소재로 다루었을 때 발생할 수 있는 당연한 결과 일 수도 있다. 소설은 시에 비해 현실 묘사가 용이하기 때문일 것이다. 그렇지만 1970~80년대의 경우 농민시가 창작되지 않은 것도 아니며, 더구나 비평적 논의도 활발하게 이루어졌다는 점에서 농민문학론이 소설에만 치우쳐져 있었다는 사실은 불구적인 것이라 할 수밖에 없다.

1970년대의 한국시는 산업화의 진전과 유신 추진에 따른 정치적 폭력과 물량주의, 상업주의의 팽배와 더불어 허무주의의 경향이 짙은 시들이 창작되었다. 이 점은 김재홍의 지적처럼 '어둠'이라는 대표적인 시어가 상징하듯 삶의 어려움에 대한 좌절과 슬픔을 표출한 시가 중요한 흐름을 형성[229]했으며, 농민문학론을 비롯한 일련의 논의는 1970년대의 한국사회의 변동과 긴밀히 관련되어 있다[230]고 할 것이다. 따라서 당대의 민중시는 이러한 사회적 모순이 지닌 바탕 위에서 출발하였다.

산업시대의 농민시는 1970~80년대의 사회·정치적 상황에 민감하게 반

---

225) 홍기삼, 「농촌문학론」, 『동대신문』, 1973.6.19. 신경림 편, 『농민문학론』(앞의 책, 75~80쪽 재수록.
226) 백낙청, 「문화연구의 자세와 민족문학 - 김정한의 '修羅道'를 중심으로」, 『월간중앙』, 1973.9.
227) 전광용, 「한국현대소설의 방향」, 『관악어문연구·2』, 1977.12.
228) 이재선, 「도시적 삶의 체계와 자연 또는 농촌의 삶의 양식」, 『한국현대소설사』(홍성사,1979), 316~374쪽.
229) 김재홍, 『현대시와 열린 정신』(종로서적,1987), 106쪽.
230) 김윤식, 『한국현대문학사』, 앞의 책, 279쪽.

응한 민족문학의 주체논쟁과 밀접한 연관을 맺고 있다. 1970년대에 접어들면서 본격화된 민족문학의 논쟁은 백낙청의 '시민문학론'에서 채광석의 '민중문학론', 김명인의 '대중문학론', 조정환의 '노동해방문학론'으로 이어지면서 전개된다. 이들의 현실주의 논의 바탕에는 한결같이 민중의 계급적 인식을 바탕에 두고 있다는 점에서 농민계급의 시적 반영 문제를 살피는 데에 유효한 틀을 마련하고 있다.

백낙청이 말하는 민족문학의 주체는 일단 '민중'으로 요약된다. 그는 1970년대의 민족문학론을 민중 지향적이고 1980년대의 그것은 민중적 민족문학이라고 구분한다.231) 또한 1980년대의 민족문학과제를 분단 극복이라는 민족적 과제와 다수 국민의 인간 해방이라는 민중적 과제로 양분한다. 전자는 주요 모순 또는 분단모순이며, 후자는 기본 모순 또는 계급 모순으로 지칭하였다. 이러한 계급 모순을 통해 노동현실을 부각시키면서, 동시에 그 극복을 위한 정치투쟁 방향을 분단문제의 절실성과 자본주의 사회의 기본 모순과 제대로 연결시켜 형상화한 작품이 나오지 않고 있는 현실을 지적232)하기도 했다.

현실주의의 최전선에서 민중문학을 실천한 전사로서 살다 간 채광석은 민중문학이라는 이름 아래 철저하게 계급을 인식하는 세계관을 보여 주었다. 그의 계급의식은 비애와 한의 운동법칙이며, 그 전진의 모양은 삼각구조로 드러난다. 비애와 한에 대한 치열한 자각, 그 치열한 자각에는 전형적인 밑바닥 민중계급의 비애와 한을 통합시키려는 지향성, 그 비애와 한을 창출하고 확대 재생산하는 동시에 그 통합성을 저지하는 주체에 대한 공격성이 깔려 있다. 민중계급의 삶과 의식에 대한 치열한 자각 - 통합 지향성 - 반민중 세력에 대한 공격성은 서로 어우러지며 민중 계급의 역사적 주체로서 일어섬이라는 정점을 향하여 운동해 나가는 의식이 바로 그의 계급 의식이다.233) 그가 실천적으로 제시한 시 또한 바로 민중의 절절한 부르짖음으로, 문학주의적 허장성세와 껍데기를 버리고, 문학패의 신분상징으로서 자신을 죽이고 가

---

231) 백낙청, 「민중·민족문학의 새단계」, 『창작과 비평』57호, 1985, 7~8쪽.
232) 백낙청, 「오늘의 민족문학과 민중문학」, 『창작과 비평』, 1988 봄호, 232쪽.
233) 채광석, 「설 자리 갈 길」, 채광석 전집IV 『민중적 민족문학론』(풀빛, 1989), 55~56쪽.

야 한다234)는 단호한 외침을 남겼다. 그의 이러한 현실주의 세계관은 그가 남긴 「망향」, 「읍내로 가는 길」, 「산자여 답하라」 등의 농민시를 통해서도 확인할 수 있다.

채광석의 민중문학론은 조정환에 승계된 듯하다. 조정환의 노동해방문학론은 한국 사회의 파쇼 권력과 민중계급 사이에 형성되어 있는 투쟁전선에, 민중의 입장에서 문학이 책임 있게 복무해야 한다는 현실 대응책의 하나로 보인다. 투쟁 영도력을 당이 아닌 노동자에게서 찾는 그는 민중으로 하여금 투쟁과제를 실천·지도할 계급이념이 민중문학의 중심에 서야 한다고 주장한다.235) 그는 문학의 주체를 창작 주체의 출신 직업이나 계급을 의미하는 것이 아니라는 입장에서는 백낙청과 같은 인식을 갖고 있다. 그러나 그는 문학주체를 창작 주체의 계급적 입장, 현실에 임하는 이념적 태도, 정치적 총화가 작품 내용의 객관성을 담보하는 주체적 조건으로 보며, 노동해방문학에 있어서는 노동자 '당파성'이 된다. 따라서 그가 말하는 노동해방문학은 노동문학의 최고 형태로서 민중문학의 구심이 되고 영도자가 되어야 하며, 노동자 계급의 현실에 입각한 노동자 '당파성'이 강조되는 문학236)이어야 한다. 현실적으로 노동자 당이 없는 마당에 계급투쟁을 영도할 지도력을 누가 갖는가라는 물음에 그는 단호하게 당 형성의 사상적·조직적 추동력으로서의 '당파성'237)을 제시한다.

조정환의 이러한 계급적 당파성의 논리는 곧 '농민해방문학'이라는 가설을 가능하게 한다. 농민의 당파성도 계급적 입장에서 대등하게 논의될 수 있는 것은 자명하다. 그러한 의미에서 1980년대 후반에 제기된 조정환의 노동해방문학은 김남주와 같은 급진적 투쟁을 실천으로 노래한 농민시의 등장과 그 맥을 같이 한다.

---

234) 채광석, 「시를 생각 한다」, 채광석 전집Ⅳ 『민중적 민족문학론』, 위의 책, 149~150쪽.
235) 조정환, 「80년대 문학운동의 새로운 전망」, 『서강』17호, 1987, 41쪽.
236) 조정환, 「민주주의 민족문학론에 대한 자기 비판과 '노동해방문학'의 제창」, 『노동해방문학』창간호, 1989, 246쪽.
237) 조정환, 「민족문학 주체 논쟁 종식과 노동해방문학의 출발점」, 『노동해방문학』6·7 합본, 1989, 498~499쪽.

지금까지 개괄적으로 살펴본 산업시대 농민문학론은 참여문학과 민중·민족문학의 논의와 직결되어 있음을 알 수 있다. 농민시 또한 이러한 당대 현실주의 문학에 대한 첨예한 논쟁들의 바탕 아래에서 창작되었다는 점에서 각각의 시인들이 작품 속에 농민에 대한 현실인식을 어떻게 드러내고 있는가에 초점을 맞추고 살펴보아야 할 것이다.

3. 농민적 삶의 인식과 시적 형상화

본 장에서 다루고자 하는 산업시대 농민시는 신동엽과 신경림 그리고 김남주의 작품들이 그 중심이 된다. 이들에 대한 논의는 많이 축적되어 있다. 그러나 신동엽의 시에 대한 논의는 농민시로서의 성격과는 거리를 두고 논의되어 왔다. 따라서 신동엽의 시를 농민시라는 관점에서 살펴보는 일은 소중한 의미를 지닐 수 있다. 그의 시세계를 이루고 있는 바탕은 농본주의에 있으며, 그러한 전제 위에서 농민의 주체적 변혁을 형상화하고 있다는 점에서 그러하다. 그러므로 신동엽의 시가 지니는 농민시로서의 성격은 1960년대 시에 있어서 농민계층에 대한 지식인 시인의 의식이 어떠한 양상으로 반영되고 있는가를 짚어볼 수 있는 하나의 잣대가 된다는 점에서 중요한 의미를 부여할 수 있을 것이다. 이 점은 신경림의 경우에도 해당된다. 신경림은 1960년대 후반부터 일관되게 농민적 서정을 지켜왔다. 이러한 그의 시에 대한 평가는 지금까지 주로 민중문학의 테두리 안에서 살피는 작업에 초점이 모아져 있었던 바, 그의 농민적 인식에 대한 검토는 민중운동사적 측면 뿐만 아니라 현대 농민시의 한 계보를 잇는다는 점에서 중요한 의미를 지닐 것이다. 따라서 신경림의 농민시는 지금까지 숱한 논의에도 불구하고 그것들은 모두 개별적인 연구에만 집중되어 있어, 그의 시를 현대 농민시의 흐름 속에서 파악하는 작업은 필수적이라 하겠다. 또한 김남주의 농민시도 그 양상이 제대로 연구되어 있지 않다. 그의 농민시는 민주주의 혁명전사로서의 삶과 일정하게 관련지어 논의되어 왔기 때문에 그러한 삶 속에 위치하고 있는 그의 농민시에 대한 고찰은 그 나름의 소중한 의미를 지닐 수 있을 것이다.

농민을 바라보는 시인의 현실인식이 농민시의 현실주의 성취와 직결된다는 점에서, 해방공간의 좌익 계열 중심의 농민시들이 대부분 변혁을 위한 투쟁 일변도로 나아간 것도 시인의 계급적 '당파성'이 투철했음을 입증한 것이었다. 본 장에서 중점적인 논의 대상이 되는 신동엽과 신경림 그리고 김남주의 농민시 역시 그 밑바탕에 빈농계급의 이데올로기적 성격을 깔고 있다. 이점은 참여문학 혹은 민중문학의 근본적인 논리와도 무관한 것은 아니다. 그중에서도 특히 김남주의 경우에는 해방공간의 농민시들이 지니고 있었던 '당파성' 또는 '인민성'을 그대로 계승하고 있다는 점에서 이 시기의 농민시가 지니는 또 다른 특징의 하나로 보아야 한다. 이러한 사실은 문병란, 이시영, 김준태 등의 농민시에도 적용할 수 있을 것이다.

현대 농민시가 계급적 변혁을 위한 시인의 농민의식을 주로 반영한 것이라 할 때, 시인의 현실인식은 농민이 놓여 있는 위상과 이데올로기적 문제에 내한 정당한 인식과 반영을 요구하는 것이다. 이 점은 Ⅲ장에서 해방공간의 농민시를 통해서 살펴본 것처럼 농민시의 중요한 형상화방법 중의 하나인 인물과 상황의 '전형화'와 밀접한 관련을 맺는다. 전형화는 객관적 현실묘사의 원리로 시인의 사상이나 감정을 표현 효과를 높이기 위해 시 속에 사건이나 인물을 서술하는 경우에 유용하게 적용되는 방법이다. 인물이나 사건이 전형화되기 위해서는 시인의 계급적 의식이 중요한 기능을 하게 된다. 서정시의 예술형상이 지니는 근본적인 내용이 그렇듯이 농민시도 농민적 정서 혹은 의식에서 비롯된다. 이러한 농민의식은 농민으로부터 독립된 추상적인 것이 아니라 주변세계, 생활상황, 사건에 의해 촉발된 것으로써, 시인의 세계관에 의해 드러난 이데올로기적인 의미를 지닌다. 즉 '전형화'는 '이상화(理想化)'와 같이 시인의 사상과 감정이 시의 전면에 드러나는 것이 아니라 묘사된 농민이나 사건을 매개로 간접적인 방법으로 드러내기도 한다. 따라서 '전형화'를 사용한 농민시의 현실주의적 성격을 논할 때, 시에 나타난 농민의 형상이나 농촌의 상황, 구체적인 사건 등이 당대의 보편적인 정서를 구현하기에 적합한가의 문제는 시인의 농민에 대한 의식이 얼마나 절실한가에 달려 있다 해도 과언이 아닐 것이다.

이와 아울러 현대 농민시는 그 중요한 특징의 하나로 '서사지향성'을 꼽을 수 있다. 일제강점기의 현실주의 시에서 '단편 서사시' 양식이 도입된 이후 농민시가 현대로 오면서 농민계급 문제를 총체적으로 반영하기 위하여 '서사지향성'이 강조되고 있다는 사실은 중요한 특징 중의 하나이다. 이 점은 시 장르에서 사회현실을 반영하는 것이 현실성을 확대하는 길이라는 생각에서 비롯된 것이다. 해방공간에 있어서 김상훈이 그러하였듯이, 산업시대 농민시에 있어서 서사적 경향은 보다 발전된 양식의 하나로 나타난다. 신동엽의 서사시 「금강」이나 신경림의 서사시 「남한강」이 대표적인 사례가 될 수 있을 것이다.

산업시대 농민시는 앞서 살펴본 해방공간의 농민시와는 달리 다양한 양식과 내용으로 전개된다. 이는 1960대 이후 산업화가 본격적으로 진행되면서 빚어진 농민과 농촌문제에 직접적으로 관련을 맺고 있다. 산업시내의 농민은 계급적으로 볼 때 하향분해의 과정을 걸어왔으며, 이러한 농민과 농업문제는 계급갈등과 대립을 본질적인 내용으로 하고 있다. 따라서 산업시대 농민시가 이 같은 농민의 계급적 갈등과 대립을 바탕으로 한 것은 자연스러운 현상이라 할 수 있다. 시인이 농민문제를 생산력 발전의 정체라는 농업 자체의 일반적 특징에 의한 것으로 보든, 개별 사회의 특수한 역사 구조적 성격에 기인한 것으로 보든, 그 시적 반영이 자본주의적 사회구성의 본질 관계라는 전체적인 틀 속에서 이루어 질 때, 농민에 대한 정당한 시적 형상화가 가능하다.

농민시를 지식인 시인이 농민의식에 접근하고자 하는 시적 시도라고 규정하는 본고의 입장에서 볼 때, 이 시기의 농민시는 지금까지 지식인 시인으로서의 자기 중심적 사유방식과 주관적 시작(詩作) 태도로부터 일대 전환을 의미하는 것이라 할 수 있다. 그러나 시인이 변화하는 산업사회의 구조 속에서 존재하는 농민적 삶에 대한 올바른 시각을 지녀야 하므로 농민의 역동적인 삶과 농촌상황을 진실하게 형상화하는 일은 쉽지 않다. 지식인 시인과 농민의 계층적 분화가 이미 이루어진 현대사회에서 시인이 농민의식을 회복하는 일은 그만큼 소중한 의미를 지닌다.

한국의 민중사는 농민사였다고 해도 과언이 아닐 것이다. 본고에서 논의의 중심 대상으로 삼는 신동엽과 신경림 그리고 김남주의 농민시는 1960년 이후 산업화 과정에서 드러난 한국 경제의 구조적 모순과 농민의 상대적 희생을 정면으로 다룸으로써 한국 현대시사에 있어서 새 지평을 연 작품들이라 할 수 있다.

1) 신동엽의 농본주의와 계급적 인식

신동엽[238]의 시에 대한 연구는 4·19혁명과 관련하여 역사의식에 바탕을 둔 민중문학적 성격, 또는 참여문학의 입장에서 주로 다루어져 왔다. 그의 시에 대한 이러한 관점이 반드시 옳은 것이라고 보기는 어렵다. 그것은 민족의식이나 역사의식이 확대 해석된 나머지 목소리만 높은 관념적인 시인으로 규정한 듯하다. 이러한 문제는 그가 '50년대에 모더니즘의 해독을 너무 안 받은 사람 중의 한 사람'[239]이라고 하여 그의 시적 출발이 현실참여에 있었다는 것만을 지나치게 강조한 데에서 비롯된 현상일 것이다. 이러한 면에서 그의 시는 '민족의식·역사의식이 이데올로기를 뒷받침하기 위해서 연역되거나 이데올로기에 의해서 이끌어내진 것이 아니라, 시적 실천의 결과로 얻어진 것'[240]이라는 신경림의 주장이 오히려 설득력을 지닌다.

신동엽의 시적 토양은 그 자신의 표현처럼 '전경인(全耕人)'[241] 곧 땅을 가는 농부에 있다는 점에서 농본주의를 바탕으로 하고 있다. 뿐만 아니라 시적 주인공들이 부딪힌 일차적 계급인식은 농민의 가난에서 출발한다. 또한 농민의 현실이 지닌 모순을 투쟁으로 극복하고자 하는 그의 정신은 철저한 농민 '계급성'에 바탕을 두고 있다. 이 점은 본고가, 그의 농민시가 지니는 성

---

238) 신동엽의 전기적 사실과 관련한 그의 문단 활동에 대해서는 김창완의 「신동엽 시연구」(한남대 박사논문,1993, 20~30쪽)를 참고할 것.

239) 김수영, 「참여시의 정리」, 『창작과 비평』, 1967. 겨울호.

240) 신경림, 「역사의식과 순수언어」, 구중서 편, 『신동엽 - 그의 문학과 삶』(온누리,1983), 105쪽.

241) 신동엽, 「시인정신론」, 『신동엽전집』, 개정판(창작과 비평사, 1980), 365쪽.

격을 규정하는 기본적 관점이다. 그가 고등교육을 받고, 시인으로서 활동하고, 교사라는 직업을 가지고 있었기 때문에 그 자신이 노동하는 농민의 삶에 일치되어 있었다고 말하기는 어렵지만 그는 자신이 태어났던 농촌사회로부터 유리되어 본 적이 없었고, 농민의 생활현실은 그가 사물을 인식하고 평가하는 데 늘 기본적인 기준이었다[242]는 사실 또한 이를 뒷받침한다.

신동엽의 시세계에서 서사성은 중요한 문제이다. 그가 민족의 현실을 형상화하면서 서사성을 도입한 것은 종래의 서정시로는 급변해 가는 현실을 올곧게 반영할 수 없다는 현실주의적 인식에서 비롯된 것으로 보인다. 따라서 현실주의는 시인의 현실세계에 대한 유연하면서도 끈질긴 창작적 대응과 관련된다. 즉 시정신으로서의 '현실주의는 늘 진보주의와 비관주의를 끌어안고 극복해내야 하는 역동적인 것'[243]이라는 점에서 그가 도입한 서사성은 '반영'으로서의 유효한 방법이 된다. 이것이 신동엽의 농민시가 지니는 가장 큰 특징이라 할 수 있다.

신동엽의 시세계가 '인간생활의 원초적 형태'에 대한 부단한 관심으로 채워져 있다는 것은 지금까지의 연구자들이 거의 누구나 지적해온 사실이다. 그에 있어서 인간생활의 원초적 형태는 '농민 당파성에서 출발'[244]한 것이라고 단정할 수는 없지만, 그가 농민을 '계급적'으로 인식하고 있다는 사실은 여러 가지 정황으로 확인할 수 있다. 특히 「금강」의 경우에 있어서 시적 주인공들이 싸워 이겨야 할 적을 과학적으로 인식하고 아울러 혁명적 선동성을 지니게 되는 것은 그 대표적인 사례라 할 것이다. 이러한 관점에서 그의 시적 관심이었던 '인간생활의 원초적 형태'에 대한 탐색은 민중·민족주의적 지향이라는 중심적 주제로 부상할 수 있었던 것이다.

산업시대의 모순구조 속에 있는 농민을 '계급'으로 인식한 신동엽의 현실인식은 곳곳에서 확인된다. 그의 시가 드러내는 농민 계급적 성격은 일차적

---

242) 김종철, 「신동엽론 - 민족·민중시와 도가적 상상력」, 『창작과 비평』, 1989, 봄호, 107쪽.
243) 최두석, 『리얼리즘의 시정신』(실천문학사,1992), 33~48쪽.
244) 신경득, 『한민족문학 사상론』(살림터,1996), 248쪽.

으로 궁핍한 농촌현실에서 출발한다.

> ① 내 고향 사람들은 봄이 오면 새파란 풀을 씹는다. 큰 가마솥에 자운
> 영·독사풀·말풀을 썰어 넣어 삶아가지고 거기다 소금, 기름을 쳐서
> 세 살짜리도, 칠순 할아버지도 콧물 흘리며 우그려 넣는다. 마침내 눈
> 이 먼다. 그리고 홍수가 온다. 홍수는 장독, 상사발, 짚신짝, 네 기둥,
> 그리고 너무나 훌륭했던 人生諦念으로 말미암아 저항하지 않았던 이
> 자연의 아들 딸을 실어 달아나 버린다.245)
> ② 李朝的인 농촌, 그 변모하지 않는 전원 풍취다. 이런 것에의 향수는
> 한국 사람이라면 누구에게나 있다. 또 실상 우리 한국 시인들의 영원
> 히 마르지 않는 풍성한 원초적 감성의 고향이기도 한 것이다. 나도 이
> 따끔 깨끗이 다듬은 고의적삼을 입고 시골길을 걸어보고 싶어지는 때
> 가 있다. 그러나 몇 발자국도 못 가서 다시 돌아와 옷을 벗고 걸레를
> 둘러야 마음이 편안하다. 絶糧과 失業이 민족 전체의 표정이기 때문
> 이다'.246)
> ③ 민중 속에서 흙탕물을 마시고 민중 속에서 서러움을 숨쉬고 민중의
> 정열과 지성을 織造 구제할 수 있는 민족의 예언자, 백성의 시인이 조
> 국심성의 본질적 前列에 나서서 차근차근한 발언을 해야 할 시기가
> 이미 오래 전에 우리 앞에 익어 있었던 것이다.247)

윗 글 중에서 ①은 신동엽이 당대 농민들이 처한 궁핍함과 절망적인 모습
에 대해서 얼마나 절실하게 인식하고 있는가를 단적으로 보여준다. 그가 성
장한 고향인 농촌의 현실은 궁핍으로 얼룩진 비극적인 삶터로 그는 인식하고
있다. 보릿고개가 닥쳐와 가족들의 양식조차 없는 농민들은 들판의 풀이라도
삶아먹을 수밖에 없는 처절한 생존 싸움을 벌이고 있다. 더욱이 세 살 짜리
어린애는 말할 것도 없고 칠순 할아버지조차도 삶은 풀을 '우구려 넣어야' 하

---

245) 신동엽, 「서둘고 싶지 않다」, 『동아일보』, 1962.6.5. 구중서 편, 『신동엽 - 그의 문학
   과 삶』, 앞의 책, 342쪽에서 재인용.
246) 신동엽, 「60년대 시단의 분포도 - 신저항시운동의 가능성를 전망하며」, 『조선일보』,
   1961.3.30~31. 구중서 편, 『신동엽 - 그의 문학과 삶』, 앞의 책, 306~309쪽에서 재
   인용.
247) 신동엽, 「斷想抄」, 구중서 편, 『신동엽 - 그의 문학과 삶』, 앞의 책, 355쪽.

는 비극적인 현실에 대한 인식이 그의 시적 출발점이다. 또한 ②에서처럼 누구나 향수에 젖듯이 그는 고향의 따뜻한 품을 그리워한다. 그것은 농촌이 삶의 원초적인 터전이요 인간미가 살아 있는 장소로서 인식된 데서 비롯한다. 그래서 '깨끗하게 다듬은 고의적삼을 입고' 거닐어 보고 싶은 들판이지만 '絶糧'이라는 배고픈 농민들의 현실 때문에 '걸레를 둘러야 마음이 편'할 수밖에 없다는 인식을 하고 있다. 이러한 비극적 현실인식은 ③에서와 같이 변혁적으로 나타난다. 시인은 민중과 함께 하는 존재로서, '민중 속에서 흙탕물을 마시고 민중 속에서 서러움을 숨쉬'는 이른바 민중의 대변자가 되어야 한다는 주체적 세계관을 확립하고 있음을 알 수 있다. 그리하여 그는 시인이 '민중의 정열과 지성을 직조(織造)하고 구제할 수 있는 예언자'로서의 역할을 역설하고 있다. 이와 같은 신동엽의 현실인식은 구조적 모순의 현장인 농촌과 피압박 계급인 농민의 삶에 바탕을 둠으로써 현실주의를 지향할 수 있었다.

　신동엽의 시는 농민이 겪어 온 역사적인 비극성을 바탕으로 한 투쟁을 그 주제로 하고 있다. 이러한 주제의 형상화는 어떤 체계화된 계급성으로 형상화된다. 즉 농민에 대한 계급적 인식이 하나의 사상으로 승화된 것으로 보인다. 그의 시에서 농촌은 현실적 공간인 대지, 산천, 황토와 같은 배경을 토대로 농사꾼의 삶이 존재하는 터전이다. 이 경우, '대지'는 조국의 산천으로 상징된 것이며, 그것이 살아 있는 역사로 의미화된다. 그렇기 때문에 '대지'는 민족이기보다는 착취당하며 살다간 농민의 삶터로 보아야 한다.

　신동엽의 시에 등장하는 시어248)들은 이와 같은 농촌과 농민현실을 드러내는 것들이 대부분이다. 그 중에서도 특히 '黃土'라는 시어가 많이 나오는 것은 우연한 일이 아니다. 이 '황토'는 그의 시가 무엇에 바탕을 두고 있는지 쉽게 짐작할 수 있다는 근거가 된다.

　　전쟁이 불지르고 간 黃土배기 들판에

「불바다」 부분

---

248) 여기에 대해서는 김창완이 「신동엽 시 연구」(앞의 논문,38∼110쪽)에서 자세히 분석한 바 있다.

　　내 사랑하는 조국은 벌거벗은 黃土

　　　　　　　　　　　　　　　　「주린 땅의 指導原理」 부분

　　더위에 찌는 黃土벌, 전쟁이 불지르고 간 원시림에

　　　　　　　　　　　　　　　　「阿斯女의 울리는 祝鼓」 부분

　　우리들의 어렸을 적 / 黃土 벗은 고갯마을

　　　　　　　　　　　　　　　　　　　「금강」 부분

　　黃土峴 남쪽 / 양지바른 기슭, / 가루 고운 흙 속에

　　　　　　　　　　　　　　　　　　　「금강」 부분

　신동엽에 있어서 '黃土'는 관념적인 추상어가 아니다.249) 그것은 1960년대의 한국 농촌이 안고 있는 비극적 현실을 상징하는 것이라 하겠다. 그는 황토의 상징을 통해 고향의 농촌사람들이 겪고 있는 가난한 삶의 내력을 밝히는 역사의 정직한 증언자이기를 결단하고 있었던 것으로 보인다. 그에 있어서 '황토'는 그대로 그 자신의 생애이며 나아가 당대 농민적 삶의 실체이며, 가난에 대한 절규라 하겠다. 이렇게 볼 때, '전쟁이 불지르고 간 黃土배기 들판'은 전쟁이 휩쓸고 간 자리에 놓여 있어 봉건적 질곡과 외세에 맞서 싸우다 죽어간 농민 저항의 장소라 할 수 있다.

　현실주의적 예술은 언제나 '인간적 진리의 묘사, 즉 인식 및 가치평가의 적합성'250)을 그 목표로 한다. 이러한 의미에서 시인은 무엇보다도 객관적인 농민현실을 어떻게 수용하고 받아들이느냐에 앞서, 거기에 나타나는 계급적인 인식을 어떠한 방법으로 형상화할 것인가 하는 점이 중요한 문제가 된다.

---

249) 인병선, 「일찍 깨어 고고히 핀 코스모스여」, 『신동엽 - 그의 문학과 삶』, 앞의 책, 213쪽 참조.

250) 현실주의 예술은 이러한 목표를 자신들의 수단으로써 평가를 내리면서 형상(Bild)으로 바꾸어 놓거나 형상화를 통해 평가적 인식행위 및 인식적 평가행위로 바꾸어 놓고 이를 통하여 수용자에게서 충동, 자세, 태도방식 및 확신, 사유의 동인, 인식과정 등을 환기할 것을 목표로 하는 것이어서 이러한 현실주의 예술의 산출물들은 그때그때의 구체적인 역사적 조건과 계급관계에 상응하여 나름대로의 방법으로 인간의 주체형성 과정에(촉진적인 의미에서) 개입한다.
　쇼버, 유재영 옮김, 「예술방법의 몇 가지 문제를 위하여」, 문학예술연구소 엮음, 『현실주의 연구 I』(제3문학사,1990), 78~79쪽.

시인과 세계의 관계 맺음에서 드러나는 시인의 인식과 정서적 측면은 개별적이며, 시인 내부의 고유한 것이 아니라 계급에 내재한 의식에 영향을 받기 마련이다. 그러므로 농민시에 있어서 변혁적 과제와 수행 대상인 농민에 대한 시인의 인식이 세계관과 현실에 대한 총체적인 인식으로 나아갈 때, 비로소 현실주의적 농민시의 형상화가 가능한 것이다. 신동엽의 현실인식은 바로 이와 직결된다.

농민시에 있어서 현실주의적 성취는, 시인이 역사적 변혁의 주체로서 농민을 계급적으로 인식할 수 있는가의 문제와 직결된다. 즉 시인이 농민의 절망적 현실과 만났을 때 적극적인 실천의 양상으로 나아갈 수 있을 때 현실주의가 성취된다.

다음에 인용하는 시는 당대 농촌현실을 핍진하게 그려내고 있다. 이 시에 있어서의 농촌현실 형상화는 시인의 체험이 그 바탕에 있음은 쉽게 짐작할 수 있다.

> 내 고향은 바닷가에 있었다.
> 人跡 없는 廢家 열 구비 돌아들면
> 배추꽃 핀 돌담, 쥐 쑤신 母女
> 내 고향은 언덕 아래 있었다.
>
> 봄이 가고 여름이 오면 부황든 보리죽
> 툇마루 아래 빈 토끼집엔, 어린 동생
> 머리 쥐어 뜯으며
> 쓰러져 있었다.
>
> 善民들은 밀밭가에 쫓겨있는 土墳
> 조국 위를 쉬임없이 궂은 비는 나리고
>
> 자전거 탄 신사 날씨좋은 팔월
> 이 마을 황토길을 넘어오면
> 싸립문 앞엔 무표정한 세금고지서
> … 중 략 …

그것은 산이었다
노루 없는 산
벌거벗은 내 고향 마을엔
봄, 갈, 여름, 가난과 학대만이 나부끼고 있었다.

「주린 땅의 指導原理」 부분

　위의 시는 1950~60년대 한국 농촌이 얼마나 궁핍한 상황에 처해 있었는 가를 생생하게 그려내고 있다. 농촌은 농민의 궁핍한 삶이 존재하는 곳이자 모든 희망이 거세된 상황으로 드러난다. '봄이 가고 여름이 오면 부황 든 보리죽'으로 연명해 가는 농민들의 모습은 먹을 것이 없어 '빈 토끼집' 앞에 '머리를 쥐어 뜯으며 / 쓰러져 있는' 어린 동생의 처참한 형상을 통해 궁핍함이 더욱 강조되고 있다. 그리하여 착한 농민들이 굶어 죽어 '밀밭가에 쫓겨있는 토분'은 '궂은 비'에 젖으며 처절하게 형상화된다. 이러한 궁핍과는 달리 시인은 '자전거 탄 신사'가 가난에 얼룩진 '황토길'을 넘어 '무표정한 세금고지서'를 전하는 현실의 모순을 발견하게 된다. 시인은 이러한 현실인식을 통하여 변혁 주체로서의 선취(Antizipation) 가능성으로 나아간다.

　6.25전쟁을 치루어야 했던 1950년대에 있어서 농민들이 온전한 생활을 누린 경우는 많지 않았다. 농민들 대부분이 가난에 시달리고 있었으며, 봄이면 '보릿고개'라고 불리는 춘궁기를 넘기는 데에는 적지 않은 고통을 겪어야만 했던 것이다. 이러한 상황은 신동엽의 집안이라 해서 예외일 수는 없었다. 그의 어린 시절은 가난과 굶주림이 가장 큰 아픔이요 어둠이었으리라 짐작된다. 강이 바라다 보이는 동남리 언덕에서 배고픔에 지치다 못해 이름 모를 풀줄기나마 입에다 우그려 넣으며 허기를 달래야 했던, 가난한 농촌정경을 통해서 그는 자신의 어린 시절을 상기하고 있는 것이다.

내 고향은
강언덕에 있었다
해마다 봄이 오면
태어나는 가난

지금도 흰물이 내려다보이는 언덕
무너진 토방가선
시퍼런 풀줄기 우그려 넣고 있을
아, 죄 없이 눈만 큰 어린것들.

미치고 싶었다.
4월이 오면
산천이 껍질을 찢고
속잎은 돋아나오는데,
4월이 오면
내 가슴에도 속잎은 돋아나고 있는데 ,
… 중 략 …
강산을 덮어, 화창한
진달래는 피어나는데,
출렁이는 네 가슴만 남겨놓고, 갈이엎으면
이 균스러운 부패와 향락의 불야성 갈아엎었으면
갈아엎은 한강연안에다
보리를 뿌리면
비단처럼 물결칠, 아 푸른 보리밭.

「4월은 갈아엎는 달」 부분

이 시에는 그가 체험한 농민의 가난한 삶이 애절하게 형상화되어 있다. 이 체험의 틀은 어린 시절 그 가난한 봄날, 밥 구경 못하고 '풀줄기 우그려 넣는' 배고픈 현실체험이다. 이를 통해 그는 민족 현실을 보았고, 그 가난으로 얼룩진 원초적 사회구조에 분노했던 것이다. 그래서 그는 농민적 삶이 지니는 조건들을 개혁하기 위한 분노와 아픔을 계급성으로 드러내게 된다. 이 시에서 현실 극복 양상은 시적 변혁 주체가 모순을 갈아엎고 '보리'를 뿌리고자 하는 행위로 형상화된다. 시적 주체의 적극적인 현실대응은 농민들이 겪고 있는 비극적 삶에 대한 발견을 통해 새로운 사회에 도달하기 위한 전망으로 드러난다. 현실 모순에 대한 부정과 저항은 '갈아엎다'나 '보리를 뿌리다'로 전유되어 바로 그러한 의지를 형상화한 것이다. 이것은 모순된 현실과의 대결을 땅을 갈아엎고 씨앗을 뿌리는 것으로 비유하고 있는 바, 땅은 모순된 현실을 의미하는 것이라 할 수 있다. 이렇듯 신동엽의 농민적 계급인식은 가난에서 출발하여 현실변혁으로 나아가고 있음을 알 수 있다.

현실주의를 지향하는 농민시는 농촌과 농민이 안고 있는 현실의 세부적 상황을 시적 주체의 대상인식과 유기적으로 연결시켜 전체로서의 하나의 작품을 구성하게 되는데, 세부는 그 자체로서 구체적인 생생함을 지닌 채 전체와의 연관과 조화를 이루게 된다. 그러므로 시적 세부는 전체와의 상호 변증법적으로 규정된다. 현실주의 시에 있어서 세부의 형상화는 작품전체와의 관련 속에서 양적, 질적으로 한정되며 전체는 이러한 세부의 연결에 의해 결과되기 마련이다. 농민시에 있어서 세부의 상호모순은 농민의 현실과 상호 대립하는 여러 계기들이 통일적으로 변화하고 발전하는 과정을 통하여 상황과 인물의 전형이 창조된다. 그래서 농민시는 세부들 간의 연결과 합법칙적인 변화 발전이 농민의 계급적 변혁으로 올바르게 반영될 때 현실주의적 형상화가 이루어진다.

신동엽의 농민시가 유토피아적 전망으로 나아가는 대표적인 작품으로는 그의 등단작품이기도 한 「이야기하는 쟁기꾼의 대지」를 꼽을 수 있다. 이 시는 앞서 말한 바와 같이 그의 가난에 대한 인식을 바탕으로 서사 양식을 통해 농민현실을 유토피아적 미래 전망으로 형상화한 것이다. 작품의 구성은 序話, 제1화~제6화, 後話의 세 단락으로 이루어져 있으며, ‘쟁기꾼’과 ‘대지’ 사이 즉, ‘쟁기꾼’이라는 남성화자와 ‘대지’라는 여성화자 사이의 언어행위로써 화자와 청자의 관계가 설정되어 있다.

내 고향에 피는 꽃은 무슨 꽃일까.
봄, 갈, 여름, 내 生地에 펴나는 꽃은
무슨 꽃일까. 두견이, 패랭이, 들국?
거짓말이다. 그런 꽃은 내고향 산천에
펴나지 않는다.

들길을 가로질러 달구지가 지나갔다.

낯 익은 얼굴들이 호박처럼 매달려
메마른 돌밭 위에 부숴져 가고 있었다.

벗이여, 눈보라 쌓이는 밤
이리의 겨드랑이에 손을 넣으면,
다스운, 다순 피가 안 돌고 있을 것인가.

벗이여, 광막한 원시림.
인간된 거죽 홀홀이 찢어 던지고
산돼지되어 두더지처럼 살아갈 순 없단 말인가.

아름다운 바람 하늘 높이 흘러 가고
억만년 햇빛 머리 위에 퍼 붓는다.

「이야기하는 쟁기꾼의 대지」 제3화 부분

'내 고향'으로 설정된 농민계급의 상황은 인용한 둘째 연에서 '전유'로써 형상화된다. 이 '전유'는 '들길을 가로질러 달구지가 지나' 가고 '낯익은 얼굴'들인 농민의 모습이다. 그것은 '호박처럼 매달려 / 메마른 돌밭 위에 부숴져 가고' 있는 가난과 궁핍의 전형들이다. 시적 주체의 이러한 농촌현실에 대한 인식은 첫 연에서 '내 고향에'는 '두견이, 패랭이, 들국'과 같은 아름다운 꽃이 핀다는 것은 '거짓말이다'라고 완강한 비판적 태도로 드러난다. 이것은 당대의 모순된 제도에 근원을 둔, 착취당하는 농민현실에 대한 고발이다. 그리하여 '인간된 거죽'을 벗어 던지고 순수한 모습, 즉 '산돼지'나 '두더쥐처럼' 살아가기를 소망한다. 이와 같은 '내 고향'에서의 가난과 부조리한 삶은 '이리의 겨드랑이에 손을 넣으면 / 다스운 피'가 돌 것이라는 화해적 삶을 추구함으로써 대지의 인간정신 회복을 전망한다.

이러한 농촌현실과 농민의 삶을 화해로 이끌어 가려는 그의 유토피아적 전망은 이 시의 다음 부분에서도 잘 나타난다.

어두운 대지 한 가닥 瑞氣 있어, 무릎 모두우고 일어 앉은 그림자. 헝클어

진 앞 가슴 아무려 여미며 비녀는 입에, 두 손은 머릴 간조롱이고, 동트는
대지 계곡과 들녘에 한올기 맨발 벗은 육신은 살어.

    태백줄기 고을 고을마다 강남제비 돌아와
    흙 물어 나르면, 산이랑 들이랑 내랑 이뤄
    그 푸담한 젖을 키우는
    울렁이는 내 산천인데……

    맛동 마을 농사집에 태어나 말썽없는 꾀벽동이로
    딩굴 벙굴 자라서, 씨 뿌릴 때 씨 뿌리고
    걷워딜 때 걷워딜듯, 이웃 말 어여쁜 아가씨와
    짤랑짤랑 꽃가마도 타 보고,
    환갑잔치엔 손주 큰절이나 받으면서
    한 평생 살다가 묻혀 가도록 내버려나 주었던들.

    흙에서 나와
    흙으로 돌아가며,
    영원회귀 운운 이야기는 없어도
    햇빛을 서로 누려 번갈아 태어나고.
    자넨 저 만큼,
    이낸 이 만큼
    서로 이물을 두어
    땅 위에 눕고
    사람과 사람과의
    중복됨이 없이
    흙에서 솟아
    흙으로 흩어져 돌아갔을,

    인간기생을 모를
    사람들.

「이야기하는 쟁기꾼의 대지」 제4화 부분

여기에 등장하는 '꾀벽동이'는 전통적 농민의 한 생애를 집약해서 보여주

는 농민 전형이라 할 수 있다. 즉 '맛동 마을 농사집 태어나 말썽없는 꾀벽동이'는 근대화 이전에 볼 수 있는 농민적 형상의 전형이다. '딩굴 벙글 자라서, 씨 뿌릴 때 씨 뿌리고 / 거워딜 때 걷워 딜 듯' 선량하고 부지런한 농부의 모습이다. 청년이 된 '꾀벽동이'는 이웃 마을 '어여쁜 아가씨'와 결혼해 행복하게 살아가고자 하는 전형적 농민으로 '한 평생 살다가 묻혀가도록 버려나 주었던들' 그들은 고향에서 인간답게 살아갈 수 있을 것이다. 그러나 그들의 삶은 '인간기생'인 권력계급의 착취로 인해 그러한 인간다운 삶은 유토피아적 전망에 지나지 않는 것이다.

> 그러나, 그들의 마을에도, 등가죽에도,
> 방방곡곡 벋어 온 낙지의 발은
> 악착스레 착근하여 수렁이 되었나니
>
> 그렇다 오천년간 萬主義는
> 백성의 허가 얻은 아름다운 도적이었나.
>
> 　　　　　　　　　「이야기하는 쟁기꾼의 대지」 제4화 부분

농민에 대한 권력계급의 착취는 이 마을에도 예외가 될 수는 없다. 그래서 '꾀벽동이'의 행복한 농민 일생은 보장될 수 없고, 시적 주체는 변혁적 비판의식으로 나아가게 되는 것이다. 이것은 농민계급을 착취하는 권력계급으로서의 '萬主義'에 대한 비판이며, 이 비판의식은 제5화에서 권위의식과 예속의식을 통해 농민의 전체주의적 삶과 위악적이고 허위적인 삶에 대한 비판으로 나아가고 있다. 그렇기 때문에 이 시는 농촌이라는 전통적 삶의 공간을 통하여 부조리한 현실을 고발하고 '내 고향의 삶'을 회복하고자 하는 시적 주체의 변혁 정신으로 귀결되는 것이다.

이 시는 여성인 '대지'와 남성인 '쟁기꾼' 사이의 성적 결합을 통해 농촌현실 상황을 비판하고 유토피아적 삶의 행위를 지향하고 있다. 이 대지를 토대로 하고 있는 농민의 삶과 정신의 회복은 '당대 상황에 대한 응전력과 교전의식'251)을 통해서 확보할 수 있다는 점에서 그의 계급적 인식의 일면을 엿

볼 수 있다. 이러한 계급적 인식을 바탕으로 하고 있는 농본주의적 세계관은 장편 서사시「금강」에서 보다 구체화되어 나타난다.

　신동엽의 최고 걸작으로 꼽을 수 있는 장편서사시「錦江」은 그의 시세계에서 차지하는 비중이 매우 크다. 그가 새로운 장르의 모색으로 쓴「이야기하는 쟁기꾼의 대지」나「여자의 삶」과 같은 장시에서 서사 양식을 택한 것은 현실주의를 지향하는 시가 기존의 서정시 형식으로는 현실을 올바로 반영하기 힘든 형식상의 한계를 극복하기 위한 일종의 실험적 시도라 할 수 있다. 그가 스스로 서사시라고 칭한「금강」은 장시에 있어서 서술양식과 서사양식의 장르 개척이라는 점에서도 큰 의미를 지닌다.[252] 그 동안 이 시에 대한 연구는 현실 참여적 성격을 바탕으로 한 긍정적인 평가[253]와 서사시로서의 결점을 비판한 부정적 평가[254]로 양분되어 이루어져 왔다.

　장편서사시「금강」은 1862년의 진주민란으로부터 1894년 갑오농민혁명에 이르는 30여 년간의 농민저항과 농민의식 자각을 사실(史實)을 토대로 형상

<hr>

251) 민병욱,「신동엽의 서사시 세계와 서사 정신」,『한국 서사시와 서사시인 연구』, 앞의 책, 421쪽 참조.

252) 권영민,『한국현대문학사』(민음사,1993), 182~183쪽 참조.

253) 여기에 대한 대표적인 논의로는 다음과 같은 글들이 있다.
　조동일,「시와 현실 참여 - 참여파의 시적 가능성」,『52인 시집』(신구문화사, 1967).
　김재홍,『현대시와 역사의식』(인하대 출판부, 1988), 118~214쪽.
　최유찬,「금강」의 서술양식과 역사의식」,『리얼리즘 이론과 실제 비평』(두리,1989), 78~118쪽.
　구중서,「신동엽론」,『신동엽 - 그의 문학과 삶』, 앞의 책, 26쪽.
　김창완,「신동엽 시 연구」, 앞의 논문, 168~204쪽.
　남송우,「동학혁명이 시에 나타난 리얼리즘의 한 양상」,『다원적 세상보기』(전망,1994), 66~78쪽.
　이영섭,「신동엽의 서사시「금강」연구, 한국문학연구회 편,『다시 읽는 역사문화』(평민사,1995), 179~196쪽.
　민병욱,「신동엽의 서사시 세계와 서사 정신」, 앞의 책, 391~458쪽.

254) 여기에 대해서는 다음과 같은 글을 들 수 있다.
　홍기삼,「한국 서사시의 실제와 가능성」,『문학사상』, 1975.3.
　김우창,『궁핍한 시대의 시인』(민음사,1977), 207~220쪽.
　조태일,「신동엽론」, 구중서 편,『신동엽 - 그의 문학과 삶』, 앞의 책.
　김주연,「시에 있어서 참여의 문제」, 성민엽 편,『껍데기는 가라』(문학세계사, 1984).
　이동하,「신동엽론」, 김용직 외,『한국현대시인연구』(민음사,1989), 281쪽.
　이승훈,「한국현대시론사」(고려원,1993), 262~266쪽.

화한 작품이다. 이 시는 농민의 주체적 변혁의지와 저항이라는 현실을 직시함으로써 구한말의 농민적 삶과 농촌현실이 1960년대의 상황과 연결되고 있다는 점에서 현실주의를 선취(先取)하고 있다. 「금강」이 논자들의 지적처럼 서사적 구성의 문제나 농민혁명의 역사적 의미의 해석, 등장인물의 문제 등에 대한 한계가 없는 것은 아니지만, 갑오농민혁명을 전후로 한 농촌현실에 대한 관심과 이에 바탕을 둔 서사적 구성은 농민시의 현실주의적 실현이라는 점에서 중요한 의미를 지닌다.

「금강」의 구성은 서시와 후화를 제외하면, 전 26장으로 짜여져 있다. 1장에서 7장까지는 농민들의 궁핍하고 고통스러운 삶과 전국에서 일어났던 거대한 농민저항을 형상화하고 있다. 8장에서 11장은 신하늬를 농민 저항의 전형적 인물로 등장시켜 본격적인 이야기의 전사(戰士)적 상황을 제시한다. 12장에 이르러 전봉준이 본격적으로 이 시의 무대 중심에 등장한다. 그래서 16장까지는 전봉준이 동학에 입도하게 되는 과정과 해월과 신하늬의 만남, 당시 피폐한 나라 사정과 농민항쟁으로 이어지는 일련의 사건들이 전봉준을 중심으로 전개된다. 16장에서 23장까지는 농민혁명의 필요성과 그 시발이 형상화되고 있다. 그 점은 관군과 농민군의 대결이나, 일본군과의 전투가 시공간의 질서에 따라 서사구조로 전개된다. 그리고 23장에서는 전봉준과 갑오농민혁명의 지도자들이 효수 당함으로써 농민혁명의 사건이 마무리되고, 24장에서는 이들의 죽음이 갖는 의미를 부각시키고 있다.

신동엽의 장편 서사시 「금강」은 그의 치열한 현실인식에서 나타난 성과물이다. 이 시가 발표된 1967년은 군사독재의 어두운 시대였다. 이러한 폭압적인 현실을 그는 100년쯤 역사를 거슬러 올라가 농민계급의 실천적 혁명을 시로써 형상화한 것이다. 그는 농민혁명이 일어났던 구한말의 계급적 착취구조와 1960년대의 현실을 유사한 상황으로 인식한 듯하다. 봉건제도 아래에서 자행되는 구조적 모순과 착취구조는 「금강」의 역사 주인공인 전봉준과 시적 주인공인 신하늬를 통해 그들이 처한 계급인 농민과 머슴의 계급적 자각을 통하여 농민 계급성을 철저히 간파하여 계급해방을 혁명적으로 형상화한다.

우리들의 어렸을 적
황토 벗은 고갯마을
할머니 등에 업혀
누님과 난, 곧잘
파랑새 노랠 배웠다

울타리마다 담쟁이넌출 익어가고
밭머리에 수수모감 보일 때면
어디서라 없이 새보는 소리가 들린다.
… 중략…
쇠방울소리 뿌리면서
순사의 자전거가 아득한 길을 사라지고
그럴 때면 우리들은 흙토방 아래
가슴 두근거리며
노래 배워주던 그 양품장수 할머닐 기다렸다.
새야 새야 파랑새야
녹두밭에 앉지 마라
녹두꽃이 떨어지면
청포장수 울고 간다.
… 중략…
콩이삭 벼이삭 줍다 보면 하늘을
비행기 편대가 날아가고
그 때마다 엄마는 그늘진 얼굴로
내 손 꼭 쥐며
밭두덕길 재촉했지.

내가 지금부터 이야기하려는
그 가슴 두근거리는 큰 역사를
몸으로 겪은 사람들이 그땐
그 오포 부는 하늘 아래 더러 살고 있었단다.

「금강」 서화·1 부분

이 시는 시인이 어린 시절을 회상하는 것에서부터 시작된다. 가난한 농촌의 삶 속에서 배우던 '파랑새' 노래는 농민혁명에 대한 의미를 몰랐던 시인에게 역사의식을 일깨우던 계기가 되었던 것이다. 이 부분은 이야기의 동기화를 설정한 것으로, '내가 지금부터 이야기하려는 가슴 두근거리는 큰 역사'란 '농민혁명운동'을 일컫는 것이다. 이야기의 출발에 시인 자신의 경험적 형상들을 설정한 것은 역사적 사실과 현실성을 위해 배려한 하나의 장치라 할 수 있다.

> 들에선 농부들이
> 거름을 퍼내고
> 거름 무덤에선
> 아침 햇살 속
> 흰 김이 무럭 피었다.
> … 중략 …
> 사람은 한울님이니라
> 노비도 농삿군도 천민도
> 사람은 한울님이니라
> … 중략 …
> 水雲은
> 집에 있는 노비 두 사람을
> 해방시키어
> 하나는 며느리
> 하나는 양딸,
>
> 가지고 있던
> 금싸라기땅 열두 마지기
> 땅없는 농민들에게
> 무상으로 나누었다.

「금강」제4장 부분

신동엽이 깨달은 새로운 세계는 '하늘'의 이미지로 나타난다. 그것은 새로운 삶을 모색하는 농민적 의식을 반영하는 세계관이라 할 수 있다. 이 부분에 있어서 '하늘'은 농민의 삶이 억압으로부터 해방된 유토피아적 세계로서 동학사상이 지향하는 人乃天의 '한울님'의 자리에 존재한다. 그래서 그는 외세의 침략도 없고 지주나 관리의 약탈과 억압이 없는 평등한 분배와 인간다운 삶에 '한울님'의 의미를 부여하고 있다.

  그러나 하늘에는 외세에 의해 짓밟히고, 빼앗기고, 억압받는 역사적 실체로서 농민의 비극이 존재하고 있다. 이 점이 그가 농민의 순결한 정신을 계급성에 입각하여 운동적 차원으로 형상화하고자 하였던 것이다. 그런 의미에서 「금강」의 세계관은 신동엽이 농민의 가난에 대하여 맹목적인 동정심을 가진 것에서 비롯된 것이 아니라 농민계급의 해방이라는 운동성에서 출발하고 있는 것이다. 그가 형상화하고 있는 농민계급의 공동체적 삶은 시인이 확고한 신념을 추구함으로써 진리가 전도된 세계에 대한 증오와 질타의 항변으로 그려낸 현장으로 보아야 한다. 「금강」은 농민의 고통과 분노를 통해 당대 사회의 혼란과 차취, 그리고 '하늘'로 표상되는 유토피아를 노래한 서사적 진술의 연속이다. 지배관료의 수탈과 가난에 핍박받는 농민들은 항쟁의 목소리를 높이게 되는 것은 당연하다.

半島는,
가는 곳마다
가뭄과 굶주림,
땅이 갈라지고 書堂이 금갔다.
하늘과 땅을
후비는 흙먼지.

1862년
전봉준이 여덟살 되던 해
경상도 진주에서
큰 농민반란이 일어났다.
세금,
이불채 부엌세간 초가집
다 팔아도 감당할 수 없는

세미(稅米), 군포(軍布)
마을 사람들은 지리산 속 들어가
화전민 됐지,

관리들은 버릇처럼 또
도망간 사람들 몫까지
里徵, 族徵했다.

「금강」 제1장 부분

　구한말 당시에는 자연재해 못지 않게 양반 지주나 지방관리의 횡포와 수탈이 극에 달해 있었다. 이에 대해 농민들은 비록 소규모적이고 자연발생적이기는 하나 끊임없이 반발하였다. 이에 따라 봉건체제의 이완과 세도정권의 가혹한 농민수탈은 농민층의 양극분해와 함께 대량의 유민을 발생시켰다. 지배관료의 수탈에 견디지 못해 유민으로 전락한 농민들은 조선 후기 사회의 커다란 불안 요인이었다. 또 지배층 내부에서도 몰락하는 층이 계속 생겨났으며, 그들의 경제상태는 일반 농민층과 다를 바 없었다.255) 그러나 30여 년에 걸쳐 지속적으로 전개된 농민혁명은 삼정, 즉 전정과 군정 그리고 환곡의 문란을 포함한 관리들의 가렴주구에서만 비롯된 것은 아니다. 이 시에서 농민의 저항과 자각은 대체로 삼정의 문란과 관리들의 농민착취에서 비롯된 것에 그 초점이 치우쳐져 있는 것은 사실이다. 이러한 실정이 농민의 저항을 가져온 것은 사실이되, 그보다는 신분적 계층관계의 문제가 오히려 더 큰 원인으로 보아야 한다. 실제로 혁명 농민군에 참여한 대부분이 '양인(良人)과 노비 출신의 소작농층'이었다는 사실256)은 농민의 내부적 계급변동에 대한 요구가 그만큼 컸다는 것을 의미한다. 즉 이들 농민층의 내부적 계급변동은 대동법이나 균역법 등 법제적 조치를 통해서 생산력의 기점이 농민층으로 이행되는 데에 따라 부유해진 일부 농민계급이 금력(金力)으로 신분(戶籍上)이 완전히 양반으로 승격되는 것에서 시작되었다. 농민에서 양반으로 승격된

---

255) 한국민중사연구회 편, 『한국민중사·Ⅱ』(풀빛,1986), 42~57쪽.
256) 신용하, 『한국근대사와 사회변동』(문학과 지성사,1980), 31쪽.

계급은 각종 면세 혜택을 받는 반면에 잔여 농민계급은 이에 반비례해서 부담이 가중되었다. 그러므로 삼남지방에서 민란이 자주 발생한 이유도 그 지방에 지배층이 압도적으로 많았음을 말해준다. 따라서 다수의 농민지배계급이 벌인 농민에 대한 박해가 그만큼 많을 수밖에 없었으며, 그에 반비례해서 농민의 현실의식도 다른 지방보다 훨씬 발전되어 있었다고 볼 수 있다. 위에서 인용한 이 부분은 이러한 당대 농민계급의 현실을 객관적으로 형상화한 것으로 볼 수 있다.

농민시의 생명은 당대 농민의 의식을 얼마나 정확하게 형상화해 내는가에 있다고 해도 과언이 아니다. 그것은 현실의 여러 가지 모순들을 단편적으로 제시하거나 나열하는 데 그치지 않고 당대 현실을 규정하는 객관적 본질을 올바르게 드러내 주고, 그러한 현실적 모순들이 바로 그 사회를 구성하고 있는 제반 요소들의 상호작용 속에 유기적으로 결합되어야 한다. 그러한 의미에서 객관현실에 대한 시적 반영으로 '서술'되고 있는 위의 부분은 당대의 농촌현실이 지니고 있는 급박함을 잘 보여주고 있다. 뿐만 아니라 시적 현실변혁 주체인 농민의 피압박과 거기에 따른 저항의 모습이 체계적 질서에 의해 통일적으로 발전해 가고 있음을 알 수 있다.

> 우리 일당은 비록 초야(草野)의 농민이나
> 나라의 땅으로 먹고 살고 나라의 옷을
> 입고 사는지라, 나라의 위망(危亡)을 좌시할 수
> 없어 팔도(8道)가 마음을 함께 하고

「금강」 제17장 부분

이 부분은 농민계층이 무능한 관리들의 폭정과 탄압에 저항하는 대결의지를 단호한 어조로 형상화하고 있다. 농민들이 보여준 현실 개혁의지는 '8道가 마음을 함께 하고' 있는 동학사상의 농민해방적 성격으로 드러난 것이라 할 수 있다. 갑오농민혁명이 발생할 당시 농민들에게 가장 크게 대두된 문제는 지배자의 학정과 압제로부터 벗어나는 일이었다. 그래서 시인은 역사로부터 철저히 소외된 농민을 '우리'로 설정한다. 이 시에서 '나라의 위망(危亡)'

이라는 표현은 민족을 이러한 현실에 처하게 한 지배계급에 대한 분노를 함
축하고 있는 것으로 보인다. 그렇기 때문에 '우리'는 역사의 모순 속에서도
끈질기게 생을 추구하며 땅을 갈아왔던 농민적 삶의 모습이요 조국을 지키려
는 진정한 민족 구성체로서 농민의 표상이다. 그러한 바탕에서 농민들의 봉
기는 참된 결속과 연대를 위한 창조적 방향으로 진행되는 것이다.

    해월(海月)은,
    1898년 6월 2일
    서울 광화문 밖 형장 교수대에서
    순교하던 일흔두살,
    삼십사년 간을, 탄압에 쫓기며

    동학을 물고
    전국 방방곡곡
    농어촌을 찾아
    노동자를 조직,
    포교했다.

「금강」 제12장 부분

    쑥냄새 풍기는,
    해월 묵고 있는
    초가집엔 하루에도
    수십명씩,
    멀린 황해도, 평안도에서까지
    농삿군 교도들이
    괴나리봇짐 얽메고
    드나들었다.

    비록 굶주리고
    헐벗은 행색들일망정,
    눈동자마다에선 광채가 빛나고,
    멀리서 온 동지들을 만나

서로 주먹 싸 쥐며, 눈물로
반가와하고,

「금강」 제13장 부분

신동엽이 「금강」에서 무엇보다 중요하게 서술하려고 한 것은 해월(海月) 최시형(崔時亨)의 선진 농민운동이다. 해월은 무식하여 글을 읽거나 쓰지 못한다. 수운(水雲) 최재우(崔齋愚)의 가르침을 귀로 들어, 1862년에 득도하여 경상도 일원의 동학을 전라·충청도 일대뿐만 아니라 전국을 순회하여 포교를 함으로써 '최보따리'라는 별명을 얻는다. 그는 순교할 때까지 상여꾼, 장돌뱅이, 거지, 엿장수로 변장하고 포교한다. 그의 가르침은 사람을 한울님처럼 섬기라(事人如天)는 것이며, 병든 과부와 결혼해야 한다는 것이다. 그는 이 시에서 베 짜는 교도의 며느리와 함께 밥을 먹으며 여성을 해방하려한 것처럼 농민의 계급적 해방을 꾀하는 선진 농민적 모델로 제시된 인물이나. 이러한 해월의 농민운동은 곧 신동엽이 지닌 농민에 대한 계급해방의 인식과 일치하는 것으로 보아야 한다.

농민시의 현실주의적 성취는 객관적 상황의 설정이나 서사적 구조만으로 가능한 것은 아니다. 이야기를 이끌어 가는 주체인 등장인물이 어느 정도 전형화되어 객관성을 확보하는가 하는 문제도 중요하다. 신동엽의 전봉준과 신하늬에 대한 인물 형상화는 혁명적 전사로 설정되어 있다. 물론 전봉준이 실재인물인 데 반해 신하늬는 허구적으로 설정된 인물이다. 제11장에서부터 형상화되는 전봉준의 모습은 일대기적으로 전개된다. 전봉준이 농민의 아들로 태어나 어떻게 동학에 입문하게 되었으며, 그리고 어떠한 과정을 거쳐 갑오농민혁명의 주체적 인물로 나아가는가를 단계적으로 서술하고 있다. 시인은 전봉준의 인물됨을 단순히 지배세력에 대한 증오의 눈빛만 가진 인물로만 형상화하지 않는다. 이 점은 인물이 지닌 혁명적 삶의 실천이 민중인 농민에 대한 사랑에 바탕을 두고 있다는 점을 부각하기 위한 장치로 보인다. 그리고 이 인물은 당대의 급박한 농촌상황에 항거하는 농민계급의 저항과 맞물려 있다. 즉 관료들의 수탈에 항거하다가 결국 죽음을 맞는 전봉준의 아버지 전창혁의 인물을 통해 그가 혁명적 인물로 나아가는 당위성을 확보하게 된다. 시인의 전봉준에 대한 혁명적 인물 형상화는 전투과정에서도 잘 나타나지만 그가 죽음을 맞는 장면들에서 더욱 극적으로 드러난다. 언젠가는 '하늘'이 열릴 것이라는 신념을 포기하지 않는 전봉준의 모습에서 혁명가의 전형을 보게 된다.

> 1894년 3월
> 우리는
> 우리의, 가슴 처음
> 만져보고, 그 힘에
> 놀라,
> 몸뚱이, 알맹이채 발라,
> 내던졌느니라.
> 많은 피 흘렸느니라.
> … 중략 …
> 1960년 4월
> 우리는
> 우리 넘치는 가슴덩이 흔들어
> 우리의 역사밭
> 쟁취했느니라.
> 적은 피를 보았느니라.
> 왜였을까, 그리고 놓쳤느니라.
>
> 그러나
> 이제 오리라,
> 갈고 다듬은 우리들의
> 푸담한 슬기와 자비가
> 피 한 방울 흘리지 않고
> 우리 세상 쟁취해서
> 반도 하늘높이 나부낄 평화,
> 낙지발에 빼앗김 없이,
>
> 우리 사랑밭에

우리 두렛마을 심을, 아
찬란한 혁명의 날은
오리라,

「금강」 후화(後話) 부분

이 부분에서 신동엽은 갑오농민혁명의 의미를 4·19혁명이 지니는 현재적 의미로 규합하고 있다. 이는 갑오농민혁명의 과정에서 등장인물들이 당대의 정세를 분석하고 동학이 해야 할 4개항의 교리문답에서 그 답을 찾을 수 있다. 그 점은 바로 신동엽이 지니고 있었던 혁명인식이라 할 수 있다. 말하자면 작품 속에서 해월이 일관되게 보여준 자기혁명으로써의 동학운동을 신하늬가 주장하는 바, 세상의 어려움은 외부에 있는 것이 아니니 내부(알맹이·속살·씨알)에 불을 붙이자는 것이다. 이에 반하여 전봉준은 동학이 현실개조로서의 자기혁명, 국가혁명, 인류혁명에 이바지해야 한다고 주장한다. 만약 현실개혁을 하지 않으면 지금은 지방관리나 양반 토호들이 부패나 행패로 끝나지만, 그대로 두면 이 왕가는 청이나 일본의 밥이 되고 만다는 것이다. 신하늬는 이에 동조하면서 혁명이 분풀이나 폭동의 차원을 넘어서 하늘 끝까지 투쟁하여 사회혁명이 되어야 한다고 말한다. 기왕에 피를 흘려야만 한다면, 농민들만의 지상낙원, 손에 흙 묻혀 일하는 사람들만의 꽃밭을 만들어야 한다는 것이 신하늬의 주장이다. 말하자면, 정권이 없는, 통치자 없는, 정부 없는, 농민들만의 세상인 이상사회를 위한 혁명이어야 한다는 것이다.

이러한 시적 전개로 미루어 볼 때, 신동엽의 혁명 강령은 철저한 농민계급성에 놓여 있음을 알 수 있다. 이는 농민을 계급적으로 인식함으로써 그들이 싸워 이겨야 할 적을 과학적으로 인식하고 아울러 혁명적 선동성을 확보하고 있는 것이다. 따라서 그의 계급적 투쟁이란 하층 착취 지배구조인 지방 수령을 징벌함으로써 사회혁명을 꾀했던 전봉준과는 달리 상층 지배구조까지 전복함으로써 지배와 통치가 없는 민족 공동체적 무정부를 통해서 인간다운 '두렛마을'을 건설하는 데 있었다고 할 것이다.

지금까지 살펴본 것처럼 「금강」은 농민혁명이라는 역사적 사건을 통해 변혁주체인 농민을 시로써 형상화한 현실주의 농민시의 한 성과라 할 수 있다. 따라서 이 시는 농민시가 추구하는 농민의 계급적 변혁의 문제를 적극적으로 반영하고자 했다는 점에서 농민시로서 중요한 시사적 의의를 부여할 수 있을 것이다. 그러나 이러한 의의를 지님과 동시에 이 시는 농민혁명의 성격을 지나치게 종교적으로 해석하고 있다는 점이나 변혁의 주체적 인물로 등장하는 농민의 전형을 명확하게 다루지 못하고 있는 문제점 또한 내포하고 있다.

농민혁명운동에서 주체세력은 양인과 노비 출신의 소작농들인 데에도 신동엽은 「금강」에서 동학교도에 둠으로써 이 운동이 지닌 성격을 명확하게 드러내지 못하고 있다. 동학사상이 봉건적 모순으로 피폐한 삶의 고통에 처한 농민현실을 토로할 수 있는 종교적 세계관에 놓여 있다는 점은 부인할 수 없는 사실이다. 그러나 이 시가 농민혁명의 주체를 농민층으로 보기보다는 동학교도에 기대고 있는 것은 농민시로서 현실주의를 성취하는 데 장애 요소가 되기도 한다. 이러한 양상은 이 시에 동학교문(東學敎門)이 지나치게 도입되고 있다는 사실이 입증하고 있다. 따라서 이것은 근본적으로 「금강」에 나타난 농촌현실이나 농민의 계급적 저항의식이 지닌 건강한 생명력을 약화시키는 것으로 볼 수 있다.

또한 이 시가 설정하고 있는 변혁주체로서의 인물 설정도 문제가 될 수 있다. 시적 서술의 초점이 농민혁명이라는 역사적 사건에 두면서 이러한 사건 전개와 유기적인 관계에 놓여 있는 농민이라는 전형적 인물의 설정은 이 시가 농민시로서 현실주의 성취를 가능하게 한 요소로 볼 수 있다. 이 시가 농민혁명운동이라는 역사적 사실의 재구성과 함께 수운, 해월, 이필, 서경옥, 김개남, 전봉준 등의 혁명적 인물을 제시한 것은 타당하다. 그러나 이 시에서 주인공이라 할 수 있는 실제 인물인 전봉준과 더불어 또 하나의 주인공으로서 인물전형으로 설정된 신하늬는 오히려 농민의 변혁주체적인 힘을 분산시키는 인물로 설정되어 있다. 농민저항이라는 운동의 흐름에서 허구적 인물로 설정된 머슴 출신의 신하늬는 '농민 전형'으로 보기 어렵다. 최제우나 전봉준의 경우에는 일화를 간략하게 재구성한 것에 비하여 신하늬의 개인적 드라마나 감정적 애환을 상세하게 형상화한 부분들은 오히려 시적 긴장을 이완시킬 수도 있다. 전봉준의 인물 형상이 요약적이고 탄력적인 것과 허구적 인물인 신하늬의 출생을 다룬 8장, 사랑하는 여자의 배신을 다룬 9장, 새로운 역사의 기쁨을 다룬 10장들을 비교해 보면 신하늬의 연민과 분노는 민중으로서의 농민이 지니는 변혁적 주체의 감정과는 거리가 있다. 그리고 일부 등장인물의 성격은 농민 전형이라기보다는 종교적 인물로 형상화되고 있다. 그것은 수운을 그리스도나 석가 등과 동격의 종교적 인물로 다룬 것이나, 해월(海月)이나 손병희에 대해서도 종교적 관점에서 장황하게 형상화되고 있는 점에서 그러하다. 그에 비하여 농민혁명의 주도적 인물인 전봉준에 대해서나 농민의 움직임, 즉 사회의식이나 역사의식의 성장과정에 대해서는 극히 일부분만 다룸으로써 농민혁명운동의 주체를 동학교문의 종교적 운동에 의한 인물에 큰 비중을 두고 있다. 농민혁명군의 구성원 중에는 물론 동학교도들이 없었던 것은 아니지만, 그 또한 상당수는 동학을 빙자하여 그들의 욕망을 충족시키려는 기회주의자들이었으므로 농민혁명의 순수한 주체 세력을 거대한 농민층으로 설정하지 않은, 인물설정에 있어서 문제를 드러낸다.

　해방공간의 농민시 계보를 잇는 신동엽의 농민시는 농본주의적 세계관을 바탕으로 농민적 계급해방을 시로 형상화하였다. 그의 계급의식은 농민의 삶이 지니는 가난에서 출발하여 현실의 변혁을 형상화하는 특징을 보여 주었다. 특히, 장편 서사시 「금강」은 신동엽의 농민계급적 인식을 바탕을 둔 현실주의 농민시로서의 성과물 중 하나이다. 그는 '시인의 스승은 현실'257)이라는 사실을 이미 체득하고 있었던 바, 그것은 그의 단편 서정시들에서도 성취되고 있음을 확인하였다. 그가 「금강」에서 역사로부터 철저히 소외된 계급인 농민을 시적 전형으로 설정한 것은 변혁적 주체의 실천을 형상화한 것이며, 혁명의 강령을 농민이 주체가 되는 유토피아적 미래 전망으로 제시한 것이라 할 수 있다. 이처럼 그의 시들은 근본적으로 농민계급의 해방에 바탕을 두었기 때문에 참다운 역사의 주체성을 회복할 수 있었다고 여겨진다.

---

257) 김수영, 『퓨리턴의 초상』(민음사,1976), 12쪽.

2) 신경림의 농민의식과 서정적 세계관

본고에서 다루고자 하는 신경림(申庚林)258)의 농민시는 그의 첫시집『農
舞』(창작과 비평사,1975)와 장시집『南漢江』(1987,창작과 비평사)에 수록
된 1970~80년대의 시들이다. 이들 시집에 수록된 농민시들은 한결같이 당대
농촌의 구조적 모순을 바탕으로 농민이 지닌 현실적 고난을 형상화하고 있
다. 시집『농무』에 수록된 시편들은 산업시대의 농민들이 안고 있는 패배의
식과 절망감을 반영한 시가 대부분이라 할 수 있다. 이 시집에서 현실반영은
시적 화자가 '우리'로 설정된 집단적 농민의식으로 드러나는 특징을 보인다.
이러한 집단적 서술을 바탕으로 한 그의 농민적 정서는 투쟁 양상으로 변모
하면서 민요와 결합하여 본격적 장편서사시의 형태로 나타난다. 장편서사시
「남한강」은 시인의 농민적 정서가 투쟁성을 띠는 계급의식으로 나타나는 특
징을 보인다.

이러한 그의 농민적 서정성은 1956년『문학예술』지에「낮달」,「갈대」,「石
像」등이 추천되어 등단한 이후 10여 년간의 방황생활의 체험에서 얻게 된
다. 신경림의 시적 주체가 지니는 감정은 '슬픔'이다. 초기부터 지금까지 다양
한 시적 변모를 시도하고 있지만 그의 시에 흐르고 있는 슬픔의 정조는 일관
된 양상을 보이고 있다. 물론 초기시에 보이는 슬픔의 양상과「농무」이후로
오면서 나타나는 슬픔은 분명한 차이가 있다. 이른바 '개인적 차원의 슬픔'이
'사회적 차원의 슬픔'259)으로 전이된 것이라 하겠다. 이러한 변모는 농촌에서
성장한 배경과 방황 속에서 생계라는 절박한 문제를 해결하기 위해 체험한
일들의 결과로 보인다. 민중 혹은 농민의 삶에 대한 체험의 시적 형상화는
기존의 서정시 양식으로는 현실을 제대로 반영할 수 없기 때문에 서술 양식
을 지향하게 된 것이다. 그러므로 신경림 시의 이러한 원형질적인 슬픔을 '역
사의식의 미숙성을 드러낸 것' 혹은 '형식적으로는 그 무렵의 시단이 요구하

---

258) 신경림에 대한 전기적 사실은 이재무가 쓴「우리 시대의 민족 시인」(『신경림의 문
　　학 앨범』,웅진출판,1992)을 참고하면 자세히 알 수 있다.
259) 여기에 대해서는 유종호의「슬픔의 사회적 차원 - 신경림의 시」(『동시대의 시와 진
　　실』,민음사,1995,121쪽)를 참고하기 바람.

는 관습, 기존의 시정시적 규율과의 갈등 또는 타협을 반영하고 있는 것'[260] 으로 보는 것은 잘못이라 할 수 있다. 이 점은 앞서 김상훈의 서사시에서 확인한 것과 마찬가지이다. 더구나 신경림 자신이 「광산」에 대한 자작시 해설에서 "광산에 얽힌 얘기들을 극명하게 드러낼 글을 쓸 기회는 좀체로 주어지지 않았다. 나를 틀 속에 제한시키고 있는 서정시라는 장르는 내게 몹시 불만스러웠다. 광산에 관해서라면 너무 할 얘기가 많아 몇 줄의 시로써는 도저히 어쩔 도리가 없다는 것이 당시의 내 생각이었다"[261]라고 회고하고 있는 것을 보아도 알 수 있다.

신경림이 방랑생활에서 얻은 체험은 그의 시적 주체에 그대로 드러난다. 그의 농민시에 나타나는 민중들은 시인과 함께 지낸 시골 사람들이며, 압박받는 이들에게 끊임없는 애정을 가지고 그들의 설움을 대변하겠다는, 그가 농민적 현실인식에 눈을 뜨게 한 것이기도 하다.[262] '서러운 사람들'을 시의 주체로 삼고 그들의 입장을 대변하겠다는 그의 농민적 계급의식은 시골 사람들과 어려움을 같이 겪고, 억울함을 함께 당하고, 가난을 더불어 맛보면서 자신의 시가 얼마나 거짓된 삶에 바탕을 둔 것인가를 깨달으면서 구체화된다. 그는 이 시대, 이 사회가 안고 있는 구조적 모순 아래서도 농민들은 잡초와 같은 끈질긴 생명력을 가지고 있다는 사실을 보게 된다. 담배밭에서 메나리를 흥얼대는 여인들에게서, 김매는 농부들에게서 끈질기고 억센 농민의 생명력을 체험하게 된다. 농민의 뿌리가 뽑혀 가는 농촌에서 시인이 발견한 것은 절망이나 허무가 아니라 역설적인 생명력이다. 이러한 농민의식을 바탕으로 그는 농민적 서정의 새로운 미학을 창출한다. 이는 사람이 살고, 살기 위해서 일하는 가운데 생긴 땀과 피의 얼룩[263]이라는 계급적 인식으로 나아가면서 「남한강」에서 투쟁적인 목소리로 나타나게 된다. 그것은 그가 농촌의 현실을 바라보는 관점에서도 뚜렷이 확인된다. 즉 '오늘의 농촌 현실은 곧 한국현실

---

260) 윤영천, 「신경림론 - 지식인의 사회적 역할」, 『한국현대시연구』(민음사,1989)245쪽.
261) 신경림, 「내 시의 뒷이야기」, 『삶의 진실과 시적 진실』, 앞의 책, 294~295쪽.
262) 신경림, 「대담: 신경림 못방구 혹은 민중적 서정 시인의 길」, 『문학정신』, 1990.8, 16~29쪽.
263) 신경림, 「대담: 신경림, 참된 서정의 회복」, 『문예중앙』, 1984 봄, 47쪽.

의 집약적 표현이라는 사실이 우리에게 많은 것을 시사해 준다. 농촌현실에 대한 본질적인 파악 없이는 한국 현실에 대한 이해가 있을 수 없다는 얘기일 수도 있다'264)고 말한다.

신경림의 농민적 인식은 '못방구'에서 찾을 수 있다. '못방구'란 모내기를 할 때 일꾼들이 신명나게 일을 할 수 있도록 북을 치고 노래를 해 주는 사람이나 그 역할이라 할 수 있다. 그런데 못방구가 제 구실을 못하면 모판에 직접 뛰어들어가 일을 해야 하는데, 시 내지 시인으로서의 입장을 그는 예술적 세련성으로서 못방구 역할을 강조하고, 직접 모판에 뛰어들어 일도 하고 소리도 하는 역할에 대해서는 부정적으로 인식하고 있는 듯하다. 그 까닭은 두 가지 역할을 동시에 수행할 수도 없거니와 자칫 두 가지 모두 소홀하게 하여 문학의 역할을 성급하게 보는 결과265)를 가져올 수 있다는 입장이다. 이러한 사실이 그를 혁명적 농민시 운동가로 볼 수 없는 근거가 되기도 한다.

> 생각건데, 시에 있어서의 인식이란 삶과 생활을 통한 직접적인 인식이어야 할 것이다. …중략… 거듭 말해서 시인은 자신의 삶과 생활을 통해서 역사와 현실을 인식할 때 거기 자기 목소리가 있게 되며, 비로소 그 시는 살아 있는 시가 될 수 있다.266)

이 글은 [반시]동인들의 시세계를 평가한 글인 바, '삶의 현장성'을 강조한 것이다. 이것은 '시의 진실'이 삶의 진실과 동일하다는 전제에서 나온 현실인식에 그 바탕을 두고 있는 듯하다. 그가 '생활을 통해서 역사와 현실을 인식'할 것과 '삶'과 '시적 진실'의 일치를 강조하는 것은 다름 아닌 농민시에 있어서 농민적 인식을 강조하는 것이라 할 수 있다.

신경림이 공백기를 거쳐 1960년대 중반 이후에 시작(詩作)을 재개하면서 서술 양식을 갖춘 시를 내놓게 된 것은 농민적 삶을 구체적으로 형상화하기 위한 기법의 하나로 보인다. 그의 이러한 시적 변모과정에서 이루어진 농민

---

264) 신경림, 「농촌현실과 농민문학」, 『창작과 비평』, 1972 여름, 269쪽.
265) 신경림, 「대담: 신경림 못방구 혹은 민중적 서정 시인의 길」, 앞의 책, 21~22쪽.
266) 신경림, 「삶의 현장에 선 고통의 언어」, 『삶의 진실과 시적 진실』, 앞의 책, 278쪽.

시의 성과가 바로 첫시집 『농무』의 작품들이다. 이 시집들에 수록된 작품의 대부분은 1960년대 중반 이후로 오면서 도시 중심의 경제정책으로 인해 소외된 농민들의 고통과 슬픔을 노래하고 있다.

> 우리는 협동조합 방앗간 뒷방에 모여
> 묵내기 화투를 치고
> 내일은 장날, 장꾼들은 왁자지껄
> 주막집 뜰에서 눈을 턴다.
> 들과 산은 온통 새하얗구나. 눈은
> 펑펑 쏟아지는데
> 쌀값 비료값 얘기가 나오고
> 선생이 된 면장 딸 얘기가 나오고
> 서울로 식모살이 간 분이는
> 아기를 뱄다더라. 어떡헐거나,
> 술에라도 취해 볼거나, 술집 색시
> 싸구려 분 냄새라도 맡아 볼거나.
> 우리의 슬픔을 아는 것은 우리뿐
> 올해에는 닭이라도 쳐 볼거나.
> 겨울밤은 길어 묵을 먹고
> 술을 마시고 물세 시비를 하고
> 색시 젓갈 장단에 유행가를 부르고
> 이발소집 신랑을 다루러
> 보리밭을 질러 가면 세상은 온통
> 하얗구나. 눈이여 쌓여
> 지붕을 덮어 다오 우리를 파묻어 다오
> 오종대 뒤에 치마를 둘러 쓰고
> 숨은 저 계집애들한테
> 연애 편지라도 띄워 볼거나 .우리의
> 괴로움을 아는 것은 우리뿐.
> 올해에는 돼지라도 먹여 볼거나.

「겨울밤」 전문

신경림 농민시의 출발점이 되는 이 시는 그가 등단 이후 10년간의 침묵을 깨고 1965년 『한국일보』에 발표한 것이다. 여기에는 1960년대의 농민생활이 매우 사실적으로 형상화되어 있다. 초기의 존재론적인 관념 세계에서 벗어나 현실주의로 이행을 시도한 흔적이 역력히 나타난다. 이 시의 5행에서 '들과 산은 온통 새하얗구나'라는 서술은 시인의 주관적 인식이 개입된다. 도입부의 4행까지는 소설적 묘사에 가까운 형상화이다. 또한 9행의 '서울로 식모살이 간 분이'부터는 농민들이 주고받는 이야기, 즉 대화의 인용으로 이루어져 있다. 전체적으로 이 시는 시인의 말과 농부들의 대화를 교묘히 교차시키면서 진행되고 있다. 들과 산이 온통 새하얀 농촌의 풍경과 '협동조합 방앗간 뒷방에서 묵내기 화투를 치는' 젊은이들은 비록 가난하지만 결코 무기력하지 않게 형상화되어 있다. '쌀값 비료값 얘기'와 같은 현실의 고통이나 '서울로 식모살이 간 분이는 / 아기를 뱄다더라'는 대목에서 나타나는 은근한 부러움과 안타까움은 당대 농촌이 안고 있는 질곡의 풍경화라 해야 할 것이다. '우리의 괴로움을 아는 것은 우리뿐'이라는 자각과 '하얗구나. 눈이여 쌓여 / 지붕을 덮어 다오 우리를 파묻어 다오'라는 절규는 서정적 배경과 조화를 이루고 있다.

현실주의 시에서의 서술은 시인의 주관성을 극복하고 객관성을 성취하기 위한 하나의 방법이라 할 수 있다. 그렇기 때문에 농민시에 있어서 서술 양식은 농민의 일상적 삶의 모습을 보다 생생하게 그리는 데에 유효하게 작용한다. 이 시의 경우 '아기를 뱄다더라. 어떡할거나 / 술에라도 취해 볼거나'와 같은 서술 양식을 취하면서도 매끄러운 리듬을 느끼게 한다.

짧다면 짧은 이 시에서 그는 농촌의 전체상을 형상화하고 있다. 눈 내리는 농촌 풍경을 배경으로 소외된 농민들의 어두운 일상을 그리고 있지만, 결코 한탄의 정조로 떨어지지 않고 농촌 젊은이들의 떠들썩함과 함께 생동감을 느끼게 한다. '올해는 돼지라도 먹여 볼거나'라는 농민의 한숨 섞인 푸념 속에는 희망적 방향이 제시될 수 없는 농촌 실상을 그대로 전해주는 효과를 가져온다. 이 작품 이후에 나타나는 이러한 푸념 나열은 신경림의 시가 구성에서 이완을 보여주는 결과로 드러난다. 구성의 이완은 '리얼리즘으로의 이행과 궤를 같이하는 것'267)이라는 점에서 눈여겨볼 부분이다.

그의 농민시 대부분이 그러하듯 이 시 역시 형상화방법에 있어서 전통적인 한국 시가들에서 흔히 볼 수 있는 선경후정(先景後情)의 방식을 채용하고 있다. 앞부분에서는 시적 배경과 정황이 제시되어 있고 뒷부분에서 시적 화자의 정서가 표출되고 있다. '묵내기 화투를 치고', '들과 산이 온통 하얗'게 변한 배경과 무료함을 달래기 위한 묵내기 화투놀이의 정황이 먼저 제시되고 그 속에서 느끼는 농민들의 슬픔이라는 정서가 뒷부분에서 강조되고 있다. 이런 점에서 앞에서 제시된 배경과 정황은 시의 배경이 되어 등장하는 시적 화자의 정서를 뒷받침하는 구실을 한다. 다시 말해서 묵내기 화투놀이에도 달랠 수 없는 허전함과 괴로운 정황이 소외된 농민계층의 갑갑한 정서를 북돋우는 분위기로 제시된 것이다. 그런 의미에서 이 시에서의 배경은 단순히 배경 그 자체에 머물러 있지 않고 농민 화자의 정서를 촉발시킨 근본적인 이유가 되고, 객관화된 장치로 보이야 한다. 따라서 이 시에서 녹자가 직감할 수 있는 것은 답답하고 안타까운 마음으로 살아가는 농민들의 슬픔만이 아니라 그것을 촉발한 농촌현실이라 할 수 있다. 이는 배경을 통한 농촌현실의 형상화가 주는 효과인 셈이다. 한 마디로 말해 이 경우는 농민의식이 '전경화'된 것이라 하겠다.

이 시에서와 같이 전경화는 시적 화자의 설정을 통해 더욱 강화된다. 일반적인 서정시와 같은 어조가 아니라 농민 화자를 등장시킴으로 해서 대상에 대한 객관적 거리를 유지하게 되고, 농촌현실에 대해서도 객관적인 인식을 가능하게 한다. 이 시는 '우리'라는 집단적 화자를 설정함으로써 시 속에 그려진 농민계급적 현실을 독자들의 주관 속으로 끌어들이는 것이다. 이 같은 형상화방법을 통해 그의 농민시는 일관되게 이농으로 인한 농민들의 소외감과 농촌의 삶 속에서 느끼는 빈농계급의 고통을 표현하는 하고 있다.

　　못난 놈들은 서로 얼굴만 봐도 흥겹다

---

267) 송상일, 「 '농무'의 두 시점」, 『문학과 비평』, 1988, 여름, 242쪽.

이발소 앞에 서서 참외를 깎고
목로에 앉아 막걸리를 들이키면
모두들 한결같이 친구 같은 얼굴들
호남의 가뭄 얘기 조합빚 얘기
약장사 기타 소리에 발장단을 치다 보면
왜 이렇게 자꾸만 서울이 그리워지나
어디를 들어가 섰다라도 벌일까
주머니를 털어 색시집에라도 갈까
학교 마당에들 모여 소주에 오징어를 찢다
어느새 긴 여름해도 저물어
고무신 한 켤레 또는 조기 한 마리 들고
달이 환한 마찻길을 절뚝이는 파장

「파장(罷場)」 전문

이 시에서의 경험 내용은 간결하게 통제된 표현력과 외부적 사실에 대한 진술이 농민들의 삶이 지니는 내면적인 상황과 대응관계를 이루고 있다. 여기에 형상화된 농민들의 모습은 1970년대에 있어서 쉽게 찾아볼 수 있는, 소외된 계급의 고달픈 삶 그 자체이다. 이런 농민들의 모습이 안타까움으로 전해지기보다는 오히려 친근하게 느껴지는 이유는 농민에 대한 시인의 따뜻한 애정에서 비롯된 것으로 볼 수 있다.

「겨울밤」이 농촌의 밤 이야기라면 「파장」은 낮 이야기이지만 별로 다를 것이 없다. 이발소와 막걸리집이 있고, 시골 면소재지로 짐작되는 이런 구체화된 공간에서 그들은 '호남의 가뭄 얘기, 조합 빚 얘기'와 같은 삶의 고통을 나누고, 그 고통에서 벗어나기 위해 도시로 떠나버리고 싶은 충동에 휩싸인다. 한결같이 술과 화투, 색시집, 그리고 농사빚 이야기이다. 이 이야기를 하고 있는 화자는 '못난 놈'인 농민이다. 농민으로서의 가난을 운명으로 치부해버리면서 자조와 한탄에 휩싸여 있는 '못난 놈들은 서로 얼굴만 봐도 흥겹다'라고 반어적 고백으로 처리하고 있는 데에서 당대 빈농들이 지닌 억울한 감정을 읽을 수 있다. 그리고 '못난 놈'들은 '서로', '친구'이기 때문에 농민과 시인이 개인적으로 소통하는 서러운 정서의 세계이다. '왜 이렇게 서울이 그리

워지나'라고, '친구'이기 때문에 소외감과 서러움이 직서적인 감정으로 털어
놓을 수 있는 것이다. '고무신 한 켤레 또는 조기 한 마리를 들고 / 달이 환
한 마찻길을 쩔뚝이는 파장'의 형상은 서러움이 넘치는 풍경화로 형상화되고
있다. 가난에 지친 모습 위에 환하게 비치는 달빛은 농촌현실에서 빚어지는
고난을 초월한 서정의 시세계라 해야 할 것이다. 이것은 그의 시에 있어서
'객관 현실의 관찰과 시인의 서정성이 조화롭게 한 자리를 이루어내고 있는
공간'268)이며 1970년대 한국 농촌이 안고 있는 구조적 모순에 대한 시인의
현실인식이 반영된 것이다. 그 농민들에게는 '고무신 한 켤레', '조기 한 마
리', 그리고 '환한 달빛' 외에는 가진 것이 없다. 이것이 바로 제목 그대로 '파
장'인 농촌의 현실이요 삶의 한 단면이다. 그것도 '절뚝이는 파장'이다. 장이
파하고 생선이나 사들고 술 취한 몸을 이끌고 달밤에 돌아오는 농민의 모습
이 서정적으로 느껴질 수도 있다. 그러나 시적 주체가 되는 농민은 서럽고
어울한 피착취 계급의 선형이라 할 수 있다.

이렇듯 신경림의 농민시는 농민과의 서정적인 친화감과 조화에 바탕을 둔
서정성에 그 뿌리를 두고 농민의 삶에 대한 유대감의 정서로 나타난다. 이러
한 조화와 유대감의 정서는 농민적 인식이라 할 수 있다. 이는 그가 농민의
삶과 밀착된 구체성의 서정, 즉 삶에서 생기는 때와 얼룩이 묻어 있는 생활
서정에 특히 관심을 두고 있는 사실과 통한다. 그가 말하는 진정한 서정시란
농촌현실에 대한 구체적인 세부 묘사와 이를 규율하는 시인의 농민적 인식을
드러낸 것이라 할 수 있다.

당대 농민에 대해 신경림이 지니고 있는 계급적인 인식은 다음과 같은 글
에서 확인된다. 농민문제는 현실 그 자체만의 문제로 볼 것이 아니라 문학
작품에 소재 이상의 것으로 받아 들여야 한다는 그의 논리는 계급적 인식에
바탕을 두고 있다고 볼 수 있다.

농민은 역사를 통해서 단 한 번도 시민으로서의 정당한 권리를 행사함

---

268) 김주연, 「서정성, 그러나 객관적인」, 구중서·백낙청·염무웅 엮음, 『신경림 문학의
　　세계』, 앞의 책, 216쪽.

이 없이 물리적 권력에 의한 통제 또는 이에 정치작용의 효율성이 가하여
진 복합적인 조정에 의해서 정치권력의 도구화하여 그들의 이익이나 의사
와는 관계없이 굴욕적인 생존을 계속하여 왔다. 그럼에도 불구하고 역사
적 격동기에는 정치권력과의 함수관계로 인해서 인명이나 재산에 있어 소
재 이상의 것으로 받아들여지지 않고, 지역적 개념 이상의 적극적인 것으
로 받아들여질 수 없다는 것은 옳은 일일까.[269]

　물론 위의 글은 김치수의 「농촌소설론」[270]에 대한 반론의 성격이 짙은 것
은 사실이다. 그렇다 하더라도 당대 농민에 대한 신경림의 계급적 인식은 다
음의 시에서 그대로 반영되고 있음을 알 수 있다. 즉 농민이 정치 권력의 도
구화로 전락하여 굴욕적인 생활을 계속해온 문제는 단순히 지역적인 문제 또
는 소재주의적 차원에서 바라보아서는 안 된다는 것이 농민에 대한 그의 인
식이다.

　　　징이 울린다 막이 내렸다
　　　오동나무에 전등이 매어달린 가설 무대
　　　구경꾼이 돌아가고 난 텅빈 운동장
　　　우리는 분이 얼룩진 얼굴로
　　　학교 앞 소줏집에 몰려 술을 마신다
　　　답답하고 고달프게 사는 것이 원통하다
　　　꽹과리를 앞장세워 장거리로 나서면
　　　따라붙어 악을 쓰는 건 쪼무래기들뿐
　　　처녀애들은 기름집 담벽에 붙어 서서
　　　철없이 킬킬대는구나
　　　보름달은 밝아 어떤 녀석은
　　　꺽정이처럼 울부짖고 또 어떤 녀석은
　　　서림이처럼 해해대지만 이까짓
　　　산구석에 처박혀 발버둥친들 무엇하랴
　　　비료값도 안 나오는 농사 따위야

<hr>

269) 신경림, 「농촌현실과 농민문학」, 앞의 책, 269~270쪽.
270) 김치수, 「농촌소설론」, 앞의 책, 34~47쪽.

아예 여편네에게나 맡겨 두고
쇠전을 거쳐 도수장 앞에 와 돌 때
우리는 점점 신명이 난다
한 다리를 들고 날나리를 불꺼나
고개짓을 하고 어깨를 흔들꺼나

「농무」 전문

　　이 시는 1971년 『창작과 비평』 가을호에 발표되고 첫시집 『농무』의 표제
시가 된 신경림의 대표적인 농민시이다. 이 시에서 농민에 대한 인식은 시적
화자가 주관적인 독백조의 '나' 대신에 집단적이고 서술적인 화자인 '우리'로
설정하여 동질성으로 확보된다. 20행으로 이루어진 시에 연 구분도 없이 줄
기차게 이어지는 가락은 농민적인 미의식의 반영이며, 종지부도 없이 처리한
것은 서술에 있어서의 통일성과 단순성을 통해 현실성을 획득하기 위한 기법
으로 볼 수 있다.

　　「겨울밤」이나 「파장」에서와 마찬가지로 이 시에서도 전형적인 농촌 풍경
이 형상화되고 있다. 이러한 농촌 이미지는 비유적 이미지가 아니라 사실 그
대로 그려낸 묘사적 이미지이다. 이 묘사적 풍경은 시인의 주관적 정서와 객
관적 묘사에 의한 직설적인 서술에 의존한다. 즉 '농무'가 막이 오른 것은 환
한 대낮이 아니라 '오동나무에 전등이 매어달린' 밤의 '가설무대'이며, 막이
내리자 '구경꾼들이 돌아가고 난 텅 빈 운동장'으로 설정되어 있다. 이것은
서럽고 암울한 농민의 정서와 맞닿아 있는 배경으로 작용한다. 객관적 묘사
는 오동나무 밑 가설무대에서 한 판 흥겨운 '농무'가 막을 내리는 데에서부터
출발한다. 그래도 흥이 남은 농무꾼들은 술을 나눠 마시고 장거리와 동네를
누비고 다니면서 춤을 춘다. 달이 떠오르자 신명을 더해가는 농꾼들은 꽹과
리와 날나리소리에 고개짓을 하고 어깨춤을 추는, '농무'의 모습이 깔끔하게
처리되고 있다. 6행에서 '답답하고 고달프게 사는 것이 원통하구나'라는 시적
주체의 직접적인 진술은, '농무'가 그저 신명나는 한 판의 유희가 아님을 알
게 한다. 이같이 '농무'는 14~16행에서 '산구석에 처박혀 발부둥친들 무엇하
랴 / 비료값도 안 나오는 농사 따위야 / 아예 여편네에게나 맡겨두고'라는

서술처럼 자포자기 혹은 절망감의 춤으로 행해지고 있는 것이다. '비료값도 안 나오는 농사'는 파탄된 당대 농촌경제의 현실이며, 그러한 농사를 '아예 여편네에게나 맡겨두'겠다는 것은 이농에의 결심인 동시에 아내에 대한 애정과 가장의 무거운 책무로 여기게 된다. 이렇듯 '농무'를 추고 있는 농민들의 마음은 신명은 커녕 한숨과 슬픔에 젖어 있다. 그것은 농민들의 삶이 죽음으로 바뀌는 '도수장 앞에 와 돌 때' '점점 신명이 난다'는 역설과 반어가 이를 뒷받침하고 있다.

또한 일종의 '배역시'271) 형태를 취하고 있는 이 시에서 '꺽정이처럼 울부짖'는 농민은 억압과 소외에 대하여 격정적 감정을 분출하는 인물이다. 그 속에는 현실을 제대로 파악하지 못하는 '서림이처럼 해해대'는 '어떤 녀석'들도 있게 마련인 것이 농민의 계급적 실상이다. 꺽정은 저항으로 일관한 좌절된 농민의 표상이며, 서림은 어떻게든 생존해 보겠다는 현실 순응적 농민의 형상이다. 그러나 이들이 현실에 저항을 하든 순응을 하든, 어떠한 행동을 보이든지 그들은 짓밟히고 소외된 농민들임에 틀림 없다. 꺽정이와 서림으로 특정화된 춤꾼들은 죽음의 장소인 도수장을 도는 밤의 시간 속에서 농무의 신명이 고조된다. 시골 소읍, 농민들의 답답한 삶, 적자 농사, 그리고 그것을 역으로 이겨내려는 농민들의 눈물겨운 신명들이 반어적으로 처리되어 있다.

국수 반 사발에
막걸리로 채워진 뱃속
농자천하지대본
농기를 세워놓고
면장을 앞장 세워
이장집 사랑 마당을 돈다
나라 은혜는 뼈에 스며
징소리 꽹과리 소리
면장은 곱사춤을 추고

---

271) 이 시의 '배역'에 대해서는 최두석의 「리얼리즘시론」(『리얼리즘의 시정신』,앞의 책,63쪽)을 참고할 것.

지도원은 벅구를 치고
양곡 증산 13.4프로에
칠십 리 밖엔 고속도로
누더기 걸친 동리 애들은
오징어를 훔치다가
술동이를 엎다
용바위집 영감의 죽음 따위야
스피커에서 나오는
방송극만도 못한 일
아낙네들은 취해
안마당에서 노랫가락을 뽑고
처녀들은 뒤울안에서
새 유행가를 익히느라
목이 쉬어
펄럭이는 농기 아래
온 마을이 취해 돌아가는
아아 오늘은 무슨 날인가
무슨 날인가

「오늘」 전문

　정월 대보름 축제를 연상케 하는 이 '오늘'은 분명 농민들의 잔칫날임에 틀림 없다. 겉으로는 온 마을이 잔치분위기에 휩싸여 있는 듯 보인다. 그러나 국수 한 사발도 아닌 '반 사발'에 그나마 '막걸리로 채워진 뱃속'으로 관(官)의 꼭두각시처럼 '농자천하지대본 / 농기를 세워 놓고' 추는 춤은 어딘지 모르게 겉돌고, 신명이 나지 않는 상황이다. '면장은 곱사춤을 추고' 농촌지도소 '지도원은 벅구를 치고' 신명이 나 있지만 '아낙네들은 취해 / 안마당에서 노랫가락을 뽑고 / 처녀애들은 뒤울안에서 / 새 유행가를 익히느라' 한 데 어울리지 않고 따로 놀고 있는 형상이다. 어른들은 말할 것도 없고 '누더기를 걸친 동리 애들'조차도 잔치에는 아예 관심도 없고 '오징어를 훔치다가' 오징어는 커녕 오히려 '술동이'만 엎어버린 꼴이 되고 있는 상황은 무엇 하나 제대로 되는 일이 없는 농민들의 답답한 현실이라 할 수 있다. 더구나 젊은 장정들은 '용바위집 영감의 죽음'으로 장례를 치르러 가고 없는, 축제라고 하기엔 무언가 앞뒤가 맞지 않는 상황으로 인해 이들은 취하면 취할수록 체념적이고 비관적인 감정에 휩싸이게 되며, '온 마을이 취해 돌아가는 울분과 비애, 그리고 체념과 자학의 현실이 되는 것이다. 그래서 시적 화자가 '오늘은 무슨 날인가'라고 묻고 있는 것은 당연한 일이라 해야 할 것이다.

이 시는 당시의 새마을운동과 같은 정부주도의 농촌특화사업이 관주도의 농민 억압정책과 다를 바가 없었던 농촌현실을 극명하게 묘사한 것이다. 그 특징은 '온 마을이 취해 돌아가는' 흥청거림의 묘사에서 농민들의 즐거운 심정이 엿보이지 않고 고달픈 삶의 한 단면을 읽게 되는 것은 바로 농민의 정서와는 무관한, 관권이 개입된 타율적 잔치마당이라는 점에 있다. '양곡 증산 13.4프로'에 대한 부담은 정부의 양곡 강제증산농정272)에서 비롯된 것이며, 잔치 분위기를 주도하는 '면장'과 농촌지도소의 '지도원'은 농민의 가해자일 뿐이다. 이들의 중간적 위치에 놓인 인물인 '이상'은 관민간의 갈등을 중화시키는 인물로 설정되어 이 잔치는 본래의 의도야 어찌되었던, 가해자와 피해자의 대립관계로 해석할 수밖에 없다. 그러면서도 이들은 서로 '국수 반 사발에 / 막걸리'로 대접하고 공동체적 놀이마당을 유지하지 않을 수 없는 정부의 농촌정책이 낳은 모순된 인물인 것이다. '면장'과 농촌지도소의 '지도원', 동네사람들과 '이장'은 모두 반은 적대관계에 놓여 있고 반은 공동체적 유대 속에 존재한다. 이 유대는 자연스러운 화합을 위한 유대가 아니고 관권과의 조정을 위한 불가피한 유대로 보인다. 관에서는 이 유대의 유지를 필요로 한다. 위로부터의 숨은 압력이 없다면 농민들의 잔치에 '면장을 앞장 세'울 필요가 없을 것이며, '지도원은 벅구를 치고 / 양곡 증산 13.4프로'에는 상관없이 '용바위집 영감의 죽음'에 진정으로 슬퍼할 수 있는 '오늘'이 될 수 있었을 것이다.

신경림의 「시골 큰집」은 1966년에 발표되어 시집 『농무』에 수록된 작품으로서 「파장」과 「농무」의 전단계적 성격을 지닌다. 한 소년을 시적 화자로 내

---

272) 여기에 대한 자세한 내용은 서울대 사회학과 사회발전연구회가 발간한 『농민층분해와 농민운동』(앞의 책,1988) 120~154쪽을 참고하기 바람.

세운 이 시는 큰아버지 집에 살고 있는 식구들의 이야기를 집약적으로 서술하고 있다. 이들 식구들에 관련된 일들의 서술은 몰락해가는 한 농가의 슬픔에 바탕을 두고 있는 데, 이 농가의 몰락은 다름 아닌 농촌의 경제적 궁핍에서 비롯된 당대의 일반적인 현상임을 알게 된다. 즉 '조합빚이 되어 없어진 돼지'와 '남의 땅이 돼버린 논뚝'이라는 표현에서 이러한 사실은 단적으로 드러난다. 시인은 농촌의 궁핍이라는 사회적 문제를 한 농가의 몰락을 통해 벌어지는 여러 가지 일들을 세부의 몇 가지 사건으로 압축해 절제된 시적 구도 안에서 간명하게 농축시키고 있다. 이 시는 도회에 사는 소년으로 보이는 시적 화자를 통해서 이야기를 서술함으로써 화자와 농민들 사이에 어느 정도 거리감을 두고 있다. 그러한 반면에 「겨울밤」이나 「파장」, 「농무」와 같은 시에서는 '나'의 관점이 아닌 '우리'라는 농민들의 육성으로, 농민적 삶을 보다 직접적으로 드러내는 데에 그 차이가 있다.

신경림의 첫시집 『농무』에 실려있는 60편의 시 대부분이 농촌해체를 소재로 한 농민적 정서를 형상화하고 있다. 그의 농민시들은 1960~70년대 농민들의 가난하고 황폐한 삶과 끊임없이 솟아오르는 절망감, 패배감, 소외감, 분노 등의 감정을 형상화하는 데에 주력했다. 그의 시가 농민적 인식을 통해 현실을 반영할 수 있었던 것은 때로는 농민과 함께 살면서, 때로는 목격자의 입장에서 그들의 감정을 폭넓게 감싸 안고자 했던 애정에 바탕을 두고 있다고 할 수 있다. 즉 「서울로 가는 길」이나 「산읍기행」, 「갈길」 등과 같은 시에서는 농민들의 자조적인 감정과 원통함, 저주와 절망에 휩싸여 있음을 알게 되고, 「전야」, 「귀로」, 「원격지」, 「밤새」 등의 시에서는 분노와 복수심에 타오르는 농민의 처절한 감정을 읽을 수 있다.

이 시집에 수록된 대부분의 농민시들은 구성에서 드러나는 단조로움과 동어반복이 많이 나타나는 특징을 지니고 있다. 즉 농촌의 구조적 모순에 대한 농민들의 푸념이 중복되고 시 속에 등장하는 삶의 모습도 어느 시든 동일하게 설정되어 있다. 그의 농민시들은 답답하고 억울하게 살아가는 농민적 감정을 직시하고 있으나 그 구체적인 이유나 사연을 제시하지는 않는다. 이 점은 「산읍일지」, 「벽지」, 「친구」, 「시외버스정거장」과 같은 시에서처럼 시인

자신이 '농민과 함께 한 사람'의 입장이라기보다 '농민을 바라보는 사람'의 입
장이지만 농민들과 동질적인 존재임을 강조한 데에서 비롯된 것으로 보인다.
또한 시 속에서 술이나 도박을 찾고, 도시의 물질적 풍요에 대한 꿈을 버리
지 못하는 농민들이 자주 등장하는 것은 그의 유랑하는 체험과 관련을 지니
고 있다고 하겠다.

　이러한 농민에 대한 계급적 인식은 장시집 『南漢江』에서 역사의 주체로
나서는 농민들의 투쟁으로 구체화된다. 장편서사시 「남한강」은 그 구성이 「새
재」, 「남한강」, 「쇠무지벌」의 세 노래로 이루어져 있다. 이 시는 서정적 요
소와 서사적 요소를 함께 지니고 있으면서, 일제강점기부터 해방공간에 이르
기까지의 농민계급적 저항을 통시적으로 형상화하고 있다. 이 각각의 시들은
내용상 서로 연관을 지닌 연작의 형태를 취하고 있다. 「새재」가 구한말에서
일제강점기 초기의 시대적 상황을 배경으로 '돌배'라는 이름 없는 한 젊은이
의 행적을 추적하는 형태를 취하고 있는데 반해, 「남한강」은 돌배의 애인
'연이'를 시적 주인공으로 설정하여 일제강점기 농민들의 삶을 형상화하고
있다. 그에 비해 「쇠무지벌」은 갖바치 '새 통수'를 중심으로 농민들의 집단화
된 목소리를 통해 당대의 혼란스러운 시대상과 농민투쟁을 형상화한다. 이들
시적 주인공들은 그 행동 유형이 상이한 데에도 불구하고 모두 체제에 반하
는 변혁적인 인물들로 설정되어 있다.

　이 연작 장편서사시의 제1편인 「새재」는 돌배라는 주인공의 행적을 추적
하는 과정을 통해서 '빼앗은 자'에 대한 분노와 원한을 직설적으로 형상화한
다. 「새재」에 나타나는 사건은 시간으로는 구한말에서 일제강점기에 이르는
시기이며, 공간적으로는 남한강변의 한 고을을 배경으로 일어난 계급갈등과
농민 탄압에 항거한 농민들의 봉기, 그리고 비극적 결말로 이루어져 있다. 주
인공 돌배는 이른 봄 집을 나간 후 돌아오지 않는 방물장수 아버지와 장터에
서 개피떡을 파는 어머니 사이에 태어난 뱃사공이다. 그의 배다른 두 형은
그 마을 지주인 정참판집 첩의 세간을 물난리 속에서 건지다가 익사해버렸
고, '굶주려 눈만 있는 모질이 동생들'과 '애기 낳이 잘못해서 / 다리 저는 근
팽이 형수'가 있다. 그리고 천하게 살아가는 그에겐 외팔이 아버지를 둔 수줍

음을 잘 타는 처녀 연이에 대한 그리움과 배가 인생의 전부였다.

이렇듯 상처투성이의 가족사 속에서 살아가는 돌배에게도 나라가 망했다는 소문이 들려 오지만 이 고을 농민들과 마찬가지로 그리 심각한 일로 받아들이지 않는다. 그것은 돌배에게 있어서 '나라'라는 실체가 농민들로부터 빼앗음만 강요하는 권력의 실체로만 인식되고 있기 때문이다. 즉 돌배에게 있어서 '나라란 무엇인가 / 나라란 우리에게 빼앗기만 하는 곳 / 땅에서 쫓아내고 집을 빼앗는 곳 / 지아비를 빼앗아가고 지어미를 짓밟는 곳'일 뿐이다.

연이는 이 시에서 돌배의 현실인식에 큰 변화를 가져오게 하는 인물로 설정되어 있다. 연이는 외팔이 아버지를 둔 처녀로, 가난을 이기기 위해 손이 해어질 정도로 고생을 하는 인물로서, 정참판네 아낙들의 백옥같이 흰 살결과는 대조적으로 묘사되고 있다. 연이에 대한 돌배의 사모하는 마음만큼이나 정참판네 아낙들에 대한 돌배의 거부감은 계급적 갈등과 자각의 계기가 되어 나타난다.

이 시에서 농민의 계급적 자각을 가져온 직접적인 계기는 나타나지 않고 있다. 이 점은 '벼랑에 걸린 달을 보고 / 그렇다 우리는 깨닫는다'라는 다소 추상화된 서술로 나타나 있는데, 그 중에서도 직접적인 계기가 된 사건이 바로 배 다른 형들의 익사 사고로 여겨진다. 이 사고는 '돌배네'와 '정참판'이라는 계급에 대한 갈등이 시작되는 계기가 된다. 이를 바탕으로 '닳고 해어진 연이의 손등'과 '백옥같이 흰 살결 큰애기씨'라는 대극적 관계를 갈등의 양극으로 설정하고 있다. 돌배가 깨닫는 계급적 각성은 이렇듯 구체적인 서술의 형태를 취하지 않고 시적 화자의 정서 안에서 그 형상화가 과감하게 생략되고 비약을 거듭한다. 이 같은 계급적 갈등의 형상을 2장에서는 민요가락을 통해서 형상화하는 대목이 여러 번에 걸쳐서 나타난다. 연이는 계급적 인식의 바탕에 놓인 인물로, 사건의 전개와는 다소 거리를 둔 위치에 놓인 인물로 설정되어 민요의 양식에 의해 농민의 계급갈등을 효과적으로 드러내는 장치라 할 수 있다. 그 점은 시적 화자인 돌배의 정서와 밀착된 양식으로써 농토를 빼앗긴 농민의 한과 직접적으로 이어지면서 농민의 계급적 서정을 드높이는 데 일조하고 있다.

　이러한 장면 혹은 시적 화자의 이야기를 서술하는 방식은 앞서 살펴보았던 김상훈의 서술시 「가족」이나 신동엽의 서사시 「금강」과는 매우 다르게 보인다. 이 시에 있어서 시적 화자는 단순히 객관적 정황이나 사건의 흐름을 전달하는 역할을 지닌 것이 아니라 현실인식의 주체로서 정서를 안으로 끌어들여 사건을 형상화하는 역할을 한다. 또한 그 서사는 서정의 한 계기로만 작용할 뿐이며, 사건은 연속적으로 전개되지 않고 시인의 회상 속에서 단절되는 과거사로 서술되고 있다.

　　　　이 가난은 누구 탓인가
　　　　왜 우리는 굶주려야만 하는가
　　　　이 땅이 왜 그의 것인가
　　　　이곳 넓은 들 논과 밭이
　　　　왜 모두 그의 것인가.
　　　　…중략…
　　　　피멍든 손 마디마디.
　　　　믿을 수 없어
　　　　우리는 믿을 수 없어.
　　　　소리지르고 곤두박질치고
　　　　물속에 뛰어들고
　　　　서로 끌어안고
　　　　다시 울부짖고.

　　　　벼랑에 걸린 달을 보고
　　　　그렇다 우리는 깨닫는다.
　　　　이 기름진 땅
　　　　강가의 모든 들판은
　　　　우리 것이다.
　　　　저 맑은 하늘도 별빛도
　　　　우리 것이다.
　　　　꽃도 새도 풀벌레 그 한 마리도
　　　　우리 것이다.

빼앗은 자
우리에게서 이것을 빼앗는 자
누구인가, 가자.
나는 삿대를 빼어들고
모질이는 곡괭이를 메었다.

「새재·제2장」 부분

이와 같이 철처한 시인의 계급의식은 농민계급성을 강화시키며, 이러한 추동력은 농민들을 역사의 주체로 일어서게 만든다. 그들은 이제 굽이치는 남한강가 쇠무지벌에서 역사의 부름에 맹세로 일어선다.

이 서사 구조는 구한말에서 일제강점 초기의 농촌현실을 배경으로 돌배라는 전형적 인물의 행적을 쫓아가는 형태를 취하고 있다. 일제를 등에 업은 지배계급의 계략에 의해 수탈 당한 '빼앗긴 자'의 분노를 시종일관 노래하고 있다. 따라서 이 시에 있어서 인물은 '단선적인 분노의 목소리에만 의존하고 있다는 것이 중대한 미학적 결함'273)을 드러내는 것이 아니라 오히려 돌배라는 저항과 투쟁적인 인물 설정이 사건을 극적으로 전개하는 데 결정적인 역할을 한다. 돌배는 당대 식자층이 아닌 무지렁이의 전형이며, '이 기름진 땅'과 '강가의 모든 들판'을 빼앗긴 농민의 전형이다. 땅은 삶의 터전이요 생존수단의 하나라는 점에서 농민의 분노는 단선적일 수밖에 없으며, 돌배의 분노에 대한 이성적 논리는 애당초 기대할 수 없는 일이다. 그것은 당대 농민계급의 진실한 목소리에 가까울 뿐만 아니라 시인이 의도하는 농민의 구체적인 분노를 형상화하는 데 중요한 역할을 한 것으로 보인다.

시인은 하층민인 돌배와는 대조적으로 지주 정참판댁의 삶을 위선적으로 묘사하면서 농민계급의 각성을 이끌어내고 있다. 농민들은 가난에 지치다 못해 '벼랑에 걸린 달을 보고 / 그렇다 우리는 깨닫는다 / 이 기름진 땅 / 강가의 모든 들판은 / 우리 것'임을 느끼게 된다. 돌배와 모질이, 근팽이, 팔배 등이 합세하여 일으킨 농민저항은 정참판네 곳간을 습격하면서 '화적'이라는

---

273) 박혜경, 「토종의 미학, 그 서정적 감정이입의 세계」, 『신경림문학의 세계』(창작과 비평사,1995), 104~124쪽.

이름을 얻게 된다. 돌배 일행이 정참판네를 습격한 이후 일행들은 피신을 다니면서 금전판, 철길 공사장 등으로 떠돌다가 차츰 빈농의 설움과 나라 잃은 슬픔이 하나라는 인식에 도달한다. 이 같은 돌배 일행의 깨달음은 곧 '의병'의 단계로까지 확장된다.

> 보리가 배배 말라죽는 들판,
> 새카맣게 바닥에 달라붙은 개울물
> 벌겋게 파헤쳐진 산비알 황토흙,
> 삽짝 앞에 돌메방아 뒤에 노적가리 곁에
> 퍼지르고 앉은 아이들.
>
> 나라는 망했다 해도
> 배부른 자는 배부른 채
> 나라를 빼앗은 자의 편에 붙어서서
> 배곯는 자를 더욱 배곯릴 궁리를 한다.
>
> 밤은 썰렁하고 부엉이 두견이 울고,
> 산비알 논두렁 아래 거적들을 편다.
> 반딧불 같은 담배불 반짝이고
> 청승스런 신노랫가락이 흐르고

「새재 · 제3장」 부분

시적 배경이 된 일제강점하의 농촌현실은 가뭄으로 표상되는 흉년과 그에 따른 가난으로 점철된 처절한 생존의 터전이다. 그 속에서 살아 남아야 하는 '퍼지르고 앉은 아이들'을 통해서 농민들의 좌절과 절망감은 극해 달한다. 나라를 잃은 농민의 입장에서 소작료에 의한 착취와 친일파의 자기 잇속 챙기기는 더욱 혹독한 가난을 부채질하는 일임에 틀림없다. 그렇기 때문에 농민들의 '밤은 썰렁하고' '청승스런 신노랫가락이 흐르고' 있을 뿐이다. 일인들은 돌배를 향해 총을 쏘아대지만 돌배 무리는 어느 새 집결하여 다시 저항한다. 일인들이 최참판집으로 도망가자 이들은 불을 지르고 곳간을 털게 된다. 일인과 최참판은 다분히 도식적인 인물로 설정되어 있기는 하지만 농민계급을 착취하는 외세와 봉건적 계급으로 상징화되어 있다. 돌배네 무리가 일인들과 최참판에 대항하기 위하여 집단적 결속력을 보이지만 그것이 어떤 신념에서 비롯된 실천적 행동이 아니라는 점은 눈여겨보아야 한다. 또한 반복적으로 나타나는 돌배의 독백 '싫다'를 통해서 알 수 있듯이 다분히 감정적 대응으로 일관하고 있다는 점에서 계급적 갈등을 근본적으로 해결할 수 없었던 당대 하층민들의 한계를 보여준다.

　이 작품의 결말은 돌배의 죽음으로 처리되어 있다. 돌배 무리가 의병부대 와 합세하여 본격적인 저항에 나서지만 이미 식민체제가 굳어 가는 이 무렵 돌배 무리의 활동 반경은 점점 줄어들고 동지들은 희생되어 간다. 결국 배신 자들과 양반들의 반격으로 돌배는 '향회공당'에 갇히게 되고, 갇힌 돌배는 이 미 각성된 계급적 의식을 되돌릴 수 없게 된다. 체포된 돌배가 효수형을 당 하면서 '너희늘은 오로지 너희들 편이다. / 나는 다만 우리 위해 싸우다 / 살 아남기 위하여 / 우리 위해 죽을 뿐이다.'라는 비장한 말을 남기게 된다. 새 재의 가파른 벼랑 늑대 울음 울리는 곳에서 낭군 찾는 연이의 통곡이 퍼지면 서「새재」는 끝을 맺는다. 마지막 장면에서 비극적 투쟁을 강조하기 위하여 죽은 돌배를 화자로 설정한 것은 비현실적이라는 점에서 시인이 이 시에서 서사성을 강조한 것이 아니라 농민계급의 비극성을 고조시키기 위한 서정성 에 초점을 두었다는 사실을 짐작할 수 있게 한다.

　제2편「남한강」은 돌배가 참수된 지 3년이 지난 뒤부터 시작된다. 이 이야 기는 어느 새 왜풍으로 골골이 뒤바뀐 식민지적 삶에 찌든 모습으로 일관한 다. '옛싸움 얘기에 신명이 나다가도 / 새삼 그 피비린내에 몸을 떠는 사람들. / 언제 우리가 나라 덕으로 살았다냐'는 망국의 한 속에서 명절을 지낸다. 본 격적인 사건의 시작은 치마소 바위에서 투신하려다가 마음을 돌린 연이가 수 소문 끝에 '쇠전 높은 막대에 덩그마니 달린 / 시커먼 머리통, / 눈조차 까마 귀에게 쪼아 먹힌 / 처참한 몰골'의 돌배를 보고 까무라쳤다가 정신을 수습 하고 외팔이 아버지와 목계장터에다 술청을 벌여 장사를 하는 시점이다.

　이「남한강」의 서사 전개방식은 전편과는 매우 다르다.「새재」는 주인공 돌배가 자신의 이야기를 사건 발생의 순서에 따라 단일한 구조에 입각해 있는 반면에 「남한강」은 연이를 중심으로 하여 서사가 전개되지만 반드시 사건의 발생순서를 따르고 있는 것은 아니다. 연이의 주변인물들을 포함한 모든 시적 상황이 전지적 입장에 있는 시적 화자에 의해 입체적으로 전개된다.

연이가 '낭군 원수 갚으리'를 뇌이면서 술청을 차리고 몸 붙인 남한강에 대한 유래가 소개되고, 옛 돌배와의 사랑 회상, 하나 뿐인 낭군 돌배를 잊지 못하면서도 봉놋방에서 새우잠 자는 앵금쟁이에 대한 연이의 그리움이 애절하게 전개된다. 이 앵금쟁이는 돌배의 후신으로 해석할 수 있다. 그러나 동시에 그는 돌배와 같은 처지의 '저승길 늦은 원혼'들을 달래고 위무하여 고통스런 지상적 삶으로부터 발을 떼게 하는 중개자이기도 하다.274)

이 시에서 식민지적 토대의 모순과 갈등이 심화되면서 농민들의 저항이 나타나기 시작하는 것은 왜놈의 하녀살이에 왜놈 씨를 밴 누이가 미워 나까야 마를 찌른 대장간집 작은 아들이 주재소로 묶여가면서 비롯된다. 월악산 화적들은 읍내 은행돈을 털어 만주로 보내기도 한다는 풍문이 들린다. 그리고 정참판대 큰손주가 군자금을 만들어 만주로 도망하려다 체포된다. 대장간집 작은 아들은 지게에 실려 돌아왔으나 단 사흘도 못 넘기고 다시 거적에 말려 삽짝을 나간다. 정월 대보름 줄다리기 시합이 있던 날, 텅 빈 경찰서로 순사 셋이 들이닥쳐 '대역죄인 도경으로 급송하랍신다'는 명령으로 정참판 큰손주를 끌고 사라진다. 차가 마스막재로 기어올랐을 때 그들은 진짜 순사를 포승으로 묶어 길바닥에 내동댕이쳐버리고 심산으로 탈출한다. 그때 연이가 애타게 그리워하던 앵금쟁이는 황새걸음으로 산을 오르고 있었다. 한편에선 줄다리기 신명에 들떠 있건만 일제하의 농민들이 지닌 슬픔은 더욱 깊어간다.

이러한 토대 모순의 현실에 대한 농민들의 저항이 바로 이 시의 전편에 흐르는 계급적 정서이다. 전지적으로 설정된 시적 화자는 이 시에서 농민들의 다채로운 삶의 풍속도와 나라의 독립에 대한 간절한 소망을 그리기도 하면서 당대의 왜곡된 근대화 과정을 포착해낸다.

---

274) 윤영천, 「농민공동체 실현의 꿈과 좌절」, 『신경림문학의 세계』(창작과 비평사, 1995), 189쪽.

서속 섬이나 먹자고 산밭뙈기 일궜더니
관가에서 하는 말 개오동만 심으라네.
원수로세 원수로세 총가진 포수 원수로세
예자 수염 팔자 걸음에 섬섬옥수가 원수로세.
캥 캥 캥매캐캥
삼대째 내려오던 놋그릇 대통
양권등 바람에 도망을 치네.
양권등 꽃불에 중치마 붉어 좋지만
문전옥답 다 팔아도 석유값을 못 갚네
캥 캥 캥매캐캥
비웃지 마세 비웃지 마세 논밭 잃은 친구들
감발을 하고서 재 넘어간다네.
뽕나무밭 새 정거장 화물차를 타고서
만주라 넓은 벌판 찾아를 간다네.

「남한강·제6장」 부분

이 시에서 농민의 집단적 저항과 삶의 도도한 흐름을 떠받치고 있는 것은
바로 민요조 가락이라 할 수 있다. 인용한 위의 구절에서처럼 현실의 모든
부정적인 것을 극복하게 하는 힘은 농민의 집단적 인식에 바탕을 둔 신명나
는 가락이다. 농민들은 일제의 수탈정책에 저항을 민요가락에 담고 있는 것
이다. '서속 섬이나 먹자고' 일군 산밭뙈기에 '개오동만 심으라'는 관가의 수
탈을 '원수'라고 외침으로써 그 저항의 목소리가 가감없이 전달되고 있음을
알 수 있다. 이 노래에서는 1920년대 초 나라의 전역에서 마구잡이의 벌목이
횡행하여 국토의 황폐화가 극에 달하면서 농민들이 논밭을 빼앗기는 수탈의
현장이 선명하게 형상화된다. 그것은 '감발'을 하고서 '만주 벌판'으로 가야
하는 비극적 이농의 현실인 것이다. 이렇듯 착취에 대항하여 저항으로 나타
난 농민의식은 「쇠무지벌」에서 그 극치를 이룬다.

　마지막 편인 「쇠무지벌」은 농민의 계급적 해방 실현을 위한 투쟁 기록이
라 할 수 있다. 신경림의 농민적 인식을 바탕으로 한 계급성은 이 시에서 극
명하게 드러난다. 해방공간에서 쇠무지벌 농민들이 본디 그들의 소유였던 토

지를 되찾기 위해 벌이는 눈물겨운 항쟁의 과정이 이 이야기의 기본적인 줄거리이다.

「쇠무지벌」의 서술방법은 「새재」와는 물론이고 「남한강」과도 상당히 다르다. 「새재」가 돌배 하나의 삶을 통한 농민저항이었다면 「남한강」은 연이를 중심으로 한 농민계급의 다양한 인간상과 집단의 삶을 축도한 것으로 보인다. 그리고 「쇠무지벌」은 농민이 지닌 사회적 신분과 계급의 대립만으로 사건을 유형화하여 서술하는 형식을 취하고 있다. 해방공간의 사회구조는 인간의 모습은 사라지고 계급과 신분 지위만이 그 이익을 위해 투쟁하고 대립하는 양상으로 변해버린 것이다. 또한 시적 주인공도 돌배나 연이에 버금갈만큼 집중적으로 드러나는 인물이 없다. 그러나 농민운동적 삶의 양상을 초점으로 보면, '새 통수'는 특히 눈여겨 볼만한 인물이다. 그를 제외하고는 대개가 복수적 형상의 인물들이다. 즉 자기 고향에 그대로 머물러 있던 사람들, 해방을 맞아 귀향하는 유이민들, '새양반' 혹은 '새지주'로 불리는 고급관리들이 제시될 뿐이다. 이는 「쇠무지벌」이 전적으로 계급간의 대립과 갈등, 그리고 투쟁의 양상으로 전개되는 사건들과 관련이 있는 것이다.

첫 장날부터 '옛일 잊고 화해할 때'라는 의견과 '몰아내세 몰아내세 / 새부자 새양반 몰아내세 / 빼앗긴 만큼 빼앗고 / 짓밟힌 만큼 짓밟세. / 지금은 서로 갈라설 때 / 몰아내고 짓밟을 때'라며 두 편의 입장은 첨예하게 갈라선다. 어렵사리 의견을 수습하여 이 십 년만에 굿판을 열기로 하고 젊은 갖바치를 제관으로 뽑는다. 장터에서 농민회유에 실패한 친일파 무리들은 궁지에 몰리다가 재물을 내어 농민들과 한바탕 어우러진다.

> 장리벼 못 갚았데서 빼앗았던 논 도로 주고
> 본쌀은 살아가며 형편대로 갚으라네.
> 소출 적다 떼었던 하루갈이 도로 부치라며
> 금비값 선뜻 먼저 내주네.
> 베메기라 소작료는 삼칠로 줄이고
> 비료값 금비값은 땅쥔이 물고
> 뒷목은 작인 차지라.

대대로 갈아먹던 황밭들은 말도 못 꺼내,
경술이라 국치 뒤 왜놈들 토지조사사업 때
임자 없는 궁장토라고 우리한테 속이고
쌀뒷박 보릿말에 우리한테 빼앗은
넓은 들 황밭들은 말도 없구나.

무지한 이들 속여 제 땅으로 신고하고
왜놈한테 빌붙어 보 막아 논 만든 땅,
젊은이들 입 뗄라치면
어른들 몰라, 쉬 그건 우리가
쌀 받고 보리 받아 넘긴 땅이니

지주한테 땅을 빼앗아
농사꾼에게 거저 나누어준다고
먼데서 꿈 같은 얘기
바람결에 들려 오지만.

「쇠무지벌 · 제1장」 부분

　계급간의 갈등으로 위협을 느낀 지주들은 농민들에게 선심을 베푼다. 그러나 지주의 선심은 그냥 선심일 뿐, 농민들이 정작 원하는 '십만평 황밭들'은 결코 포기하지 않으면서 농민들과 지주간의 대립은 본격적으로 전개된다. 이들 농민들에 있어서 '황밭들'은 일제하에서 진행된 토지조사사업 때 무지한 농민들을 속여 빼앗아 간 농토였다. 그 농토에 대한 애착은 당대 농민들에게는 두말할 나위가 없는 것이다. 그래서 '지주에게 땅을 빼앗아 / 농사꾼에게 거저 나누어준다'는 토지개혁의 소문에 '젊은이'들이 흥분하고 있는데, 엉뚱한 데서 사건이 벌어진다. 진삿골 새부자 면장 아들이 백주 대낮에 뱃사공 여편네의 홑치마를 들쳤던 것이다. 그렇지 않아도 벼루고 있던 동네 젊은 패들에게 그것이 발각되어 면장 아들은 조리돌림을 당하면서 계급간의 투쟁이 본격화된다.

　면장 아들의 조리돌림 이후 젊은 농민들은 화해할 수 없는 지주와의 '못자리 싸움'을 전개한다. 비실거리던 친일파들은 오히려 승진 복귀를 하여 서슬

이 퍼렇고, 소작농민들도 이에 질세라 땅 찾기에 팔을 걷어붙이고 나선다. 그러나 '황밭들'의 못자리판을 짓밟아버린 처사에 소작농민들은 집단 반란으로 일어나 이들 역시 지주네 못자리 판을 깔아뭉갠다. 그러나 반란 소작인들에게 가해지는 학대와 처벌은 결코 가벼운 것이 아니었다. '남의 땅 거저 가지려 했으니 빨갱이 / 남의 못자리판 짓밟았으니 빨갱이, / 가진 이에게 대들었으니 또한 빨갱이'로 몰려 다섯 마을 장정 열 다섯이 '자근자근 난도질 당'해서 돌아오게 된다.

한 편 이 난리통에 갖바치 '새 통수'는 나라에서 소식이 들려올 때까지 일어서지 않겠다고 고집을 하다가, 오랜 갈등 끝에 투쟁의 진두에 나선다.

총 빼앗고 방망이 빼앗아 한데 뭉쳐 세우니
똥독에 빠진 생쥐가 바로 네로구나,
보여주마 우리에게도 힘이 있다는 걸.

속아서 빼앗긴 땅
보릿말 쌀됫박에 빼앗긴 땅
나라가 안 찾아주면 우리 힘으로 찾고
나라가 안 지켜주면 우리 힘으로 지키리라.

가자, 갖바치 통수 또 앞장서는구나,
가자, 넓은 마당 사립학교로.
황밭들 십만 평 참 내 땅 되기까지
백날이라도 버티리라
천날이라도 버티리라.

「쇠무지벌 · 제7장」 부분

억눌릴대로 억눌린 빈농계급은 갖바치를 선두로 재집결하여 투쟁을 전개하고 있다. 지주들에게 한바탕 보복전을 감행한 이들은 진압대가 나타나자 힘을 모아 학교마당에 횃불을 올리며 새삼 투쟁을 다지게 된다. '속아서 빼앗긴 땅'을 지키기 위해 '백날이라도 버티리라 / 천날이라도 버티리라' 다짐하고 있다. 인용한 이 부분은 「쇠무지벌」의 결말에 해당한다. 앞서 「새재」나 「남한강」의 결말이 그러했듯이 또한 여기서 시인의 강한 계급성을 확인할 수 있다. 그것은 시인은 갖바치 '새 통수'로 설정된 농민운동가의 선지적 투쟁을 확고한 믿음으로 형상화하고 있다는 점이다. 영웅적인 농민투쟁의 전사(戰士)로 형상화된 '새 통수'는 곧 시인의 농민계급성을 반영한 인물의 한 양상이며, 농민계급의 해방을 갈망하는 시인의 의식을 짐작할 수 있게 한다.

　전체가 3편으로 이루어진 장편서사시 「남한강」은 농민의 계급적 인식이 밑바탕에 깔린 역사의 한 장면을 도도한 흐름으로 형상화한 것이다. 이 서사시는 각 편마다 시적 주인공을 달리 설정한 특징을 보여준다. 특히 3편인 「쇠무지벌」은 지속된 시적 주인공이 설정되어 있지 않다. 이는 그의 「농무」와 같은 시들에서 '우리'로 설정된 농민의 집단이라 할 수 있다. 이 농민계급의 집단의식을 표출시키는 데 필요한 것은 고착된 주인공 하나의 시선이 아니라 집단 화자의 형식을 취할 수 있다는 새로운 서사적 기법의 활용으로 볼 수 있다. 이는 특히 1980년대 이후 성행하고 있는 연희예술과 관련지어 볼 때 의미 있는 작업으로 평가 될 수 있다.275) 또한 이 시에서 그는 민요가락을 수용하여 농민들의 한과 끈질긴 투쟁력을 형상화하였다. 시의 밑바닥에 흐르는 정서가 농민의 삶임을 고려할 때, 이 같은 시도는 소중한 의미를 지니는 것이다.

　지금까지 신경림의 농민시를 시집 『농무』와 『남한강』을 중심으로 살펴보았다. 시집 『농무』에 수록된 그의 농민시들은 산업시대 농민들이 지닌 좌절감과 패배의식이 반영된 시가 그 주된 흐름을 이루고 있다는 사실이 확인되었다. 이들 시집에서의 현실반영은 시적 화자가 '우리'로 설정된 집단적 농민의식으로 나타나는데, 이러한 집단적 서술을 바탕으로 한 그의 농민적 정서는 투쟁양상으로 변모하기도 한다. 특히 민요가락을 수용하여 농민적 계급의식을 반영한 장편 서사시집 『남한강』은 시인의 농민적 정서가 투쟁성을 띠면서 계급성을 강하게 드러내는 특징을 보인다. 그것은 「쇠무지벌」에서 쇠

---

275) 임헌영, 「신경림의 시세계」, 시집 『남한강』(창작과 비평사,1987) 해설, 215쪽.

잡은 '새 통수'를 농민 혁명의 전사로 설정한 데에서 알 수 있다. 이 갖바치 '새 통수'는 단순히 시적 인물로만 형상화된 것이 아니라 시인의 현실변혁적 인식이 반영된 인물로 보아야 한다는 점에서 그러하다. 신경림의 농민시가 지니는 '운동성'은 바로 이러한 서술시적 형상과 서사시 양식으로 드러난 것이라 하겠다.

3) 김남주의 농민계급과 혁명적 실천

1946년 전남 해남에서 태어난 김남주[276]는 1994년 췌장암으로 세상을 버릴 때까지 시인이기 이전에 민주주의 혁명 전사(戰士)로 살다간 사람이다. 1973년 세칭 『함성』지 사건과 1979년 '남민전'사건으로 투옥되는 등 일관되게 투쟁을 전개한 그는 첫시집 『진혼가』(청사,1984)를 비롯하여 『이 좋은 세상에』(한길사,1992) 등 모두 6권의 시집과 『사랑의 무기』(창작과 비평사,1989) 등 3권의 시선집을 남겼다. 이 시집들에 수록된 그의 농민시는 1970년대에 고향으로 내려가 농사를 지으면서 농민들과 함께 '해남농민회'를 결성하는 등 농민운동가로서 농민문제에 깊은 관심을 보이기 시작하면서 집중적으로 창작되었다.

김남주의 농민시는 그 주제적 측면에서 두 가지 특징을 지니고 있다. 우선 그 하나는 전형적인 농민으로 살아가는 가족들의 삶을 통하여 발견하는 농촌의 현실이다. 이는 귀향을 통해 이루어진 농민적 삶에서 제도적 모순에 대한 투쟁의 성격으로 나타난다. 그의 시가 계급적 인식에 바탕을 두고 혁명적 실천으로 나아간 것은 이러한 농촌의 발견과 농민운동에 밀접한 관련이 있다. 변증법적 논리학의 입장에 입각해서 볼 때, 그의 농민시는 '자기 발전하는 실체'를 발견하여 그것을 '자발적으로 움직이는 주체'로 승화시킨다. 그리고 이를 통해 '모든 변화와 변형의 주체 - 실체'[277]로 드러내는 현실주의 시의 창

---

276) 그는 1974년 고향에 내려가 농사를 지으며 농민문제에 깊은 관심을 쏟고 있던 그 해, 『창작과 비평』 여름호에 「진혼가」, 「잿더미」 등 7편의 시로 문단에 데뷔하였다. 그의 문단활동과 생애에 대해서는 '시와 사회사 편집위원회'가 엮은 『피여 꽃이여 이름이여 - 김남주의 삶과 문학』(시와 사회사,1994)을 참고하기 바람.

작방법론을 그대로 수용한 것으로 중요한 특징으로 볼 수 있다. 그리고 형상화방법의 측면에서 볼 때, 그의 시도 앞서 살펴본 신동엽이나 신경림의 경우와 마찬가지로 서술양식을 택하고 있는 점이다. 이것은 현실주의를 지향하는 시가 지니는 공통된 특성의 하나이며, 그에 있어서는 서간체시로 나타나기도 한다.

김남주의 시는 대부분 계급투쟁으로 일관하는 현실주의를 지향하고 있다. 현실주의는 예술창조를 함에 있어서 아무런 성격이 없는 대상에 카메라를 향하는 것은 아니다. 묘사대상 자체가 계급투쟁의 현실이며, 또한 창작하는 예술가 자신도 어느 당파엔가 속해 있는 것이다. 현실주의에 있어서 예술작품은 어떤 형태로든 사회계급의 이해나 희망을 반영한다.[278] 현실주의를 지향하는 김남주의 시는 민족 민주주의 전선에서 온몸으로 싸운 혁명전사의 성격을 대변한다. 따라서 그는 문화전선에서 혁명의 병기인 시를 무기로 삼아 싸운 혁명시인이라 해야 타당할 것이다. 이러한 현실주의적 인식은 다음과 같은 그의 발언에서 쉽게 알 수 있다.

지금 우리의 현실, 우리의 시대는 민족이 자주성을 회복하고자 요구하고 있으며, 거의 반세기 동안 분단된 채 남북으로 갈라져 있는 조국은 자주적이고 평화적인 통일을 요구하고 있으며, 근로 대중들은 정치적인 자유와 경제적인 평등에 토대를 둔 인간적인 삶과 행복을 요구하고 있습니다. 저는 이러한 현실과 기대의 요구에 적극적으로 대응하기 위하여 변혁운동에 몸소 뛰어들어 제 나름대로 성실하고 정직하게 사회적인 실천운동을 한 적이 있습니다. 제 시는 바로 실천의 부산물에 다름 아닙니다.

끝으로 저는 감히 말하겠습니다. 박해의 시대에 있어서 '시인은 우선 싸우는 사람이 되어야 한다'고, '자기시대의 중대한 문제를 바르게 설정하고 바르게 해결하기 위해 변혁운동에 복무하는 해방전사와 같은 사람이다'라고.[279]

---

277) E.V.일렌코프, 우기동·이병수 옮김, 『변증법적 논리학의 역사와 이론』(연구사,1990), 193쪽.
278) 村上嘉隆, 유염하 옮김, 『계급사회와 예술』(공동체,1987), 113쪽.
279) 김남주, 「변혁 운동을 전파하는 시」, 『문예중앙』,1989, 가을호, 331쪽.

이 선언은 김남주가 자신의 시에 대한 입장을 분명하게 드러낸 것이다. 한 마디로 그는 자신의 시를 사회적 실천의 방편으로 인식하고 있다. 그것은 시대의 요구에 적극적으로 대응하기 위하여 변혁운동에 뛰어드는 데 따른 것이다. 즉 박해받는 시대의 시인은 우선 싸워야 하는 사람이며, 이 싸움은 자기 시대의 중대한 문제를 바르게 실천하고 해결하기 위해 변혁운동에 복무하는 해방 전사가 되어야 한다는 주장이다. 이렇게 볼 때, 그가 시를 쓰는 행위는 대중의 각성에 있다. 그렇기 때문에 그가 말하는 시의 기능은 변혁운동에 참가하는 사람들의 정서를 전투적으로 고양시켜 주고 그들에게 투쟁의지를 북돋아 주어, 승리를 향해 용기를 잃지 않고 전진하도록 하는 데 있다.[280] 따라서 그가 남긴 농민시 역시 변혁운동의 하나로 보아야 한다. 그는 근본적으로 계급해방에 대한 인식을 바탕에 두고 있다. 이 경우의 계급은 '근본적으로 농민'에 초점을 두고 있음은 다음과 같은 그의 발언을 통해서도 알 수 있다.

> 그렇다, 농민들은 본능적으로 혁명적이다. 누가 자기편이고 누가 자기들 적인지 본능적으로 알아내고야 만다. 역사의 잠시 동안 적은 그들을 속일 수 있어도, 속여 먹고 있다고 생각할지는 몰라도 농민들은 그것까지 알고 있는 것이다. 다만 잠시 속는 셈치고 속아주는 것이다. 내 시는 근본적으로는 이들 농민에게 바쳐진다.[281]

농민의식으로 볼 때, 그의 농민시는 농민에게 바치는 각성제로 되어 있다. 다시 말해서 그에 있어서 변혁의 주체인 농민들을 일깨우기 위한 수단의 하나가 농민시가 된다. 그가 현실주의를 지향하게 된 것은 농촌체험에서 비롯된 것이라고 보는 것이 옳은 듯하다. 이러한 그의 현실인식은 귀향을 통해 발견한 하층 지배구조의 착취와 억압 아래서 신음하는 농민인 아버지와 어머니를 비롯한 가족들에서 비롯된 것으로 보인다. 물론, 그 이전인 1972년에 있었던 『함성』지 사건과 1973년의 『고발』지 사건, 그리고 1978년 '남민전'

---

280) 신경득, 「혁명의 꽃과 칼」, 『한민족문학 사상론』, 앞의 책, 379쪽.
281) 김남주, 시선집 『사랑의 무기』후기, 창작과 비평사, 1989, 222쪽.

전위 가입에 따른 체포·구금 등 일련의 사건들과 관련을 맺고 있다.

김남주가 도시생활 즉 소시민적 지식인의 삶을 버리고 고향으로 돌아가 발견한 것은 피폐한 농촌현실과 농민들의 삶이었다. 그의 농민시에 등장하는 인물들은 대부분 농민 전형으로서의 가족이다. 그런데 그의 귀향은 가족들에게 반가운 것일 수 없다. 여기서 이러한 소시민적 의식과 감정을 청산하는 문제가 발생한다. 그것은 시인과 농민 사이의 계급적 대립이 문제화되는 것이 아니라 양자간의 정서적 결합과 연대 극복이 문제가 된다.[282]

김남주는 귀향으로 체득하게 되는 가족에의 연민과 부끄러움은 「달도 부끄러워」와 같은 시에서 명시적으로 드러난다. 이것은 그에게 걸고 있었던 가족들의 기대를 저버린 데 대한 자괴감이라 할 수 있다. 이 시는 이러한 그의 부끄러움과 농촌의 구조적 모순에 대한 발견이 상호 교차된다.

차마 부끄러워
밤으로 찾아든 고향
달도 부끄러워 숨어버렸나
보이는 것은 어둠뿐
들판도 그대로 어둠에 깔리고
어둠으로 보이는 것은 농민의
농민에 의한 농민을 위한
허수아비뿐이다

차마 부끄러워
어둠으로 기어든 마을
똥개도 부끄러워 짖지를 않나
길은 넓혀졌지만 지붕도 벗겨졌지만
개똥불처럼 전기불도 가물거리지만
원귀처럼 소소리처럼 들리는 한숨
소리 껍데기뿐이다

---

282) 염무웅, 「사회인식과 시적 표현의 변증법」, 『창작과 비평』, 1988. 여름호. 시와 사회사 편집위원회 엮음, 『피여 꽃이여 이름이여 - 김남주의 삶과 문학』, 앞의 책, 109쪽.

차마 부끄러워
도둑처럼 밀어 여는 사립문
고양이도 부끄러워 엿보지 않나
텅 빈 마당이 허전하고
텅 빈 마구간이 허전하고
발길에 밟히는 것은 소스라치게 놀라는
달아나는 쥐새끼뿐이다.

「달도 부끄러워」 전문

그의 귀향은 1973년 유신체제를 거부하는 『함성』지 사건으로 구속되어 10여 개월의 옥고를 겪은 후 대학을 제적당하고 행해진 것이다. 이 시는 이렇게 귀향하는 그의 심정을 그대로 반영한 것이다. 시 전체에 깔려 있는 기본적인 정서는 어둠에 대한 인식과 시대상에 따른 농촌의 황폐함에 대한 놀라움이다. 그는 '차마 부끄러워' 어둠 속에서 고향으로 숨어들 수밖에 없는 실정이다. 매맞은 몸을 이끌고, 명예도 의기양양함도 없이 찾아간 고향이다. 그래서 달마저 그의 부끄러움을 숨겨주려는지 구름 속으로 숨어버렸고, 사방팔방은 '어둠뿐'이다. 이 어둠은 그가 갇혀있었던 감옥 속만이 아니라 그의 눈에 보이는 것은 모두 어둠뿐이다. 이렇듯 시인이 농촌에서 발견하는 어둠은 자연현상으로서의 어둠만이 아닌 것이다. 정부의 저곡가 정책과 농산물 파동으로 인한 이농과 새마을운동으로 겪게 되는 농민들의 현실적 어둠이다. 그래서 그를 기다리는 것은 이농시대의 '농민의 / 농민에 의한 / 농민을 위한 허수아비'가 고향에서 그를 기다리고 있는 것이다. '똥개도 부끄러워 짖지 않는' 고향은 새마을운동으로 '길은 넓혀졌지만 / 지붕도 벗겨졌지만 / 개똥불처럼 전깃불도 가물거리지만 / 원귀처럼 소소리처럼' '한숨소리와 껍데기뿐'으로 남아있는 고향을 발견한다. 그리고 '도둑처럼 밀어여는 사립문'에서 문득 불효자의 모습으로 돌아온 자신을 발견하고 놀라게 된다. 그것은 '발길에 밟히는 쥐새끼들'에서 자신의 못난 귀향을 확인하게 된다. 그는 금의환향이 아닌 '자기숨김'의 귀향을 통해 농촌의 위기와 붕괴를 발견하게 된 것이다.

조국 근대화라는 미명하에 전국토가 산업화와 도시화로 변하고 있을 때,

농촌사회는 붕괴의 위기를 맞고 있는 것이다. 이제 그의 고향에는 볏단이 쌓여 있던 그 마당이 텅 비어 있고, 어미소와 송아지조차 팔려간 빈 마굿간으로 변하고 말았다. 이러한 현상은 그의 농가에만 국한된 것일 수도 있겠지만, 새마을운동이라는 것이 농촌을 피폐하게 만든 당대의 일반적인 상황일 수도 있다. 그래서 그의 눈에 비친 농촌은 수탈로 얼룩진 모습으로만 드러나는 것이다.

김남주가 귀향을 통해 발견한 농촌사회의 구조적 모순은 「편지·1」과 「아우에게」와 「일 찾아 사람 찾아」에 구체화되어 드러난다. 이 가족들은 그를 혁명전사로 내세우는 결정적인 계기가 된 것으로 보인다. 전형적인 농민가족인 이들의 삶을 통해 그는 갑오년의 농민혁명전쟁을 떠올리며 「돌과 낫과 창」으로 무장하는 투쟁전사가 된다.

산길로 접이드는
양복쟁이만 보아도
혹시나 산감이 아닐까
혹시나 면직원이 아닐까
가슴 조이시던 어머니
헛간이며 부엌엔들
청솔가지 한 가지 보이는 게 없을까
허둥대시던 어머니
빈 항아리엔들 혹시나
술이 차지 않았을까
허리 굽혀 코 박고
없는 술 냄새 맡으시던 어머니
늦가을 어느 해
추곡수매 퇴짜 맞고
빈속으로 돌아오시는 아버지 앞에
밥상을 놓으시며 우시던 어머니
순사 한나 나고
산감 한나 나고
면서기 한나 나고

한 집안에 세 사람만 나면
웬만한 바람엔들 문풍지가 울까부냐
아버지의 푸념 앞에 고개 떨구시고
잡혀간 아들 생각에
다시 우셨다던 어머니

동구 밖 어귀에서
오토바이 소리만 나도
혹시나 또 누구 잡아가지나 않을까
머리끝 곤두세워 먼 산
마른 하늘밖에 쳐다볼 줄 모르시던

어머니 어머니 어머니
다시는 동구 밖을 나서지 마세요
수수떡 옷가지 보자기에 싸들고
다시는 신작로가엘랑 나서지 마세요
끌려간 아들의 서울
꿈에라도 못 보시면 한시라도 못 살세라
먼 길 팍팍한 길
다시는 나서지 마세요
허기진 들판 숨가쁜 골짜기 어머니
시름의 바다 건너 선창가 정거장엘랑
다시는 나오지 마세요 어머니

「편지 · 1」 부분

이 시는 그 제목이 암시하듯이 옥중 화자가 어머니께 보내는 편지 형식을 지니고 있다. 이는 1920년에 등장하는 카프의 서간체시와 흡사한 양식이다. 서간의 표현은 '마치 얼굴을 마주하고 말을 하는 것처럼 생생한 효과'[283]를 지닌다. 서간의 본질이 마음에 있는 말을 쉽게 할 수 있다는 데 있듯이 서간체시는 서술의 직접성을 살려서 독자를 이야기의 세계 속으로 쉽게 동참하도록 유도한다. 또한 서간체시의 서술시점이 대부분 현재라는 사실도 같은 맥

---

283) 유협, 최동호 역편, 『문심조룡』(민음사, 1994), 312쪽.

락에서 이해할 수 있다. 이 서간체시가 다른 산문과 구별되는 특징으로 '표현
방식의 직접성 외에 개체성, 진실성, 서정성'[284]을 들 수 있다. 그러나 서간
이 본질적으로 화자와 청자의 대면성을 전제로 하는 고백성이 두드러진 양식
이라는 점에서 이 네 가지는 표현상 큰 차별성이 없다.[285] 그의 시가 이렇듯
대부분 서술시의 형태를 띠고 있는 것은 변혁운동의 선상에서 독자의 중요성
을 절실하게 인식하고 있었기 때문에 계급의식을 쉽게 표출하기 위한 형식의
하나로 활용하고 있는 듯하다. 따라서 이 같은 서술시는 해방공간의 농민시
들에서도 보아왔듯이 광범위한 독자에게 혁명적 이데올로기를 침투시키기
위한 적절한 양식의 모색과정에서 발생한 효과적인 시적 양식이라 할 수 있
다. 그가 「어머니에게」, 「어머님께」, 「편지·2」, 「편지·3」, 「편지」 등과
같이 수많은 서간체시를 쓴 이유도 바로 이러한 의도에서 비롯된 것이라 하
겠다.

　이 시에서의 '어머니'는 그에 있어서 간절한 그리움의 대상이자 고향의 육
화된 상징으로서의 어머니이다. 시적 화자는 전형적인 농민의 모습을 지닌
어머니와 아버지의 모습을 통해서 고통을 겪게 되고, 그것은 아들의 출세만
을 바라고 농사를 지어 온 부모와 자식간의 갈등양상으로 드러난다. 이 시에
서의 어머니는 1970년대의 농촌 여인이라기보다는 오히려 일제강점기의 소
작농 아낙네를 연상하게 한다. 이 어머니는 억누르고 빼앗아 가는 지배구조
에 주눅이 들어 있는 당대의 농민이 지닌 정서를 대변한다. 관 주도로 이루
어진 세칭 '근대화사업'은 1970년대 농민들을 억압하였다는 사실을 시인은
어머니의 모습을 통해 드러내고 있다. 이러한 하층 지배구조는 이 시에서 산
감과 면서기 그리고 순사 등으로 제시되어 있는데, 이들은 양복을 입고 오토
바이를 타고 마을에 나타나 밀주를 적발하고, 잘라온 청솔가지를 적발하여
수갑을 채워간다. 이들에 대한 공포는 '어머니'를 통해 감지되고 다시 '아버
지'에게 전이된다. '청솔가지'를 숨기고 밀주 단속에 적발될까 두려워 '없는

---

284) 진필상, 심경호 옮김, 『한문문체론』(이회,1995), 215쪽.
285) 서간체시의 서술상 특징에 대해서는 이순욱의 「카프의 서술시 연구 - 서간체시 중
　　심으로」(『한국문학논총』제23집, 1988.12, 241~264쪽)을 참고하기 바람.

술냄새'조차 맡아야 하는 공포와 전율은 아버지의 서러움 혹은 고단함과 다를 것이 없다. 추곡수매에 퇴짜맞고 돌아온 아버지가 집안에 산감, 면서기,순사 하나씩만 나면 문풍지가 울겠냐는 푸념은 이를 잘 뒷받침하고 있다. 그래서 이러한 억압에서 벗어나는 일은 그의 아들이 지배적 위치에 올라서는 것임은 말할 필요가 없다. 이 시에서 알 수 있듯이 농민계층을 비롯한 하부계층들은 자신의 신분상승의 욕구를 자식에게 기대한다. 순사나 산감, 면서기는 국가권력의 최하위 말단이지만 아버지가 아들에게 바라는 것은 바로 그러한 권력이다. 농민인 아버지가 이루고자 하는 바는 스스로가 속한 농민계층을 부정함으로써 도달할 수 있는 최소한의 계급상승이다. 이는 일종의 '소외적인 목표'286)라 할 수 있다. 그 아들이 받게 되는 교육이나 삶은 실제로 그 아버지로부터 소외되어 가는 과정이다. 그러나 농민으로 살아 온 아버지들은 이렇듯 모두 이들과의 소외를 바라고 있다고 해도 과언이 아닐 것이다. 초라하고 상처받은 아들이 그러한 목표로 나아가지 못하고 농민의 모습으로 되돌아왔을 때, 아버지의 충격은 클 수밖에 없다. 아들이 농촌사회에서 지배적 위치에 서는 것, 남에게 굽신거리지 않으며 살아보는 것이 아버지와 어머니의 소원이기 때문에 이를 충족시키는 길은 아들이 출세하는 길밖에 없다. 그러나 아들은 집안의 이러한 처지를 개선하지 못하고 이상을 추구하다 감옥살이를 하게 되었고, 아버지는 그런 아들에 대해서 악담을 퍼붓기보다 푸념을 한다. 이 때 어머니는 그 어느 편에도 동조하지 못하고 눈물만 흘리는 수동적인 존재가 된다. 이러한 어머니와 아버지 사이에서 아들은 중립적인 인물로 설정된다. 이 세 사람은 적대적으로 분열되어 있는 것이 아니라 비록 느슨하지만 그들 모두를 억압하는 지배구조에 대한 연대의식을 이루고 있다. 이 연대는 어머니의 눈물로 이루어지며, 아들의 허약성과 수동적인 보수성을 극복하기 위해 투쟁을 다짐하는 방향으로 나아가게 된다.

이 시에 있어서 전체적인 분위기를 애절하게 고조시키는 인물은 '어머니'이다. 시적 화자는 어떻게 하면 어머니를 동구 밖에 내세우지 않을 수 있을

---

286) 김진경, 「예언정신과 선언정신」, 김남주 시집 『진혼가』(청사,1984). 『피여 꽃이여 이름이여 - 김남주의 삶과 문학』, 앞의 책, 40쪽.

까에 대하여 갈등하고 있다. 이 점은 한국 남성들에 있어서 어머니의 사랑은 무조건적이라는 사실을 단적으로 보여주는 애정의 절실함이다. 그의 어머니에 대한 사랑 혹은 어머니의 맹목적 자식사랑은 「어머니의 손」, 「어머니」, 「어머니의 밥상」, 「자식 때문에 어머니가」, 「어머니에게」, 「어머님께」, 「어머님 찬가」 등과 같은 시를 통해 애절하게 형상화되어 있다. 이와 같이 어머니에 대한 시적 화자의 사랑이 절절한 데 반하여 '아버지'에 대해서는 섬뜩하리만큼 객관화시킨다.

> 그는 내가 커서 어서어서 커서
> 사람이 되어주기를 바랐다
> 농사꾼은 그에게 사람이 아니었다
> 뺑돌이의자에 앉아 펜대만 까닥까닥하고도
> 먹을 것 걱정 안 하고 사는 그런 사람이 되어주기를 바랐다
> 그는 못 되도 내가 면서기쯤은 되어야 한다고 했다
> 그러면 자기도 면에 가면 누구 아버지 오셨냐며
> 인사도 받고 사람 대접을 받는다 했다
> 그는 내가 고등학교 대학교 다닐 때
> 금판사가 되면 돈을 갈퀴질한다고 늘상 말해 왔다.
> 금판사가 아니라 검판사라고 내가 고쳐 일러 주면
> 끝내 고집을 꺾지 않고
> 금판사가 되면 장롱에 금싸라기가 그득그득 쌓일 거라고 부러워했다
>
> 그는 죽었다 홧병으로
> 내가 자본과 권력의 모가지에 칼을 들이대고
> 경찰에 쫓기는 몸이 되었을 때
> 식구들에 둘러싸여 마지막 숨을 거두면서
> 그는 손을 더듬거리고 나를 찾았다 한다
>
> 「아버지」 부분

    이 시는 그의 아버지가 그를 어떻게 키워왔는가를 자전적 형식으로 서술하고 있다. 농민인 그의 아버지가 아들에게 바라는 것은 변혁운동이 결코 아니

다. 농사꾼인 아버지가 그에게 바라던, 어떻게 보면 지극히 당연한 것 같기도 한 이 욕망에 대해 그는 성가시고 귀찮은 것으로 인식하고 있다. 이 점은 혁명가이기 이전에 불효자의 전형적 모습이라 할 수도 있다. 이 시에서 화자는 자기 때문에 울화병으로 돌아가신 아버지를 '당신' 혹은 '아버님'이 아닌 '그'로 냉담하게 객관화하고 있다. 아버지는 그가 커서 면서기 군서기가 되길 원했고, 돈을 갈퀴질하는 검·판사가 되길 원했다. 그러던 아버지는 그의 감옥살이에 울화병이 나서 세상을 떴다. 훗날 감옥에서 풀려 나와 그러한 「아버지의 무덤을 찾아서」 성묘를 하지만 그에게는 여전히 '가엾은 양반'으로 남아 있다. 일곱 마지기 땅을 그에게 주고, 감옥 간 자식 한 번 보고 싶다는 유언을 남기고 세상을 버린 '아버지'는 그에 있어서 죄책감보다 오히려 연민의 대상으로만 각인되어 있다. 그것은 어린 시절에는 물론이고 장성한 이후에도 그 자신의 신념과 행동을 이해해 주지 못한 것에서 비롯된 것이다. 그래서 그에 있어서 아버지는 성가시고 귀찮은 존재로서의 '아버지'로 형상화된다.

이러한 가족사적 고통을 통해 그는 하층 지배구조의 모순을 인식하게 되고, 나아가 농촌현실을 인식하게 된다. 아래와 같은 시는 이와 같은 하층 지배구조의 한 단면을 시인의 아우와 여동생이 겪는 고통으로 드러낸 것이다.

없는 놈은 농자금도 못 타 쓴다더냐
있는 놈만 솔솔 빼주기냐
조합장 멱살을 거머쥐고
면상을 후려치던 아우야

식구마다 논밭 팔아
대학까지 갈쳐 논께
들쑥날쑥 경찰이나 불러들이고
허구헌 날 방구석에 처박혀
그 알량한 글이나 나부랑거리면
뭣한디요 뭣한디요 뭣한디요
터져 분통이 터져 집에까지 돌아와
내 얄팍한 귀창을 찢었던 아우야

내 사랑하는 아우야

「아우를 위하여」 부분

숙자가 시집을 가게 되었다니
이제 안심이다. 덕종아
폭도로 몰려 빨갱이로 몰려 강도로 몰려
옥에 갇혀 있는 나 때문에
순전히 제 오빠 때문에
…중략…
시집은
남도 끝 해남에서도 한참이나 더 내려가는
화원반도 어디라지
쌀농사를 지을 논은 서너 마지기밖에 안되고
한여름 내내 호미질할 밭만 많다지

「일 찾아 사람 찾아」 부분

이 두 편의 시에서 그가 지닌 동생들에 대한 따뜻한 사랑의 정서를 읽을 수 있다. 형으로서, 오빠로서 자신의 역할을 다하지 못하는 죄책감이 형상화되어 있다. 전자의 경우에는 불합리한 농자금 대출 문제를 눈앞에 보고서도 해결해 줄 수 없는 경제적 무능력과 현실의 모순에 대한 감정이 동시에 배어난다. 그것은 식구들이 논밭 팔아 대학까지 보내 주었지만, 한 집안의 장남으로서 출세의 길을 가지 못하고 옥살이만 하다 돌아온 자신에 대한 죄책감인 것이다. 그리고 후자는 스물 여덟 나이에 시집을 가게 된 여동생에 대한 연민과 죄책감에 대한 형상화이다. 옥에 갇힌 자신 때문에 선을 볼 때마다 퇴짜를 맞았던 그 여동생이 시집을 가게 되지만, 그 시집살이 역시 '한여름 내내 호미질'만 하며 살아야 하는 농민의 처지를 벗어날 수 없는 데 대한 서글픔이 짙게 드리워져 있다. 이러한 가족에 대한 사랑과 연민의 정서는 다음과 같은 시에서 착취 지배층에 대해 시가 무기로 변해 설움 받는 농민을 대신하여 싸워야 한다는 사실을 우의적으로 형상화한다.

할머니는 산그늘에 앉아 막대기로 참깨를 털고
어머니는 따가운 햇살 등에 받으며 호미로 고추밭을 매고
아버지는 이랴 자랴 소를 몰아 수수밭에서 쟁기질을 하고
나는 학교 갔다 와서 산에 들에 나가
망태 메고 꼴을 베기도 하고 염소를 먹이기도 하지요

나는 보고는 했지요 어린 시절에
할머니가 깨를 터시다 말고 막대기를 휘휘 저어
모밀밭을 해치는 산짐승을 쫓는 시늉을 하는 것을
나는 보고는 했지요 어린 시절에
어머니가 김을 매시다 말고 사금파리를 주워
고춧잎에 묻은 진딧물을 긁어내는 것을
나는 보고는 했지요 어린 시절에
아버지가 쟁기질을 잠시 멈추시고 꼬챙이를 깎아
황소 뒷다리에 붙은 진드기를 떼어내는 것을

그래서 그런지는 몰라도 내 시에는
그 시절 우리 식구들이 미워했던 것들—
산짐승 진딧물 진드기 같은 것이 자주 나오지요
그래서 그런지 몰라도 내 시에는
그런 것들을 내치느라 일손을 잠시 놓으시고
우리 식구들이 대신 들었던 것들—
막대기 사금파리 꼬챙이 같은 것들이 많이 나오지요

「시에 대하여」 전문

　농민들은 본질적으로 그들의 생산물을 병해충이나 자연재해로부터 착취당하지 않고 지키고자 한다. 이 시에서의 농민 가족들 역시 산짐승이나 진딧물, 진드기로부터 그들의 노동을 지키고자 하는 본능적인 모습을 드러낸다. 할머니는 산그늘에 앉아 참깨를 털고, 어머니는 따가운 햇빛 아래에서 고추밭을 매고, 아버지는 수수밭에서 쟁기질을 하고, 어린 시적 화자는 꼴을 베고 염소를 먹이는 농민들의 전형적인 농사일 모습이 생동감 있게 그려져 있다. 물론 참깨를 터는 할머니와 뙤약볕 아래에서 고추밭을 매는 어머니의 노동은 계절

적으로 일치할 수는 없는 것이지만, 이러한 농토의 터전이 그의 고향이며 그의 가족들이 삶을 꾸려나가는 생업의 현장이기도 하다.

그러나 그의 가족들은 지배층에 착취당하고 있다. 그는 이 시에서 계급적인 인식을 강하게 드러내고 있다. 산짐승은 할머니의 모밀밭을 망가뜨리고, 진딧물은 어머니의 고춧잎에 붙어 수액을 빨아먹고, 진드기는 아버지의 황소 뒷다리에 붙어 피를 빤다. 할머니는 모밀밭을 지키기 위해 막대기를 휘휘 젖고, 어머니는 사금파리로 진딧물을 긁어내고, 아버지는 꼬챙이로 진드기를 떼어낸다. 그의 시에는 「황소 뒷다리에 붙은 진드기 같은 세상」과 같은 시에서처럼 아닌 게 아니라 진드기가 자주 등장한다. 이는 착취계급의 표상이다. 진드기는 일명 '쇠뜨기' 혹은 '가분나리'라고도 불리는데, 성충이 되면 흡사 아주까리 모양이 되는 이 해충은 소나 돼지 같은 가축의 몸에 달라붙어 피를 빨아먹고 살아간다. 그가 이 진드기를 착취계급에 비유한 것은 신동엽이 「금강」에서 낚시, 날거머리, 빈대를 착취계급에 빗대어 표현한 것과 같다. 그에 있어서 이러한 진드기를 물리칠 수 있는 방법은 그의 아버지가 그러했듯이 꼬챙이로 떼어내는 수밖에 없다. 이것은 그의 투쟁과 변혁의 형상이다. 그가 농민의 아들로 태어나 시인으로서 혁명가가 되기 위해서는 시를 그 투쟁의 무기로 들어야 한다는 것이 그의 기본적인 인식으로 보인다.

다음에 인용하는 시는 그의 이러한 '무기'로서 등장하는 농민시의 한 양상이다. 1970년대는 관 주도로 이루어진 새마을 사업과 더불어 정부가 농민의 경제를 압박하던 시기였다. 이러한 당대의 상황으로 미루어 볼 때, 다음의 시는 비록 '진드기를 떼어내는 꼬챙이'는 아닐지라도 '진드기'와 같은 착취계급이 농민의 피를 빨고 있다는 사실을 드러낸다.

누가 있어 알아주랴
북적대는 공판장엔
웅성대고 엇갈리는
소리마다 한숨소리
누가 있어 알아주랴

다짜고짜 쿡쿡 찔러
대창으로 쇠창으로
여기저기 찔러 놓고
나락 색깔 곱지 않다
쭉정이가 섞여 있다
가마니가 너무 헐다
새끼줄이 퉁퉁하다

퇴짜로다 등외로다
기껏해야 삼등이다
일등품은 하늘의 별
이등품은 가뭄의 콩
퇴짜로다 등외로다
기껏해야 삼등이다

「추곡」 부분

이 시는 김남주의 시에서는 보기 드물게 '퇴짜'맞은 농민적 정서를 경쾌한
민요 율격으로 형상화하고 있다. 1970년대에 있어서 정부가 농업정책을 어떻
게 진행하였으며, 농민에 대한 지배계층의 인식이 어떠한가를 잘 드러내 준
다. 타령조로 이루어진 민요가락은 농민이 겪고 있는 당대 고통으로 인한 신
세타령이라는 의미를 지닌다. 아무도 알아주지 않는 '공판장'의 한숨소리와
이 신세타령은 '삼등'으로 퇴짜맞은 농민의 경제적 어려움을 현실화시키는
작용을 한다. 1970년대에 정부는 농민에게 생산비보다 낮은 수준의 저곡가
정책을 실시하여 농촌의 경제를 더욱 악화시켰다. 이 때문에 농민들은 농산
물을 싼 가격에 팔고 그 대신 비료나 농약, 경운기 등의 농기계는 오히려 국
제 가격보다 비싼 값으로 구입해야 했다. 낮은 추곡수매가는 생산가에도 못
미치기 때문에 적자를 감수해야 하는 것이 1970년대 농촌의 현실이었다.[287]

---

287) 1979년 당시 추곡수매가와 생산비의 대비를 살펴보면 벼 1 가마니 당 생산비는 5만4
천9백원인데 비해 수매가는 3만6천6백원으로 가마니 당 농민은 무려 1만8천3백원의
적자를 감수할 수밖에 없는 실정이었다. 비료값 문제도 이와 다를 바가 없었다. 정인
엮음, 『소외된 삶의 뿌리를 찾아서』(거름,1985), 61~62쪽 참조.

이 시에서와 같은 그의 농민적 정서는 1970년대에 그가 체험한 농민운동과 밀접한 관련이 있는 듯하다. 다음과 같은 시는 그러한 농정의 모순을 토로하고 있는 것이라 할 수 있다.

> 나는 알고 있네
> 이 손의 주인과 그 내력을
> 열여섯 살까지였던가 윗마을 고씨집의 꼴머슴으로 잔뼈가 굵었고
> 스무살 훨쩍 넘어서까지 저 아래 기와집 상머슴이었다네
> …중략…
> 새우배미 열두 다랑치를 합배미하여 서 마지기 논배미로 만들었고
> 그는 그것을 이름하여 구천지기라 했다네
> 성씨가 구씨인데다 봉천지기였기 때문이라네
> …중략…
> 그러나 나는 보지 못했네 아직
> 이 손의 주름이 부자들의 웃음처럼 펴지는 것을
> 제 노동의 주인이 되어 이 손이
> 제 손으로 쌀밥을 가져가는 것을
> 노동이 기쁨이 되어 이 손이
> 춤이 되고 노래가 되는 것을
> …중략…
> 나는 묻겠네 친구
> 따가운 햇살 등에 받으며 한낮의 이랑 속에서 배추포기를 키우는 사람이
> 가장 싱싱한 채소를 먹어서는 안 되는가
> …중략…
> 연장 대신에 이 손에 무기를 쥐어주고
> 그 무기를 내 시가 노래해서는 안 되는가
>
> 「손」 부분

이 시에 등장하는 시적 주인공은 '개땅쇠'이다. 개땅쇠란 개(바다·갯벌·갯가)를 땅(농토·농지간척사업)으로 일구어 놓은 쇠(밤쇠·돌쇠같은 민중)인 것이니, 곧 개땅쇠는 노비의 신세에 있었거나 머슴이었던 계급들이 신분해방과 자립농이 될 독한 마음으로 아무짝에도 쓸모 없는 갯벌을 수공권으

로 일구어 대평야의 옥답으로 만들어놓은 간척사업의 일꾼들을 가리키는 말
이다.288) 시적 주인공 구씨는 개땅쇠이며 농투산이이다. 흙투성이인 인간, 즉
숙명적인 한국 소작농의 전형적인 인물이라 할 수 있다. 김남주의 고향 해남
이 그러하듯이 1970년대의 한국 농업은 벼를 중심으로 하는 주곡농 위주일
수밖에 없었으며, 특용작물·환금작물 중심의 다각영농·과학영농은 기대할
수 없는 것이었다. 좁은 경지 면적으로 인해 소농 혹은 영세농 중심의 가족
농업형태를 벗어날 수 없는 것이 당대의 현실이었다. 그러한 사정은 지금도
크게 달라진 형태는 아니다. 이 빈농의 농투산이야말로 빚투성이·세금투성
이 속에서도 가장 근실한 1차산업의 노동자임에도 멸시와 착취의 대상으로
존재해 있다. 이 시의 시적 주인공은 바로 그러한 농민의 표상으로 보인다.
경사가 가파른 새우배미 열두 다랑치(다랑이논)을 개간하여 머슴에서 소작
농 계급으로 상승한 인물이다. 이 논에서 그는 병충해와 홍수와 가뭄, 태풍과
싸워 벼를 수확하지만 '쌀밥'을 먹지 못하는 토대모순의 현장에 있다. 그리하
여 시적 화자는 이러한 모순을 타개하기 위하여 구씨에게는 '연장 대신 이
손에 무기를 쥐어 주고' 시인인 자신은 '그 무기를 내 시가 노래'하고자 하는,
시인과 농민을 시와 무기의 관계로 결합하여 현실변혁을 꿈꾸게 된다. 이러
한 계급해방의 목소리는 '황토현'에서 듣게 되는 농민저항의 우렁찬 목소리
로 나아간다.

　김남주의 농민시에 있어서 현실변혁은 혁명적 영웅을 설정하여, 그를 칭송
하는 현실주의 예술창작론을 그대로 수용하는 특징을 지닌다. 현실주의에 있
어서 현실변혁은 혁명적 로맨티시즘의 창조적 경향으로 드러난다. 노동계급
에 있어서 현실과 이상은 추상적인 대립이 아니라, 진정한 변증법적 통일인
것이다. 혁명적 작가는 여러 가지 형식으로서 프롤레타리아의 투쟁 목적을
표현하고, 혁명의 영웅주의를 칭송하고 투사나 건설자를 찬미하고 올바른 미
래와 사회주의적 건설의 결과를 발견하기 위해 노력한다. 건설 도중에 있는
사회주의적 현실의 적극적 근원을 칭송하는 묘사는 가장 중요한 방법의 하나

---

288) 박태순, 「시인과 농부의 순결한 대지 ― 김남주의 민중세상을 찾아」, 『한길문학』
　　1990. 5. 『피여 꽃이여 이름이여 ― 김남주의 삶과 문학』, 앞의 책, 272쪽.

인 혁명적 로맨티시즘의 창조적 경향을 빚어낸다.[289] 다음의 시는 이러한 현
실주의 창작방법론의 한 양상을 보여주는 예라 할 수 있다.

> 이 용감한 조직을 보아다오
> 고통과 고통과의 결합
> 인간의 성채
> 죽음으로써만이 끝장이 나는
> 이 끊임없는 싸움, 싸움을 보아다오
> 밥과 땅과 자유
> 정의의 신성한 깃발을 치켜들고
> 유혈의 투쟁에 가담했던
> 저 동학농민의 횃불을 보아다오
> 압제와 수탈의 가면을 쓴
> 양반과 부호들의 강탈에 항쟁했던
> 저 1894년 갑오년
> 농민혁명의 함성을 들어다오
> 그리고 다시 우리 모두 이 사람을 보아다오
> 오늘도 우리와 함께 살아 있고
> 영구히 살아남을 이 사람을
> 녹두 전봉준 장군을 보아다오

「황토현에 부치는 노래」 부분

이강의 증언에 따르면 이 시가 김남주를 결정적으로 바꾼 전환점이라고 하
는데, 이 역시 농민적 삶의 현장이라는 관점에서 보아야 할 것이다. 1977년
김남주는 농민운동과 농민문학에의 두 가지 목표를 안고 새로운 가능성을 열
기 위해 다시 해남으로 귀향한다. 그 때 그는 '농민은 토지에 인간의 주관적
의지와 가꿈을 통해 자연적, 물리적 변화 아닌 목적의식적 변화와 창조를 한
다. 나는 농민들과 강고히 결합하여 변혁을 희구하겠다'라고 말한다. 이 시기
에 그는 훗날 '한국기독교농민회'의 기본 모체가 된 '해남농민회'를 결성한다.

---

289) 킬포틴, 「창작방법의 기본문제」, 루나찰스끼 외, 김휴 엮음, 『사회주의 리얼리즘』(일
　　월서각,1987), 112쪽.

또한 작가 황석영과 만나 서로의 문학에 상호교호적 도움을 주고받은 그는 부모님을 모시고 농민과 함께 호흡하면서 생활 속의 작품을 써나갔다. 위의 시 「황토현에 부치는 노래」는 가톨릭농민회 행사에서 낭독한 바 있는 일종의 추모시이다. 이 시기의 농민운동에서는 '함평고구마' 사건의 준비가 진행되었고, 그는 '민중문화연구소'를 준비하고 있었다.[290] 그러한 의미에서 1979년은 김남주에 있어 중요한 의미를 지닌다고 할 수 있다. 그는 지하혁명조직인 '남민전'에 가입하면서 '시인의 길' 대신 '전사의 길'을 택하게 된다. 그가 전사의 길을 택한 것과 시 쓰기는 큰 차이가 있는 것은 아니라고 하겠다. 그에 있어서 시는 전사의 무기였던 셈이다.

김남주는 더 이상 절망할 것도 없을 만큼 황폐한 농민의 현실을 극복하기 위한 시인으로서의 다짐과 모색이 빚어낸 하나의 선언으로 이 시를 쓴 것이다. 이것은 단적으로 그 옛날 농민들의 갑오농민혁명을 다룸으로써 그 특유의 사랑과 증오의 혁명적 시세계를 실천해 나간다.

이 시의 공간적 배경인 '황토현'은 녹두장군 전봉준이 결사 항쟁을 벌였던 격전지이다. 농민의 영웅이었던 전봉준이 그에게 끼친 이데올로기적 영향은 적지 않은 것으로 보인다. 이 점은 앞서 살펴본 신동엽과 다를 바가 없다. 갑오농민혁명의 전봉준은 그와 거의 육친화된 스승이며 동지이며 현실이다. 전봉준이야말로 그에게는 가장 이상화된 혁명적 유토피아의 표상으로 '혁명적 미학'을 낳게 한 원천이다. 그래서 그는 갑오년 당시의 농민군들의 농민의식을 다음과 같이 말한다.

그것은 무슨 거창하고 알량한 주의나 사상도 아니며 구체적이고 현실적인 자각이다. 그러므로 어느 배운 자식, 가진 자의 수뇌와 책에서 나온 어떠한 정책보다도 과학적이고 탁월한 의식이다. …중략… 동학군의 집강소 설치는, 바로 민중 속에서 민중을 위한 정책이 실현된다는 근대적 이념의 훌륭한 근거이다. 비굴한 봉건주의와 음흉한 일제는 드디어 당신들을

---

290) 이강, 「함성에서 남민전까지」, 김남주 시집 『조국은 하나다』(남풍출판사, 1988). 시와 사회사 편집위원회 엮음, 『피여 꽃이여 이름이여 - 김남주의 삶과 문학』, 앞의 책, 76~80쪽.

압살하기 위하여 손을 잡았고, 우금치의 피는 캄캄한 식민지시대를 지나 오늘의 참담한 반도 국토 곳곳에 스며 있다. …중략… 우리는 흙벌레가 아니라 바로 사람이라는 인간적 존엄성을 일으켜 세우고, 나아가 모든 농민의 편에 서서 새로운 질서를 세우기 위한 과감한 실천의 마당으로 나아가야 한다.[291]

「황토현에 부치는 노래」와 비슷한 시기에 씌어졌거나 내용이 유사한 「옛 사람들은」, 「녹두장군」, 「님」, 「아직도 우리에게 소중한 것」, 「돌과 낫과 창과」 등의 시들에서도 그의 농민적 의식은 나타난다. 이러한 계급투쟁적 혁명성은 자기성찰과 농민의식을 바탕으로 한 저항이라고 볼 때, 앞 시대의 윤동주나 김수영의 시적 세계관에 기대고 있기도 한 것이며, 농민적 저항의식은 신동엽과 신경림에 일정한 영향을 받고 있는 것으로 볼 수도 있다. 그러나 우리 사회의 근본적인 변혁에 대한 열정과 저항은 마야코프스키, 브레히트, 네루다, 하이네 등 외국의 혁명시인의 영향을 빌은 것과 깊은 관련이 있다.[292]

이 시기에 농민운동과 더불어 쓴 김남주의 농민시들은 농민계급의 인식 고취와 더불어 서정적 주인공이 그의 가족들에서 투쟁의 영웅들로 바뀌고 있었음을 알 수 있다. 그의 시에 등장하던 서정적 주인공은 시인 자신이 주로 시적 화자로 설정되어, 나약한 지식인이 되지 않기 위해서 자기를 점검하던 단계를 지나, 갑오농민혁명에 대한 인식의 발견과 함께 등장한 영웅적 인물인 녹두장군 전봉준을 필두로 「다산이여 다산이여」에서의 정약용이나 「최익현

---

291) 김남주, 「녹두장군 위령제」, 1977.11.27. 김준태, 「혁명성·전투성·역동성·순결성」, 시와 사회사 편집위원회 엮음, 『피여 꽃이여 이름이여 - 김남주의 삶과 문학』, 앞의 책, 155쪽.

292) 그의 외국 시인이나 이론적 영향은 곳곳에서 발견된다. 즉 1978년 그가 '민중문화연구소' 활동 일환으로 '파리콤뮨' 일어 강독 중 중앙정보부의 급습으로 피신한 일이나, 그해 프란츠 파농의 『자기땅에서 유배당한 자들』(청사출판사,1978)을 번역 출간하기도 했다. 또한 하이네·브레히트·네루타의 혁명시집 『아침저녁으로 읽기 위하여』(남풍출판사,1988)를 출간한 바 있으며, 하이네의 정치풍자시집 『아타 트롤』(창작과 비평사,1991)을 번역 출간하기도 했다.
시와 사회사 편집위원회 엮음, 『피여 꽃이여 이름이여 - 김남주의 삶과 문학』, 앞의 책, 449~450쪽.

그 양반」과 같은 역사적인 인물들로 변모된다. 그것은 현실주의 시가 운동성을 지향할 때 보편적으로 나타나는 창작방법론의 하나이다. 이른바 그의 시가 혁명적 세계관의 형성단계에서 서정적 주인공은 현실을 각성한 영웅으로 제시됨으로써 신념을 강화하는 것이다. 이러한 현실인식의 바탕에서 그는 '자유'의 의미를 재해석한다. 즉 그의 시「자유」에서 '만인을 위해 내가 몸부림칠 때 나는 자유'라고 규정하면서 이러한 자유를 누리는 주체로 그는 영웅적 인물인 '전사'를 내세운다. 그런 전사를 위한 이상형을 그는 역사적 인물을 통해 제시하고 있는 것이다.

갑오농민에게 소중했던 것 그것은
한 술의 밥이었던가 아니다
구차한 목숨이었던가 아니다
다 빼앗기고 양반과 부호들에게
더는 잃을 것이 없는 우리 농민들에게 소중했던 것
그것은
돌이었다 낫이었다 창이었다

돌은
낫을 갈아 창을 깎기 위해
낫은
양반과 부호들의 머리를 베기 위해
창은
외적의 무리를 무찌르기 위해
소중했던 것이다

「돌과 낫과 창과」 전문

이 시는 김남주가 농촌으로의 귀향을 통해 발견한 가족과 토대모순이 사랑과 분노라는 변증적 인식을 통해서 순수한 열정의 지평 위에 구체적이고 새로운 저항의 몸짓으로 나아간 결과물이다. 갑오농민혁명에 대한 자아발견 이후, 그의 시는 내용과 형식에 있어서 단순 명료한 메시지 전달 중심으로 바뀌게 되는데, 이 시는 그러한 양상을 드러내는 대표적인 경우라 할 수 있다. 그런 의미에서 이러한 시들은 전투적이고 논리의 극단화로 치닫는다. 이 시에서처럼 '갑오농민에게 소중했던 것'은 '한 술의 밥'이 아니고 '구차한 밥'이 아니고 '돌과 낫과 창'이라는 외침의 단순성과 명징성으로 나타난다. 혁명정신의 고취는 표현의 간결성만큼이나 일관된 슬로건을 지향한다.

김남주의 농민시는 기본적으로 현실주의 예술창작 원리에 기대고 있다. 현실주의에 있어서 현실은 문학예술 창작의 유일한 원천이며 시는 현실을 반영하는 일종의 사회의식의 형태이다. 따라서 현실주의 시 창작의 원리는 마르크스-레닌주의 인식론에 근거한 반영론 즉, 세계의 정신적 획득의 모든 형식은 객관적으로 주어진 현실의 반영이라는 것에 기초한다. 이 경우 시인의 인식은 항상 우리 외부의, 즉 인식과정 외부에 존재하는 경과들과 관계를 맺는 객관적 실재의 모사이다. 그러나 이 모사는 거울과 같은 죽어있는 모사가 아니라 '실천의 미적 미메시스 - 모방과 표현을 동시적으로 포함'293)하는 의식의 능동성에 기초한 반영이다. 이는 현실에서 취득한 정신적 내용이 현실의 복사가 아니라 현실의 특수한 '전유'의 결과임을 말하는 것으로서, 여기서 '전유'라는 개념은 마르크스적 의미에서 반영과 변형의 변증법적 통일로서 파악할 수 있다. 다음의 시는 김남주가 현실 변형을 통해 반영하는 이러한 양상을 보여주는 한 예가 된다.

주인이 종에게 ㄱ자도 모른다고 깔보자
바로 그 낫으로 종이 주인의 목을 베어 버리더라

「종과 주인」 전문

짧은 이 시에서 변형의 핵심적 역할은 그대로 관철된다. 이 시의 중심 형상인 '낫'은 시적 주인공인 종의 과거 일상적 삶 속에서 늘 보아오던 것이다. 이러한 깨달음을 얻을 때까지 이 낫은 시적 주인공에게 너무 친숙하여 대상

---

293) 토마스 메춰, 「반영이론으로서의 미학」, G.루카치 외, 이춘길 편역, 『리얼리즘미학의 기초이론』, 앞의 책, 83쪽.

화될 인식을 갖지 못했을 것이다. 그러던 어느 날 낫이라는 사물 속에서 이 사회의 모순과 억압의 구조가 갖는 법칙성이 갖는 비극적 내용과 형식을 깨닫게 된다. 실제로 봉건사회에서 낫의 역사 또한 '주인과 종', '깔봄 - 베어버림'의 내용과 형식을 갖는다. 그리고 산업시대 국가독점자본주의 사회에서도 그 사실은 '주인과 종'(자본가, 권력자 - 노동자, 농민) 사이의 합법칙성을 갖는다. 시인은 바로 그 현실 내용과 형식 통일로서의 '낫'을 통하여 계급을 발견하고 투쟁으로서 낫으로 진입한다. 이 전체적 과정이 짧은 이 시에서도 그것은 '내용이자 형식, 그리고 전체의 형상'294)이 된다.

이처럼 김남주의 농민시는 모순과 억압의 현실로부터 혁명을 꿈꾸는 원천으로 존재하는 것이다. 따라서 현실변혁과 실천적 의미로서 존재하는 그의 농민시가 지니는 형식은 사회에 대하여 변혁되기를 바라는 바의 주관적 통일이며 능동적·창조적 가치판단이다. 그래서 그의 농민시가 지니는 변형의 핵심은 '사회적 과정의 합법칙성'에 대한 인식의 재구성이며 이 과정 자체가 그의 시가 지니는 형상화의 원리라 할 수 있다.

지금까지 살펴본 것처럼 김남주의 농민시는 그 주제적 측면에서 두 가지 특징을 지니고 있다. 우선 그 하나는 전형적인 농민으로 살아가는 가족들에 대한 사랑을 바탕으로 발견하는 농촌의 현실이다. 이는 두 차례에 걸친 귀향을 통해 이루어진 농민적 삶에서 제도 모순에 대한 투쟁적 성격으로 나타난다. 그의 시가 계급적 인식에 바탕을 두고 혁명적 실천으로 나아가는 현실주의적 경향은 이러한 농촌의 발견과 실천적 성격을 지닌 농민운동에의 투신과 밀접한 관련이 있다. 그의 농민운동은 농촌과 농민에 대한 현실인식이 갑오농민전쟁에 대한 인식과 맞물려 혁명적 투쟁으로 나아가는 계기가 된다. 이처럼 그의 시는 귀향을 통한 가족들에 대한 사랑과 순수한 양심을 통해 출발했지만, 그것이 위협받는 과정에서 신념과 결의를 새롭게 하는 방향으로 나아가는 변모를 보인다. 그 과정에서 그는 황폐한 농촌현실에서 강한 소시민의식의 부정을 발견하며, 그것의 근원적인 극복을 위한 농민의식과 행동을

---

294) 오철수, 『현실주의 시 창작의 길잡이』(연구사,1991), 156쪽.

지향하게 된다. 즉 그가 혁명적 실천의 현실주의 시인으로 나아간 데에는 농민적 삶과 현실인식이 그 바탕에 놓여 있다고 하겠다. 그에 있어서 농민시가 지향하는 세계관은 '당파성'에 바탕을 둔 '인민성'에 있는 바, 그것은 '노동하는 인간의 혁명적 투쟁의 아름다움'295)을 형상화한 것으로 볼 수 있다.

　형상화방법의 한 측면에서 볼 때, 김남주의 농민시도 앞서 살펴본 신동엽과 신경림의 경우와 마찬가지로 서술양식을 택하고 있는 점이다. 이것은 현실주의를 지향하는 시가 지니는 공통된 특성의 하나로, 그의 시에서는 '서간체시'의 양식으로 나타나기도 한다. 그 점은 옥중시라는 성격과 관련이 있다. 또한 「추곡」과 같은 시에서는 민요적 가락으로 현실을 풍자하기도 했다.

　시인이라기보다 '혁명적 전사(戰士)'를 자처했던 김남주의 변혁적 실천인식은 해방공간의 역사적 규정 속에서 민중(농민)의 구체적 현실을 형상화하는 미학적 범주인 '인민성'에 놓여 있다. 이는 반제국주의와 반봉건주의에 대항하는 민주주의 변혁의 주체인 노동자, 농민, 소시민, 진보적 지식인 등 변혁세력이 놓인 현실의 형상화 문제로 제기된다. 그리고 이것은 당대 문학적 과제로 제기된 '민주주의의 민족문학' 건설을 위한 필연적인 범주가 되는 것이다. 이러한 입장에서 볼 때, '인민성'을 그 세계관으로 하는 김남주의 농민시는 농촌현실이 안고 있는 당면문제 해결 방법으로 친일세력 척결과 식민지 체제와의 단절이라는 민주주의 국가건설을 열망했던 오장환과 박아지 그리고 김상훈의 '당파적' 세계관을 그대로 계승한 것으로 볼 수 있다.

　김남주의 시가 지니는 형식문제는 '민족적 정서의 비판적 수용'과 '긴장과 압축을 위한 풍자' 그리고 '대중화를 전제로 한 문장과 구성의 평의성'으로 정리할 수 있다. 이 경우 혁명적 투쟁을 전제로 한 '긴장과 압축의 풍자'는 구체적인 형상화에 한계가 있어 관념적이고 도식화되고 있다. 특히 농민시에 있어서 현실의 형상화 혹은 현실반영은 농민의 삶과 의식을 구체화하지 않으면 이데올로기의 문제로 떨어지게 된다. 그의 농민시가 갑오농민혁명을 노래한 이후부터 시적 현실은 정치와 이데올로기의 반영과 집착으로 나아가는 것

---

295) 에르하르트 욘, 임홍배 역, 『마르크스 레닌주의 미학입문』, 앞의 책, 95쪽.

도 계급투쟁에만 초점을 두어 농민의식을 구체적으로 반영하기 어려운 측면을 지닌다. 농민시에 있어서 그 소재의 현실성은 농민과 농촌현실에서 구체화하지 않으면 안 된다. 그렇다고 해서 그의 농민시가 이데올로기를 담기에 급급했다고 해서, 농민현실에 대한 인식이라는 예술적 진실의 차원을 후퇴시켰다고 단정할 수는 없다. 즉 그의 농민시가 지니는 형식의 문제를 혁명이라는 관점에서 벗어나서 본다면, 그것은 한국 시사에서 시의 폭을 넓히는 데 기여했고, 또한 대중화와 관계되는 측면에서 그는 시에 대한 관념을 바꾸어 놓았다는 점에서 그 의미를 부여할 수 있다.

4) 문병란, 이시영, 김준태 등의 현실인식

산업시대에 접어들어 시에 있어서 현실반영에 대한 논의가 활발해지면서 많은 시인들이 농민의 문제를 시적 대상으로 다루기 시작했다. 특히 신경림의 시집『농무』가 간행되어 농민시의 새 장을 열면서 농민의식을 반영한 시들이 1970~80년대에 활발하게 창작되었다. 이러한 시들은 당대 정치적 상황과 밀접하게 관련을 맺고 있다. 산업시대 농민시는 앞서 살펴본 신동엽과 신경림 그리고 김남주 외에도 문병란, 이시영, 김준태 등을 그 대표적인 경우로 볼 수 있다.

이들의 농민시는 당대의 민중문학의 하위 범주에서 그 성격을 논의할 수 있는 바, 이는 앞서 2절에서 살펴본 것과 다를 바가 없다. 다시 말해서 이 시기의 민중시들이 그러하듯 농민시 역시 현실비판 정신이 치열하지만 맹목적 대립개념의 잣대로만 농촌을 바라보는 시각과, 체험이 동반되지 않은 동정적 발로에서 농민의 삶을 형상화함으로써 오히려 식상함을 보여주는 경우가 있는 것도 사실이다. 그러나 이들의 시는 당대 농촌현실과 농민적 정서에 직접적으로 맞닿아 있는 농민의식을 반영하고 있다.

문병란은 민중으로 표상되는 농민의 삶에 지속적인 관심을 보여 준 시인이다. 그의 대표적인 시라고 할 수 있는 「농민의 모습」이나 「땅의 연가」, 「함평 고구마」 등은 산업시대 농촌현실을 실랄하게 비판하고 있다. 유신정권에 의한 억압과 농촌 소외정책 속에서 살아야 했던 농민들은 자기 권익을 지키기 위해 노력하였다. 그의 시 「함평 고구마」는 바로 이러한 농민운동의 결과물이라 할 수 있다.

한국에서 권익신장을 위한 농민운동이 시작되는 것은 1970년대 초반부터이다. 비록 대규모의 조직적인 운동은 아니었지만 당시 농민운동은 정부의 농정에 대한 저항이었다. 정부가 시행한 각종 강제정책이 농민저항의 발단이었다. 즉 농민들은 '통일벼'로 대표되는 강제경작과 새마을사업의 강제집행, 농산물 검사의 부정, 경지정리 부실공사, 을류 농지세의 부당과세 등, 이 같은 관료주의적 횡포에 맞서 싸웠다. 또한 농협에 대한 민주화운동은 농민운동의 중심적 과제였다.

1970년대 농민운동의 최대 투쟁사례라 불리는 '함평고구마 피해보상운동'은 3년 동안의 끈질긴 투쟁 끝에 지배세력으로부터 보상 요구액을 쟁취해 내는 데 성공하게 되어 농민운동 발전은 물론 전체운동 발전에 지대한 공헌을 하게 되었다.[296] 1976년부터 지속적으로 전개된 '함평 고구마사건'은 농민들의 농협에 대한 불만과 저항을 상징하는 운동이었다. 이 사건은 1976년 산 고구마에 대해 농협 도지부와 함평군 농협이 전량을 수매하겠다는 약속을 이행하지 않음으로써 생산농가가 땀 흘려 수확한 고구마를 썩혀버리거나 헐값으로 방매하는 등 경제적 손실을 초래한 데에서 발생하였다.

> 남도의 툇마루에 놓여 있는
> 쓸쓸한 함평 고구마
> 못생긴 모습이
> 전라도 촌놈 닮았다.
>
> 눈도 코도 없는 두리뭉수리,
> 못생긴 셋째놈 이마빡 같은
> 아무렇게나 생겨 먹은

---

296) 노금노, 「현단계 농민현실과 농민운동의 과제와 방향」, 한국 농어촌사회 연구소 편, 『한국 농업·농민문제 연구Ⅱ』, 앞의 책, 339쪽.

함평 황토땅 물고구마.

미국산 밀가루 과자에 밀려나고
미국산 옥수수가루 뽀빠이에 쫓겨나고
오늘은 남도의 툇마루에 놓여
시커먼 파리나 반기는
함평 고구마.

웃목의 멱서리에서 긴 낮잠이나 잔다.
싸구려 싸구려 목이 쉬어도
농협 창고 앞에서 푹푹 썩어 간다.
반기는 사람 없이
촌놈의 주린 입에서나 찾아가는
푸대접에 서러운 이 땅의 얼굴이 아닌가.

보따리 싸버린 처녀 총각
감자똥 방구내음 역겹다고
고속버스 타 버린 처녀 총각들.
오늘의 남도의 툇마루에
우거지 쌍통의 고구마만 남았네.

이 가을 함평 땅에
또 고구마 대풍은 온다는데
전주 구치소 徐兄의 안부는 궁금하고
어디선가 고구마의 절규가 들려온다.

함평 고구마 만세
함평 고구마 만세
자꾸만 徐兄의 목소리가 들린다.

「함평 고구마」 전문

위의 시는 '함평 고구마사건'을 배경으로 농민의 분노를 '고구마'를 통해 형
상화하고 있다. 이 '고구마'의 형상은 바로 '푸대접에 서러운 이 땅의 모습'

즉 농민들의 모습이다. 1970년대에 접어들면서 농촌은 미국의 값싼 잉여농산
물이 과다하게 수입되면서 농산물의 가격이 저하되고 농민의 생산의욕을 감
퇴시켰다. 그러한 정부의 농정 실패로 인한 농민들의 불만이 농민운동으로
나타나게 된 것이다. '농협 창고 앞에서 푹푹 썩어 가'는 고구마는 바로 당대
농산물의 표상이라 할 수 있다.

농사일이 고된 만큼 그에 따르는 소득이 없는 농촌에서는 젊은이들이 '고
속버스를 타 버린' 것은 당연한 결과이다. 농산물 가격의 폭락과 이농으로
'우거지 쌍통의 고구마만 남았'고, '오물오물 이 빠진 할머니만 남아' 있는 농
촌의 공동화현상을 이 시는 통렬하게 비판하고 있다.

문병란의 농민시가 현실주의를 성취하고 있는 이유는 이렇듯 농촌현실을
구조적 모순에서 빚어진 것으로 보고 있다는 데에 있다. 뿐만 아니라 「전라
도 소」와 같은 경우는 농촌이 봉건적 역사의 현장에서부터 질곡의 한 가운데
위치해 있었음을 묘사하고 있으며, 「보리 이야기」는 이러한 억압 가운데에서
도, 즉 모진 추위에서도 죽지 않고 되살아나는 농민의 삶이 지니는 터전을
형상화하였다. 그가 농민시 「땅의 연가」로 노래하는 농촌은 땅이 생산하고
수확하는 삶의 풍요가 아니라 역사 속에 존재하는 비극적인 삶의 터전으로
묘사되고 있다.

문병란의 이러한 농민시들은 농경사회의 특징이 가장 많이 남아 있는 전라
도를 배경으로 폭넓은 역사·현실인식을 보여준다. 거기에는 조선조의 봉건
시대, 일제강점기, 분단상황을 거쳐 산업시대에 이르기까지 농민의 억압을
집중적으로 형상화하고 있다.

이시영의 농민시 역시 시대상황을 비판하고 있다는 점에서는 당대 농민시
들과 크게 다를 것은 없다. 그러나 그의 시는 농촌현실에 대한 진단을 관념
적이거나 이상화(理想化)를 부르짖는 추상으로서의 현장이 아닌 농민들의
삶 속에서 살아 있는 이야기를 토속적인 분위기를 통해 서술하는 '서술시' 양
식으로 형상화하고 있다는 점에서 개성이 드러난다. 이시영의 시집 『滿月』
(창작과 비평사, 1976)과 『바람 속으로』(창작과 비평사, 1986) 그리고 『길은
멀다 친구여』(실천문학사, 1988)에 수록된 농민시들은 주로 토속적인 분위기

속에서 일어난 사건을 '서사적 내지 설화적 얼개'297)로 형상화하고 있다. 시집 『만월』에 수록된 이러한 서술양식을 지닌 그의 농민시로는 「정님이」, 「가을이 와도」, 「새벽들」, 「대침」, 「옥례」, 「滿月」, 「머슴 고타관씨」, 「오빠」, 「흉년」, 「삼밭」, 「누룩」, 「강냉이」, 「고추밭에서」 등을 꼽을 수 있다. 이러한 시들은 그 제목에서도 알 수 있듯이 농촌을 배경으로 농민들을 서정적 주인공으로 등장시켜 인물들의 이야기를 토속적인 분위기를 바탕으로 서술하고 있다는 점에서 독특하다. 이 시들은 시인의 농촌체험에서 비롯된 지극히 개인적인 농민들의 이야기이지만, 당대를 살아온 농민들이 공유하고 있는 삶의 질곡들이다. 그 이야기는 가장 가까운 이웃들이 피를 흘리며 싸우기도 하고, 미치광이가 되어 가는 과정, 아편과 노름으로 버림받은 게으름뱅이 등 그가 어린 시절에 체험하고 관찰했던 기억들은 모두 '무서움'과 '두려움'의 형상이다.

아버지는 왜 오지 않는가
논바닥을 덮는
노란 서숙모가지가 돋은 새떼들
우여우여 새여,
부황든 달을 파는 손톱, 滿朔의
누나는 한숨으로 쑥고개를 넘는데 대낮처럼
붉은 얼굴로 中天을 걸어 내려오는 더벅머리들
타곳으로 한번 간 바람은
왜 오지 않는가
수수 그림자를 내리찍는 괭이
빈 들을 껴안고
어머니는 밭고랑에 쓰러지는데
칵, 칵, 칵, 칵, 노을 속에서 떨어지는 들쥐들
돈벌러 간 아버지는
왜 오지 않는가

---

297) 염무웅, 「갈망과 탄식의 시」, 이시영 시집 『바람 속으로』(창작과 비평사,1986), 발문, 141쪽.

죽정이를 한 짐 부려 놓고
부리나케 성칠이놈은 서릿발 장땡이
타는 홀레집으로 내뺀다
애비처럼, 망할 놈의 뜬눈의 새벽처럼

「타작」 전문

이 시집에 수록되어 있는 대부분의 시들은 시인이 성장했던 농촌에서 일어
난 사건들을 서술시의 양식으로 형상화하고 있다. 위의 시 또한 그러한 서술
시의 양식으로, 일견 평범한 농촌의 풍경과 이야기라고 할 수 있으나, 등장인
물들의 삶을 통해서 농민적 정서를 형상화하고 있다. '돈벌러 간 아버지'는
돌아오지 않고 어머니와 머슴 '성칠이' 그리고 시적 화자는 밝은 달빛 아래에
서 추수를 하고 있는 이야기의 서술은 토속적인 배경 묘사를 통해 당대의 농
민들이 겪었던 비극적 현실을 형상화하고 있다. 아버지가 없는 농가에서의
추수는 밤늦도록 이어지고 '죽성이 한 짐 부려놓고 / 부리나케' 머슴 성칠이
는 노름집으로 달아나고, 어머니와 어린 화자는 밤늦도록 수수밭에서 농사일
을 해야 하는 고통스러운 유년의 풍경화이다. 이러한 유년의 풍경과 고통은
10년이 지나서 출간된 그의 두 번째 시집『바람 속으로』에서도 크게 달라진
것은 없다.

그의 두 번째 시집에 수록된 농민시들은 농민분해와 시인의 어린 시절에
대한 회상이 중심이 된다. 이 시집에 등장하는 인물들 역시 농민 전형이다.
땅마지기 하나 없이 홀아버지를 모시고 살다가 서울행을 감행하는 「낙식이
형」은 이농민의 전형이며, '목화를 따고 물레를 잣고 / 여름밤이 오면 하얀
무릎 위에 / 정성껏 삼을' 삼던 「정님이」 역시 농민의 전형적인 딸이다. 뿐만
아니라 '비가 오면 덕석걷이, 타작 때면 홀태앗이 / 누에철엔 뽕걷이, 풀짐철
엔 먼 산 가기' 등등 상일꾼처럼 일을 했던 그 어머니의 형상 역시 농민이요,
한국의 전형적인 농부의 아내라 할 수 있다. 그는 「귀향」, 「고모」, 「지리산」,
「당숙 이야기」, 「며눌에게」, 「동무들」 등의 시에 등장하는 전형적인 농민들
에 대하여 짙은 애정을 드러내면서, 그들이 지니고 있는 고통의 형상을 농민

적 서정으로 형상화하고 있다. 그의 시에 등장하는 또 다른 인물인 「오금바
우」는 전통적인 농촌마을에서 흔히 볼 수 있었던 인물이다. 시인은 토대모순
의 봉건적 농촌사회에서 살아 온 하층계급의 삶을 한 인물의 삶의 행적을 쫓
아서 그려내고 있다.

> 나 오금바우는 우리 마을 제지기
> 빡빡 깎은 머리에 흰머리 육십이지만
> 작달막한 키에 다부진 몸매
> 마을 사람 아무에게나 반말짓거리 듣고
> 양반님네들 앞에 서서
> 두 손 모아 쥐고 허리를 구부려
> 콩 놓아라 팥 놓아라 명을 받지만
> 젊으나젊은 시절엔 이 바닥
> 칠월 백중 상씨름판을 휘젓고
> 아씨들 신행길 따라가
> 먼 마을 양가집 규수들도 남몰래 울린 사내
> 동네 어른들 앞을 지날 때는
> 길 한쪽에 붙어서서 고개 수그려
> 옆걸음을 걷지만
> 이른 아침 쩽쩽한 등천마루에 올라
> 목청아 너 터져라 외치는 소리
> 동네 어르신들 회의 나오시고
> 머슴들은 부역 나오시우
> 신작로 가에 양복쟁이 한 눔 들어서니
> 술 단속 솔가지 단속 마누하님 속곳 단속들 잘 하시우
> 동네 초상이 나면 부리나케 달려가
> 마당에 불을 지피고 차일을 치고
> 꽃상여 실하게 엮어 뒤에 세우고
> 한 손에 핑경 들고 한 손에 막대 들어
> 댕그랑쟁그랑 북망아 너 어데냐
> 한 목숨 정하니들 데려다주었건만
> 맞딱뜨리는 양반마다 이리 비켜라 저리 썩 물러가라

마주치면 아무나 요금바우 저금바우
이 날 입 때까지 외치고 비켜서고 일하고 늙어왔건만
느는 것은 양반님네들 거드름
쌓이는 것은 양반집 곳간
동지 섣달 찬 바람에 덜컹거리며 우는 것은
우리네 움집 봉창문뿐이더라
서럽어 못살겠다
내 오늘도 아침볕 쩽쩽한 등천마루에 올라
썩어가는 마을을 향해 외친다
신작로 가에 양복쟁이 또 한 눔 들어선다
어와 양반님네들아
광 단속 곳간 단속 아랫것 털렁 단속들 잘 허시어 대대손손 누리어라
한번 가면 다시 못 올 북망길 갈 때
이내 팔 붙잡고 울음 울며
같이 가자는 말씀이나 말고

「오금바우」 전문

이시영의 두 번째 시집 『바람 속으로』에 등장하는 서정적 주인공들은 지극히 평범한 우리 이웃의 모습들이다. 그것은 그의 첫 시집 『만월』에 등장하는 인물들이 피를 흘리고, 미치광이가 되어가고, 아편과 노름하는 게으름뱅이들과는 달리 지극히 평범하고 현실적인 인물들로 채워져 있다. 이 시에 등장하는 서정적 주인공 '오금바우'도 비록 삶의 애환으로 가득차 있기는 하지만 지극히 정상적인 인물이다.

이 시는 서사적 요소를 지닌 '서술시' 양식을 택하여 한 인물의 일생을 서정적 주인공의 목소리와 전지적인 시적 화자의 목소리의 교체를 통해 형상화하고 있다. 서정적 주인공 '오금바우'는 1960년대까지만 하더라도 농촌에서 흔히 볼 수 있었던 인물이다. 평생을 하층계급의 억압 속에 살아온 서정적 주인공인 '오금바우'를 통해 이시영은 전근대적 인습을 통렬하게 풍자하고 있다. 서정적 주인공인 '오금바우'는 '마을 재지기'이다. 그는 '마을사람들'과 '양반님네들' 앞에서 허리를 구부리고 살아가지만, 절은 시절엔 '상씨름판을

휘젓고', '먼 마을 양갓집 규수들도 남 몰래 울'리기도 하는 남자다운 '사내'였다. 그는 '동네에 초상이 나면 부리나케 달려가' 마을 재지기로서의 자신의 직분을 다하는 성실함으로 한 생애를 살아 온, 한국 현대사에 얼룩진 하층계급의 표상적 인물이다. 이렇듯 제도적 모순 속에서 살아 온 그가 이제 '흰머리 육십'이 된 나이에 '서럽어서 못살겠다'는 모순된 현실을 자각하고 있다. 그리하여 그는 '양반님네들아 / 광 단속 곳간 단속 아랫것 털렁 단속들 잘 허시어 대대손손 누리어라'라며 상층계급에 대한 저항감을 드러내면서, '한번 가면 다시 못 올 북망길 갈 때 / 이내 팔 붙잡고 울음 울며 / 같이 가자는 말씀이나 말고'라며 인간다운 삶을 살지 못한 것에 대한 저항감을 나타낸다. 이러한 서정적 주인공의 계급적 현실인식을 시인은 풍자적 기법으로 드러내고 있다.

이시영의 농민시는 근본적으로 계급적 인식을 바탕으로 전개된다. 그 점은 그의 세 번째 시집『길은 멀다 친구여』에서도 뚜렷하게 드러난다. 이 시집에 수록된 농민시는 대부분 시인의 고향인 농촌에 살아가는 농민들에 대한 회상과 연민이 정서의 밑바탕에 깔려 있다. 이는 신경림의 시집『농무』가 보여준 농민들의 모습과 흡사하기도 하다. 이시영의 농민이 신경림의 농민과 차이가 있다면 시적 화자가 '우리'가 아닌 개인으로 설정되고 있다는 점이다. 또한 그 서술은 주로 시인의 어린 시절에 체험했던 농촌생활과 농민들의 애환이 현재적 상황과 교차되는 경향으로 나타난다. 이 시에 등장하는 서정적 주인공들 역시 앞서 살펴본 시집들과 크게 다르지 않다. 냇가에서 시집왔다고 하여 택호가 「냇가물댁」인 한 여인의 억센 생활력은 '삼농사'로 드러나고, 강 건너 수절해 농사짓고 사는 「늙은 이모傳」에서의 농민적 애환이나, 역시 종고모부가 일찍 돌아가시고 혼자 농사짓고 사는 「종고모」, 「둠벙」에 숫돌을 담가 낫을 가는 '아버지', 농가의 싸아한 냄새만큼이나 인정을 베푸시던 '큰어머니'의 「도장방」, 「무공해 농원」에서 농사짓는 정상묵씨 등은 모두 시인의 이웃들이며 이 땅의 건실한 농민의 전형이다.

이시영의 농민시는 대부분 서정적 주인공들이 구체적이면서 현실성을 지닌 농민들이다. 그는 이러한 인물들의 삶을, 서사성을 바탕으로 서술하는 것을 특징으로 삼고 있다. 서술 양식의 채택은 이미 보아 온 것처럼 농민의 현실을 반영하는 농민시의 한 양식이라 할 수 있다.

김준태의 농민시는 첫시집 『참깨를 털면서』(창작과 비평사, 1977)와 다섯 번째 시집 『칼과 흙』(문학과 지성사, 1989)에 집중되어 있다. 이 두 권의 시집에 수록된 농민시들은 당대 정치적 현실과 밀접하게 관련을 맺는 현실주의적 성격을 띤다. 그의 첫시집 여기에 실려있는 시들은 「찔레꽃」, 「고향으로 이젠 엿장수들이나 찾아가는구나」, 「호남선」, 「들밥」, 「안마」 등의 시를 통해서 1970년대 농촌사회의 모순을 형상화한다. 이러한 시들은 그가 '천지간이 온통 고향으로 둘둘 뭉쳐졌으면 환장하게 좋을 것 같다'고 시집의 「후기」에서 밝혔듯이 그의 시는 농민부재의 현장인 고향에 대한 애착에서 비롯된 것으로 보인다. 이와 같은 고향에 대한 애착은 소외된 고향사람들의 현실을 인식하면서 '야성적인 높은 토운'[298]으로 분노의 목소리를 쏟아낸다.

① 논둑에 앉아 캄캄한 밥을 먹는 농부들
　일찍이 돈도 빽도 없이 태어난 농부들
　사람이 죽으면 지붕 위에 속옷 던져놓고 울던 농부들
　정든 조상들이 죽어 묻힌 산줄기에 에워싸여 자식이나 키우며
　감나무나 키우며 살아가더니
　오늘은 어둠 속에서 누구나 부른다.
　가까이 가보면 젊은이들은 그림자도 없고
　늙은이와 아이를 낳지 못하는 여자들
　밥을 이고 나온 꼬부랑 할멈뿐인데
　아무개 아니냐, 아무개 아들이 아니냐
　덥석 손을 잡고 많이 먹고 가라 한다

「들밥」 일부

② 나는 안마를 그리워하는 놈이 아냐
　이발관의 게릴라인 낙지발 계집년들아

---

298) 조태일, 「민중언어의 발견」, 『창작과 비평』, 1972. 봄.

시골서 콩밭 매다가 오입을 나와
이발관에 눌러붙은 심심산골의 호박씨들아
…중략…
고향 마을엔 암컷이라곤 씨앗도 없어
장가를 들지 못한 老총각 녀석들이
숫돌에 몸을 눕혀 벼포기를 베고
밤이면 유행가나 부르며 우습게 미쳐가는데
에라, 이눔의 멀쩡한 무딘 호밋날들아
제발 괴나리봇짐 다시 싸 들고
기차 타고 버스 타고 고무신 타고
가서 어엿한 각시되어 보름달이 되어
아들 딸을 끙끙 곱게 낳아 주어라
썩은 말뚝 칭칭 감아 오르는 호박넝쿨처럼
그렇게 한 촌놈도 입 맞추며 사랑하다가
고생이 안의 논베미에서 손바닥을 빼내어
능수버들 보릿대춤 덩실덩실 추다가
뱃 속에 흙이 꿈틀대면 토하기도 해봐라
여봐 삼백리 콩밭 매다가 오입 나온
보리꽃 살구꽃 시절 연초록 아득한 언덕들아

「안마」 일부

김준태의 이러한 농민시들은 대부분 고향 농촌의 현실에 대한 시인의 연민
이 스며있다. 그것은 어둡고 황량한 농민의 삶을 끌어안으려는 시인의 현실
인식에서 비롯된 것으로, 시 속에서 서정적으로 반영하기도 한다.

인용한 ①의 시는 젊은이들이 모두 떠나버린 이농의 현실과 할머니들이
지니고 있는 농촌 특유의 인심을 시인의 체험을 통해 형상화하고 있다. 할머
니들은 어둠이 내린 '논둑에 앉아 캄캄한 밥을 먹'어야 하는 비극적 농민의
형상이다. 이 농부는 '자식이나 키우며 감나무나 키우며 살아가더니' 이제는
젊은 자식들을 모두 대처로 떠나 보내고 '꼬부랑할멈'이 되어서도 농사일을
해야 하는 오늘날 농촌의 전형적인 형상이다. 이 시에서 시적 화자인 시인
자신과 할머니들은 깊은 교감을 나누는 관계로 설정되어 있다. 즉 시인에게

이 할머니들은 고향사람들인 것이다. 그래서 시인은 고향사람에 대한 애착과 연민으로 그들의 고단한 삶이 인간미가 넘치는 삶의 현장으로 인식되고 있다. 그것은 젊은이가 없는 농촌의 비극적 현실과 대조되어 있다.

②의 시 역시 이농의 문제와 관련한 농촌현실에 대한 고발이라는 점에 있어서는 ①의 시와 크게 다를 바가 없다. 그러나 그것은 농촌 총각들의 결혼이라는 보다 구체적인 문제로 직결된 통렬한 비판의식이 깔려있다는 점에서 다르다. 시적 화자는 시인과 일치하는 인물로 이발소에서 안마를 하는 여성들에 대한 부정적 인식이 강하게 나타난다. 농촌 여성들의 도시 진출은 이미 오래 전부터 있어 온 일이라 새삼스러운 것이 못 된다. 이들은 농촌에서 '콩밭 매다가' 농촌이 싫어 도회지로 진출한 여성들이다. 화자는 이 여성들을 통해 농촌의 현실을 비판하고 있다. 그것은 앞서 살펴본 것처럼 시인의 고향에 대한 강한 애정에서 비롯된 것이다.

산그늘 내린 밭 귀퉁이에서 할머니와 참깨를 턴다.
보아하니 할머니는 슬슬 막대기질을 하지만
어두워지기 전에 집으로 돌아가고 싶은 젊은 나는
한번을 내리치는 데도 힘을 더한다.
세상사에는 흔히 맛보기가 어려운 쾌감이
참깨를 털어내는 일엔 희한하게 있는 것 같다.
한번을 내리쳐도 셀 수 없이 솨아솨아 쏟아지는 무수한 흰 알맹이들
도시에서 십 년을 가차이 살아본 나로선
기가 막히게 신나는 일인지라
휘파람을 불어가며 몇 다발이고 연이어 털어댄다.
사람도 아무곳에나 한번만 기분좋게 내리치면
참깨처럼 솨아 솨아 쏟아지는 것들이
얼마든지 있을 거라고 생각하며 정신없이 털다가
아가, 모가지까지 털어져선 안되느니라
할머니의 가엾어 하는 꾸중을 듣기도 했다.

「참깨를 털면서」 전문

이 시는 도시에서 자란 시적 화자가 농민인 할머니와의 교감을 '참깨를 터는 행위'로 드러내고 있는 바, 그것은 농촌체험에 대한 서술이다. 할머니의 참깨를 터는 행위는 한평생의 농사일에서 터득한 인생의 지혜이며, 농업에 대한 정성의 한 단면으로 형상화되었다. 농업은 농민에 있어서의 삶의 원천이며 현실자체로 존재하는 것이다. 이 시에는 농민의 아픔이 나타나지 않는다. 그것은 할머니의 참깨를 터는 행위와 농업에 대한 올바른 인식을 가지지 못한 화자가 설정되어 있기 때문에 당연한 결과라 할 수 있다. 그래서 이 시에는 농민의 진솔한 감정이 담겨 있기보다는 시인 자신의 모습이라 할 수 있는 화자의 맑고 깨끗한 정서를 느끼게 된다. 말하자면 이 시는 농민적 정서와는 일정한 거리가 있다.

김준태의 첫 시집에 수록된 농민시는 거의 맹목적이라 할만큼 고향에 대한 애정을 형상화하고 있다. 그러나 그것은 단순히 애정에만 머물러 있지 않고 통렬한 현실비판으로 나아가고 있다는 점에서 현실주의 시성신에 충실했다고 볼 수 있다. 그러나 그의 시들은 농촌현실이, 당대 민중시들이 그러했듯이 대부분 농촌현실에 대한 비판적 인식만 앞세웠을 뿐 진실로 농민의 입장에서 농민문제에 접근하려는 노력이 없었기 때문에 그들의 진솔한 정서를 반영하지는 못한 것이라 할 수 있다.

뿐만 아니라 「열 손가락 중에 하나 간혹 피를 흘린다는 일은 얼마나 즐거움인가」와 같은 시는 농사일을 낭만적[299]인 행위로 인식하는 결정적인 한계를 보여주기도 한다. 즉 '시골로 돌아가 풀베기'를 하겠다는 시적 자아가 낫에 손가락을 베었을 때 '깨끗한 즐거움'이라고 표현한 것은 그것이 아무리 반어적 표현을 구사했다 하더라도 현실성이 결여된 것이라 볼 수 있다. 또한 시적 화자인 '나'가 '이제 시골로 돌아갈까 부다'라고 막연하게 귀향을 피력하고 있는 것도 농민정서에 투철한 것은 아니다. 따라서 이 시는 손에 흙을 묻혀 보지 않은 도시적 삶을 살아온 시인이 농사일에 대한 체험 부재

---

299) 이승하도 「우리 시에 나타난 농촌사회의 갈등」(『한국의 현대시와 풍자의 미학』, 문예출판사, 1997, 347쪽)에서 이 시를 두고 "다렌돌프가 말한 '루소나 마르크스가 지닌 혁명적 유토피아의 낭만주의'와 다를 바 없다"고 비판하고 있다.

로 인해 빚어낸 당대 민중시들의 한계를 대표적으로 보여준 것이라 할 수 있다.

　김준태의 첫 시집『참깨를 털면서』에 수록된 농민시는 고향으로 표상된 농촌현실에 대하여 직설적 분노의 서정으로 형상화되고 있으며, 귀농의 의지를 보여주는 경우도 있었지만 진정한 농민의식을 반영한 시로 보기 어렵다. 이 점은 농민의 진실된 정서에 다가가 있지 않아서 분노의 정서 형상화가 변혁논리의 직접적인 표현에서 벗어나지 못한 것이라 할 수 있겠다.

　김준태의 첫 시집에 수록된 농민시들은 이렇듯 철저한 농민적 인식에 바탕을 둔 것은 아니다. 그의 다섯 번째 시집『칼과 흙』의 세계는 광주항쟁을 겪으면서 얻어진 성과로 보인다. 1980년대 초반 무자비한 정치적 탄압을 목격하면서 그는 비로소 '인간'과 '생명'에 대한 소중함을 깨닫게 된다. 그의 첫 시집에 수록된 농민시가 현실성이 결여된 농촌공동체와 귀농의 노래라고 한다면, 다섯 번째 시집에 수록된 시들은 '어둑어둑한 뒷그림자, 고함소리가 뒤죽박죽'[300]된 '도시' 광주에서 뜻밖에 체험한 공동체적 희생정신에 대한 감동의 결과인 셈이다. 즉 그것은 단순히 '농촌'과 '도시'의 대립을 넘어서 인간애가 존재한다는 사실을 확인한 결과물이라 하겠다.

　김준태의 다섯 번째 시집『칼과 흙』에 수록된「밭시」연작은 시인이 1986년부터 쓴 것이다. 이 시집의 대부분을 차지하는 52편의 이 작품들은 언뜻 보면『참깨를 털면서』에서 그려내던 농촌으로 되돌아간 것처럼 보인다. 실제로 이 시집에 수록된 시들 중에서「고향」,「어머니」,「밭고랑」과 같은 시는 그 소재와 내용이 거의 흡사하다. 하지만 이 시들은 전자의 경우에 비해 시의 구조적 긴장이 많이 풀어져 있다. 그는 광주항쟁의 인간애를 '밭'으로 드러내고 있다. 김주연이 이러한 김준태의 시적 회귀를 '시인에게 있어 농민은 하늘만 바라다보는 하늘, 땅만 일구는 땅 그 자체이며, 밤하늘의 별이다. 요컨대 농민은 완전한 농촌 사회 속의 농민이다. 이러한 농민의식은 매우 아름다운 인식으로서 시인의 아름다운 마음씨를 반영한다'[301]고 했지만, 이 시집

---

300) 김준태,「오늘의 삶과 시의 필요성」,『시인은 독수리처럼』(한마당,1986), 108쪽.
301) 김주연,「비생명의 생명」, 김준태 시집,『칼과 흙』(문학과 지성사,1989), 124쪽.

에서 김준태의 농민의식은 농민을 그대로 반영한 현실적인 '완전한 농촌 사
회 속의 농민'으로 보기 어렵다. 이 점은 다음과 같은 시에서도 확인된다.

> 땅 위에
> 씨앗을 뿌리면
> 밭이 되지만
>
> 땅 위에
> 씨앗을 뿌리지 않으면
> 총칼이 쌓인다.
>
> 「땅의 생리 - 밭시 29」 전문

　　김준태에 있어서 '밭'은 생명의 공간이다. 그것은 삶의 공간이며 '총칼'과
대비되는 원초적 인간의 고향이다. 이 '총칼'은 이데올로기에 바탕을 둔 정치
적 인식이다. 그에 있어서의 '밭'은 이데올로기의 논쟁을 극복하고 나타난 새
롭게 생성된 농민의식이다. 따라서 이 '밭'은 첫 시집에서 보여준 과거지향적
폐쇄공간을 벗어나 보다 역동적인 미래지향으로서의 농토로 나타난다. 그가
이 시에서 궁극적으로 보여주고자 한 것은 '낙관적 미래' 인식이라 할 수 있
다. 즉 어차피 이데올로기에 목을 매는 것보다는 자연의 생명력과 하나가 되
는 인간들로부터 미래를 거는 편이 낫고, 그 미래에 현재의 모순과 고통을
보상받으려는 정신이 반영된 것이다. 이러한 정신은 신동엽이 「금강」에서,
신경림이 「남한강」에서, 그리고 김남주가 「황토현에 부치는 노래」에서 이미
열어둔 미래와 다를 바가 없다.

> 고향에서
> 만난 여자들은
> 곡식이 담긴 항아리
> 씨앗이 담긴 항아리 같았다
>
> 「여자들 - 밭시 17」 부분

이 시에서도 알 수 있듯이 김준태의 '밭'은 생명의 모태로서의 여성 이미지라 할 수 있다. 그것은 생명의 씨앗을 담는 자궁이며, 대립과 투쟁이 없는 세계에서의 '밭'은 '칼'이 아니라 곡식이 자라는 원시성의 세계로서의 의미를 지닌다. 그에 있어서 광주항쟁은 '칼'로 대비되는 인간들의 폭력 세계라는 점에서 부정적인 현실이며, 씨앗이 있는 '밭'은 원시성의 인간이 존재하는 긍정적인 미래로 설정된 것이다. 또한 그에 있어서 '밭'은 정치적 폭압과 토대모순의 현실을 극복할 수 있는 유토피아적 공간이라는 점에서 볼 때, 그의 세계관 속에 존재하는 혁명적 이데올로기는 원시성에 바탕을 둔 농민적 세계관의 회복이라고 할 수 있다.

김준태의 1970년대 농민시는 시집『참깨를 털면서』에 나타난 피폐한 농촌에 대한 고발성이다. 이 시들은 농민해체의 실상이 서정적으로 드러나기도 하고, 도시인에 대한 경멸과 시인의 맹목적 고향 사랑이 현실성을 띠고 드러난 세계관이다. 시집『칼과 흙』에 수록된 연작시「밭」은 원시성에 바탕을 둔 농민의식으로, 구상의 연작시「밭일기」와 흡사하다. 그의 시가 정치적 이데올로기에 바탕을 두고 있다고 본다면, 이는 이데올로기의 극복으로 나타난 결과물이라 할 수 있다.

김창완은 농민과 농촌을 떠나 도시로 이주해온 이농민들의 울분과 비애를 현실주의적 세계관으로 투쟁의지를 고양하고자 했던 1970년의 민중시인이다. 9편의 연작으로 이루어진「忍冬日記」는 바로 이러한 농민들의 가난한 삶과 도시 이농민들의 고통을 형상화하고 있다.

> 자네가 허겁지겁 세상에 뛰어온 건
> 救荒을 위해서고
>
> 자네가 아득바득 세상을 사는 건
> 폐허가 불쌍해서 그러는 거다.
>
> 이장네 씨암탉 허벅지 뜯어먹고
> 기름진 뼈끝마다 고름든 면장님의

들창에 뜸질을 위해서
자네는 한 줌의 재로도 스러진다.

자작농이 되었다는 자랑 때문에
쇠스랑에 찍혀 죽은 우리 외삼촌
피보다 먼저 흘린 허연 골을 머리에 이고
보따리장수 외숙모의 발자국마다
고여있는 정액들은 눈감고 웃는다.
면사무소 뒤뜰에는 만발한 아카시아.

바보같은 그를 위해 자네는 불린다.
쑥이라고
자네더러 쑥이라고 세상이 그런다.
농부의 무덤에는
쑥이라고 불리는 풀이파리만 무성하나.

시퍼런 풀물이 들도록 돌절구를 물들이고
이빨에 시퍼런 풀물이 들도록
씹어도 씹어도 향기롭기만 한 쑥이여.

「쑥」 전문

이 시는 한평생 구황(救荒)을 위해 살아가는 농부의 비극적인 삶을 시적
화자의 독백을 통해 드러내고 있다. 시인과 구별되는 제3의 서술자가 선택된
이 시의 경우에는 시인은 서술자의 언어를 매개로 자신의 의도를 형상화한
다. 따라서 시 속에서 이중의 구조가 형성된다. 즉 시적 화자인 서술자는 '자
네'로 지칭되는 농민의 친구로서, 대상인물의 상황과 정서를 서술자의 신념
체계와는 다른 굴절방식을 통해 농민의 삶을 전달한다. 물론 서술자의 독백
은 인물들의 삶을 관찰하는 입장에 놓여 있다.

이러한 서술방법을 통해 이 시는 농민들의 삶이 지닌 비극을 제도적 모순
으로 형상화한다. 당대 농민은 관의 하수인으로서, '이장네 씨암탉'을 자기 것
인 양 '뜯어먹고' 등창이 난 '면장님'을 치료하기 위해 '한줌의 재로도 스러지'

는 불쌍한 존재이다. 그것은 '자작농이 되었다고 자랑'한 것이 빌미가 되어 '쇠스랑에 찔려죽은 우리 외삼촌'과 같은 비극으로 치달을 수도 있었던 것이다. 이러한 비극을 모면하기 위해 '자네'는 '면장님'의 비위를 맞출 수밖에 없는 '바보 같은 그'이지만, 그것이 이 땅의 농민들이 지니고 있었던 생존의 한 방편이었는지도 모른다. 이러한 비극적인 모습을 그는 '쑥'으로 비유함으로써 농민의 삶을 극단화시키고 있다.

따라서 김창완의 이 시는 농촌사회가 지니고 있었던 구조적 모순에 대한 저항을 시도함으로써 농민시의 한 모델을 제시한 것으로 보인다. 그의 이러한 현실 반영은 그의 시집 『인동일기』에 일관되게 반영된 서정이다.

본 절에서 살펴본 문병란, 이시영, 김준태, 김창완의 농민시는 당대 농촌과 농민현실을 다양한 목소리로 드러내고 있음을 확인할 수 있다. 문병란은 농민운동과 관련한 현실 투쟁적 성격을 그의 시에 적극적으로 반영하였으며, 이시영은 농민을 전형적 인물로 설정하여 삶의 애환을 시 속에 형상화하였다. 그에 비해 김준태의 농민시는, 1970년대의 경우에는 도시에 대비되는 농촌의 피폐한 현실에 대한 비판에 초점을 두고 있으며, 광주사태를 매개로 한 1980년대의 경우에는 원시성에 바탕을 둔 이데올로기적 농민의식으로 나타나는 변모를 보인다. 김창완은 비극적 삶을 살아온 농민에 대한 비판의식을 형상화하였다.

제 5 장 현대 농민시의 전통과 시사적 위치

1. 농민시의 전통과 한계

한국 농민시는 사회·정치적 문제와 밀접한 관련을 맺으면서 발전한 것이 그 핵심적인 성격이라 할 수 있다. 본고에서 농민시의 성립을 일제강점기 프로문학의 대두와 더불어 가능해진 것으로 본 것도 이와 같은 맥락에서 파악한 것이다.

한국 시문학사에 있어서 프로문학의 등장과 더불어 이루어진 카프 결성은 시문학이 현실을 반영하는 실질적인 토양을 마련했다는 점에서 그 의미를 부여할 수 있다. 프로문학 측의 농민시는 현실을 변혁 대상으로 인식하여 지식인의 주체적 실천을 중요한 슬로건으로 삼았기 때문에 그 이전의 경우와는 사뭇 다른 성격을 지닌다고 할 수 있다. 그리고 그것은 인간의 주체적 실천에 의해 변화·발전하는 것으로 파악하고 현실의 변혁을 위한 지식인의 사명감을 강조하는 이론이 뒷받침되어 실질적인 농민문학의 성립을 가능하게 하였다. 이 시기에 있어서 농민문학 성립은 당대 민족 구성원의 대부분을 차지하고 있는 농민계층에 대한 적극적인 관심의 산물이었다. 카프의 현실주의 수용은 한국문학이 현실의 전체성에 대한 과학적이고 객관적인 인식 요구와 함께 그 현실을 변혁하고자 하는 실천을 가능하게 해 준 중요한 계기가 되었다.

이러한 현실주의적 경향을 띤 시가문학은 엄밀히 말해서 일제강점기라는 특수한 조건에서 갑자기 생겨난 것으로만 보기는 어렵다. 이는 이미 조선 후기의 한시나 민요와 같은 시가문학, 또는 구한말의 창가나 개화가사에 이르기까지 각각 그 나름의 한계가 있음에도 당대 민족현실을 직시하고 민족현실의 발전에 기여하고자 하는 진보적 성격을 지니고 있었다.302) 이 같은 한국 시가의 전통적인 진보성은 한일합방과 더불어 일시적으로 단절되었고, 그 자리에 서구에서 도입된 상징주의, 유미주의, 퇴폐주의가 뒤섞인 낯선 시문학이 문단을 휩쓸게 되었다. 그러한 의미에서 카프를 중심으로 전개된 현실주의 시문학은 전통적인 진보성을 회복한 것이라는 점에서 그 의미를 부여할 수 있다.

특히 카프를 중심으로 전개된 문학운동은 새로운 시양식에 대한 모색을 하기도 했다. 현실반영을 위한 이러한 시양식의 모색은 '단편서사시'로 나타나는 바, 이는 현실개혁을 강조하는 농민시에 있어서 농민적 삶과 정서를 그 내부로부터 형상화함으로써 선전, 선동의 효과를 높일 수 있는 창작방법론이 되기도 하였다. 특히 '서술시' 양식은 카프의 볼세비키화 이후 프로시의 중심적인 창작방법으로 각광을 받았으며, 해방공간에 이르러 김상훈과 같은 경우에는 서사적 양식으로 계승되었을 뿐만 아니라 산업시대에 있어서 신동엽과 신경림의 농민시나 김남주의 농민시에도 적지 않은 영향을 주었다.

현대 농민시도 이러한 프로문학의 현실주의적 전통을 그대로 계승하여 문학의 운동적 측면이 강조되어 나타났다. 그 점은 해방공간의 농민시가 좌익 문단에 의해 주도되면서 정치와 밀접한 관련을 가지고 있었다는 사실에서나 산업시대 농민시가 문학의 현실참여라는 정치 이데올로기적 성격에 바탕을 두고 창작되었다는 것과 관련하여 농민시가 '운동으로서의 문학'이라는 속성을 본질적으로 지니고 있음을 입증하고 있다. 이러한 의미에서 일제강점기에 전개되었던 농민시의 진보적 성격은 현대 농민시에 반영되어, 지식인의 현실 변혁적 실천의 산물로 창작되었다고 할 수 있다. 해방공간에 있어서 오장환과 박아지 그리고 김상훈의 농민시는 일제강점기에 전개된 프로문학 측의 현실주의를 이어 받아 당대 민족현실의 한 복판에 있었던 농민문제를 실천적으

---

302) 오성호, 「1920~30년대 한국시의 리얼리즘적 성격 연구」, 앞의 논문, 176쪽.

로 변혁하고자 노력하였던 것이다. 이 점은 산업시대에 접어들어 새롭게 대두된 문학의 현실반영 문제와 관련된 결과물로 나타난 신동엽과 신경림 그리고 김남주의 농민시가 지니는 실천적 세계관을 설명할 수 있는 단초가 된다.

이러한 현실주의적 전통은 실질적인 남북의 분단과 6.25전쟁으로 인해 또다시 일시적인 단절의 운명에 놓이게 된 것은 널리 알려진 사실이다. 그것은 세계사적 냉전 구도 속에서 반공 이데올로기의 물결에 휩싸인 남한의 정치적 상황으로 인해 한국 시문학의 경우 진보적 이데올로기를 드러내는 것이 철저히 배제될 수밖에 없었고, 그 자리엔 순수 서정이라는 현실 외면의 시문학만 자리하는 불합리한 문학적 상황으로 남아 있었다.

1950년대 후반부터 서서히 고개를 들기 시작한 문학의 현실참여 논의는 4.19를 정점으로 참여문학이 문단의 전면에 부상하여 신동엽의 경우와 같은 현실주의적 농민시를 창작하기에 이르렀다. 특히 1970년대에는 신경림이 민중문학의 차원에서 농민시를 창작함으로써 현실주의의 가능성을 새롭게 제기하기에 이르렀다. 문병란, 이시영, 김준태 등으로 이어지는 강렬한 현실지향성과 농민적 삶에 대한 관심은 김남주에 이르러 카프와 해방공간에서 이루어졌던 농민시의 현실주의적 전통을 현재적 의미로 계승하게 되었다.

넓은 의미에서 현대 농민시가 지니는 '운동성'은 민족문학의 논의 속에 위치해 있었다. 민족문학의 입장에서 볼 때, 해방공간의 민족문학이 그리는 새로운 지평, 새로운 세계가 두 가지 양식으로 발현되었다는 점이 이 시대 비평의 핵심을 이룬다. 하나는 임화 중심의 조선문학가동맹의 이데올로기이며, 정인보 중심의 조선문필가협회의 이념이 다른 하나이다. 양쪽이 모두 민족문학이라는 깃발을 내세웠음은 말할 것도 없지만, 전자가 그리는 세계는 계급주의에 입각한 것이었고, 후자의 그것은 대범하게 말해 민족주의적인 것이었다.303) 이 두 이념 사이의 갈등은 1920년대에 있었던 프로문학과 민족주의문학의 대결 양상과 흡사한 모양을 지니고 있었다. 해방공간의 농민시는 조선문필가 협회의 이념에 따른 시인들에게서는 찾아보기 어려운 것이었다. 이

---

303) 김윤식, 『한국현대문학사』, 앞의 책, 256쪽.

시기에 창작된 대부분의 농민시가 계급주의에 입각한 조선문학가동맹 측의 시인들에 의해서 창작되었다는 것은 농민시가 지니는 정치적 성격, 즉 실천적 성격을 그대로 반영한 것이라 할 수 있다. 이러한 사실은 농민시가 정치적 이데올로기의 굴레에서 벗어나기 어려운 상황에 직면하게 만들었고, 그러한 정치적 결정은 곧 해방공간의 농민시가 지니는 형식과 내용을 결정하는 준거로 작용하였다. 따라서 이 시기의 농민시가 현실주의를 지향하게 되는 것은 계급투쟁이라는 '당파성'에 그 초점이 모아졌음은 지극히 당연한 것이었다.

불과 3년이라는 짧은 기간이었지만 해방공간에서 농민시가 그 어느 시기보다 왕성하게 창작되었던 것은 역시 당대 정치적 상황을 배제하고는 설명할 수 없다. 이러한 사실은 농민시가 계급주의 당파성에 입각하여 문예운동의 일환으로 전개되었음을 의미한다. 그러나 그것이 계급주의라는 계급해방의 슬로건을 실천하기 위한 대중화의 일환으로서의 성격을 지니고 있지만 한국문학사라는 넓은 안목에서 볼 때 현실주의 문학이 발전할 수 있는 결정적인 계기가 되었다는 점에서 중요한 의미를 지닌다.

해방공간의 농민시는 한국 현대문학사에서 거의 유일하게 이데올로기의 자유가 보장된 시기의 창작적 결과물이라 할 수 있다. 그것은 전시대에 있어서 일제에 의한 검열이나 이후 시대의 정치적 이데올로기의 제약과 같은 걸림돌이 없었기 때문에 그 지향점이 계급주의의 이익을 대변하는 것이었다 하더라도 창작적 실천을 최대한 보장할 수 있었다.

또한 해방공간의 농민시는 일제강점기에 창작된 농민시의 귀결점인 동시에 산업시대 농민시가 지니는 '운동으로서의 문학'이라는 또 하나의 과제를 부여하는 출발점이라는 의미를 갖는다. 이 해방공간의 농민시는 일제강점기에 농민시가 추구했던 농민계급의 해방과 당대 최대의 과제였던 민족해방이라는 명제가 정작 해방을 맞았을 때 어떤 방향으로 수용되어야 하며, 앞으로 전개될 농민시가 어떤 방향으로 나아갈 것인가를 암시해주는 교량적 역할도 하고 있었다.

산업시대 농민시 역시 정치현실과 무관하게 전개된 것은 아니었다. 그것은

1960년대 순수·참여 논쟁 속에서 출발한다. 해방공간에서의 계급주의 대 민족주의라든가 순수·비순수, 혹은 좌우익의 논쟁 등은 모두가 한국적 여건과 현실의 문제로 제기된 것이다. 4.19 이후, 문학의 현실성 문제가 문단의 주된 관심사로 부각되면서 '운동으로서의 문학'에 대한 관심이 고조되었다. 신동엽의 「금강」을 비롯한 일련의 농민시들은 바로 이 같은 문단 내의 요구를 충실히 반영한 것으로 볼 수 있다. 1970년대에 접어들면서 본격적으로 전개된 민중문학의 논의 대상이 되는 신경림과 김남주의 농민시는 민중운동의 일환으로 전개한 문학의 대중화에 기여한 바가 크다. 그것은 기법 상 '쉬운 시'라는 문제는 제쳐두더라도, 한국 시문학에 농민적 변혁을 새롭게 제시하였다는 점에서 그 의미를 부여할 수 있다. 신경림의 농민시가 농민적 삶에 초점을 두고 서정성을 최대한 살리고 있었던 데에 비하여 김남주의 농민시는 민족 민중운동의 한 수단으로서 농민시를 창작하기도 했다. 김남주의 농민시가 비록 문학적 형상화에는 한계를 드러낸 것을 인정하더라도, 일제강점기 카프가 가지고 있었던 현실변혁의 성격과, 그것을 계승한 해방공간의 계급해방을 슬로건으로 한 혁명적 진보성의 전통을 계승하고 있다는 점에서 큰 의미를 부여할 수 있을 것이다. 뿐만 아니라 1970~80년대에 있어서 문병란, 이시영, 김준태 등에 의해서 전개된 농민시는 현실지향적인 한국 시문학의 전통을 되살리고 있다는 점에서 그 의의를 결코 낮게 평가할 것이 아니라는 사실은 분명하다.

한국 농민시는 앞서 살펴보았듯이 정치적 문제와 밀접한 관련을 맺으면서 발전하였다. 농민시 성립 또한 일제강점기에 전개된 프로문학의 정치적 노선과 밀접한 관련을 맺고 있다. 이 점은 해방공간에서나 산업시대에 있어서도 정치적 성격과는 뗄 수 없는 근본적인 문제를 안고 있다. 시문학이 현실과 밀접한 관련을 갖고 출발하기 때문에 그것은 어디까지나 미적으로 반영하는 예술이라는 근본적인 입장을 고려할 때, 농민시의 정치적 성격은 미적 형상화에 한계를 지닐 수밖에 없다. 모더니즘이 자본주의 사회의 미학이 갖는 큰 줄기를 형성해 온 것은 사실이다. 이러한 모더니즘적 세계관을 의식적으로 거부하고 현실주의 시세계를 추구한 것은 시의 예술적 형상화를 더디게 할 수 있다는 것은 여러 연구자들에 의해 지적된 사실이다. 농민시가 현실주의에 기울수록 그것은 관념적이며 상투화될 가능성이 짙어진다. 이러한 사실은 프로문학 측의 시문학이 대부분 예술적 형상화에 실패하고, 선전·선동의 수단으로 떨어진 한계를 나타냈다는 데에서도 알 수 있는 것이다.

해방공간의 농민시는 일제하에서 훼손된 민족의 주체성과 동질성을 회복하여 진정한 민족문학을 수립하는 문학적 과제 아래 놓여 있었다. 좌익문학 중심으로 창작된 이 시기의 농민시는 극단적 이데올로기의 대립 아래에 놓여 있었다. 그것은 농민시가 정치적 이데올로기의 굴레에서 벗어나기 어려운 상황에 직면하게 만들었고, 그러한 정치적 결정은 시의 형식과 내용을 결정하는 준거로 작용하여 공식주의적 한계를 드러내게 하였다. 이는 문학이 정치 도구화하여 문예운동의 일환으로 전락하였기 때문에 서정성을 확보하는 데는 실패할 수밖에 없었던 것이다.

이와 같은 문제는 산업시대 농민시에도 그대로 적용할 수 있는 미학적 한계라 할 수 있다. 이 시기의 농민시는 민중문학의 큰 틀 속에 자리해 있었음이 분명하다. 1960년대에 있어서 참여시의 대두와 1970~80년대의 민중시는 한국 문학사에서 이른바 현실주의 시라는 새로운 장르에 대한 관심을 본격적으로 불러일으킨 것으로 볼 수 있다. 그러나 이러한 민중 시인들은 '사회주의 리얼리즘의 미학을 은밀히 강조함으로써 기법의 퇴행성'304)을 낳게 하였다. 이러한 기법상의 퇴행성은 미적 모더니즘에 대한 외면으로 인해 한국시의 발전을 더디게 하였다고도 말할 수 있다. 그 점은 민중시가 '관념과 상투형을 주류'305)로 하는 데서 빚어진 결과로 보는 것이 타당할 것이다. 민중문학을 민중의 이해관계에 입각한 문학이라고 할 때 그 주체가 지식인이냐 민중이냐 하는 본질적 세계관의 문제는 중요하다. 그리고 여기서 핵심이 되는 것은 대중성이다. 그렇기 때문에 이성(보편성) 범주를 강조하다 보면 대중성(민중)

---

304) 이승훈, 「미적 모더니즘과 리얼리즘의 인식 - 1960년대와 1970년대의 시」, 권영민 편저, 『한국문학 50년』(문학사상사,1995), 108쪽.
305) 구모룡, 「유토피아·구체성, 그리고 새로운 감수성」,『구체적 삶과 형성기의 문학』 (문학과 지성사,1988), 98쪽 참조.

을 잃게 되고, 대중성을 강조하다 보면 구체성을 결여한 추상적인 보편성에 빠지게 된다. 신경림과 김남주 그리고 김준태 등의 농민시에서 더러 발견할 수 있는 시적 상투성은 곧 추상적 보편주의의 양상이라 할 수 있다. 이 '추상적 보편주의는 구체성과 생생한 실감을 요구하는 시에서 작품의 예술성을 손상시키는 요인'306)이 된다.

농민의 삶을 주로 문제 삼는 현실주의적 세계관에 바탕을 둔 농민시는 이러한 한계가 있음에도 '쉬운 시'라는 명제를 낳아 대중성을 확보하는 데에 기여하였으며, 문학의 현실반영이라는 시대적 요구를 충실하게 실천하였음에 틀림없다. 농민시는 민족사의 일대 전환기를 맞이하여 혼란한 시대상황에 대해 신속하고 예리한 반응으로 진정한 민족문학의 방향을 모색하는 일련의 과정에서 한 부분의 성과를 이루어냈음은 부인할 수 없는 사실이다. 또한 문학의 현실반영이라는 측면에서 볼 때, 당대의 많은 시인들이 농민시를 통해 보여준 현실인식은 정당성을 획득하고 있었다는 점도 간과할 수 없는 것이다.

2. 농민시의 특징과 전망

농민시는 당대 농민의 삶과 농촌이 처한 현실에 대한 시인의 적극적인 인식으로부터 출발한 시문학의 한 갈래이다. 한국의 농촌이 짧은 기간에 급격한 변화를 겪음으로 인해 농민시 속에는 소작농 혹은 빈농의 삶과 정치적 현실이 폭넓게 형상화되었다. 사회 구조적인 모순으로 인한 농민의 궁핍한 삶, 농민운동을 중심으로 나타나는 저항의 구체적인 모습, 산업화로 인해 이농하는 농민의 형상 등 농민적 삶과 관련한 시인의 현실인식은 다채롭게 나타났다. 현대 농민시의 내용은 농민의 고통스러운 삶을 객관적으로 형상화하는 경우보다 농민적 삶에 대한 시인의 현실비판적 인식이 형상화된 경우가 압도적으로 많은 것이 그 특징의 하나이다. 시인의 이러한 비판적 인식은 그 구

---

306) 서준섭, 「현대시와 민중 - 1970년대 민중시에 대하여」, 문학사와 비평 연구회 편, 『1970년대 문학연구』(예하,1994), 54쪽 참조.

체성을 확보하기 위한 방법의 하나로 인물과 사건의 전형을 통한 서술시의 양식으로 드러나는 경우가 많은 것이 또한 눈에 띄는 점이라 할 수 있다. 이러한 서술성은 단편서사시의 양식으로 나타나기도 하며, 김상훈의 「가족」이나 신동엽의 「금강」 그리고 신경림의 「남한강」과 같은 장편서사시의 형식으로 드러나는 경우도 있다. 뿐만 아니라 김남주와 같은 경우에는 1920년대에 프로문학의 문예대중화와 관련하여 제기된 서간체시의 양식을 계승한 경우도 있었다. 따라서 한국 현대 농민시를 그 내용적인 특징이나 형식 혹은 시인의 현실인식에 따라 유형화하는 일은 어렵고 또한 특별한 성과를 기대하기도 힘들다. 그러므로 농민시의 유형을 분류하는 일은 자칫 농민시의 본질적인 성격을 왜곡시킬 수 있기 때문에 그 특징을 밝히는 일이 보다 의미있는 작업이라 할 수 있다.

현대 농민시에 나타나는 가장 두드러진 특징은 농민의 삶에 대한 시인의 현실인식이라는 점이다. 농민시는 당대 농민과 농촌이 처한 현실에 대한 시인의 적극적인 인식 하에 씌어진다. 이 때 농민은 소작농 혹은 빈농이 그 시적 대상이 되며, 그 내용은 이러한 현실에 대한 변혁을 무게 중심에 두게 된다. 일제강점하에서 산업시대에 이르기까지 농촌은 토대모순의 현실 한가운데 있었고, 빈농 혹은 소작농민은 그 직접적인 피해자였다. 이 같은 농민의 삶을 고발하고, 이러한 현실을 변혁하고자 하는 의도에서 창작된 것이 농민시라 할 수 있다. 그러므로 농민시는 개개인의 실존 문제라든가 보편적인 삶의 양상을 형상화하기보다는 당대 농촌의 구체적인 현실을 문제 삼고, 그 현실의 모순 속에서 고통받는 농민적 삶의 제시와 그 해방에 초점을 맞추게 된다.

당대 현실의 모순과 질곡을 파헤치고 그것을 극복하려는 시인의 적극적인 인식은 물론 농민시에만 한정된 것은 아니다. 가령 1960년대의 경우 김수영이나, 1970년대의 김지하, 그리고 고은 등의 시작품들도 불합리한 정치적 현실 속에서 민중들이 처한 현실을 제시하고 이를 극복하려는 시인의 치열한 현실인식의 결과물이라 할 수 있다. 그러나 이들의 현실주의적 민중시는 현실상황을 추상적으로 제시하여 관념화하고 상투화하였다는 점에서 농민시의 그것과는 본질적으로 성격이 다른 것이다.

해방공간의 농민시는 그 주제의식으로 볼 때, 해방에 대한 환희와 희망, 귀향과 땅의 회복과 같이 낙관적 미래 전망의 현실인식을 바탕으로 한 낙관적 세계관과 일제하의 토대모순에 대한 극복의지와 토지개혁의 좌절에 따른 빈궁, 새 조국건설에 대한 열망으로 나타난 투쟁의지 등과 같은 비관적 세계관으로 대별할 수 있다. 이러한 현실인식을 바탕으로 한 대응양상은 이데올로기 지향이라는 큰 흐름으로 형상화되어 있다. 이것은 개인의 의지대로 현실에 대처할 수 없다는 절망감에서 비롯된 것으로, 시적 원인이 되는 당대 농촌현실의 모순과 압력이 그만큼 크다는 사실을 반증하는 셈이다.

또한 일제강점기의 농민시가 지니는 가장 뚜렷한 특징 중의 하나가 이농을 문제삼는 '떠남'의 모티브에 기대고 있는 것이라면, 해방공간의 농민시는 '귀향'을 모티브로 하는 것이 뚜렷한 특징 중의 하나이다. 이는 이농민으로 대표되는 떠돌이로서의 농민 운명이 해방을 맞아 다시 고향으로 되돌아옴을 형상화하는 것이다. 농민들에 있어서는 고향을 떠난다는 것은 곧 삶의 뿌리를 뽑히는 일이며, 그러한 운명은 빈궁과 비극을 의미하는 고난 그 자체의 역정이다. 그러나 '떠남'이 '돌아옴'이라는 귀향으로 귀결되긴 했지만 그것이 완전한 귀향과 해방의 의미로까지는 이어지지 못했다. 이것은 토지개혁과 관련된 토대모순에 대한 시인의 현실인식과 관련된 것이다. 농민의 귀향은 건강한 삶의 터전을 보장해주지 못했고, 이러한 토대모순은 농민운동으로 나타나게 된 것이다. 결국 해방공간의 농민시는 이러한 모순의 구조를 형상화하는 데에 그 초점을 두고 있는 셈이다. 그리하여 당대 농민시를 대표하는 오장환과 박아지 그리고 김상훈을 중심으로 한 시들은 좌익 이념을 바탕으로 한 비판적 리얼리즘의 실천으로 나아간 작품들이 주류를 이루고 있다. 그것은 일제강점하에서의 제국주의적 검열이나 이후 시대의 이데올로기적 제약과 같은 장애물이 없었기 때문에 그 성격이 자생적인 것이었든 계급의 이익을 대변하는 급진적인 것이었든 결과적으로 운동으로서 현실주의적 성격을 지닌 농민시가 왕성하게 창작될 수 있었던 것이다.

산업시대의 농민시는 해방공간의 농민시와 마찬가지로 농민문학, 나아가 민족문학의 큰 흐름 속에 놓여 있다. 또한 1950년대 후반에 등장한 신동엽과

1960년대 말에 등장한 신경림, 그리고 1970년대 중반에 등장하여 농민시의 현실주의적 성취를 이룬 김남주의 시들이 갖는 특징은 소작농민층이 안고 있는 문제를 민족의 현실로 인식하고 있다는 점이다. 이들의 농민시는 농촌과 농민현실을 단순히 그것 자체로만 인식하지 않고 민족 현실 전체를 포괄하는 자리에 놓고 있는 것이다. 그러한 의미에서 이 시기의 농민시는 농촌과 농민현실이 당대 사회의 특수성 위에 굳게 서 있으면서도, 민족의 현실을 아우르는 보편성으로 확대된 것이라 할 수 있다.

이들의 농민시는 주로 서술시의 성격에 기대고 있다. 시에 있어서 서술구조를 택하는 것은 시적 인물과 사건의 구체적 형상화를 위한 방법으로 나타난 것이다. 물론 이러한 창작방법론만이 농민시에 있어서 현실주의를 확보하는 유일한 길은 아니다. 그것은 이렇게 형상화된 시인의 사상이나 이미지, 율격, 상징 등과 같은 시를 이루는 기본적인 요소들이 당대 농민이 지니는 정서와 세계관에 얼마나 합당한 것인가 하는 점이 문제가 된다. 따라서 농민시에 있어서 시적 진실이란 농민이 지닌 삶의 진실이어야 할 것이며, 그들의 삶을 시인이 어떻게 인식하는가 하는 점이 중요한 문제가 된다. 이 때 시에 형상화된 농민은 전형적인 인물의 역할을 수행해야 하며 그들이 처한 환경도 전형적인 것이 되도록 요구하는 것이 현실주의 시창작 원리라 할 수 있다.

산업시대의 농민시가 지니는 또 다른 특징은 해방공간의 농민시가 지니는 선전·선동의 목소리가 현저하게 줄어든 대신 농민적 정서를 서정적으로 형상화하는 데 있다. 이러한 경향은 혁명적 실천으로 나아간 김남주의 농민시에서도 찾아볼 수 있는 성격의 하나로 전대 농민시와 구별되는 특징이다. 이는 해방공간의 농민시가 정치 이데올로기를 직접적으로 형상화한 것에서, 그것을 간접화한 경향으로 볼 수 있다. 특히 김남주의 농민시가 현실변혁을 위한 투쟁적인 목소리를 지니고 있으면서도 가족에 대한 사랑과 고뇌를 형상화하는 시들에서 드러나는 성격을 통해 이를 확인할 수 있다.

이와 같은 현대 농민시의 특징은 1990년대에 접어들어 활발하게 창작되고 있는 '생태시'나 '환경시' 혹은 '생명시' 등의 모태가 된 것으로 보인다. 오늘날 인류가 직면한 가장 큰 도전 중의 하나는 전지구적인 환경오염과 파괴라고 할 수 있다. 생태주의자들은 생태계 위기를 인간과 자연을 분리시키는 인간 중심주의적 세계관에 있다고 본다. 이들은 인간과 인간 사이의 도덕률을 세우기 위하여 만들어진 통상의 윤리학과는 달리, 인간과 자연 사이의 도덕률을 확립하는 윤리인 생태 윤리학을 잘못된 자연을 개조하는 해결책으로 제시한다.

오늘날 환경 파괴의 주범을 자본주의 생산양식으로 보는 견해가 있다. 이는 마르크스주의자들이 대표적으로 주장하는 것이다. 마르크스주의자들은 환경문제의 원인을 사회체제와 결부하여 설명하고 있다. 그런가 하면, 마르크스는 자연의 중요성을 강조하고는 있지만 인간과 분리되어 그 자체가 추상적으로 파악된 자연은 인간에게 아무 것도 아니라는 명제를 전제하고 있다. 마르크스의 자연 개념은, 그의 유물론적 역사 파악과 정치 경제학의 틀 내에서는, 사회와 분리되어서는 아무런 의미를 지니지 못하며, 사회적 활동과의 관련 속에서만 의미를 갖는다고 할 수 있다. 따라서 마르크스의 자연 분석은 인간 사회에서 자연이 차지하는 사회적 성격에 특히 주목하고 있다. 생태주의가 인간의 외적 존재인 자연 그 자체에 초점을 맞추고 있는 반면에 마르크스는 역사 발생적 차원에서는 그러한 자연을 문제시하지만, 이론적 차원에서는 인간 노동이 매개된 자연을 중시한다. 따라서 마르크스의 자연 파악은 인간 중심적이며 사회 중심적이라 할 수 있다.307)

1990년대에 접어들면서 본격적으로 나타나는 한국 시문학사의 생태주의는 '인간적 삶에 대한 열망'이라는 점에서 이 같은 마르크스주의적 세계관과의 관련을 부인하기는 어렵다. 농민시가 '농민의 인간다운 삶에 대한 열망'에서 비롯된 시문학적 성과임을 인정한다면, 이러한 농민시의 현실변혁적 성격은 정현종의 시에 드러난 이른바 '초록 세계관'이나 김지하의 '생명사상', 최승호 등의 '생태시'가 등장할 수 있는 모태가 되었다고 볼 수 있다. 따라서 자연과의 일체감 혹은 연대감 회복을 강조하는 환경주의적 세계관은 농민의 삶을 보장받기 위한 현실변혁의 논리에서 등장한 농민시의 세계관과 그 본질이 다

---

307) 한국 철학사상 연구회 지음, 『삶과 철학』(동녘,1994), 186~198쪽 참조.

를 바가 없는 것이다.

　1990년대에 접어들면서 본격적으로 적용되고 있는 '우루과이라운드'가 한국 농민들의 경제적 기반을 크게 흔들고 있는 것은 주지의 사실이다. 또한 산업 전반이 전문화된 현실에서 농업 부문은 아직도 영세한 기계영농의 틀에서 벗어나지 못하고 있을 뿐만 아니라 정부의 시책이 농민들의 척박한 삶을 해결하기에는 역부족인 것이 한국의 현실이다. 더구나 21세기는 첨단과학이 농업부문에도 직접적인 영향을 줄 수밖에 없기 때문에, 농민이 첨단과학을 이용하여 국제 경쟁력을 갖추어 나가는 일이 시급히 요청되고 있는 실정이다. 이러한 제반 여건 속에서 지식인의 농민적 삶에 대한 관심은 지속적으로 요구되는 것이다. 따라서 첨단과학시대의 변두리에서 생업에 종사하는 농민적 삶에 대한 시적 형상화는 계속될 것이며, 또한 계속되어야 할 것이다.

제 6 장   마무리

　이 논문은 해방 직후부터 1980년대에 이르는 한국 현대 농민시의 성격을 규명하기 위하여 씌어졌다. 학계에서 농민문학에 대한 연구가 본격적으로 이루어지기 시작한 것은 1970년대에 이르러서이다. 그나마 그것도 농민소설에 집중되어 있었던 까닭에 농민문학은 마치 농민소설로만 존재하고 발전되어 온 것처럼 인식되어 연구의 불균형이 초래되었다. 다행히 최근에 와서 일부 연구자들에 의해 농민시 연구가 시작되었지만, 그것 또한 일제강점기 농민시에 편중되어 있다. 현대 농민시가 엄연히 민족문학의 하위 장르로 자리를 잡았으나 제대로 연구가 이루어지지 않았음을 확인할 수 있었다.

　본고에서는 현대 농민시의 시대를 크게 해방공간과 산업시대로 구분하였다. 그 이유는, 해방공간에서 활발하게 창작되었던 농민시가 1950년대에 접어들면서 거의 찾아볼 수 없다가 산업화가 시작된 1960년대에 이르러 신동엽에 의해서 그 명맥이 이어졌다고 보았기 때문이다. 이에 따라서 연구 대상을 해방공간의 경우에는 오장환과 박아지 그리고 김상훈의 농민시를, 산업시대의 경우에는 신동엽과 신경림, 김남주의 농민시를 주된 것으로 삼았다.

　농민시의 개념과 성립 시기에 대해서는 논란의 여지가 많다고 본 것이 이 연구의 출발점이다. 본고에서는 농민시 개념을 창작주체와는 무관하게 농민의식을 반영한 시로 규정하였다. 이는 주로 지식인 시인이 지니는 농민적 인식이 시에 반영된 것이라 할 수 있다. 또한 농민시의 성립 시기를 1920~30년대로 잡고 프로문학운동으로 전개된 카프(KAPF)의 결성과 그 궤를 같이 한다고 보았다. 그것은 한국 문학적 전통이 자생적으로 농민문학, 나아가 농민시를 등장시킨 것이라기보다는 카프 결성과 관련된 프로문학 영향 아래에서 성립한 현실주의와 연관된 것으로 보아야 하기 때문이다.

이와 같은 프로문학의 현실지향적 성격은 해방 직후에 등장하는 농민시에도 그대로 계승되었다고 본 것이 본고의 입장이다. 제3장에서는 이념적·전위적 성격이 강하게 나타나는 해방공간에서의 농민시를 당대 농민문학론과 농촌현실을 바탕으로 살펴보았다.

해방공간의 농민시는 복잡하고 급박하게 전개된 당대의 정치·경제적 상황에 예민하게 반응한 결과의 소산이라 할 수 있다. 이 시기의 농민문학론은 계급주의 측의 좌익문단을 중심으로 당대 시대적 상황이 지닌 문제를 극복할 수 있는 실천적인 양상으로 전개되었다. 농촌과 농민문제가 해방공간에 있어서 첨예한 사회문제로 등장함에 따라 문단 내부에서 농민문학에 대한 관심은 자연스럽게 촉발되었다. 해방 직후부터 대두된 토지문제는 한국 민족이 당면한 가장 중요한 문제였다는 점에서 당대 현실지향적 문학의 중심 국면 역시 농민문학의 양상으로 나타난 것이었다.

그에 따라 실천적 창작물의 하나로 나타난 것이 농민시이다. 그만큼 해방공간의 농민시는 당대 정치 이데올로기적 성격과 결부되어 있었다. 이 시기의 농민시는 처음에는 해방에 대한 환희와 감격으로 낙관적인 미래전망의 목소리를 쏟아내다가, 토지개혁과 관련하여 농촌현실에 대한 비관적인 인식이 드러나면서 마침내 직설적인 투쟁의지의 표출로 나타났다.

해방 직후 계급주의를 지향한 조선문학가동맹 측에서 제기한 '자기비판'의 문제는 당대 시인들에게는 지식인으로서의 모습을 거부하고 역사적 과제를 수행하기 위한 '전위적 존재'로 변모하게 하였다. 따라서 역사적 현실로 뛰어드는 적극적인 시인의 모습은 김상훈의 경우에서 볼 수 있듯이 봉건적 유습의 전형으로 설정된 '아버지'에 대한 거부로 이어지면서 좌익 이데올로기의 선택으로 나아가게 되었다. 이 시기에 있어서 오장환과 박아지, 김상훈 등의 농민시는 '새 조국 건설'이라는 해방의 진정한 의미에 대한 탐색을 통해 농민적 현실변혁에 기초한 미래 전망으로 나아갔음을 볼 수 있었다. 이것은 '문학가동맹'의 지도적 창작방법인 '진보적 리얼리즘'에 입각하여 농촌현실의 절망적 상황과 그 이면에 내재된 농민의 변혁적 움직임을 통하여 진정한 해방을 이루려는 의지를 형상화하게 된 것이었다. 이렇듯 농민적 인식에 바탕을 둔 현실비판과 투쟁을 시로 형상화한 것은 권환과 여상현 그리고 유진오 등의 시에서도 공통적으로 드러나는 현상이었다.

　역사 변혁을 꿈꾸던 이 시인들의 노력은 해방과 더불어 역사 주체로 등장하는 농민들의 변혁적 움직임과 연대성을 추구하게 되었다. 이것은 농촌현실에 있어서 핵심이 되는 토지개혁의 과제를 소작쟁의라는 농민운동을 통해 농민 집단의 열망을 구체화하는 작업으로 귀결되었다. 좌익 문단에 있어서 농민과의 연대성 추구는 '문학가동맹'의 '인민적 기초'를 확립하기 위한 대중화의 방안을 실천하고 있었음을 보여주는 것이다. 좌익 이데올로기에 기초한 농민시가 변혁의 중심세력으로 성장한 농민을 전형적 인물로 설정하여 형상화한 것은 개별주체 의식이 성장하고 있음을 증명하는 것으로, 변혁세력의 영웅적 형상화와 긍정적 인물의 형상화라는 창작방법론에 있어서의 미학적 요구를 반영한 것이었다. 또한 농민시에 있어서 서사성의 수용은 농촌과 농민현실을 반영하는 방법론으로서, 그러한 현실성의 문제와 더불어 카프의 농민시에서부터 존재해 왔던 것이다. 특히 김상훈의 경우에서처럼 서사성의 전개는 카프시기에 창작된 단편서사시 양식과 연결된다. 김상훈이 계승한 서술시의 양식은 농민시에 있어서 현실성의 확보라는 문제와 더불어 프로문학에서의 대중적 확산이라는 문학대중화와도 밀접하게 관련되어 나타난 것이었다.

　이와 같이 해방공간의 현실주의적 농민시가 보여준 서술 양식의 선택은 당대의 시적 영역을 확장하는 데에 기여한 것으로 볼 수 있다. 즉 문학의 대중화를 조직적으로 실천함으로써 카프시기에 계속적으로 문제가 되어왔던 감상성을 어느 정도 극복하였을 뿐만 아니라, 그것은 해방공간이라는 민족사적 열망이 분출되는 특수한 상황 속에서 문학운동과 정치적 실천을 창작으로 결합시키려는 노력의 일환으로 이루어진 성과라 하겠다. 진보적 시각을 견지하고 있었던 이 시인들의 당대 농촌현실에 대한 형상화는 해방 직후에 당시 시단의 문제점으로 지적된 프로시의 공식주의를 극복할 수 있었다는 점에서 카프의 문학운동과의 연계성은 물론이고, 미학적 과제로 제기된 현실성 회복을 성취하였다는 데에 의미를 부여할 수 있다. 또한 그것은 당대 민족문학의 중요한 위치를 차지하고 있었던 것이다. 물론 그 바탕은 한국 현대문학사에서 보기 드물게 이데올로기를 자유롭게 선택하고 표출할 수 있었던 시대적 배경과 밀접하게 관련을 맺고 있다.

해방과 함께 민주주의 혁명을 통해 농민의 토지 소유를 실현하여 새로운 민족주의 주체로 발돋움하고자 했던 농민계급은 1953년 휴전과 함께 역사 발전 주체로서의 위치에서 사라지게 되었다. 반공 이데올로기의 고착은 농민들의 모든 정치적·사회적 노력들을 남김없이 분쇄하였다. 또한 농민계급은 외세와 매판세력의 엄청난 폭력과 냉전의 피해의식 속에서 한국사회의 침묵하는 계급으로 남아 있을 수밖에 없는 처지가 되고 말았다. 이러한 농민계급의 몰락은 농민의 사회적 입장을 외쳤던 농민운동의 소멸을 가져왔고, 이에 따라 전후에서부터 1960년대에 이르기까지 농민문학이 위축하는 결정적인 계기가 되고 말았다. 농민시의 현실지향적 전통은 6.25전쟁을 거치면서 이데올로기에 대한 침묵을 강요하게 되어 일시적으로 단절되었다가 1950년대 후반에 접어들면서 문학의 현실참여에 대한 인식이 또다시 제기되면서 새로운 싹을 틔웠다. 이것은 1960~80년대에 걸친 산업시대에 있어서 신동엽과 신경림 그리고 김남주 등에 의해 현실성을 앞세운 농민시가 활발하게 창작될 수 있는 바탕이 되었다.

신동엽의 농민시가 지니는 현실 참여적 성격은 농민문학, 나아가 민족문학의 큰 흐름 속에 놓여 있다는 점에서 중요한 의미를 부여할 수 있다. 또한 신경림의 1970~80년대 농민시가 갖는 문학적 가치 측면은 위축된 농민문학의 시대적 상황 속에서도 농민현실을 민족의 현실로 인식하게 하였다는 점에서 역시 소중한 의미를 지닌다. 더욱이 김남주의 농민시는 농민계급 해방이라는 문제를 혁명적인 입장에서 현실주의적 시각으로 형상화함으로써 일제강점기의 카프문학이나 해방 직후 현실주의적 세계관을 그대로 계승하고 있었다는 점에 의미를 부여할 수 있다. 이들의 농민시는 농촌과 농민현실을 단순히 그것 자체로만 인식하지 않고 민족현실 전체를 포괄하는 자리에 놓여 있는 것이다. 그것은 당대 농촌이 정치·사회의 특수성 위에 굳게 서 있으면서도, 민족의 현실을 아우르는 보편성으로 확대되어 나타났던 것이라 할 수 있다.

1970~80년대는 민중문학의 열풍에 힘입어 이전의 시기와는 비교할 수 없을 만큼 많은 시인들에 의해서 농민시들이 창작되었다. 문병란, 이시영, 김준태, 김창완 등은 농촌현실과 농민문제에 많은 관심을 보인 시인들이다. 따라서 이들의 농민시는 대부분 농민적 현실인식을 바탕으로 농민운동과 이농의 문제 등을 형상화하였다.

해방공간과 1980년대에 이르기까지 농민문학은 그 지속적인 논의를 통해 문학사적 위치는 어느 정도 자리가 잡힌 것으로 보인다. 이제 그 구체적인 진전을 위해서도 농민문학론의 하위 장르인 농민시에 대한 연구가 좀 더 명확하게 이루어져야 할 단계에 이르렀다. 지금까지 논의를 통해서 볼 때 농민문학은 민족문학의 중요한 부분으로 다루어져야 할 것이다. 주지하다시피 민족은 하나의 추상적 개념이 아니라 각 계층의 연합으로 손재한다. 따라서 현대 농민시는 농민과 농촌현실을 둘러싼 여러 문제를 반영하는 것을 그 핵심으로 삼는다는 점에서 한국 시문학의 중요한 부분을 차지한다. 그러한 의미에서 농민시의 위상을 낮게 보아서는 안 될 것이다.

농민시는 농민문학의 하위 장르 명칭으로 사용되어 왔고, 작품 또한 꾸준히 창작되었지만 농민소설에 비해 그 연구가 활발하게 이루어지지 않고 있는 사실은 농민시 연구자들에게 많은 과제를 남겨 준 것이라 할 수 있다. 그것이 농민시라는 장르의 개념과 작품으로서의 성과와 같은 복합적인 문제에서 기인한다 할지라도 민족문학의 올바른 정립을 위해서 현대 농민시에 대한 지속적인 연구는 필수적으로 요구되는 일이다.

지금까지 한국 현대 시문학사에서 농민문제를 체계적으로 다루고 있는 연구는 찾아볼 수 없었다. 해방 직후부터 1980년대에 이르기까지의 농민시를 체계화하여 그 성격을 밝히고자 한 본고의 작업은 완결된 것이라기보다는 문제제기 성격을 강하게 지닌다. 농민시는 그 출발에서부터 농민의 삶과 농민적 인식을 문제삼는 시적 창작물의 하나이다. 거기서 드러나는 현실지향적인 문제에 대해서 각 시기의 시와 시인들에 적합한 이론적 설명을 가하는 일이 필요하다는 점에서 본고는 많은 논의의 여지를 남겨 놓고 있다. 따라서 농민시의 성격을 분석하고 평가하는 섬세한 이론적 틀을 확립하는 일은 본고가 안고 있는 한계이자 앞으로 해결되어야 할 과제이다.

이 연구는 해방공간에서부터 1980년대에 이르는 시기에 창작된 농민시의 특징으로서 그 시기를 대표하는 시인들에 집중하였으므로 여타의 시인들이 창작한 수많은 농민시가 지니는 성격을 온전히 밝히는 데에는 또한 한계를 지닐 수밖에 없었다. 한 시대의 문학사는 개별 장르의 특수성이 충분히 고려되어 서술되어야 한다는 점에서, 완전한 현대 문학사의 기술을 위해서도 현대 농민시가 지니는 문학적 전통의 유기체적 성격을 밝히는 작업은 필수적으로 요구된다. 따라서 본고에서 다루지 못한 시인들의 작품 중에서도 비록 편수가 많지 않더라도 각각의 시기가 지니는 특징을 명시적으로 드러내는 농민시에 대한 깊이 있는 연구가 있어야 할 것이다.

뿐만 아니라 1980년대 이후 꾸준히 양산되는 생태주의에 입각한 생명시나 환경시 등은 모두 '인간다운 삶'에 대한 요구에서 비롯되었다는 점에서 그 모태가 농민시에 있었다고 할 것이다. 산업이 발전함에 따라 농업과 농민은 상대적으로 희생될 수밖에 없었던 것이 한국의 실정이었다. 우루과이라운드에 따른 척박한 농민의 삶과 그 인식을 형상화하는 농민시는 앞으로도 끊임없이 창작될 것으로 보인다. 그에 따른 농민시 연구도 계속되어야 하는 과제를 안고 있다.

제2부
농촌현실 반영과 현실인식

박세영 시의 현실 형상화 방법 연구

-시집 『산제비』를 중심으로-

1. 들머리

현실주의 노선을 걸었던 박세영은 임화, 이찬, 박아지, 권환, 박팔양 등과 더불어 카프 시단의 주축을 이루었던 시인이었음이 밝혀지면서 근자에 이르러 단편적이나마 논의가 이루어지고 있다.[1] 그러나 그에 대한 논의는 대부

---

1) 박세영이 활동하던 1920년대 중반 무렵부터 1940년대 중반 사이에 이르기까지 그의 시에 관심을 보인 글은 권환의 「박세영 시집 『산제비』를 읽고」(1938), 이찬의 「대망의 시집 『산제비』를 읽고」(1938), 박아지의 「박세영론」(『풍림 5』, 1937) 등이 있었으나 이것들은 모두 시집 『산제비』에 대한 서평 정도의 수준이다. 그 후 1950～60년대에 와서 김하(「폭풍우를 뚫고 온 시인 -박세영 시선집에 대하여」, 『조선문학』, 1956)와 엄호석(「시인 박세영」, 『현대작가론』, 조선작가동맹출판사, 1960)이 관심을 보인 글을 내었으나 이것 역시 변변한 논의는 아니었다. 그러다가 7.19 해금 이후 월·납북 문인 연구 붐에 발맞추어 김재홍(「대륙적 풍모와 男性主義」, 권영민 편, 『월북문인연구』, 문학사상사, 1989), 김용직(「박세영」, 『현대 경향시 해석·비판』, 느티나무, 1991), 정영자(「박세영론」, 『시문학』, 1989), 한만수(「박세영론 -『산제비』를 중심으로」, 홍기삼·김시태 편, 『해금문학론』, 미리내, 1991), 황정산(「리얼리즘 서정시로서의 박세영의 시」, 『어문논집 29』, 고려대 국어국문학 연구회, 1990), 윤여탁(「사상 우위의 문학관과 작품행동으로서의 실천 - 박세영론」, 김윤식·정호웅 엮음, 『한국문학의 리얼리즘과 모더니즘』, 민음사, 1989) 등이 그에 대한 논의를 하였으나 그 대부분은 박세영의 전기적 사실과 시적 경향을 일별하거나 여타의 프로시인들과 뭉뚱거려 논의하는 수준에 머물러 있다. 이러한 가운데에서도 한만수는 그의 시적 특징을 살피기 위해 피상적이나마 문장 시제와 기법의 전달가능성 등 카프활동에만 국한시키지 않고 다양한 시도를 한 점과, 황정산은 그의 시를 관념적이고 추상적인 시로 해석해버린 한계를 비록 안고 있지만 '프로시의 서정적 리얼리즘 확립'이라는 차원에서 검토하고 있다는 점은 소중한 작업으로 보인다. 특히 윤여탁의 글은 박세영의 전기적 사실을 복원하고 그의 문

분 전기적 사실2)을 중심으로 카프 시인들이 지니고 있었던 현실에 대한 인식이라는 피상적인 차원에 머물러 있다. 그가 카프에 가담하면서 연극이나 아동문학 그리고 문화운동 등 실천적인 활동에 적극적으로 참여한 행적에 관한 문제를 떠나서 당시 문예운동의 한 방향을 자리매김하는 경향시3)의 현실주의적 성격을 전형적으로 보여주고 있다는 점이 값지다.

따라서 이 글은 박세영의 시가 1920~30년대 경향시가 지향하던 현실주의 시정신의 뚜렷한 틀을 보여주고 있다는 것에 초점을 두고 그의 시가 지닌 형상화 방법을 규명함으로써 그 의미의 폭을 넓히고자 한다. 이 목표에 다다르기 위해 그의 시집『산제비』에 수록된 시를 중심으로 그의 경향시가 당대 현실 속에 존재하는 하층계급의 삶이 지닌 형상을 일정한 형식적 장치에 의해 드러내는 것으로 보고, 그것을 드러내는 방법을 배역시와 대화체에 의한 시, 그리고 시간축에 의한 시로 나누어 당대 여타의 경향시와 관련 양상을 짚어 보는 순서로 이 글은 씌어질 것이다.

2. 배역시와 계급의 자각

1920년대 한국 프로문학은 김기진의 선구적 역할과 그에 동조하는 박영희의 보조적 역할을 통해 시작된다. '무산계급 해방문화의 연구 및 운동을 목

학세계를 통일문학사의 관점에서 살피고 있어 눈 여겨 볼만하다.

2) 박세영의 사람됨이나 전기 사실은 널리 알려져 있지 않다. 그의 문단행보를 비교적 소상하게 밝힌 글은 윤여탁(위의 글)이 있으며, 작품 목록을 충실하게 제시한 글로 한만수(위의 글)가 있으나 그의 사람됨이나 1946년 월북하기 전이나 월북 이후의 작품에 대해서는 앞으로 활발한 조사가 필요하다.

3) 이 글에서는 '경향시'라는 용어를 사용한다. '신경향파의 시'와 '카프의 시' 외에도 '프로 시'나 '리얼리즘 시' 등의 용어들이 대부분 시의 미적 특질과는 무관하게 사용되고 있기 때문에 이것들을 총칭하는 용어로는 '경향시'가 적절한 것으로 보인다. 이처럼 다양한 용어에서 오는 문제점에 대해서는 박윤우의「프로 시의 의미와 한계」(『한국 현대 시사의 쟁점』, 시와 시학, 1991, 213~216쪽)를 참고할 것. 그리고 '리얼리즘시'로 규정하는 것에 대해서는 윤여탁의「1920~30년대 리얼리즘 시의 현실인식과 형상화 방법에 대한 연구」(서울대 박사논문, 1990)를 참고 할 것.

적'으로 표방하여 1922년에 결성한 [焰群]과 '현실과 싸우는 의지의 예술'을 지향하면서 1923년에 결성한 [파스큘라(PASKULA)]가 서로의 단체를 합치기로 하고, 1925년 8월에 마침내 '일체의 전제세력과 항쟁한다' '예술을 무기로 하여 조선민족의 계급적 해방을 목적으로 한다'는 강령을 내걸고 '조선프롤레타리아예술동맹'(KAPF)이 결성되었다. 따라서 1920년대 후반에서 1930년대 초반 프로문학 내에서는 문예운동의 볼셰비키화가 추진되었다. 이는 문예상의 당파성 확립 문제를 중심으로 카프의 재조직 문제, 창작방법론(유물변증법적 창작방법론) 등으로 전개되었다. 이것은 내용과 형식에 관한 문제로서 프로계급의 정형화(定型化)와 깊은 관련을 맺고 있다. 이러한 혁명과업의 일환으로 경향시에 있어서도 문예대중화론의 추구에 의한 단편서사시가 등장했으며, 나아가 벽시나 슈프레히 콜(일종의 송극 또는 송시)과 같은 새로운 실험이 나타나게 되었다.

단편서사시4)는 시에 이야기 구조나 사건을 도입한 서술시로써 프롤레타리아 계급의 삶이 구체적으로 형상화될 수 있는 양식으로 등장하였다. 이 시들은 현실 변혁에 대한 당위성 주장과 직접적인 진술에 기대고 있다는 점에서 노만주의(魯漫主義) 시가 개성과 개인적 체험 및 정서 표현을 강조했던 성격과 상반된다.

이 경우 경향시가 추구했던 현실 형상화 방법5)은 이상화(理想化)6)에 바

---

4) 오성호(「1920~30년대 한국시의 리얼리즘적 성격 연구- 신경향파와 카프의 시를 중심으로」, 연세대 대학원 박사논문, 1992, 127쪽)는 단편서사시에 대한 의의를 강조하는 이유로 그것이 '객관현실의 다양한 측면을 시로 형상화하는 데 유용할 뿐 아니라 실제로 30년대 프로시의 주류적인 경향을 이루었기 때문'으로 보고 있다. 그는 또 그것이 '시인이 주관적 감상을 표현하는 데 그쳤던 낭만주의 시를 극복하려는 다양한 노력 중의 하나'로 보았다. 또한 서사적인 요소의 도입은 '시인의 개성으로부터 독립된 제3의 시적 개성을 창조하여 그로 하여금 시의 내용을 진술하도록 하는 경향'이라고 하였다. 이 경우 전자를 '시인의 세계인식 태도와 그것을 언어적으로 표현하는 방법에 있어서 극적인 것과 관련된다면, 후자는 서사적인 것과 주로 관련'된다고 보았다.
5) 현실 형상화 방법에 대한 논의는 오성호(위의 논문, 33~43쪽 참조)가 폭넓게 열어 놓았다.
6) 이상화(理想化)가 서정시의 주요한 형상화 방법으로 설정된 것은 시어가 작가 스스로 의도한 표현을 위한 '일원론적인 언어의식'(미하일 바흐찐, 전승희 외 역, 『장편소설과 민중언어』, 창작과 비평사, 1988, 95쪽 참조)으로 특징 지워져 있음에서 비롯된다. 즉

탕을 둔 전형화(典型化)[7]로 설명할 수 있다. 이상화(理想化)를 형상화 방법의 주도적인 계기로 사용한 서정시에서 현실주의를 논할 때 중요한 것은 당대 현실과 시인과의 관계가 서정적 주인공 혹은 시적 자아를 통해 어떻게 드러나고 있는가의 문제이다. 다시 말해서 시인의 사상과 감정이 시적 자아의 정서 속에 당대의 보편적 정서가 얼마나 진실하게 드러나는가의 문제라할 수 있다. 이 경우 시인의 전형적 체험[8]이 요구된다. 이 체험의 정서들은 삶의 현상이나 현실 속에서 생겨나는 이념들을 표현할 수 있다. 따라서 현대로 넘어오면서 현실의 모습을 총체적으로 반영하기 위하여 서사적 형식을 서

서사문학에서 현실에 대한 작가의 인식이 객관적 실재에 대한 인식의 뒷면에 가리워져 있는 것과는 달리 서정시는 현실을 반영하고 가치평가하는 작가의 자기인식이 직접적으로 작품의 형상에 드러난다. 이렇듯 객관적 세계에 대한 묘사가 없이 이념이나 작가의 사상, 감정만 드러내는 유형의 서정시들은 시인의 체험과 정서, 사상의 직접적 표현에 관심을 집중시킨다. 오프스야니코프는 이상화(理想化)를 '형상의 이념적 정서 지향성'으로 설명하고 '예술적 형상의 계기들을 특징 지우기 위해서는 예술적 표현 Ausdruck과 묘사 Darstellung의 가능성을 탐구하는 것이 중요하다'고 하였다. 그리고 표현을 '형상의 이념적 정서의 지향성'으로, 묘사를 '현실의 현상들과의 일치를 통하여 예술가의 주관적 상태와 주관적 평가의 실재로 전화(轉化)시키는 형상의 필수적 감각 존재'(옵스야니스코프, 이승숙·진중권 옮김, 『마르크스 레닌주의 미학원론』, 이론과 실천, 1990, 128~129쪽 참조)로 보았다. 이것에 대해 심선옥(「박세영 시의 현실주의적 성격 연구」, 성균관대석사논문, 1990, 8~11쪽 참조)은 예술적 형상의 계기를 표현과 묘사로 구분한 데 기대어 이를 '주관적 표현형상'의 원리로, 정형화(典型化)를 '객관적 표현형상' 원리로 규정하여 리얼리즘적 형상화 원리를 규명하고 있다. 그러나 까깐(편집부 역, 『미학강의·2』, 벼리, 1992, 377~387쪽)은 이상화(理想化)를 일컬어 사회주의 리얼리즘에서 흔히 사용되는 예술적 일반화의 원리로써 주로 스탈린주의가 예술의 형상화 방법에 영향을 미친 결과로 보고, 작가나 시인의 주관적인 이상을 작품 속에 투사시킴으로써 리얼리즘과는 거리가 먼 것으로 보았다.

7) 전형화(典型化)란 객관적 진리를 지향하는 일반화 방식이다. 즉 개인적인 것에서 사회적인 것, 특수한 것에서 보편적인 것, 우연적인 것에서 필연적인 것, 부분에서 전체, 구체적인 현상들에서 본질적인 것을 감지하고 끌어내어 예술적으로 설득력 있게 표현해내는 예술의 일반화 방식이다. 현실주의 전형화의 근본 특질은 예술적 형상의 묘사이다. 이러한 묘사의 리얼리즘이 전형화의 최상 조건이다. 여기에 대한 자세한 내용은 까깐(위의 책, 380~387쪽)을 참조하기 바람.

8) 이것은 현실에서의 전형과 그러한 전형적인 것에 대한 체험, 그리고 예술의 일반화 과정의 중요한 계기로서의 전형화와 현실주의 작품에서의 전형적 행위, 감정, 성격을 구별해야 한다. 즉 시인이 현실 속에 잠재되어 있는 다양한 전형적 현상들을 감지해 내고 그를 통해 복합적이고 총체적인 현실을 정확하게 반영해 내는 것은 현실주의 예술의 고유한 본질이다.

정성에 도입하려는 서사시의 형태가 나타난다.

　이러한 이유가 전형화(典型化)를 가능하게 한다. 즉 전형화된 시에 있어서 인물 형상은 서사문학의 그것과는 달리 자립적, 개별적 인간으로 묘사되지만 그 내부에 당대 현실 속에 존재하는 집단의 사람들과 그들의 일상적인 삶의 흔적을 담고 있는 것으로 형상화된다. 따라서 전형화를 사용한 서정시의 현실주의 성취를 논할 때 문제의 중심에 떠오르는 것은 인물의 형상이나 상황, 구체적인 사건 등이 당대의 보편정서를 드러내기에 적합한가, 즉 묘사된 형상화 대상의 전형성이 문제가 된다. 이것은 일종의 '독특한 유형의 종합'9)이다. 다시 말해서 이 경우 작가가 포착한 현실의 한 단면을 다양하고 풍부한 현상들과의 관계 속에서 일반화시키고 농축시켜 본질적이고 전형적인 측면을 드러내는 것이 필수적으로 요구된다. 요컨대 작품 속에서 당대 사회현상과 인간 본질의 연관을 집중적으로 체험할 수 있는 '현상영역-본질적인 현상의 영역'10)으로써 인물은 묘사체계11)에 의해 형성되어야

---

9) 루카치는 그것을 인물과 상황을 연결하고, 개별자와 보편자를 유기적으로 통일한다고 보았다. 즉 "어떤 것을 전형으로 만드는 것은 그것의 평균적인 성질도 아니며, 비록 그것이 아무리 의미 심장하더라도 개별적인 성질도 아니다. 어떤 것이 하나의 전형으로 되는 것은 오직 한 역사적 시기의 인간적 사회적으로 본질적인 '계기'들이 그 속에 함께 어우러질 때만 가능하다. 따라서 이 계기들은 전형의 창조를 통해서 그들의 최고도의 발전 단계에서 드러나게 된다"고 주장한다. 여기에 대해서는 G.H.R.파킨스 편, 김대웅 역, 『루카치의 미학사상』(문예출판사, 1986, 191~192쪽)을 참고하기 바람.
10) 욘, 임홍배 역, 『마르크스 레닌주의 미학입문』, 사계절, 1989, 33쪽.
11) 묘사체계는 그 핵nucleus의 형태 의미소에 따라, 핵심어 주위에 서로 결합된 단어들의 망상조직이다. 그 체계의 각 구성요소는 핵의 환유로 기능한다. 이들 관계들은 대단히 강력해서 그러한 환유는 어느 것이나 조화ensemble를 위한 은유로 수용될 수 있으며, 체계가 함축적이 되는 텍스트의 어디서나 독자는 질서 있게 간극을 메우고 관여적 스트레오타입들의 문법에 따라 그 환유로부터 전체 재현을 구성할 수 있다. 묘사체계들은 그들 유포소들의 교체에 의해 약호들로 변형된다. 즉 전환이 구나 문장보다 훨씬 더 긴 시퀀스(순서 또는 연속)에 영향을 미치고 전체 텍스트로부터 하나의 기호를 만들 수 있는 방법은 바로 이것이다. 묘사체계는 핵심어 주위에 세워진 환유망이기 때문에 그 구성 요소들은 전체에 걸쳐 핵심어와 똑같은 유포소들을 갖는다. 핵심 유포소들의 교체는 즉각적으로 전체체계의 방향을 긍정에서 부정으로 혹은 부정에서 긍정으로 바꾸면서 모든 구성성분의 어휘소의 내포들을 반대로 바꾼다. 여기에 대한 자세한 내용은 미카엘 리파떼르, 유재천 역『시의 기호학』(민음사, 1989, 68~110쪽)을 참고하기 바람.

한다. 이 때 시에 나타난 인물형상은 개별적인 인간으로 묘사되더라도 그 내부에 당대 현실 속에 존재하는 집단적인 사람들과 그들의 일상적인 삶의 흔적을 담고 있는 것으로 형상화된다. 따라서 박세영의 경향시가 지닌 형상화의 특징은 전형화의 실현양상에서 드러나는 시적 표현의 응집성과 형식적 장치라 할 수 있다.

1927년 「농부아들의 탄식」을 『문예시대』에 발표하면서 프롤레타리아 시단에 등장한 박세영은 1930년대에 들어서면서 노동자 농민의 형상을 창조하거나, 직접적인 투쟁의 현장을 묘사하고 있다. 이를 통해 프롤레타리아계급 내부에서 혁명운동이 성장해 가는 과정을 형상화하는 데 주력한다. 그의 이러한 창작 경향은 볼셰비키 대중화가 프로문학의 중심적인 과제로 등장하면서 안막에 의해 제기된 프로예술의 형식문제, 즉 '계급적 입장에서 형상을 빌려 묘출하는 예술적 태도'[12]라는 프롤레타리아 리얼리즘론을 수용한 것에서 비롯되었다고 할 수 있다.

시인의 관념적인 세계관이나 현실변혁에 대한 인식을 시로 표현하려는 노력은 배역시에서 두드러지게 나타난다. 배역시에서 서사적인 요소와 서정적인 요소가 공존할 수 있었던 것은 '극적인 것'과 밀접한 관련을 맺고 있는 듯하다. 즉 극적인 요소를 도입한 시는 특정한 배역을 내세워 그 배역으로 하여금 자신의 내적 체험이 형상화되도록 한다는 점에서 경향시의 현실주의적

---

12) 안막은 「프로예술의 형식문제」(『조선지광』제91호, 1930. 6)에서 프로계급의 승리와 프롤레타리아 리얼리즘을 제창했다. 그것은 일반적인 리얼리즘이 현실을 현실대로 묘출하려는 객관주의적 예술태도에 비해 변혁을 통해 이루어진 프롤레타리아 리얼리즘은 유물적, 객관적, 현실주의적 태도를 통해 모든 현상을 사회적 계급적 관념에서 묘출해야 한다는 것이다. 또한 그는 이데올로기의 방면뿐만 아니라 심리적인 방면도 중요시하여 이것을 실천하는 예술가는 마르크시즘에 관철된 프롤레타리아 전위의 눈을 가진 혁명적 예술가가 되어야 함을 강조하면서 '프롤레타리아트'의 종국의 승리라는 사회적 관점에서 묘출을 강조하고 있다.
그러나 이 주장은 그의 볼셰비키화론의 한 핵심을 이루는 것은 분명하지만 당의 문학, 철저한 프롤레타리아 계급 출신에 의해 이룩되는 문학을 주장하면서 동시에 프로문학의 대중화를 주장하고 있어 그의 논리가 현실성을 띤다고 보기는 어렵다. 여기에 대한 자세한 논의는 김영민의 『한국문학비평논쟁사』(한길사, 1992, 368~387쪽)를 참고하기 바람.

성격의 한 전형으로 꼽을 수 있다.

이러한 입장에서 볼 때 임화의 '단편서사시'는 새로운 내용을 담을만한 마땅한 형식과 형상화 방법을 발견하지 못했던 경향시에 새로운 활로를 제공했다는 점에서, 특히 그의 「우리 오빠와 화로」[13]는 중요한 의미를 가질 뿐 아니라 박세영의 시에도 일정한 영향을 미쳤을 것으로 보인다.

> 누나!
> 그날을 또 어떻게 지내셨수
> 유황가루 얻어맞은 것 같은 세 자식을 데리고
> 돌려가며 밥 달라는 굶은 어린것들을 데리고
> 허나 누나를 보고 오는 나의 마음은
> 비스듬한 고개가 갑자기 깎아질러 보이고
> 내려다뵈는 도시를 향하여 가슴을 몇 번이나 두드렸소

---

13) 1929년 『조선지광』에 이 작품이 발표된 직후 김기진은 이를 '단편서사시'로 규정하면서, 이 시가 시도한 사건적 요소의 도입이라는 양식적 특징을 들어 프로시가 추구해야 할 리얼리즘의 창작 방향을 명확히 제시한 것으로 높이 평가했던 사실은 상당히 정확한 지적이라 할 수 있다. 왜냐하면 사건적 요소의 도입은 모순이 증대되어 가는 현실의 다양한 모습을 시에 형상화하는 데 상당히 효율적인 방법이 되기 때문이다. 따라서 임화의 이러한 '단편서사시'가 새로운 내용을 담을만한 마땅한 형식을 찾지 못하던 프로문단의 경향시에 새로운 활로를 제공했다는 김기진의 견해는 매우 타당한 것으로 여겨진다.
그러나 이 시를 오성호의 지적(앞의 논문 132~139쪽)처럼 '단편서사시로만 규정한다면 당대 프로시의 형식을 단순하게 해석해버릴 소지'를 안고 있다. 왜냐하면 이 시에는 분명 서사적인 일면이 나타나 있지만 배역으로 등장한 여성노동자의 정서가 더욱 강조되어 있다. 물론 한 편의 시 속에 서사성과 서정성, 그리고 배역성이 동시에 드러날 수 있다는 점을 완전히 부정할 수 없는 일이다. 그러나 프로문학에 있어서 계급의식 고취는 가장 필수적인 요구사항이며, 계급의식을 바탕으로 해서 현실이 형상화된다고 볼 때 '배역'에 초점을 둔 것으로 보아야 한다. 박세영의 경우 1930년대에 접어들면서 그의 시가 배역을 중시하고 있다는 점은 다분히 임화의 영향권에 놓여 있었다고 보아야 한다. 즉 「바다의 여인」(『음악과 시』, 1930. 8), 「누나」(『카프시인집』), 「산골의 공장」(『신계단』, 1932. 10) 등은 일정한 배역을 등장시켜 그로 하여금 자신이 체험한 사건들과 그로부터 환기된 정서를 진술하도록 하는 '단편서사시' 양식이다. 이것들은 노동자 농민의 삶을 그 내부로부터 그려냄으로써, 그리고 현실의 다양한 측면을 형상화하는 데 성공하였다. 이러한 시적 형상(배역)은 1930년대 후반 이용악이나 오장환의 시에도 영향을 미치고 있다.

누나!
그러게 내가 무어라 그랬수
가난한 사람은 다 같은 생각을 가져야 한다고
내 몸은 가난의 그물에 걸렸으면서도
생각은 가장 理想境, 문화주택을 생각하고
재산을 생각하지만 어디 되는 줄 아우
가난한 사람이 누구라 안 부지런하우마는
돈을 모을 수가 있습디까 그것도 봉건시대에 말이유
부지런이란 무엇 말라빠진 것이란 말이유

누나!
십 년을 공부하고 나온 몸이라
언제나 重病者와 같은 여공들을 볼 때는
개나 같이 생각하지 않았수마는
누나도 사흘 굶고 공장으로 안 나서셨수
그럴 때 x(놈-인용자)들은 누나가 늙었다고 거절을 하지 않았수
나이 삼십이 넘은 누나가 늙었다는 것은
자본주의 시대의 솔직한 말이 아니유
x(놈- 인용자)들은 조금이라도 우리의 힘을 더 xx(빼앗- 인용자)을 생각뿕에

누나!
그러면서도 또 무슨 생각을 하시유
이제는 北坪으로 가버린 남편도 기다릴 게 없수
그저 새 생각을 먹고 나서시유
다른 공장에라도 가보시유
그래 같은 여공의 xx(입장, 처지-인용자)가 되어
우리들의 xx(혁명- 인용자)을 위하여 xx(싸워-인용자)나갑시다
누나!
그래야 가장 훌륭한 누나가 아니겠수
머리는 기름박을 되 쓴 것같이 윤이 흐르는 x(놈- 인용자)들의 여편네들은
뱃속의 촌맥충이나 무에 다르겠수
누나!
그러면 나는 기다리겠수
누나의 레포를 기다리겠수[14]

「누나」 전문

이 작품은 임화의 영향을 다분히 받고 있는 듯하다. 우선 임화의 '단편서사시'의 형식을 그대로 답습했다고 할 정도로 서간문 형식15)을 취하고 있고, 시에서 진술되고 있는 내용이 특정한 수신자를 상대로 하고 있다는 것 역시 그러하다. 그래서 이 시는 단순한 서술시의 개념으로 해석16)하기보다는 배역으로 설정된 여성노동자의 정서가 강조되고 있다는 점에서 배역시17)로 보는 것이 타당하다. 왜냐하면 이 시에서의 '누나'는 여성노동자로서 전형화된 인물로 보아야 하며, 시적 화자는 프롤레타리아 시각에서 전형화된 '여공의 처지(입장)가 되어' '우리들의 혁명'이라는 프롤레타리아계급의 이상화를 추구하고 있기 때문이다.

박세영은 또한 이 시18)를 통해 작품의 현상적 청자인 '누나'를 넘어서 당대 지식인이 살아가야 할 올바른 삶의 지표를 제시하고 있다. 그것은 개인의 운명을 결정하는 힘이 자본주의사회인 조선의 식민지 현실로 보고, 부르조아석 환상에서 벗어나 진정한 인간적 가능성이라 할 수 있는 프롤레타리아 계급의식 획득에 초점을 맞추고 있는 것이다. 따라서 그는 이 시를 통해 자본주의적 현실이 가진 모순을 폭로하고, 그 속에서도 꿋꿋이 살아가는 노동자 계급을 통해 현실의 모순을 극복할 수 있는 해결방안, 즉 투쟁을 제시하고

---

14) 이 글에서 인용하는 시의 표기는 『박세영전집, 산제비』(한국대표 시인 100인선집 6, 미래사, 1991)에 수록된 것에 따른다.

15) 단편서사시가 서간문 형식을 취하고 있다는 사실은 여러 논자들에 의해 지적되었다. 서간문 형식을 취한 당대 경향시들은 대부분 가족 내적 담화구조를 채택하고 있으며, 개중에는 감상적 요소가 개입된 작품도 많다. 이에 대해서는 김진희(「임화 시 연구」, 이화여대 어문논집, 1990, 53~94쪽)를 참조할 것.

16) 심선옥(앞의 논문, 69~70쪽)은 이 시를 '편지체를 통한 담론구조 형식을 사용하여 작가의 사상과 감정을 직접적으로 표현한 서술시'로 규정하고 있다.

17) 단편서사시를 배역시로 파악한 것은 김윤식의 글 「1910년대의 시와 그 인식」(김용직 외 『한국근대시사연구』, 일지사, 1983)이 처음인 듯하다. 또한 김윤식은 단편 서사시의 장르적 성격을 '소설과 서정시의 중간 성격을 보이면서도 실제로는 그 장르적 성격을 명확히 부여받지 못한 것'으로 평가하고 있다. 여기에 대해서는 김윤식의 『한국근대문학사상사』(한길사, 1984, 178쪽)와 오성호(앞의 논문 125~147쪽)를 참고할 것.

18) 이 시는 박세영의 친누이인 박숙원이 인텔리임에도 불구하고 가난 때문에 공장의 여공으로 들어가기로 결심하자 그를 격려하기 위해서 쓰여졌다고 한다. 엄호석의 「시인 박세영」(『현대작가론』, 조선작가동맹출판사, 1960, 200쪽) 참조.

있다.

그의 시가 당대 여타의 경향파 시인들에 비해 시적 서정 형상이 뛰어난 작품들이 많음에도 불구하고 이 시에서는 그러한 형상성보다는 계급의식과 계급투쟁을 선전, 선동하려는 시인의 주관적인 의도가 강하게 드러난다. 따라서 누나와 동생 간의 가족적 대화는 서정성과 진실성을 드러내는 데에 실패하고 있다. 가령 '북평으로 가버린 남편도 기다릴' 필요도 없이 '우리들의 xx(혁명-인용자)을 위하여 xx(싸워-인용자)나갑시다'라고 노동자의 투쟁적인 길을 촉구하는 구절은 작위적이라 하지 않을 수 없다. 또한 그것은 '누나'와 '윤이 흐르는 x(놈-인용자)들의 여편네'로 규정한 계급적 갈등만 드러낸 나머지 프로문학의 이념만 강조하는 결과를 초래하고 말았다.

이러한 시적 한계가 있지만 이 시가 중요한 이유는 당대 경향파 시인들이 추구하고자 하는 볼세비키적 대중화론의 구체적 결실로 보아야 하기 때문이다. 박세영의 시가 당대 여타의 경향시에 비해 형상성이 뛰어나지만 이 시가 서정성을 확보하지 못하는 이유도 계급 투쟁을 선전, 선동하려는 시인의 주관적 의도가 강하게 드러난 탓으로 보아야 한다.

박세영의 시에 나타난 이러한 형상성의 한계는 민중들의 생활을 자연현상과 대비시켜 비애의 정조를 유발함으로써 극복된다. 이것은 「누나」에서의 관념적 투쟁에서 민중생활의 구체적 체험으로 나아가 민중적 삶의 현장이 서정성을 확보하게 된다. 즉 식민지 하에서 일제와 자본가들에 의해 이중적으로 고통받고 소외당하는 민중들에게 프롤레타리아 계급의식을 환기시키는 시적 형상이 탄력을 얻게 된다.

> 니그로를 흉보던 이들이
> 어느 사이에 그들과 같이 되어서
> 지금은 들, 이삭이 곤두선 들에서
> 훌륭한 인간의 野外劇을 보여주는구나
>
> 절름발이의 걸음과 같은 이 가을은
> 그래도 모든 곡식을 여물이고 가는가

울타리와 지붕엔 파란 박이 구를 듯이 놓였더니만
굴러갔는가 터져서 x(파—인용자)가 됐는가
지금은 지붕조차 빨간 물이 들었네

길길이 자란 수숫대는 이 가을이 다—가도록
기러기를 불렀으나 한 놈도 안 와서
얼굴을 붉혔네 온 몸이 피에 끓었네
끓다 못하여 기러기도 못 만나보고 주인에게 잘리고 말아
가을은 절름발이로 왔다가만 가버리나

세상엔 xxx(낮도적—인용자)이 생겨 세상을 오르내리며 기름진 땅을 푹푹
찔렀나
땅의 심장은 터지고 고루고루 xx(뺏간—인용자)땅을 물들여가니
그리고 등성이에서 들로 점점 기어나오는구나
나중에는 농부의 마음에 기어들려고

우리의 눈동자를 토막내려는
산이여 들이여
이름 없는 꽃이여 그리고 野菊이여
너희들의 野性을 우리는 길들일 사이조차 살림에 xx(빼앗—인용자)기어
앞마당 뒤뜰에 꽃피는 화초들까지
올해는 들꽃이 되겠나베 들꽃이여
싫다고는 말으라
내일에는 마을의 개조차 늑대가 될지 모르니

잠깐 동안 들은 금을 펴논 것 같더니
깡말라빠진 농부에게 주는 야식처럼,
지금은 걷어들이어 갈가리 찢어내는구나
우리의 농부여 허재비는 그대로 두라
우리들의 꼴이 자빠지려는 허재비꼴이나 무에 다르랴

타작이 다 마치기 전에
다시 한 번 하늘 탓이나 하였네 입과 입들은,
그러나 곱다란 마당—메 한 톨 안 남게 쓸어갔을 때

하늘 탓은 잊었네 모두 잊어버렸네

오—해마다 오는 가을이여

언제나 절름발이로만 왔다 가려는가

이 해가 다—가서 내년이 올 땐

우리들의 맘까지 xx(비수—인용자)에 찔린 땅같이 되려나베

되고야 말려나베.

「타작」¹⁹⁾ 전문

　일제시대 농민시가 어떠한 모습으로 형상화되고 있는지를 명쾌하게 보여주는 이 시는 일제의 식민지 수탈이 농촌과 농민들의 삶을 어떻게 황폐화시키고, 밀어내기식의 이농현상을 부추기는지 구체적으로 드러내고 있다. 즉 농토를 잃은 많은 농촌인구가 만주나 노령(露領)지방의 노동자로 흘러들어갔지만 1930년대 중반기 이후까지도 농촌지역의 일용노동자 실업자수가 그다지 줄어들지 않는다.[20] 이 시가 '타작'마당 풍경을 통해 드러내고 있는 농촌의 황폐한 상황은 말할 것도 없이 지주제를 사회경제적 기반으로 고착시킨 일제의 식민지 수탈 결과였다. 가령 '절름발이 걸음과 같은 이 가을'은 1년 동안 피땀 흘리며 지은 농사를 지주에게 바치고 나면 짚더미만 남게 되는 1920년 농촌의 전형적인 비참한 현실의 형상이다. 뿐만 아니라 '땅의 심장이 터지고 고루고루 xx(뺏긴—인용자)땅을 물들여가니 / 그리고 등성이에서 들로 점점 기어나오는구나 / 나중에는 농부의 마음 기어들려고'라는 구절은 이와 같은 농촌의 현실을 압축해서 보여준다.

　이 시는 의미 내용상 크게 두 개의 구성요소로 짜여 있다. '풍요로운 가을'과 배역으로 등장하는 농부의 '분노와 저항'이라는 축이 서로 대응되어 갈등을 심화시키는 구조이다. '잠깐 동안 들은 금을 펴논 것 같더니'에서의 풍요로움은 '지금은 걷어들이어 갈가리 찢어내는' 소작민의 고통으로 인해 '농부여 허재비는 그대로 두라'는 자조적 표현으로 형상화한다. 이것은 당대 농촌

---

19) 괄호 안의 인용자는 김하의 글(「폭풍우를 뚫고온 시인 - 박세영 시전집에 대하여」, 앞의 글)에 인용된 것을 따랐음.
20) 강만길, 『일제시대 식민생활사 연구』, 창작사, 1987, 391쪽.

현실이 전형화되어 나타난 것으로 이해할 수 있다. 이 시에 있어서 농촌현실 전형화는 농부라는 프롤레타리아 계급의 배역을 바탕으로 '이삭이 곤두선 들'이나 '울타리와 지붕엔 파란박' 그리고 '길길이 자란 수숫대', '野菊' 등의 구체적 자연물을 통해 농촌현실을 서정적으로 형상화하면서 농민의 투쟁 정서를 지향하고 있다.

그러나 이 시에서 투쟁 정서는 현실의 전형화에는 비교적 성공했다고 할 수 있지만 그것이 이상화로 결합되지는 못한 한계도 지니고 있다. 이러한 한계는 1930년대 초반 노동자 농민의 배역을 구체적으로 설정하고 파업의 과정을 시 속에 도입함으로써 프롤레타리아의 혁명투쟁을 강화하여 극복하고 있다.

밤마다 오는 사람
하루종일 들에서 일하는 그 사람
거머리에 뜯기고 배암에 물리고
나중에는 지주에게 모조리 뜯기는
거인 같은 그 사람과
하루라도 못 만나면 섭섭하구나.

그렇게도 큰 몸이
그렇게도 말랐고
그렇게도 부지런하고 좋은 사람이
그렇게도 가난하고 소 같은 신세에 얽매여
가슴은 죄뜯고 입을 악물며 이날을 보내는구나

내게 올 때마다
강판 같은 그의 손
슬린더 같은 팔뚝을 내저어 악수를 하였지
야속한 이 밤에 그는 왜 안 오는가
달조차 없는 도랑물 소리만 쉴새 없는 이 밤에
아마도 어제 비에 냇물이 불어
못 오는 것이 아닐까

그러나 늦은 밤
들창 밖에서 내 이름 부르는 소리
이는 정녕 그 사람이었다
내가 말하기도 전에
동무의 말은 잘 알았다
며칠 안 남은 메이 데이
우리들 농민조합은 데모를 하고야 말겠다는 말을
이리하여 우리들은 밤을 새우며 삐라를 박는다
그날의 읍내를 연상해가면서

지금쯤은 넙쩍다리까지 걷어제치고
냇물을 또 건너갈테지
아, 밤마다 오는 그 사람 우리의 동무
이번 첫일에 승리를 맹세하자

「밤마다 오는 사람」 일부

농민조합의 소작쟁의21)를 소재로 삼은 이 시에서의 배역은 '하루 종일 들에서 일하면서도 거머리에 뜯기고 배암에 물리고, 나중에는 지주에게 모조리 뜯기는' 가난한 농민이다. 시인은 배역으로 설정된 프롤레타리아 계급의 농민에 대해서 전투성을 보여준다. 배역시가 '극적인 것'의 특징과 관련을 맺고 있다고 볼 때, 헤겔의 지적처럼 '극적인 것'은 근원적으로 '서정시와 서사시 원리의 상호매개적 통합'22)이라 할 수 있다. 이 경우 서정성이 강하게 드러나더라도 일정한 배역을 내세울 때, 그 배역으로 하여금 어떤 상황이나 사건, 그리고 그에 대한 감정을 진술하게 하는 것은 시인의 주관성을 줄이는 방법이 된다. 따라서 이 시는 시인과는 구별되는 제3의 존재를 내세운 배역시인 동시에 구체적인 사건을 시에 도입함으로써 뚜렷한 서사지향을 보여준다. 이

---

21) 1920~1930년대에는 소작인으로 전락하는 농민이 늘어나 조작조건이 계속 악화하는 식민지적 농촌사정 아래서 농민들의 자위수단으로서의 소작쟁의가 빈번해졌다. 이에 따라 쟁의 중심의 농민운동이 점점 조직화했음도 자연스런 일이었다. 여기에 대해서는 강만길(앞의 책 65~69쪽)을 참조할 것.
22) 헤겔, 최동호 역, 『헤겔시학』, 열음사, 1987, 210쪽.

러한 사실은 시인의 내면적 주관성을 직접적으로 표현하는 전통적인 서정시
와는 뚜렷하게 구별되는 경향시의 전형적인 표현양식으로 자리잡는다.

 이 점을 염두에 두고 이 시를 자세히 살펴보면 시대현실의 객관화가 충분
히 이루어지고 있음을 알 수 있다. 우선 시의 배역으로 설정된 배역은 '밤마
다 오는 사람' 즉 농민 일반의 삶에 대한 시인의 추상적이고 관념적인 인식
이 배제되어 시인과 시 속에 진술되고 있는 서사적 사건 사이에 일정한 거리
가 확보된다. 그 결과 이 시의 배역으로 설정된 농민의 절망과 분노의 감정
이 소작인과 지주의 대립이라는 객관적인 상황 설정으로 이루어진다. 이러한
배역시의 틀은 이 시의 경우 프롤레타리아 인식에 바탕을 둔다. 따라서 '우
리'의 집단적 저항은 시인 자신의 직접적인 주관성이 시에 개입할 여지를 줄
이는 데 상당히 효과적이라 할 수 있다.

 이러한 사실은 이 시의 구조를 통해서도 확인된다. 이 시에서는 일제의 농
민수탈에 맞선 소작쟁의라는 시사적인 내용이 배역으로 설정된 농부의 내적
체험으로 형상화되어 있다. 즉 1연에서의 객관적 상황 진술은 당대 농민의
비참한 실정이 시적 주체의 자조적 토로에 의해 현실을 주관적으로 진술하는
2~3연에서 보다 구체적인 농민의 심경을 진술하게 한다. 나아가 조직적인
소작쟁의를 통해 이상을 실현하고자 하는 4~6연의 진술이 설득력을 지니도
록 구조화되어 있다. 다시 말해서 시인은 1연에서 농민을 '거머리에 뜯기고
배암에 물리는' 존재로 설정하고 혁명가를 '거인 같은 그 사람'으로 표현함으
로써 5~6연에서 '며칠 안 남은 메이 데이'를 '첫일에 성공을 맹세'할 수 있
게 구조화시키고 있다. 이것은 곧 경향시가 피착취계급인 노동자·농민을 전
형화하고, 이상화를 노래하는 기본적인 틀을 지니고 있음을 대표적으로 보여
주는 것이라 하겠다.

굴뚝도 없는 공장
밤낮 문이 닫혀 있는 공장
공장이랄까… 여보세요 말이 안나요
아침이면 여섯시 밤이면 아홉시
들고날 때 쳐다보면 별과 달밖에

해라고는 보지도 못하였지요

…중략…

여보세요 칠년이 되어 삯전이 오 전 올랐더니

이번에는 칠 년 전의 삯전대로 준다지요

그것도 갑절이나 올랐다면 모르지만

오 전을 올리고 도로 깎는 이의 심사는

그래 옳단 말입니까

우리들은 이 소리를 듣고 일을 집어치우고

모두 일어나서 밤낮 닫혀만 있던

그 공장문을 열어젖뜨렸습니다

…중략…

그러자 xxx의 형제들은 쫓아왔습니다

우리의 소식을 듣고 이 산골짜기로

그리하여 우리는 힘을 모아 xxx습니다

우리는 기뻐서 눈물이 납니다

우리들을 위하여 밤낮으로 애써주는

노xxx형제들의 뜨거운 마음씨에

그리하여 우리들 오십 명은.

「산골의 공장 -어떤 여공의 고백」 일부

　서울 창의문 밖 부암동에 있는 모피공장의 파업을 제재로 한 이 시는 시인이 아닌 제3의 시적 배역(여공)을 내세워 사건을 서술하고 있다는 점에서 일종의 배역시라 할 수 있다. 뿐만 아니라 이 시는 배역으로 설정된 여공의 입장에서 부르조아에 대한 저항, 즉 파업에 대한 구체적인 이야기를 진술하고 있다는 점에서 서사적인 성격을 띤다. 이 서사구조는 파업투쟁이라는 구체적 계기를 통해서 개인의 존재에서 집단의 존재로 전환하는 여성노동자의 모습을 전형화하는 데 기여하고 있다.

　그것은 단순히 서사적인 사건을 전달하는 데 초점을 맞추고 있는 것이 아니라 여공의 주관적인 감정, 즉 품삯을 깎는데 대한 분노를 형상화하는 것에 초점이 모여 있다. 따라서 마지막 연에서의 '나'가 아닌 '우리'로 설정한 계급 인식은 부르조아가 아닌 프롤레타리아의 정서에 타당성을 부여하기 위한 일종의 배역장치로 해석되어야 한다. 즉 그것은 시인이 아닌 제3의 존재, 즉 배역을 통해 자신의 체험을 진술하도록 하고 있다는 점에서 시인의 내면적인 주관성이 직접적으로 표현되는 전통적인 서정시와는 다른 양상을 보여준다. 물론 이 경우 시 전체를 지배하고 있는 것은 시인의 주관성이지만 외관상으로는 시인과 구별되는 제3자(프롤레타리아계급의 여공)의 정서가 형상화되고 있다. 이를 위해 시인은 배역의 성격과 시적 상황에 리얼리티가 드러나도록 세부적인 표현과정을 조율하고 있다. 즉 특별한 수사적 장식이 없는 평이한 진술방법이나 투박하고 세련되지 않은 어조, 그리고 주어진 현실에 대한 즉자적 분노가 배역의 성격과 일정하게 맞물려 있음을 알 수 있다. 다시 말하면 시인이 그 배역들에 대해 일정한 거리를 유지함으로써 배역의 계급적 성격을 형상화하는 방법을 택하고 있다.

그러나 노동자 파업과 관련한 세부의 진실성에도 불구하고 이 시가 서정성을 획득하지 못하고 노동자의 파업투쟁에 선동적인 목소리가 비교적 드러나지 않는다는 점이 이 시가 현실주의를 성취한 근거가 되고 있다. 이처럼 박세영의 현실주의 시가 계급의식을 드러내는 방법으로서 비교적 성공한 것으로 평가할 수 있는 근거를 보여주는 예로써, 계급의식을 자각한 노동자가 프롤레타리아트로 성장해 가는 과정을 묘사한 「야습」이나 젊은 혁명가의 투쟁적인 삶을 그린 「젊은 웅변가」, 만주 이농민의 애환을 그린 「최후에 온 소식」이나 「다시 또 가는가」 등을 들 수 있다.

3. 대화체 시와 대중화 인식

1920년대 이후 진보적인 문예운동을 하던 카프 중심의 문인들은 프로 문학의 '내용과 형식 논쟁'23)과 아울러 '예술운동의 볼셰비키화와 문학대중화

---

23) 프로 문학의 확산을 위해 일관된 입장을 보이며 함께 활동했던 김기진과 박영희가 프로예술의 정의와 역할에 관한 서로간의 입장 차이를 드러내며 최초로 논쟁을 벌이게 되는 것이 바로 이 '내용과 형식 논쟁'이다. 여기서 박영희는 세계관의 명확성만으로

논쟁'24) 등을 거치면서 문학작품은 민족과 민중의 진실된 삶의 모습을 어떻게 담아낼 것인가에 관심을 기울이게 되었다. 문예대중화와 관련하여 민중들에게 접근하려는 이러한 문학 일반의 시도는 소설에서의 '벽소설'이나 '집단창작'을 들 수 있으며, 특히 시에 있어서는 민중들에 의해 불리는 민중적인 가요의 창작, 임화를 위시한 서술시의 창작, 슈프레히 콜, 즉 송극 송시라고 불리는 새로운 장르의 실험25)이 나타났다.

슈프레히 콜의 실험은 백철이 일본의 프로문단에서 시인으로 활약하고 있으면서 시도하여 5편을 남겼으며, 도공청과 신고송에 의해 각각 1편씩 제작되었다. 그 중에서도 특히 박세영이 제작한 두 편, 즉 「潢浦江畔」과 「橋」는 윤여탁의 견해처럼 '다른 장르에 비해 그 내용이 혁명에 대한 확실한 전망을

도 당시의 문학과 관련한 모든 문제가 해결될 수 있다고 보았다. 김기진도 물론 세계관의 문제가 중요하다는 것은 인정했지만, 그는 세계관의 명확성만으로 문학창작에 관한 모든 문제가 해결된다고는 보지 않았다. 그는 세계관의 문제와 문학창작의 기술 및 문학의 본질에 관한 논의는 각각 독자적 중요성을 갖고 다루어져야 할 성질의 논제들이라고 생각했다. 따라서 이 논쟁은 카프의 방향전환의 구체적 계기가 되었고, 아나키스트와의 논쟁이 발생한 빌미를 마련하기도 했다. 아울러 이 논쟁은 1920년대 말 대중화론의 전개 및 양주동 등 절충파와의 논쟁과도 맥락이 이어진다. 이 논쟁의 구체적인 내용은 김영민(앞의 책, 39~84쪽)을 참고할 것.

24) 1930년대 초반에 접어들면서부터 카프의 조직개편론과 함께 볼셰비키화론이 대두되었다. 이 시기에 안막은 예술운동의 볼셰비키화를 본격적으로 제창하면서 카프의 제2차 방향전환을 주장했다. 안막은 예술운동의 볼셰비키화 내용을 당의 문학과 연관지어 설명했으며, 그 구체적인 창작방법론으로 프롤레타리아리즘을 제안했다. 또한 그는 볼셰비키 대중화론의 이데올로기와 대중화론의 대상에 대해 명확히 규정했다. 김기진이 제시한 대중추수적인 경향의 문학 대중화론에 대한 임화의 비판 요지는, 김기진이 마르크스주의적 투쟁 원칙을 벗어나 현실추수적인 합법투쟁을 제안했다는 점에 있다. 이러한 김기진의 태도가 전선을 회피하는 도피적 태도라는 것이 임화의 지적이다. 이에 대한 김기진의 재반론은 임화가 현실을 무시한 관념적 원칙론자라는 것이다. 이 예술대중화론에 관한 논의는 그것이 현실추수적 대중화론이건 혹은 볼셰비키적 대중화론이건 간에 결국 창작방법론으로 이어질 수밖에 없는 논의이다. 김기진의 대중화에 관한 논의가 변증적 사실주의에 관한 논의로 이어지며, 안막과 권환 그리고 유백로 등의 논의가 계속 프롤레타리아 현실주의에 대한 관심을 표명한다는 점은 이를 반영한다. 그리하여 이 시기의 예술대중화 논쟁은 1930년대의 본격적인 창작방법론과 현실주의 논쟁의 출구를 여는 역할을 한다. 여기에 대한 자세한 사실은 김영민(위의 책, 175~224쪽)을 참고할 것.

25) 여기에 대해서는 윤여탁의 「1920~30년대 리얼리즘시의 현실인식과 형상화 방법에 대한 연구」(서울대 대학원 박사논문, 1990. 8. 124~133쪽)를 참고할 것.

진보적으로 제시하고 있는'26) 측면에서 볼 때 비록 그 작품 수는 많지 않지만 형상화 방법은 중요한 의미가 있다.

문예대중화의 실천이라는 면에서 박세영의 경향시가 '대화체'에 의해 프롤레타리아계급을 형상화하고 있다는 점은 남다른 특징으로 보아야 한다. 이것은 대중적인 양식을 적극적으로 도입한 슈프레히 콜27)에 대한 관심의 결과로 나타났다고 여겨진다. 즉 이것은 대중적인 양식을 적극적으로 시문학에 도입하여 현실주의문학의 새로운 위상을 찾으려는 노력의 결과로 보아야 한다. 이 시도는 그의 시가 대부분 대화체로 현실을 형상화하고 있는 바탕이 되기도 한다.

따라서 그의 시는 비교적 시각보다는 청각에 의존하고 있으며, 대화체 문장 속에 이야기를 담고 있으므로 문맹 노농계층에까지 낭송에 의해 전달될 가능성은 충분히 있다. 이러한 특성이 실제로 낭송 전달의 경우를 상정해서 의도적으로 배려된 것인가 하는 점은 분명치 않다. 다만 그는 내중 낭송시로서 슈프레히 콜의 양식을 실험하는 등 의사전달 문제에 큰 관심을 가졌던 것은 분명하다.

> 바다의 바람은 송림을 울리고
> 갈매기 미칠 듯이
> 날아 헤매는 구름낀 낮은
> 세상을 모르는 젊은 놈의 가슴을 우울하게 만들어
> 구름이 벗어지기를 기다리는지 나체의 흑인과 같이 하늘을 쳐다본다
> 도시의 xxxxx(부르조아지 - 인용자) 아들들은 한 녀석 두 녀석씩 나와서
> …중략…
> 저기압에 눌려 호흡조차 할 수 없는 이 바다에 바다를 가르려는 소리,
> 송림을 쓰러뜨리는 소리, 파도에 쫓기는 소리, 이 어지러운 움직임은 우

---

26) 윤여탁, 앞의 논문, 133쪽.
27) 윤여탁(위의 논문, 128쪽)은 이 '슈프레히 콜'을 전통적인 장르의 계승이라는 관점에서는 서사적인 민요의 대화창이나 사설시조의 대화 방식을 도입한 것으로 보았으며, 비교문학적으로는 독일의 하우트만이나 미국의 민중극 운동가인 마이켈 골드의 시극 양식을 수용한 것으로 보았다.

리의 마음과 이같이도 같단 말이냐

 ···중략···

 그러나 어부의 아내가 어제까지도 바닷가 해당화 덤불에 숨어

 그 녀석의 꼬임에 빠져 이같이 말하였단다

 "서울 손님 나는 당신이 그리워요"

 그럴 때마다 여인의 아름다움에 취하여

 "바다의 새악시여 어여쁜 새악시여"

 그 녀석은 이같이 외쳤단다

 ···중략···

 "나를 서울로 가게 하여주세요

 당신이 나는 그리워요

 비린내 나는 사나이 나는 싫어요"

 "나는 영원히 그대를 사랑하리라"

 이 같은 말은 그 녀석에서 백번이나 나왔다.

 ···중략···

 그러나 어부의 아내의 빙수와 같은 탄식을 누가 알랴

 "배불뚝이 그 녀석은 속임쟁이

 나는 부끄럽다 어찌 또 내 사나이를 보랴

 그 녀석의 말을 참으로 알았던 나는

 차라리 바다 저 깊이 빠질까보다

 그놈은 내 몸을 휘정거리고 달아났으니

 아ㅡ분하구나

 그러나 나는 목숨이 있을 때까지 싸우리라

 그놈들을 개로 알리라

 저희들은 거짓 세상에서 길러지고 또 익숙해져서

 가는 곳 사귀는 곳마다 거짓을 정말로 행세하는 놈들이구나

 내 한 번 속았지 또 속으랴

 오ㅡ저기서 흰 돛단배가 오는구나 낯익은 저 배!

 아마도 나의 사나이가 돌아오는 게다

 타는 볕에 지지리 탄 내 사나이

 그리고 거짓이란 깨알만큼도 모르는 씩씩한 사나이를

 나는 왜 차려 들었나

 저 배에서 노도와 싸우며

 집이라고 아내라고 돌아오는 그이가 오직 내 사나일 뿐이다.

　　세상의 가난한 계집은 이때까지 얼마나 그놈들에게 짓밟히었나
　　나는 맞으리라 깨끗한 마음 불타는 마음으로 나의 남편을 맞으리라"

　　지금에 그 여인은 쏠려오는 波浪을 거슬러 돌아오는 어선을 향하여 한
　걸음 두 걸음
　　저도 모르게 나간다
　　배에서는 북소리 둥둥 붉은 기가 펄펄 날릴 때─

「바다의 여인」 일부

　이 시는 슈프레히 콜 즉 대중 낭송시의 일면을 도입한 새로운 양식의 일면을 보여준다. 우선은 대화를 시의 중요한 표현양식으로 끌고 왔다는 점에서 민중들의 파업이나 쟁의가 일어나는 현장에서 대중의 의식을 고취시키려는 양식과 흡사하다. 따라서 연극 일반이 노리는 것처럼 등장인물의 행동이나 이들이 연출하는 사건에 의하여 작가가 전달하려는 내용을 관객이나 독자에게 객관적으로 전달하기보다는, 등장인물의 목소리를 통하여 외치는 작가의 주관적인 목소리를 독자가 수용하도록 고려된 방식의 서정성을 드러낸다. 이러한 대화체의 실험적 도입은 슈프레히 콜을 생산할 수 있는 바탕을 지니고 있음을 입증한다.

　그것은 어부의 아내를 배역으로 하여 부르조아지의 부도덕성을 형상화한 서사적인 성격을 통해 확인할 수 있다. 특히 시인의 주관적인 개입이 거의 배제된 채 배역으로 설정된 어부 아내의 입을 통해 부르조아지의 부도덕한 단면과 그 구체적인 과정을 통한 계급적 각성을 마치 연극 대본처럼 진술하고 있다. 따라서 얼핏보면 시가 아니라 차라리 수기를 그대로 옮겨 놓은 듯한 느낌을 준다. 특히 거칠고 어눌한 어조나 세련되지 못한 표현 등은 시로서 갖추어야 할 최소한의 형식도 뒷받침되지 못한 느낌마저 준다. 말하자면 대화를 행 구분만 해 놓은 듯한 것은 시인이 배역으로 설정한 어부 아내를 자신과는 구별되는 제3의 존재로 객관화하여 민중의 진솔한 모습을 드러내고자 한 것이다.

　따라서 어부의 아내가 진술하고 있는 부르조아지의 도덕적 타락은 독자로

하여금 더욱 진솔하게 인식되게 한다. 가령 '그 녀석의 꼬임에 빠'진 어부 아내가 '서울 손님 나는 당신이 그리워요'라고 했을 때 '여인의 아름다움에 취하여' '바다의 어여쁜 새악씨여'라고 외치는 '배불뚝이 그 녀석'의 '속임'은 노동자들의 비참한 현실을 악용해서 육체마저 유린하는 자본가의 탐욕을 적나라하게 보여준다. 따라서 '목숨이 있을 때까지 싸우리라'는 자본가에 대한 투쟁은 도덕성과 생존권 확보라는 차원에서 불가피한 것일 수밖에 없다. 그러나 그 싸움은 자본가의 탐욕과 식민지배기구와의 싸움만이 아닌 배역으로 설정된 어부 아내 자신과의 도덕적 싸움으로 형상화되고 있다. 이 시의 마지막 부분은 그와 같은 시적 상황이 계급에의 각성뿐만 아니라 한 남자의 지어미로서 도덕성을 회복하는 당대 윤리관과 맞닿아 있다. 또한 이 시에서의 바다는 폭풍 직전의 모습이다. 그것은 일제의 탄압 앞에 놓여 있는 식민지 조선의 모습이 형상화되어 있다고 할 수 있다. 이 시에서 '그 녀석'은 타락한 부르조아 계급, 즉 부정적인 인물의 전형으로 형상화되어 있다. 그러나 파도와 싸우며 만선의 배를 몰고 오는 검게 탄 얼굴의 씩씩한 어부는 역사 발전의 주체인 프롤레타리아계급, 즉 긍정적 인물의 전형이다. 여기서 부르조아의 꾀임에 빠져 도시의 환락에 마음을 빼앗겼다가, 그 허위를 깨닫고 불타는 정열로 어부를 맞이하는 아내의 모습은 프롤레타리아 계급의 현실을 극명하게 드러내는 현실주의의 성취를 보여준다.

그러나 이 시는 시인이 대중화에만 치중한 나머지 시적 서정을 확보하는 데에는 결정적인 한계를 보여준다. 또한 서사적 내용이 다분히 당대 신파극의 줄거리를 연상하게 하리만큼 작위적이라는 약점도 지적하지 않을 수 없다.

이렇듯 박세영의 시가 연극의 대본과 같은 대화체 기법을 사용하는 것과 비록 시의 표현자체가 대화체로 이루어져 있지는 않다 하더라도, 거의 대화에 가까운 것은 쉬운 시를 위한 장치라고 간단히 처리해 버릴 일은 아니다.

…전략(前略)…
영리한 너는 가장 어리석은 者였고,
너의 聖스럽던 良心을 빼가도 모르는 者였느니라.

삶의 뜻을 알려 했던 너의 어린 時節,
또 너의 理想을,
이렇듯 휘청거린 것이 너의 半生이라면 모든 哲人이여! 對答하라
이것이 삶의 뜻인가 對答하라.

人類를 사랑하자던 마음은
나만 알자로 되어버리고,
社會를 위하여 이 몸을 바치자던 생각은 나의 享樂만을 꾀하게 되어
너는 妖術師와 같이 한 가닥 남은 良心조차 속이었다.
그리하여 너의 한 가닥 希望까지도 없애고 말았다.
…중략…
아직도 앞이 시퍼런 靑春 너는
어둠의 桎梏에서 勇敢히 뛰어나오라
실낱같은 誘惑에서 뛰쳐나오라
恥辱의 十年이 떳떳한 하루만 못하고,
享樂의 百年이 眞理의 하루만 무에 낫겠니, 아하 너는 對答하라.
그래도 어둠의 골로만 永永히 가려나 對答하라.

「나에 對答하라」 일부

　대화체를 택하고 있는 박세영의 시는 당대의 문맹계층을 염두에 둔 표현양식임에 틀림없어 보인다. 물론 명백한 대화체가 아니라도 거의 모든 작품에 '너', '당신', '그대' 등 2인칭명사를 사용하여 '나'와 결합해 '우리'라는 공동체 관계를 설정하고 있다. 이 시의 경우에도 어린 時節 '너'와 '나'는 '우리'였었다. 이제 '영리한 너는 가장 어리석은 者'가 되어버리고 '나'는 '너에게 실낱같은 誘惑에서 빠져'나와 다시 '우리'가 되고자 '대답'을 기다리고 있다. 이렇듯 그의 시를 읽는 독자는 '너'가 되어 시인인 '나' 앞에 앉도록 친밀한 공간을 마련하고 있다. 이러한 형식이야말로 박세영의 시가 지닌 하층계급의 서정을 잘 말해주는 것이다.

　그러나 이러한 전달장치는 시어 사용에 있어서 결정적인 한계를 보여준다. 즉 당대 노동자 농민의 문맹률[28]을 감안한다면 지나친 한자어의 사용은 오히려 장애요인이 될 뿐만 아니라, 심지어 그의 다른 시에서는 외래어[29]가 사

용되고 있어 그의 시가 문맹 노농계층에까지 전달되었을 가능성을 희박하게
한다.

> …전략(前略)…
> 淸朝의 皇居는 지금 집정자도 없는 총독부가 되었습니다
> 宮門의 하나였던 西安門은 쓰러져가고
> 商街의 소용없는 門이 되었습니다,
> 그리고 天慶宮은 시민의 집이 되었을 뿐이오.
>
> 그것은 잘 되었습니다
> 그러나 놀라운 일이오
> 황폐한 도시는 깰 날이 언제일까요.
> 애국자, 大人物, 혁명가, 외교가도 더물어가고
> 낡아빠신 군벌의 바수는
> 全市를 요란케 하고, 피곤케 하였습니다.
> …중략…
> 그때는 죽음에서 함께 승리를 노래합시다
> 그대와 나는 기쁨에서 노래합시다.
>
> 「北海와 煤山」 일부

이 시는 山과 海가 말을 주고받는 형식을 택하고 있다 즉 산과 바다의 대
화를 통해서 '그대'와 '나'의 개체적 인식은 비로소 '우리'로 공감의 확산을

---

28) 강만길(『한국현대사』, 창작과 비평사, 1984, 136~142쪽)에 의하면 1931년 당시 토
목 노동자 중 자기 이름을 쓸 줄 모르는 완전 문맹이 50%를 넘었다고 한다.
29) 시집 『산제비』에 쓰인 외국어는 모두 22개로, 작품 두 편에 한 개 꼴이다. 물론 당대
다른 시인과 비교할 때 많은 편이라고는 할 수 없으나 전달에 역기능을 하고 있는 것
은 사실이다. 시집 〈산제비〉에 쓰인 외국어는 대개 다음과 같다.
'용감한 兵士 짜~덴', '네온', '헬멧', '바리켓'(「花紋褓로 가린 2層」), '로화'(「悲歌」),
'쿨리', '모델', '모스코바'(「花園이 보이는 2層집」), '하랄의 勇士', '毒가스'(「하랄의
勇士」), '폼페이市', '베세비어스山'(「北海와 煤山」), '나일江', '라일河', '로-레라이'(「
沈香江」), '동키호-테', '미쟈', '로보 트', '포스타'(「自畵像」), '캠버스', '세잔느'(「畵
家」) 등이 있다. 박세영 시에 나타나는 한자어와 외래어에 대한 보다 자세한 내용은
한만수의 「박세영」(『해금문학론』, 홍기삼, 김시태 편저, 미리내, 1991, 119쪽)을 참조
할 것.

유도하고 있다. 중국에 있는 '북해'와 '매산'의 이러한 대화는 중국 봉건제후들의 멸망 흔적과 중국 민중들의 수탈상 그리고 중국 군벌의 대립상 등과 같은 형상에 암울한 식민지 조선의 모습을 투영시키고 있다. 그것은 바로 '애국자, 혁명가, 외교가도 드물어가'는 조선의 현실은 '낡아빠진 군벌의 마수'에 걸려 모든 조선의 문화가 죽어간다는 사실을 토로하고 있는 셈이다.

  이러한 전달양식은 슈프레히 콜이 연극적인 배경과 인물, 사건구조를 지니면서 등장인물의 목소리를 통하여 외치는 작가의 주관적인 목소리를 관객이나 독자가 수용하도록 고려된 방식으로써 서정장르의 특성을 내포하고 있다. 그러므로 이 시는 슈프레히 콜에서처럼 전달하려는 내용을 민중에게 요구하기보다는 서정적인 정서를 공유하고자 하는 형식을 띠게 된 것이다. 다음과 같은 시들에서 이 같은 모습은 더욱 확연히 나타난다.

　　우리들의 몸에선 짐승내가 나고
　　얼굴은 황달이 들었습니다.
　　여보세요 당신들은 산골의 이 공장은
　　일도 안 하는 줄 아시지요

「산골의 공장」 일부

　　하루 아침 하루 낮을 허덕이고 올라와
　　천하를 내려다보고 느끼는 나를 웃어다오,
　　나는 차라리 너희들같이 나래라도 펴보고 싶구나,

「산제비」 일부

　　그대의 얼굴은 그대를 대신하여 나에게 말하여주었다
　　四時長春 푸른 고란초와 같이, 우리의 정신을 북돋아 줄 것이다.
　　그리하여 영원히 같이 살 것이다.

「젊은 웅변가」 일부

　　순아, 내 사랑하는 순아,
　　너는 오빠 없는 집을 버티려고
　　내가 집을 떠나자마자

서울로 갔더란 말이냐.

우리들의 일을 위하여
산 설고 물 설은 딴 나라로.

「순아」 일부

　박세영이 문학 대중화의 입장에서 독자에 대한 전달 가능성을 이렇듯 대화
체에 기대게 된 것은 현실을 바라보는 구체적 안목을 통해 공감대를 형성하
고자 하는 데 있는 듯하다. 그것은 시인의 '시각의 영역에서 존재론의 위
상'[30]과도 관련이 있다. 그가 이러한 시들에서 형상화하고자 한 현실은 시인
의 체험과 맞닿아 있다. 이 경우 개인의 체험인 '나'는 공동체인 '우리'를 통
해서 이상세계가 성취된다고 믿었다. 그는 개인의 운명을 결정하는 강력한
힘을 사회저 힘으로 보고 있으며, 자본주의 형태를 띤 조선의 식민지현실을
부정적으로 형상화하고 있다. 이러한 비판의 중심에 놓여 있는 것은 개인의
부정적인 모습 그 자체가 아니라 개인을 이렇듯 억압하는 자본주의사회이다.
따라서 그는 '우리'라는 계급의식을 통해 자본주의사회의 모순을 폭로하고,
노동자계급과의 일체감을 통해 이상세계를 구현하기 위한 투쟁의 길을 제시
하고 있다.

4. 시간축에 의한 시와 민족의 이상 확인

　1930년대 중반에 접어들면서 일제는 전례 없이 강경화된 경제적 약탈과

---

30) 즉 시각 영역에서 존재론의 위상은 매우 진부할 뿐만 아니라 허구적인 것으로 나타난
　다. 그러나 우리가 지나가야 하는 곳은 보이는 것과 보이지 않는 것의 중간이 아니다.
　우리가 관심을 가지고 보아야 할 분열은 세계에 의해 부여된, 현상학적 의도성이 지
　향하는 현상들이 있다는 사실로부터 나오는 거리감이 아니다. 여기서 분열이란 우리
　가 어떤 것을 볼 때 접하게 되는 한계성을 의미한다. 응시는 시야에서 우리가 발견한
　것을 상징하며, 신비로운 우연의 형태로, 갑작스럽게 접하게 되는 경험, 즉 거세공포
　를 형성하는 결여로 우리에게 제시된다. 자크 라캉, 권택영 옮김, 『욕망이론』, 문예출
　판사, 1994, 195쪽.

파쇼적 폭압 속에서 조선의 모든 민족해방투쟁을 말살하고, 노동자 농민들의 혁명적 투쟁을 무화(無化)시키고자 무자비한 탄압을 일삼게 되었다. 이러한 상황은 문학작품 속에서 더 이상 당대의 구체적인 투쟁현장이나 전진적인 노동자 농민을 형상화할 수 없었다. 1,2차 카프 맹원 검거에 이어 1935년에는 마침내 카프가 해산되고 1937년 조선문예회가 발족되면서 소위 황국문학이 본격화되자 이 당시 시인 대부분이 일제의 식민통치와 제국주의 전쟁에 봉사하는 시를 내놓게 되었다.

이 시기에 쓴 박세영의 시들 역시 우회적인 상징수법을 통하여 시인의 이상을 드러내 보이는 이상화(理想化)를 시의 주된 형상화방법으로 사용하였다. 이것은 시간축에 의한 형상화 방법으로 미래의 희망을 일관되게 제시하고 있다. 이러한 사실에 비추어 볼 때 박세영이 1936년 5월 시집『산제비』를 통해 여전히 일제에 대한 승리를 확신하는 작품들을 내놓고 있다는 점은 눈여겨 볼만한 일이다. 물론 이 경우의 승리는 민족 독립을 의미하는 것인지, 프롤레타리아계급 해방을 의미하는 것인지, 아니면 두 가지 모두를 말하는지는 알 수 없지만, 분명한 것은 일제의 패망을 의미한다고 보아야 할 것이다.

박세영의 경향시가 현실주의를 지향함에 있어서 하나의 축을 지니고 있는 것은 시간성[31]에 대한 인식이다. 그는 현실주의 문학이 지향하는 낙관주의적 전망으로 이상실현을 제시하고 있다. 즉 프롤레타리아 투쟁을 '승리'로 형상화하고 있는데, 이는 곧 과거를 '비판대상'으로 보고 있으며, 현재는 '운동과정'으로서 미래의 이상실현을 위한 개혁과 변혁의 현실로 형상화하고 있다. 따라서 미래는 '당위적인 것' 혹은 '있어야 하는 것'으로서의 이상이 되는 것이다. 따라서 시간인식을 통한 이러한 형상화 방법은 현실주의문학의 전형

---

31) 현존재는 본래적으로 현존재가 그 때마다 이미 그것이었던 바 그것으로 존재한다. 단지 미래적인 기재로서만 현존재는 현재이며, 상황 속에서 만나는 것을 현재화할 수 있다. 미래적으로 자신에로 되돌아오면서, 결단은 자신을 현재화하면서 상황 내로 가져온다. 기재는 미래에서 흘러나오며 그래서 기재적인(더 정확하게 기재하는) 미래는 현재를 자신에게서 놓아준다. 기재하면서 현재화하는 미래와 같은 이러한 통일적인 현상을 '시간성'이라 한다. 오토페겔러, 이기상 · 이말숙 옮김,『하이데거 사유의 길』, 문예출판사, 1993, 69쪽.

(典型)으로 볼 수 있다.

　시집『산제비』에 수록된 이상에 대한 형상화는 과거-현재-미래의 시간에
대한 인식이 기본적인 축으로 자리하고 있다. 이 경우 '과거' 시간은 '비판대
상'으로 존재한다. 그것은 한결같이 고난과 슬픔의 정조를 띠고 있으며, 부르
조아 계급의 탄압으로 인식되는 현실로서 혁명적 투쟁을 가능하게 하여 낙관
주의적 이상을 제시할 수 있는 밑바탕이 되고 있다. 이 중에서 「산제비」는
'산제비'라는 시적 형상이 갖는 상징의미를 역사공간으로 확대하여 비극적
현실 극복의지와 미래의 낙관적 전망을 제시하고 있다는 점에서 독특하다.

　　　남국에서 왔나,
　　　북국에서 왔나,
　　　山上에도 上上峰,
　　　더 오를 수 없는 곳에 깃들인 제비.

　　　너희야말로 자유의 화신 같구나,
　　　너희 몸을 붙들 者 누구냐,
　　　너희 몸에 알은 체 할 者 누구냐,
　　　너희야말로 하늘이 네 것이요, 대지가 네 것 같구나.

　　　녹두만한 눈알로 천하를 내려다보고,
　　　주먹만한 네 몸으로 화살같이 하늘을 꿰어
　　　마술사의 채찍같이 가로 세로 휘도는 산꼭대기 제비야
　　　너희는 장하구나.

　　　하루 아침 하루 낮을 허덕이고 올라와
　　　천하를 내려다보고 느끼는 나를 웃어다오,
　　　나는 차라리 너희들 같이 나래라도 펴보고 싶구나,
　　　한숨에 내닫고 한숨에 솟치어
　　　더 날을 수 없이 신비한 너희같이 돼보고 싶구나.

　　　槍들을 꽂은 듯 희디흰 바위에 아침 붉은 햇발이 비칠 때
　　　너희는 그 꼭대기에 앉아 깃을 가다듬을 것이요,

산의 정기가 뭉게뭉게 피어오를 때,
너희는 마음껏 마시고, 마음껏 휘청거리며 씻을 것이요,
원시림에서 흘러나오는 세상의 비밀을 모조리 들을 것이다.

멧돼지가 붉은 흙을 파헤칠 때
너희는 별에 날아볼 생각을 할 것이요,
갈범이 배를 채우려 약한 짐승을 노리며 어슬렁거릴 때,
너희는 인간의 서글픈 소식을 전하는,
화살같이 날아라,
이 나라에서 저 나라로 알려주는
千里鳥일 것이다.

산제비야 날아라,
화살같이 날아라,
구름을 휘청거리고 안개를 헤쳐라.

땅이 거북등 같이 갈라졌다,
날아라 너희들은 날아라,
그리하여 가난한 농민을 위하여
구름을 모아는 못올까,
날아라 빙빙 가로 세로 솟치고 내닫고,
구름을 꼬리에 달고 오라.

산제비야 날아라,
화살같이 날아라,
구름을 헤치고 안개를 헤쳐라.

「산제비」 전문

　이 시는 '산제비'를 자유의 상징으로 설정하여 시상을 시간축에 의해 '현실
과 이상의 관계'라는 두 개의 공간으로 나누어서 전개하고 있다. 즉 시의 앞
부분은 '산제비'의 자유로움과 신비로움이 시적 화자인 '나'의 시각을 통해 현
재시간의 한계상황을 부각시키고 있다. 더 이상 오를 수 없는 '上上峰'에서

솟치는 산제비의 모습은 자유에 대한 시인의 이상과 현재 상황이 서로 대응
되는 구조로 나타난다. 후반부에 이르면 시인의 이상은 더욱 구체적인 역사
적 현실과 접맥된다. 이 때 시적 화자의 시각에 들어 온 현실은 '멧돼지와 칡
범에게 착취당하는' 암울한 현실이며, '거북등 같이 갈라진 땅' 위에서 고통받
는 현실이다. 산꼭대기에서 자유를 구가하는 산제비는 식민지 조선의 암울한
현실을 '이 나라 저 나라'로 알려주는 '천리조' 역할을 하며, 가뭄에 허덕이는
농촌에 단비를 몰아오는 구제자로 상징된다. 당대 시대현실이라 할 수 있는
전형화된 '갈라진 땅'은 '한 숨에 내닫고 한 숨에 솟치는' 상승의 이상화와 결
합되어 현실극복의 역동적 이미지를 창출하고 있다.

구체적인 이상에의 노래는 비극적인 현실을 인식한 것에서 비롯된 낙관주
의적 태도가 시인의 확고한 신념을 바탕으로 했을 때, 이는 비관주의가 아니
라 낙관주의로 상승할 수 있는 가능성을 부여받는다. 따라서 이 때의 비극은
비극 그 자체에 머무르지 않고 민중의 투쟁의지와 행동의욕을 고취시켜, 희
생적인 투쟁을 유발하는 '낙관주의적 비극'32)이 된다.

시간축으로 볼 때, 박세영의 시에 있어서 과거의 상황은 한결같이 고난과
슬픔의 정조를 띠고 있으며, 현재 또한 힘든 상황 속에서 투쟁의지를 드러내
고 있다. 이에 비해 미래는 언제나 희망과 승리를 확신하는 축이 선명하게
부각된다. 그것은 다음과 같은 시에서 확연하게 드러난다.

=과거=　당신은 모진 손아귀에서 긴 세월을 보냈사외다
　　　　당신은 여지껏 거짓의 거미줄을 되쓰고 왔사외다,
　　　　기름진 유방을 다 째었사외다.
=현재=　지금, 나는 이 순간에 듣고 보았습니다.
　　　　목장에선 꾀꼬리가 울고
　　　　건너편 숲에선 산새소리,
　　　　하늘에는 두루미가 짝지어 날아오는 것을.
=미래=　시퍼런 청춘, 햇살보다 뜨거운 우리들의 정열을 버리고
　　　　오 당신의 몸을 바치소서

---

32) 까깐, 진중권 역, 『미학강의 1』, 벼리, 1989, 298쪽.

우리들의 정열에로 바치소서

「자연과 인생」 일부

=과거=　영리한 너는 가장 어리석은 자였고
　　　　너의 성스럽던 양심을 빼가도 모르는 者였느니라
=현재=　하늘에 닿던 너의 理想을 누가 앗아갔나 대답하라
　　　　그러면 일찍이, 너는 너의 모든 성의와 분투를 감춰버리고
　　　　우연과 自信을 내세운 일이 없는가 대답하라.
=미래=　삶의 뜻을 영영히 안개 속으로 던져버리려는,
　　　　아직도 앞이 시퍼런 청춘 너는
　　　　어둠의 질곡에서 용감히 뛰어나오라,
　　　　실낱같은 유혹에서 뛰쳐나오라.

「나에게 대답하라」 일부

=과거=　그대는 남편도 없는 그대는
　　　　약한 몸이 황소같이 일을 했고,
　　　　그대는 어린것을 업은 채,
　　　　만주벌판에 엎으러지고 말았다지
　　　　그대 다시는 고향에 오지 못하고,
　　　　원한의 죽음을 하였다지.
=현재=　한해, 두해, 기다려도 소식이 없더니만,
　　　　이제야 왔다는 소식이 이것이었던가?
　　　　그대들의 최후를 말하는, 쓰라린 이 소식이었던가.
=미래=　만일에 이 햇빛이 다시 한번 노을을 펴보지 못한다면
　　　　이내 가슴의 정열로라도 펴보고 싶구나,
　　　　아하一온 하늘에 펴보고 싶구나.

「최후에 온 소식」 일부

=과거=　車도 그치고, 사람의 자취도 없건만, 홀로 깨어 껌벅이는 담배광고
　　　　너 붉은 네온은 지난날과 같구나!
=현재=　지금은 바람만 지동치듯 문앞엔 바리켙과 같이 겻섬이 둘리었고,
　　　　깨어진 창문으론 바람만 기어드는데.
=미래=　그리하여 허물어진 터를 쌓으며
　　　　나는 뉘들이 돌아오기를 기다리겠다.

늬들이 올 때까지 지키고야 말겠다.

「花紋褓로 가린 이층」 일부

박세영의 시에 나타나는 시간축은 전형화(典型化)에 의한 이상화(理想化)를 지향하고 있다. 즉 과거시간은 프롤레타리아계급의 수난과 관련되어 있으며, 이것은 곧 비극적 현실인식인 현재시간에 연결되어 혁명적 투쟁을 가능하게 한다. 즉 비극적 과거인식은 미래의 이상에 대한 결심을 낳게 하는 현재의 한계상황을 더욱 부각시키고 있는 것이다. 이것은 시인이 이상에 대한 전망과 현재상황이 서로 대응된 형태로 갈등을 일으키고 있음을 의미한다.

엥겔스의 이론을 원용하지 않더라도 현실주의 시에 있어서 비극적 현실인식은 미래에 대한 낙관주의적 전망으로 형상화된다. 즉 이 경우의 비극은 오히려 인간의 투쟁의지와 행동의식을 고취시켜, 이상실현을 방해하는 모든 것에 대해 용감하고 희생적인 투쟁을 이끄는 낙관주의적 비극이 된다.

1936년 2월에 발표한 시「午後의 摩天嶺」은 그의 적극적인 현실극복 의지와 이상에의 전망이 명시적으로 형상화된 작품이다.

<blockquote>

=과거=　그러나 나는 바빌론 사람처럼,

　　　　칼을 든 巫女처럼,

　　　　산에 절할 줄도 몰랐습니다.

=현재=　그러나 나는 지금은 갑옷을 입은 戰士와 같이,

　　　　성난 이리와 같이,

　　　　고갯길을 쿵쿵 울리고 올라갑니다.

　　　　나는 摩天嶺 위에서 나의 오르던 길을 봅니다

　　　　이리 꼬불, 저리 꼬불, W 字, I 字, 혹은 N 字,

　　　　이리하여 나는 승리의 길, WIN 字를 그리며 왔습니다.

</blockquote>

「午後의 摩天嶺」 일부

메시지가 분명하게 드러난 이 시는 산을 오르는 행위가 현실의 억압과 구속을 극복하고 희망찬 미래로 전진하는 투쟁으로 형상화되고 있다. 현실의

어려움을 극복하고 미래의 승리에 대한 확신은 바로 사회주의 전망 그 자체라 할만하다. 이 경우 현실은 비극적 과거를 전제로 삼지 않는다면 이상과 현실의 관계는 실제적인 관련을 갖지 못하는 관념으로 떨어질 수 있다. 즉 '마천령'에서의 이상은 일제의 압제로부터 벗어나 민중이 역사의 주체가 되는 사회주의 건설을 향한 정상(頂上)에의 발걸음을 의미한다. 특히 정상에 서서 꼬불꼬불한 산길을 바라보며 그것을 'WIN 字'로 읽어내는 구절은 시인의 뛰어난 상상력과 맞닿아 있다.

그러나 이러한 영문 표기나 외래어의 빈번한 사용은 문학 대중화하는 형식의 측면에서는 한계로 지적할 수밖에 없다. 그것은 물론 박세영의 문제만은 아니고, 당대 프로문단의 시 전체의 한계로 지적할 수 있다.

낙관주의적 미래의 이상을 형상화 한 시로는 이 밖에도 「탄식하는 여인」, 「하랄의 용사」, 「時代病 환자」, 「이름 둘 가진 아기는 가버리다」, 「다시 또 가는가」, 「山村의 어머니」 등이 있다.

5. 마무리

지금까지 이 글은 박세영의 경향시를 크게 배역시를 통한 계급 형상화와 대화체 시를 통한 대중화에의 집착, 그리고 시간축에 의한 이상화 구현으로 나누어서 살펴보았다. 그 결과 박세영은 1920~30년대 현실을 이상화로 형상화하기 위해 전형화를 도입하고 있음이 밝혀졌다. 물론 이러한 방법은 그만의 독특한 형상화 기법으로 보는 데에는 어느 정도 무리가 따른다. 왜냐하면 1920년대 후반에 본격화되는 경향시의 내용과 형식의 문제가 프로 문단을 압도하고 있었다는 점에서 그러하다. 그렇다고 해서 박세영이 임화의 그늘에서 벗어나지 못했다고 보기는 어렵다. 그것은 그의 시에 빈번하게 사용되는 대화체 형식이 이를 반영한다. 나아가 대중화의 일환으로 낭송시, 즉 슈프레히 콜에 대한 실험이 있었다는 점은 당대 프로문단의 신선한 시도로 보아야 한다. 또한 전형화된 인물과 시간축은 당대 프로시단이 이상화를 지향하는 방법의 일면을 구체적으로 보여주는 예라 할 것이다.

박세영은 이러한 시적 형상화에서만이 아니라 일제 후반에 강압으로 훼절해 간 여타의 시인들과는 다른 행적을 보여 주었다는 점도 또한 높이 평가될 만하다. 그는 일제의 검열과 조선어 말살정책으로 국내에서의 문화투쟁이 불가능해지는 1940년대에 만주와 간도로 망명하여 독립투쟁의 문학운동을 전개한, 우리 문학사에서 보기 드문 행적을 보여준 '혁명시인'이었다. 특히 1936년에 간행된 그의 시집 『산제비』는 일제 후반의 폭압 속에서도 일제의 패망을 노래하고 있다는 점은 사회주의 리얼리즘문학이라는 이념에 대한 한계를 인정하더라도, 고난과 투쟁의 공간에서 꿋꿋하게 민족현실을 형상화하였다는 점에서 높이 평가되어야 한다.

그러나 그는 이러한 독립투쟁의 대열에서 끝까지 변절하지 않은 문인이었음에도 현실주의 시가 공유하고 있는 한계를 벗어나지 못하고 있다. 우선은 당대 경향시들이 그러했듯, 노동자 농민의 애환을 그리는 데에 치중한 나머지 시적 탄력을 상실한 경우를 종종 볼 수 있었다. 뿐만 아니라 투쟁 일변도로 나아가 서정성을 확보하지 못한 약점은 지적하지 않을 수 없다. 즉 「산촌의 어머니」나 「산제비」와 같은 시에서처럼 당대 노동자 농민의 현실을 그저 '가난한 농민'으로만 형상화되는 점은, 프로문단의 시 주제가 형식을 압도한 일정한 한계와 연결된다. 또한 문학 대중화의 입장에서 창작된 대화체의 시에서 한자어 남발과 외국어의 사용은 전달체계에 역작용을 한 것으로 볼 수밖에 없다.

이러한 한계를 극복하기 위해 그는 다양한 형상화 방법을 시도하고 있다. 즉 '배역'을 통해 프로계급을 형상화한다든지, '미래시제'를 통해 낙관주의적 이상을 제시한다든지, '대화체'를 활용한 공동체 인식과 같은 다양한 형상화 방법을 모색하였다는 점은 소중한 성과로 보아야 할 것이다.

박세영의 현실주의 시가 어떻게 해서 여타 프로시인들과 다른 시적 실험을 보여주었는가 하는 것이 전기적 사실과 어떤 관련을 맺고 있는지에 대해서는 과제로 남는다. 그 작업은 아직도 발굴되지 않고 있는 그의 작품들과 자료들을 찾아서 정리하는 일과 병행할 필요가 있다.

오장환의 근대시에 나타난
'고향'과 현실주의적 성격

1. 들머리

　오장환은 1930년대 후반부터 해방공간에 이르는 시기에 있어 고향에 대한 집착을 통해 독특한 현실주의를 성취한 시인이다.[1] 그의 시적 현실체험이

---

1) 오장환이 본격적으로 활동했던 1930년대 후반부터 해방공간에 이르기까지 그의 시에 관심을 보인 글은 있었으나 깊이 있는 논의는 아니었다. 그러다가 근자에 와서 장영수에 의해 그의 초기시에 대한 구체적인 연구가 이루어졌다. 이는 그때까지 오장환에 대한 학술적인 연구가 전무한 상태였음에 비추어 볼 때 그 자체만으로도 의의가 크다고 할 것이다. 그러나 이 논문은 이용악과의 비교연구를 위해 쓰여진 것으로 총괄적인 연구가 되지 못했을 뿐만 아니라 연구 대상도 『성벽』 재판본에 수록된 시에 편중되어 있어 한계를 지니고 있다. 그 후 김명원은 오장환의 시세계를 보다 폭넓게 살피려 했으나 그의 시를 통시적으로 고찰할 필요성과 그 바탕을 제시하는 정도의 성과를 보여주었다. 또한 최두석은 오장환이 남긴 시가 지니는 의의를 진보적 시각에서만 살피고 있어 역시 총체적인 논의와는 거리가 있었다. 이들에 비해 필자는 앞선 논의들이 지니는 한계를 극복하기 위해 그의 시적 변모과정을 초점으로 폭넓게 논의한 바 있다.
오장환의 전기적 사실은 아직 명확하게 밝혀지지 않고 있다. 지금까지 알려진 전기적 사실과 그의 시세계에 대한 논의는 다음과 같은 글들이 있다.
김기림, 「'성벽'을 읽고」, 『조선일보』, 1937.9.18.
임　화, 「시단의 신세대」, 『조선일보』, 1939.8.19.
김동석, 「탁류의 음악」, 『예술과 생활』, 박문출판사, 1947.
이봉구, 「성벽 시절의 장환」, 오장환 시집 『성벽』, 아문각, 1947.
장영수, 「오장환과 이용악의 비교연구」, 고려대 대학원 박사논문, 1987.
김명원, 「오장환 시 연구」, 한남대 대학원 석사논문, 1988.
최두석, 「오장환의 시적 편력과 진보주의」, 『한국문학의 리얼리즘과 모더니즘』, 민음사, 1989.

고향공간을 통해 다양하게 변모해간 것은 동시대의 백석이나 정지용과 뚜렷하게 구별되는 점이다.[2] 그러한 시편들은 또한 1930년대 카프계열의 농민시[3]와도 구별되는 특징을 지니고 있다. 이러한 사실은 민족현실의 재발견이라는 측면에서 볼 때 그러하다. 오장환이 고향에 대해 집착을 보인 것은 1930년대 후반 한국시의 중요한 경향의 하나로 꼽을 수 있는 전원회귀와 맥락을 같이한다. 그러나 그에 있어서 고향은 당대 대부분의 시인들이 현실에 대한 어려움 때문에 막연하게 회귀해 갔던 전원[4]이 아니라 현실대응이라는 측면에서 다루어야 할 고향이다.

따라서 이 글은 오장환의 시적 변모가 고향에 대한 인식의 변화와 일정하게 대응하고 있다는 점에 초점을 맞추어 그 양상을 살필 것이다. 이를 위해서 우선, 그의 초기시에 나타나는 출향(出鄕)이 지니는 의미를 규명할 것이

성기각, 「오장환의 시세계와 그 변모양상」, 경남대 대학원 석사논문, 1989.

2) 김명인(「한국 근대시의 구조연구」, 한샘, 1988, 184쪽)은 백석에 있어서의 고향은 "진실한 자아와의 마주침이라는 자기 동일성이 확대되는 장소"로 보았으며, 박태일(「한국 근대시의 공간현상학적 연구」, 부산대 대학원 박사논문, 1991, 162쪽)은 "이러한 장소 사랑은 서정주체가 구체적인 삶의 중심장소를 구축하고 되살려내는 독특한 중심기억의 건축술"이라고 논의한 바 있다.
   정지용의 초기시에 나타나는 도회적인 공간에서의 고향상실은 식민지현실과 관련된다. 김명인(위의 책, 158쪽)은 이를 "自我의 定位地를 찾기 위한 절실한 탐색으로 전이"된 것으로 보고 있다. 이는 오장환의 초기시에 나타나는 실향의식과 비슷한 양상을 보이지만, 현실대응이 소극적이라는 점에서 오장환과 구별된다.

3) 1930년대에 이르러 본격적으로 등장하는 농민시는 농민계급의 존재와 그 특징을 문학적으로 형상화하고자 노력한 한 성과라 할 수 있다. 이는 프로문학의 주도적인 세력 아래에 놓여 있던 것으로서 1930년대 문단에서 프로문학의 중요한 과제로 제기된 것이다. 카프계열의 농민시는 김기진(「단편서사시의 길로」, 『조선문예』, 1929.5)이 단편서사시 형식을 갖출 것을 주장하면서 프롤레타리아 입장에서 창작할 것을 강조하였다. 즉 귀족이나 자본가, 소시민 등의 생활을 묘사할 때에는 반드시 노동자·농민의 생활과 대조시키라는 것이었다. 또한 필요한 경우에는 과장적, 선동적 방법을 사용해도 좋다는 목적성을 지니고 있다. 이러한 농민시에 나타나는 농촌과 농민의 성격은 선전·선동이라는 측면에서 오장환의 시에 나타나는 고향과는 그 성격이 많은 차이를 보인다.

4) 이건청(『한국전원시연구』, 문학세계사, 1986, 11쪽)은 전원을 "어떠한 형태로든지 인간의 생활과 연관을 지니는 삶의 터전"으로 규정하고, 전원이 지니는 일반적인 속성에 의탁해서 현실을 사는 시인들의 시정신을 구체화시킨 시를 전원시로 보고 있다. 또한 김병국(「한국 전원문학의 전통과 그 현대적 변이 양상」, 『한국문화·7』, 1986, 42쪽)은 "서양의 목가적 세계, 즉 전원이 환상을 매개로 한 자연임에 비하여, 강호가도의 세계는 자연을 매개로 한 환상"으로 보았다.

다. 이를 토대로 그 후 그의 시에 형상화된 도시공간에서의 향수(鄕愁)와 망향(望鄕)을 거쳐 도달하는 귀향(歸鄕)과 그것들이 지니는 의미를 고찰하고자 한다.

2. 고향에 대한 서정과 현실인식의 변모

　고향은 태어나서 자란 곳이라는 점에서 유년체험의 공간으로서 인간의 의식발달에 있어서 원초적인 동일성 감각을 느끼게 하는 공간이다. 현대에 있어서 고향이 문제가 되는 까닭은 도시화와 산업화에 따른 삶의 터전이 이행되어 가는 과정에서 오는 원초적인 인간성 회복이 요구되기 때문이다. 따라서 농촌, 즉 고향에로의 회귀는 원초적 동일성을 회복하고 본래적 자아로 복귀하는 데에 바탕을 두게 된다. 이런 점에서 일제식민지 치하에서의 고향도 수탈의 현장에 놓여 있었다 하더라도 인간의 원초적 지향공간이 될 수밖에 없으며, 고향에 대한 발견은 당대 현실반영의 매개체로 작용하게 되는 것이다.
　이러한 점에서 오장환이 지향하는 고향 역시 삶의 터전인 농촌이기 때문에 근본적으로 일제의 수탈현장으로서의 의미를 지니게 된다. 따라서 그의 고향은 농촌현실반영 또는 민족현실에 대한 발견이라는 인식의 변모로 이어지게 되는 것이다.

1) 고향 부정과 비판적 현실인식

　오장환의 시적 출발은 고향에 대한 이중인식에서 비롯된 것으로 보인다. 그 중 하나는 조선의 농촌이 지니고 있는 보수성과 무기력함에 대한 반발이라 할 수 있으며, 또 하나는 일제의 식민지 경제수탈로 인한 황폐화된 현실공간이라는 인식이라 할 수 있다. 오장환이 출향(出鄕)하는 까닭을 전자의 경우로 본다면 그것은 보수적인 공간으로부터 '탈출'하는 성격으로 해석할 수 있으며, 후자의 경우에는 도시공간으로의 '추방'으로 요약할 수 있다.

똑똑한 사람들은 항상 가계보를 창작하였고 매매하였다. 나는 역사
를, 내 성을 믿지 않아도 좋다. 해변가로 밀려온 소라속처럼 나도 껍데
기가 무척 무거웁고나. 이기적인, 너무나 이기적인 애욕을 잊을랴면 나
는 성씨보가 필요치 않다. 성씨보 같은 관습이 필요치 않다.

「姓氏譜」 일부

신랑은 열네살 소저는 참지 못하야 목매이던 날 양반의 집은 삼엄하
게 교통을 끊고 젊은 새댁이 독사에 물리랴는 낭군을 구하려다 대신으
로 죽었다는 슬픈 전설을 쏟아내었다. 이래서 생겨난 효부열녀의 정문

「旌門」 일부

世世傳代萬年盛하리리는 성벽은 편협한 야심처럼 검고 빽빽하거니
그러나 보수는 진보를 허락치 않아 뜨거운 물 끼얹고 고춧가루 뿌리던
성벽은 오래인 휴식에 인제는 이끼와 등넝쿨이 서로 엉기어 면도 않은
터러기처럼 지저분하도다.

「城壁」 전문

　이와 같은 시편들에는 조선의 농촌현실이 지니고 있는 보수성과 무기력함
에 대한 강한 거부감이 형상화되고 있다. 시적 화자는 발전적 미래를 위해서
과거의 관습이나 잘못된 전통을 청산하지 않으면 안 된다는 단호한 의지를
보인다. 즉 「姓氏譜」에서 '나는 성씨보와 같은 관습이 필요치 않다'고 하는
것은 우리의 유교적 전통에 대한 거부감이라 할 수 있다. 이러한 거부감은
오장환 자신이 서자출신이라는 점과 관련되지만, 일제 식민지로 이행할 수밖
에 없었던 우리의 근대사가 지닌 보수성을 고발하는 것으로 볼 수 있다. 또
한 「旌門」에 나타나는 허구적 전통은 가문의 번화만을 위한 조작을 고발한
다는 점에서 「姓氏譜」와 같은 맥락으로 해석된다. 이것은 유교적 가부장제
도에 얽매여 자신의 진실과는 다른 삶을 살아야 했던 여성문제를 제기하고
있다는 점에서 그가 지닌 진보적 인식의 일면을 읽게 된다.
　이와 같은 우리 민족의 관습적 뿌리에 대한 비판은 「城壁」에서 보다 포괄
적인 시각으로 확대된다. 이 「城壁」을 통해 형상화된 시인의 역사의식은 단

순히 전통적 관습을 부정하는 한계를 뛰어넘어, 과거 역사가 지니고 있었던 보수성을 극복함으로써 미래의 발전으로 나아가야 한다는 시인의 의지가 형상화된 것이라 할 수 있다.

따라서 오장환의 초기시에 나타나는 고향, 즉 조선의 농촌사회는 전통적 관습을 지켜왔으나 사회·역사적 환경에 의해 여지없이 비판해야 하는 공간으로 형상화되고 있다. 이것은 일제 식민지 아래에서 조선인 개개인의 존재는 그가 어떤 꿈을 가졌거나, 어떤 가문의 출신이거나 관계없이 사회와 역사적 배경으로부터 자유로울 수 없다5)는 것을 의미한다. 이와 같이 조선의 당대 농촌현실이 지닌 보수성과 무기력함은 오장환에 있어서 고향으로부터 탈출하게 하는 계기로 작용하고 있다.

느티나무 속에선 올빼미가 울었다. 밤이면 운다. 항상, 음습한 바람은 얕게 나려앉었다. 비가 오든지, 바람이 불든지, 올빼미는 농화 속에 산다. 동리 아이들은 층층한 나무 밑을 무서워한다.

「傳說」전문

유년의 향토적 생활공간에 대한 그리움이 절실하면 절실할수록 그것의 정경묘사나 유희에 대한 묘사는 안온한 분위기로 형상화되게 마련이다. 그러나 이 시의 경우 고향은 정신적 안주를 거부하는 공포의 공간으로 형상화되고 있다. 이 공포는 일제 하의 삶을 가치 있게 누리기 위한 것으로서, 평온을 거부해야 할 농촌현실에 대한 시인의 죄의식이 반영된 것으로 보인다. 때문에 시적 화자는 고향에 머물러 동화적 공간 안에서 정신적 위안을 구하려 하지만 이미 황폐화된 고향의 현실은 이를 허락하지 않는 것이다.

---

5) 루카치에 따르면 개인의 존재는 - 헤겔의 용어로 즉자태(卽自態, Sein in Sich)이건 또는 본체론적 존재(本體論的 存在, ontological being)이건 간에 - 그들의 사회적·역사적 환경과 구별할 수 없다. 그들의 인간적 의미, 그들의 특수한 개성은 그들이 창조된 배경과 분리할 수 없는 것이다. 이에 대해서는 루카치, 황석천 옮김,『현대 리얼리즘론』(열음사, 1986, 20쪽)을 참고하기 바람.

　추라한 지붕 썩어가는 추녀 우엔 박 한 통이 쇠었다.

　밤서리 차게 내려앉은 밤 싱싱하던 넝쿨이 사그러붙던 밤. 지붕 밑 양
주는 밤새워 싸웠다.

　박이 딴딴히 굳고 나뭇잎새 우수수 떨어지던 날, 양주는 새바가지를 뀌
어들고 추라한 지붕, 썩어가는 추녀가 덮인 움막을 작별하였다.

「暮村」 전문

　1930년 조선의 농민은 지주에서 자작농으로, 자작농에서 소작농으로, 다시 소작농에서 유랑민으로 서서히 몰락해갔다. 이들 유랑민들은 걸인이 되어 살아갈 수밖에 없었던 것이 당시의 농촌사회가 안고 있었던 현실이었다.6) 이 시는 당시 그러한 농민의 몰락을 형상화한 현실주의시의 전형이라 할 수 있다. 즉 모든 것을 빼앗기고 남은 것은 단 하나, 초라한 지붕 위에 놓인 박 한 통 뿐이다. 이 박으로 만든 세 바가지를 들고 주인 내외는 걸인신세가 되어 유랑하게 된다. 이 시기 오장환에 있어서 고향은 농촌의 피폐화로 인한 궁핍한 삶의 터전이며 이농으로 유랑민을 양산하는 공간이다. 농촌에 대한 이 같은 부정적인 인식은 그가 고향을 떠나게 된 근원적인 이유가 된 것으로 보인다.

　따라서 그의 출향(出鄕)은 고향에서의 안주가 허락되지 않았기 때문에 도시체험을 선택하게 되는 것이다.7) 그의 출향은 탈출 또는 추방으로서의 성격을 지니고 있기에 결국 그것은 보편적인 안식처를 빼앗겨버린 '실향(失鄕)'인 셈이다. 또한 이 실향에서 비롯된 그의 도시체험은 개인적 편력에서 비롯된 것이라기보다 당시 우리 농촌이 안고 있었던 무기력함과 보수성 그리고 황폐화에서 출발한 것이라 하겠다.

---

6) 1920년대 말부터 1930년대 초에는 전국적으로 '상시걸인'으로 배회하고 있는 자만도 5만명을 상회하고 있었다. 이들 상시걸인 외에도 춘궁기에는 '계절걸인'이라 할 수 있는 인구가 급증하고 있었다. 추측하건대 춘궁기와 같은 경우에 급증하였던 '잠정적 걸인'은 이보다 몇 배 더 많았을 것이다. 여기에 대해서는 강만길, 『일제시대 식민지 생활사 연구』(창작사, 1987, 107~114쪽)를 참고하기 바람.

7) 오장환에 있어서 '출향'은 그의 수필 「제7의 고독」(『조선일보』, 1939.11.2)에서 밝혔듯이 '다른 아침과 다른 도시'에 대한 그리움이라 하겠다. 이러한 그리움은 그의 수필 「여정」(『문장』, 1940.4)에서 '북경이든 동경이든 아무데로나 떠나려는 마음, 아무데로나 가보려는 마음'이라 한 데에서도 확인할 수 있다.

2) 도시공간에서의 鄕愁

오장환의 도시체험은 바다탐색[8]으로 나아갔지만 그것은 결국 그에게 좌절감만 안겨 주는 것이었다. 그가 동경하였던 도시는 결코 화려한 유토피아가 될 수는 없었다. 이국항구에서의 모더니즘적 퇴폐체험은 고향상실감과 겹치면서 결국에는 죽음을 탐미하는 유미주의적 세계관으로 떨어지게 된다.[9] 그는 이러한 유미주의적 세계에 집착해 있으면서도 끊임없는 향수를 노래하고 있다.

> 어머니는 무슨 필요가 있기에 나를 맨든 것이냐! 나는 異港에 살고
> 어메는 고향에 있어 얇은 키를 더욱 꼬부려가며 무수한 세월들을 흰머
> 리칼처럼 날려보내며, 오 어메는 무슨, 죽을 때까지 윤락된 자식의 공
> 명을 기두리는 것이냐. 충충한 세관의 창고를 기어달으며, 오늘도 나는
> 부두를 찾어나와 쑤왈 쑤왈 지껄이는 이국 소년의 鬱話를 늘으며, 한
> 나절 향수에 부다끼었다.
>
> 「鄕愁」 일부

이국의 항구에서 느끼는 향수란 본능적인 감정토로라 할 수 있다. 도시체험에서 나타나는 그의 향수는 고향을 상징하는 어머니를 통해서 절실하게 형상화된다. 어머니에 대한 그리움은 이국의 도시라는 낯선 공간을 배경으로 형성된 시적 화자의 불안감이 밑바탕에 깔려있는 것이다. 뿐만 아니라 이러한 그의 도시체험은 스스로의 존재를 무가치한 것으로 인식하는 자기비하로 나타난다. 즉 '어머니는 무슨 필요가 있기에 나를 맨든 것이냐!'라고 호소하

---

8) 김용호(『시문학 입문』, 창인사, 1949)의 회고에 의하면 오장환은 1938년 당시 일본에 유학 중이었다. 이 때 그는 바다를 처음 접하게 된다. 배와 항구도시에서의 이 퇴폐적인 체험은 이국 취향의 모더니즘적 세계관으로 변모하게 된 원인으로 보인다.

9) 오장환에 있어서 유미주의적 세계관은 그의 두 번째 시집 『헌사』(재판, 남만서방, 1947.1)의 시기에 나타나는 주된 정조로, 대부분 시적 화자의 고립 속에서 토로되는 슬픔과 우수가 주조를 이룬다. 이는 1920년대 한국시에 나타나는 충동적이고 몽환적 현실도피 경향과 흡사한 것으로서 낭만적 향수의 극단적 양상과 맥락을 같이한다. 이것은 도시적 삶에 대한 기대가 무너짐으로써 나타난 그의 열정적 서정이라 할 수 있다.

고 있는 것은 자기비하의 한 극단을 극명하게 보여주는 것이다.

> 고향이여! 황혼의 저자에서 나는 아리따운 너의 기억을 찾어 나의
> 마음을 傳書鳩와 같이 날려보낸다. 정든 고살, 썩은 울타리, 늙은 아베
> 의 하얀 상투에는 몇 나절의 때묻은 회상이 맺혀 있는가. 우거진 송림
> 속으로 곱게 보이는 고향이여! 병든 학이었다. 너는 날마다 야위어 가
> 는…
>
> 　　　　　　　　　　　　　　　　　　　　　　　「黃昏」 일부

고향공간을 보편적인 안식처로 볼 때, 이 시에서처럼 시간적 배경이 되는
황혼은 귀소본능과 맞닿아 있는 것이다. 밤이 죽음을 상징하는 시간이라 한
다면 황혼 무렵은 죽음을 앞두고 일어나는 고향에의 귀소본능을 불러일으키
는 시간이 된다. 이 시의 경우 시적 화자의 심리를 귀소본능에만 치우쳐 해
석할 경우 고향이 갖는 의미는 자칫 현실도피적 공간으로 단정해버릴 수도
있다. 그러나 시적 화자가 도시공간에서 상상하는 고향은 과거회상과 그것을
통한 재구성에 의해 다양한 해석이 가능하게 된다. 즉 '너의 기억을 찾어 나
의 마음을 전서구(傳書鳩)와 같이 날려보낸다'는 것은 인간 본연의 향수라
할 수 있다. 그렇다 하더라도 시적 화자에 있어 고향은 '송림 속으로 곱게 보
이는 고향'이지만 그것은 '병든 학'이며 '날마다 야위어 가는' 황폐한 현실로
남아있는 농촌일 뿐이다.

3) 농촌현실 재발견과 歸鄕

일제의 가혹한 수탈정책으로 말미암아 급격히 양산된 유랑민들은 만주와
시베리아 등 북쪽으로 가게 된다. 일제하 조선농민이 궁극적으로 유랑민으로
내몰리게 된 데에는 일제가 모든 농민들을 철저하게 '소작인화'하려고 했기
때문이라는 점은 익히 알려진 사실이다.
오장환은 이러한 유랑농민들의 모습을 통해 당대 농촌현실이 지니고 있었
던 고통을 체험하게 되며, 더불어 고향에 대한 그리움이 더욱 절실하게 된

것으로 보인다. 이러한 유랑농민들의 비참한 실상은 다음 시에서 구체적으로
형상화되고 있다.

> 눈 덮힌 철로는 더욱이 싸늘하였다
> 소반 귀퉁이 옆에 앉은 농군에게서는 송아지의 냄새가 난다
> 힘없이 웃으면서 차만 타면 북으로 간다고
> 어린애는 운다 철마구리 울 듯
> 차창이 고향을 지워버린다
> 어린애가 유리창을 쥐어뜯으며 몸부림친다
>
> 「北方의 길」 전문

  이농에 따른 고향상실은 터전상실이기 때문에 이것은 좌절감으로 점철될
수밖에 없다. 이 시에서 시적 화자는 철저하게 감정을 절제함으로써 당대 유
랑농민의 비극을 객관적으로 형상화하고 있다. 시인의 객관현실에 대한 이
같은 형상화는 당대 현실을 충실하게 반영하고자 하는 태도에서 비롯된 것이
며, 또한 이를 통해 망향(望鄕)의 정서를 환기하게 된다.

  따라서 오장환에 있어서 이농현장의 시적 형상화는 농촌현실에 대한 재인
식의 계기가 될 뿐만 아니라 고향상실감을 환기하는 이면에는 잃어버린 삶의
터전을 통해 향수를 달래고자 하는 의도가 내포된 것으로 볼 수 있다. 그렇
기 때문에 이농의 현장은 그에 있어서 고향이라는 삶의 토대에 다시 집착하
는 계기로 작용하는 것이다.

> 부두에 남겨둔 애상은 어떤 것인가
>
> 진정 나도 진정으로 젊은이를 사랑했노라
> 왔다는 다시 갈 오 영원한 귀향
> 季候鳥는 떠난다
> 암초에 쎈트헤레나에 흰 새똥을 남기고
>
> 「永遠한 歸鄕」 일부

이 시에서 시적 화자는 도시공간에서의 향수와 망향을 청산하고 영원한 귀향을 다짐하고 있다. 이러한 시적 형상화는 식민지 농촌현실을 재발견함으로 얻어진 결과라 할 수 있다. 이 시에서 '계후조(季候鳥)'는 고향을 그리워하고 있는 시적 화자를 표상하고 있다. 철새로 비유되고 있는 이 같은 화자의 몸짓은 고향을 그리워하면서도 쉽게 떠나지 못했던 자신의 과거를 회상하게되는 장치로서 기능하고 있다. 도시체험에서 비롯된 망향은 철새를 환기시킴으로써 귀소본능의 욕구가 더욱 강하게 일어날 수밖에 없다. 실향 농민의 입장에서 보면 철새는 텃새와는 달리 유랑의 이미지를 지닌 객관적 상관물이다. 즉 철새가 유랑의 날개를 지니고 있다면 텃새는 정착과 안주라는 날개를 지니고 있는 셈이다. 그래서 인간상황에서 철새의 날개는 공간이동의 제약을 극복할 수 있는 초공간적 내지 탈공간 이주의 상징이라 할 수 있다.

이렇게 볼 때 애당초 오장환의 출향(出鄕)과 망향(望鄕)은 쉽게 귀향하지 못하는 철새의 삶이었다. 그러한 삶 속에서 그가 발견한 유랑농민들은 또 다른 향수의 근원으로 자리하였던 것이다. 이러한 향수는 결국 도시공간에서 그의 시가 지닌 "감정의 무절제와 생경한 관념어의 노출이 가셔지고 이웃과 겨레에 대한 따뜻한 공동체의식으로 나아가는 바탕"10)이 된 것이다.

농촌현실에 대한 재발견을 통해 이루어진 오장환의 귀향(歸鄕)은 귀농(歸農)11)의 성격을 지닌다. 그렇기 때문에 그의 귀향은 농촌현실에 대한 인식을 새롭게 함으로써 또 다른 정신세계를 지향할 수 있는 계기가 되기도 한다. 그의 귀향 혹은 귀농은 바로 이와 같은 농촌현실과 민족현실에 대한 새로운 인식으로 나아가는 계기가 된다는 점에서 소중하다.

　　돌아온 탕아라 할까

---

10) 정한숙,『현대한국문학사』, 고려대출판부, 1982, 240~241쪽.
11) 귀농(歸農)라 했을 때, 農은 정신적·물질적으로 온통 뿌리가 드러난 식민지 치하의 현실을 상징하는 농촌현실을 말하는 것이며, 歸는 궁여지책이나 체념 끝에 나올 수도 있는 것이기도 하지만 애향, 목격, 현실인식, 새로운 삶의 방식에의 지향 등등의 향일적(向日的) 정신세계를 내포한 것이라 할 수 있다. 귀농이 지닌 이러한 성격에 대한 자세한 내용은 조남현의 『한국현대소설연구』(민음사, 1987, 153쪽)를 참고하기 바람.

여기에 비하긴
늙으신 홀어머니 너무나 가난하시어

…중략…

크나큰 사랑이여
어머니 같으신
바치옴이여!

그러나 당신은
언제든 괴로움에 못이기는 내 말을 막고
이냥 넓이 없는 눈물로 싸주시어라.

「다시 美堂里」 일부

  이 시에서 형상화된 고향은 가난한 어머니가 살고 있는 농촌이다. 그의 고향은 포근한 어머니의 품 그 자체이며, '언제든 괴로움'을 넓은 눈물로 감싸주는 평온한 세계이다. '돌아온 탕아'가 귀향을 통해 절감하고 있는 이 감격에 찬 정서는 도시공간에서의 방황과 좌절 끝에 나타나는 자연스러운 감정으로 보아야 할 것이다. 또한 그러한 정서는 오장환에 있어 자신의 귀향을 허락해준 고향에 대해서 체감하는 '크나큰 사랑'이며 모든 잘못을 용서하는 어머니의 넉넉한 품이다. 따라서 그가 귀향을 통해 얻은 이러한 고향인식은 그의 초기시에 나타나는 농촌의 보수성과 무기력함을 극복할 수 있는 보편적인 서정이라는 점에서 시적 건강성을 회복할 수 있는 계기가 된다. 그것은 「鄕愁」에서 '어머니는 무슨 필요가 있기에 나를 맨든 것이냐!'라는 자기비하의 양상과는 상반되는 것이다. 이러한 인식의 변모는 어머니의 품을 고향과 동일시하고 있다는 사실에서 확인된다. 그것은 「어머니의 품에서 -귀향일지」에서도 동일한 서정으로 형상화되고 있다. 즉 '나는 노래한다. 어머니의 품에서 …중략… 나는 돌아왔다. 어머니의 품으로… 고향에 오듯이'라고 고향에 대한 긍정적인 인식을 보여준다. 이러한 감회는 그의 개인적인 정서에 국한된 것이라기보다 당대 이농민 모두가 공유하는 서정임에 틀림없을 것이다.

오장환이 귀향을 통해 발견한 것은 단순한 농촌현실이 아니라 식민지시대의 민족에 대한 재발견이라 할 수 있다. 그것은 그가 '적어도 이 땅에 生을 타고난 우리가 여기에서 느끼는 것은 숨길 수 없는 피압박민족의 운명감이오 피치 못할 현실에의 당면'[12] 과제에 관심을 가질 수밖에 없다고 주장하고 있는 것에서 확인할 수 있다. 즉 그는 농촌현실을 새롭게 인식하고 식민지시대의 현실 전체에 관심을 가지겠다는 각오를 다지고 있는 것이다. 이것은 저항적 성격을 지닌 민족의식[13]으로 해석할 수 있다. 또한 그것은 개인의 주관에만 치우친 정신현상이 아니라 구체적인 역사현실에 대한 인식이라 할 때, 식민지시대 말기의 급박한 농촌현실에 대한 인식을 반영하고 있는 '역사현상'으로 보인다. 루카치는 '역사현상'을 특정한 역사적 과정에서, 구체적 과거와 구체적 미래를 연결하는, 구체적인 현재에서 존재하는 구체적인 요소라고 규정하고 있다. 따라서 작가의 삶이 갖는 모든 것, 모든 개별적 경험과 사고 그리고 그가 겪는 희로애락은 아무리 주관적이더라도 결국은 역사성을 지닐 수밖에 없다는 것이다. 그는 작가로서 인간으로서 그의 삶의 모든 것은 같은 요소를 왕복하는 운동의 한 부분이며 또한 이 운동에 의해 결정되는데, 문학에 있어서 현실의 진정한 반영은 운동을 나타내는 것이어야 한다고 주장한다.[14] 그러므로 오장환의 고향공간에 나타나는 사실들은 역사적 존재 그 자체이며, 이들이 지닌 삶의 모습은 민족의 현실을 반영하는 것이라 하겠다. 이 점은 그가 당대의 황폐한 농촌현실을 형상화하는 현실주의 성취를 보여줄 수 있었었던 근거가 되기도 한다.

　　탑이 있다
　　누구의 손으로 쌓았는가, 지금은 거치른 들판

---

12) 오장환, 「조선시에 있어서의 상징」, 『신천지』, 1947.1.
13) 김동석(앞의 책, 63쪽)은 "오장환은 빵을 구하러 노동판에 들어갔다가 늑막염에 걸려서 - 지금은 신장병을 앓는다지만 - 건강이 좋지 못했으나『상아탑』2호에 실린 「종소리」를 썼다. 발표할 수 없는 시를 쓴 장환, 시에도 지하운동이라는 것이 있는 것이다"라고 하였다. 이것은 오장환의 시가 일제에 대한 저항적 성격을 지녔다는 것을 말한다.
14) 루카치, 앞의 책, 54쪽.

모두 다 까맣게 잊혀진 속에
무거운 입 다물고 한없이 서 있는 탑,

「絶頂의 노래」 일부

포근히 눈은 나리고 쌓이어
날마다 침울해지는 樹林의 어둠 속에서
이리떼를 근심하는 나의 고적은 어디로 가랴.
… 중략 …
나의 꿈이여! 온 산으로 벋어나가고
어디쯤 나직한 개울 밑으로
훈훈한 동리가 하나
온 겨울, 아니 온 사철
내가 바란 것은 오로지 다스한 사랑.

「山峽의 노래」 일부

전자의 시에서 탑은 민족정신을 상징한다고 할 수 있다. 지금은 암울한 현실 때문에 '거치른 들판'에 놓여 '무거운 입 다물고 한없이 서'있을 수밖에 없지만 그것은 민족정신을 회복하고자 하는 꿋꿋한 의지의 형상이라 해도 좋을 것이다. 이러한 형상은 후자의 시에서 농촌현실에 대한 구체적인 인식으로 묘사되고 있다. 이 시에서 민족상실감 혹은 암담한 현실의 상징인 '겨울'은 바로 현실인식의 표상이다. 그것은 '어둠 속에서 이리떼'를 두려워하는 공포의 현실이다. 물론 여기서 '이리떼'는 일본제국주의를 상징한다. 시적 화자의 이러한 비극적 현실인식은 절망 그 자체에만 머물러 있지 않고 고향공간인 '훈훈한 동리'의 발견을 통해 '다스한 사랑' 희구하는 미래전망으로 나아가고 있다.

어미의 상처를 입에 대고 핥으며
어린 사슴이 생각하는 것
그는
어두운 골짝에 밤에도 잠들 줄 모르며 솟는 샘과
깊은 골을 넘어 눈 속에 하얀 꽃 피는 약초.

「聖誕祭」 일부

저마다 어둠 속에 앞서던 사람

이제 와선 함께 간다
어디선가 그대가 헤매인데도
그 길은 나도 헤매이는 길

내가 부르는 노래
어데선가 그대가 듣는다면은
나와 함께 노래하리라
"아 우리는 얼마나
기다렸는가…" 하고

「초봄의 노래」 일부

암울한 현실 속에 발견한 고향은 희망이 숨쉬는 공간이다. 전자의 시에서 '어린 사슴'은 일제 식민지 현실을 겪지 않은 해방 이후의 세대를 표상한다 해도 좋을 것이다. 그렇기 때문에 식민지의 기성세대인 '어미의 상처를 입에 대고 핥으며 어린 사슴이 생각하는 것'은 '눈 속에 하얀 꽃 피는' 희망이다. 오장환이 이처럼 암담한 현실 속에서도 희망을 노래한 것은 치열한 시대정신을 형상화한 것이라 하겠다. 또한 그러한 시대정신은 후자의 시에서 공동체에 대한 인식으로 나아가게 되는 바탕이 된다. '어둠 속에서 앞서던 사람'이 조국해방을 위해 역사의 탁류에 뛰어든 사람이라면, '그 길은 나도 헤매이는 길'이기 때문에 시적 화자는 그와 함께 해방을 노래하는 공동체적 존재가 된다. 이러한 봄의 노래는 식민지 농촌현실의 재발견을 통해 가능하게 된 것이라는 점에서 구체성을 갖는다. 그의 농촌현실과 농민의 삶에 대한 관심은 현실주의 반영의 한 형태로 볼 수 있다. 그것은 그가 농민시의 중요성을 강조하면서 이상화를 '조선의 위대한 시인'으로 꼽았던 사실15)을 통해서 확인된다.

---

15) 오장환은 「農民과 詩」(『협동』, 1947.3)에서 농민시의 중요성을 강조하는 이유로 '농민이 사람으로서 대우를 받게 된 것'이라는 점을 들고 있다. 또한 그것은 '제국주의 밑

따라서 오장환이 귀향을 통해 성취한 이러한 현실주의적 성격을 지닌 시들
은 도시공간을 편력하여 체험한 상실감과 농촌현실의 객관적 재발견에서 얻
어낸 체험의 소산이라 할 수 있다. 그것은 일제 말기에 있어서 현실도피적인
전원을 노래한 시인들의 시들과 뚜렷하게 구분되는 이유가 되기도 한다. 이러
한 관점에서 볼 때 '조선 시인 가운데 장환만치 탁월한 역사의 탁류를 잘 표
현한 시인은 없다'[16)고 한 김동석의 극찬은 어느 정도 설득력을 갖는다.

3. 出鄕과 歸鄕의 의미

　오장환에 있어서 출향과 귀향은 근본적으로 식민지 치하의 피폐한 농촌현
실과 농민의 삶에 대한 적극적인 관심에서 출발하는 것이라 할 수 있다. 또
한 그것은 부성석인 현실에 대한 적극 반영을 통해 민족의 현실을 형상화하
고자 하는 시정신에서 그 성취를 이루고 있다. 이러한 그의 시가 지닌 가치
는 일제 말기의 여타 시인들이 보여준 귀농에 의한 전원시가 일제의 체제를
옹호하는 생산문학으로 전락하고 있다는 사실과 견주어 보면 더욱 확연하게
드러난다. 즉 그가 고향이라는 농촌공간을 형상화하고 있는 시는 농촌에서
유리된 유랑농민이나 도시로 흘러나온 유민들의 향수가 구체화된 것들이어
서 농촌과 민족현실을 객관적으로 드러낼 수 있는 바탕을 마련하고 있는 것
이다. 도시에서의 고향상실감은 그에 있어서 바로 퇴폐적 삶으로 전락하게
되는 것이며, 귀향을 통해 재발견한 농촌현실은 민족상실감으로 확대되는 것
이다. 이 상실감은 삶의 터전을 빼앗기고 유랑하는 농민들의 모습을 통해서
자리잡게 된다.

에서 신음하는 농민들의 생활이 오히려 봉건사회보다도 가혹한 것'이라는 점에서 중
요하다고 보고 있다. 이러한 농민생활을 담은 가장 뛰어난 시로 이상화의 「빼앗긴 들
에도 봄은 오는가」를 꼽고 있다. 이 점은 설령 그가 농민시의 개념을 잘못 적용한 것
이라 할 수 있지만, 이상화가 '빼앗긴 고향, 빼앗긴 조국을 뼈에 저리게 읊조리고 외치
는' 것을 높이 평가하고 있어 그의 현실주의 시정신을 짐작할 수 있게 한다.
16) 김동석, 앞의 책, 62쪽.

현실주의로 귀결하는 오장환의 시에 나타나는 고향은 그에 있어 새로운 삶을 꿈꾸는 긴 여정으로 해석된다. 그가 초기에 부정적인 요소들로 가득 찬 농촌현실로부터 탈출 또는 추방을 통해 체험하는 도시는 퇴폐적인 현실에 심취하는 모더니즘의 공간이 된다. 이 과정에서 형상화되는 향수나 망향은 동시대 우리 민족의 유랑민들이 지니고 있었던 보편적인 정서와 맞닿아 있는 것으로써, 보다 절실한 망향(望鄕)의 서정으로 드러난다. 이러한 편력체험을 통해 도달한 귀향은 식민지 농촌현실과 부딪치면서 현실주의로 나아가게 된다. 농민의 삶이 갖는 터전이며 어머니로 상징되는 그의 귀향이 지니는 고향은 어머니에 대한 편향을 통해 현실안주로서의 터전 상실을 인식함으로써 민족공동체 상실감으로 폭을 넓혀 갔다. 이러한 오장환의 현실주의적 인식은 동시대에 고향을 '내면세계에 초점을 두고 노래한'17) 김영랑이나 '친족 공동체 구성원들과 함께 주거공간 안팎에서 겪었던 삶의 기억을 친족체험 영역으로 엮어 나간'18) 백석의 시와는 다른 이유가 바로 거기에 있다. 뿐만 아니라 그의 귀향은 일제말기에 역사의식이 없는 대부분의 시인들이 막연한 그리움으로 고향에 대한 환상으로 농촌을 찬양하거나 찬미하여 회귀해간 것과는 달리 객관적 현실을 발견함으로써 삶을 재발견하고 있었다는 것이 남다르다. 따라서 오장환이 본격적으로 활동한 시기가 근대사에 있어서 가장 어두웠던 시기였고, 그가 형상화한 고향공간의 회복은 그만큼 소중한 서정이라는 점에서 중요하다.

이렇듯 오장환이 식민지시대의 아픔을 고향공간을 통해 치열한 민족정신으로 확대시켜 간 것은 단순히 개인적인 체험을 형상화하는 데에 머무르지 않고 민족공동체의 보편성이라는 문제를 제기한 것으로 볼 수 있겠다. 그가 귀향을 통해 재발견한 민족 상실감과 미래전망은 소위 민족시인이라 일컫는 윤동주나 이육사의 시정신에 비견될만한 서정이라 할만하다.

---

17) 김명인, 『한국근대시의 구조 연구』, 한샘, 1988, 154~201쪽.
18) 박태일 , 「김광균과 백석 시에 나타난 친족체험」, 『경남어문논집』제1집, 경남대 국문과, 1988.

4. 마무리

　일제 식민지 후반과 해방공간에서 치열한 현실주의 시정신으로 시적 성취를 이룬 오장환의 현실인식이 지니는 변모는 고향에 대한 인식의 변모와 그 양상을 같이 한다. 지금까지 이 글에서 논의한 것을 정리하면 다음과 같다.

　첫째, 현실인식에 바탕을 둔 오장환의 시적 출발은 조선의 농촌이 지닌 보수성과 무기력함에 대한 반발로서의 고향탈출과 고향에서의 추방이라는 이중적인 의미를 지닌다. 이 경우 그의 출향은 모더니즘적 세계관에 심취하는 도시적 삶을 지향하게 되었다.

　둘째, 그가 선택한 도시체험은 바다를 통한 이국체험으로 나아갔으나 퇴폐적이고 병적인 허무의 세계로 떨어지고 만다. 이러한 모더니즘적 세계관에의 몰입은 고향에 대한 향수를 불러일으키는 바탕이 되고, 자신의 존재마저 회의적으로 인식하는 극단적인 모습을 보여주었다.

　셋째, 도시공간에서의 망향은 방황과 좌절 속에서 발견하는 유랑농민을 통해 현실을 재인식하는 계기를 맞게 되었다. 이러한 농촌과 농민에 대한 현실인식은 귀향 즉 귀소본능으로 나아갔다. 그의 귀향은 어머니에 대한 편향에 기대어 새로운 삶을 지향하는 계기를 마련하였다. 귀향을 통해 재발견한 농촌현실은 고향상실감에서 민족상실감이라는 보편적 정서로 확대되었다. 그것은 민족현실을 올바로 인식한 그의 시정신에서 비롯된 것으로 보았다.

　당대 시인들의 많은 시편들에 나타나는 고향공간은 막연한 회귀본능에서 비롯된 것으로 현실을 도피한 전원을 이상향으로 노래한 것이 대부분이었다. 그러나 오장환에 있어서 농촌은 삶의 터전을 상실한 황폐화된 역사의 현장이었던 것이다. 그가 이러한 농촌현실을 통해 보여준 민족 상실감은 1930년대 한국시의 중요한 경향의 하나인 전원시와는 근본적으로 성격을 달리하는 것일 뿐 아니라 카프계열의 농민시와도 뚜렷하게 구별되는 특징을 보여주었다. 귀향을 통해 형상화한 오장환의 현실주의 시정신은 회고적인 서정을 바탕으로 한 궁여지책이나 체념 끝에 나타나는 막연한 동경이 아니라 새로운 삶을 지향하는 식민지 현실의 모순을 타개하기 위한 현실주의 시정신이라는 점에 소중한 가치를 지닌다. 그가 이러한 현실주의 시정신으로 나아가게 된 근본적인 이유는 도시체험에서 비롯된 모더니스트적인 삶이 농촌현실을 새롭게 발견하였기 때문에 가능해진 것으로 보인다. 이러한 사실은 그가 해방 직후 사회주의 계열의 문학단체인 〈조선문학가동맹〉의 시부 위원으로 활동하는 등 좌익문단의 선도적인 역할을 하게 한 바탕이 된 것으로 보인다.

　이상의 논의를 토대로 이 글은 오장환이 현실주의 시인으로 변모하게 된 과정에서 고향이 지닌 의미는 밝혀졌다고 믿는다. 그렇다 하더라도 이 글은 해방공간에서 보여준 현실주의적 성격을 지닌 농민시나 농민의식은 다루지 못한 것이 한계로 지적 받을 수밖에 없을 것이다. 이러한 한계를 보완하기 위해서 필자는 다른 글에서 해방공간에서 보여준 농촌과 농민에 대한 그의 현실인식을 살필 것이다. 요컨대 이 글은 오장환이 고향 즉 농촌현실을 바탕으로 일제 식민지 말기에 전개한 현실주의 시정신이 지닌 한 단면을 규명함으로써 그의 문학적 성취와 그것이 지닌 시사적 의의를 자리매김 하는 또 하나의 계기가 되었다고 믿는다.

1930년대 농민시론과 현실주의 농민시

-임현극과 허문일을 중심으로-

1. 들머리

일제 강점기의 문단에서 농민시가 문학적 관심사로 떠오르기 시작한 것은 1920년대 중반 무렵이다. 이 시기에 있어서 먼저 눈여겨볼 만한 것은 1925년 10월에 천교도 신파측의 외곽조직으로 창립된 '조선농민사(朝鮮農民社)'의 농민문학운동이다. 조선농민사는 그 해 12월 기관지『조선 농민』을 창간하면서 적극적인 농민문학 운동을 전개해 나갔고, 1930년 4월 '천교도청년당'의 하부조직 개편으로 기관지 명이『농민』으로 바뀌면서 더욱 활기찬 농민문학 운동을 전개해 나갔다. 그리하여 150여 편에 이르는 많은 농민시가 이들 잡지를 통해 발표되었으며, 이는 우리 농민시 연구에 필수적인 자료가 된다. 또한 당시 농민문학운동의 다른 축이었던 카프의 농민문학운동이 이론이나 소설분야에서 많은 성과를 보였지만 농민시에서는 별다른 성과가 없었다는 점에서 '조선농민사의 농민시'[1]에 대한 연구는 더욱 깊어져야 할 것이다. 이러한 의미에서 볼 때,『조선농민』과『농민』의 농민시를 주도적으로 이끌어 간 임현극과 허문일[2]의 농민시야말로 1920~30년대 농민시가 지닌 성격을 대

---

1) 여기에 대해서는 류양선(『한국 농민문학 연구』, 서광학술자료사, 1994, 286~326쪽)이 검토한 바 있다.
2) 지금까지 임현극과 허문일에 대한 개별 연구는 전무한 상태이다. 다만 1930년대 농민 시에 대한 논의 속에서 그들의 이론이나 몇몇 시가 해설적 차원에서 언급되어 있는 정

변하는 것이라 생각된다.

따라서 이 글은 임현극과 허문일을 중심으로 잡지 『농민』의 농민시 논의 과정과 그 양상을 창작 방법론의 입장에서 '내용'과 '형식'으로 나누어 살피며, 이들 농민시 논의가 현실주의적인 성격을 지닌다는 전제를 바탕으로 그 실상을 살필 것이다. 이 목표에 다다르기 위해 임현극과 허문일의 농민시가 추구한 현실주의 경향을 소작농민의 생활을 형상화한 것과 농민빈민의 이농을 형상화한 것으로 나누어 살필 것이다. 나아가 이들의 농민시가 보여준 성과와 한계를 『조선농민』과 『농민』이 추구했던 농민시운동의 맥락에서 짚어보는 순서로 이 글은 씌어질 것이다.

2. 『조선 농민』과 『농민』의 농민문학론

일제 강점기 농민문학 이론 전개는 프로문학 계열은 말할 것도 없고, 『조선 농민』과 『농민』의 농민문학 논의는 당시 농촌이 안고 있는 문제점을 그대로 보여주는 셈이 된다. 뿐만 아니라 당시 인구의 가장 많은 부분을 차지한 것이 농민층이었다는 사실을 감안할 때, 농민문학에 관한 논의는 곧 문학 대

도이다.

임현극의 생애에 대한 자료는 찾아보기 어렵다. 서범석의 「묻혀 있던 민족 문학의 보배」(해설, 998~999쪽, 서범석 엮음, 『한국 농민시』, 고려원, 1993)를 보면 전공이 사회과학 분야였을 것으로 짐작할 뿐이다. 그는 천교도가 운영했던 朝鮮農民社의 기관지 『농민』에 林然이라는 이름으로 농민시의 이론을 발표했을 뿐만 아니라 林海彰, 林麟이라는 필명으로 독자투고란 후미에 「농민시평」이라는 선후평을 썼다. 또한 이 시기에 20여 편이나 되는 농민시를 林海彰, 林麟, 玄極이라는 필명으로 집중적으로 발표했다. 허문일의 생애에 대한 자료 역시 찾아보기 힘든다. 다만 최원식이 「농민문학론을 위하여」(『한국 문학의 현단계·3』, 1984, 58쪽)에서 평양출신의 농민시인이라는 점을 확인하고 있을 정도이다. 그는 許三峰, 三峰, 許日 등의 필명으로 수십 편의 농민시와 농민 소설, 농민문학론, 희곡 등을 남김으로써 가장 집중적이고 폭넓은 성과를 농민문학사에 남기고 있다.

오세영(『한국 근대문학론과 근대시』, 민음사, 1996, 288~289쪽)이 이 두 시인의 필명을 고려하지 않고 모두 다른 인물로 본 것은 착각인 듯하다. 따라서 이 글에서는 두 시인의 이름을 본명으로만 표기한다.

중화에 대한 창작 방법론에 입각한 논의3)의 연장선상에 있다고 보아야 한다.

『조선농민』은 李成煥, 金起田, 鮮字全 등의 발기에 의해 1925년 10월에 창립된 농촌계몽운동 단체 '조선농민사(朝鮮農民社)'의 기관지이다. 이 잡지는 조선농민사 농민문학론의 대표적인 필자 중 한 사람인 이성환을 발행인으로 하여 '농업 대중의 인격적 해방'과 '조선 농민의 참담한 경제적 현상의 구제', '농업 대중의 지식적 각성을 재촉'한다는 목적으로 그해 12월에 창간호를 발행한다. 1928년 2월 호는 2만 부를 발행하여 광범위한 농민 독자층을 확보하지만, 1930년에 4월 제3차 전국대표대회의에서 이성환을 중심으로 한 '전조선농민사'와 천도교 청년당 중심의 '조선농민사'로 양분되면서『조선농민』은 다음 호로 중단되고『농민』이 그 성격과 체제를 그대로 이어받아 1933년 12월까지 발행된다.4) 여기서『조선농민』과『농민』을 같은 성격의 잡지로 보면, 이들 잡지가 상당히 오랜 기간에 걸쳐 '많은 농민 독자층을 가신 중요한 농빈 계봉 잡지였다는 사실'5)을 알 수 있다. 뿐만 아니라『조선농민』과『농민』의 농촌현실과 농민문학에 관한 지속적인 관심6)은 '백철과 안

---

3) 이 부분은 김영민의「문화대중화론 연구」(이선영 편,『1930년대 민족문학의 인식』, 한길사, 1990.621〜649쪽)를 참고할 것.

4) '조선농민사'의 농민문학론 대두의 배경 그리고 창립과 분열,『조선농민』의 발행과『농민』의 발행과정에 대한 자세한 내용은 류양선(앞의 책, 105〜116쪽)을 참고 바람.

5) 이명우(「일제 식민지 하의 농민문학 연구」,『목멱어문』, 제 5집, 1993, 193〜198쪽)에 의하면, '조선농민사'는 중앙에 '전조선농민사'를 두고 지방에는 '전군(郡)농민사'와 '전면(面)농민사', '전리(里)농민사'로 하부조직을 두고 있는데, 각 면이나 리 단위까지 그 조직이 미친 것을 보면 이 단체가 매우 조직적이며 농민들로부터 광범위한 호응을 얻고 있었음을 알 수 있다. 따라서 1928년 현재 185개 조직에 1만 6천 5백명에 이르는 광범위한 농민단체로 성장하게 된 것이다. 또한『조선 농민』이 1928년 2월 호는 2만 부를 발행했지만 부족하였다는 기록을 보면, 이 잡지가 농민을 독자층으로 한 대중적인 농민잡지였음을 알 수 있다.

6) 『조선 농민』과『농민』의 주된 내용은 농촌계몽운동에 관한 것이었는데, 그 구체적인 내용을 보면 '현대 농민독본', '농민과학 강좌', '통속위생 강좌' 등의 계몽적인 성격의 글과 함께 '양잠', '축산' 등 농촌경제를 향상시키기 위한 여러 사업, 각 지방의 소작관행과 소작쟁의 등 당대 농촌이 직면한 현실 문제 등을 주된 내용으로 하고 있다. 또한 농민시나 농민소설 등의 문학작품을 상당수 싣고 있다. 즉 창간호부터 농민창가나 농민 단문(短文)을 모집하여 농민문학을 농민대중 속으로 개방하고 있으며, 이후에는 농민시와 농민소설, 농민극에 이르기까지 다양한 형태의 문학작품을 통해서 당시 농촌현실과 농민의 삶을 구체적으로 보여주고 있다.

함광 사이의 농민문학논쟁'7)이 일과성으로 그치고 『동아일보』의 농촌계몽운동의 일환으로 쓰여진 「흙」이나 「상록수」 등이 실제 농촌 현실과는 유리되어 농민대중으로부터 호응을 얻지 못한 상황을 고려해 볼 때, 그 성과는 매우 획기적인 것이라 해도 과언이 아니다.

1) 비판적 리얼리즘의 '내용'

1930년대의 농민문학론은 안함광과 백철의 프롤레타리아 헤게모니 논쟁에 뒤이어 조선농민사의 농민문학론에 의해 주도되었다. 『조선농민』의 농민문학에 관한 이론 전개는 1926년 11월호에 何心者가 「농민 평론」이라는 글을 내놓으면서 시작된다. 그러나 이 글은 농민문학의 '내용'에 대한 구체적인 인식이 없는 추상적이고 단편적인 논의8)에 머무르고 말았다.

이미 「신년문단을 향하여 농민문학을 일으키라」9)는 글을 통해 사실상 처음으로 농민문학 문제의 중요성을 일깨웠던 이성환은 『조선농민』 1929년 3월호10)에 「농민문예운동의 제창」을 발표하면서 본격적인 농민문학 창작방

---

7) 여기에 대해서는 김영민의 글, 「식민지 농촌의 계급분화와 농민문학 이론 논쟁」(『한국문학비평논쟁사』, 한길사, 1992, 283~318쪽)을 참고할 것.

8) 그는, 조선에서 유행하는 대부분의 노래는 음탕하고 방탕한 노래라고 전제한 다음, 이러한 노래가 농민의 정서를 해치고 병약하게 만든다고 하면서, 앞으로는 건강한 자연을 노래하고, 씩씩한 노래를 불러야 한다고 주장한다. 즉 '봄과 꽃과 풀을 노래하며 여름에는 녹음을, 가을에는 단풍을 노래한다든지 기타 산과 물, 새와 짐승을 노래한다든지 또는 좋은 사상과 힘이 있는 노래 같은 것'을 노래해야 한다고 한다. 여기서 말하는 농민문학이란 도시와 대비되는 전원으로서의 농촌문학을 의미하는 것이다. 이것은 그 동안 농촌을 배경으로 한 문학에 대해서는 농민문학, 농촌문학 등으로 별다른 구분 없이 혼동되어 왔다는 것을 보여준다. 따라서 그는 '농민문학'을 농촌과 농민을 소재로 하여 쓰여진 문학으로서 당대의 농촌현실을 묘사하되 그것의 극복을 다루는 문학으로, '농촌문학'은 도시와 대비되는 전원적이고 목가적인 공간으로서 농촌을 배경으로 한 문학으로 규정짓고 있다.

9) 이성환, 『조선문단』, 1925. 1.

10) 특히 이 3월호는 '농민문학 특집호'로 편집되어, 김기진의 「농민문학에 관한 초고(草稿)」와 김도현의 「농민문예와 계몽운동」이 이성환과 더불어 농민문학의 개념과 방향, 창작방법 등에 대한 전체적인 개괄을 보여주고 있다. 또한 「농민문예운동에 대한 제가(諸家)의 의견」에서는 방정환, 이정섭, 윤백남, 최독견 등이 농민문학에 대한 각자의 의견을 펼치고 있다. 그리고 「불란서의 농민문예개관」과 「명작농민소설개관」을

법론의 '내용'에 관한 논의를 전개했다. 그는 이 글에서 예술은 '참된 인생의 표현'이라야 한다고 전제하고, 조선은 흙을 중심으로 삶을 영위해왔기 때문에 마땅히 '생활 근저는 흙에 두어야' 하며 따라서 흙을 떠난 문학은 진실한 생의 표현이 될 수 없다고 주장한다. 나아가 농민문학의 내용은 당대의 농촌이 안고 있는 구조적 모순이나 농민의식의 성장을 다룬 것으로 규정한다. 즉 당대의 농민문학은 '우리들이 직면하고 있는 전원생활, 농민생활의 비참 참혹한 무지한 그러나 원대한 미래를 가지는 정면(正面)을 직사(直寫)하는 사회적 의의를 가지는 문학', 농민으로 하여금 '숙조락막(蕭條落幕)하고 無오락적 상태, 無예술적 노예적 기계적 생활에서 그들을 고상화(高尙化) 정화(淨化)'하여 나아가는 예술이어야 한다는 것이다. 이성환의 이러한 '내용'에 관한 주장은 농민문학이 농민을 계몽하고 그들의 문화적 창조력을 이끌어주어야 한다는 점과 아울러 당대 농촌 현실에 대한 사실적 묘사와, 농민이 그들의 위지와 역할을 사사하고 그것을 극복하기 위해 투쟁하는 것을 농민문학의 '내용'으로 강조하고 있는 것이다.

농민문학의 창작방법론에 있어서 내용에 대한 논의가 『조선농민』에서 이성환를 축으로 이루어진 데 이어서 『농민』에서의 그것은 한빛, 백민 등에 의해 활발하게 논의되어 왔지만, 그것은 농민문학의 창작방법론의 입장에서 저급한 수준에 머물러 있다. 그러다가 이것을 상당한 이론적 수준에까지 끌어올린 인물이 바로 임현극이다. 그는 농민문학론을 창작방법론의 입장에서 '내용'과 '형식'으로 양분하여 전개하였다. 아래 논의에 대하여 근자의 논자들이 '농민사 문학이론의 테두리에서는 최고의 이론적 수준'11)이라고 평가한 점이나, '조선 농민사측 농민문학론의 도미를 장식하는 것'12)이라는 평가를 내리고 있는 것을 보아도 그 이론적 수준을 짐작할 수 있다.

통해 외국의 농민문학 실상과 구체적인 작품을 소개하고 있다는 점에서 『조선농민』의 농민문학 논의가 어떤 방향으로 진행되었는지를 한 눈에 읽어볼 수 있는 자료가 된다.

11) 김명인,「민족문학과 농민문학」,『한국문학의 현단계 4』, 창작과비평사, 1985, 225쪽.
12) 최원식, 앞의 책, 65쪽.

농민문학! 이것은 새로운 예술의 하나다. 그러면 그 농민문학은 어떻게 발생되었는가. 그것은 농민계급의 生長에 의하야 발생되었다고 볼 수밖에 없다. 그러나 그 농민은 불행히도 擊壤歌를 부르는 牧歌的 농민이 아니다. 따라서 내가 의미하는 농민문학도 역시 목가적 그것이 아니다. 농촌에 날로 심하야지는 경제적 파멸 그것은 계급적 분화의 원인이 된다. 계급적 분화에 의하야 농민은 할 수 없이 下層으로 떨어질 뿐인 그러한 농민의 의식적 생활과 절규의 표현, 그것이 농민문학이란 말이다. 그러므로 '농민문학은 농민의 역사적 지위와 역할을 인식하고 실천하려는 농민이나 인테리가 농민을 위하야 쓰는 문학이다'라고 말할 수 있다. 따라서 단순히 농민이 썼다고 농민문학이 아니요 농민을 묘사했다고 농민문학이 아니다. …중략… 농민문학은 순수예술 또는 일견 유사예술과 그 성질이 다른 만큼 그 내용과 형식도 달라야 한다. 농민문학의 성질로 열거한 農民的·社會的·集團的·同志的·樂觀的인 다섯 가지 조건은 농민문학의 내용을 구성하는 중요한 태도일 것이나 그 내용에 관계되는 것을 더 들어보면 농민에게 맞는 思想的 관찰이어야 하여 따라서 取材는 광범하되 가급적 농민과 또 농민과의 關係物을 취할 것이다. 어쨌든 이상 말한 내용과 형식은 상호모순을 가져서는 안 된다. 내용과 형식이 일치하여 소화되지 않으면 그것은 기형적인 작품인 동시에 특히 농민에게 충분한 효과를 주지 못하여 상상 이외의 해가 있음을 주의해야 한다.13)

임현극의 농민시가 '중농파로서의 중농적 세계관'14)에 입각하여 '개량주의적 계몽적 농민시'15)의 일면을 부분적으로 드러내고 있다는 것을 부정할 수는 없지만 위의 글은 임현극의 농민문학론이 창작방법론에 있어서 현실주의

---

13) 임현극, 「농민문학의 신규정」, 『농민』, 1931. 1.(신경림 편, 『농민문학론』, 온누리, 1983, 369~371쪽에서 재인용)
14) 김명인(앞의 글, 214~217쪽)은 '중농적 세계관'을 인류사의 비전을 농업생산에 의한 자족적 경제공동체 건설에 두는 일종의 무정부주의적 세계관으로 보고, 농민계급의 고립분산성, 소소유자적 보수성, 개인주의 그리고 지연 또는 혈연공동체 지향과 토지에의 집착 등 여러 특성에서 자연스럽게 형성될 수 있는 세계관으로 규정했다. 또한 중농파는 주로 '조선농민사'를 중심으로 해서 농민문학 이론을 전개해 나갔던 이성환·백민·한빛·허문일·임현극 등을 일컫는 용어로 사용하고 있다. 그 이유는 이들의 논지에 공통된 특징이 反도시성·향토성을 강렬하게 표방하거나 최소한 농민중심주의를 내거는 '중농적 세계관'이라고 보았기 때문이다.
15) 류양선, 앞의 책, 301~302쪽.

를 바탕에 깔고 있음을 보여주고 있다. 물론 시에 있어서 비판적 현실반영이 곧바로 '현실주의 형상화'16)로 이어지는 것은 아니라 할지라도 여러 가지 측면에서 기존의 농민문학 이론이 지닌 한계를 극복하고 있다는 점에서 현실주의 농민시의 가능성을 시사해주고 있다.

즉, 그는 농민문학을 농민의 지위와 역할을 인식하고 농민이나 인텔리가 농민을 위하여 쓰는 문학을 규정하고 있다. 이 때 농민의 지위를 '경제적 파멸 때문에 생긴 계급적 분화에 의하여 할 수 없이 떨어진 하층'으로 보고, '농민의 의식적 생활과 절규'를 형상화해야 한다는 주장은 목가적인 시나 反현실적 농민문화를 건설하기 위하여 일본에서 제창되었던 '흙의 예술'17)과 의미를 달리한다는 점에서 농민문학의 현실주의적 형상화를 제창한 것으로 보아야 한다.

임현극의 이러한 입장은 창작방법론에 입각하여 농민문학의 내용을 구체적으로 제시함으로써 현실주의의 형상화를 강조하고 있음을 알 수 있다. 즉 그는 농민문학의 근본적 성질을 농민적·사회적·집단적·동지적·낙관적 등 다섯 가지를 들었고, 농민문학의 재료로서 첫째, 농민의 환경에 관한 것으로 사회 상태·파멸상태·소작관계·대금관계·소작관행 등을 꼽았고, 둘째로 농민의 생활에 관한 것으로 無知·관습·빈곤·천대·불평등을 열거하고, 이러한 '이상적 관찰'을 통해서 농촌의 구조적 불평등에 대한 해결책을 요구하고 있다. 다시 말해서 '그러한 재료의 원인·현상·결과와 그 사이의 관계를 제시하는 동시에 그 해결책을 제시'하되, 농민과 관련된 광범위한 취재를 창작방법의 하나로 제시하고 있다.

---

16) 여기에 대해서는 성기각의 「박세영 시의 형상화 방법 연구」(『경남어문논집』제7·8 합집, 1995. 166~169쪽)를 참고 바람.

17) 소위 전원 문학, 향토문예(일본에서 말하는 향토문학이란 의미는 향토예술의 발생지인 독일에 있어서 민족적인 향토문학의 의미는 아니다.)와 흙의 예술과의 차이는 '흙으로'와 '흙에서'의 차이이다. 전원 문학, 향토문예는 도시 여행객이 기차의 창으로 바라 본 광경을 감상하여 기술한 점에서 '흙으로' 인도하는 대신 어느 의미에서, 특히 농민을 흙에서 나오도록 독려하는 것이다.
   여기에 대해서는 이누타 시게루(犬田 卯)의 「農民文藝의意義에 대하여」(조진기 편역.『일본 프롤레타리아 문학론』, 태학사, 1994. 454~465쪽)를 참고하기 바람.

농민문학의 창작방법론에 대한 임현극의 이러한 입장은 구체적인 농촌의 사회 구조적인 문제에 대한 인식을 바탕으로 하여 '농민문학의 사회적·집단적 의의를 지적했다는 점, 농민계급의 몰락현상에 대한 과학적 인식의 문제를 거론했다는 점, 그리고 농민문학의 실천적 성격을 강조했다는 점에서 매우 중요한 것'[18]일 뿐만 아니라 그의 농민시에 나타나는 현실주의적 성격을 규명하는 근거가 된다.

따라서 임현극의 이러한 농촌 현실문제에 대한 인식을 바탕으로 한 창작방법론에 있어서 '내용' 제기는 허문일의 이론적 전개와 맥락을 같이 한다. 허문일은 1930년대 농민문학 논의에 있어서 보기 드물게 농민시를 제재로 창작방법론의 이론적 전개를 보였다는 점에서 소중하다. 그의 농민시 논의는 임현극의 경우처럼 대체로 '내용'에 관한 것과 '형식'에 관한 것으로 양분하여 전개하고 있다.

> 농민시란 것은 막연한 입장에서 생활을 그린 것이 아니라 정확한 농민의 입장에서 농민의 의식을 가지고 그들 자신의 생활을 그려가야 하는 것 이외다. 그리고 또 한 가지 내용에 있어 주목해야 할 것은 다만 그러한 내용을 무비판적으로 그려낼 것이 아니라 오늘날의 농촌사정에 대하야 일정한 비판을 가하며 그 비판 밑에서 현재 농민은 어떠한 생활을 하고 있는가. 그리고 그 생활에서 벗어나려면 어떻게 해야 하겠는가를 감정적으로 지시하여 진작시키는 내용이 아니면 안 됩니다.[19]

허문일의 이 글은 농민문학에 있어서 창작방법론의 논의에서는 처음으로 농민시에 대해 언급하고 있을 뿐만 아니라 농민시의 내용을 비교적 구체적으로 제시하고 있다는 사실에 주목할 필요가 있다. 이 글에서 그는 단순한 농촌의 서경을 그린 것은 농민시가 될 수 없고, 참담무비한 농민의 생활과 거기서 벗어나려는 노력과 행동을 그리는, 농민운동의 거름과 자양분이 되는 '생활시'를 강조하고 있다. 뿐만 아니라 일정한 역사적 사실 또는 과학적 진

---

18) 류양선, 앞의 책, 140쪽.
19) 허문일, 「농민시작법」, 『농민』, 1932. 9, 47쪽.

리 같은 것은 시의 내용이 될 수 없다는 주장은 소재의 측면에서 시론을 전개한 부분으로 이해된다. 그리하여 농민시의 내용은 정확한 농민의 입장에서 농민의 의식을 가지고 그들의 참담한 생활과 그 개선을 지향하는 것으로 소위 전원시와 구별하고 있다. 이것은 임현극의 '내용' 논의에서 한 단계 나아간 것으로 이해할 필요가 있다. 즉 그는 농민시에 있어서 현실주의적 형상화는 그 내용이 농촌현실 비판과 그 비참성에 초점을 두어야 한다는 사실을 강조한 것으로 요약된다. 따라서 농민시에는 농민의 삶에서 긍정적인 감정의 부분이 개입될 수는 없는 것이다. 이러한 허문일의 논의는 현실주의 입장에서 볼 때, 농민시는 민족 농민문학론의 입장에서든 계급 농민문학론의 입장에서든 농촌을 해방시키는 것을 목적으로 하는 운동으로서의 문학으로 이해할 수 있다.

2) 비판적 리얼리슴의 '형식'

『조선농민』의 농민문학론에 있어서 이성환의 「농민문예운동의 제창」이 주로 '내용'에 관심을 두었다면, 김기진의 「농민문예에 대한 초고」[20]는 '형식'에 관심을 두었다고 할 수 있다. 그는 프로문학의 대표적 이론가답게 농민문학은 농민들의 오락적 성향에 영합하는 문학, 현실도피적 문학이 아닌 농민들이 그들의 사회적, 계급적 위치와 당대의 사회적 모순 속에서 그들의 위치를 자각하고 투쟁하도록 선동하는 문학이 되어야 한다고 주장한다. 그러기 위해서는 '농민들로 하여금 봉건적이고 소시민적 의식으로부터 벗어나 서로 단결하게 하고 나아가게 하는 기구(器具)가 되어야 한다'고 역설하고 있다. 이것은 당대 농촌의 모순이 궁극적으로는 일제 식민지 통치로부터 유래한다는 것과, 지금까지의 프로문학이 노동자·농민과 유리되어 창작되어 왔다는 점과 반성에 기인한다. 따라서 그는 프로문학의 전체적인 틀은 유지한 채 이것을 어떻게 농민대중에게 보급하느냐를 문제 삼고 있는 것이다. 때문에 그는 농민문학의 소재를 마땅히 농민의 생활상에서 취하되, 이러한 농민의 생

---

20) 김기진, 『조선농민』, 1929, 3.

활상은 반드시 지주 또는 자본가와 대조시켜야 한다고 보았다. 즉 이것은 착취와 비착취의 대립구조와 일치하는 것이다 이것을 위해 그는 농민문학의 형식을 우선 '무식한 농민들이 이해할 수 있는 글'을 강조하고 '소설가는 세밀한 심리 묘사나 성격 묘사는 버리고 뚜렷뚜렷하게 사건과 인물의 경우에 생기는 갈등과 인정의 사회비판 등을 보여주어야 한다고 본다. 그리고 인물의 경우는 사건과의 진행과 결말은 객관적·현실적·실제적·구체적이어야 하며 따라서 전체의 필법도 사실적이어야 한다'고 주장했다. 또한 '시에 있어서도 그 의도와 내용은 소설에 대하여 말한 바와 같으며 그 양식만은 재래의 민요조를 취하여 그들은 입에 친한 맛을 주고 쉽게 정들게 하여야 한다'고 했으며 아울러 '모든 문장은 낭독에 편하고 듣기에 편하도록 되어야 한다'고 강조하고 있다.

　농민문학 창작방법론의 '형식'에 대한 이러한 김기진의 입장은 그의 일련의 '대중화론'으로 이어지는 논의이다. 왜냐하면, 그는 근본적으로 '문학은 대중화가 이루어지지 않고서는 운동성이 획득될 수 없다'는 생각을 갖고 있었기 때문이다. 이렇게 볼 때, 그의 「농민문예에 대한 초고」는 농민문학의 '형식'에 있어서 기본적인 틀을 제시했다는 점에서 중요한 의미를 지닌다고 할 수 있겠다. 그러나 그것은 진정한 의미에서의 노동문학이 아닌, 프로문학을 농민대중에게 알리고 그들을 선동하기 위한 방편으로 제시하였을 뿐만 아니라 '형식'을 지나치게 획일화하였다는 점에서 농민문학을 오히려 퇴보시킬 위험도 내포하고 있다.

　일제강점기의 농민문학에 대한 논의가 대체적으로 구체적 장르에 대해 언급한 글은 그 수효가 많지 않을 뿐만 아니라 논의의 방향이 소설 쪽에 치우치고 있었던 것이 사실이다. 그것은 운동으로서의 농민문학을 논의 할 때에는 장르의 특성상 시보다 소설 쪽이 훨씬 효과적일 수 있기 때문이라 여겨진다. 그러나 소설에 관한 논의라도 김기진의 경우처럼 그 내용에 대한 논의가 추상적이고 이념적이었기 때문에 그것을 그대로 농민시 일반에 적용시키는 데에는 어려움이 있다.

　허문일의 다음 논의는 농민시 창작방법론에 있어서 김기진의 이러한 수준을 오히려 능가하고 있을 뿐만 아니라 농민시의 창작방법론을 구체적으로 제시함으로써 김기진이 지닌 '형식'의 한계를 상당히 극복한 면을 보여준다.

농민시란 것은 막연한 입장에서 막연한 생활을 그린 것이 아니라 정확한 농민의 입장에서 농민의 의식을 가지고 그들 자신의 생활을 그려가야 하는 것이외다. 그리고 또 한가지 내용에 있어 주목해야 할 것은 다만 그러한 내용을 무비판적으로 그려낼 것이 아니라 오늘날의 농촌 사정에 대하여 일정한 비판을 가하며 그 비판 밑에서 현재 농민은 어떠한 참담한 생활을 하고 있는가. 그리고 그 생활에서 벗어나려면 어떻게 해야 하겠는가를 감정적으로 지시하며 진작시키는 내용이 아니면 안 됩니다. …중략… 농민시가 그러한 것을 내용으로 하느니 만큼 그의 표현과 형식도 다른 일반 자유시와는 달리 독특한 농민의 감정을 그대로 표현해 줄 만한 표현과 형식이 아니면 안 될 것이외다. 그것은 일반 도시 부르조아 문학의 말초 신경질적인 표현이 아니고 가장 건강미가 있고 향토미가 충실한 것이 아니면 안 될 것이외다.21)

이 글에 나타난 허문일의 시론을 창작 방법론의 측면에서 '형식'과 관련시켜 정리해 보면, 우선 그는 농민시를 '향락적인 것이 아니고 참담무비한 농민의 생활과 거기서 벗어나려는 노력과 행동을 그리는, 농민운동의 거름과 자양분이 되는 생활시'로 규정하고 있다. 그는 이러한 바탕 위에서 그 표현의 측면을 논하고 있는데, 즉 그것은 '단축시키고 간명히 하는 존재'라는 점과 '일반 자유시와는 달리 독특한 농민의 감정을 그대로 표출할만한 형식'을 요구하고 있다. 또한 '농민이 쓰는 말을 가지고 가장 읽기 쉽고 알기 쉬운 표현과 형식'을 강조한 점을 미루어 볼 때, 그것은 아마 김기진의 주장처럼 민요의 리듬을 차용해야 한다는 것으로 이해할 수 있다. 왜냐하면 민요가락은 일에서 오는 고통을 덜어주고 지배층에 대한 비판을 효과적으로 드러낼 수 있는 형식이라는 점에서 그러하다. 아울러 농민의 가난과 고통에 찌든 삶을 자세히 고려해야 한다고 보았을 때, 농민의 감정을 현실주의에 입각하여 형상화하는 데에 민요가락이 유효하다는 것을 뒷받침하는 것이다.

---

21) 허문일, 앞의 글, 47쪽.

또한 '일반 도시 부르조아 문학의 말초 신경질적인 표현이 아니고 가장 건강미가 있고 향토미가 충실한 그것'으로 드러내기 위해서는 농민의 생활과 밀접한 사실이나 풍물에 의해 풍자적으로 형상화해야 함을 주장하고 있다. 이 같은 창작방법론에 있어서 '형식'에 대한 입장은 그의 농민소설론에서도 확인된다.

> 농민소설의 형식이라면 결국 농민소설의 표현문제와 관련될 것이외다. 우리들이 아는 바와 같이 농민의 생활이란 전원적이고 템포(調子)가 없고 한만하고 유구한 생활인 것이외다. 그러므로 이러한 것을 내용으로 하는 농민소설의 형식은 자연히 거기에 따라서 그 형식은 동력적(動力的)이 아닌 침만(沈漫)한 형식일 것이외다. 그리고 표현은 될 수 있는 대로 농민이 사용하고 있는 말 그것으로써 알기 쉽게 쓰는 것이 아니면 안 될 것이요 그리고 보통농민의 생활은 참담한 것이란 의미에서 그것은 향기롭지 못하고 침울한 음조를 가진 것이어야 할 것이외다.22)

허문일의 이 글은 농민문학의 현실주의 형상화에 기대고 있는 듯하다. 즉 일반적인 농민의 생활은 궁핍한 삶에 찌들어 삶에 대한 의욕을 상실한 참담한 모습이다. 이는 앞서 살펴본 농촌현실 바로 그것인데, 이 같은 농민의 현실을 사실적으로 드러내기 위해서는 농민의 심정에서 표현되어야 한다는 지극히 원론적이면서도 명확한 현실주의 인식에 기대고 있다. 그렇기 때문에 그 형식은 '동력적이 아닌 침만한 형식' 또는 '향기롭지 못하고 침울한 율조'가 될 수밖에 없다. 따라서 '이것은 당시 농민들의 생활이 대체 어떤 것인지조차 모르는 데서 오는 오류'23)라는 지적이야말로 농민시에 있어서 현실주의적 창작방법론을 부정해버린 데에서 범한 오류인 셈이다. 왜냐하면 '참된 농촌'이라는 의미는 농촌의 실상을 참되게 그려야 한다는 뜻이고, '농민의 눈'으로 농민의 그러한 심정을 현실주의에 입각해서 드러내야 한다는 뜻으로 해석될 수밖에 없기 때문이다.

---

22) 허문일. 「농민소설 짓는 법」, 『농민』,1932. 11, 41쪽.
23) 류양선, 앞의 책, 146~147쪽.

임현극의 농민문학 논의는 앞서 살펴본 바와 같이 허문일의 논의에 비해 한층 높은 수준을 보여준다. 아래 글에서 제기하고 있는 임현극의 농민문학은 내용과 형식의 문제로 나누고 있는데, 이것은 당시 농민문학 이론 논의에서 보기 드문 수준임을 알 수 있다.

<blockquote>
농민문학은 순수예술 또는 일견 유사예술과 그 성질이 다른 만큼 그 내용과 형식도 달라야 한다. …중략… 형식에 있어서도 첫째 농민적이라야 한다. 읽기가 부드럽고 구수하며 씩씩한 것이라야 한다. 그러므로 기교에만 흐르지 말고 굵은 선, 굵은 필촉(筆觸)으로 쓰고 그릴 것이다. 기억될 수 있는 대로 과거의 문학형식의 모방을 할만큼 자유스럽게 취해서 새로운 양식을 많이 발견함이 좋다. 그러므로 그 형식도 상품화한 것이어서는 안 된다. 겸하여 말초 신경적인 향락味를 가져도 불가하고 허무주의자의 표현과 같은 침울한 표현도 적당치 않다. 그러나 적당한 표현파적 표현은 초조(焦燥)치 않다는 하에서 이용해두 무방할 줄 안다. 그러나 너무 깊어서는 좋지 못하다. 사실 농민은 장편소설이나 장편희곡을 읽을 만한 시간이나 금전의 여유가 결핍하다. 농촌에 와 보라. 농민이 얼마나 바쁘며 쉴 때라도 얼마나 근심이 많으며 또 무슨 돈이 있는가! 이러한 점에서 나는 시를 농민문학의 형식으로 취하고 있다. 소설과 희곡의 재료가 되는 것이라면 서사시나 시극으로 표현한다. 그러하여 단축(短縮)하게 강미(强味) 있게 표현한다. 그러나 그러한 경우에는 시를 쉽게 쓰면서 충분한 효과를 내야 한다. 그것이 어려운 일이다. …중략… 그리고 자유시나 정형시도 너무 길지 않을 것이요 또 농민에 대한 서사를 중요시함이 좋을 것이다. 나는 산문시로써 서사를 충분히 하는 것이 농민문학 또는 농민시로 큰 효과를 가질 줄 안다.

어쨌든 이상 말한 내용과 형식은 상호 모순을 가져서는 안 된다. 내용과 형식이 일치하여 소화되지 않으면 그것은 기형적인 작품인 동시에 특히 농민에게 충분한 효과를 주지 못하여 상상 이외에 해가 있음을 주의해야 한다.24)
</blockquote>

이 글에서 눈 여겨 볼 만한 점은 창작방법의 '내용과 형식'을 통일적으로

---

24) 임현극, 앞의 글, 신경림 편, 『농민문학론』, 온누리, 1983, 371쪽에서 재인용.

파악하고 있는 점이다. 특히 형식에 있어서 그는 농민의 호흡에 맞는 새롭고 자유로운 문학 형식을 개방할 것을 주장한 것이다. 이 경우 '새롭고 자유로운 문학 형식'으로 서사시와 시극을 들고 있다. 그것은 소설이나 희곡이 지닌 농민문학운동상의 장점을 충분히 인정하지만 농민의 실정에 맞는 장르 선택의 문제, 즉 시장르가 농민들의 현실에 있어서 가장 효과적으로 보는 데서 얻어진 결과이다. 농민들의 시간과 금전의 제약을 극복하면서도 얻을 수 있는 서사적 형식을 시에 도입해야 한다는 사실은 매우 중요한 대목이다. 왜냐하면 농민문학운동에서 장르선택의 문제는 언제나 소설이 중점적으로 논의되어 왔고, 시는 그 하위 범주로 취급되고 있었다는 점에서 임현극의 이러한 주장은 주목할 만하다. 그렇다면 서정장르인 시에 서사적 요소를 가미할 때, 표현양식상의 한계를 극복하기 위해서는 그 비유가 풍자기법으로 드러나지 않을 수 없다. '단축하게 강미있게 표현'한다는 것은 바로 풍자기법을 통한 서사성을 시에 도입해야 농민시로서 '내용과 형식'이 일치되는 효과를 얻을 수 있기 때문이다. 뿐만 아니라 농민시의 현실주의적 형상화가 구체적 표현에 기인하지 않고서는 단순한 자기푸념에 그칠 수밖에 없다는 표현상 원론의 입장에 근간하고 있다. 그것은 서사양식을 택했을 때 농민의 생활상이 보다 구체적으로 사실적으로 형상화된다는 것을 의미하는 것이다.

임현극과 허문일의 농민문학론에 있어서 창작방법론은 현실비판적 경향이 주류를 이루고 있다. 이들의 경우 물론 계몽적 농민시가 전혀 없는 것은 아니지만, 당대 농촌현실에 대한 비판적 의식을 바탕으로 하고 있는 만큼, 시세계의 추구 방향 역시 현실주의를 바탕으로 모색되었다고 보아야 한다.

현실주의적 농민시는 임현극과 허문일의 몫만이 아닌 것은 물론이다. '조선농민사'에서 활약한 시인들은 물론이고, 카프계열의 농민시들은 비판적 경향이 주류를 이루었다고 할 수 있다. 임현극과 허문일의 비판적 성격의 현실주의 농민시가 돋보이는 이유는 1930년대에 있어서 농민시를 쓴 다른 시인들에 비해서 그 분량이 많을 뿐만 아니라, 질적인 면에서도 단연 앞서 있다는 사실이다.

3. 1930년대 농촌현실과 시적 형상화

이미 알려진 바와 같이, 1920~30년대의 농민현실은 비참함 그 자체였다. 1910년 9월 조선총독부 내에 임시 토지조사국이 설치되면서 본격적으로 시행한 토지조사사업은 일제가 조선을 강점한 후 그 산업구조의 재편을 목적으로 행한 일 가운데 조선의 근대적 농업구조 성격을 전환시키는 사건이었다. 이에 따라 1920년대 후반에 접어들면서 이루어지는 농민층의 분해와 자작농민층의 몰락에 의한 계급대립 현상은 더욱 심화되어 갔다. 이와 같은 일제의 조선에 대한 식민지 농업정책은 대토지소유제를 촉진하여 소작농민을 급증하게 하였고, 그 소작제가 지주의 이익을 보호하는 방향으로 나아감으로써 소작조건이 계속 악화되게 했으며, 이 때문에 소작농민의 경영지수는 악화되고 농민부채는 증가하기만 했다. 이러한 식민지 농업정책은 결국 지주를 제외한 농민 전체를 빈궁 속으로 몰아넣었고, 따라서 1930년대에 접이들면서 빈궁농 호수는 점점 늘어갈 수밖에 없었다.

1932년 『조선일보』는 사설에서 "소화(昭和) 5년(1930년)말 현재 농가 호수는 조선 총호수 380만 호 중 286만 호로 전 호수의 8할 5푼을 차지하였고 이 260만 호의 농가 호수에서 자작 겸 소작 농가가 222만 호 중 신구량(新舊糧)의 상계(想繼)라도 겨우 해가는 농가는 약 1할인 22만 호에 불과하고 나머지는 궁곤계급(窮困階級)에 속하는 부대일 뿐만 아니라 그 중 약 90만 호는 현재 식량이 절핍(絶乏)되어 초목근피로도 연명키 어려운 참담을 극하고 있는 농민이라 하니 이 얼마나 무서운 숫자이며 한심한 현상인가"라고 썼다. 여기서 말하는 '자작 겸 소작농가'는 지주농과 자작농을 제외한 자소작과 순소작농을 가리키며, 이는 조선총독부의 농림국이 1932년에 작성한 비밀문서의 통계와 비슷한 빈궁호수가 제시되고 있다.25) 여기에 홍수와 기근 등의 자연재해까지 겹쳐 농민들은 이중적 고통 속에서 가난과 궁핍을 견뎌야 했다.

---

25) 강만길. 『일제시대 빈민생활사 연구』, 창작사, 1987, 71~73쪽.

1) 소작농민의 생활

소작농민의 비율을 계속 높여간 일제의 농업정책은 지주권(地主權)을 강화시키고 소작조건을 급격히 악화시킴으로써 소작농민 일반을 영세화시켜 갔다. 종래의 지주와 전호의 관계를 근대적이라는 이름으로 식민지적 지주와 소작 관계로 바꿈으로써 강화된 소작조건의 악화 현상은 무엇보다도 먼저 소작료의 고율화로 나타났다. 전국의 중요한 평야지대에 농장을 가진 동양척식회사는 농작의 풍흉(豊凶)을 막론하고 어느 개인지주에 못지 않는 가혹한 수탈을 일삼았다. 동척 사리원지점의 소작쟁의가 일어난 1924년은 전국적으로 흉년이었는데 그 가운데 작황이 조금이라도 나은 곳이 있으면 동척의 수탈은 그곳에 집중되었다. 소작료 수탈이 가혹한 것은 동척이나 일본인 지주만이 아니었고 조선인 지주도 마찬가지였다. 일제 강점기 이전에도 대체로 지세와 종자를 지주가 부담하는 조건으로 수확을 반분하던 소작료가 일제 강점기로 들어오면서 갑자기 높아졌다. 뿐만 아니라 '일부 지방의 경우 수확의 전부를 거두어 가기도 했으며, 수확량보다 오히려 더 많은 소작료를 수탈한 경우도 있었다는 사실'26)은 소작농민의 생활이 어떠했던가를 충분히 짐작하게 한다.

임현극의 다음 시는 이러한 소작농민의 생활상을 사실적으로 형상화함으로써 농민시의 현실주의 성취가 가능하다는 것을 보여주고 있다.

> 봄인지라 논과 밭을 갈 때이건만
> 갈긴 새로 거름조차 낼 수가 없고
> 무얼 먹고 무엇으로 농사 짓겠소

---

26) 소작료율은 지방에 따라 차이가 있었다. 조선총독부가 1930년에 조사한 바에 따르면 논(畓)의 경우 정조(定租)는 최고 5할 8부에서 9할까지, 최저 2할에서 3할 9부까지 있었고, 타조(打租)는 최고 5할에서 7할 9부, 최저 3할에서 4할 4부까지 있었으며, 집조(執租)는 최고 5할에서 8할까지, 최저 5부에서 5할까지 있었다. 총독부의 조사에서도 최고 9할까지의 소작료가 있었음을 말해주고 있다. 식민지시대로 들어와서 대한제국 시기보다 소작료율이 훨씬 높아진 것은 확실하다. 강만길. 위의 책. 36쪽.

마누라요 아들 놈아 주린배 쥐고
칡을 캐러 산으로나 올라가 보자
주린 탓에 비틀걸음 속 아프구나

산지기에 쫓기다가 박서방처럼
벼랑 위로 굴러 내려 아주 못 살아!
겁 버리고 캐러가자 할 수가 있니.

임현극 「칡뿌리 캐는 날」[27] 전문 (『농민』, 1932.8)

이 시는 비참하기 이를 데 없는 당시 소작농민의 궁핍한 삶의 모습을 생생히 묘사하고 있다. 시적 화자인 가장은 봄이 왔지만 가난으로 인해 거름조차 낼 수 없어 논밭을 갈 엄두도 내지 못하고, 굶주림에 아픈 배를 움켜쥐고 식솔들을 데리고 비틀거리며 칡을 캐러 가는 처절한 모습을 토로하고 있다. 그나마 산지기에 내쫓기는 비참한 현실을, 쫓기다가 벼랑에서 떨어져 죽은 '박서방' 신세가 될지도 모르는 공포심도 느껴야 한다. 그렇지만 '초근목피도 부족했던'[28] 그 시절에 살아남기 위해서는 용기를 낼 수밖에 없는 한 가장의 외침은 배고픔이 극도에 달해 있음을 보여준다. 허문일의 아래 시는 이러한 농민의 심정을 현실주의에 입각하여 형상화하고 있다.

하느님도 무심하지!
봄내 여름내 피땀 흘린 보람으로
우쭐우쭐 자라서 펑퍼진 곡식을
무슨 심술로 두드려 부수느냐?

---

27) 이 글에 인용하는 작품은 서범석의 자료집 『한국 농민시』(1994년, 고려원)에 근거한다. 이하 인용 시와 인용문은 현재의 어법에 맞도록 고쳤음.
28) 초목의 뿌리나 잎에로 연명한 사람이 얼마나 되는가 하는 것은 당시 보도자료를 통해서 확인할 수 있다. '보풀'을 먹는 사람이 23,062호에 112,362명을 비롯하여 소나무껍질이나 칡뿌리 등 30여종으로 살아가는 사람이 약 17만 호 71만3천명으로 총인구의 6할이다. (동아일보 1924년 10월 12일자)

이놈의 우박아 이 몹쓸 우박아
죄없는 곡식을 때리지 말고
차라리 나를 때리렴아!

무엇으로 물겠니? 백여량 수세를
무엇으로 갚겠니? 스무섬 도조를
부모 처자 무엇 먹고 겨울을 지냈겠니?
이 놈의 우박아 이 몹쓸 우박아
목숨붙힌 곡식을 때리지 말고
차라리 나를 때리렴아!

허문일,「차라리 나를 때리렴아」 전문 (『농민』, 1933.7)

그렇잖아도 궁핍한 농민의 생활에 자연재해까지 겹친 참담한 현실에 대한 가장의 신경이 애절하게 형상화되어 있는 이 시는 당시 농촌현실에 대한 탄식을 객관화하고 있다. '봄내 여름내 피땀 흘린 보람'이 일순간 우박으로 사라지는 안타까움은 '부모 처자 무엇 먹고 겨울을 지내'야 하는가에 대한 기본적인 삶에 대한 탄식이 '백여량수세'와 '스무섬 도조'의 엄청난 소작료에 대한 부담과 겹쳐져 내일을 염려할 수밖에 없는 처절함으로 형상화된다.

식민지시대로 들어오면서 일제의 농업정책 결과는 농촌에서의 소작농민 비율이 급증했고 그에 따라 소작조건이 갑자기 악화되어 소작료율이 크게 높아진 한편 농민들의 소작권은 불안해지기만 했다. 게다가 대지주층의 증가와 그 결과로 강화된 마름의 중간수탈 횡포는 소작농민의 궁핍화에 중요한 원인이 되고 있었다. 임현극의 다음 시는 바로 이러한 마름의 수탈 횡포를 사실적으로 형상화하고 있다.

이런 일도 있단 말요? 억울도 하지! 들어 좀 보소.
도지 싣고 꾸벅꾸벅 고개고개 넘어갔더니,
이른 곧은 선산 읍내 아무개네 도지받는 뜰 ─
벼 열말에 말세 한 되씩 쳐 받읍디다.
돈으로 내면 오전이나 되는 벼 한 근을 육전씩 쳐 받읍디다.

이런 일도 있단 말요? 억울도 하지! 들어 좀 보소.
예란 곳은 경기도라 여주땅 아무개네 집 —
키로도 넉넉할 걸 풍구뎅이로 올벼를 쌀처럼 부쳐 받되
일꾼이란 놈은 제 힘껏 꽉꽉 눌러 됩디다.
한껏 잘 되어 싣고 갔던 넉섬 도지가 닷말이나 줄다니.

이런 일도 있단 말요? 억울도 하지! 들어 좀 보소.
이 곳은 죽산이라 돈 모으는 이 거름장사로 눈이 빨갛고 —
땅임자가 거름 많이 하라고 야단치는 통에 외상거름을 썼더니
봄에 준 이원 십전짜리 암모니아 한 가마니 값에다
가을 되자 한근에 오전도 넘는 벼를 일백 이십근이나 가져 갑디다.

아따, 누가 그런 줄 모르오? 이 말 저 말 떠들고들 있게.
그래 억울하니 어찌란 말이오! 남더러 풀어달란 말이오?
억울억울 제 억울은 저밖엔 풀어줄 이 없다오.
한탄도 소용없고 하소연도 쓸데없소.

임현극 「이런 일도 있단 말요」 전문 (『농민』. 1923.2)

이 시는 소작료 책정에 대한 실상을 몇몇 지방을 구체적으로 제시하고 그 수탈의 현장을 객관적으로 보여줌으로써 농민의 슬픔이 감상에 머물러 있는 한계를 극복하고 있다. 즉 첫 연에서는 선산 지방의 경우, 소작료 한 말에 다시 세금을 한 되씩 계산해서 받는 지주의 수탈을 고발한다. 둘째 연의 경우에는 경기도 여주에서 소작료로 갖고 간 벼를 다시 풍구질을 해서 '일꾼(마름)이란 놈이 꽉꽉 눌러' 되질하는 바람에 넉 섬(여덟 가마)의 소작료가 한 가마니(다섯 말)나 줄은 데 대한 울분을 보여준다. 뿐만 아니라 셋째 연의 죽산 지방에서는 소작료의 횡포는 말할 것도 없고, 지주가 '거름장사'조차 마다 않는 착취 현실을 고발하고 있다. 소작농민은 '땅임자가 거름 많이 하라고 야단치는 통에 외상 거름을 썼더니 봄에 준 2원 10전 짜리 암모니아 한 가마니 값'을 가을에 6원이나 받음으로 해서 비료값보다 오히려 더 비싼 3원 90전의 이자를 물어야 하는 모순을 사실적으로 그리고 있다. 이러한 농촌의

구조적 모순은 '한탄도 소용없고 하소연도 쓸데없는' 당대 농촌현실이었다. 이것은 '아따, 누가 그런 줄 모르오? 이 말 저 말 떠들고들 있게' 라는 구절에서 알 수 있듯이, 이 시의 시적 화자는 '사회와 역사적 환경에 의해 여지없이 배반당하고 있는 모습'이다. 일제하 조선농민의 존재는 그가 어떤 꿈을 가졌건 관계없이 시대적 배경으로부터 자유로울 수 없었음을 그대로 보여주는 것이다.

> 내가 심은 이 벼를 어떤 놈이 먹겠니?
> 그 놈을 썩혀서 논에 거름을 내어라!
> 네가 짠 고치를 어떤 년이 입겠니?
> 그 년의 몸뚱이를 뽕밭에 묻어라!

허문일 「악마의 독백」전문 (『농민. 1930.12)

이 시는 농민이 수확한 곡식을 빼앗아 가는 지주에 대한 저주를 형상화하고 있다. 이렇듯 강렬하고 거친 목소리는 피땀 흘려 지은 한해 농사를 빼앗길 수밖에 없는 농민의 입장에서는 오히려 당연한 것일는지도 모른다. 그것은 '내가 심은 벼'에 대한 당위적 애착의 발로라고 보면 '네가 짠 고치', 즉 양잠 농사에 대한 애정도 지극히 본능적인 것으로 볼 수밖에 없다. 뿐만 아니라 이 당위적인 절규는 농사 수확을 착취하는 '그 놈을 썩혀서 논에 거름'으로 내고 싶을 것이며, 비단옷을 빼앗아 입은 '그 년의 몸뚱아리를 뽕밭에' 거름으로 파묻고 싶은 것이다. 이러한 현실에 대한 비판적 형상화는 정작 농사일을 해 보지 않은 지식인으로서는 드러낼 수 없는 '농부의 심리를 잘 아는 문학농민'29)이기에 가능하다. 따라서 이 시가 '비예술적 수법의 거친 호흡만이 드센 …시적 감응의 부재와 자신의 목적 달성에도 도움이 되지 못하는 주

---

29) 허문일이 진짜 농민으로서 농민시를 썼던 인물임은 그의 글(「절로 되는 동학」, 『신인간』, 1927.6~9.)에서도 잘 나타난다. '소 몰고 다니며 새 사냥하는 재미도 꽤 좋습니다. ― 중략 ― 조선의 주인공인 우리 농민에게 새로운 예술운동이 일어남은 또한 자연한 이치입니다. 참말로 기쁩니다. ― 중략 ― 기타 여러분이 이 운동에 대하여 많이 애쓰심이 지면에 넉넉히 나타남을 보고는 날뛰고 싶습니다. 그리고 저에게는 많은 배움이 되는 줄로 생각합니다' 라고 적고 있다.

가 하락현상을 노정'[30] 하고 있다는 지적은, 표현상 비록 감정의 절제가 이루어지지 않은 것을 인정하더라도 직접 농사를 지으면서 쓴 이 시인의 이러한 당위적 형상화를 제대로 읽어내지 못한 것으로 보인다.

> 일만 한다네 밤낮 일해도
> 옷 밥 없다네 집도 없다네
> 고루거각은 누가 세웠나
> 세운 이들만 들에서 떠네
> 집안 식구는 그 한에 울며
> 일꾼 우리는 애타서 우네
>
> 일만 한다네 밤낮 일해도
> 살 수 없다네 어이 할까나
> 우리 하뭉치 쌓어서 하세
> 살길이라 네 힘껏 싸우세
> 배부를 때는 언제 오려나
> 웃을 세월아 어서 오너라

임현극 「일꾼의 노래」 일부 (『농민』, 1930.9)

> 아리랑 아리랑 아리리요
> 아리랑 고개로 도망을 한다
> 목숨줄기 붙였던 올벼지기는
> 신작로 바람에 도망을 한다
> 아무렴 그렇지 그렇고 말고
> 자동차 먼지에 눈 못 뜨겠니

허문일 「신아리랑」 일부 (『조선농민』, 1929.8)

위 시들이 보여주고 있는 것은 일제의 농민 수탈정책이 가져온 제도적 모순에 부딪히면서 생긴 농민의 집단의식이다. 이를 매개로 한 분노와 탄식의 목소리가 운명론적 비관주의에 빠지지 않고 비판적 현실주의로 형상화되고

---

30) 서범석, 앞의 책, 159쪽.

있다는 점이 그 특징이라 할 수 있다. 즉 그것은 수확의 보람이 아닌 수확의
빼앗김과 '신작로' 때문에 빼앗기는 농토에 대한 농민의 애정이다. 이 시들은
일제의 수탈과 근대로의 이행에서 오는 파행과 비참한 생활상을 형상화하고
있다. 따라서 이 시편들은 농촌현실에 대한 문제의식과 그 비판을 통해 일제
하 농민의 피폐한 삶과 그 모습을 사실적으로 들추는 한편, 비판정신이 집단
의식의 목소리와 우리 민족의 보편적 정서인 민요가락으로 형상화하였다는
점이 앞서 살펴본 시들과 다른 양상을 보인다.

> 소위 명사라는 이들은 흔히 농민에 대하여 말한다는 것이 '농촌으로 돌
> 아가라'고 말한다. …중략… 농촌엔 농토가 없다. 한 자리 땅을 부쳐먹자
> 면 여간 힘이 안 든다. 그런데다가 도시 청년이 농촌으로 돌아간다면 어떤
> 서정시적 환상을 품고 가는 이가 많다. …중략… 농촌사정이 어떻게 되었
> 는지 알지도 못히고 그지 청년들에게 농촌으로 돌아가라 또는 농촌에다
> 운동장을 설치하고 공원을 설치하고 구락부를 만들고 오락장을 만들어야
> 한다 운운하는 소위 명사류(名士流)의 농민문제에 대한 말씀은 하등의
> 필요를 느끼지 않을 뿐더러 젊은 사람들로 하여금 꿈같은 환상이나 느끼
> 게 하는 폐해를 낳게 한다. 좀더 농촌의 실제 사정을 알아봄이 좋을 것이
> 다. 농촌사정을 모르거든 가장 식자연(識者然) 명사연(名士然)하며 떠들
> 지나 말 것이다. …중략… 그리고 조선농민아 좀더 일하라. 흔히 이런 소
> 리들을 많이 한다. 그래 조선농민이 일을 덜해서 못사는가?31)

임현극의 이 글은 민족부르조아지 농촌운동이 지닌 문제점을 날카롭게 지
적하고 있다. 진정한 농촌운동이 무엇인지도 모른 채, 농촌에 대해 감상적 목
소리만 높이는 일부 계몽주의적 농촌운동에 대해 비판을 가하고 있는 것이
다. 그것은 '조선농민이 일을 덜해서 못사는' 것이 아니라 일제의 수탈정책
때문이라는 점은 새삼 언급할 필요도 없는 것이다. 이러한 임현극의 현실인
식은 '반항이 최선의 타협'32)이라는 주장을 통해 저항의식을 보이기도 한다.

---

31) 임현극, 「當面問題片話」, 『농민』, 1930.9, 29쪽.
32) 임현극, 「반항과 타협」, 『농민』, 1930.8, 권두사.

사십 총각 내 팔자도 팔자려니와
눈물 한숨 삼천리는 무슨 팔자며
채밟히는 흰옷 우린 무슨 팔잔가
긴긴 세월 우는 신세 웬 팔자런가

몇 천해를 거듭토록 바로 못서고
거꾸로만 밝힌 세상 무슨 팔자며
대대손손 두고두고 벗고 주리는
짓밟히는 무리 우린 웬 팔자런가

휴우 한숨 날 때마다 노래 부르네
한마디 부르고는 눈물을 씻고
두마디 부르고는 한숨을 걷네
노래가 한숨인지 한숨이 노랜지

울기만 함 뭘하랴 웃어나 볼까
웃은들 시원하랴 주먹만 떠네
땅씻을 비바람아 세상의 봄아
어서 오라 머섬 나 참머섬 되게

임현극 「머섬의 노래」 일부 (『농민』, 1930.10)

위의 시는 소작농민의 슬픔이 한탄의 정조를 띠고 드러나 있다. 뿐만 아니라 그것은 일제의 탄압에 맞서 대항하는 민족의식을 '머슴'이라는 계급의식을 통해 표현함으로써, 현실의 궁핍상과 정책의 모순을 개인의 서정에서 나아가 공동체 인식으로 형상화되고 있다는 점에서 현실주의를 성취한 작품으로 평가할 만하다. 즉 '사십 총각 내 팔자'는 일제의 왜곡된 식민지 정책으로 인해 결혼도 할 수 없는 가난한 현실에 대한 비판이며, '눈물 한숨 삼천리는 무슨 팔자'라는 탄식은 단순히 개인적 차원의 문제가 아닌 공동체적 비판인식으로 읽힌다. '짓밟히는 우리 무리'는 '꺼꾸로 박힌 세상'에 대해 '땅을 치'는 분노이며 '한숨 날 때마다 부르는 노래'는 '눈물'만 자아내게 한다. 그러나 이러한 한탄은 '울기만 하면 무얼 하랴'는 인식전환으로 나아가 '세상의 봄'을 노래함으로써 '머슴인 내'가 '참머섬'이 되고자 하는 현실변혁의 모습을 동시에 보여주고 있다. 요컨대 이 시는 굶주림과 설움이라는 현실적 모순의 내용이 일제 식민지 정책의 모순에서 비롯되었다는 비판과 저항의식을 통해 형상화하고 있는 것이다.

이처럼 농촌사회의 구조적 모순과 소작농민의 참담한 생활을 현실주의로 형상화하고 있는 시들은 이 밖에도 임현극의 경우, 「추수기」(『농민』, 1930. 12), 「공동 판매 날」(『농민』, 1932.8), 「곡식 팔러 장에 가자니」(『농민』, 1933.2), 「조합노래」(『농민』, 1933.12), 「병이 들어서」(『농민순보』, 1934.2), 등이 있으며, 허일문의 경우에는 「생명」(『농민』, 1930.10), 「넋의 노래」(『조선농민』, 1929.6), 「농민의 한탄」(『중외일보』, 1929), 「조롱 속의 작은 새」(『조선농민』, 1927.8), 「소의 통곡」(『농민』, 1932.8) 등이 있다.

2) 농민의 이농

일제가 행한 식민지 농업 정책의 결과로 절대적 빈곤에 빠진 농민들은 결국 농촌을 떠나지 않을 수 없었다. 1925년의 경우를 예로 들면 1년간에 농촌을 떠난 인구는 15만명 이상이었으며 그 이후에도 이농 인구는 계속 증가해 갔다. 농민빈민의 수가 급격히 증가하면서 농촌 인구의 이농 현상도 급진전했다. 이렇게 이농한 농민들은 최악의 경우 걸인이 되거나 아니면 산으로 들어가 화전민이 되었으며, 혹은 일본·만주·시베리아의 노동시장으로 흘러가거나 국내의 각 도시로 일자리를 찾아 모여드는 이른바 토막민이 되었다.

당시 조선의 농민 移出은 여러 가지 이유에서 이루어졌다. 『朝鮮 農政의 課題』의 저자 久間建一은 '농민 이출의 필연성'을 말하면서 그 원인을 일곱 가지로 요약했다. 첫째 남부의 평야지대에서 대토지소유제가 일반적 구조로 되어 있으며 농민의 소유가 영세화되어 있는 토지소유의 불균형, 둘째 1정보 이하의 영세농이 전체농의 70%나 되는 농업경영의 영세성, 셋째 농가 인구의 과잉성, 넷째 소작제도의 지주주의(地主主義) 즉 소작료의 고율, 소작조건의 악화, 소작지 관리제도의 폐해를 바탕으로 하는 소작제도의 확대 재생산과 그 불합리성, 다섯째 생산기술과 경영능력의 저열성, 여섯째 투자자본 대부분이 일본자본이라는 자본의 농민지배 강대성, 일곱째 농민경제에서의 자급경제 파탄 등을 꼽았다. 그러나 이것은 『동아일보』가 지적한 동양척식주식회사(東拓)를 비롯한 일본 농업회사들에 의한 일본농민의 이민이 조선농민을 농촌에서 쫓아낸 또 하나의 중요한 원인이라는 사실을 간과해버린 것이다.

허문일 다음 시는 당시 우리 조선의 농민이 이러한 이유로 고향을 버리고 떠날 수밖에 없었던 슬픔을 형상화하고 있다.

> 북쪽나라 기후가 찬 줄도 알고
> 시베리아 바람이 매운 줄도 알건만
> 목숨이 야속하고 口腹이 원수되어
> 따뜻한 금수강산 이별하고서
> 멀고 먼 북간도로 나는 갑니다.
> 돈이라는 上典에게 축출 당해서
> 정든 고향 떠나서 나는 갑니다.
> 인정과 풍속이 다 거칠다는
> 멀고 먼 북쪽나라 만리타국에
> 행복을 바라고서 가는 것은 아니나
>
> 그래도 구복이 원수가 되어
> 가다가 죽더라도 갈밖에 없소
> 형제여, 자매여 부디 안녕히....
>
> 잘 가오 잘 가오 부디 잘 가오
> 우리도 따라 갈 날 머지 않으니
> 눈 쌓이고 바람 찬 만주 들길을
> 잘 가오 잘 가오 부디 잘 가오
> 우리도 명년에는 따라 가리다
>
> 보내는 이 가는 이 두 눈에 눈물
> 말인지 울음인지 분간 못해서
> 목메여 짜내는 구슬픈 소리

뿌리는 더운 눈물 끓는 피눈물
그것이 요내 몸의 눈물이라오.

허문일 「보내는 이, 가는 이」 (『조선농민』, 1929.3) 전문

　이 시는 나라를 잃어버린 시대를 살아가는 민족공동체의 삶을 생생하게 그려냄으로써, 민족수난의 처절한 삶을 객관적으로 형상화하고 있다. 이 경우 유이민이 되는 이유로 '구복' 즉 가난으로 제시되고 있다. 이리하여 '기후가 찬 줄도 알고 바람이 매운 줄도 알건만' '구복이 원수가 되어' '정든 고향 떠나서' '멀고 먼 북간도로' 쫓겨 갈 수밖에 없다. 따라서 '보내는 이'나 '가는 이' 모두의 슬픔을 결코 과장이 아닌 절절한 슬픔으로 형상화함으로써 당시 농민들의 비참한 생활상을 엿보게 한다. 또한 '형제, 자매여 부디 안녕히...'라는 유이민적 삶을 특유한 가락에 담아 노래함으로써, 민족적 삶의 현실문제를 서정적으로 그리고 있다. 뿐만 아니라 '남은 자'가 '잘 가오 잘 가오 부디 잘 가오 / 우리도 명년에는 따라 가리다'라는 대목에서 알 수 있듯이 〈떠나는 자〉나 〈남은 자〉가 대립적으로 존재하지 않고 동일한 현실에 놓여 있다는 점에서 이출(移出)의 비극을 당대 보편적 현실로 받아들이게 한다. 이 같은 맥락에서 다음의 임현극 시는 1920~30년대에 민족공동체의 뿌리가 흔들리고 있었다는 사실을 확인하게 한다.

몇 천해를 거듭토록 바로 못서고
거꾸로만 박힌 세상 무슨 팔자며
대대손손 두고두고 벗고 주리는
짓밟히는 무리 우린 웬 팔자런가

사십 총각 머섬 십년 이내 생전에
본꼴 뭔꼴 뼈도 저린 한숨 서린 꼴
없는 사람 밤낮없이 우는 꼴들만
곯는 무리 분한 사람 떠가는 꼴만

임현극 「머섬의 노래」 일부 (『농민』, 1930.10)

시적 화자는 여기서 농촌의 건강한 젊은이지만 현실의 구조적 모순으로 결혼도 하지 못하고 살아가는 빈농의 피해자이다. 그는 '없는 사람 밤낮 없이 우는 꼴들만' 바라보면서 농민의 궁핍한 생활로 말미암아 '굶는 무리'와 현실의 모순에 '분한 사람'들이 고향을 떠나가는 비극에 분노하고 있다. 이 경우의 분노는 '몇 천해를 거듭토록 바로 못 서고 / 대대손손 두고두고 벗고 주리는' 피지배계급의 인식과 맞닿아 있다. 이것은 곧 개인의 문제도 아니며 소작농이나 자작농의 구분도 허락하지 않는 농민 계층 모두의 수난사와 맞닿아 있다.

> 억만년 살자고 맞붙었던 논밭이
> 신작로 바람에 생이별을 하더니
> 자동차 바람에 집문서가 떠나네
>
> 귀리 심던 화전이 올벼지기 되기에
> 이 밥 먹게 되었다 엉덩춤을 췄더니
> 귀리밥도 못 먹고 북간도로 떠가네

허문일 「우리의 살림」 전문 (『농민』, 1930.8)

일제의 수탈이 얼마나 극에 달해 있었던가를 이 시는 요약적으로 형상화하고 있다. 당시 농민들을 괴롭힌 것은 소작료나 마름들의 수탈만이 아니었다. 일제는 수탈정책의 구조적 젖줄인 신작로를 만들기 위하여 농민들의 생계터전을 빼앗았는데, 그들이 조선인의 재산권을 염두에 두고 도로부설공사를 진행했을 리 만무하다. 일제는 이렇게 농민들을 고향을 버리고 깊은 산 속으로 들어가 화전민이 되게 하였다. 또한 소작농민들이 화전민으로 전락하게 된 것은 소작조건이 크게 나빠진 데 있었다. 화전민이 된 이농민들은 그곳에서 '올벼지기'를 가꾸었다고 '엉덩춤'을 추었지만 그것도 잠시 뿐이었다. 화전농업 자체 내에서도 농민층의 분화에 의해 지주·소작 관계가 발달해가고 있었지만, 한편 화전농들이 대량으로 또 급진적으로 소작인화 하는 조건은 딴곳에서도 있었다. 즉 화전농민의 대부분을 차지하는 국유림 내의 화전민들이,

종래 '무주공산(無主空山)'을 오랫동안 경작하여 자기의 소유가 되었다고 생각하던 땅이 '토지조사', '임야조사' 등에 의해 하루아침에 그 소유권이 박탈되는 경우가 허다했던 것이다. 그리하여 '종래 자기에게 영대(永代) 소유권이 있다고 믿었던 화전을 갑자기 국유림에 편입 당하고 생활이 불가능해져 수초(水草)를 따라서 중국에라도 이주할 수밖에 없다고 탄식하는 경우'[33]가 되었던 것이다. 그리하여 그 곳조차 일제의 수탈 현장이 되어 삶에 뿌리를 내리지 못하고 이국 땅 북간도로 쫓겨나야 했다.

> 沃野千里 넓은 들이 누를 때였만
> 잎잎이 님의 神秘가 맺힐 때였만
> 봄 여름내 들인 辛苦란 자취도 없이
> 핏빛 물결 구렁이처럼 기어간 자취뿐
>
> 물결은 흙의 살점 점점이 저며 가고
> 심한 데는 흙의 뼈까지 앙상히 드러내어
> 아직도 헤어지고 헐은 데 아물지 못했거늘
> 어느 새 바람은 산들 흙의 살결에 서리를 뿌리는구려
> 낙동강 기슭 질펀한 이 들을
>
> 강가의 저자는 저자마다 물에 잠겨 자취도 없이
> 물을 피하는 사람들은 나무 끝 지붕 위에서
> 악을 쓰다 떨어졌노라
> 어디서도 몇 사람 어디서도 몇 십명
> 날마다 물에 장사지냈다는 소리!
> 흙밖엔 양식 없는 무리가 飢寒에 쓰러져
> 떨고 있었노라.
>
> 지애비는 지어미를 위하여 거적을 사양하고
> 지어미는 지애비를 위하여
> 주림을 참았더니라.
>
> 임현극 「浪燭」 일부 (『예술』3호, 1935.7)

---

33) 강만길, 앞의 책, 161쪽.

그렇지 않아도 궁핍한 농촌현실에 자연재해마저 겹쳐 농민이 걸인화 되어가는 과정을 처절하게 형상화하고 있는 이 시에서의 구체적 현장은 홍수를 만나 '양식 없는 무리가 굶주림과 추위에 쓰러져 떨고 있'는 곳이다. 소작농에 있어서는 풍년이 들어도 온갖 세금을 제하고 나면 생활이 넉넉지 못했을 것은 말할 것도 없거니와 그나마 '봄 여름내 들인 신고란 자취도 없이' 홍수가 난 상황은 '지애비는 지어미를 위하여 거적을 사양하고 / 지어미는 지애비를 위하여 / 주림을 참'을 수밖에 없는 걸인신세로 전락하고 만다. 이러한 빈농들의 걸인화 경향은 그 숫자에서 심각함을 실감할 수 있다. 즉 1931년 조선총독부 조사에 따르면 걸인의 수가 16만 3천명이고, 춘궁기가 되면 초근목피로 연명하게 되는 궁민(窮民)은 1백4만 8천명, 극빈자라고 할 수 있는 세민(細民)의 수는 백2십만 3천명에 이르고 있다. 이러한 걸인 수는 대충 인구의 1%에 이르고 있지만, 이른바 '집 가진 걸인'이나 '계절적 걸인'은 여기에 포함되지 않았다.[34] 이 시기의 신문이 '으레 한 집에 70∼80명의 걸식군이 모여들어 대문을 걸어둔 집이 있으면 담을 뛰어넘어 가서 같이 갈라먹고 살자 하면서 밥 내라고 야단을 치는 무리까지도 있으므로 밥술이나 두고 먹는 사람들도 불안증에 싸여 고통이 심하다'[35]고 한 보도는 대부분의 소작농민들이 흉년이 들면 떼를 지어 유랑 걸식하고 있음을 단적으로 보여주는 예라 할 수 있다.

이 시기에는 대체로 연간 15만명 정도의 농민들이 궁핍한 생활을 견디지 못하여 농촌을 떠났는데 이 가운데 절반에 가까운 이농민이 고용인 즉 품팔이꾼으로 나갔으며, 또한 이들의 대부분은 이 시기의 조선총독부가 식민지 지배기구의 기초시설로 벌이고 있는 각종 토목공사장의 막일꾼으로 바뀌어 갔다. 그나마 일자리를 구하지 못한 이농민들은 화전민이 되거나 도시지역의 토막민 신세가 되어 실업자로 전락하게 된다. 특히 이 실업자는 농촌에서 쫓겨 나온 인구가 점점 많아지고 일본인의 한반도 이주민, 즉 식민이 증가함에

---

34) 정요섭, 『일제치하 브·나로드운동에 관한 연구』, 『숙명여대 논문집』 제 14집, 1974, 297쪽.
35) 『동아일보』, 1930년 2월 26일자.

따라 실업자 문제는 점점 심각한 문제로 등장하게 된 것이다.

　임현극의 다음 시는 일제하 농민의 몰락을 통한 이농의 현실의 총체적으로 형상화한 현실주의 농민시의 전형을 보여주는 작품이다. 즉 이 시는 당시 농촌현실이 어떠했으며, 이농의 원인은 어디에 있었으며, 이농한 농민들의 삶은 어떠했던가를 시간 흐름에 따라 유기적으로 형상화한 현실주의의 기록물이라 할 수 있다.

　　　땅파기에 일하기에 손발이 다 닳아도
　　　벗기 곯기 먹듯하네 집도 뒷간 같다네
　　　삼월이라 꽃 나건만 춘궁을 못 이기어
　　　보리뿌리 캐다가 죽을 쑤어 먹는다네
　　　아카시아 잎 따다 국을 끓여 먹는다네
　　　사흘 두고 잡은 우렁 팔아야 단돈 두냥
　　　좁쌀 두되 팔아야 하루 양식 겨우 되네
　　　배 고프니 무슨 짓은 못하랴 짓 다하네

　　　보리고개 곯어 넘긴 일 많은 여름와서
　　　논밭뙈기 품팔이꾼 떼지어 돼 나가네
　　　제밥 먹고 하루 두냥 품값을 무얼하나
　　　방울방울 피땀 흘려 논밭곡 길러 놔도
　　　가을이면 생원 선달 모조리 져 간다네
　　　수재 한재 심청 산어 벼포기 죽은 것을
　　　정성없다 호령 통통 도조 탓 집행하네
　　　농사 지으면 무얼하나 집 팔고 떠가는 걸

　　　돈은 타서 사방 공사 그것도 못할레라
　　　제밥 먹고 하루 석냥 뼈살이 다 마르네
　　　얼골이나 반반하면 십장놈 갈보되네
　　　겨울이면 홑옷 한 벌 버선은 말도 말게
　　　일도 없어 찬방 속에 식구는 떨며 곯네
　　　아이들은 밥 달라고 떼 쓰네 속 쓰리네
　　　봄 올 때만 고대고대 손꼽아 기다리나

사람의 봄 안 올테면 봄은 와 무얼하노

피 말리며 일만해도 밥없는 우리 팔자
이 팔자는 웬 팔자며 일도 않는 저네들
고대광실 옥반성찬 그 팔잔 웬 팔자냐
알지 못할 까닭일세 맹랑한 까닭일세
굶다 못해 갈보 기생 억지로 돼 나가네

임현극 「시골 아낙네의 노래」 전문 (『농민』, 1930.8)

이 시는 당시 소작농민들의 이농과정을 시간흐름에 따라 형상화하고 있다. 우선 첫 연에서는 '손발이 다 닳아도' 일한 결과로 남는 것은 '굶기를 밥 먹듯 하며' '보리뿌리 캐다가 죽을 쑤어 먹는' 설움 뿐이요, 3일 동안 우렁을 잡아서 팔아야 '단돈 두냥'밖에 안되어 겨우 '좁쌀 두되 팔아' 하루를 연명하는 궁핍의 극치를 보여준다. 그것은 열심히 일하는 그들의 극단적인 몸부림과 배고파서 초근목피를 끓여먹어야 하는 현실적 삶이 선명하게 대비되어 있는 것이다. 일을 하지만 그에 따른 고통은 더 이상 견딜 수 없는 착취의 대상이 될 뿐이며, 나아가 이농으로 이어지는 것은 필연적이다. 둘째 연에서 '피땀 흘려 논밭 곡식 길러 놓아도 가을이면 생원 선달 모조리 져 가'는 현실은 곧바로 소작인을 일제 착취의 대상물로 그리고 있다. 결국 '도회 노동자로 전락해버린 이농민의 생활'[36]은 농촌에서보다 더 나아진 것은 결코 아니다. '돈은 타서 사방 공사 그것도 못할' 노릇이다. '하루 석냥'을 벌기 위해 '뼈 살이 다 마르'지만 '겨울이면 홑옷 한 벌 버선'조차 신을 수 없는 처참한 현실은 바로 일제의 강제에 가까운 노동 착취가 가져온 산물이다. 농업 공황으로 인하여 농

---

36) 조선의 자본주의는 농업경제의 태내(胎內)에서 성장된 그것이 아니요 외부의 자본주의가 급류같이 몰려든 그것이기 때문에 농업경제는 건설 없는 파괴만을 입게 되어 신경제산업의 후보군은 갑자기 가도로 쏟아져 나오게 되었으니 그들을 흡수할 만한 산업기관이 준비되지 못하였을 것은 물론이다. 따라서 무수한 무산자군은 겨우 그 일부만이 공장노동자화하였을 뿐 대부분은 옥외 자유노동자가 되어 실업과 싸우고 있는 현상이며 그 나머지는 전연 실업군이 되어 기근에 당면하여 정처 없이 유리되고 있는 형편이다. 김여성·김세용, 『숫자조선연구』, 2집, 64쪽, 강만길, 앞의 책 290~297쪽에서 재인용.

촌에서 유리된 농민과 도시 노동자로 유입된 농민들이 죽음과 함께 떠돌고 있던 그 시기에, 일제는 이른바 궁민구제사업이라는 명목으로 1930년부터 이들의 값싼 노동력을 이용하여 식민지 영구화를 위한 대규모 공사를 벌였는데, 우리 이농민의 노동권을 염두에 두고 일을 벌였을 리는 만무하다. 이 같은 노동력 착취의 현실에서 이농민의 식구들은 '실업자'[37]가 되어 '찬방 속에 떨며 굶'어야 하는 일은 너무나 당연한 현실로 받아들일 수밖에 없다. 그리하여 그들은 막노동꾼으로 '피 말리며 일만 해도 밥 없는 팔자'가 되어 굶다 못해 지친 나머지 젊은 여자들은 '얼굴이나 반반하면 십장놈 갈보'가 되기도 하는 비참한 생활을 감당해가야 했던 것이다.

　이와 같은 이농의 슬픔을 형상화한 것은 임현극의 경우보다 허문일 경우에 흔히 발견된다. 이 밖에도 이농과 관련된 시들을 보면, 임현극의 경우에는 「일꾼의 노래」(『농민』, 1930.9), 「가을은 왔으나」(『농민』, 19302.11) 등이 있으며, 허문일의 경우에는 「흥타령」(『농민』, 1930.5), 「실제」(『조선농민』, 1929.3), 「시메산골」(『농민순보』, 1934.2) 등이 있다.

4. 『조선농민』과 『농민』의 성과와 한계

　1930년대 전반의 농민문학운동을 주도하였던 조선농민사의 기관지 『조선농민』과 『농민』의 특징은 그 농민문학론이 농민들의 창작활동에 초점을 두

---

37) 당시 『동아일보』는 「직업난(職業難) 대하여」라는 논설에서 다음과 같이 실업자 증가의 원인을 지적하고 있다. '현재 경성 내에 거주하는 우리 사람의 대략 10분의 8은 일정한 직업이 없다고 한다. 지금 농촌은 날로 조잔(凋殘)하고 다른 생산기관은 아직 발달하지 못하여 직업자리는 손꼽아 셀 만한데 직업을 구하러 도회로 몰리는 사람은 거의 수가 없다. ……우리가 가질 직업분야를 일본사람이 모두 침략하여 월급 많은 고등관(高等官)부터 냄새나는 위생계 감독까지 거의 다 점령한 것은 말할 것도 없고 조그만 장사자리까지 알뜰히도 빼앗아가니 우리 사람이야 살 수가 있느냐. 빼앗기는 것이 못생겼다 말을 말라. 잘생기면 무엇하랴. 관력(官力)이 뉘게 있으며 금력(金力)이 뉘게 있느냐. 이 양대 세력을 등에 진 사람들을 우리가 어찌 당한단 말이냐.' 『동아일보』, 1924년 5월 22일자.

고 실천하였다는 점이다. 그것은 앞서 살펴보았듯이, 농민문학의 향유와 창작의 주체를 농민으로 설정하였고, '내용'과 '형식'의 문제 또한 농민의 실제 현실을 반영하려는 노력의 일면을 보여 주었다. 물론 이 같은 노력에도 불구하고 농민문학의 창작과 향유의 주체를 명확하게 구분하지 못한 한계를 드러낸 것은 사실이지만, 그 자체로도 주목할 만한 성과라 할 수 있다. 프로문학의 경우 김기진의 문학론에서 보았던 것처럼, 농민문학이 농민들에 대한 프롤레타리아 이념의 적극적 주입을 강조함으로써 농민이 이념의 대상이 되고 마는 것과 구별되기 때문이다. 따라서『조선농민』과『농민』에 수록된 많은 작품들이 허문일의 경우와 같이 농민이 직접 창작했다는 사실을 통해서 본다면, 이야말로 문학대중화운동으로서 성과를 거둔 것임에 틀림없다.

『조선농민』과『농민』의 농민문학운동에 있어서의 농민시의 대체적 흐름은 '농업의 중요성을 일깨우고자 한 중농주의적 전원적 농민시에서 출발하여, 개량주의적 계몽적 농민시로 발전하는 경향을 보인다. 이것은 다시 현실비판적 저항적 농민시'[38]로 나아갔다.

> 땅덩이는 풍요한 젖으로 억만 자녀를 기르는 어머니!
> 萬象은 그 젖을 빨아먹고 자라는 애기들!
>
> 허문일「땅덩이」전문 (『농민』, 1930.12)

> 어화 어화 상사디야 모 심는 소리
> 비인 들을 물결처럼 흐를 때마다
> 물에 풀린 검은 흙에 모잎이 꽂혀
> 벌거벗은 흙의 살에 잔털이 돋소.
>
> 임현극「모심을 때 — 榴夏敍景」일부 (『농민』, 1933.7)

이 시들은 대지에 굳건하게 뿌리박은 건강한 농민의식을 주창한 것이다. 땅은 생명의 터전이며, 이러한 땅에 기초한 농민은 어려운 현실에 좌절하지

---

38) 류양선, 앞의 책, 288쪽.

만 건강한 농민정신을 가지고 있다. 이와 같은 중농주의적 농민시에 있어서 흙에 대한 과도한 집착과 건강한 농민의식 강조는 1930년대 말 임화나 박승극, 최종준의 일제 어용문학인 '흙의 문학'이나 '생산문학'과는 분명히 구별된다. 그들의 농민문학은 일제가 전쟁수행을 위한 자원을 조달할 목적으로 농촌에 대한 관심을 유도한 것으로, '파시즘의 대두로 인한 불안과 동요를 호도하기 위해 목가적 성격으로서의 농촌을 강조한 것'[39]이었다. 이에 비해『조선농민』과『농민』에 나타나는 중농주의적 경향은 당대 농촌의 현실을 극복하기 위해서 대두된 것이기 때문에 소중하다.

> 믿음으로 목숨 삼는 우리 가게라
> 물건마다 싸고 좋다 에누린 없네
> 이익 주어 살리라는 이곳에 모여
> 서로 돕고 같이 번져 뿌리를 박세.

허문일「조합노래」일부 (『농민』, 1933.12)

이 시는 조선농민사의 사업의 일환이었던 농민조합운동을 노래하고 있다. 그것은 마치 조선농민사를 선전하는 듯한 인상을 지울 수 없지만, 조선농민들이 중간상인들에게 농산물을 팔 경우 제값을 받지 못한 점과, 턱없이 비싼 물가를 개량주의적 시각에서 계몽하고 있다.

임현극과 허문일의 경우 이러한 계몽주의적 성향의 농민시는 그 수효가 많지 않다. 그들의 시는 대부분 현실비판적인 성향을 띠고 있다. 그 이유는 앞서 살펴본 것처럼 객관적인 현실에 기초한 서정이 주를 이루고 있기 때문이다.

> 이 몸은 무슨 팔자 소가 되어서
> 코 꿰우고 꾸러미 씌운 바 되어
> 싫다 좋다 말 한마디 하지 못하고
> 끄는 대로 끌려 다니며 고생을 하나

---

39) 오세영, 앞의 책, 471~479쪽.

긴긴 봄날 거름 싣고 밭을 갈 때에
등가죽이 벗겨져서 피가 흐르고
목줄대에 멍이 들어 피가 올라도
엉덩이에 채찍은 떠날 새 없다

가을에는 온갖 곡식 실어들이며
죽을 힘을 다 들여서 방아 찧어도
먹을만한 알곡식은 맛도 못보고
삐삐 마른 짚줄거리 먹고 사는가
눈 나리고 바람 찬 겨울 아침에
먼 산에 올라가서 실어온 나무
그 나무로 불 때인 따뜻한 방엔
그림자도 못지고 밖에서 떠나

연장 끌고 엄마 엄마 통곡을 하는
불쌍하고 힘센 젊은 황소를
채찍을 높이 들어 때리려다가
나도 나도 불쌍해서 못 때렸습네

허문일 「소의 통곡」 전문 (『농민』, 1932.8)

소는 농민의 상징물이다. 그래서 이 시는 소를 통해 당시 농민들의 참담한 생활상을 형상화하고 있어 설득력을 갖는다. 소는 농민 자신을 의미하기도 한다는 점에서 농민은 고된 노동에 시달리는 소처럼 자신들이 수확한 곡식도 먹지 못하고 추위에 떨어야 한다. 착취당하는 조선농민의 모습은 바로 소의 모습과 동일시된다. 당대 농촌의 궁핍화는 일제의 식민지 수탈과 이에 기생한 친일 지주와 마름에 근거하며, 이러한 문제는 결국 현실비판으로 나아갈 수밖에 없었다.

따라서 『농민』의 경우 임현극과 허문일의 농민문학론은 바로 이러한 차원에서 해석해야 한다. 이들의 농민문학론은 『조선농민』과 『농민』이 전개한 건강한 농민의식에 바탕을 두었던 만큼, 그들 역시 현실타개를 위한 적극적인 역할을 농민문학이 수행해야 한다는 사실을 강조하고 있는 것이다. 뿐만 아니라 프로문학 측의 농민문학론이 계급의식을 적극적으로 주입하고자 함으로써 매우 경직되어 있었던 반면에 『조선농민』과 『농민』의 그것은 농민을 주체로 삼은 농민문학론이었다는 점에서 매우 유연한 자세를 보일 수 있었으며, 서정적 형상화를 통한 현실주의 농민시를 성취하게 하였다.

이러한 사실에도 불구하고 『조선농민』과 『농민』의 농민문학론은 '내용'과 '형식'에 있어서 임현극을 제외하고는 그 논의가 대체로 피상적이었을 뿐만 아니라 때로는 문제점이 나타나기도 했다는 것은 그 한계로 지적하지 않을 수 없다. 또한 임현극과 허문일의 농민시에 있어서도 간혹 계몽주의 경향의 작품이 나타나기도 한다. 그것을 조선농민사의 농민문학 운동의 흐름 중의 하나로만 파악한다면 그들의 농민시를 관류하고 있는 현실주의적 성격에 한계가 있다는 점 또한 인정하지 않을 수 없는 부분이다.

그러나 그들의 시편들 중에 일부에 지나지 않는 이와 같은 경향은, 그들이 『농민』에서 농민들의 현실문제에 깊은 관심을 가지면서도 시적 서정성을 잃지 않고 성취한 현실주의 시문학의 성과는 결코 과소평가 할 수 없는 것이다.

5. 마무리

이상과 같은 논의를 통해 1930년대의 폭압적인 일제강점기 현실 속에서 임현극과 허문일이 지향했던 농민시의 모습을 그들의 농민문학론과 당시 농촌현실을 토대로 살펴보았다. 이로써 일제시대 시문학사에 숨겨져 있었던 그들은 결코 과소평가 할 수 없는 '현실주의 농민시인'으로 지칭되어야 함을 이 글이 밝힌 셈이다.

임현극과 허문일이 『농민』에서 전개한 농민문학론은 '내용'과 '형식'으로 양분된, 당시의 이론적 논의에서 최고의 수준을 보여 주었다. 물론 '형식'에 대한 논의가 김기진의 도식화된 논의를 완전히 극복한 것은 아니었다 하더라도 그 나름의 성과를 거둔 것으로 보았다. 그것은 조선농민사의 운동으로서의 성격과 일치하는 진정한 농민계몽으로서, 그들의 농민시가 농촌현실에 깊이 기대고 있으면서도 결코 서정성을 잃지 않은 수준 높은 농민시로 형상화할 수 있었던 바탕이기도 했다.

『농민』을 통해 그들이 왕성한 창작활동을 하던 1930년대 초 농촌현실은 궁핍화의 극단에 있었고, 특히 임현극은 이런 농민의 궁핍한 생활을 객관적 서정으로 형상화했으며, 그러한 당시 농촌현실에서 이루어진 이농현상을 우리 민족의 터전이 무너진 민족 보편성이라는 정서로 드러내는 데에 성공했다고 해도 과언은 아닐 것이다. 뿐만 아니라 허문일은 이러한 유이민이 화전민으로 전락한 것과 도회 노동자로의 유랑, 북간도 이주하는 경우뿐만 아니라 걸인화하는 양상을 심도 있게 묘사하였다. 이들 두 시인의 농민시 대부분이 현실주의적 성격을 기본적으로 택한 것은 농민의 삶, 그 자체에 기대고 있었기 때문이다. 이것은 프로문학 측의 농민시가 이념적 경향으로 나아가 농민과 유리된 선동적 문학운동으로 그치고 만 데에는 이러한 농민의 현실적 삶이 모습을 '농민의 입장'에서 그리고자 한 것이 아니었기 때문이라는 사실에서 볼 때 더욱 의미있는 것이다.

『조선농민』과 『농민』은 농촌과 농민의 현실을 문제삼는 문학을 농민문학으로 규정하고 있다. 초기에는 농민문학을 전원문학과 혼동하기도 했다. 그러나 임현극과 허문일은 농촌현실을 문제삼고 농민들이 그들의 사회적 · 역사적 위치를 자각하고 현실극복을 위해 나아가는 적극적인 모습을 농민문학이 그려야 한다고 주장했다. 특히 이들의 농민문학론은 창작방법론과 관련된 '내용'과 '형식'의 논의에서 돋보인다는 점에서 1930년대 농민문학 논의의 중심축이 되기에 충분한 것이다.

임현극과 허문일은 1930년대에 왕성하게 창작하였던 농민시의 한 양상으로, 농촌현실과 농민의 삶을 온몸으로 형상화하고 있다는 점에서 현실주의를 성취한 성과로 꼽을 수 있다. 그들의 농민시가 작품 수에서나 수준에서 최고의 성과를 보일 수 있었던 것은 농촌현실에 대한 인식이 남달랐다는 데에 있다. 이제 이들의 농민시에 대한 보다 깊은 연구는 물론이고, 전기적 사실을 자세하게 밝혀 일제강점기 농민시의 뿌리를 보다 굳건하게 정립할 필요가 있을 것이다.

한국 농민시와 현실인식

인쇄일 초판 1쇄 2002년 07월 19일
        2쇄 2015년 07월 20일
발행일 초판 1쇄 2002년 07월 30일
        2쇄 2015년 07월 23일

지은이 성 기 각
발행인 정 찬 용
발행처 **국학자료원**
등록일 1987.12.21, 제17-270호

서울시 강동구 성내동 447-11 현영빌딩 2층
Tel : 442-4623~4 Fax : 442-4625
www. kookhak.co.kr
E- mail : kookhak2001@hanmail.net
ISBN 978-89-8206-807-2 *93800
가 격 20,000원